## Douglas Kennedy

Douglas Kennedy est né à New York en 1955, et vit entre Londres, Paris et Berlin. Auteur de trois récits de voyages remarqués, *Au pays de Dieu* (2004), *Au-delà des pyramides* (2010) et *Combien ?* (2012), il s'est imposé avec, entre autres, *L'homme qui voulait vivre sa vie* (1998, rééd. 2010) – adapté au cinéma par Éric Lartigau en 2010, avec Romain Duris, Marina Foïs, Niels Arestrup et Catherine Deneuve –, *La poursuite du bonheur* (2001), *Les charmes discrets de la vie conjugale* (2005), *La femme du V<sup>e</sup>* (2007), *Piège nuptial* (2008), *Quitter le monde* (2009) et *Cet instant-là* (2011). Tous ces ouvrages sont publiés chez Belfond et repris chez Pocket.

**Retrouvez l'actualité de Douglas Kennedy sur www.douglas-kennedy.com**

# L'HOMME
# QUI VOULAIT VIVRE SA VIE

DOUGLAS KENNEDY

# L'HOMME QUI VOULAIT VIVRE SA VIE

*Traduit de l'américain
par Bernard Cohen*

BELFOND

Titre original
*THE BIG PICTURE*

publié par Little, Brown and Company, Londres.

Tous les personnages de ce livre sont fictifs
et toute ressemblance avec des personnes
réelles, vivantes ou mortes, serait
pure coïncidence.

MIXTE
Papier issu de
sources responsables
FSC® C003309

Pocket, une marque d'Univers Poche,
est un éditeur qui s'engage pour la
préservation de son environnement et
qui utilise du papier fabriqué à partir
de bois provenant de forêts gérées de
manière responsable.

ISBN : 978-2-266-19460-0

*Pour Amelia Kennedy*
*et pour Grace et Max*

« Prends garde à ne pas te perdre toi-même
en étreignant des ombres. »

ÉSOPE

# PREMIÈRE PARTIE

# UN

Il était quatre heures du matin, je n'avais pas fermé l'œil depuis des semaines, et le bébé criait de nouveau.

Oh, il ne m'avait pas réveillé : quand ses piaillements ont repris, cela faisait déjà longtemps que j'avais les yeux rivés au plafond. Mais j'étais tellement hébété par le manque de sommeil que je me suis senti incapable de sortir du lit. Je suis donc resté là, immobile, tandis que Josh poussait ses tout jeunes poumons vers de nouveaux extrêmes.

Ses incessants glapissements ont fini par réveiller Beth. Dans un état semi-comateux, elle m'a envoyé un coup de coude et m'a adressé la parole pour la première fois depuis deux jours.

« Tu t'en occupes. »

Et elle a roulé sur le côté en plaquant l'oreiller sur sa tête.

J'ai obéi, tel un automate maladroit. Je me suis assis dans le lit, j'ai posé les pieds sur le sol, j'ai tendu la main vers la robe de chambre à rayures jetée sur une chaise, je l'ai enfilée sur mon pyjama assorti, j'ai serré la ceinture avec soin. Je suis allé à la porte, que j'ai ouverte. Ma journée avait commencé... Façon de parler, puisque, en réalité, elle ne s'était jamais terminée.

La nursery était juste en face. Jusqu'à la semaine précédente, nous avions gardé Josh dans notre chambre. Contrairement à notre autre fils, âgé de quatre ans, Adam, qui avait fait des nuits complètes sitôt dépassé le seuil fatidique du mois et demi, ce gamin se révélait être un insomniaque chronique : refusant catégoriquement de dormir plus de deux heures d'affilée, il se réveillait chaque fois avec des cris perçants à travers lesquels il réclamait notre attention pleine et entière, sans équivoque possible, sur-le-champ. Dans l'intention de le faire taire huit bonnes heures, nous avions tout essayé : le garder éveillé le plus tard possible, le gaver de deux solides biberons pour décourager une fringale nocturne, lui administrer la dose maximale d'aspirine pour bébés prévue par la posologie. Aucun résultat. Alors, nous nous étions dit qu'il dormirait peut-être mieux tout seul et nous l'avions transféré dans la nursery. Peine perdue. Entre deux crises de hurlements, le répit n'excédait jamais trois heures. Et, pendant les vingt semaines de sa courte existence, il ne nous avait laissé aucune chance de profiter d'une vraie nuit de sommeil, ni à Beth ni à moi.

Ces derniers temps, il m'est arrivé de vouloir me convaincre que cet état d'épuisement continuel ainsi que nos nerfs en pelote étaient la cause principale de notre mésentente, discorde qui avait tourné au vinaigre deux jours auparavant lorsque, laissant échapper un venin longtemps accumulé, Beth m'avait traité de type complètement aigri. Comme je n'étais pas prêt à laisser passer de telles insanités, j'avais répliqué en lui annonçant que, pour moi, elle était une mégère de banlieue. En guise de rétribution, j'avais eu droit à quarante-huit heures de mutisme absolu. Le mois précédent, elle avait aussi eu recours à ce silence vengeur pendant tout un week-end après une discussion un peu vive à propos de notre dernier relevé de carte American Express. Et encore deux mois plus tôt quand, en pleines montagnes russes psychologiques de la dépression postnatale, elle m'avait accusé d'être le plus grand nombriliste de l'histoire de l'humanité...

Ce n'étaient donc pas seulement les pleurs de Bébé Josh qui me tenaient éveillé toutes les nuits. Il y avait d'autres petits tracas, des tas et des tas de petits tracas. Cette maison, par exemple. J'en étais arrivé à détester notre maison.

Non qu'elle fût particulièrement haïssable, la cahute. Au contraire : le genre de demeure classico-banlieusarde dont rêve l'Américain moyen, deux étages, façade à bardeaux blancs et volets verts dans le style colonial Nouvelle-Angleterre, quatre chambres, vaste cuisine, salle de jeux en sous-sol, deux mille cinq cents mètres carrés de jardin, un garage indépendant de deux places. Prix de vente : quatre cent quatre-vingt-cinq mille dollars... Mais comme ce coin du Connecticut avait sévèrement dégusté pendant la récession, nous avions pu l'avoir pour quatre cent treize mille en 1991. « L'affaire du siècle », m'avaient certifié à l'époque plusieurs collègues de bureau, admiratifs. Pourtant, au moment où j'avais signé les papiers de l'emprunt bancaire avec Beth, je ne cessais de me répéter intérieurement que nous, les humains, sommes vraiment les architectes de notre propre geôle.

De même que les autres pièces de la maison, la chambre de Josh n'était que lambris de pin et mobilier « Amérique des Pères fondateurs ». Le mouflet dormait, ou plutôt était censé dormir, dans un berceau en acajou daté par les experts d'environ 1782. Il était langé sur une commode en pin provenant d'une ancienne auberge de la bonne vieille ville de York, dans le Maine. Un peu plus grand, il pourrait s'asseoir dans un minuscule rocking-chair qui avait accueilli jadis le postérieur de Nathaniel Hawthorne enfant, ou s'amuser avec une collection de poupées de chiffon qui, à tous les coups, avaient dû tenir compagnie à Harriet Beecher-Stowe pendant qu'elle écrivait *La Case de l'oncle Tom*.

Comment je connais toutes ces conneries historiques à propos des meubles de mon gosse ? Grâce à Beth, évidemment. Deux ans après notre arrivée de la grande ville, elle avait un jour décidé de se débarrasser de notre mobilier bêtement fonctionnel, scandaleusement moderne, et lancé le nouveau mot d'ordre : nous aurions un intérieur co-lo-nial. Attention, pour elle, cela ne pouvait signifier se rendre au premier magasin Ethan Allen venu et acheter deux fauteuils Williamsburg copies d'ancien en imitation cuir : tout, chez nous, allait devoir être estampillé « garanti cent pour cent fédéraliste ». Pendant des mois, cette orgie d'authenticité la poussa à écumer le moindre antiquaire jusqu'à New London en quête du véritable lit shaker, du coffre de pêcheur de baleines bostonien comme on n'en fait plus, du banc venu d'un temple quaker de Providence... Évidemment, chaque objet devait être accompagné d'un pedigree digne d'intérêt, d'une « charge » historique : d'après elle, Thomas Jefferson en personne avait sauté l'une de ses maîtresses sur notre divan français ; quant aux trois broderies typiquement Nouvelle-Angleterre suspendues dans notre salle de bains, elles étaient toutes de la main de la belle-sœur de Daniel Webster... ou était-ce de sa jeune nièce aveugle ? Je finissais par m'y perdre, moi...

Cette manie de l'authentique prit chez elle les proportions d'une véritable obsession. Coûteuse aussi, puisque cette année-là toute ma prime de Noël, sept mille neuf cents dollars, y passa. Je ne la détournai pourtant pas de cette débauche d'antiquités, parce qu'elle avait le mérite d'occuper son esprit à un moment où Beth essayait de surmonter la grande déception qui pesait sur son existence. Et pendant une période, en effet, dénicher la moindre vieillerie disponible dans la région lui permit d'oublier son amertume. Le jour vint cependant où elle se lassa de courir les ventes aux enchères et de se lancer dans des recherches frénétiques pour compléter une série de gravures originales d'Audubon. La maison était pleine. C'était un paradis de collectionneur. Quand nous avions des amis à dîner, Beth pouvait passer des heures à détailler les tribulations d'un bol à raser en porcelaine daté de 1789, qui avait initialement appartenu à un commodore d'East Sandwich, Massachusetts. Sans qu'elle me l'eût jamais avoué, je savais qu'elle méprisait l'univers dont elle avait réuni fébrilement tous les éléments, qu'elle voyait désormais en lui une simple tactique de diversion destinée à détourner ses pensées de certaines réalités peu agréables à regarder en face. Comme moi, elle en était venue à détester la maison... et tout ce qu'elle impliquait.

Le temps que j'arrive à son berceau, Josh avait atteint l'apogée de sa crise, cet instant où les cris d'un bébé qui ne cherchait d'abord qu'à rappeler aux autres son existence se muent en un seul et interminable hurlement de désespoir. Adam, à son âge, n'avait besoin que d'une intervention facile comme bonjour pour retrouver le calme, une opération en trois temps : remettre la tétine dans sa bouche, fredonner une petite berceuse, retirer la tétine et la remplacer par un biberon tout chaud. Mais en matière de réconfort parental, Josh, lui, est un client exigeant. Crier, il aime ça, et ce n'est certainement pas la pantomime tétine-berceuse-biberon qui va l'impressionner. Il exige qu'on le prenne et qu'on le promène dans ses bras pendant au moins une heure. Il faut l'amuser en chantant, en chantant constamment, car à la moindre interruption les piaillements reprendront. C'est un vrai terroriste du sommeil, qui ne cédera qu'une fois toutes ses revendications entièrement satisfaites.

J'ai tâtonné autour de son lit à la recherche de la tétine qu'il avait envoyée valser. Quand je l'ai retrouvée, sous la fameuse commode, je l'ai stérilisée en la passant rapidement dans ma bouche avant de la lui enfoncer entre les lèvres. Puis je l'ai exhumé de son berceau historique, je l'ai jeté sur mon épaule et je me suis lancé dans une (mauvaise) interprétation de l'éternelle *Brille, brille, petite étoile*. Aussitôt, il a craché sa tétine pour repasser en mode glapissant. À mi-course dans l'escalier, même cinéma. Et en bas, lorsqu'il a découvert le biberon attendant à côté du micro-ondes, les vingt éprouvantes secondes qu'a mis la potion à se réchauffer lui ont arraché des décibels réellement dangereux pour les tympans.

Alors qu'Adam a été un bébé de gravure de mode, le genre d'adorable bambin qui sourit dans la lumière irisée d'une pub pour couches-culottes, Josh, lui, est une petite brutasse. Une tête trop grosse, un nez de boxeur et un tempérament de pit-bull. Bien sûr, je l'aime, mais je me demande si je l'aime bien. Il me met mal à l'aise, et pas seulement parce qu'il hurle tout le temps : parce qu'il n'a pas l'air heureux d'être venu au monde. J'ai l'impression que cela doit aussi tenir au fait qu'il représente pour moi, tout comme la maison elle-même, un boulet domestique parmi beaucoup d'autres. Un de mes amis a une formule très imagée pour décrire cette situation : au premier gosse, dit-il, on croit encore avoir de la marge, on ne veut pas admettre qu'on est enferré jusqu'au cou dans la vie à crédit et les traites au banquier. Au second, on doit admettre qu'on est devenu un père de famille sérieux, qu'on a des obligations jusque-là. On sait que c'en est terminé de la liberté, qu'on ne parcourra plus le vaste monde.

Bien entendu, il y a une autre explication à sa mauvaise humeur permanente : il ne fait que réagir à la tension qu'il ressent entre ses parents. Ce sont des choses auxquelles les gosses sont très sensibles. Même à cinq mois, ils ont déjà des antennes affreusement efficaces. Quant à Adam, il a parfaitement conscience du malaise qui existe entre son père et sa mère. Dès que Beth et moi avons un accrochage verbal, ou nous gratifions mutuellement d'un chantage au silence, je discerne son angoisse, je vois comment ses grands yeux gris nous supplient de faire la paix. Si cette inquiétude de petit garçon me va droit au ventre, si cette supplique muette me bouleverse, c'est parce qu'elle me ramène aussi trente-quatre ans en arrière, au temps où j'avais son âge et où mes parents s'entre-déchiraient sous mon regard impuissant.

Dès qu'il m'a vu retirer sa pitance du micro-ondes, Josh s'est mis à agiter les mains jusqu'à ce que je lui tende le biberon. Puis j'ai tiré une chaise vers moi et je me suis assis en le berçant pendant qu'il engloutissait. Sachant que je pouvais escompter cinq minutes de paix avant la fin du repas, j'ai tendu le bras pour attraper la commande à distance de la petite télévision à moitié dissimulée sur un des plans de travail. M'aurait-on dit que je vivrais un jour dans une maison où même la cuisine serait équipée d'une télé que je n'y aurais pas cru !… Mais voilà, Beth m'a certifié que c'était tellement pratique pour suivre les cours donnés par tel ou tel « chef », et j'ai préféré ne pas discuter, même si par-devers moi j'avais fort envie de lui balancer qu'au temps de la guerre d'Indépendance les équipements Sony ne devaient pas courir les rues... Comme les trois autres postes que nous avons, celui-ci est branché sur le câble, donc je me suis immédiatement mis sur

McNews, le fast-food de l'information, j'ai nommé CNN.

Alors que l'image prenait vie sur l'écran, j'ai aussi-tôt aperçu quelque chose qui m'a fait battre le cœur plus vite. Non, pas quelque chose, quelqu'un. C'était elle. Kate Brymer, la correspondante de guerre de la chaîne, vedette du moment. Quand elle m'est apparue, vêtue d'un treillis sorti de chez un couturier à la mode et d'un gilet pare-balles, elle parlait en direct d'un hôpital ravagé par les bombes, à Sarajevo. Juste derrière elle, une équipe médicale était en train d'amputer un soldat d'une jambe. Ils manquaient si cruellement de tout, là-bas, qu'ils opéraient sans anes-thésie, de sorte que les gémissements du malheureux couvraient parfois le compte rendu de Kate, prononcé sur ce ton à la fois lugubre et passionné qui était devenu sa signature. J'ai noté que ses cheveux auburn coupés au carré étaient remarquablement bien coiffés, pour quelqu'un en plein milieu d'une guerre. Il est vrai qu'elle a toujours été très préoccupée par sa chevelure. Au temps où nous vivions ensemble, étudiants, elle n'arrêtait pas de les brosser. Elle arrivait aussi toujours superfringuée en cours, avec chaque fois en réserve une de ces questions pertinentes et juste assez comple-xes pour permettre au prof de briller sans prendre trop de risques ; de quoi caresser sa vanité de mâle dans le sens du poil. Oui, même à cette époque, elle avait un sens très sûr des rapports sociaux. En tant que femme nourrissant de grandes ambitions, elle avait déjà compris que jouer de son charme était une arme néces-saire, même si fastidieuse parfois, sur la voie de la consécration. Je la revois encore, étendue sur notre lit par un dimanche après-midi pluvieux, en train de feuilleter tous les livres qu'elle avait pu trouver à la bibliothèque signés Martha Gellhorn, Oriana Fallaci et Frances FitzGerald, qu'elle tenait pour les trois principales femmes journalistes de ces quarante dernières années.

« Tiens, j'écrirai des Mémoires dans ce genre, moi aussi », avait-elle annoncé d'une voix tranquille, comme si elle énonçait une évidence tant elle était certaine d'avoir un brillant avenir devant elle. Puis, brandissant un livre de photos de guerre du grand Robert Capa, elle avait ajouté : « Et toi, tu seras comme lui ! »

Sans crier gare, Josh a projeté son biberon par terre, sa manière très personnelle d'annoncer qu'il n'avait plus soif. En quelques secondes, les hurlements ont repris de plus belle jusqu'à atteindre un lamento suraigu qui menaçait à tout instant de réveiller Adam et Beth. Alors je l'ai de nouveau coincé contre mon épaule, j'ai ouvert la porte qui se trouvait près du réfrigérateur et j'ai descendu les cinq marches conduisant au sous-sol.

Ici s'étendait ce qui était devenu au fil des ans mon refuge, mon jardin secret, une retraite bourrée de gadgets. « Un endroit pour tous tes joujoux », ainsi que Beth l'avait aimablement défini un jour.

Oh, rien d'immense : une salle d'environ cinq mètres sur quatre avec deux petites pièces attenantes, mais que je crois avoir réussi à aménager de manière assez judicieuse. C'est aussi le seul espace que la manie historiciste de Beth ait épargné puisqu'il est sobrement lambrissé de bois finlandais cérusé et moquetté de gris neutre, avec des spots encastrés au plafond. Quand on y descend, le regard tombe tout de suite sur mes appareils de mise en forme, une machine à ski de fond « Piste du Nord », un banc de muscula-tion et un tapis d'exercice « Dix mille marches ». Chaque matin, j'essaie de m'entraîner quarante minu-tes, dix sur la « Piste du Nord », dix sur le simulateur d'escalier, et les vingt restantes à soulever de la fonte, tout cela pour me maintenir à soixante-quinze kilos, ce qui d'après mon docteur est le poids idéal pour un homme de trente-huit ans mesurant un mètre soixante-dix-neuf, non fumeur, avec un taux de cholestérol normal à 5,5. À chaque visite mon médecin me félicite de rester si mince, mais moi je me dis que c'est aussi parce que, toutes les fois où je serais prêt à envoyer mon poing contre un mur, je me contente de descendre dans cette pièce et de passer ma rage sur le banc de muscu.

Ou en écoutant de la musique. Je dispose ici de plus de mille deux cents CD, soigneusement alignés dans un imposant rangement pivotant en merisier d'Amérique, réalisé sur mesure à mon intention par un ébéniste de West Cornwall, un petit coin paumé du Connecticut. Bon, il m'en a coûté mille huit cent trente dollars, mais tous ceux qui l'ont vu se sont immanquablement extasiés sur la simplicité de ses lignes, d'inspiration très shaker. De même, ma hi-fi fait toujours grosse impression. Je me fournis dans un magasin spécialisé de Manhattan, 45e Rue Ouest, où ils n'ont que du matériel d'importation britannique, ce qu'il y a de mieux au monde si vous êtes un peu au fait de ces marques confidentielles mais de tout premier ordre. Pour moins de cinq mille dollars, je me suis ainsi concocté une chaîne assez himalayenne avec une paire d'enceintes Mission 753, un lecteur CD multiple Arcam Delta avec égaliseur graphique et un fabuleux ampli Cyrus 3 qui reproduit des sons purs comme le diamant avec une présence scénique tout à fait dingue.

La collection de disques elle-même est largement inspirée des sélections du *Guide Penguin de la musique classique*. Pour moi, la musique, c'est du sérieux, aussi je m'efforce de choisir des œuvres, ou des actes d'opéra, qui durent exactement le temps de mes exercices quotidiens. Malheureusement, cet impératif exclut de ma programmation matinale tout ce qui dépasse les quarante minutes, notamment les longs épanchements névrotiques d'un Mahler ou d'un Bruckner. En revanche, je ne me prive pas de passer leurs symphonies à plein régime la nuit, lorsque je me réfugie dans le seul endroit où j'apprécie pleinement la vie : ma chambre noire.

À l'origine, c'était la laverie. En emménageant ici, pourtant, une de nos premières initiatives avait été de monter la machine à laver et le sèche-linge dans un cagibi près de la cuisine. Puis ce fut au menuisier et au plombier de jouer. Toute l'installation existante, placards et branchements, fut démantelée. Un double bac professionnel en inox fit son apparition tandis que l'unique fenêtre était murée. Un des murs replâtrés et peints en gris clair accueillit un ensemble intégré de rangements et plans de travail. Enfin, je sacrifiai deux mille trois cents dollars pour une petite gâterie essentielle, le dernier cri de la porte à tambour hermétique, un cylindre tournant dans un autre plus grand sans laisser entrer le moindre filet lumineux.

Sur les conseils d'un copain photo-reporter qui travaillait à *Newsweek*, j'avais investi dans le meilleur banc de reproduction disponible sur le marché : un agrandisseur Beseler 45, un séchoir Kinderman, une cuvette automatique Kodak. J'utilise exclusivement les solutions de la marque Ilford, je ne développe que sur du papier au bromure d'argent Galleria, le support favori des plus grands photographes américains. À l'instar de tous les pros de la photo, mes deux pellicules monochromes de prédilection sont les Kodak Tri-X et Ilford HP4.

De l'autre côté de mon labo s'élève jusqu'au plafond un grand placard aux portes coulissantes en aluminium, ignifugé et résistant à l'eau, protégé par deux serrures haute sécurité. Certains s'étonneront peut-être de toutes ces précautions mais, quand on possède une collection d'appareils et d'objectifs dont la valeur a été estimée à plus de quarante-cinq mille dollars, on ne peut pas se permettre de prendre le moindre risque.

J'ai commencé à collectionner les appareils photo en 1963. J'avais alors six ans et j'étais allé passer quelques jours chez mes grands-parents, dans leur résidence de retraités de Fort Lauderdale. Il y avait un vieux Brownie sur une table basse, je l'ai pris et, en pressant mon œil sur le viseur, j'ai découvert un nouveau monde, un monde captivant, une vision entièrement neuve de ce qui m'entourait. C'était comme épier à travers la fente d'une porte : plus besoin de regarder partout, je pouvais concentrer mon attention sur une seule image. Mais ce qui plut particulièrement au petit garçon que j'étais alors, ce fut la possibilité de me dissimuler derrière l'objectif, car l'appareil constituait une véritable barrière entre moi et les autres. Pendant tout le restant de notre séjour, tandis que mes parents se chamaillaient, que mes grands-parents se disputaient et que les deux couples se houspillaient mutuellement, j'ai passé le plus clair de mon temps derrière ce Brownie. En réalité, dès qu'un adulte était en vue, je portais l'appareil devant mon visage et demeurais dans cette position, même si on me parlait. Mon père ne trouvait pas ça drôle. Un soir, pendant le dîner, alors que j'essayais de manger mon cocktail de crevettes tout en gardant le viseur du Brownie sur l'œil, il perdit patience et m'arracha l'appareil des mains. Morris, mon grand-père, trouva que son gendre se montrait trop sévère. Il prit ma défense.

« Oh, laisse Benny s'amuser.

— Il ne s'appelle pas Benny, répliqua mon père avec cette nuance hautaine qu'ont souvent dans la voix les anciens de Yale. Son nom, c'est Benjamin. »

Mon grand-père refusa de le suivre sur le terrain de la sécheresse WASP.

« Ouais, m'a tout l'air que ce p'tit sera photographe, plus tard.

— S'il veut crever la faim, uniquement. »

Ce fut le premier et le plus bénin de la longue série d'accrochages que j'allais avoir avec mon père à cause de la photographie. À la fin de cette brève et éprouvante visite à Fort Lauderdale, mon grand-père m'offrit solennellement le Brownie au moment où nous allions reprendre l'avion. Cadeau d'adieu pour ce cher Benny, proclama-t-il.

Cet appareil, je l'ai toujours. Il repose tout en haut du placard métallique, aux côtés de mon premier Instamatic (Noël 67), de mon premier Nikkormat (pour mon quatorzième anniversaire), mon premier Nikon (pour mon entrée à l'université), mon premier Leica, cadeau de ma mère à l'occasion de ma licence, en 1978, six mois avant qu'une embolie vienne la faucher à l'âge de cinquante et un ans.

Les trois autres étagères en contrebas accueillent les appareils que j'ai réunis depuis. Il y a quelques raretés, de vraies pièces de musée telles qu'un Pentax Spotmatic, un boîtier Eastman Kodak de la première génération et un Kodak Retina dans sa version initiale. Vient ensuite mon matériel de travail proprement dit : un SpeedGrafic, idéal pour les reportages risqués, un Leica M 9 dernier modèle (avec un objectif Sumicaron 300, Leica également, cinq mille dollars), un LeicaFlex, un Hasselblad 500 CM et un robuste DeoDorf en merisier que j'utilise seulement pour des paysages très travaillés ou des portraits posés.

Un mur entier du sous-sol est couvert d'un choix de vues réalisées grâce à ce dernier appareil, mélancoliques aperçus de la côte du Connecticut sous un ciel menaçant, dans la veine d'un Ansel Adams, ou granges à bardeaux blancs sur fond de nuages noirs. En face s'étalent les portraits, un travail très inspiré par Bill Brandt sur Beth et les enfants pris au quotidien, uniquement à la lumière naturelle et avec une ouverture suffisante pour obtenir un grain assez dense, un style naturaliste. Sur le dernier mur disponible sont rassemblés des exemples de ce que j'appelle ma période Diane Arbus : un mendiant unijambiste et borgne devant un magasin Bloomingdales ; une vieille Indienne avec un masque chirurgical claudiquant à l'aide d'une canne à travers Central Park, côté ouest ; un poivrot du Bowery, affligé d'un vilain ulcère sur la joue, en train de retirer d'une poubelle un Big Mac à moitié entamé...

Beth ne peut pas supporter ces clichés hyperréalistes : « C'est trop, c'est de l'épate-bourgeois », prétend-elle. Elle n'adore pas non plus les portraits de famille naturalistes : « Tu nous fais ressembler à des péquenots des Appalaches. » Les paysages, par contre, obtiennent son approbation, et elle me dit toujours que je sais parfaitement saisir le côté le plus glauque de la pastorale Nouvelle-Angleterre. Adam, lui, est un fan de mes épaves urbaines. Chaque fois qu'il descend en trombe ici, il se hisse sur le canapé gris, montre du doigt le soûlard du Bowery et s'exclame d'un air extasié : « Monsieur dégoûtant, monsieur dégoûtant ! » C'est mon critique photo, disons. Et Bébé Josh ? Il ne remarque rien. Il se contente de hurler.

Ce matin-là, d'ailleurs, il était plus que jamais lancé. Même dans mon antre, il a continué son tapage. Au bout de vingt minutes de cette très matutinale crise de larmes, j'avais dû faire au moins quarante fois le tour de la salle et entièrement épuisé mon répertoire de berceuses, de sorte que j'en étais déjà à ma quatrième version de *Brille, brille, petite étoile*. J'ai fini par m'asseoir tant j'étais épuisé, non sans le faire sauter sur mes genoux pour lui donner l'illusion que nous étions toujours en mouvement. J'ai réussi à le faire taire un bref moment, pendant lequel je suis resté à contempler fixement l'espace vide sur le mur au-dessus de ma chaîne stéréo. Depuis le début, j'avais réservé dans mes pensées cet endroit à mes photos de guerre, aux saisissants clichés à la Robert Capa que, d'après Kate Brymer, je prendrais un jour... Seulement, je ne m'étais encore jamais trouvé dans une zone de conflit, je n'avais jamais approché de près ni de loin la moindre ligne de front. Et je savais que cela ne m'arriverait pas. J'en étais certain.

Le répit s'est terminé : Josh a recommencé à hurler. Le malaise se situait peut-être au niveau de sa couche ? Je l'ai étendu sur le canapé, j'ai dégrafé les attaches latérales de son pyjama une pièce et j'ai jeté un coup d'œil inquiet à l'intérieur du Pamper. Énorme paquet. Un spectacle qui ne se révèle jamais réjouissant, mais qui devient franchement déprimant après une nuit blanche.

Retour à la nursery, donc, où je l'ai déposé sur le matelas de plastique qui protégeait le dessus de la commode-table à langer. Comme ce garçon souffre d'une incurable allergie aux couches-culottes qui, depuis sa naissance, lui infligent un fessier écarlate et purulent, la cérémonie du change lui fait l'effet d'un passage par la salle de torture. Dès qu'il a senti l'alèse sous lui il s'est mis à se tordre et à hurler, avec des soubresauts si violents qu'il m'a fallu le maintenir d'une main pendant que je rouvrais son pyjama de l'autre en m'efforçant de dégager ses jambes du vêtement. Cette opération achevée, non sans mal, j'ai fait sauter les attaches du Pamper pour me confronter à un spectacle dantesque : la diarrhée visqueuse s'étalait sur tout son postérieur et son ventre, au point que je ne voyais même plus son nombril. J'ai fermé les yeux de dégoût, mais un instant seulement, car Josh avait recommencé à se trémousser, martelant la couche souillée de ses jambes. Il en avait maintenant jusque sur les pieds, la bouillie se collant entre ses doigts.

« Dieu du ciel », ai-je murmuré en me détournant pour attraper la boîte de serviettes en papier qui se trouvait sur le rebord de la fenêtre.

La main que j'avais posée sur sa poitrine pour le maintenir ne l'avait quitté que trois secondes à peine, mais cela a suffi pour que l'impensable se produise : Josh s'est remis à gigoter si brutalement qu'il a glissé du matelas de change et, quand je me suis retourné vers lui, j'ai découvert avec horreur qu'il était sur le point de dégringoler par terre, un mètre vingt plus bas.

J'ai fondu vers lui en criant son nom au moment où il passait le bord. Je ne sais pas comment j'ai réussi à me projeter sous lui, allant donner de la tête contre la commode au moment où il tombait sur moi. Il a hurlé, de peur cette fois. À ce moment précis, la porte s'est ouverte, et Beth a surgi au-dessus de moi. Elle glapissait :

« Mais c'est pas vrai ! Je te l'avais dit, dit et redit, je... »

Avant qu'elle me l'arrache des mains, j'ai seulement eu le temps de bredouiller :

« Tout va bien... Il n'a rien eu... »

Quand elle a pris le bébé dans ses bras, la couche s'est détachée pour venir s'écraser droit sur mon ventre. Plus que ma robe de chambre désormais maculée de liquide nauséabond, c'était la grosse bosse apparue sur mon crâne qui me préoccupait, ainsi que la voix impitoyable de Beth.

« Tu n'écouteras donc jamais, c'est cela ?

— C'était... un accident !

— Ne le laisse jamais seul sur ce matelas... Jamais, tu m'entends ?

« — Hé, je me suis éloigné une seconde, à peine !

— Mais je te l'avais dit, je n'ai pas arrêté de te dire que...

— Bon, d'accord ! J'ai dû...

— Tu n'as pas dû, tu as été négligent, point.

— Très bien. »

Alors que je me remettais debout, la couche imprégnée de diarrhée a glissé sur le sol avec un « flop » discret mais évocateur, pour atterrir béante sur le tapis de la nursery, un ouvrage datant de 1775 et provenant d'une honorable pension de Philadelphie où John Adams effectua un séjour en son temps. Beth a contemplé le gâchis sur ma robe de chambre et sur l'historique tapis (valeur : mille cinq cents dollars), le gâchis dont Josh, toujours aussi hystérique, venait de souiller à son tour sa chemise de nuit.

« Oh, bravo, a-t-elle articulé d'une voix accablée. C'est trop génial.

— Je suis désolé.

— Tu es toujours désolé.

— Écoute, Beth...

— Vas-y, Ben. Va prendre une douche. Va à ton travail. Je m'occuperai de tout ça. Comme d'habitude.

— Parfait... Je suis parti. »

En effectuant une rapide retraite de la nursery, je suis tombé sur Adam, debout dans le couloir à la porte de sa chambre. Il serrait contre lui sa peluche préférée, un koala tout sourires. À ses yeux écarquillés par l'affolement j'ai compris que nos cris l'avaient réveillé. Posant un genou à terre, je l'ai embrassé sur ses cheveux blonds.

« Tout va bien, maintenant. Retourne au dodo. »

Il n'a pas eu l'air convaincu.

« Pourquoi vous étiez en train de vous disputer ?

— On est simplement... fatigués, Adam. C'est tout. »

Je n'étais moi-même guère convaincant. Le doigt tendu vers mon pyjama et ma robe de chambre tachés, il a plissé son nez quand la puanteur a flotté jusqu'à lui.

« Monsieur dégoûtant, monsieur dégoûtant ! »

J'ai réussi à sourire, un peu.

« Ouais, ça c'est sûr. Bon, tu retournes au lit ?

— Je vais avec maman », a-t-il annoncé, et il a couru à la nursery.

Au moment où il entrait, j'ai entendu Beth gémir :

« Oh non ! Toi aussi tu es debout... »

De retour dans notre chambre, je me suis entièrement déshabillé pour enfiler un short de gym, un tee-shirt et mes Nike, puis je suis descendu m'enfermer dans mon sous-sol en faisant un détour afin de jeter ma tenue de nuit dans la machine à laver. En bas, j'ai fait pivoter ma colonne de rangement jusqu'à trouver la lettre B. Passant mon doigt sur la tranche des disques alignés, j'ai sorti les *Suites anglaises* de Bach par Glenn Gould. Puisque c'était à l'évidence un jour où les écouteurs s'imposaient, j'ai branché mon casque Sennenheim (« Un son d'une qualité exceptionnelle », dixit le magazine *Stereo Review*), j'ai monté le volume et je me suis efforcé de trouver le rythme adéquat sur mon tapis d'exercice. Impossible de bouger, cependant : je me suis rendu compte que j'agrippais les poignées avec une telle violence que mes jointures en étaient devenues blanches.

J'ai mis un moment avant de me ressaisir et de partir dans une ascension régulière, atteignant bientôt les cinq kilomètres à l'heure, la nuque envahie d'une première suée. J'ai encore accéléré à l'assaut de mon escalier magique, atteignant bientôt l'équivalent de vingt étages d'après le compteur installé sur la machine. Dans cette ruée délirante, j'entendais mon cœur battre la chamade, s'épuiser à suivre mes jambes prises de folie. Bach était toujours là mais je ne l'entendais plus, n'écoutant que les timbales qui résonnaient dans ma poitrine. Ainsi, j'ai réussi à faire le vide dans ma tête un court, un trop court moment. Plus de colère, plus de désespoir domestique. Je m'étais libéré de tous les carcans, de toutes les obligations. J'étais partout sauf « là », dans cette baraque.

La transe a duré jusqu'à ce qu'Adam apparaisse dans mon champ de vision. Il descendait les marches péniblement, traînant derrière lui une lourde besace en cuir marron. Mon porte-documents. Parvenu en bas, il m'a lancé un de ses grands sourires et a entrepris d'approcher la serviette qu'il tenait à deux mains. Il semblait marmonner quelque chose dans sa laborieuse avancée, alors j'ai arraché le casque de ma tête et, malgré mes halètements, j'ai entendu qu'il chantonnait :

« Voca kom papa...Voca kom papa...Voca kom papa. »

J'ai senti des larmes me venir. Non, petit, tu ne voudrais quand même pas être avocat comme papa, hein ?

# DEUX

Il faut à peine sept minutes pour se rendre à pied de chez nous à la gare et il n'était que six heures et demie, pourtant j'ai pu compter en chemin pas moins de dix silhouettes qui se hâtaient déjà vers le train. Alors que je pressais le pas pour les rejoindre, non sans remonter le col de mon Burberry dans le petit matin glacial de l'automne, le baratin de l'agent immobilier qui nous avait vendu la maison m'est revenu en mémoire, comme chaque matin d'ailleurs. En blazer bleu, pantalon à carreaux et chaussures de yachting, la cinquantaine, Gordy – c'était son nom – m'avait déclaré le plus sérieusement du monde :

« En fin de compte, vous n'achetez pas seulement une supermaison. Dans le prix, il faut aussi compter que vous êtes superdesservis, ici. »

Sur notre rue, Constitution Crescent, il y a vingt-quatre propriétés : onze coloniales, sept dans le style Cape Cod, quatre du genre ranchs à deux niveaux, et deux Monticellos en briques rouges. Chacune a son jardin et son allée privée. On voit des balançoires et des toboggans devant la plupart d'entre elles, les autres ont le terrain de jeux et la piscine à l'arrière. Dans ces parages, le véhicule vedette est la Volvo familiale, suivie de près par la Ford Explorer, plus quelques voitures de sport : une Porsche 911, qui appartient à Chuck Bailey, directeur artistique dans une grosse boîte de pub de Madison Avenue, une MG décatie dont s'enorgueillit Gary Summers, un photographe local plutôt mauvais, et la Mazda Miata qui ne quitte guère mon allée, garée à côté de la Volvo que Beth et les enfants utilisent tous les jours.

Au bout de Constitution Crescent s'élève une église épiscopale dotée de l'inévitable corniche blanche, et juste en face le vieux panneau, très Nouvelle-Angleterre, proclamant en lettres dorées le nom de la ville et sa date de fondation : New Croydon, Est. 1763.

J'ai pris à gauche, passant devant la poste, trois antiquaires et un « déli » qui ne propose pas moins de trente-deux variétés de moutarde, avant d'arriver finalement sur l'artère centrale de New Croydon, Adams Avenue, un large terre-plein au bord duquel s'alignent des magasins en forme de masures Nouvelle-Angleterre, une banque à l'architecture plus moderne, la caserne des pompiers et un grand lycée en briques rouges devant lequel flotte une gigantesque bannière étoilée qui ne quitte jamais son mât. Bref, une vraie petite ville de banlieue, avec tout le charme et le confort que des pros de l'immobilier comme Gordy vantent, dans leur laïus commercial, en ces termes : « Donc, je résume, taxes foncières réduites, pratiquement pas de criminalité, quarante-cinq minutes de Grand Central, superécoles publiques, la plage à deux pas… Et puis le fait que, contrairement à New York, avec quatre cent cinquante bâtons vous avez de quoi vous payer un sacré morceau de maison ! »

J'ai pris à droite sur Adams, j'ai coupé par le parking qui dessert à la fois le « Lavage à sec

Colonial » et « Vins fins et Alcools de New Croydon », et j'ai commencé à grimper la passerelle qui surplombe la voie ferrée. Le 6 h 47 allait arriver dans trois minutes. En me hâtant vers le quai desservant la direction sud, j'ai vu qu'il était déjà noir de cravatés. Nous devions être environ quatre-vingts à attendre l'express du matin, tous uniformément vêtus dans les tons discrets que requiert le monde de la finance ou de la basoche, sombres variations sur le gris et le bleu fréquemment traversées de fines rayures. Les rares femmes présentes portaient invariablement des chemisiers blancs et de strictes jupes aux genoux. Je n'ai aperçu qu'un seul type jouant les rupins italiens en costume croisé gris perle avec boutons de nacre : un qui devait diriger l'affaire familiale d'import-export, à coup sûr. Les autres, nous tous, faisions dans le classique et le sérieux avec de simples vestons droits.

« Ne te présente plus jamais ici en costume croisé, m'avait averti Jack Mayle, mon mentor au sein du cabinet que je venais d'intégrer. Ça donne un genre louche, un genre que nos clients n'attendent surtout pas de Lawrence, Cameron & Thomas ! Pas de chemises voyantes non plus : limite-toi au blanc ou au bleu clair, avec des cravates discrètes. N'oublie pas que si tu veux un jour devenir associé, tu dois en avoir l'air. »

Après cette mise au point, j'avais rangé au placard le coûteux (mille cent dollars) et superbe Armani que je m'étais payé sur un coup de tête en apprenant que j'avais décroché ce job. Puis j'avais passé tout un après-midi chez Brooks Brothers pour m'acheter plusieurs versions de la tenue qui m'avait été recommandée. Nul doute que tous mes compagnons sur ce quai glacial avaient eux aussi laissé pas mal d'argent chez Brooks, parce qu'ils devaient certainement jouer le même jeu que moi pour se permettre le luxe de vivre à New Croydon. Et quand on joue le jeu, il faut aussi porter l'uniforme de rigueur.

Deux ans plus tôt, j'avais fini par devenir associé, si bien que je ne me fatiguais plus à prendre le premier train du matin : plus n'était besoin de manifester mon empressement au travail en m'installant devant mon bureau à sept heures et demie tapantes. Mais un jour comme celui-là, il était hors de question de rester tranquillement à la maison en attendant le 8 h 8 ou le 8 h 38, mes horaires habituels, puisque Beth m'avait fait comprendre très clairement que tous mes efforts en vue de parvenir à une détente postguerre froide entre nous resteraient vains.

Lorsque j'étais redescendu de la douche après ma suée matinale, elle était en train de faire manger Josh et Adam dans la cuisine, avec le ronron de « Today in New York » en fond sonore. Elle avait à peine levé les yeux à mon entrée avant de les reporter délibérément sur le nourrisson. Le caleçon et l'informe sweat-shirt noir qu'elle avait passés laissaient deviner une maigreur récemment et durement acquise. Elle n'avait jamais été du genre bien en chair, certes, mais sept ans auparavant, quand je l'avais connue, elle avait l'allure d'un capitaine d'équipe de hockey sur gazon qui ne refuse jamais un petit verre : une blonde pétulante et solidement charpentée, capable de parler livres et football toute une nuit en se tapant force bières. Elle avait aussi un rire incroyablement espiègle, surtout au lit, où en ce temps-là nous passions le plus clair de notre temps. Et puis, à trente-cinq ans, elle s'était muée en adepte décharnée de l'aérobic, aussi filiforme et dégingandée qu'une sprinteuse des JO. Elle avait désormais des joues émaciées, un tour de taille réduit à zéro, et elle avait renoncé à ses longs cheveux de jadis pour une coupe au carré, à la garçon manqué mais très chic, le type de coiffure dont les actrices françaises semblent raffoler. Je la trouvais toujours attirante, cependant, d'ailleurs les gens se retournaient encore sur elle dans nos soirées de banlieusards, notamment lorsqu'elle était moulée dans une certaine robe noire de Donna Karan qui mettait en valeur son allure anguleuse. Mais, la plupart du temps, l'exubérance de la fille pas bégueule avait fait place à une irritation permanente, à propos de tout et de rien. Elle avait des cernes noirs en forme de croissants de lune sous les yeux, elle paraissait sans cesse à bout de nerfs. Depuis la naissance de Josh, elle s'était tellement éloignée de moi qu'elle ne voulait même plus que je la touche, me repoussant régulièrement avec des excuses aussi plates que « Je ne me sens pas prête, pas encore »…

Ce matin-là, j'étais allé droit vers sa chaise, j'avais posé une main sur son épaule, et j'allais tenter de déposer un baiser sur sa tête quand elle avait sursauté et s'était dégagée d'un geste brusque.

« Bon sang, Beth… » Elle faisait comme si je n'étais pas là, continuant à enfourner dans la bouche de Josh des cuillerées de mélasse orange qu'elle puisait dans un pot d'aliments pour bébé Heinz. « Ça, ça me dépasse. Ça me dépasse complètement.

— Vraiment ? avait-elle commenté sans me regarder.

— Oui, vraiment.

— Dommage.

— Et ça veut dire quoi, ça, bordel ?

— Réfléchis.

— Pourquoi tu fais ça ?

— Je ne fais rien du tout !

— Me tourner le dos depuis des mois, me traiter comme une sous-merde… C'est rien, ça ?

— Je ne veux pas avoir cette discussion maintenant.

— C'est ce que tu dis toujours, toujours à t'esquiver à la moindre putain d'…

— PAS MAINTENANT ! »

Il y avait du danger, et sérieux, dans sa voix. Le silence s'était installé. Adam avait la tête baissée sur ses céréales, qu'il remuait d'une cuillère accablée. Et moi, j'étais resté planté là comme un crétin, finissant tout de même par comprendre que je n'avais rien d'autre à faire que m'en aller. Alors, j'avais embrassé les gosses, attrapé mon porte-documents et lancé à la cantonade :

« Je risque d'avoir un rendez-vous à cinq heures et demie.

— Pas grave. Fiona reste tard, ce soir. »

Fiona, la nounou irlandaise qui s'occupait d'Adam et de Josh.

« D'ac. Je t'appelle dans la journée.

— Je ne serai pas à la maison.

— Ha, tu as quelque chose de particulier, aujourd'hui ? »

J'avais posé la question pour la forme, sans vraiment attendre une réponse.

« Non.

— Bon, à plus. »

J'avais ouvert la porte qui donnait sur le jardin sans obtenir le moindre regard ni le moindre mot.

En achetant le *New York Times* et le *Vanity Fair* du mois au kiosque de la gare, j'ai soudain senti une goutte d'acide brûler mon estomac. J'ai tressailli. La bile s'écoulait maintenant, ravageant mes entrailles. Je me suis mordu les lèvres, j'ai fermé les yeux. La douleur ne se dissipait pas pour autant. Quand le train est arrivé à quai, je suis monté en titubant, pratiquement plié en deux. Après m'être affalé sur le premier siège vacant, j'ai ouvert mon attaché-case. Sous une demi-douzaine de dossiers juridiques, j'ai trouvé ma bouteille de Maalox, que j'ai secouée comme un fou avant d'en avaler un bon tiers au goulot, d'un seul trait. Puis j'ai lancé un prudent coup d'œil autour de moi, me demandant si un ou plusieurs de mes voisins avaient aperçu mon manège et m'avaient déjà classé dans la catégorie des « ulcères carabinés » ou des « totalement flippés ». Mais non, chacun était entièrement captivé qui par son ordinateur portable, qui par des papiers à revoir urgemment, qui par son téléphone mobile. Normal, pour le 6 h 47, ce vaisseau des jeunes damnés du boulot courant après la consécration, rêvant de prendre une participation dans une affaire, de devenir vice-présidents, encore prêts à assumer des journées de quatorze heures dans le dessein d'« arriver ». En fait, l'atmosphère de ce wagon était tellement chargée de nervosité, d'ambition et d'auto-suggestion que j'aurais aussi bien pu sortir une pipe de crack et me mettre à tirer dessus voluptueusement, cela n'aurait intéressé personne autour de moi... Ou plutôt si, il y aurait bien eu quelqu'un pour me rappeler d'un ton sec qu'il était interdit de fumer dans le train.

Je préfère le Maalox liquide aux comprimés parce qu'il a un effet immédiat sur mes brûlures d'estomac. Dans les cinq minutes qu'il a fallu à la rame pour cahoter jusqu'à l'arrêt suivant – Riverside, autre trou paumé –, je me suis senti soulagé. Pourtant, je ne me faisais pas d'illusion : d'ici à la fin de la soirée, j'allais avoir maintes occasions de la taquiner, cette bouteille de Maalox.

Après Riverside, il y a eu Cos Cob, Greenwich, puis Port Chester, Rye, Harrison, Mamaroneck, Larchmont, New Rochelle, Pelham, Mount Vernon, 125e Rue et enfin Grand Central, terminus. Au bout de trois ans, je connaissais cette ligne par cœur, j'en avais mémorisé tous les détails, comme le yacht à la coque rose et à la grand-voile déchirée qui est toujours à tanguer au milieu de la marina de Riverside, comme la porte des toilettes sur le quai de Port Chester et son énigmatique inscription – « LEMEN », le « GENT » ayant disparu depuis belle lurette –, comme le bombage amèrement philosophique sur un pilier de la station de la 125e Rue : « Le Blanc en a une toute petite, n'empêche, il te baise à fond ! »

Riverside, Cos Cob, Greenwich, Port Chester, Rye, Harrison, Mamaroneck, Larchmont, New Rochelle, Pelham, Mount Vernon, 125e Rue, Grand Central. La litanie de mes matins. Pareille à celle que mon père a récitée chaque jour ouvrable pendant trente-cinq ans, à la seule différence près que je me tape la ligne Nord alors que son trip à lui, c'était celle de Hudson River qui dans le temps piquait à travers le cœur rupin du comté de Westchester.

Enfin, lui aussi était « superdesservi » puisque son cabinet de courtage se trouvait à l'angle de Madison Avenue et de la 48e, soit à moins de dix minutes de Grand Central en marchant sans forcer. Un jour de vacances scolaires, quand j'avais dix ans, il m'avait emmené avec lui à son bureau. Nous avions pris le 8 h 12 pour la grande ville, moi habillé en cadre supérieur modèle réduit, blazer bleu et pantalon en flanelle gris, mon cartable de classe reconverti en attaché-case pour l'occasion. Dans le train, il m'avait présenté à ses compagnons de transhumance matinale, braves gens qui semblaient mettre un point d'honneur à s'appeler par leur nom de famille : « 'Jour, Cole ! », « Ça va, Mullin ? », « Quoi de neuf, Swabe ? »… J'avais été l'attraction du moment, chacun demandant à mon père si j'étais bien le futur broker étoile dont il leur parlait tout le temps, chacun voulant connaître mon avis à propos de thèmes d'actualité aussi brûlants que le remplacement possible de Tom Seaver, lanceur vedette des Mets, ou les chances qu'avait George Romney de devenir le candidat républicain pour les présidentielles de l'année suivante.

Au bureau, j'avais fait la connaissance de sa secrétaire, Muriel, une matrone à mauvaise haleine, puis il m'avait fait visiter la salle de réunions, la salle à manger de la direction, l'aile directoriale dont il occupait un des quatre bureaux, un univers confiné et cossu où tout n'était qu'immenses tables en acajou et fauteuils en cuir trop rembourrés, exactement la même ambiance qu'à l'India Club où il m'avait ensuite conduit pour déjeuner. Au cœur du quartier des affaires, tout près de la Bourse, c'était un établissement furieusement bostonien et « vieille Amérique » comportant moult palissandres, pesants portraits à l'huile de gros bourgeois du XIXe siècle et vénérables maquettes de frégates disparues depuis des lustres. Sous des voûtes sombres, dans une atmosphère compassée, les serveurs en tenue blanche empesée choyaient une population de costumes stricts, lunettes d'écaille et chaussures d'un noir de jais : Wall Street à table.

« Toi aussi tu seras membre de ce club, un jour », m'avait annoncé mon père, et je me rappelle avoir pensé alors que s'il était sans doute fantastique de regarder le monde à travers un viseur d'appareil photo, occuper un vaste bureau, être tiré à quatre épingles et se sustenter tous les jours à l'India Club devait certainement être la consécration de l'âge adulte.

Huit ans plus tard, cependant, je jurai de ne plus jamais remettre les pieds dans ce fameux club. C'était l'été 1975, je venais d'achever ma première année au Bowdoin College[1] et j'avais décroché pour les vacances une place de vendeur intérimaire dans

---

1. Le « college » américain est un établissement de formation supérieure, public ou privé, délivrant les « bachelor's degrees », licences. Son importance dans la carrière d'un Américain est beaucoup plus sensible qu'en Europe. Le Bowdoin College est un college privé, de 1 410 étudiants, installé à Brunswick, dans le Maine *(NdT)*.

l'un des grands magasins de photo qui se succèdent sur la 33e Rue Ouest. Mon père, lui, était effondré : non seulement j'avais dédaigné sa proposition d'« apprendre les ficelles » en faisant mes premières armes dans la corbeille de la Bourse new-yorkaise, mais je me retrouvais boutiquier à soixante-dix dollars la semaine… Il ne parvenait pas non plus à digérer que j'aie quitté le foyer familial pour atterrir dans une piaule minable, avenue B, où je cohabitais scandaleusement avec une étudiante ratée originaire de Scarsdale, une certaine Shelley qui se présentait comme « artiste en macramé ».

Après quelques semaines de béatitude baba cool, au cours desquelles j'avais répondu aux coups de téléphone de plus en plus impatients de mon père dans un état souvent proche de l'overdose, il m'avait convoqué à déjeuner. Et lorsque j'avais rétorqué « Bouffer, quoi, c'est nul ! », il m'avait annoncé que si je ne me présentais pas à l'India Club le jeudi suivant à une heure tapant, je pouvais d'ores et déjà renoncer à faire la rentrée dans mon collège huppé de Nouvelle-Angleterre : il ne paierait plus pour ma scolarité, point.

Dur en affaires, le paternel. Il n'y avait pas le choix, je devais me présenter à la convocation. J'avais même endossé un costume pour l'occasion, un genre de costard de gangster des années 40 à grosses rayures que j'avais déniché chez un fripier du Village. J'avais même demandé à Shelley de réunir en queue de cheval mes cheveux, qui m'arrivaient alors aux épaules.

« Tu es impossible, avait décrété mon père à peine avais-je pris place à sa table. Insortable. »

Avec un sourire planant, j'avais répondu par quelque chose dans la veine de Gertrude Stein, quelque chose comme :

« Je suis ce que je suis ce que je suis.

— Bon. Tu reviens à la maison.

— C'est ça !

— Ce soir, le train de 6 h 10, Grand Central. Je t'y attends. Si tu n'y es pas, tu pourras te chercher les neuf mille dollars pour ta prochaine année à Bowdoin. »

Et je l'ai attrapé, ce train. Je suis revenu au bercail. J'ai gardé mon job au magasin de photo, mais désormais, pour m'y rendre, je prenais le 8 h 6 avec mon père. Aux oubliettes, le costume zazou, disparus, les cheveux longs maintenant sagement coupés à la nuque. Je m'efforçais de revoir Shelley pendant les week-ends. En moins de quinze jours, pourtant, j'avais été remplacé dans son lit par un artiste mangeur de verre répondant au nom de Troy. Les deux étés suivants, j'accomplis la volonté paternelle : je fus coteur pour sa société dans l'arène de la Bourse.

J'avais capitulé. Je m'étais dégonflé. J'avais baissé la culotte. Et pourquoi ? Parce que c'était plus simple ainsi, plus raisonnable : autrement, comment aurais-je pu m'en tirer s'il m'avait coupé les vivres ? En m'accrochant à mon petit job au magasin de photo ? En essayant de percer en tant que photographe ? De tels choix seraient allés à l'encontre du gros investissement qui avait été placé sur ma personne : le lycée privé d'Ossining, les coûteux camps d'été, les leçons de tennis, les quatre ans à Andover, l'entrée dans un collège universitaire aussi élitiste que Bowdoin... Non, quand on a grandi dans les cercles les plus exclusifs de la côte Est, on ne peut pas tout balancer du jour au lendemain et aller vendre des Nikon sur la 33e Rue. À moins d'être prêt à se faire cataloguer comme le raté total, quelqu'un à qui on a donné toutes les chances et qui n'a pas été capable de « réussir ».

Réussir. Le plus américain des verbes. Comme dans l'incontournable phrase : « Tu as reçu la meilleure éducation possible, maintenant tu dois réussir. » Pour mon père, comme pour à peu près tous mes camarades de classe, ce terme n'avait qu'une seule et unique signification : faire de l'argent, beaucoup d'argent. Un objectif à six chiffres, minimum, qu'il s'agissait d'atteindre en grimpant rapidement l'échelle hiérarchique d'une boîte importante ou en choisissant l'une des professions libérales les plus lucratives. Cependant, même si j'acceptai, en plus de mes cours de photographie, de suivre l'initiation au droit des affaires que mon père me recommandait, j'étais convaincu qu'aussitôt mes études terminées – et du même coup ma dépendance financière vis-à-vis des caprices paternels – je dirais un adieu définitif à ce monde de la réussite.

« Ne te laisse pas intimider », me répétait sans cesse Kate Brymer.

Ah, Kate. Alors que le train quittait Harrison, je me suis mis à feuilleter machinalement les pages luxueuses de *Vanity Fair*. J'ai sauté un papier consacré à un acteur joli garçon qui « a finalement trouvé son équilibre spirituel et son rayonnement de star », une histoire de « meurtre en série dans la coterie » à propos d'une fille à papa frappadingue devenue serial killer, qui avait étranglé six joueurs de tennis professionnels de Palm Springs. J'ai encore tourné une page. Elle était là.

Un court sujet sur elle, accompagné d'un grand portrait photo de Kate signé Annie Leibovitz. Elle se tenait devant une scène macabre de Bosnie, quelques cadavres qui avaient taché de sang tout frais la neige en arrière-plan. Elle portait comme à l'habitude un treillis classieux et regardait l'objectif avec son expression, désormais inévitable, de « Mère-Courage-qui-s'habille-chez-Armani ». Le titre proclamait : « Sur la vraie ligne de feu : Kate Brymer en Bosnie ou le chic qui n'a pas froid aux yeux ». Sous-titre : « Le secret pour faire un bon correspondant de guerre, d'après Kate Brymer de CNN ? "Il y en a deux : être sans cesse à l'écoute de la souffrance... et savoir esquiver les balles perdues !" »

« Et une petite dose de classicisme patricien de Nouvelle-Angleterre, pourrait-on ajouter, enchaînait l'article. Car la belle intrépide née à Newport, Rhode Island, n'est pas sans nous rappeler une autre Kate (Hepburn, pour tout dire), avec ses pommettes aristocratiques et son flegme impérial devant les épreuves.

« "Elle a signé les reportages de guerre les plus hallucinants de l'histoire récente de la télévision", affirme le grand gourou de CNN, Ted Turner, qui avec son épouse Jane Fonda a déjà invité deux fois Brymer à passer quelques jours de vacances dans leur ranch du Montana. Mais Kate, qui a eu des aventures sentimentales avec des personnalités aussi intellectuellement impressionnantes que le présentateur d'ABC Peter Jennings ou le réalisateur français Luc Besson, a rarement l'occasion de prendre quelque repos bien mérité, loin des convulsions de ce monde. Après s'être fait remarquer par ses reportages au cœur de Belfast en feu, elle a aussi échappé aux balles des snipers en Algérie et se prépare maintenant à rafler un Emmy Award avec ses comptes rendus sans concession mais tellement humains sur une Bosnie ravagée par la guerre.

« "Mon travail, c'est de rendre compte des pires agissements de l'homme", nous a-t-elle confié depuis Sarajevo, la capitale, dans une liaison téléphonique des plus précaires. "La vraie difficulté, c'est de refuser à tout instant la tentation du cynisme, si forte quand on est témoin de tout ce carnage. On ne peut pas se contenter d'observer une guerre, il faut aussi la 'sentir'. Alors, moi, je mets toujours à l'épreuve ma capacité à sympathiser avec la douleur d'autrui, je veux toujours être sûre de me sentir en harmonie avec le Bosniaque moyen qui assiste à la destruction du monde qu'il avait connu..." »

Putain de pas Dieu ! C'est quoi, ces fumisteries de prix Pulitzer en puissance ? « Capacité à sympathiser avec la douleur d'autrui » ? « En harmonie avec le Bosniaque moyen » ? Tu ne dis pas tout ça sérieusement, hein, Kate ?

Sur le front de la publicité personnelle, il est vrai qu'elle a toujours été redoutable, Kate : elle a toujours su quelle ficelle tirer pour avancer dans sa carrière... Bon, j'ai l'air jaloux, là ? Mais je suis jaloux de Kate, je l'ai toujours été. Surtout au moment où, après avoir quitté Bowdoin pendant l'été 1978, nous sommes partis tous les deux à Paris. Nouveau sujet de consternation pour mon père... Nous voulions goûter un peu à l'existence romantique des expat's américains en Europe. Alors que mon paternel avait catégoriquement refusé de financer mon rêve de devenir un photographe reconnu dans la Ville lumière, elle avait pu compter sur un plan d'épargne assez substantiel pour nous permettre de louer un coquet petit appartement dans le Marais. Moins de quinze jours après notre arrivée, elle avait déjà décroché un job au bureau parisien de *Newsweek*. Trois mois plus tard, son français étant devenu très convenable, elle devenait assistante de production chez *CBS News*. Et cinq mois après, elle était rentrée un soir en m'annonçant que notre histoire était terminée : elle allait vivre avec son patron, le chef du bureau de *CBS* à Paris.

Pour moi, le coup avait été terrible. Je la suppliai de rester, de nous laisser une chance. Le lendemain matin, elle était partie avec armes et bagages. Et au bout de deux mois je fis de même : aller simple pour les États-Unis. Je n'aurais jamais pu continuer à payer le loyer seul, ni même survivre à Paris. Mon offensive sur le terrain de l'emploi parisien se soldait par une défaite cuisante : après avoir frappé à la porte de tous les journaux et de toutes les agences de presse, le bilan, à part

quelques photos de café vendues une poignée de caca-
huètes (mille francs) à un minable mensuel pour touris-
tes américains, était nul.

« Elles sont pas mal, mais elles n'ont rien de
spécial », avait tranché le chef du service photo de
l'*International Herald Tribune* quand je lui avais
présenté mon book. « Je ne veux pas être désobligeant,
mais, vous savez, des petits gars comme vous, j'en
reçois au moins six par semaine. Tout juste débarqués
des States, tous persuadés qu'ils vont gagner leur vie
avec leur appareil. Seulement il n'y a pas assez de
travail pour tout le monde, la compétition est plutôt
rude... »

En arrivant à New York, j'obtins à peu près le
même verdict de tous les professionnels que j'allai
voir. Des photos « pas mal », c'était un peu court pour
faire son chemin dans la Grosse Pomme.

Ce fut une des périodes les plus noires de mon existence. Je n'avais pas encore digéré la façon dont Kate
m'avait jeté, j'étais toujours brouillé avec mon père. Je
finis par échouer à Morningside Heights, dans l'appartement étouffant d'un ami assistant à l'université
Columbia. Tout en poursuivant ma chasse éperdue à un
quelconque moyen d'entrer dans le monde fermé de la
photographie, je parvins à survivre grâce à un boulot de
vendeur à mi-temps chez Willoughby's Cameras, cette
fois 32e Rue Ouest. À ce moment-là, ma mère mourut,
et je me retrouvai au bord de la dépression, paniqué :
j'étais un raté, un bon à rien. Il me suffisait d'ouvrir des
canards comme *GQ, Esquire* ou *Rolling Stone* pour
m'en convaincre, puisqu'ils étaient pleins d'histoires de
gars de mon âge qui avaient connu un succès
foudroyant. Je me persuadai que je ne serais jamais
photographe, que j'allais me fossiliser pour le restant de
ma misérable existence derrière le comptoir de Willoughby's, un employé aigri et vieillissant aux cheveux

incurablement gras, réduit à se donner quelque importance en glissant à ses clients : « Vous savez, c'est toujours moi qui sers Avedon quand il vient prendre ses Tri-X ici »…

Mon état confinait à la panique, avec toute sa logique démente qui vous empêche de considérer la situation d'un œil lucide et vous pousse toujours plus loin dans le registre du mélodrame. Oui, c'est fichu. Il-n'-y-a-pas-d'-issue. Il faut trouver une solution, là, maintenant, tout de suite ! Alors, on prend des décisions, de funestes décisions qui aggravent tout et qui provoquent en vous une terrible nausée.

« Réussir, réussir, réussir. » *A posteriori*, cette crise de déprime de mes vingt ans et quelques me laisse perplexe : pourquoi étais-je si crispé, pourquoi en étais-je arrivé à perdre toute confiance en moi et en mes chances de vivre de mes photos ? J'aurais pu, j'aurais dû me dire qu'au moins j'aimais regarder le monde à travers un objectif, qu'on ne s'improvisait pas photographe, qu'il me fallait parfaire ma technique au lieu d'angoisser hystériquement en désespérant de ne pas encore me voir au faîte de la profession.

Le problème, c'est que celui qui a été nourri à la morale de la réussite est persuadé qu'il doit grimper les échelons à la vitesse qu'il estime mériter. Autrement, c'est qu'il y a quelque chose qui ne tourne pas rond. Ou bien, il finit par se convaincre qu'il n'a pas la carrure nécessaire.

J'étais la proie de la déception, la victime de mes propres espoirs. Dans ma tête, le tocsin annonçant mon échec couvrait le moindre balbutiement de rationalité.

Après plusieurs mois de ma morne routine chez Willoughby's, un jour, vers midi, mon père fit une apparition inattendue devant mon comptoir. Depuis la mort de ma mère, nos relations s'étaient bornées au strict minimum et, en me découvrant dans mon uniforme de vendeur, une veste bleue bon marché portant le nom du magasin sur la pochette, il eut du mal à ne pas laisser libre cours à son mépris.

« On vient se payer un petit appareil ? avais-je voulu plaisanter.

— Non, on vient te payer un déjeuner. »

Nous nous étions glissés dans un modeste snack près de la 6ᵉ Avenue.

« Alors, pas d'India Club aujourd'hui, pa' ? C'est pas ma veste qui te mettrait la honte, des fois ?

— Toujours un petit malin, hein ?

— Donc, c'est bien à cause de la veste !

— Tu ne m'aimes vraiment pas, hein ?

— C'est peut-être parce que tu ne m'as jamais tant aimé que ça.

— Arrête de dire des bêtises…

— C'est pas des bêtises, c'est un constat.

— Tu es mon seul enfant. Je n'ai jamais éprouvé de haine envers toi mais…

— Mais je te déçois. Professionnellement, je te déçois.

— Si tu es content de ton sort, je suis content pour toi. »

Je le dévisageai un moment.

« Tu n'en penses pas un mot. »

Il eut un petit rire caverneux.

« Exact. En fait, je pense que tu es en train de perdre ton temps. Un temps précieux. Mais, enfin, tu as vingt-trois ans… Ce n'est pas à moi de te dire ce que tu dois faire de ta vie. Donc, si c'est ce que tu veux, je m'abstiendrai de toute critique. Je voulais simplement rétablir le contact. » Silence. Nous avions passé commande, puis il avait repris : « Cependant… Je vais quand même te dire une chose. Viendra un jour, dans quatre, cinq ans peut-être, où tu te réveilleras en maudissant ton sort, où tu ne pourras positivement plus supporter de vivoter, où tu voudras pouvoir enfin profiter de la vie, mais tu n'en auras pas les moyens. Alors qu'avec ne serait-ce qu'un diplôme de droit dans la poche, non seulement tu le pourrais mais tu aurais en plus assez de temps libre pour te concentrer sur ce qui t'intéresse vraiment dans la photo. Tu aurais de quoi te payer le meilleur équipement, avoir ton propre banc de développement, même…

— Laisse tomber.

— D'accord, d'accord. Je m'arrête là. Mais n'oublie pas ce que je te dis : l'argent, c'est la liberté, Ben. Plus tu en as, plus tu as de choix. Et si jamais tu décides de reprendre des études, je m'engage à les payer et à te financer entièrement. Trois ans durant, tu n'auras aucun souci à te faire pour ça.

— Quoi, tu pourrais te permettre ça ?

— Facilement. Et tu le sais très bien. »

Oui, je le savais, et pourtant je refusai de prendre en compte son pacte à la Faust… du moins pendant un mois. On était alors début août, une série de journaux des plus divers venaient de rejeter ma candidature – jusqu'au chef du service photo du *Press-Herald* de Portland, dans le Maine, selon qui je manquais encore trop d'expérience –, et le nouveau directeur du magasin, n'appréciant pas mes airs patriciens, m'avait retiré la section Nikon-Pentax pour me reléguer à la vente des pellicules. Un dimanche après-midi, un client se présenta en demandant une dizaine de Tri-X. Grand, la soixantaine, un visage taillé à la serpe. J'avais émis le ticket quand je découvris le nom sur la carte American Express qu'il me tendait : RICHARD AVEDON.

« "Le" Richard Avedon ? demandai-je sur un ton beaucoup trop impressionné.

— Possible, répondit-il, évasif, un peu agacé.

— Grand Dieu… Richard Avedon ! » Puis, tout en prenant une empreinte de sa carte : « Dites, je suis positivement baba devant vos "Visages de l'Ouest", vous savez ? Un travail incroyable ! Bon, moi j'ai vraiment essayé de reprendre les mêmes techniques de contraste, ces ombres au noir que vous réussissez si bien, dans une série que je suis en train de réaliser à Times Square. Paumés, drogués, putes, les laissés-pour-compte, quoi. Et vous voyez, là-dedans je ne tente pas de globaliser une ambiance urbaine à la Arbus, non, je reprends totalement votre démarche du "visage-paysage", le sujet séparé du fond. Alors, ce que je rêvais de vous demander, c'est…

— Bon, je le signe, ce reçu ? »

Interrompu dans ce monologue fébrile, je restai un moment groggy, comme si je venais de recevoir un uppercut à la mâchoire, avant d'articuler un « Pardon ! » étranglé et de lui tendre le papier et sa carte. Après avoir gribouillé son nom et attrapé son paquet, secouant la tête d'un air à la fois excédé et amusé, il rejoignit une blonde aux jambes interminables qui l'attendait devant un comptoir voisin. Et j'entendis la fille lui demander :

« Qu'est-ce qu'il te voulait, ce mec ? »

La réponse, elle aussi, fut très audible.

« Oh, encore un obsédé de l'objectif qui se prend pour un photographe… »

Quelques jours plus tard, je m'inscrivais aux épreuves de sélection pour l'entrée en troisième cycle d'études juridiques. Au mois de janvier suivant, je passais les examens, avec un succès dont je fus le premier étonné : six cent quatre-vingt-quinze points, largement de quoi être accepté par les meilleures facultés de droit du pays, NYU, Berkeley et l'université de Virginie. J'étais aux anges. Après avoir été rejeté par les rédactions des trous les plus perdus du continent, je redevenais à nouveau un gagnant à mes propres yeux, le petit génie que j'étais censé avoir toujours été. Il me fallut peu d'efforts pour me convaincre que j'avais choisi la bonne voie, d'autant que, pour la première fois de mon existence, j'avais réellement fait plaisir à mon père. Il était tellement content que, après lui avoir annoncé ma décision de m'inscrire à la faculté de droit de New York University à la rentrée suivante, je reçus de sa part un chèque de cinq mille dollars, accompagné d'un petit mot : « Je suis très, très fier de toi. Va, amuse-toi un peu avant de te retrousser les manches ! »

Donc, j'encaissai le chèque, je pris congé de Willoughby's et hop, taille la route. Tout l'été, je sillonnai la côte nord-ouest du Pacifique à bord d'une vieille Toyota d'occasion, mon appareil photo toujours à portée de la main, allumant joint sur joint, musique à fond sur la radiocassette. De retour de ce « road movie » sans histoire, je revendis ma voiture, rangeai mon appareil au placard et m'attelai à mes études. Un an après mon inscription au barreau, alors que j'occupais déjà un poste appréciable dans un important cabinet de Wall Street, mon père mourut d'un infarctus colossal après un déjeuner colossal à l'India Club. Le médecin accouru sur place me raconta qu'il avait été foudroyé alors qu'il demandait son manteau à la fille du vestiaire. Il était mort avant de toucher le sol.

« L'argent, c'est la liberté, Ben. » Très juste, papa. Enfin, jusqu'au moment où vous « retroussez vos manches » pour de bon et où vous vous retrouvez à égrener un chapelet matinal qui dit Riverside, Cos Cob, Greenwich, Port Chester, Rye, Harrison, Mamaroneck, Larchmont, New Rochelle, Pelham, Mount Vernon…

« 125e Rue, Cent vingt-cinquième ! Prochain arrêt, Grand Central ! »

La voix du conducteur m'a réveillé en sursaut. Je n'avais pas vu passer la proche banlieue, plongé dans un sommeil hagard. Un bref instant de flottement, je me suis même demandé où j'étais, comment j'avais

51

atterri dans cet express. Environné de types en costume. En portant un moi-même. Non, c'est impossible. J'ai dû faire une grosse erreur, quelque part. Je ne suis pas l'homme qu'il faut, pas dans le train qu'il faut.

# TROIS

Neuf comprimés étaient alignés sur mon bureau : une capsule de 150 mg de Zantac contre l'acidité gastrique, deux gélules de ginseng coréen en guise de dopage naturel, deux tablettes de 5 mg de Dexédrine en guise de dopage chimique, une dose massive (5 mg) de Valium pour lutter contre le stress, et enfin trois grosses pilules de bêta-carotène destinées à désintoxiquer un peu mon organisme.

« C'est surtout la ventrée de carotène qui m'épate, a constaté Estelle, les yeux fixés sur ma ration pharmaceutique du matin.

— Ça purifie, lui ai-je expliqué avec un grand sourire.

— Un peu comme un Diet Coke après deux Big Mac et la grande barquette de frites, c'est ça ?

— Euh, vous avez vu mon Maalox ? »

Elle m'a tendu la bouteille qu'elle avait déjà sortie de mon frigo encastré.

« Si j'étais votre estomac, j'envisagerais une grève de protestation.

— C'est ce qu'il a déjà fait, ai-je constaté en engouffrant tous les comprimés et en les faisant descendre avec un bon coup de Maalox.

— Et maintenant, vous voulez votre petit café, je suppose ?

— Oui, et pas de déca aujourd'hui, d'accord, Estelle ?

— Quoi, de la caféine en plus de tous ces excitants ? Oh nooooon...

— Ça n'a rien d'excessif pour moi...

— Écoutez, monsieur Bradford, tout le monde s'inquiète pour vous, ici. Vous avez une mine terrible et...

— Oh, un petit air surmené, ce n'est pas si mauvais. Les gens se disent que vous devez être un bourreau de travail. Mais le déca, Estelle... Le déca, c'est un délit qui vaut à peine le non-lieu. »

Ses lèvres ont formé une moue féroce.

« Qu'est-ce que vous feriez, sans moi ?

— Rien, je sais.

— Alors, lait, un sucre ?

— Merci. Et le dossier Berkowitz, pendant que vous y êtes.

— Il est là, sur votre bureau. La clause A de l'article 5 du testament va vous intéresser, j'en suis sûre. Elle viole la réglementation sur les dispositions perpétuelles puisque le fidéicommis n'est pas explicitement limité.

— Quoi, il ne s'arrêtait pas à la mort de l'épouse bénéficiaire ?

— Eh bien, conformément à un arrêté de la cour de substitution du comté de New York sur le cas d'octogénaires générant encore des revenus, le fidéicommis n'aurait pas à s'arrêter, et donc il contrevient à la réglementation précitée. »

J'ai levé des yeux admiratifs sur Estelle.

« Bien vu !

— J'aime me rendre utile.

— C'est vous qui devriez occuper ce bureau, en réalité.

— Oh, je ne voudrais pas avoir du Maalox pour mon petit déjeuner... Pas besoin de *tsouriss,* moi ! » a-t-elle lancé en employant le mot yiddish pour « emmerdements ». Elle a ouvert la porte qui donnait sur l'antichambre. « Rien d'autre, monsieur Bradford ?

— Si, ma femme... Vous voulez bien me l'appeler, s'il vous plaît ? »

Elle a jeté un bref coup d'œil à sa montre. J'ai deviné ce qu'elle était en train de penser, ce qu'elle ne manquerait pas de confier à ses camarades de papotage à l'heure du déjeuner : « Un quart d'heure après être arrivé et il téléphone déjà à sa femme... Et puis, *gevalt,* si vous voyiez la tête de ce pauvre petit... Je vous le dis, il y a du *tsouriss* dans l'air, et ça, ça finit toujours dans les larmes... » Pourtant, en secrétaire chevronnée, elle s'est contentée d'annoncer :

« Je vous préviens dès que je l'ai en ligne. »

Estelle : quarante-sept ans, divorcée, un fils adolescent handicapé à charge, bâtie comme une Buick, équipée d'une voix aussi retentissante qu'un carambolage à Secaucus, New Jersey. Si elle avait été affectée à un département plus sexy de notre cabinet, elle aurait été remerciée depuis longtemps, car sa corpulence, la corne de brume qui lui servait de glotte et ses robes informes auraient été jugées peu conformes au dynamisme frimeur affiché par les spécialistes des « Fusions et acquisitions » ou des « Litiges » chez Lawrence, Cameron & Thomas. Mais sa chance avait été, vingt-cinq plus tôt, d'entrer dans le monde résolument anti-glamour des « Patrimoines et successions », qu'elle aurait dû depuis bien longtemps diriger tant sa facilité à se retrouver dans le labyrinthe de la législation sur l'héritage demeurait inégalée. Cette femme a un microprocesseur en guise de cerveau, qui lui permet de stocker la moindre argutie juridique et de la ressortir à brûle-pourpoint des années plus tard. Évoquez devant elle un obscur point de détail dans un document de curatelle, et elle vous citera à la virgule près l'arrêté d'un jugement en appel pris à Glens Falls, État de New York, qui fait jurisprudence depuis onze ans. Parlez-lui d'un problème de « pouvoir de désignation » que vous rencontrez avec un exécuteur testamentaire, et elle se rappellera aussitôt que le cabinet était tombé sur une difficulté similaire en 1972. Par ailleurs, elle est sans doute le principal expert mondial en matière de « réglementation sur les dispositions perpétuelles », une loi selon laquelle un fidéicommis ne peut excéder dans le temps la vie des « légataires vifs » au moment de sa constitution, plus vingt et un ans. Une loi que seul un avocat des P&S peut comprendre.

P&S, Patrimoines et Successions. Une confrérie qui est là pour rappeler au commun des mortels qu'ils le sont, précisément, et qu'ils doivent bien se résigner à ne pouvoir emporter leurs biens dans l'au-delà. Un œil sur leur inévitable et plus ou moins proche décès, nous les aidons donc à réaliser le butin temporel qu'ils ont accumulé selon un plan mûrement conçu, voire à accroître la valeur de leur succession par le truchement de divers fonds judicieusement concoctés pour « réduire l'impact négatif de la fiscalité » (traduisez « pour ne pas se faire assassiner par les impôts »). Nous pouvons, à la demande, trouver à votre capital un abri sûr dans divers paradis fiscaux. Nous pouvons peaufiner des fonds de dévolution assez draconiens pour empêcher le fils prodigue de dilapider l'héritage en deux coups de cuillère à pot. Nous sommes très capables de barrer à ce dernier le moindre accès à la succession en prévoyant toute une série de contingences, clauses testamentaires assez contraignantes pour aller jusqu'à interdire à la mère dudit fils prodigue de subventionner ses dispendieuses habitudes. Enfin, nous nous assurons évidemment que le dernier testament signé de la main du futur défunt soit tellement impeccable, tellement indiscutable que les bénéficiaires n'aient jamais à entendre parler de la fameuse et redoutable réglementation sur les dispositions perpétuelles.

Bien entendu, Lawrence, Cameron & Thomas ne fera rien de tout cela pour un quidam qui ne « pèse » pas plus de deux millions de dollars nets. Notre département P&S est d'ailleurs de taille modeste : un associé principal (Jack Mayle) et un adjoint (votre serviteur), trois collaborateurs et cinq secrétaires. Comme nous représentons une branche du droit certes lucrative mais plutôt sinistre, nous avons été relégués tout au fond des locaux, avec un seul bureau d'angle à notre nom.

Le QG de la société occupe les dix-huitième et dix-neuvième étages au numéro 120 de Broadway, vers le bas de Manhattan. Le bâtiment est l'un de ces derniers témoins du capitalisme triomphant des années folles, l'équivalent architectural d'un orgue Wurlitzer. La légende veut qu'après le krach de 29 plus d'une douzaine de brokers se soient jetés par ses fenêtres, ceux qui occupaient un bureau sur le flanc sud-ouest du gratte-ciel ayant la chance de profiter d'une superbe vue sur Manhattan avant de s'écraser sur le trottoir. Adieu, veau d'or, j'arrive, Dieu unique. Et splash.

De nos jours, mes collègues font toute une histoire à propos des bureaux d'angle, exclusivement réservés aux associés de plein droit. Mais puisque logiquement il n'en existe que huit, quatre par étage, beaucoup de nos anciens passent des années à ronger leur frein en attendant le moment où ils pourront enfin s'installer dans ces suites à double fenêtre, de la même façon que les collaborateurs cantonnés au dix-huitième se bilent et comptent les jours jusqu'à leur promotion au statut d'associé, à l'étage supérieur. Quant aux administratifs, ils râlent parce qu'ils ne peuvent pas évoluer dans leur carrière, n'ayant pas les diplômes juridiques requis, tandis que les secrétaires juridiques font la tronche à cause de leurs salaires trop « structurellement maîtrisés ».

Bref, ça grogne pas mal, chez Lawrence, Cameron & Thomas. Mais pour la plupart d'entre nous, il y a aussi beaucoup d'argent à prendre, donc ça vaut le coup de grogner. Personnellement, je ne me plains pas de mon bureau – au dix-neuvième, côté est avec vue très sympa sur le pont de Brooklyn et cabinet de toilettes privé, juste à côté de la suite d'angle occupée par Jack Mayle –, et encore moins du déluge de billets verts qu'on déverse sur moi : dans les trois cent quinze mille dollars annuels, selon les commissions et les primes, qui font de moi un résidant patenté du paradis des hauts revenus imposables. Sans oublier les fantastiques avantages en nature, les juteux à-côtés du job : couverture médicale pour toute la famille et abonnement au New York Athletic Club payés par la boîte, accès libre à l'appartement de fonction de Battery Park City, prêts à taux zéro pour l'achat de véhicules, service de limousine de nuit gratuit pour toute destination dans un rayon de quatre-vingts kilomètres à partir de notre QG (New Croydon tombe pile poil dedans), compte de société à discrétion dans des restaurants comme le Lutece, le Four Seasons, le 21...

Sincèrement, je n'ai rien à reprocher à Lawrence, Cameron & Thomas. Rien, sinon mon travail. Là, moi aussi, je râle. Parce que ce boulot me barbe à un point monstrueux.

Évidemment, à mon entrée dans le cabinet en septembre 1983, je savais déjà que « P&S » était synonyme de mortel ennui. Mais, enfin, on était au milieu des années 80, les fruits un peu amers du boom commençaient à tomber, et n'importe quel petit connard avec un diplôme de droit tout frais en poche rêvait d'entrer dans une boîte de ce genre, parce que avec la fièvre des cotations acrobatiques et des fusions sauvages qui saisissait alors l'Amérique Wall Street était « l' » endroit où il fallait se trouver. J'avoue avoir caressé l'idée de rejoindre plutôt un cabinet « politiquement correct » et de passer quelques années à défendre les immigrants clandestins du Salvador. Mais mon père avait su me convaincre de commencer par un séjour dans le Gotha des requins de la finance. « Même si tu as envie de devenir un nouveau Mahatma Gandhi plus tard, m'avait-il déclaré, quatre ou cinq ans passés dans un cabinet de haute volée te donneront une crédibilité tout à fait indispensable. Pourquoi ? Parce que ça prouvera que tu en as bavé dans l'establishment, que tu es plus qu'un Bon Samaritain totalement niais qui n'a pas le moindre sens des réalités. »

Ainsi, une fois encore, je me retrouvai à planifier mon avenir dans ma tête : cinq ans dans une grosse boîte, au plus, en me serrant la ceinture et en épargnant comme un malade, puis, à peine la trentaine passée, me lancer dans un secteur plus subversif de la basoche. Je me voyais déjà défendre le droit à la terre des tribus indiennes, ou me muer en courageux avocat des malheureuses victimes prénatales de l'industrie pharmaceutique, affligées de huit doigts à chaque main. Bien entendu, avec tout l'argent que j'aurais mis soigneusement de côté durant mon passage à Wall Street, je pourrais aussi avoir pas mal de temps à consacrer à la photo. Bon sang, l'Amérique ne regorgeait-elle pas d'avocats romanciers, tout d'un coup ? Pourquoi ne deviendrais-je pas, moi, le premier avocat photographe de renom ?

Je me présentai donc à une demi-douzaine de grands cabinets de Wall Street. Le fait que Prescott avait été à Yale avec mon paternel, j'en suis certain, ne fut pas étranger à mon entrée chez Lawrence, Cameron & Thomas.

Comme pour tout nouveau collaborateur, ma première année se passa à tâter de divers départements, rotation grâce à laquelle les « seniors » évaluent les capacités d'un bleu et testent sa capacité à se couler dans le moule maison. Dans ce cabinet, personne ne s'occupe de droit criminel : aucun moyen, donc, pour les associés de se donner bonne conscience en plaidant commis d'office en faveur de candidats à la chaise électrique, pour la beauté du geste. Nous sommes, résolument, des mercenaires. À l'apogée du reaganisme économique, un nouveau venu se devait donc de faire des étincelles dans les secteurs qui « pesaient » le plus lourd, « Litiges », « Droit commercial » ou « Fiscalité », départements dans lesquels il avait l'occasion de représenter certains des plus célèbres barons de la haute magouille américaine.

J'y fis mon temps, moi aussi, mais je découvris bien vite qu'ils étaient envahis de types avec des noms comme Ames ou Brad, qui prenaient un malin plaisir à humilier « l'opposition » et à se poignarder mutuellement dans le dos. À l'évidence, c'est une espèce qui domine désormais la vie économique des États-Unis. Nourrie à la philosophie du « je-ne-joue-que-pour-gagner », elle se délecte à employer le vocabulaire du terrain de football américain lorsqu'il est question de négocier ne serait-ce que le plus insignifiant contrat : « Ici, tu dois nous assurer une méchante défense de seconde ligne, hein ? », « Dans ce département, nous n'aimons pas les buts à trois points, compris, il nous faut des essais dans les buts ! », « Pour cette affaire, c'est moi qui donne la combinaison de jeu, entendu ? ».

Là-bas s'étendaient les territoires de l'hystérie collective et de la paranoïa ouverte. Même si l'agressivité frénétique n'avait aucune raison d'être, quelqu'un se débrouillait toujours pour fomenter une crise, ou désigner un ennemi supposé, afin de stimuler la combativité de l'équipe. Après plusieurs mois de consternantes métaphores footballistiques lancées par des clampins qui mettaient un point d'honneur à se transformer en saligauds professionnels, je compris que si je voulais survivre au sein de l'« histrionisme » sanglant d'un département « sexy » il me faudrait reprendre à mon compte leur mentalité de gladiateurs du droit, leur conviction que nous étions en guerre. Mais, puisque dans mon système le travail d'avocat avait seulement pour but de garantir financièrement ma future carrière de photographe, je préférai me réfugier dans la plus paisible des niches possibles chez Lawrence, Cameron & Thomas, une planque dans laquelle je pourrais disparaître et faire beaucoup d'argent tout en échappant aux petits Napoléons qui sévissaient partout ailleurs.

Dès que je fis la connaissance de Jack Mayle, je sus que j'avais trouvé en lui mon mentor, mon rabbin. C'était aussi un homme qui, bien avant moi, avait compris que le département P&S offrait un abri confortable face à l'impitoyable compétition interne, qui, dans notre pays, constitue au moins soixante pour cent de la vie. « Si vous avez un faible pour les bains de sang, si vous êtes un de ces Apaches diplômés qui rêvent de récolter les scalps, je n'ai pas besoin de vous ici, m'avait-il prévenu dès notre première entrevue. Ici, il n'y a pas de glamour, pas de peps, pas de machos. C'est tellement sans histoire que c'en est indécent, *capito* ? Notre mot d'ordre, ici, c'est : "Laissons les infarctus aux goys !"

— Oui, mais, monsieur Mayle... Moi aussi, je suis goy. »

Il avait entrecroisé ses doigts parsemés de taches de rousseur et fait bruyamment craquer ses jointures.

« Je m'en étais un peu douté, avait-il répliqué avec un soupçon de sarcasme rabbinique dans la voix. Mais au moins vous êtes un goy "tranquille" ! »

Jack Mayle portait des chaussures à semelles compensées. Non, suivez-moi bien : Jack Mayle portait des chaussures à semelles compensées de chez Gucci ! Ses beaux cheveux gris étaient toujours impeccablement gominés et plaqués en arrière. Il n'avait que des costumes Dunhill taillés sur mesure. Une épingle de cravate en nacre, en hiver un manteau de cachemire noir. Bref, il ressemblait à George Raft : un dandy menu qui avait décidé un jour qu'une élégance suprême serait la meilleure parade contre son mètre soixante et son statut d'unique associé juif au sein d'un cabinet furieusement WASP.

« Je sais bien que dans mon dos ils m'appellent "le petit comptable", me confia-t-il une fois, mais je sais aussi qu'ils savent que c'est moi qui fais la pluie et le beau temps dans cette boîte. Je ramène plus d'affaires ici que tous ces *schmocks* luthériens des "Litiges". Et puis, il y a une chose que j'ai bien comprise sur le compte des protestants : si vous leur en donnez pour leur argent, ils feront semblant de vous considérer comme leur égal. »

En fait, il adorait jouer ce rôle du marginal hébraïque aventuré dans la bande de Gaza professionnelle que constituaient Wall Street et ses goyim agressifs. Je pense même qu'il me prit avec lui en bonne partie parce qu'il avait senti que j'étais moi aussi un marginal, et que cela lui plaisait. Plus tard, j'appris (par Estelle, évidemment) que dans son jeune temps il avait eu sa période d'apprenti peintre abstrait au sein du paradis de la bohème qu'avait été le Greenwich Village des années 50, avant de céder aux inévitables pressions familiales et de terminer brillamment ses études à la fac de droit de Brooklyn. Me voir refouler mes ambitions artistiques et subir le carcan de la corporation avait donc dû réveiller en lui un très fort instinct protecteur puisque, quinze jours seulement après mon arrivée dans son département, il proclamait partout qu'après trente-cinq ans chez Lawrence, Cameron & Thomas il avait enfin trouvé son digne successeur, son « boychik ».

« Tu abats tes cartes comme il faut, et d'ici cinq ans je te décroche une place d'associé adjoint, me certifiat-il à la fin de mes deux mois d'essai aux P&S. Réfléchis bien : à trente-trois ans, une carrière entièrement assurée ! Et laisse-moi te dire qu'avec tout le fric que tu feras tu pourras t'en acheter, des appareils photo ! »

Un nouveau pacte faustien miroitait devant moi. « Associé », moi, alors que selon mon programme initial je ne devais que faire un passage à Wall Street avant de décrocher le cabinet bien-pensant de Berkeley ou d'Ann Arbor qui me permettrait de devenir à la fois un photographe célèbre et un chevalier du droit pourfendant l'aile la plus esclavagiste de la coalition chrétienne ? Oui mais, « associé » ? Et à trente-trois ans à peine ? Il y avait de quoi estomaquer le paternel pour de bon, là. D'accord, les patrimoines et successions n'étaient pas précisément fun, mais j'avais commencé à me convaincre que la minutie requise par cette activité, le peaufinage des codicilles testamentaires, les subtilités des droits et devoirs des bénéficiaires, parlaient à ma nature profonde. Enfin, je veux dire que puisque j'aimais la pointilleuse technique du développement photographique je pourrais finir par apprécier la tout aussi minutieuse élaboration d'un testament qui tenait la route... Pourquoi pas ?

Un discret bourdonnement sur mon bureau. J'ai enclenché l'interphone pour recevoir en pleine face la tonitruante voix nasale d'Estelle.

« Votre femme ne répond pas, monsieur Bradford.

— Bien, vous réessayez dans une demi-heure.

— Ah, M. Mayle se demandait si vous auriez une minute...

— Dites-lui que je passe le voir dans un quart d'heure. Le temps de resserrer quelques boulons sur le document Berkowitz. »

Ces petits correctifs ne m'ont pas demandé plus de cinq minutes. Il s'agissait de muscler un peu les formulations à propos des versements du fonds résiduel, de s'assurer qu'aucun membre trop rapace du clan Berkowitz (les héritiers potentiels du plus gros concessionnaire Lincoln Continental de Huntington, à Long Island) ne pourrait réclamer sa part de succession s'il n'était pas dûment mentionné dans la liste des bénéficiaires. Aussitôt après, j'ai appuyé sur le premier bouton de la numérotation rapide. Le téléphone a sonné chez moi, on a décroché.

« *Hola, ¿quién es ?* »

Et merde. C'était Perdita, notre bonne guatémaltèque. Immigrante tout à fait légale, car bien entendu j'avais vérifié sa carte verte.

« *Hola Perdita. ¿ Dónde está la señora ?*

— *Ha salido. Para todo el día.*

— *¿Te ha dado un número de teléfono dónde está ?*

— *No, señor.*

— *¿Y los niños ?*

— *Han salido con Fiona.* »

Partie toute la journée, sans pouvoir être jointe au téléphone. Et les gosses en promenade avec leur nounou. Je me suis mordu les lèvres. C'était le troisième jour d'affilée où elle quittait la maison dès neuf heures du matin. Je le savais parce que chaque fois j'avais essayé de l'appeler du bureau, dans le vague espoir de négocier un cessez-le-feu.

« Tu as quelque chose de particulier, aujourd'hui ?

— Non. »

J'ai pioché dans mon carnet d'adresses le numéro de Wendy Waggoner, une voisine auteur de livres de cuisine (vous avez tous lu *Une taille de rêve : Wendy vous dit tout,* j'en suis persuadé) et la seule quadragénaire de ma connaissance à porter des kilts avec épingles de nourrice géantes. C'est aussi l'épouse d'un connard de première catégorie, Lewis, promotion 76 à Yale, gros bonnet du département des Obligations chez Bear Stearns, un type qui m'a déclaré tout de go un jour qu'à part sa secrétaire il ne se rappelait pas la dernière fois où il avait parlé à quelqu'un dont le revenu annuel était inférieur à deux cent mille dollars. Exactement le genre d'individus que je fuis comme la peste. Sauf que Beth, elle, n'était pas mécontente d'être à tu et à toi avec une (très relative) célébrité telle que Wendy avec qui elle jouait au tennis une fois par semaine. C'était peut-être ce jour-là ?

« *¿ Hola ? Hostería de Waggoner.* »

Encore une domestique latino. À croire que tout New Croydon recrutait ses aides ménagères à travers l'Agence pour l'Emploi Au Sud Du Pecos.

« Wendy est là ? ai-je demandé en laissant tomber l'espagnol, brusquement fatigué de ces liaisons téléphoniques bilingues avec le Connecticut.

— La señora Waggoner elle est en ville aujourd'hui. Message ?

— Non, *gracias.* »

J'ai raccroché. Je n'avais pas envie de donner à Wendy l'occasion de se demander pourquoi je l'appelais en pleine semaine, à la recherche de ma femme. Inutile de nous transformer en sujet de potin pour le déjeuner hebdomadaire qu'elle donnait à quelques heureux élus du cru, du style : « Ah, j'ai comme l'impression que ça ne roucoule pas trop en ce moment chez les Bradford... »

« Les Bradford ». Dieu tout-puissant.

Estelle a rappelé sur l'interphone.

« M. Mayle se demandait...

— J'arrive, j'arrive. »

C'était la porte d'à côté, la digne suite d'un associé principal : lourd bureau de P-DG, fauteuils rembourrés, table de conférence en acajou, croûtes fédéralistes aux murs, cabinet de toilette particulier. Après avoir frappé deux fois, je suis entré. Il était enfoncé dans son immense fauteuil pivotant, dans lequel il paraissait encore plus petit que d'habitude.

« Joli costume, a-t-il remarqué en détaillant le supercomplet anthracite à fines rayures que je portais. Ça vient de chez Brooks ?

— Hugo Boss.

— Tiens ! On se laisse habiller par les Schleuhs, alors ?

— Vous pourriez me présenter à votre tailleur.

— Pas question ! Dans cette boîte, je suis le seul autorisé à être sapé comme Nathan Detroit ! Toi, il faut que tu restes fils de bonne famille Nouvelle-Angleterre, c'est ce qui plaît à nos clients provinciaux un peu snobs.

— Comme les Berkowitz ?

— M. Berkowitz pense que tu as un *toukhess* plaqué or.

— Oh, allez, ai-je répondu à cette allusion yiddish à mon postérieur.

— Non, je ne plaisante pas. Enfin, tu imagines, j'amène un *goniff* comme lui dans ce cabinet, un ruffian pareil, et il voit un WASP distingué comme toi lui dérouler le tapis rouge... Je t'assure, il se prend pour Nelson Rockefeller, maintenant ! Et crois-moi, il te ferait un rabais dingue sur une Eldorado toute neuve. Quoique je sois sûr que tu ne roulerais pas avec une bagnole aussi vulgaire là-bas, dans le quartier rupin où tu vis.

— Nous avons aussi des juifs, à New Croydon, ai-je lancé pour rester dans le ton badin.

— Ouais, comme factotums... Bon, alors comment tu lui as arrangé son affaire, au Berkowitz ?

— Juste quelques fioritures à propos de lien patrimonial, plus deux points de contestation possible au sujet du fonds résiduel. Du gâteau.

— Pfff, j'aimerais bien en dire autant de la succession Dexter...

— Vous voulez dire Deke Dexter, récemment décédé, des Cuivres et Câbles Dexter ?

— Ce *schmock*-là, oui. Et un *schmock* qui n'arrêtait pas, visiblement, puisque j'ai trois dames chiliennes en pleurs, aux âges compris entre quarante-quatre et vingt-deux ans, qui certifient toutes qu'elles ont donné des enfants à M. Dexter au cours des deux dernières décennies.

— Chiliennes ? Qu'est-ce qu'il avait avec les Chiliennes ?

— Plus gros producteur de cuivre au monde, le Chili. Et pas une république bananière à la con non plus, je te prie de croire, vu que j'ai deux fois par jour en ligne un avocat marron de Santiago qui connaît très, très bien son monde : il menace maintenant de faire exhumer le vieux Dexter pour comparer l'ADN du père présumé avec ces trois gniards sud-américains ! J'en implorerais Jésus-Christ que ce *schmock* ait eu l'intelligence de demander dans son testament à être incinéré, comme ça j'aurais pu dire à l'autre chasseur de corbillards de laisser tomber tout de suite. Mais ce métèque-là n'est pas né de la dernière pluie, il a potassé à fond la loi américaine dans son bled, fais-moi confiance !

— Il veut marquer combien ?

— Dix briques le gosse.

— Et vous lui avez conseillé d'aller se faire voir, non ?

— Ben voyons. Je lui ai proposé cinq cent mille par chiard, point final. À mon avis, on pourra s'entendre sur 1,1 par descendant.

— C'est la mère Dexter qui va être contente d'apprendre qu'elle a trois briques et des poussières en moins...

— Hé, notre chercheur d'or laisse derrière lui quarante-sept briques net, après impôt, alors elle peut bien se permettre un règlement à 3,3, surtout qu'elle ne tient pas du tout à voir le macchab' sorti de terre, avec reportage télé en direct ! Tiens, tu devrais la voir, la meuf. La cinquième Mme Dexter est passée par tellement de liftings qu'à mon avis elle doit avoir un nœud dans la nuque, là où tout ça tient.

— Eh bien, ça a l'air beaucoup plus marrant que le dossier Berkowitz, en tout cas !

— Il y a des moments, oui. Ça meuble... » Il a eu un sourire las, aucunement joyeux, un sourire qui m'a mis mal à l'aise. « Assieds-toi, Ben. »

Alors que j'obtempérais, son interphone a sonné. C'était Hildy, sa secrétaire.

« Pardonnez-moi de vous déranger, monsieur Mayle, mais il y a un appel de la part du Dr Frobisher et...

— Dites que je suis sorti, l'a coupée Jack en plein milieu. Rien d'autre ?

— Monsieur Bradford, Estelle voulait que je vous dise qu'elle a encore essayé de joindre votre épouse mais... »

C'était à mon tour de l'interrompre.

« Parfait, Hildy. Remerciez Estelle pour moi. »

Le doigt sur le bouton d'arrêt, Jack m'a lancé un long regard.

« Tout va bien, sur le front domestique ?

— Très bien, Jack. Super.

— Menteur !

— Quoi, ça se voit tant que ça ?

— Tu as une tronche pas possible, Ben.

— Rien que vingt heures de vrai sommeil ne puissent arranger... Mais vous, Jack, vous avez l'air vraiment surmené.

— Absolument pas.

— Oui, d'accord, ai-je poursuivi afin de détourner la conversation de mes problèmes conjugaux, alors disons l'air d'un type qui vient de passer quinze jours à Palm Springs avec une danseuse de cabaret.

— Maintenant, tu dis des conneries.

— Pardon », ai-je articulé, surpris par son ton soudain irrité.

Il a gardé les yeux fixés sur le sous-main en cuir devant lui, pendant un moment qui m'a paru très long, avant de reprendre d'une voix basse :

« Je vais mourir, Ben. »

# QUATRE

Le taxi était enferré entre la 6ᵉ et la 7ᵉ Avenue sur la 33ᵉ Rue. Cela m'horripilait d'autant plus que j'avais demandé au chauffeur (un Benoit Namphy, licence 4B92, d'après sa plaque) de passer à l'ouest sur la 23ᵉ puis de reprendre au nord par la 8ᵉ Avenue. Le hic, c'était que son vocabulaire se résumait à une dizaine de mots anglais et qu'il ne m'écoutait pas, de toute façon, accaparé comme il l'était par une station de radio destinée à l'émigration haïtienne qui retransmettait à fond les manettes le hit-parade en direct de Port-au-Prince, le tout entrecoupé d'appels téléphoniques à propos de points de vaudou particulièrement complexes. Je sentais l'énervement monter en moi. Pour tout dire, je bouillais de rage.

« Je vous avais pourtant dit d'éviter cette rue.

— Quoa, mon ami ?

— D'é-vi-ter cette rue !

— Éviter pas posib' là. On y est.

— Ça vous gênerait, d'écouter vos clients ? On vous apprend pas ça, à l'école de taxis ?

— Calme, l'ami. On va arriver, présentement.

— Ça ne me suffit pas, d'arriver. Je veux y arriver VITE ! »

Bon, je hurlais, carrément. Il m'a adressé un sourire ganjeux dans le rétroviseur.

« C'est pas votre jour, comme ça ? »

C'était le comble ! « Bordel de bordel de merde ! » La bave aux lèvres, j'ai ouvert ma portière à la volée, j'ai envoyé un billet de cinq dollars à travers la vitre de séparation et je suis parti au pas de course, en maugréant dans ma barbe comme les types bizarres qui vendent des crayons sur le trottoir à la sortie des grands magasins. Après une vingtaine de mètres, j'ai pilé devant une cabine téléphonique pour m'y appuyer, essayant de reprendre mes esprits.

« Je vais mourir, Ben. »

Cancer de l'estomac, inopérable, découvert quinze jours auparavant. Mais ce petit dur à cuire n'en avait encore parlé à personne, pas même à sa femme.

« Ils me donnent huit mois, un an grand max. Tu verrais l'artiste qu'ils ont chargé de s'occuper de moi... Horace Frobisher, le portrait craché de Raymond Massey. Quand il se pointe, on dirait Dieu le Père. Tu sais comment il m'a annoncé la nouvelle ? "Si j'étais vous, je commencerais à mettre de l'ordre dans mes affaires..." Tout comme un putain d'avocat-conseil, hein ? »

Il ne voulait pas que la « nouvelle » se répande au bureau. « Je ne veux ni chimio, ni opération prétendument radicale, ni aucune de ces conneries qu'ils aimeraient essayer sur moi. Puisque c'est sans espoir, laissons-le comme ça. Bon, je vais prendre leurs machins pour calmer la douleur et je viendrai au travail jusqu'à... »

Sa voix s'était brisée, il s'était mordu les lèvres et avait détourné les yeux vers la fenêtre, vers la parade obstinée des piétons sur Wall Street, en contrebas, chacun avançant d'un pas si déterminé, si convaincu d'aller quelque part... « Tu sais ce qui est le plus dur, là-dedans ? avait-il repris doucement. C'est de se rendre compte d'un coup qu'on a passé toute sa vie justement à ne pas penser à cet instant précis. À faire comme si l'on n'avait jamais soi-même à passer par ce moment incontournable, le moment où l'on découvre qu'il n'y a plus d'avenir devant soi, plus de choix possible, même plus le rêve de changer de vie. Quand on doit abandonner jusqu'à l'illusion qu'on peut encore tout changer... La fin de la route, quoi. » Alors, il avait reporté son regard sur moi, droit sur moi, et il avait dit : « C'est toi qui seras le nouvel associé principal, Ben. »

J'avais tressailli, une réaction presque imperceptible mais qui n'avait pas échappé à Jack. Il n'avait fait aucun commentaire, pourtant, parce qu'il savait, il savait pertinemment ce que cela signifiait pour moi : au moins un demi-million par an, l'ascension vers les cimes de l'Amérique gagneuse, et la mort de mon autre moi. Adieu, la vie derrière un viseur ! Comme pour Jack après son lointain séjour dans les effluves non conformistes du Village, ce rêve non réalisé ne viendrait plus que nourrir des nostalgies, parfois douces-amères, parfois (les mauvais jours) révoltées, mais qui ne me laisseraient plus un instant de paix en me rappelant que j'avais choisi la voie la plus sûre. Or, la sécurité, on finit toujours par s'en rendre compte, est aussi une manière de descente aux enfers.

« Hé, MEC ! »

En rouvrant les yeux, je me suis retrouvé nez à nez avec un barbare d'une quarantaine d'années, dont le tee-shirt trop court et couvert de taches révélait un bout de bidoche poilue. De l'intérieur de la cabine, il tapait sur la vitre avec une pièce de monnaie pour attirer mon attention.

« TOI, oui ! Tu tiens plus debout ? Alors appuie-toi contre un mur, pas ici ! »

J'avais déjà les poings serrés.

« Répète un peu, trouduc.

— Trouduc ? C'est toi le trouduc, hé, pauvre type. »

Une bouffée de rage m'a envahi, une décharge d'adrénaline si pure que je me suis soudain senti dopé, euphorique, dégagé de toute contingence. Prêt à mettre ce gros lard en pièces. Il a dû percevoir le potentiel de haine qu'il y avait en moi, parce qu'il est devenu blanc de peur tandis que je l'informais d'une voix sourde mais posée :

« Si tu n'as pas dégagé cette cabine le temps que je compte jusqu'à trois, je te tue. Et c'est pas seulement d'une tannée que je parle. C'est de t'étrangler, de mes mains. »

Il avait maintenant les yeux comme deux soucoupes paniquées. Je pouvais pratiquement entendre la sueur couler sur lui.

« Hé, hé, bon, je m'excuse, OK ? C'est juste que, bon, moi aussi c'est pas mon jour, aujourd'hui.

— Eh bien moi si, c'est mon jour. Une journée formidable. Et si je te tords le cou, elle n'en sera que meilleure. Alors, un... deux... »

Il a mis le pied sur le trottoir de la 33e Rue, son corps adipeux tressautant comme de la gelée pendant qu'il filait à toutes jambes. Je me suis à moitié effondré dans la cabine, j'ai attrapé le combiné. Il tremblait dans ma main.

Putain de ville. N'importe qui peut se transformer en bête féroce d'une minute à l'autre, ici. Encore heureux que ce type n'ait pas eu un « Spécial Samedi Soir » sur lui. « Refroidi pour s'être appuyé contre une cabine téléphonique » : conclusion parfaitement new-yorkaise d'une journée parfaite.

Il m'a fallu environ une minute pour arrêter de sucrer les fraises. Tu devrais dormir un peu, *hombre*. Prendre un peu de « recul ». Avant de péter complètement les plombs.

J'ai sorti ma carte AT&T de mon portefeuille. À la maison, le téléphone a sonné quatre fois avant que j'entende ma voix sur le répondeur, un message d'une gaieté laborieuse : « Bonjour ! Vous êtes bien chez Beth et Ben Bradford, nous ne pouvons pas vous répondre pour le moment mais... »

Beth et Ben Bradford. Je lui avais pourtant dit et répété que si un jour il nous arrivait de nous marier elle devrait garder son nom...

« Je ne te quitterai jamais, m'avait-elle déclaré un soir de janvier 1988 particulièrement arrosé alors que nous finissions notre deuxième bouteille de vin au restaurant Odeon, mais on ne se mariera pas pour autant.

— Et au cas où ?

— Pas question ! avait-elle édicté dans un gloussement éthylique.

— D'accord, d'accord, compris. Mais admettons, émettons l'hypothèse que, dans un moment d'égarement petit-bourgeois, nous décidions de, disons, d'officialiser les choses entre nous...

— Si c'était le cas, je prendrais ton nom.

— Tiens, ça m'étonne de toi, c'est un peu vieux jeu, non ?

— Noooon ! C'est mon esprit pratique, voilà tout. Pourquoi ? Parce que sur une couverture de bouquin, Beth Bradford, ça ferait quand même mieux que Beth Schnitzler. Mais... » Et elle m'avait décoché un de ses grands sourires provocants, du genre « arrêtez-moi ou je le viole sur la table ». « Mais on ne se marie pas, de toute façon. »

En 1988, nous vivions ensemble depuis seulement quelques mois. Avec mes revenus en hausse, nous avions pu nous installer confortablement dans un appartement de SoHo, style loft, sans reculer devant un loyer mensuel de deux mille dollars. Le choix de ce quartier n'était pas fortuit : nous avions beau travailler tous les deux dans des boîtes avec pignon sur rue, nous ne nous considérions pas pour autant partie prenante de la caste imbécile des yuppies. Aller habiter dans des coins aussi bourges qu'Upper East Side ou Murray Hill était une option absolument exclue pour les artistes potentiels que nous étions l'un et l'autre.

« Artistes potentiels » : c'était Beth qui nous avait collé cette étiquette. Évidemment, il y avait une ironie certaine dans la formulation, mais nous pensions aussi sincèrement, en cette lointaine époque, que notre libération de l'esclavage du monde salarié sonnerait bientôt. Un an, deux ans ? Alors, chaque matin ouvrable, Beth se levait aux aurores et travaillait pendant trois heures avant de devoir rejoindre son poste à *Cosmo* : elle écrivait le roman qui, espérait-elle, marquerait son entrée en (grande) littérature. Pas question pour moi d'en lire des passages, ni même d'en apprendre le titre. Puis, par un après-midi de mars 1989, elle m'avait tendu un manuscrit de quatre cent trente-huit pages en m'annonçant : « Ça s'appelle *Le Parc des ambitions*. »

C'était son second roman, en fait. Le premier, *Au-delà d'Ossining*, n'avait pas trouvé d'éditeur. Beth l'avait composé peu après être sortie du collège de Wellesley[1], où elle avait été rédactrice en chef du magazine littéraire du bahut et avait remporté une tripotée de prix de « créativité ». Elle avait aussi été récompensée d'une bourse qui lui donnait droit à quelques semaines de retraite littéraire en Écosse, où elle écrivit ce *Au-delà d'Ossining, un roman d'apprentissage* (le qualificatif est d'elle, pas de moi), l'histoire d'une petite nana un peu

1. Collège privé du Maine, 2 142 étudiants *(NdT)*.

godiche qui essaie de se résigner à l'éthique banlieusarde de cette petite ville du comté de Westchester tout en assistant à la lente agonie de sa mère, victime d'un cancer du sein ; lorsque la maman finit par expirer, elle s'enfuit de cet univers étouffant en intégrant un campus ultra-sélect (et non mixte) de Nouvelle-Angleterre, où elle se donne à corps et à cœur perdus à un salaud de prof abusif tout en découvrant sa vocation de peintre. En retranchant ou en ajoutant quelques détails aisément repérables, c'était à l'évidence un récit autobiographique, rédigé dans un style que, faute de mieux, j'appellerais « lyrisme de jeune fille émotive ». « Cet automne-là, assise dans notre jardin sous un ciel aux teintes saumonées, ma mère avait entrepris de tricoter une écharpe... » Vous voyez le truc.

L'escapade écossaise de Beth terminée, le manuscrit d'*Au-delà d'Ossining* passa entre les mains d'une bonne quinzaine d'agents littéraires new-yorkais. Aucun d'entre eux ne daigna le prendre, l'argument généralement avancé étant que trois nouveaux romans avaient déjà été publiés cette année, tous trois récits lyriques d'enfances malheureuses dans la patrie de John Cheever et tous trois affligés d'une mère à l'article de la mort. Désappointée, naturellement, Beth n'avait pas pour autant jeté l'éponge. Au contraire, elle avait trouvé un job d'assistante d'édition à *Cosmopolitan*, de quoi payer le loyer pendant qu'elle s'attelait à son second roman.

« Vous savez comment je gagne ma vie ? m'avait-elle lancé alors que nous venions de nous rencontrer au mariage d'un ami commun. Facile : chaque jour, je lis cinq à sept textes, non commandés par la rédaction, qui sont tous envoyés par des femmes désespérément seules et à la recherche de leur point orgasmique. Et qui parlent tous de ça. »

J'avais éclaté de rire, déjà conquis. Elle était fine, marrante et très décidée. Décidée à devenir une grande romancière, à éviter le piège banlieusard dans lequel sa mère s'était fourvoyée à jamais. Nous sortions ensemble depuis trois semaines lorsqu'elle s'était finalement sentie assez sûre d'elle pour évoquer l'image de cette femme qui la hantait : « C'était quelqu'un qui était sous le coup d'une terrible, énorme déception, ma mère. Tu sais, à mon âge, elle était très, très lancée dans le monde. Directrice financière dans une des plus grosses boîtes de New York. Mais dès qu'elle s'est mariée avec mon père et qu'elle a été enceinte de moi, paf ! Terminé. Direction Ossining, les réunions de parents d'élèves, les matinées entre femmes, le dîner servi quand l'homme rentre au foyer par le 7 h 6... Oh, c'était une maman géniale, mais qu'est-ce qu'elle pouvait détester cette existence étriquée, qu'elle avait acceptée cependant, comme presque toutes les femmes de sa génération ! Je suis convaincue que son cancer a commencé en partie comme ça, par ce constat désespérant de n'être qu'une bobonne, la "petite femme" qui attend à la maison un type qu'elle en vient à ne plus pouvoir sentir... »

J'avais pris sa main et, d'un ton réconfortant :

« Ne t'inquiète pas, ça ne risque pas de nous arriver, à nous. »

Et elle m'avait répondu, elle, d'une voix inflexible, froide comme l'acier :

« C'est en effet exclu. »

Au département littéraire de *Cosmo*, elle travaillait sous les ordres de deux gouines très dans le vent, Laurie et Gretel, « Sororité & Cie » comme elle les avait peu gentiment surnommées, mais qui mirent un point d'honneur à encourager ses aspirations en chargeant elles-mêmes un agent de la promotion du nouveau livre de Beth.

*Le Parc des ambitions* était aussi un « roman d'apprentissage », ou « bildungsroman », comme disait

Beth. Une petite nana un peu godiche du comté de Westchester, encore sous le coup de la mort prématurée de sa mère emportée par un cancer du sein, part à la Grande Ville pour devenir un Grand Peintre. Pour joindre les deux bouts, elle est obligée de travailler comme maquettiste dans un magazine branché, se retrouve directrice artistique, tombe amoureuse d'un jeune dermatologue... À la fin du livre, on la voit déchirée entre les sirènes abrutissantes du confort domestique et l'« appel intérieur » de sa muse.

Cinq mois après qu'elle y eut mis le point final, vingt-deux éditeurs avaient refusé le manuscrit, mais cela avait été presque bon avec trois d'entre eux, un « presque » qui rendait la quête encore plus haletante. En fait, un éditeur de chez Atheneum avait annoncé à Beth qu'il le prenait, deux semaines avant de se retrouver sur le trottoir à la suite d'un règlement de comptes interne particulièrement sanglant. Et son boutiquier de successeur était revenu sur la promesse donnée en certifiant que le livre « ne tenait pas la route commercialement » ! Cette fois, la déception était encore plus vive, et pourtant nous tous (l'agent, « Sororité & Cie » et moi) avions réussi à lui remonter le moral en brodant sur le classique conte de fées dans lequel l'Écrivain célèbre, après avoir subi rebuffades sur rebuffades, sort de son triste anonymat pour devenir justement célèbre.

« Tu SERAS publiée, lui avais-je déclaré lorsque la dernière lettre de refus était tombée comme un couperet. Il faut que tu t'accroches, c'est tout.

— Oui, "Gravis toutes les montagnes, /Franchis toutes les rivières" ! avait-elle chantonné d'une voix morne, ... "et pendant que tu y es, chérie, baisse la tête quand tu gerbes" ! »

Ce qui lui arriva plus d'une fois, cet automne-là, car elle souffrait de cette affection communément désignée par les termes pudiques de « nausées matinales », qu'elle avait contractée un soir où nous rentrions d'un dîner particulièrement arrosé au chianti chez notre petit italien favori, sur Prince Street. À peine la porte de l'appartement refermée, chacun avait entrepris de déshabiller l'autre sans se soucier de détails mineurs tels que la mise en place préalable du diaphragme de Beth. Ah, ivresse des sens ! Ah, récriminations des lendemains de folie !

« On s'est vraiment conduits comme des crétins finis, avait-elle déclaré alors que nous tentions de faire passer notre gueule de bois avec un brunch à l'Odeon, plusieurs heures après. D'autant que c'est en plein milieu de mon cycle.

— Te fais pas de soucis, mes gars n'ont pas dû réussir à nager à contre-courant !

— Avoir un enfant, c'est la dernière chose qu'il nous faudrait, maintenant.

— Ça n'arrivera pas, bébé. »

Évidemment, c'était arrivé.

« Tu veux le garder ? me demanda-t-elle le soir où nous avions appris la nouvelle.

— Bien sûr, quelle question ! » Mais je n'étais pas entièrement sincère. La paternité, et surtout le cortège de responsabilités qu'elle supposait, avait pour moi quelque chose de terrifiant. D'un autre côté, je mourais de peur de perdre Beth. Nous vivions ensemble depuis deux ans déjà et, malgré ses proclamations antimariage, j'avais remis l'idée sur le tapis au moins une demi-douzaine de fois, obtenant invariablement de sa part une réponse tendre mais immuable : oui, elle prenait notre histoire au sérieux, non, les projets matrimoniaux n'étaient pas de mise, insupportablement « bourgeois » comme ils l'étaient pour des « artistes potentiels » comme nous. Avec le recul, je me dis qu'une partie de moi-même redoutait le sens aigu de l'indépendance qui était discernable chez elle. Je savais qu'elle m'aimait, qu'elle voulait être avec moi, mais cela ne suffisait pas. Appelez ça comme vous voudrez, vulnérabilité masculine ou autre, en tout cas je voulais être certain qu'elle ne puisse pas me plaquer facilement du jour au lendemain, si l'envie lui en prenait. Et donc, en découvrant que nous étions aussi des « parents potentiels » désormais, je caressais plus ou moins consciemment l'idée qu'un enfant pourrait cimenter notre vie commune, lui donner un caractère « permanent ».

Par ailleurs, je savais que, en dépit de toutes ses convictions affirmées haut et fort à propos du « droit de choisir », Beth n'irait pas jusqu'à renoncer à sa grossesse. Elle avait trente et un ans déjà, la montre tournait, ses romans ne trouvaient pas preneur... Il y avait bien sûr son appréhension multiforme de se muer en réplique de sa propre mère, mais je m'employais à la rassurer par toutes sortes de serments : nous continuerions à vivre en ville, elle garderait un travail, nous engagerions une nounou à plein temps, elle pourrait toujours se lever à six heures du matin pour travailler à son nouveau livre avant de partir à *Cosmopolitan*. La vie continuerait comme avant, lui répétais-je calmement.

« Ça ne se passe jamais comme ça...

— Mais si, mais si. Et tu verras, une fois qu'on sera mariés on...

— Ah, je l'attendais, celle-là !

— Mais ça ne coûte rien de le faire. Écoute, je veux dire que...

— Tu ne renonceras jamais, hein ?

— Qui serait assez fou pour renoncer à toi ?

— La flatterie, ça finira par te mener...

— ... Partout », avais-je affirmé avec aplomb en l'attirant vers moi et en l'embrassant passionnément.

Ensuite, elle avait pris mon visage dans ses mains, plongé ses yeux dans les miens.

« Et si on en arrive à le regretter ?

— Tu sais bien que non.

— Alors, nos histoires d'artistes potentiels, on oublie !

— Non, le moment viendra, tu vas voir.

— Peut-être... En tout cas, si jamais, si jamais je ne fais même que mentionner l'idée de partir nous installer en banlieue, tu as le droit de me flinguer sur place ! »

Treize mois plus tard, je m'abstins de lui rappeler ce serment le jour où, en plein après-midi, elle m'appela au bureau, dans un état de panique avancée.

« Il faut que tu viennes, que tu rentres ! TOUT DE SUITE ! »

Je sentis mon cœur s'arrêter de battre. Adam n'avait alors que six mois. Les suppositions les plus macabres me traversèrent l'esprit : la mort par asphyxie, une méningite, une encéphalite infantile...

« Quoi... Dis-moi...

— Le vomi ! » Elle sanglotait. « Il en est couvert. Le vomi d'un salopard... »

Le salopard en question était un SDF qui campait dans un passage en face de chez nous, à King Street. Beth, encore en congé maternité, venait de sortir faire prendre l'air à l'enfant lorsque le clodo avait brusquement surgi devant elle, tel un Moïse vengeur à l'immense barbe blanche raide de morve.

« Oh, la jolie maman, oh, le trognon de bébé... Tu me donnes un p'tit dollar, maman ? Rien qu'un p'tit pour... »

Il n'avait jamais terminé sa phrase : il était devenu vert et avait dégobillé son déjeuner en plein sur Adam. Beth hurlait, Adam hurlait, l'ivrogne avait été appréhendé par une voiture de flics qui passait par là. Un peu plus tard, le pédiatre du petit extorquait deux cents dollars à ses parents en transe non sans leur avoir assuré que ce baptême de vomi alcoolisé ne l'exposait ni au sida, ni à l'hépatite A, B ou C, ni à la peste bubonique. Dix jours après, alors que nous nous promenions tous les trois au parc de Washington Square, les roues du landau faisaient éclater bruyamment deux seringues hypodermiques que des camés avaient jetées par terre, et le week-end suivant ce fut moi qui pris l'initiative de proposer que nous partions à la recherche d'une maison dans le Connecticut.

« Je n'aurais jamais cru ça de nous, soupira Beth quand je fis une offre de prix pour notre futur foyer sur Constitution Crescent.

— Moi non plus. Mais bon, on sera en ville tous les jours, nous deux, pas vrai ? Et puis New Croydon, c'est le coin idéal pour les gosses. Enfin, tu l'as dit toi-même, que tu ne voulais pas qu'Adam grandisse en plein Calcutta !

— Je sais très bien ce que j'ai dit. Et tous ces arguments, je les connais.

— Écoute... Si ça nous gonfle vraiment trop, on pourra toujours revendre et revenir en ville.

— On ne reviendra jamais », affirma-t-elle sombrement.

*La Grille du jardin*, le troisième roman de Beth, fut mis en chantier quelques mois après notre installation à New Croydon. Entre-temps, j'avais grimpé encore plus haut dans la grille salariale, si bien que, dans un accès d'arrogante générosité, je commis une erreur aussi stupide que bien intentionnée : convaincre Beth d'abandonner son job et de se consacrer à part entière à l'écriture.

« Bon, tu te fais seulement vingt-sept mille par an, c'est-à-dire ce que je vais toucher EN UN MOIS, déclarai-je en toute logique. Maintenant, on a assez de place pour que tu aies ton bureau à toi. Adam est avec sa nounou tout le temps, et toi tu as toujours proclamé que la littérature et un boulot alimentaire quotidien, ça n'allait pas du tout ensemble... Alors, qu'est-ce qu'on attend ? »

Elle renâcla un moment, par peur de se retrouver coincée à la maison, de se couper entièrement de la vie new-yorkaise, de subir un nouvel échec littéraire. Mais je ne relâchai pas ma pression, pleine de sollicitude et de fermeté à la fois. Pourquoi, me direz-vous ? Peut-être parce que je désirais que l'un d'entre nous, au moins, soit vraiment un « artiste potentiel ». Ou bien était-ce un bizarre trip macho, le plan du type très fier de subvenir aux besoins de sa femme écrivain ? Ou encore une autre explication : j'avais besoin qu'elle reste à la maison et qu'elle se plante. Les ratés aiment bien entraîner les autres dans l'échec, en général.

Il lui fallut près de deux ans pour venir à bout de *La Grille*... Ici, la petite nana un peu godiche et très ravagée par la mort prématurée de sa mère est plus que jamais lancée dans le monde de la presse glamour de New York quand soudain se produit une volte-face radicale : elle épouse le dermatologue de ses rêves, part s'installer dans un trou du Connecticut (fortement idéalisé) et se sent prête à accueillir l'inspiration artistique lorsqu'elle tombe enceinte. Déchirée entre l'épanouissement maternel et sa soif inassouvie de créativité, elle s'enfonce dans une terrible crise conjugale et...

Ne manquez pas la quatrième partie de la Saga Beth Bradford, prochainement dans cette salle !

En fait, il n'y eut pas de quatrième tome, parce que *La Grille du jardin* ne fut jamais publiée. Son agent l'avait beaucoup aimée, pourtant, « Sororité & Cie » aussi, même moi j'avais aimé – sans jamais l'avouer, j'avais trouvé les deux premiers beaucoup trop mièvres et autocomplaisants –, mais le manuscrit laissa de marbre vingt-quatre maisons d'édition. Quand la dernière lettre négative arriva, Beth était enceinte de

Josh et, se sentant encore plus piégée dans la monotonie domestique, commençait déjà à s'éloigner de moi.

Melanie, son agent, déclara : « C'est simple, je n'y comprends rien. Je n'ai jamais eu de clients avec une telle déveine. Vous devriez peut-être essayer d'écrire quelque chose de différent, de moins inspiré par votre vie... »

Je déclarai : « Tu sais, elle a raison, Melanie. Il faudrait que tu tentes un autre genre. Quelque chose de complètement nouveau. »

Beth déclara : « Il n'y aura pas d'autres romans. » Quand je rétorquai qu'elle ne devait pas se laisser abattre, elle me demanda de la fermer.

Ce fut donc à ce moment que Beth tourna le dos à sa table de travail et se passionna pour les meubles de style colonial américain. Josh était là et refusait de dormir, Beth refusait de faire l'amour avec moi et refusait aussi de dire pourquoi elle refusait de faire l'amour avec moi. Elle a continué à accumuler son bric-à-brac XVIII$^e$, j'ai poursuivi mes achats de matériel photo, nous avons persisté à nous voiler la face devant cette relation qui s'enlisait, s'essoufflait, se paralysait. Sans le dire, cependant, nous avions compris la raison de cette débâcle, la seule vraie raison : elle me reprochait en silence de lui avoir imposé le même sort que celui qui avait rongé sa mère, celui d'une femme brillante, indépendante, en train de s'atrophier dans l'Amérique des pavillons, dans la banlieue du cœur et de l'esprit.

J'ai suggéré de consulter un conseiller matrimonial. Elle a ricané. J'ai évoqué une séparation temporaire, pour voir. Elle a haussé les épaules et a soupiré : « Si c'est ce que tu veux... » J'ai répondu que non, absolument pas. « Alors reste », a-t-elle répliqué. J'ai dit que nous devrions parler ensemble de nos problèmes. « Quels problèmes ? » a-t-elle dit. J'ai dit que nous ne nous parlions plus, depuis longtemps. Elle a dit : « Là, on parle, non ? » J'ai dit que oui, que nous parlions, là, mais pas de nos problèmes. Elle a dit : « Quels problèmes ? » Le fait que tu me reproches toujours tout, j'ai dit. Et elle : « C'est toi qui as voulu qu'on se marie. C'est toi qui as voulu venir vivre ici, que je laisse tomber mon travail et que j'écrive. Pourquoi veux-tu qu'on parle de "nos problèmes", alors que tu as obtenu tout ce que tu voulais ? » J'ai dit que je ne l'avais forcée à rien, au sens propre du terme. « C'est vrai, a-t-elle dit, tu t'es contenté de te servir de tous les tours de passe-passe qu'on vous apprend en fac de droit pour persuader les gens. » J'ai dit que ce n'était pas juste, de dire ça. « Ne t'avise pas de prononcer ce mot-là devant moi, s'est-elle emportée, dans tout ça, il n'y a rien de "juste" ! » J'ai dit qu'au moins on pourrait essayer de se parler par l'intermédiaire d'un... Elle ne m'a pas laissé terminer : « Il n'y a à parler de rien du tout ! "Nous" n'avons pas de problèmes. » Elle a quitté la pièce, et j'ai compris que je venais de la perdre.

« C'te cabine, vous l'avez louée à la journée ou quoi ? »

Je suis brutalement sorti de mes méditations pour me retrouver sous le regard inquisiteur d'une petite femme pot à tabac, la soixantaine, chargée d'un sac Henri Bendel bourré de vieux journaux.

« Désolé, ai-je bredouillé en quittant la place.

— Vous devriez, oui ! » a-t-elle crié dans mon dos.

« Mais je le suis, désolé ! ai-je eu envie de gueuler. Je suis terriblement, atrocement désolé ! »

J'ai traversé la 7ᵉ Avenue comme une fusée, me faufilant entre les portants à roulettes que manœuvraient les forçats de la fringue, prenant au nord avant de virer à l'ouest sur la 33ᵉ Rue. Il savait que j'allais venir, puisque je l'avais appelé du bureau. Je n'étais même pas encore rendu qu'il tenait déjà la porte ouverte pour moi.

« Monsieur Bradford… », s'est extasié Ted avec un grand sourire.

Ted était le patron d'Upton Cameras, un des plus zélés fournisseurs de matériel photo ruineux dans le district. Un gars de mon âge, avec une tendance à la calvitie, qui portait des chemises à manches courtes été comme hiver. Ted était toujours supersympa et attentionné avec moi, et moi, j'étais son meilleur client. Ceci expliquait cela : en deux ans, j'avais dû facilement laisser vingt mille dollars dans sa boutique. Donc, il m'adorait, Ted, il me tenait la porte…

« Eh bien, oui, il est là », a-t-il annoncé.

« Il », c'était le nouveau Canon EOS-IN RS, le plus pro des appareils professionnels. Une véritable bête de la technologie, avec autofocus cinq zones complété de plages de mesure multiples pour de meilleures performances encore, sans parler de la vitesse sidérante de l'entraînement qui permettait de mitrailler dix prises à la seconde. Idéal pour la couverture d'un événement très chaud ou d'un sujet sportif à cadence d'enfer, une course de F1 à Indianapolis par exemple. À peine achevée la lecture d'un essai élogieux dans *Popular Photography*, je m'étais empressé de le commander. Bon, je savais que je n'en avais pas l'utilité, qu'il passerait la plupart du temps sur une étagère avec le reste de ma collection, mais je le voulais tout de même, ne fût-ce que parce qu'il avait le moteur d'avancement le plus rapide du marché à sa sortie et qu'il ne risquerait pas de se faire supplanter de sitôt. Après tout, j'étais un « artiste potentiel », oui ou non ? Pouvant se payer le luxe de claquer deux mille quatre cent quatre-vingt-dix-neuf dollars (taxes non comprises) pour un joujou nippon, certes, mais quand même…

Ted avait déjà déballé l'engin sur un présentoir, à mon intention. Allure sensationnelle : un boîtier costaud, mais aussi élégant avec sa finition noir mat, le châssis en alliage à toute épreuve. Parfaitement ergonomique grâce à sa poignée parfaitement étudiée et à son poids raisonnable. L'objectif 60 mm 1/14, enfin, garantissait une netteté d'image époustouflante, sans mauvaises surprises, exactement ce qu'il fallait à un photographe d'actualité.

« Essayez voir le déclencheur électromagnétique », m'a proposé Ted.

En appuyant sur le bouton noir, on avait l'impression d'avoir un fusil automatique entre les mains : le moteur d'avancement se lançait dans un « tatatatata » de franc-tireur.

« Il dévide entièrement une pellicule de trente-six poses en moins de quatre secondes, a commenté Ted. Plus rapide, il n'y a pas, à ma connaissance. Mais c'est l'autofocus multizone qui va particulièrement vous emballer, je pense. Un bijou.

— Il faudrait que je pense à un flash automatique qui aille avec, vous ne croyez pas ?

— C'est marrant que vous me parliez de ça ! J'en ai justement commandé un, au cas où ça vous dirait...

— Quelle prévoyance.

— Oh, je me rappelais que vous n'étiez pas très content du dernier flash accéléré que vous avez acheté parce qu'il n'était pas compatible avec un téléobjectif de focale moyenne 95 mm. Eh bien, ce Canon, non seulement il couvre une distance focale qui va du grand-angle 24 mm au télé 105 mm, mais si en plus vous vous servez du panneau grand-angulaire intégré vous obtenez les performances d'un objectif super-grand-angle 18 mm. Le truc parfait pour les paysages en lumière ténue.

— Et ça m'amènerait à combien ?

— Le flash coûte trois cent trente-quatre dollars, mais je vous fais la réduction professionnelle de vingt pour cent, bien entendu. Et en plus, dans l'affaire, on vous offre le bloc d'alimentation optionnel.

— Vendu. »

« La réduction professionnelle de vingt pour cent, bien entendu. » Un commerçant-né, ce Ted. Depuis le temps que je fréquentais Upton Cameras, il ne m'avait jamais demandé ce que je faisais dans la vie, même si mon habillement et l'argent que j'étais prêt à débourser indiquaient clairement que j'arrivais droit de Wall Street. Au contraire, il me traitait toujours en pro, en initié avec lequel il n'y avait pas à craindre d'employer le jargon technique le plus sophistiqué. Je me suis pourtant demandé quelquefois si, par-devers lui, il ne me prenait pas pour un cravaté bourré aux as qui voulait frimer avec un matériel dont les plus grands noms de la photographie n'auraient pas voulu, eux, tant il faisait « nouveau riche ». A-t-il remarqué, aussi, l'ombre de culpabilité et d'hésitation qui a dû passer sur mon visage quand je lui ai tendu mon American Express Platine pour régler ces « joujoux » absurdes ?

« Voilà, ça nous fait deux mille neuf cent quarante-sept, taxes comprises, a-t-il chantonné, tandis que son lecteur de cartes s'animait et crachait un reçu.

— Extra », ai-je répondu d'une voix étranglée.

En signant sur la ligne pointillée, j'ai remarqué que j'avais les mains moites. Près de trois mille dollars pour un appareil dont je n'avais même pas besoin ! Je n'arrivais pas à décider si je devais ressentir un désespoir terrible ou bien l'exaltation insensée du type acharné à dilapider la fortune familiale. Sauf que moi, là, je ne dilapidais rien du tout : une telle somme, dans mon cas, c'était de la gnognotte.

« Je peux me servir de votre téléphone ? »

Ted m'a aussitôt tendu un sans-fil et je sortais déjà ma carte AT&T lorsqu'il m'a devancé :

« Mais non, pas la peine. »

J'ai entendu une première sonnerie, la deuxième, la troisième, la quatrième...

« Bonjour ! Vous êtes bien chez Beth et Ben... »

J'ai appuyé sur le bouton d'arrêt et composé le numéro du bureau dans la foulée.

« Oui, des messages ? ai-je demandé à Estelle quand elle a répondu.

— Quelques appels, rien d'urgent.

— Et ma femme ? »

Estelle a marqué un temps d'arrêt avant de répondre :

« Non, désolée, monsieur Bradford. »

Tout en me mordant machinalement les lèvres, j'ai rendu le sans-fil à Ted. Il a fait comme s'il n'avait rien vu ni entendu.

« Je pense que vous allez vraiment profiter de cet autofocus », a-t-il annoncé tout en sortant de son enveloppe un Temba Venture Pak qui venait d'entrer en magasin – « le meilleur sac photo au monde », disait la publicité... En tout cas, moi, j'en avais déjà trois – et l'empaquetant derechef avec le Canon et les accessoires.

« Euh... Ce sac, je ne l'ai pas acheté...

— Disons que c'est la maison qui offre, OK ?

— Merci, Ted.

— Non, merci à vous, monsieur Bradford, une fois de plus. Et rappelez-vous, si vous avez besoin de nous, nous sommes toujours là ! »

« Si vous avez besoin de nous, nous sommes toujours là. » La thérapie par la consommation. En redescendant la 33e Rue vers l'est, pourtant, je ne me sentais pas vraiment soulagé par cette séance curative. Plein d'anxiété, plutôt. Surtout lorsque j'ai aperçu, arrivant droit sur moi en sens inverse, Wendy Waggoner en personne.

« Ça alors, Ben Bradford ! »

Pas de kilt de petite fille cette fois. Non, elle était en vamp, dans un tailleur noir Armani avec un tee-shirt en soie blanc, ses cheveux blonds artistiquement coiffés à la Audrey Hepburn, et cette silhouette impeccable qui ne s'obtient que par une ascendance patricienne et un entretien permanent. Elle était escortée par un branché immense, Versace de pied en cap, lunettes ovales du bon faiseur, queue de cheval poivre et sel, qui a considéré mon imper Burberry et mon sac en plastique Upton Cameras d'un œil dégoûté. Wendy a déposé un baiser à quelques millimètres de ma joue.

« Ben, je vous présente Jordan Longfellow, mon éditeur. Ben est un voisin de New Croydon, John.

— Voisin, façon de parler... »

C'est vrai quoi, elle et son horreur de mari habitaient à près de deux kilomètres de chez nous.

« Alors, vous prenez l'air de la ville, hein ? Petites courses ?

— Du matériel photo, oui.

— Ben est photographe et accessoirement avocat, a-t-elle expliqué au branché. Vous publiez des avocats, non, Jordan ?

— Il y en a parmi mes meilleurs auteurs, a-t-il répliqué dans un éclair de dents. Pourquoi, vous écrivez, Ben ?

— Oui, des testaments », a gloussé la bêcheuse. J'aurais aimé l'étrangler, mais à la place j'ai tenté un début de sourire. Jordan, lui, regardait sa montre. « On doit y aller, Ben. Grosse réunion de travail pour mon prochain livre. Je vous vois chez les Hartley samedi soir, Beth et vous ? »

Dans le taxi qui me ramenait au bureau, je me suis retenu de ne pas envoyer mon poing dans la vitre. « Ben est photographe et accessoirement avocat. » Salope. « Grosse réunion de travail pour mon prochain livre. » C'est ça, oui : « Le prix Pulitzer 1995 a été décerné à Wendy Hemingwer, pardon, Waggoner, pour son *Cholestérol : en avoir ou pas*. »

Mon agitation ne s'est atténuée qu'à cinq heures. J'étais plongé dans la longue et captivante analyse des statuts d'un fonds résiduel lorsque Estelle m'a appelé sur l'interphone.

« Monsieur Bradford ? Votre femme, ligne deux. »

Une bouffée d'adrénaline. « Débrouille-toi pour paraître relax, agréable, guilleret, enfin tout, quoi... »

« Hé, salut, toi !

— Je ne te dérange pas ? a-t-elle demandé d'une voix étonnamment amène.

— Mais non !

— C'était juste que... Voilà, Jane Seagrave m'a invitée à venir dîner avec les enfants, et...

— Pas de problèmes. Je me disais que j'allais devoir travailler tard, de toute façon. Je pensais prendre le 7 h 48.

— Je peux te préparer quelque chose, si tu veux. »

Pincez-moi, on se parle comme deux êtres humains !

« Avec une Bud, ça suffira. »

Un rire. Un rire de Beth Bradford. Il y avait de l'espoir, alors...

« La journée a été bonne ? »

Merci Jésus ! Pour la première fois en quinze jours, elle avait daigné condescendre à une amabilité à mon égard. J'ai décidé de ne rien dire au sujet de Jack.

« Sans histoire, disons. Ah si, Estelle s'est fait choper en train de dealer de la coke, mais à part ça... »

Un autre rire de Beth Bradford. L'armistice avait été déclaré.

« Et toi, qu'est-ce que tu as fait de beau ?

— Pas grand-chose. Déjeuner sympa avec Wendy, à Greenwich.

— Wendy ? Wendy Waggoner ?

— La seule et l'unique », a pouffé Beth.

Je serrai les dents pour garder mon calme.

« Et comment elle va, cette sacrée Wendy ? »

# CINQ

Soudain, tout allait pour le mieux entre nous, à nouveau. Quand je suis rentré à la maison ce soir-là, elle m'a offert un baiser et un martini très corsé. J'ai accepté les deux. Elle m'a demandé si la journée n'avait pas été trop dure, s'est montrée pleine de sollicitude lorsque je lui ai appris ce qui arrivait à Jack. L'idée que je devienne bientôt associé principal au cabinet a paru lui plaire, et elle m'a parlé d'un divan qu'elle venait de découvrir chez un antiquaire, qui se trouvait au temps jadis dans le bureau de Ralph Waldo Emerson lui-même. Elle a improvisé pour moi une omelette aux fines herbes, elle a débouché une bouteille très correcte de pinot noir de la vallée de Napa. Nous avons parlé des bons et mauvais côtés de Fiona, notre nounou irlandaise originaire de Cork (elle aussi avec des papiers en règle, soit dit en passant), qui vouait une véritable adoration aux deux garçons mais qui était têtue comme une mule. Nous avons ri ensemble quand elle m'a rapporté qu'Adam avait déclaré à Fiona que, plus tard, il voulait être camion de pompier. Nous sommes allés nous coucher, nous avons fait l'amour pour la première fois depuis cent cinquante-six jours. Pas passionnée, l'étreinte, mais extrêmement courtoise, à l'image de toute cette soirée. Si courtoise, en fait, que je m'étais soigneusement abstenu de l'interroger à propos de ce fameux « déjeuner avec Wendy Waggoner ».

Ensuite, il y a eu une vraie nuit de sommeil – miracle des miracles –, un baiser au réveil, sa proposition de me faire griller des toasts, que j'ai déclinée en invoquant le danger des féculents, à nouveau un échange courtois pendant notre petit déjeuner de muesli et mangues fraîches, un moment de détente matinale avec les enfants, un rappel enjoué de notre programme du week-end (« Je voudrais passer au Gap de Greenwich, pour les gosses... La soirée chez les Hartley commence à sept heures, Fiona sera là avant... Dimanche, ça pourrait être sympa d'emmener les garçons au port... Tiens, chez DeMarco, il y a un arrivage de saumon sauvage de Nouvelle-Écosse. Je me suis dit que ça serait d'enfer avec un fantastique vin blanc néozélandais que je viens juste de découvrir... », etc.), encore un baiser – sur la bouche – au moment où je partais.

J'aurais dû éprouver un immense soulagement, un ravissement sans bornes à constater qu'après des mois de glaciation domestique le dégel avait commencé. Dieu m'est témoin que je ne demandais qu'à le croire, qu'à me féliciter du revirement soudain de Beth, qu'à me dire qu'elle avait enfin compris à quel point cette tension permanente entre nous était minante, que j'étais digne de son amour...

Mais, mais, mais. En toute lucidité, je savais que son changement d'attitude n'était pas le fruit d'une illumination à la saint Paul, ni d'une longue méditation sur les moyens de sauver notre mariage de la catastrophe. Je savais...

« Tu as quelque chose de prévu aujourd'hui ? »

À peine ma question posée, comme je m'apprêtais à quitter la maison, j'ai surpris ses yeux qui se détournaient de moi, un millième de seconde. C'est alors que j'ai vraiment compris.

« J'irai peut-être traîner un peu à La Grange Coloniale. » C'était un antiquaire de Westport à qui la clientèle de Beth devait sans doute assurer l'entièreté de son PNB. « Le divan dont je t'ai parlé, c'est Steve qui l'a en réserve, mais c'est une pièce qui est très courue, tu comprends, à cause d'Emerson et tout ça, alors il m'a prévenue qu'il pouvait me le garder jusqu'à ce soir, pas plus.

— Et c'est combien ? »

Une fois encore, ses yeux ont pris la tangente.

« Mille quatre cent cinquante.

— OK, achète.

— Chéri...Tu es trop gentil. »

C'est à ce moment que ses lèvres ont effleuré les miennes.

Tellement gentil, oui, que sitôt rendu à mon bureau je me suis empressé d'appeler les renseignements pour obtenir le numéro de La Grange Coloniale, Westport, Connecticut. Là, je suis tombé sur un répondeur qui m'invitait à rappeler après la réouverture, à dix heures. J'ai tué le temps pendant les quelque soixante minutes qui restaient, m'attelant vaguement à l'étude d'un dossier, en l'occurrence les réclamations formulées par la belle-fille grugée d'un magnat de la Bourse victime d'une attaque foudroyante à l'automne précédent, le jour où les actions RCA avaient brutalement accéléré leur dégringolade.

« ... attendu que les dispositions du testateur en ce qui concerne les bénéfices à conjoint survivant n'autorisaient pas le versement du principal aux conjointes susmentionnées... »

J'ai envoyé le papier voler sur mon bureau. Trois cent quinze mille dollars annuels pour s'abrutir de pareilles conneries... Je suis allé au coffre-bar – « Aie toujours de la gnôle sous la main, m'avait conseillé Jack une fois, juste au cas où un client aurait besoin d'un remontant en apprenant une mauvaise nouvelle... » – me verser trois doigts de Black Bush, que j'ai avalés d'un trait, puis j'ai foncé dans mon cabinet de toilette, j'ai rincé soigneusement le verre, je me suis lavé les dents et je me suis administré deux gargarismes de Listerine : vu le culte de la sobriété qui est observé de nos jours dans le monde du travail aux États-Unis, avoir l'haleine alcoolisée à dix heures du matin n'est pas précisément recommandé. Le temps que le whisky produise son effet, soit quatre-vingt-dix secondes, et ce fut aussi celui de rappeler Westport.

« La Grange Coloniale, bonjour ! Steve à l'appareil. »

Une voix de jeune bêcheur Nouvelle-Angleterre, avec un soupçon de natif de Fire Island. J'ai baissé la mienne d'une ou deux octaves, en prononçant les voyelles de façon très british.

« 'Jour. Vous pourriez peut-être m'aider...

— Je ferai de mon mieux, soyez-en certain.

— Eh bien voilà, je suis à la recherche d'un divan pour mon bureau personnel. Quelque chose du milieu XIXe, de préférence américain plutôt que victorien.

— Eh bien, monsieur, permettez-moi de vous dire que vous avez beaucoup de chance. Je viens justement de faire rentrer une pièce exceptionnelle. Travail d'ébéniste bostonien, 1853, tout en teck avec pieds sculptés. Il est capitonné d'origine, un superbe tissu à motif floral dans les tons fauves, clouté cuivre.

— Mais ça me paraît formidable, mon cher.

— Oui, et je ne vous ai pas encore donné le détail essentiel. Ce divan est un peu un monument historique, savez-vous ? Voilà, figurez-vous – et j'ai toute la documentation nécessaire pour le certifier – qu'il a appartenu à Ralph Waldo Emerson !

— "Le" Ralph Waldo Emerson ? Transcendantalisme et tout ce qui s'ensuit ?

— En personne, monsieur. Pour être très précis, cette pièce se trouvait dans son cabinet de travail, chez lui, à Concord.

— Eh bien, eh bien, c'est assez remarquable, je dirai...

— Une pièce de collection, monsieur. De l'"Americana" pour vrais connaisseurs. De plus, si j'ose me permettre, c'est un investissement exceptionnel.

— Et nous parlons de...

— Deux mille deux, monsieur. Mais je dois vous prévenir que l'une de mes meilleures clientes s'est déjà montrée très, très intéressée. »

Oui, pour mille quatre cent cinquante ! Qui des deux était le menteur ?

« Vous voulez dire qu'il est réservé ?

— Eh bien, oui et non... Pas exactement. Mais elle est emballée, c'est clair. Et c'est une collectionneuse très assidue.

— Bref, si je ne viens pas moi-même aujourd'hui, je risque de perdre l'affaire, c'est cela ? »

Il y a eu un battement. Ce petit salaud était en train de réfléchir à toute vitesse.

« Écoutez... Je ne pense pas qu'elle passera aujourd'hui. Même, j'en suis sûr. Oui, en effet, elle m'a dit qu'elle ne pourrait pas revenir à Westport avant mercredi prochain. »

Dans le mille ! Le whisky faisait des bonds épouvantables à travers mon estomac. « Donc, a poursuivi le merdeux, si vous vous présentez avant et si votre prix dépasse un peu le sien... Si vous montez à deux mille trois, disons, je ne vois pas comment je pourrais ne pas vous le laisser, n'est-ce pas ?

— Je vais réfléchir », ai-je abrégé avant de raccrocher.

Après avoir transmis à Estelle la consigne « aucun appel », je suis retourné au coffre-bar pour reprendre un verre de Black Bush, suivi d'un comprimé de Listerine et d'une bonne rasade de Maalox.

« Tu as quelque chose de prévu aujourd'hui ? »

Un mensonge éveille les soupçons, deux les confirment. Il n'y avait pas trente-six activités qu'elle chercherait à me cacher avec tant d'acharnement, et qui l'auraient amenée à se montrer soudain si gentille avec moi.

Alors, QUI ? Qui était le fils de pute ? Tel un Rolodex, mon cerveau s'est mis à faire défiler amis et connaissances. Sans s'arrêter sur le moindre suspect plausible, puisque la crapule devait forcément NE PAS être l'un d'entre nous, un compagnon de la double transhumance quotidienne jusqu'à la ville et retour, pour être en mesure de retrouver Beth durant les heures de bureau. Et comme tous ceux que nous connaissions à New Croydon et dans les environs allaient bosser à Manhattan, cela signifiait que...

Second tour de Rolodex, cette fois pour les mecs sédentaires figurant parmi nos fréquentations. Bill Purcell, écrivain free-lance très content de lui qui se vantait d'un contrat d'exclusivité avec le *Reader's Digest* ? Non, impossible. Un pantin de luxe que sa Cruella d'épouse, Eva la bien nommée, traitait comme un berger allemand attaché très court. Ou bien, Gary Summers, notre voisin prétendument grand photographe de Constitution Crescent, un type hirsute avec un ego qui pesait des tonnes ? Beth ne pouvait pas le sentir. « Si jeune et déjà rentier », avait-elle persiflé un jour à son propos. À éliminer de la liste sans hésitation.

Qui encore ? Peter Pearson, un quinquagénaire grillé à Manhattan, désormais réduit à tenter sa chance sur les marchés financiers du Net, vissé à son ordinateur toute la sainte journée ? Oui, si elle avait eu envie de coucher avec son père...

Je ne voyais personne d'autre. Ou bien quelqu'un rencontré dans un magasin du coin ? Le Steve de La Grange Coloniale ? Non, il semblait avoir d'autres préférences sexuelles, celui-là. Alors, Tony, le poissonnier ? Un jeune livreur à biscoteaux du supermarché local ?

Qui, bordel, QUI ?

J'ai appelé le premier numéro mémorisé sur mon téléphone. Une sonnerie, deux... « Bonjour ! Vous êtes bien chez Beth et Ben... »

J'ai raccroché brutalement. Elle devait sans doute être en train de se l'envoyer, là, maintenant. Les ongles plantés dans son dos de singe, la langue fourrée dans sa gorge, les jambes serrées autour de son cul poilu...

Non, arrête ! Arrête tout de suite. Réfléchis. Fais marcher tes méninges. Ce n'était peut-être qu'un flirt passager, une tentation sans lendemain. La découverte soudaine qu'une partie de sexe pour le sexe, sans l'apport émotionnel de l'amour conjugal, s'avérait spirituellement dévastatrice au-delà des premiers frissons donnés par la transgression (« Pardonne-moi, Seigneur ! »). Ou peut-être, avant même de se lancer dans les délices et les affres de l'adultère, avait-elle été retenue par l'image de son tendre mari et de ses deux adorables bambins, avait-elle décidé que le jeu ne valait pas la chandelle...

Ouais, c'est ça.

J'ai appuyé à nouveau sur le bouton. « Bonjour ! Vous êtes... »

Cette fois, j'ai jeté le combiné de toutes mes forces, et l'appareil a suivi, allant valdinguer au sol où il s'est mis aussitôt à sonner.

« Rien de grave ? demandait Estelle sur l'interphone.

— Ça me regarde !

— Entendu, monsieur. » Elle a paru heurtée par ma réaction. « Pardon de vous déranger, mais Hildy vient de me dire que M. Mayle a dû se rendre d'urgence chez son médecin...

— Il n'allait pas bien ?

— Pas trop bien, non, monsieur Bradford. » Au ton de sa voix, il était clair que malgré les consignes de silence de Jack elle avait deviné de quoi il retournait. Elle devinait toujours tout, Estelle. « Il a demandé si vous pouviez vous charger de son rendez-vous de onze heures. M<sup>me</sup> Bowles.

— Oh, super !

— Oui, je me suis dit que ça vous plairait.

— Bien, gardez un extincteur à portée de la main, au cas où ça deviendrait trop chaud dans mon bureau...

— Certainement, monsieur Bradford. Et puis... si le téléphone que vous venez de jeter est abîmé, je peux appeler le service d'entretien ?

— Merci, Estelle. »

À onze heures pile, elle est entrée. M<sup>me</sup> Deborah Butt Bowles, l'authentique pauvre petite fille riche. Quarante-cinq ans, trois fois divorcée, des velléités de productrice de théâtre, et une vie adulte entièrement financée par l'héritage de cinq millions de dollars que son très désagréable père (enrichi à plusieurs zéros dans les opérations immobilières véreuses) avait eu la bêtise de lui laisser. Au moins quatre fois par an, elle venait pourtant frapper à notre porte pour pleurer sur ses dettes et soutenir que sa pension annuelle de deux cent cinquante mille dollars lui imposait une existence de miséreuse. C'était aussi le genre d'individus à changer complètement de personnalité tous les six mois : à la fin des années 80, elle avait été la Femme Active en

Armani à épaulettes superrembourrées, puis elle avait eu sa phase grande cocotte Chanel lors d'un bref mariage avec un courtier en diamants chypriote à la moralité douteuse, puis elle s'était mise à jouer la mécène décontractée s'habillant au Gap et se passionnant pour d'obscures troupes théâtrales d'avant-garde, puis...

« Salut, grand homme, a-t-elle lancé en surgissant d'un pas dansant.

— Madame Bowles... » Je me suis levé, essayant poliment de ne pas paraître trop effaré par ses cheveux teints en blond et coupés en brosse, son tee-shirt blanc moulant, son ensemble veste-pantalon en cuir noir et la Gitane qui tressautait entre ses lèvres mais qu'elle n'avait pas allumée. Elle faisait terriblement cabaret berlinois. « Vous paraissez en pleine forme, madame Bowles, lui ai-je déclaré en l'invitant d'un geste à prendre un siège.

— Si je fume, vous allez appeler les vigiles ? a-t-elle rétorqué en faisant claquer un Zippo dans ses doigts.

— Je les tiendrai en respect. »

Elle a finalement allumé sa clope.

« Où il est, Jack ?

— M. Mayle a eu d'autres engagements, je le crains. Une réunion inopinée, à l'extérieur.

— Quelqu'un de plus important que moi, pour parler clair.

— Tous nos clients ont la même importance à nos yeux, madame Bowles.

— Oh, laissez tomber le baratin, grand homme. Je sais parfaitement que personne ne peut me blairer, chez vous. »

Donnez un cigare à la dame, elle a gagné le prix d'intuition féminine. C'est ce que j'ai pensé, mais je suis resté délicieusement professionnel.

« Vous êtes toujours la bienvenue ici, madame Bowles, tout comme l'était votre regretté père. Et maintenant, dites-moi, en quoi puis-je vous être utile ?

— Vous le savez parfaitement.

— Quelques difficultés de trésorerie, peut-être ?

— Bien vu, Sherlock.

— Vous connaissez les dispositions testamentaires, madame Bowles, ai-je déclaré, les yeux baissés sur l'épais dossier posé devant moi. Quatre versements trimestriels, rien d'autre. Quant au principal, il est bloqué. Inaccessible, en d'autres termes.

— Évidemment que je connais les putains de dispositions, grand homme ! Je suis même une experte, là-dedans. Le hic, c'est qu'American Express veut me foutre un procès au cul, et Bloomingdales idem, et MasterCard même chose ! Et la copropriété du 175, 74e Rue Est me réclame six mois de charges, autrement ils disent que je devrai vendre l'appart'.

— Vous avez consulté votre banque, je présume ?

— Vous croyez que je m'emmerderais à venir jusqu'à Wall Street si j'avais eu le feu vert de la banque ?

— Bien sûr, ce n'est pas la première fois que vous rencontrez de telles difficultés..., ai-je commencé, à nouveau plongé dans la contemplation de son dossier.

— C'est si gentil à vous de me le rappeler.

— ... et vous avez effectivement omis d'honorer les deux derniers prêts que vous avait accordés votre banque.

— Si, en fin de compte je les ai remboursés !

— Certes, mais seulement après des commandements de saisie prononcés contre vous, madame Bowles. Ce que j'essaie de vous dire, c'est que...

— C'est que je suis un panier percé. Une petite connasse trop gâtée qui jette l'argent par les fenêtres.

Oh, ça se lit très bien sur votre mine d'ancien de Harvard !

— Je ne suis pas un ancien de Harvard, madame Bowles. Et je ne me permettrais pas de porter le moindre jugement sur la manière dont vous gérez votre fortune... ou ne la gérez pas, bien entendu. Je voulais seulement vous suggérer qu'étant donné vos... euh, les relations quelque peu tendues que vous avez eues avec votre banque de par le passé il me paraît peu raisonnable de compter sur des facilités financières dans votre cas présent.

— Oh, oui ! Je parie que vous, vous êtes le genre à compter le moindre penny, hein ? Jamais une petite folie, jamais une gâterie, hein ? L'argent, c'est sacré, hein ? »

Deux mille neuf cents dols la veille pour un appareil photo dont je n'avais aucune utilité, c'est pas une petite folie, ça ? Et mille quatre cent cinquante – ou bien deux mille et quelques, plutôt ? – pour le seul divan au monde ayant appartenu à Ralph Waldo Emerson ? Non, ma vieille, la seule raison pour laquelle je ne suis pas dans la même merde que toi, c'est parce que je ne prise pas de la blanche matin, midi et soir, moi !

« Comme tout Américain patriote, j'aime faire les magasins, moi aussi.

— Oui, mais prudemment, si prudemment ! m'a-t-elle rétorqué en se soulevant brusquement pour replier sa jambe gauche sous ses fesses. Je parie que vous baisez prudemment, aussi.

— Madame Bowles...

— Ou bien vous êtes tellement prudent que vous ne sautez que votre légitime, hein ? »

Tu te goures encore, ma belle. Deux passades d'une nuit, toutes deux en dehors de la ville, toutes deux sans lendemain, règle d'or de l'infidélité conjugale pour les hauts salaires mariés comme moi. Toutes deux sous latex. Et oui, je reconnais, dès que le charme éphémère de la clandestinité s'était dissipé, j'avais été accablé par une culpabilité dingue les deux fois. Je ne suis pas du genre coureur... Mais ça peut arriver, en effet. Et donc, si Beth avait eu elle aussi une bouffée de libido clandestine j'étais prêt à lui pardonner. Simplement. Aussi simplement que j'ai repris :

« Il se trouve que j'aime ma femme, madame Bowles.

— Ha !

— Mais il se trouve que vos banquiers ne vous aiment pas, eux. Ce qui signifie que, pour éviter de nouveaux soucis judiciaires, vous avez besoin de notre aide, je crois deviner. Ou bien ai-je mal compris, madame Bowles ? »

Le ton employé était assez sec pour qu'elle reçoive le message cinq sur cinq : « Si tu veux que je te trouve de quoi croûter, arrête de me chercher sur le terrain personnel. » Elle s'est rassise correctement et a joué les petites filles repentantes.

« Tout ce qui sera dans votre possible... »

Je lui ai donc donné le nom d'un petit établissement bancaire avec lequel le cabinet travaillait régulièrement. Évidemment, ils allaient exiger une garantie quelconque (« Votre appartement, par exemple... »), mais ils finiraient sans doute par lui consentir un prêt-relais en attendant le prochain versement trimestriel.

« Cela veut dire que, dans les trois prochains mois, vous allez devoir vous efforcer de vivre plus... frugalement, madame Bowles. Et autre chose encore : si vous n'honorez pas scrupuleusement ce crédit, Lawrence, Cameron & Thomas ne sera certainement pas en mesure de vous recommander à un autre établissement financier au cas où vous rencontreriez de nouvelles difficultés à l'avenir.

— Et dans combien de temps je pourrai savoir si je dois aller faire le tapin ou non ?

— Dès la fin de notre entretien, je les appellerai. À mon avis, ils feront connaître leur décision cet après-midi. »

Je me suis levé, signifiant que ce moment était justement venu.

« Et là, je suis censée dire merci, hein ?

— Je laisse ce choix entièrement à votre appréciation, madame Bowles. »

Elle a foncé vers la porte puis s'est retournée pour me lancer un long regard sardonique.

« Vous savez quoi ? Eh bien, je parie que tous les soirs, quand elle vous voit revenir, votre petite femme doit se dire : "Je suis la fille la plus heureuse du monde !" »

J'ai senti mes doigts former deux poings menaçants, que j'ai aussitôt cachés derrière mon dos.

« Bonne journée, madame Bowles. Ma secrétaire va vous appeler dès que nous aurons la réponse. »

Elle a tourné les talons et s'en est allée. Ma main s'était déjà abattue sur le téléphone quand je me suis raisonné : Non, ne le balance pas encore une fois. Et ne va pas te servir de whisky non plus. C'est pas ton jour, voilà tout. Absolument pas ton jour.

Je me suis rassis, attendant de reprendre mon calme avant de déclencher l'interphone.

« Estelle...

— Vous êtes encore entier, monsieur Bradford ?

— Oh, ce fut une partie de plaisir. Toutefois, lorsque M^{me} Bowles va appeler tout à l'heure, pouvez-vous l'informer que la banque a rejeté sa demande de prêt... mais que j'étudie d'autres possibilités... Ah, et si elle cherche à me parler, dites-lui que je suis en déplacement et que je serai injoignable jusqu'en milieu de semaine prochaine.

— Et au cas où elle voudrait parler à M. Mayle ?

— Ne dérangez pas Jack avec cette histoire. Il a bien d'autres soucis en ce moment.

— Rien d'autre, monsieur Bradford ?

— Euh, ma femme... »

Trois minutes plus tard, elle revenait en ligne avec la réponse que j'attendais :

« Désolée, monsieur Bradford, ça ne répond pas... »

Soudain, j'ai pris ma décision : attrapant mon attaché-case et mon imperméable, j'ai quitté mon bureau, à la grande surprise d'Estelle.

« Je me sens bizarre. Je préfère décrocher pour aujourd'hui.

— Vous avez besoin d'un médecin ? m'a-t-elle demandé d'une voix inquiète.

— Non, de repos, c'est tout. Ça doit être un début de grippe intestinale ou un truc de ce genre. Vingt-quatre heures au lit et tout ira bien. Il n'y a rien d'ultra-urgent, non ?

— Rien qui ne puisse attendre lundi.

— Bien. Ah, et si ma femme appelle... » Estelle leva vers moi des yeux interrogateurs. « Dites-lui seulement que je suis sorti. Je veux lui faire la surprise. »

Elle a eu le plus grand mal à dissimuler son étonnement.

« Comme vous voudrez, monsieur Bradford. Je vous appelle une voiture pour aller à Grand Central ?

— Oh, j'aurai plus vite fait d'attraper un taxi en bas.

— Remettez-vous bien, monsieur Bradford. »

Elle savait que je mentais.

« Je vais faire au mieux, Estelle. Alors, bon week-end. »

Trois pelés dans le 12 h 46, les quais de New Croydon déserts. En descendant Adams Avenue, j'avais l'impression de détonner complètement dans le paysage : à une heure et demie de l'après-midi, un jour de semaine, je devais être le seul homme de plus de vingt-cinq ans et de moins de cinquante en vue. C'était le domaine pratiquement exclusif des femmes, de bonnes bourgeoises qui, tout comme Beth, avaient jadis été de petites étudiantes de campus coûteux se repassant le joint dans leur dortoir d'internat en buvant de la bière bon marché et en jurant leurs grands dieux qu'elles ne deviendraient jamais des banlieusardes au foyer.

Oui, elles étaient toutes là, avec leurs shetlands de chez Brooks Brothers et leurs pantalons de toile Land's End, propres sur elles, les dents encore éclatantes de blancheur, les cheveux encore soyeux et toujours retenus par un bandeau de soie noir, leurs visages trentenaires encore épargnés par les déceptions que leurs enfants et leurs maris n'allaient pas manquer de leur infliger tôt ou tard. Est-ce que, comme moi, il leur arrivait de se réveiller en pleine nuit pour se demander comment elles en étaient arrivées à se fourvoyer dans ce confortable et mortel ennui ? Ou bien se résignaient-elles à leur sort implacable, assez lucides pour comprendre que, dans le vaste complot du destin, elles n'étaient pas les plus mal loties ? Qu'elles devaient se contenter de ce qu'elles avaient...

En débouchant dans notre rue, je sentais mon cœur résonner dans ma poitrine. Et si elle était en ce moment avec ce mec, chez nous ? DANS NOTRE LIT ? Et si...

Mes jambes s'étaient mises à galoper lorsque je me suis forcé à maintenir un pas respectable. À moins de vouloir monter dans le classement de la Ligue des Ragots, on ne cavale pas sur Constitution Crescent en costard-cravate : « Tiens, qui j'ai vu l'autre jour revenir chez lui ventre à terre, en plein après-midi ? Ben Bradford, figurez-vous ! Et il avait l'air sacrément tracassé, je vous assure ! Finalement, il s'est douté de quelque chose, faut croire... »

Sous notre porche, j'ai repris longuement ma respiration avant d'enfoncer ma clé dans la serrure et de la tourner aussi discrètement que possible. Je me suis glissé à l'intérieur en refermant derrière moi comme un voleur. Jetant mon imperméable dans un coin, je me suis assis sur le petit banc provenant d'une maison de Providence (date attestée : 1768), j'ai retiré mes lourdes chaussures noires que j'ai gardées dans une main, tandis que je montais l'escalier à pas de loup et empruntais le couloir, les yeux fixés sur la porte du fond. La porte de notre chambre à coucher. J'ai posé mes doigts tremblants sur la poignée, aspiré une dernière bouffée d'air et je l'ai ouverte à la volée, manquant de m'écrouler à l'intérieur.

Rien. Rien, sinon notre lit impeccablement refait, sa couverture en patchwork colonial, ses oreillers assortis et la collection de poupées de chiffon, Philadelphie 1784, que Beth avait réunie pour son bénéfice personnel. Je n'ai jamais pu les souffrir, ces foutues poupées, et, en les découvrant qui me fixaient de leurs yeux vides mais désapprobateurs, je me suis dit qu'elles me le rendaient bien.

Effondré sur le bord de la couche nuptiale, j'ai passé plusieurs minutes à tenter de me reprendre, l'oreille toujours tendue à l'affût du moindre indice révélateur dans le silence : gémissements du coït peut-être, ou crissements paniqués de vêtements renfilés en hâte. Rien. Comme je n'arrivais pas à me convaincre, j'ai inspecté pièce après pièce, ne trouvant qu'une maison vide et calme. Au sous-sol, enfin, devant la porte fermée, un, deux... Je l'ai ouverte brusquement. RAS. Mes joujoux, rien d'autre.

Je n'étais pas soulagé pour autant. Où pouvait-elle être, alors ? Chez « lui », évidemment. Mais où vivait-il ? Où s'étaient-ils rencontrés ? Qu'étaient-ils en train de faire tous les deux, en cet instant ?

La peur m'a saisi, une peur implacable, comme si je venais de comprendre que je n'avais rien d'autre à faire que de m'asseoir là et d'attendre son retour.

J'ai enlevé ma veste et l'ai envoyée à l'autre bout de la salle. Même traitement pour le pantalon, puis ma chemise et ma cravate ont suivi, mes chaussettes noires. Un millier de dollars de fringues disséminé par terre. J'ai récupéré un short et un tee-shirt dans la commode derrière mes appareils de mise en forme, j'ai retrouvé mes Nike, j'ai tourné mon range-CD à la recherche d'une musique puissante, d'une musique qui m'emporte. Paf, Mahler, *Sixième Symphonie*. Idéal. Leonard Bernstein à la tête du Philharmonique de Vienne : en rajoutant pas mal sur le *fortissimo* psychologique, mais restituant fabuleusement cette atmosphère si mahlérienne de Jugement dernier qui approche, la vie comme un immense malentendu qu'il faut boire jusqu'à la lie. Casque aux oreilles, je me suis lancé sur la « Piste du Nord » en déclenchant la platine avec la télécommande. Les doubles basses ont rendu le tonnerre sombre des cordes, puis est venu le brillant sarcasme des trompettes, la plainte aiguë des violons amorçant le thème de l'ouverture. Je commençais juste à prendre une bonne suée lorsqu'une main s'est posée sur mon épaule, me faisant sursauter.

« Mais qu'est-ce que tu fais là ? »

Beth semblait interloquée – un peu troublée, aussi ? – de me retrouver à la maison si tôt.

« Me... sentais... pas bien, j'suis... rev'nu, ai-je articulé, hors d'haleine, tout en retirant les écouteurs.

— Pas bien, toi ? C'est vrai ? »

Elle parcourait d'un œil sceptique mon accoutrement sportif.

« Un mal de bide pas possible. Ça m'a pris au bureau, comme ça.

— Alors, qu'est-ce que tu fabriques sur cette machine ?

— Oh, le temps que je revienne, ça m'a passé. »

Minable, l'explication. Elle a eu l'air encore plus incrédule en découvrant mon costume chic roulé en boule à ses pieds.

« Dis donc, t'avais l'air drôlement pressé de monter sur ton tapis de course !

— C'est cette histoire de Jack qui me mine, ai-je improvisé. J'ai passé ma rage sur mon costard, en fait.

— Et je venais de le donner au pressing, a-t-elle constaté en le ramassant. Douze dollars fichus en l'air, comme qui dirait.

— Oh, c'est pas ça qui va nous ruiner ! » Je cherchais à dissiper la tension. « Alors... Tu l'as fait ?

— Fait quoi ? »

D'un coup, elle paraissait sur ses gardes.

« Mais acheté le divan d'Emerson, voyons.

— Oh, "ça" ! » Son soulagement était patent. « J'ai décidé de laisser tomber. C'était trop cher, vraiment.

— Deux mille deux, c'est encore dans nos cordes...

— Comment ça, deux mille deux ? Mille quatre cent cinquante ! »

La gaffe.

« Euh, oui, mille quatre cent cinquante, pardon... Tu n'aurais pas dû te laisser arrêter par une question d'argent.

— J'essaie d'être un peu raisonnable dans mes dépenses. »

Beth « raisonnable dans ses dépenses » ? C'est ça, oui. Et le soleil tourne autour de la terre, pendant qu'on y est...

« Donc tu n'es pas retournée à Westport ? ai-je poursuivi d'un ton aussi détaché que possible.

— J'avais pas trop envie de conduire, alors je me suis contentée d'aller à Stamford faire un peu de lèche-vitrines.

— Tu as trouvé quelque chose de sympa ?

« — Nooon. Juste pour la balade. » Gros baratin. Beth ne se déplaçait jamais dans une artère commerçante sans rapporter quelque chose. C'était à son tour de se sentir mal à l'aise, de se demander si j'avais deviné qu'elle mentait. « Mais j'ai pris le saumon que j'avais commandé, tu sais ? Et une bouteille de ce merveilleux sauvignon néo-zélandais dont je t'ai parlé. Cru cloudy-bay, il s'appelle.

— Comment tu l'as découvert ?

— Herb, à la cave à vins. Il ne tarissait pas d'éloges.

— En général, il sait de quoi il parle, Herb... Il me tarde de le goûter, ce blanc. »

Un silence gêné, interrompu par le bruit de la porte d'entrée qui s'ouvrait là-haut. Josh qui braillait, Fiona s'exclamant : « Toi, reste un peu ici ! », et Adam répliquant : « Non, j'vais regarder "Sesame Street" ! »

« Hé, le caïd ! ai-je crié en direction du plafond.

— Papa ! » a répondu Adam, tout content de la surprise. En quelques secondes, il avait dévalé l'escalier et s'était jeté dans les bras que je lui tendais.

« Tu m'as acheté un cadeau ? »

J'ai échangé un sourire amusé avec Beth. Ce gosse voulait tous les jours le père Noël à la maison.

« C'est moi, le cadeau !

— Pas de cadeaux ?

— Demain, peut-être, ai-je dit en riant.

— Mais j'en veux maintenant ! a-t-il pleurniché.

— Et qu'est-ce que tu dirais d'un McDo, "maintenant" ? »

Là, Beth n'était plus amusée.

« Non, écoute, Ben...

— Oh, ça va pas le tuer.

— Il mange déjà beaucoup trop de saletés dans ce genre.

— Je veillerai à ce qu'il prenne des nuggets. Plein de protéines, ça.

« — Non, vraiment, j'aimerais bien que tu réfléchisses un peu avant de...

— Bon, ça va ! »

Désarçonnée par cette réplique sans appel, Beth a hésité. Elle avait envie de contre-attaquer, mais elle a finalement opté pour une retraite dans la dignité.

« Après tout, fais comme tu veux. C'est ton habitude, non ? a-t-elle lancé en nous tournant le dos pour remonter.

— Adam ? McDonald's, alors ? »

Il avait maintenant un grand sourire.

« Oui, et je veux des frites ! »

En haut, Fiona était en train de gaver Josh d'une purée de carottes dont il avait le visage couvert. Fiona, c'était une grande fille joviale qui avait toujours l'air d'un lit en désordre et qui portait une éternelle salopette en jean. Une pâte de nounou, jusqu'au soir où, rentrant à la maison, je l'avais surprise en flagrant délit sur le tapis du living avec un motard tatoué de Stamford, mais pas des meilleurs quartiers de Stamford. Comme je ne l'avais pas renvoyée, ni même menacée de lui faire supprimer son permis de travail, elle m'avait voué une reconnaissance éternelle, devenant ainsi mon alliée inconditionnelle à la maison, une réalité dont Beth avait très conscience et qui l'insupportait au plus haut point.

« Comment il s'est comporté, le monstre ?

— Duraille. Six gros cacas dans la journée, déjà.

— Heureusement que c'était vous, pas moi.

— Vous êtes bien tôt à la maison aujourd'hui, monsieur Bradford...

— J'avais envie de commencer le week-end en avance.

— C'est M<sup>me</sup> Bradford qui a dû être surprise... »

Qu'est-ce qu'elle voulait bien dire par là ?

« Elle n'était pas là.

— Bien sûr que non, a lancé Fiona en essayant de fourrer une nouvelle cuillerée de mélasse orange dans la bouche de Josh. C'est son jour de tennis, pas vrai ? »

Tiens, j'avais oublié ça, en effet. La partie hebdomadaire avec la Wendy. Donc, elle avait été annulée. Mais pourquoi Beth n'en avait-elle rien dit ? Est-ce que Fiona était en train de me mettre sur une piste ?

« Papa... s'est mis à pleurnicher Adam. Et mon McDo ?

— Ah, mon seigneur et maître me convoque. Allez, bon week-end, Fiona. »

Elle a levé les yeux vers moi.

« Bon courage, monsieur Bradford. »

Et ça, ça signifiait quoi ? Un avertissement ? Avant que je puisse lire quoi que ce soit dans son regard, elle avait reporté son attention sur Josh. Je me suis penché pour embrasser le mouflet. Dès qu'il a senti mes lèvres toucher son front, il s'est mis à couiner.

Nous avons pris la Volvo. En chemin, Adam a entonné sa chanson de la semaine, *Il en faut peu pour être heureux*, extraite de sa vidéo favorite de la semaine, *Le Livre de la jungle*, revu par Walt Disney. À entendre sa voix de petit garçon grimper dans les aigus, je ne pouvais m'empêcher de sourire.

Au McDonald's, il a été un vrai ange, dégustant tranquillement ses nuggets et ses frites, entièrement captivé par la nourriture, mais relevant parfois la tête pour me lancer un grand sourire et me déclarer « Délisse-sieux », son nouveau mot de la semaine. En lui rendant ses regards, je me demandais comment Beth et moi avions réussi à donner vie à un gosse aussi beau, et si dans dix ans, lorsqu'il serait un adolescent ingrat et grassouillet, il ne nous reprocherait pas de lui avoir gâché la vie. Des images effrayantes ont traversé mon esprit : Adam en camé destroy, se fournissant en crack auprès du plus gros dealer du coin, s'embarquant dans la voiture d'un copain en compagnie de cinq potes également shootés. La bagnole fonçant dans la nuit, l'allumé au volant se ruant plein gaz sur la 95. L'aiguille du compteur à 140, le conducteur pique du nez sur le tableau de bord, le véhicule devenu fou percute la glissière centrale, Adam se met à hurler...

« Papa ! » Il brandissait sa barquette de frites, vide. « Encore, papa !

— Non, ça suffit.

— Encore, papa ! »

Il y avait une note d'agressivité dans sa voix.

« Et un cadeau, qu'est-ce que tu en dirais ?

— Oui ! Cadeau ! »

Le contentieux des frites ainsi résolu, nous sommes repartis par Adams Avenue. Tout en conduisant, je l'observais dans le rétroviseur, attaché sur son siège d'enfant, fasciné par les pelouses banlieusardes de New Croydon. Toujours le même adorable bambin de quatre ans, encore un fils aimant, blotti dans le cocon de la tendre enfance. « Je ne devrais pas me faire de soucis pour lui », me suis-je corrigé en moi-même, mais sans résultat. Oui, j'avais peur pour lui, sans doute parce que j'avais peur pour moi, peur de cette vulnérabilité que je ressentais si souvent lorsque je me retrouvais seul avec Adam, cette angoisse sourde de « ne pas être à la hauteur » au cas où le pire arriverait, qui hante n'importe quel parent. De cela, personne ne vous met jamais en garde avant que vous n'ayez des enfants : la manière dont vous finissez par dépendre entièrement d'eux, dont ils vous font sentir toute votre fragilité. Et pourquoi ? Parce que auparavant vous n'avez jamais voué à quiconque un amour aussi désintéressé, aussi inconditionnel.

Chez Talley's, je l'ai laissé choisir deux wagons pour compléter son réseau ferroviaire miniature, puis nous nous sommes arrêtés au « magasin de jouets pour les papas », la cave à vins de New Croydon. Herb, l'infatigable et chauve patron qui tenait l'affaire depuis l'époque d'Eisenhower, était au comptoir.

« Salut, petit homme ! a-t-il lancé à Adam qui, pour toute réponse, a agité ses deux nouvelles voitures en annonçant :

— Annie et Clarabel !

— Enchanté, a répliqué Herb. Comment allez-vous, monsieur Bradford ?

— Comme un vendredi, Herb, comme un vendredi.

— Je vous reçois cinq sur cinq. Qu'est-ce qu'il vous fallait ?

— Du Bombay Sapphire. Une grande bouteille. »

Herb s'est tourné pour attraper une bouteille de ce gin pour snobs et l'a posée devant moi.

« Ce sera tout ?

— Du vermouth.

— Ah ah, une soirée martini en perspective, je vois.

— Un week-end martini !

— Dans ce cas, je vous mets du Noilly Prat.

— Parfait. Et tenez, pendant que vous y êtes, une bouteille de sauvignon blanc cloudy-bay.

— Cloudy quoi ?

— Cloudy-bay. Un blanc néo-zélandais. On m'en a dit des merveilles. Vous en avez encore, hein ?

— Désolé, monsieur Bradford. Jamais entendu parler. Par contre, si vous voulez un excellent sauvignon de Californie, j'ai...

— C'est que ça m'intéressait vraiment, ce truc néo-zélandais...

— Vous avez une minute ? Je passe un coup de fil à mon fournisseur.

— Euh, d'accord, ai-je approuvé malgré Adam qui me tirait par la main vers la sortie.

— Juste une seconde », a-t-il promis en décrochant son téléphone. En attendant qu'il finisse, j'ai inventé un

114

petit jeu pour tenir mon fils occupé : compter tous les crus bas de gamme de l'empire Gallo qu'il pouvait voir. Enfin, Herb a terminé son appel. « Oui, en effet, c'est un vin disponible aux États-Unis, mais sur commande uniquement. Et limité à deux caisses par client, en plus : il paraît que c'est un cru très recherché et qu'il n'est produit qu'en petite quantité. Mon grossiste me dit que c'est le meilleur sauvignon du monde, ou peu s'en faut. Évidemment, il n'est pas donné, ça c'est sûr : dix-huit quatre-vingt-dix neuf la bouteille, hé ! »

« Sur commande uniquement. » Voilà, Beth s'envoyait en l'air avec un œnologue plein aux as.

« Eh bien, je vais y penser. Merci. »

À la maison, Beth a ouvert de grands yeux en me voyant arriver avec le Bombay Sapphire et le vermouth.

« Mais on en a déjà, du gin !

— Ouais, du Gilbey's. Noyé dans du tonic, ça passe, mais pour un martini bien corsé, ça vaut pas tripette.

— Alors, tu es passé chez Herb ? » a-t-elle demandé d'un air dégagé.

Ma première réaction aurait été de dire : « Ouais, et d'ailleurs j'ai découvert qu'il n'a jamais vendu de cloudy-bay ! », mais j'ai préféré mentir.

« Non, je les ai pris à la supérette, près de la poste. »

J'ai suivi son regard, qui s'était posé un bref instant sur le paquet qu'Adam serrait contre lui : Talley's, la boutique juste à côté de chez Herb. « Pas malin, Bradford. » Maintenant, elle savait que j'avais menti. Pourtant, elle n'a rien ajouté, probablement parce qu'elle se demandait si j'avais compris qu'elle aussi m'avait raconté des sornettes. Et elle s'est contentée d'un :

« Ah, moi aussi, un martini, je ne dirais pas non. »

Donc nous en avons bu un et, une fois les enfants au lit, un deuxième. Chaque fois cul sec, chaque fois ultra-corsé. Une bonne dose de novocaïne mentale, si efficace d'ailleurs que cette soirée, à nouveau, s'est très bien passée. Le saumon, accompagné d'un aérien beurre fondu parfumé d'ail et de citron, était exceptionnel. Quant au cloudy-bay... Sublime, tout bonnement, euphorisant à souhait (surtout après deux martinis), à telle enseigne que j'en suis arrivé à oublier mes soupçons obsédants sur le compte de Beth et que je suis même parvenu à la faire rire, surtout grâce au récit de ma rencontre de la matinée avec M^me Deborah Butt Bowles, la Marlene Dietrich au rabais. Était-ce sa nervosité refoulée, était-ce l'effet de la boisson, était-ce parce que je me montrais réellement drôle ? En tout cas, elle s'est tenu les côtes pendant toute l'histoire et, bien entendu, j'en ai été tout à fait ravi. J'aimais la voir rire, me dire qu'elle retrouvait goût à ma compagnie, et j'en suis même venu à penser que cela devait prouver que rien ne s'était passé en réalité, que seule ma parano de quasi-quadragénaire m'avait conduit à la fantasmer dans les bras d'un inconnu, lequel, soit dit en passant, avait un goût très sûr en matière de vins exotiques...

« Beth..., ai-je commencé quand son fou rire s'est calmé.

— Ouais ? »

J'ai posé ma main sur la sienne.

« On est bien, hein ? »

Aussitôt, je l'ai sentie se raidir.

« Oui.

— On devrait faire ça plus souvent, non ?

— Se murger, tu veux dire ?

— Je veux dire passer un bon moment ensemble. »

Elle a retiré sa main.

« Oh, tu ne vas pas commencer à gâcher...

— Je ne veux rien gâcher du tout. Simplement, ça fait des mois qu'on ne s'est pas détendus un peu ensemble...

— Mais c'est ce qu'on fait, là.

— Ouais, ce soir, c'est sûr, avec un coup dans le nez...

— Et hier aussi.

— Ah ouais, deux fois en six mois. La grande affaire ! »

Là, oui, j'étais rond.

« Tes histoires de bon moment, c'est juste pour chercher la bagarre, c'est ça ?

— Bien sûr que non ! Je voulais...

— Alors, ARRÊTE ! Changeons de sujet.

— Là, tu ne comprends pas où je voulais en venir, j'crois...

— Oh, si, je comprends très bien. Et c'est pour ça que...

— Je voulais juste qu'on passe l'éponge et qu'on...

— Et qu'est-ce que je fais depuis vingt-quatre heures, moi, d'après toi ?

— Mais tu ne veux pas qu'on discute de...

— Y a rien à discuter !

— Y a TOUT à discuter !

— Ben, pourquoi tu ne veux pas la fermer un peu et laisser...

— Ne me parle pas sur ce ton.

— Je le ferai si tu continues à te conduire comme un connard.

— Je t'emmerde.

— Très bien. Je vais me coucher.

— C'est ça, va te coucher ! Fuis la discussion, enferme-toi, c'est tout à fait ton genre. Incapable de regarder en... »

Je n'ai pas pu terminer ma phrase. Elle avait déjà claqué la porte de la salle à manger derrière elle.

Tu parles d'un cessez-le-feu.

D'un pas flageolant, je suis allé dans la pièce d'à côté, je me suis affalé sur le canapé, j'ai attrapé la télécommande, je suis resté prostré devant CNN en me répétant que j'étais un crétin fini, et puis... Et puis je me suis réveillé vers une heure et demie du matin, nez à nez avec Kate Brymer, plus élégante-sous-les-bombes que jamais, en direct de quelque ville bosniaque dévastée.

« ... scènes de désolation, souffrances humaines devant lesquelles même le plus chevronné des correspondants ne peut s'empêcher de... »

Kate. Toi, alors... Là-bas, là où il fallait être. Enfoirée.

Je me suis traîné jusqu'au lit, déshabillé, glissé près de Beth qui se trouvait plongée dans un coma profond. Me collant contre son dos nu, je l'ai embrassée dans la nuque, ma langue est descendue le long de son épaule, de sa clavicule...

Elle est passée sur quelque chose de râpeux, d'irrégulier, que je n'avais pas remarqué la nuit d'avant, j'en étais sûr. J'ai posé mon doigt dessus, cela ressemblait à une plaie. J'ai louché dessus, mais la chambre était trop sombre pour discerner quoi que ce soit. Alors j'ai pris sur ma table de nuit une de ces petites lampes de lecture qui permettent de savourer un livre au lit sans risquer une procédure de divorce. Je l'ai allumée et l'ai braquée sur l'épaule de Beth.

Oui, c'était bien cela : une égratignure courte mais très marquée, juste entre la clavicule gauche et la colonne vertébrale. Encore rouge. Toute fraîche. Du jour même.

# SIX

Le lendemain matin, Beth ne m'a pas adressé la parole. Mutisme absolu malgré mes excuses réitérées pour mon inconduite de la veille. Avec elle, j'étais toujours en train de m'excuser. Même lorsque je me savais dans mon bon droit, il fallait que j'en passe par là. Et j'étais toujours le seul à faire amende honorable, préférant de loin ces humiliations répétées à son silence exaspéré. Pour ramener la paix entre nous, j'étais prêt à avaler plus que mon soûl de couleuvres.

« Écoute, c'est l'alcool qui m'est monté à la tête, hier », ai-je tenté tout en me versant une tasse de café dans la cuisine, non sans sucrer les fraises. Occupée à débarrasser la table du petit déjeuner, elle n'a rien répondu. « Simplement, je voulais parler de certains trucs qui me tracassent… »

Elle ne m'a pas donné le temps de poursuivre.

« Dès que tu auras fini ce café, tu prépares Adam. Je veux arriver à Greenwich avant que ça devienne impossible de se garer. »

Et elle est sortie de la pièce.

« ET CETTE PUTAIN DE TRACE DANS TON DOS, ALORS ? » J'avais eu envie de lui crier ça en pleine figure, mais je me suis retenu, de même que j'avais renoncé quelques heures plus tôt à la réveiller pour lui poser une ou deux questions à propos du type qui lui plantait ses ongles dans l'épaule. Étant donné son état d'irritation permanente à mon encontre, il me fallait choisir un moment plus opportun pour mettre carrément sur la table sa liaison avec un autre homme. Et ce moment, de toute évidence, n'était pas encore venu.

Comme c'était un samedi, nous nous sommes livrés à la plus américaine des façons de passer son week-end : en faisant du shopping. Notre destination, à nous, était Greenwich, bastion de l'élégance WASP, contrée interdite à ceux qui n'assuraient pas un minimum de deux cent cinquante mille dollars annuels, donc peu propice aux hordes petites-bourgeoises et parvenues, surtout le samedi.

Nous nous sommes garés en haut de Greenwich Avenue, un boulevard en pente douce d'environ deux kilomètres sur lequel sont représentées toutes les marques les plus chic du pays, et nous avons entrepris de le descendre, Beth rivée à la poussette de Josh, moi tenant Adam par la main. Lui seul meublait le silence pesant qui régnait entre ses parents.

« Vous m'achetez encore des trains. »

C'était une affirmation, sans la moindre nuance interrogative.

« Tu dis "s'il vous plaît", Adam, OK ? suis-je intervenu.

— Vous m'achetez encore des trains "s'il vous plaît". »

C'était toujours une affirmation, et je n'ai pas pu m'empêcher de sourire.

« Si tu es sage, d'accord.

— Et pas avant qu'on ne soit allés au Gap enfants, a prévenu Beth.

— Pas le Gap enfants, pas le Gap enfants, s'est mis à pleurnicher Adam.

— Alors, pas de trains non plus », ai-je tranché.

Le chantage a marché. Au Gap, Adam a essayé sans rechigner le duffel-coat (soixante-cinq dollars) que Beth avait repéré pour lui, puis le gilet (vingt-deux dollars), le col roulé en coton (seize) et le pantalon en velours (vingt-huit) avec lesquels elle entendait compléter sa garde-robe d'automne. Quand nous sommes passés au rayon premier âge, par contre, tandis que Beth claquait encore soixante-dix dollars en diverses fringues destinées à Josh, Adam a perdu patience.

« Je veux mon train, MAINTENANT !

— Oui, on va y aller dans un petit moment, a voulu le rassurer Beth.

— Je veux…

— Allons, sois un peu gentil…

— Maintenant, maintenant, MAINTENANT ! »

Adam a secoué la poussette si violemment que Josh s'est mis à pleurer et que Beth lui a donné une rude tape sur la main, en sifflant :

« Méchant, méchant garçon !

— Papa ! a hurlé Adam en se jetant dans mes bras.

— Ça va, ça va, lui ai-je murmuré à l'oreille en lui caressant les cheveux.

— Tu ne vas pas l'encourager, toi ! s'est indignée sa mère.

— Oh, écoute, Beth…

— Il doit savoir quand il s'est mal conduit et…

— D'accord, et re-d'accord. » Adam, toujours dans mes bras, a eu un nouvel accès de sanglots. « Tu sais quoi ? Je te retrouve chez Banana Republic dans un quart d'heure. Le temps qu'il se calme un peu.

— Pfff », a fait Beth en propulsant la poussette de Josh vers l'autre bout du magasin.

À peine étions-nous dehors que le petit a cessé de gémir. Mais il était très affecté :

« Maman, elle me déteste !

— Ne dis pas de bêtises. Elle n'aime pas que tu sois méchant, c'est tout. Et moi non plus, d'ailleurs.

— Pardon, papa. »

Je lui ai déposé un baiser sur le crâne.

« Bon gars, ça.

— Le train. S'il te plaît. »

Donc nous sommes entrés dans la première boutique de jouets et je lui acheté sa cinquième locomotive, à quatorze dollars. Ensuite, nous sommes passés par une librairie où il a choisi un livre d'images sur les oiseaux (huit dollars quatre-vingt-dix-neuf cents) tandis que je me décidais à faire l'acquisition d'un des principaux ouvrages de Richard Avedon, *Evidence* (soixante-quinze dollars), fascinant recueil de portraits qu'il a réalisés au cours des cinquante dernières années. Au moment où nous sommes arrivés chez Banana Republic, Beth était en train d'essayer une veste courte en daim qui lui donnait une allure très smart. J'ai poussé du coude Adam vers elle. D'un pas timide, il s'est approché et l'a tirée par la manche.

« Maman... Pardon. »

Elle l'a récompensé d'un sourire et d'une bise.

« Et moi, je m'excuse de t'avoir donné une tape. Seulement, apprends à être un peu patient, d'accord ?

— Elle te va superbien, cette veste, suis-je intervenu.

— Beaucoup trop cher.

— Combien ?

— Trois cent vingt-cinq.

— Allez, prends-la.

— Mais chéri...

— Bon, le divan, on a laissé tomber, non ?

— Eh bien…

— L'argent, ça se dépense. »

Elle s'est examinée dans la glace encore une fois, puis elle s'est retournée d'un coup et m'a donné un rapide baiser sur la bouche.

« Toi, des fois… Merci. »

La crise conjugale majeure avait été évitée, du moins pour cette matinée-là. À nouveau nous étions une famille heureuse et unie, et cela moyennant seulement la somme totale de six cent vingt-trois dollars quatre-vingt-dix-neuf, taxes non comprises. À l'évidence, notre samedi de shopping le plus gratiné de l'année, mais de toute façon cela restait bien moins coûteux qu'une psychothérapie…

Dehors, j'ai proposé de déjeuner dans un restaurant « Enfants bienvenus », un peu plus loin en descendant l'avenue.

« Moi je veux un McDo, a commencé Adam.

— Non mon cœur, pas aujourd'hui, a dit Beth.

— Je veux des frites.

— Ils en font, dans ce restaurant, l'ai-je rassuré, mais je me suis mordu la langue immédiatement en voyant Beth secouer la tête d'un air excédé.

— Ben ! Tu veux qu'il devienne une frite ambulante, ce gosse ? Ou un nouveau Barney ?

— Oh, lâchez-le un peu, ce petit, a lancé quelqu'un dans notre dos. Les frites, ça n'a jamais tué personne, en tout cas chez les moins de quarante ans ! » Nous avons sursauté, levant les yeux pour voir qui s'était approché. C'était Gary Summers. Notre voisin. Le soi-disant photographe. « Sa-lut. »

Il avait coiffé en queue de cheval ses cheveux d'un blond sale, sa barbe de quatre jours faisait plus que jamais débraillée mode, et son célèbre sourire narquois avait la taille requise pour un écran 70 mm. Mais c'est surtout sa tenue qui m'a scié, parce qu'elle faisait tellement… « New York ». Chemise en lin noir boutonnée jusqu'au cou, ample pantalon noir avec bretelles en cuir de la même couleur, bottines noires à lacets, Ray-Ban : la tenue classique du frimeur de Wooster Street, mais qui, à Greenwich, en territoire de banlieusards riches voués à Ralph Lauren, avait été évidemment étudiée pour attirer les regards. Ce qui m'a rappelé une nouvelle fois le constat que j'avais fait dès le début : Gary vivait parmi nous parce qu'il ne pouvait pas se permettre le luxe d'habiter en ville. Je savais qu'il avait tenté une carrière de photographe à New York, sans aucun succès, et qu'après la mort de ses parents, tous deux âgés, ce fils unique s'était rabattu sur la maison de famille de New Croydon où il vivotait grâce à sa modeste pension d'héritage : pas plus de trente mille par an, avais-je déduit en vertu de mon expérience professionnelle puisque son père, resté cadre moyen chez IBM, devait peser à sa disparition dans les six cents kilodollars maximum, même en ayant judicieusement converti son argent en obligations, assurances-vie et un solide portefeuille d'actions « maison », bien entendu.

« Si jeune et déjà rentier. » Pratiquement tout le monde, à New Croydon, partageait à son égard l'attitude ironique que Beth avait résumée dans cette formule. Pourtant, cette réputation de raté ne l'empêchait pas de se vanter sans cesse. À l'entendre, il était toujours sur le point de réaliser une commande pour l'un des principaux magazines du pays, commandes qui ne se matérialisaient jamais, il se donnait à peine quelques mois avant de « tout bazarder ici » et de partir s'installer à L.A. Et son sourire sardonique se moquait ouvertement de nous les cravatés, et de nos femmes mal dans leur peau.

Je le vomissais, ce type.

« Tiens, Gary, ai-je articulé d'une voix neutre.

— 'Jour », lui a lancé Beth avant de s'accroupir près de la poussette, Josh paraissant avoir eu soudain besoin de son aide.

Elle aussi avait le plus grand mal à supporter ce frimeur de Gary.

« Alors, ça consomme dur, hein ? a-t-il constaté en embrassant d'un coup d'œil critique nos multiples sacs de shopping et en s'arrêtant sur le plus volumineux de tous, le paquet de la librairie. C'est quoi, le livre ?

— Avedon. *Evidence*.

— Bon choix, ça. Comment il se débrouille pour prendre ces paumés sur un fond blanc, neutre, tout simple, mais qui évoque si bien la "vacuité" de la steppe américaine... C'est assez dingue, non ?

— Oui, assez dingue.

— Tiens, Richard, je lui disais justement la semaine dernière que... »

J'ai voulu lancer un regard entendu à Beth, mais elle était trop occupée à débarrasser le nez de Josh de la morve qui s'y était accumulée.

« Richard qui ?

— Richard Avedon, évidemment.

— Ah, c'est un ami à vous ?

— On se connaît, disons. Je l'ai rencontré à une soirée chez Leibovitz.

— "Annie" Leibovitz ?

— Bien sûr, qui d'autre ?

— Une amie à vous, aussi ?

— Oh oui, Annie et moi, on est potes depuis des années... Ce soir-là, d'ailleurs, elle m'a dit que si elle ne retournait pas à Sarajevo avec Sontag pour *Vanity Fair*, elle conseillerait à Graydon de m'envoyer. »

Sontag, Graydon... Ben voyons. Gary Summers, dont la dernière exposition s'était tenue en cette célébrissime galerie qu'était *Restaurant Grappa* sur Adams

125

Street, New Croydon, était la coqueluche de toute l'intelligentsia américaine et donc de la rédaction en chef de *Vanity Fair*. Évident.

« Et alors, "Richard", qu'est-ce qu'il vous a dit ?

— Papa ! est intervenu Adam en se pendant à ma main. Je veux des frites !

— On devrait y aller », a renchéri Beth.

Gary ne se laissait pas démonter.

« Et vous, vous taquinez toujours l'objectif ?

— Quand j'ai le temps…

— Vous avez acheté quelque chose de sympa, dernièrement ?

— Un Canon EOS-1.

— Super pour les reportages de guerre, d'après ce que je sais. » Grand sourire sardonique. « Vous allez au machin de chez les Hartley, ce soir ? » J'ai hoché la tête. « On se verra là-bas, alors », a-t-il lancé négligemment avant de passer son chemin.

Un quart d'heure plus tard, j'étais encore hors de moi.

« Non, mais tu l'as entendu, ce triple con ? ai-je fulminé en reposant mon verre de bière, au restaurant.

— Pas de grossièretés devant les enfants, Ben.

— "Avedon me disait justement la semaine dernière… Leibovitz a proposé à *Vanity Fair* qu'ils m'envoient à Sarajevo…" *Vanity Fair* ne l'enverrait même pas à Coney Island, ce foireux.

— Mais pourquoi tu te mets dans un tel état ? s'est étonnée Beth.

— Parce que c'est un rien du tout qui pète plus haut que son cul.

— Oh, la grande affaire ! Il a toujours été comme ça, tu le sais très bien, alors pourquoi tu montes sur tes grands chevaux, maintenant ?

— Je ne monte pas sur mes grands chevaux. Je ne peux pas supporter son baratin, c'est tout.

— Tu ne peux pas supporter qu'il joue les importants.

— Pourquoi, toi oui ?

— Non, c'est très bête, mais je le prends pour ce que c'est, rien de plus.

— Et c'est quoi, s'il te plaît ?

— Je ne sais pas. Une carapace, sans doute. Sous le vernis frimeur, ce n'est qu'un type qui essaie de réussir dans la photographie, rien de plus. Peut-être qu'il ne s'en tire pas très bien, mais au moins il essaie, lui. »

Vlan, dans les dents !

« Eh bien, merci beaucoup.

— Ça n'avait rien à voir avec toi.

— Oui, bien sûr... »

D'un coup, j'avais pris un ton agressif.

« Pourquoi est-ce que tu cherches toujours des prétextes pour qu'on se dispute ?

— Je ne cherche rien du...

— Et pourquoi tu prends tout ce que je dis sur un plan personnel ?

— Moi, au moins, je ne retourne pas sans cesse le couteau dans la plaie en...

— Tu es tellement chatouilleux...

— Ah, si c'est la grande romancière qui le dit... »

Beth s'est décomposée, comme si elle venait de recevoir une gifle.

« Excuse-moi. » Ses yeux se noyaient. « Beth... »

J'ai essayé de lui prendre la main, elle l'a retirée, la tête baissée vers la table. Je me faisais l'impression d'être le plus gros salaud que la terre ait jamais porté.

« Maman pleure, s'est inquiété Adam.

— Non, maman va très bien », a répondu Beth en ravalant ses larmes.

Il ne me restait plus qu'à demander l'addition.

Dans la voiture, sur le chemin du retour, silence absolu. Idem en arrivant à la maison. Idem quand j'ai de nouveau tenté de présenter mes excuses. Idem lorsque je lui ai annoncé – entre-temps, Adam s'était installé devant *Le Livre de la jungle*, qu'il regardait pour la trente-deuxième fois de la semaine avec toujours la même délectation – que je me retirais dans ma chambre noire pour une heure ou deux.

Le silence. Oh, elle savait le faire peser de toute sa menace accablante, l'utilisant comme une arme capable d'infliger la pire douleur, le plus atroce sentiment de culpabilité. Et, dès que la porte à tambour s'est hermétiquement refermée derrière moi, elle a atteint sa cible de plein fouet : une marée acide est venue battre contre les parois de mon estomac. L'heure du Maalox avait encore sonné. Tâtonnant à côté de mon agrandisseur, j'ai sorti la bouteille d'élixir blanchâtre que je gardais à portée de la main pour de telles occasions. Une longue, longue gorgée. Compter jusqu'à vingt. Allez, vite. La sensation d'être un ulcère ambulant s'estompe peu à peu. Merci, Maalox. Pouvoir faire face à la vie, de nouveau. Du moins pour quelques heures.

Trois mille dollars : c'est ce que mes tripes m'avaient déjà coûté. Diètes de bouillie de sulfate de baryum, examens télescopiques des intestins, et même une sonde microscopique qui était descendue le long de mon œsophage à la recherche des carcinomes, tumeurs malignes et autres bestioles qui se déchaînent dans l'obscurité abdominale. Rien, pourtant, ils n'avaient rien trouvé. Pas la moindre formation ulcéreuse. Un bilan impeccable.

« En tout cas, il n'y a pas de cancer, m'avait assuré le spécialiste de l'hôpital de New York. Pas de tumeurs bénignes. Quant à votre duodénum, il est toujours intact.

— Alors, qu'est-ce que c'est ?

— La bile. Vous faites trop de bile. »

Trois mille dollars pour découvrir ça ?

J'ai allumé l'agrandisseur, inséré un négatif dans le cadre et commencé à jouer sur le bouton de l'autofocus dans la lumière rouge. Lentement, une image s'est précisée, celle d'un homme corpulent, la cinquantaine, triple menton, costume fripé, en train de sortir de la Bourse de New York, les yeux agrandis par l'effroi, tel un daim hypnotisé, pris dans les phares du camion qui fonce sur lui.

C'était une photo que j'avais prise plusieurs semaines auparavant. Un après-midi, mon Nikon dans l'attaché-case, je m'étais glissé hors du bureau pour traîner un peu dans Wall Street. Embusqué sous un auvent, j'avais mitraillé les allées et venues des brokers et des employés de la Bourse. Quatre rouleaux de Tri-X. Je m'étais fait l'effet d'un collégien en train de jouer un mauvais tour, bien entendu, mais je n'en étais pas moins ravi de cette petite audace subversive, surtout quand j'avais constaté qu'il y avait trois ou quatre clichés intéressants sur les cent quarante-quatre poses impressionnées : une moisson très honorable pour moi, qui ne daigne passer au développement qu'après une sélection des plus féroces. En suspendant les films pour le séchage, j'ai été convaincu que cet aperçu d'anxiété citadine, l'expression hagarde de ce type malmené par la vie, possédait une force bien supérieure à une composition étudiée, que par hasard j'avais mis le doigt sur la tragique gravité de l'existence, sur une vérité dérangeante.

Tout le truc de la photographie est là. Il suffit de partir en chasse l'esprit nimbé de théories sur l'objectif en tant que simple témoin de la Vérité avec un grand V pour revenir avec des images figées, grandiloquentes, qui n'abordent jamais le cœur des choses. Une bonne photo, c'est toujours un accident. Il n'est que de penser aux instantanés coups de poing de Weegee sur les bas-fonds new-yorkais, ou même à la célèbre photo de Capa montrant un républicain espagnol fauché en plein combat, les bras ouverts en croix, frappé d'une balle dans le dos. Leurs plus beaux résultats proviennent d'un éclair, la rencontre brévissime d'une technique impeccable et du simple fait d' « avoir été là ». En photo, le fortuit est l'essentiel. On peut passer des heures à attendre « la » photo pour finir par constater que le moment attendu ne s'est pas produit, mais par découvrir aussi qu'en déclenchant l'appareil pour tuer le temps on a obtenu quelques prises vibrant d'une spontanéité qui manquera toujours aux compositions les plus léchées. Règle numéro un de cet art : on ne choisit pas le bon moment, on tombe dessus, en priant le ciel d'avoir alors le doigt sur le déclencheur.

Au moyen de l'autofocus, j'ai resserré le cadre sur ce boursicoteur frappé par le sort, titubant sur le seuil du temple de l'argent. Puis j'ai glissé une feuille de papier Galleria au bromure d'argent, éteint la lampe de l'agrandisseur, lancé l'impression automatique et observé l'image projetée dessus pendant trente secondes. Lumière rouge. Soixante secondes dans le bain de développement, puis dans le bain d'arrêt et dans le fixateur, avant de revenir à la lumière fluorescente normale. Alors que je sortais le tirage de la dernière cuvette et le mettais à sécher, je me suis aussitôt rendu compte d'un défaut : une seconde image semblait doubler celle de l'inconnu, ce qu'en jargon technique on appelle une « image traînée », une imperceptible double exposition venue hanter le portrait avec un spectre en sous-impression. Un homme derrière l'homme.

Sans perdre un instant, j'ai refait quatre tentatives, obtenant chaque fois ce fantôme indiscret, cette deuxième vie acharnée à parasiter la première, cette double personnalité qui se cache en chacun d'entre nous. L'appareil avait-il légèrement bougé au moment de la prise de vue, ou bien avais-je mal dosé les produits au développement ? Pourtant, en examinant l'ensemble du rouleau, je me suis rendu compte que c'était le seul cadre affecté d'une image traînée. Toutes les autres prises étaient techniquement sans défaut, et cependant ce cliché « bougé », ou hanté, demeurait le meilleur de tous. Pourquoi ne l'avais-je pas vu dès le début, avant le tirage ? Et comment cet effet s'était-il produit, encore une fois ? De quoi était donc fait ce fantôme baladeur ?

À l'aide d'une loupe, j'étudiais et réétudiais les quatre tirages papier à la recherche d'une réponse à toutes ces questions lorsqu'on a frappé à la porte de la chambre noire.

« La baby-sitter est là, a dit Beth.

— J'arrive. Hé, tu as une seconde ? Je voulais te montrer quelque…

— Non. »

Le temps que je déverrouille mon tabernacle, elle était déjà repartie en haut.

Dans la voiture, elle a continué à me casser.

« J'ai dit que je m'excusais, non ?

— Peu importe.

— Bon, c'était vraiment pas une chose à dire, mais…

— Je ne veux pas parler de ça.

— Écoute, je ne le pensais pas…

— Si, tu le pensais. »

Silence.

« Beth… » Re-silence. « Allez, Beth… »

Silence. Fin de la conversation.

Ruth et Bill Hartley habitaient à un peu plus d'un kilomètre de chez nous. Une maison de style Cape Cod à bardeaux rouges et volets blancs, avec toute une exposition de jeux pour enfants dans le jardin de devant. Pour ma part, j'avais toujours trouvé ce déploiement de balançoires et de bascules assez consternant puisque leur seul fils, Theo, était mongolien et passait le plus clair de son temps dans une « école spécialisée » près de New Haven. Malgré leurs tentatives, ils n'avaient pas eu d'autres enfants : « C'est la façon dont Dieu nous dit de nous contenter de notre sort », avait remarqué une fois Bill d'un ton assez amer. Il était broker, héritier d'un modeste cabinet de courtage de Wall Street, A.J.P. Hartley & Co., qui était passé de père en fils durant quatre générations et disposait d'une clientèle réduite mais très sérieuse. « Une petite affaire qui tourne », aimait-il à dire, et il aurait pu employer exactement les mêmes termes à propos de son existence commune avec Ruth. Vingt ans auparavant, ils s'étaient rencontrés à l'université de Pennsylvanie et formaient depuis un de ces rares couples dont les jours semblent se suivre doucement sans jamais la moindre secousse tellurique. Ruth avait une très bonne place en relations publiques à New York, Bill paraissait se contenter d'un niveau d'opérations boursières qui n'atteignait jamais la frénésie compétitive des grosses boîtes de Wall Street. Bref, ils gagnaient bien leur vie, ils avaient une agréable maison, un tout aussi agréable neuf-mètres amarré dans le coin et sur lequel Bill m'emmenait souvent en mer, une agréable harmonie matrimoniale qui n'allait jamais jusqu'à la servile imitation réciproque. Et la force tranquille de leur union était encore accentuée par le fait que, malgré le destin terrible de Theo, ils arrivaient à garder leur équilibre et à coexister en bonne intelligence.

Pour être franc, j'enviais toute cette stabilité, toute cette sérénité. Contrairement à Beth et à moi, eux avaient résolu d'accepter leurs limites. Au lieu de voir dans leur vie banlieusarde une concession atrocement contraignante à la réalité, ils jouaient gentiment le jeu que le sort leur avait réservé. Et même, ce faisant, ils avaient découvert quelque chose que ni Beth ni moi n'avions pu atteindre : une forme de contentement.

Cela dit, je n'enviais pas à Bill ses cheveux de plus en plus rares, ni la chambre à air mal gonflée qui ne cessait d'épaissir à sa taille, ni son goût plus que discutable en matière de pull-overs. Quand il nous a ouvert leur porte, il portait un ras-du-cou vert foncé orné de petits pingouins.

« Qui t'a offert ce machin ? lui ai-je demandé d'emblée. L'Esquimau fou ?

— Non, moi », a coupé Ruth en passant la tête dans l'embrasure.

Me lançant un regard exaspéré et étouffant un « Débile ! » entre ses dents, Beth est passée devant moi pour entrer dans leur salon, déjà bondé. Avec une moue espiègle, Ruth nous a salués. Elle portait un pull décoré d'ours polaires.

« Pardon.

— Rien de grave, Ben, a-t-elle dit en suivant Beth dans la pièce.

— Ça barde sur le front domestique ? m'a glissé Bill, qui approchait le plus de ce que j'aurais pu appeler un ami.

— Ne m'en parle pas...

— Alors, double whisky ? »

Une bénédiction, cet homme. Contrairement au gros de la population de New Croydon, qui sacrifiait tristement à l'autel de l'abstinence et des eaux pétillantes, lui croyait dur comme fer aux vertus médicinales et euphorisantes de la gnôle.

« Triple.

— J'ai un Macallan vingt-cinq d'âge qui n'attendait que toi ! » Il m'entraînait déjà vers la cuisine lorsque la sonnette d'entrée a retenti, le forçant à rebrousser chemin. « Et voici notre envoyé des hautes sphères de la culture ! »

Je me suis retourné pour découvrir Gary sur le seuil. Habillé de noir de pied en cap, le sourire sardonique à pleins gaz.

« Je vous ai apporté une petite chose pas désagréable », a-t-il annoncé en tendant à Bill un paquet-cadeau de forme allongée. Bill l'a ouvert, l'a examiné et a paru très impressionné.

« Alors là, vous pouvez rester ! Allez-y, trouvez-vous un verre. » — Avec un rictus mielleux à mon intention, Gary est parti à la recherche du bar. Dès qu'il a été hors de portée de voix, Bill m'a chuchoté : « Pas à dire, c'est un frimeur et une tête à claques, mais en vins, pardon, il s'y connaît ! T'as déjà entendu parler de ça ? »

Il m'a tendu la bouteille que l'autre venait de lui offrir. Sauvignon blanc cloudy-bay, 1993.

« Ouais. J'en ai entendu causer. »

# SEPT

Dans ma mémoire, le reste de la soirée n'est plus très clair. Le Macallan vingt-cinq ans d'âge de Bill y est certainement pour quelque chose : ce soir-là, je n'ai pratiquement pas lâché ce litre de whisky, et une bonne moitié coulait déjà dans mes veines quand je me suis retrouvé à traiter Wendy Waggoner de pâté en croûte.

Curieusement, Wendy n'a pas apprécié, pas plus que son gros macho d'époux, Lewis, qui en a pris ombrage. Cela ne valait pourtant pas la peine de me balancer un crochet du gauche comme il l'a fait. Réaction de primate qui, il faut le dire, est survenue après un moment de flottement au cours duquel je m'étais demandé à voix haute si, puisqu'il avait la réputation d'être si dur en affaires, son sens de la charité allait jusqu'à racheter les assurances-vie des victimes du sida. Par chance, j'ai réussi à esquiver son poing. Par malchance, il est arrivé dans la mâchoire de Peggy Wertheimer, la résidente la plus gravement malade des nerfs de tout New Croydon, et cela non sans raison puisque son mari venait juste de s'enfuir du foyer conjugal avec un tennisman professionnel mexicain répondant

135

au nom de Carlos. Heureusement, le coup ne lui a rien fracturé ni endommagé, mais il a gâché la soirée, pour de bon. Sous le choc, Peggy s'est mise à hurler. Wendy a hurlé à Lewis qu'il n'était qu'une brute insortable. Lewis a hurlé que je l'avais délibérément provoqué. Beth s'est précipitée dehors pour rentrer à la maison, sans moi. Quant à Gary, il s'est approché de moi, l'air plus que jamais content de lui, pour me dire : « Rappelez-moi que je dois absolument vous inviter la prochaine fois que je reçois quelques-uns de mes amis serbes et croates. »

Gary. Non, c'était impossible, impensable. Mais elle le détestait ! Elle ne supportait pas son arrogance, ses sourires suffisants, jusqu'à sa façon de s'habiller ! Non, ce ne pouvait être lui, en aucun cas. En aucun cas, bordel...

« Je suis passée prendre ce saumon que j'avais commandé, et une bouteille du sauvignon blanc néozélandais dont je t'ai parlé. » Sauvignon blanc cloudy-bay, 1993, pour être exact. Oh, une incroyable coïncidence mais une coïncidence quand même, n'est-ce pas ? Mais alors... Mais alors pourquoi Beth s'était-elle crue obligée de mentir sur l'origine de cette bouteille ?

Même si j'avais passé l'essentiel de la soirée à enchaîner verre sur verre de Macallan, je m'étais débrouillé pour exercer une discrète surveillance dans sa direction. Les deux premières heures, elle avait pris soin d'ignorer Gary : pas le moindre regard furtif, pas le moindre signe subreptice entre eux. J'en étais arrivé à penser : « Arrête un peu tes conneries paranoïaques ! » Un hasard, un simple hasard, et à quoi bon vouloir comprendre pour quels motifs abscons elle avait voulu me cacher d'où venait ce pinard ? Puis, à un moment, mes yeux se sont fortuitement arrêtés sur elle alors qu'elle était debout dans l'escalier, en train de bavarder avec Chuck Bailey, notre voisin, le publicitaire à la

Porsche. Au même instant, Gary s'est faufilé entre eux, se dirigeant sans doute vers les toilettes au premier étage, et il s'est arrangé pour poser sa main sur les phalanges de Beth et leur donner une rapide caresse. Elle ne l'a pas regardé, non, mais elle a rougi discrètement, un sourire rêveur est passé sur ses lèvres, et moi, moi, ce fut comme si trois Pershing venaient de m'atteindre en plein bide. N'ayant pas de Maalox sous la main, j'ai repris la bouteille de Macallan. Quelques secondes plus tard, sous le coup d'une subite inspiration, je traitais Wendy de pâté en croûte.

« C'est pas ma faute, c'est à cause de Mme Beth Bovary et de cette merde ambulante ! » Voilà ce que j'aurais eu envie de gueuler à la face de tous ceux qui hurlaient autour de moi. Mais le péché de scandaleuse ivrognerie suffisait bien assez pour l'occasion : dans un accès inopiné de scrupule professionnel, ma seconde nature d'avocat policé a pris le dessus et m'a évité de sombrer dans un monstrueux mélodrame à la « J'accuse » qui aurait nourri les cancans de New Croydon pour des mois et des mois. Alors, j'ai préféré battre en retraite dans un coin, écouter passivement le bon mot de Gary à propos de ses Serbes et de ses Croates, accepter de lui serrer la main quand il m'a annoncé qu'il partait. Pis encore, j'ai poliment hoché du bonnet lorsqu'il a ajouté : « Quand ça vous dit, n'hésitez pas, passez à la maison. On causera photo. »

Jésus-Christ. Qui parlera encore de toupet, après ça ? Mais bien sûr, Gary, je vous rendrai une petite visite, je mettrai un mouchoir dans ma poche, et on échangera quelques conneries à propos des Leica, mais de préférence un jour où vous n'êtes pas en train de tringler ma femme. Ça vous va ?

Ma femme. Sitôt Gary disparu, j'ai titubé vers la porte. Maintenant, il fallait que je rentre, que je force Beth à s'expliquer, que j'aille jusqu'au bout de...

« Ben ? »

Ruth avait surgi de nulle part. Elle me bloquait le passage, une main apaisante mais ferme sur mon épaule.

« Ruth, Ruthie... » La bouche pâteuse. « J'voud... J'suis...

— Soûl. Très, très bourré. Absolument pas en état de repartir, en tout cas.

— Mais, mais i' faut... Geu dois...

— Ben. Vous restez ici. Vous ne bougez pas jusqu'à demain matin. Le temps que vous vous remettiez en selle. »

J'ai cherché à m'appuyer au mur, mais au lieu de le trouver j'ai commencé à m'écrouler par terre. Alerté par Ruth, Bill est arrivé en trombe avant que je ne m'affale sur le plancher.

« Hé, vieux, courage ! Attends, je vais te présenter à notre chambre d'amis.

— Par... dón... Ruthie, pardon ! Je l'ai foutue en l'air, vot'soirée...

— On n'en mourra pas. »

Tout ce dont je me souviens, après, c'est la lumière du matin et mon crâne devenu un Nagasaki personnel. Nivelage à zéro, déflagration définitive. Puis, d'on ne sait où, la culpabilité est revenue, en force. Je m'étais conduit comme un imbécile, et Beth n'allait pas manquer de me le faire payer au centuple. Mais tandis que la honte se muait en appréhension, je me suis surpris à me demander : « Est-ce que Gary se trouve à ma place dans notre lit, là, maintenant ? »

Il y a eu deux petits coups frappés à la porte, et Bill a surgi, guilleret, un verre rempli d'un liquide orange effervescent à la main.

« Room service »

Risquant l'implosion de mes tempes, j'ai demandé :
« Quel... Quelle heure est-il ?

138

« — Midi.

— Midi ! Nom de Dieu ! Il faut que j'appelle Beth... »

J'ai essayé de me redresser dans le lit, sans grand succès.

« Ruth s'en est déjà chargée. Tout va bien, vieux. Beth a décidé de sortir les enfants. Ils sont tous partis pour la journée chez sa sœur à Darien. Sa sœur Lucy.

— Merde, je suis foutu... Celle-là, elle peut pas m'encadrer.

— Normal, puisqu'elle vit à Darien.

— Ruth, elle a dit comment Beth avait l'air ?

— En superforme, elle a dit.

— Conneries.

— Bon, d'accord, je suis un menteur. En attendant, bois ça.

— C'est quoi, ça ?

— Une dose mortelle de vitamine C. De quoi te ramener un peu dans le monde des humains. »

Après avoir pris le verre et avalé le breuvage pétillant, j'ai poussé une sorte de soupir de soulagement.

« Ça va mieux ?

— Je risque de survivre, oui. Où est Ruthie ?

— Partie voir Theo.

— Tu crois qu'elle me pardonnera un jour ?

— Elle t'a déjà pardonné.

— Et toi ? »

Il m'a lancé un de ces sourires aigres-doux dont il avait le secret.

« Oh, une soirée formidable. Un vrai succès. Le pied... Mais bon, les Waggoner, je peux pas les encadrer, donc...

— Merci.

— Pas de quoi. Bon, une petite sortie, ça te dit ? Il y a une jolie brise du nord-ouest.

— Il faut d'abord que j'appelle Beth chez Lucy.

— Ça ne presse pas.

— Quoi, c'est vraiment la merde, alors ? »

Il a évidemment saisi toute l'inquiétude qui transparaissait dans ma voix.

« Ça le sera si tu appelles, oui.

— Tu essaies de me dire que je me suis grillé, c'est ça ?

— Tu verras bien. Mais pas au téléphone, surtout. Et pas maintenant. Alors, à la douche ! Je veux qu'on soit en mer d'ici une heure. »

Quarante-cinq minutes plus tard, nous étions sur le bateau. C'était un radieux après-midi d'automne comme il y en a dans la passe de Long Island, avec un ciel d'un bleu intense, un air vif et stimulant, une brise régulière. *Blue Chip,* le neuf-mètres de Bill, était une petite merveille avec sa coque blanche en fibre de verre, son pont en teck reluisant, sa cabine à deux couchettes avec cuisine équipée, son poste de navigation doté des instruments les plus performants qu'on puisse imaginer : un GPS, un pilote automatique, un anémomètre digital, toute une batterie informatique qui scrutait en permanence les conditions météorologiques, la course du bateau et même sa position par rapport aux pôles magnétiques.

« Ça en fait des gadgets, hein ?

— Ouais, autant que dans ton armoire à boîtiers, a convenu Bill avec une moue ironique.

— Touché, salaud.

— Bière ?

— Oh que oui !

— Attrapes-en deux dans la glacière pendant que je hisse les voiles. »

Cette glacière se trouvait tout près d'un petit réchaud alimenté par une grosse bouteille de gaz, dissimulée dans un caisson en bois sur le pont et reliée à un étroit radiateur fixé sur la cloison avant. En ouvrant la porte de la glacière, j'ai d'ailleurs heurté par mégarde l'un des deux tuyaux d'alimentation et j'ai pris soin de vérifier qu'il n'avait pas été déplacé. Cela fait, j'ai pris deux Kirin bien fraîches et je suis remonté sur le pont.

« Banzaï, m'a dit Bill en choquant sa canette contre la mienne.

— À ton bijou, ai-je répondu en l'imitant. Tu pourrais aller où tu veux, avec ça.

— Oh, ça fait longtemps que je rêve de descendre dans les Caraïbes, un mois ou deux... Mais quand les trouverai-je, ces deux mois ? »

Une fois le foc envoyé, il a surveillé la drisse qui était en train d'entraîner la grand-voile. Celle-ci s'était mise à claquer furieusement au fur et à mesure qu'elle montait le long du mât.

« On a bien vingt nœuds, je parie. »

J'ai passé la tête par la trappe pour jeter un coup d'œil à l'anémomètre.

« Dix-neuf. Impressionnant.

— Ouais, c'est grand, non ? Ça te dit de mettre cap à l'est, jusqu'à Sheffield Island ? C'est une virée de deux heures, pas plus. Les doigts dans le nez.

— Et en plus, c'est juste au large de Darien !

— Ah oui ? Eh bien si tu veux continuer à te chamailler avec ta femme, il faudra que tu y ailles à la nage.

— Bon, bon, je m'écrase.

— Tu commences à apprendre, je vois. »

Dès que nous avons été parés, Bill a remonté l'ancre, bordé la grand-voile. Avec un « whoouf » décidé, elle a attrapé le vent et a fait gîter le voilier. Aussitôt, Bill a contrebalancé au gouvernail pour équilibrer le bateau à un angle de roue de vingt-cinq degrés. Il ne nous a fallu que quelques minutes pour laisser derrière nous la dernière jetée du port de New Croydon.

« Attention la tête ! » a crié le skipper. Je me suis plié pour laisser la bôme passer au-dessus de moi, la grand-voile s'est tendue à nouveau et nous avons fait route vers l'est.

« Tiens, prends-la un peu », m'a lancé Bill dans la brise qui s'était soudain renforcée.

À peine avais-je saisi la barre que le vent a gagné cinq nœuds de plus. Laissant dans notre sillage un assortiment de petites embarcations, nous avons filé droit vers la haute mer, droit vers le levant.

« Hé, mais où tu vas, bon sang ?

— En Europe ! »

Nous avions pris encore de la vitesse, glissant à travers la passe sous une brise de nord-ouest désormais très forte, la proue fendant hardiment la houle qui s'était levée.

« Vingt-cinq nœuds ! m'a crié Bill. Ça cartonne ! »

Les yeux plissés sous un soleil d'automne patiné, la bourrasque dans mon dos, mes poumons électrisés par l'air marin, je me suis abandonné quelques minutes à la griserie de la course, la tête vide, tout à la sensation si désirée et si rare de n'être plus qu'une table rase, débarrassée de la moindre culpabilité, de la moindre peur, de la moindre haine. L'impression de vitesse pure, d'aisance, me captivait entièrement. Je partais, je laissais tout derrière moi, et rien, ni surtout personne, ne pourrait me rattraper...

Durant près d'une heure, nous n'avons pas échangé un seul mot, pas même un regard. Debout, les yeux fixés droit devant, hypnotisés par l'appel impérieux du vide qui s'étalait à l'infini, la promesse d'une vie sans limites ni frontières où rien ne viendrait se mettre en travers, imposer le moindre renoncement. Et je savais qu'il avait en tête exactement la même question que moi : « Pourquoi s'arrêter ? » Cap à l'est, traverser l'Atlantique, tailler la route ? Nous ne cessons de rêver d'une existence plus libre tout en nous enfermant de plus en plus dans les obligations, dans les pièges domestiques. Nous aimerions tant partir, voyager légers, et cependant nous ne cessons pas d'accumuler de nouveaux poids qui nous entravent et nous enracinent. La faute nous en incombe parce que, au-delà du rêve d'évasion, auquel nous ne renonçons jamais, il y a aussi l'attrait irrésistible des responsabilités : la carrière, la maison, les scrupules parentaux, les dettes, tout cela nous remet sans cesse les pieds sur terre, nous offre cette sécurité tant recherchée, nous donne simplement une raison de sortir du lit le matin. En réduisant inexorablement le champ du « choix », cette vie nous accorde le soulagement des certitudes. Alors, même si tous les hommes que je connais enragent en secret d'être tombés dans un cul-de-sac domestique, nous continuons à y entrer et à nous y installer, tous. La rage au cœur, le désir de vengeance aux tripes.

« Tu serais bien parti pour de bon, hein ? m'a demandé Bill alors que nous jetions l'ancre à Sheffield Island.

— Et comment ! Pourquoi, pas toi ? » Je suis resté un instant silencieux puis j'ai haussé les épaules. « Mais non...

— Pourquoi non ?

— S'enfuir, c'est possible, mais pas disparaître.

— Mais s'enfuir, au moins ? Tu y penses ?

— Tout le temps. Pas toi ?

— Oh, personne n'est jamais vraiment content de son sort, n'est-ce pas ? Simplement, certains d'entre nous l'acceptent d'un peu meilleure grâce...

— Toi, encore, ça va, pour toi.

— Et pas pour toi ? a-t-il contré.

— Au moins, ta vie conjugale a l'air d'aller...

— Et toi, au moins tes gosses sont en bonne santé, grandissent normalement...

— Pardon.

— Allez, Ben, détends-toi un peu, va. »

En ouvrant une autre canette, j'ai laissé mon regard errer sur la côte boisée du Connecticut. De l'endroit où nous étions, tout paraissait encore vierge, bucolique. Pas une piscine, pas une caravane en vue.

« Me détendre, moi ? Elle est bien bonne, celle-là !

— Bon, d'accord, tu ne fais pas exactement ce que tu aurais voulu faire...

— Tu sais à quel point ce job peut être abrutissant ?

— Ouais, sans doute autant que le mien. Mais écoute, finalement, c'est toi qui l'as choisi, non ? Comme de te marier avec Beth, d'avoir des enfants, d'habiter New Croydon...

— Je sais, je sais !

— Mais ce que je veux dire, c'est que ce n'est pas un mauvais choix ! Merde, tu veux tout pour rien, alors ?

— Juste un peu de stimulation... Dans tous les domaines, d'ailleurs.

— Bon, et qu'est-ce que tu vas faire, alors ? Passer les trente prochaines années de ton existence à te dire que la vie était ailleurs ?

— Je sais pas...

— Eh bien moi, je vais te dire, mon vieux : ta vie, elle est "là", pas ailleurs ! Et si tu continues à cracher dans la soupe tu vas finir par te retrouver sans rien. Et crois-moi, ce que tu auras perdu, tu ne cesseras pas de le regretter, tu voudras le récupérer, par tous les moyens. C'est comme ça que ça marche. »

J'ai avalé une longue gorgée de bière avant de lui dire :

« Et si Beth a déjà décidé que nous avons dépassé le point de non-retour ?

— Avec deux gosses sur les bras, sans boulot, elle y pensera à deux fois avant de saborder votre mariage, fais-moi confiance. Elle n'est pas suicidaire à ce point. »

« Alors, pourquoi est-ce qu'elle s'envoie en l'air avec un Gary ? » ai-je eu envie de hurler, tout comme je me retenais de lui demander s'il avait surpris quelque ragot à propos des aventures extra-conjugales de ma femme. Non, je devais absolument éviter ce terrain. Il ne fallait pas éveiller les soupçons, ni passer pour le parano de service. En plus, je redoutais vraiment d'entendre la vérité... Donc, j'ai fini ma bière et je me suis contenté de soupirer :

« Bon, je vais essayer de lui parler.

— Essaie de te parler à toi aussi, pendant que tu y es. »

Les yeux au ciel, j'ai répliqué :

« Oui, merci, Oprah.

— Bon, j'arrête mes sermons. Ramène-nous à la maison. »

Le soleil s'était couché quand nous sommes rentrés au port. J'ai manœuvré jusqu'à notre destination sans jamais me servir du coûteux appareillage électronique de Bill.

« Je suis baba, m'a-t-il dit quand nous avons été à quai. Il te reste quelque chose de Bowdoin, ça c'est sûr ! »

Il savait que j'avais fait partie de l'équipe de voile de mon collège pendant trois ans.

« C'est pour la vie, oui.

— Tu devrais t'acheter un voilier. Ça te donnerait une bonne occasion de prendre l'air, et puis les garçons en profiteront bien quand ils seront un peu plus grands.

— Je claque déjà assez d'argent comme ça.

— Bon, en tout cas, si tu veux m'emprunter le mien...

— Tu es sérieux, là ?

— Non, inconscient, c'est tout.

— Hé, je risque de te prendre au mot, tu sais ?

— À condition que tu ne te tires pas à l'autre bout du monde avec, d'accord ? »

Bill m'a reconduit chez moi en voiture. Pas de lumières dans la maison. J'ai consulté ma montre : sept heures. Trop tôt pour s'inquiéter. Quoique...

« Allez, bon vent, m'a dit Bill en me tendant la main. Et puis, pour l'amour du ciel, arrête de te faire du mouron ! »

Comme c'était étrange, de trouver les lieux vides, silencieux. J'aurais même pu savourer cet instant de répit dans l'habituel chahut familial si je n'avais pas aussitôt remarqué le clignotant sur le répondeur téléphonique. J'ai rembobiné la bande.

« Ben ? C'est moi. Voilà, j'ai décidé de rester ici quelques jours avec les enfants. Je pense que ça nous fera du bien à tous... Et je te serais reconnaissante de ne pas chercher à me joindre pendant que je serai chez Lucy. D'autre part, je dois te prévenir que je vais consulter un avocat, d'ici peu. À mon avis, tu devrais faire de même. »

Clic. Je me suis laissé aller sur le canapé en fermant les yeux. « D'autre part, je dois te prévenir... » C'était tellement rigide, tellement distant, tellement... glacial. Cette fois, elle avait l'air de savoir exactement ce qu'elle voulait. Et cela me flanquait une trouille bleue.

Sans perdre une minute, j'ai appuyé sur la touche de numérotation rapide pour ma belle-sœur. C'est elle qui a décroché.

« Ben, elle ne veut pas te...

— Il faut que je lui parle.

— Je te dis qu'elle ne...

— Passe-lui ce foutu télé... »

Clic. Touche de rappel. Cette fois, je suis tombé sur Phil, mon laconique beau-frère comptable.

« Ah, c'est pas vraiment le bon moment, Ben.

— Phil, tu n'as pas l'air de com...

— Si, très bien.

— Non, tu ne comprends rien, bordel !

— Je crois que tu pourrais surveiller ton langage, Ben.

— Écoute, Phil, je suis sur le point de perdre ma famille !

— Ouais, c'est ce que dit Beth. Ça se présente mal, hein ?

— "Ça se présente mal, ça se présente mal" ? C'est tout ce que tu trouves à dire ? À force de faire des additions, c'est tout ce que tu trouves à dire, « ÇA SE PRÉSENTE MAL » ?

— Pas besoin de hurler, Ben.

— Je hurlerai si j'en ai envie, triple con !

— Alors ça, ça devient franchement insultant, Ben. Franchement négatif. Je pense donc qu'il vaut mieux en rester là. En tout cas, dès que Beth rentrera, je lui dirai que...

— Comment, elle n'est pas là ?

— Non, elle est sortie il y a une heure, à peu près. Partie voir une Wendy quelque chose... »

En arrière-fond, j'ai entendu Lucy vociférer : « Phil ! Mais tu as quoi, dans la tête ! Je t'avais dit... » J'ai hurlé dans son autre oreille :

« Elle refait toute la route jusqu'ici pour voir Wendy Waggoner, c'est ÇA ?

— Euh, il y en a à peine pour une demi-heure, après tout... »

J'ai compris que Lucy lui arrachait le combiné de la main.

« Ben, si j'étais à ta place, je...

— Tu m'avais dit qu'elle était là ! Tu m'avais dit que...

147

— Je t'ai dit qu'elle ne voulait pas te parler, point ! Elle...

— Qu'est-ce qu'elle est partie foutre chez Wendy ? Une leçon de cuisine ?

— Elle voulait prendre conseil, sur ses droits. C'est ce qu'elle m'a dit.

— Cette connasse de Wendy n'est pas avocate !

— Elle a un ami avocat qui s'occupe de divorces et qui...

— Et elle pouvait pas lui passer un coup de fil, à cet "ami" ? Elle a préféré laisser les garçons...

— Ils vont très bien, les garçons.

— Qu'est-ce que tu leur as fait ?

— Comment, "qu'est-ce que tu leur as fait" ? Hé, je suis leur tante, pas David Koresh !

— Réponds !

— Je les ai mis au lit. J'ai changé Josh, j'ai lu une histoire à Adam et je lui ai dit de faire de beaux rêves. Ça te paraît "raisonnable", j'espère ?

— Je viens les chercher.

— Ben, ne commence...

— Ce sont MES gosses !

— Si tu viens ici, j'appelle la police. Tu ne voudrais pas que j'appelle la police ?

— Légalement, tu n'as aucun droit de...

— Mais je le ferai quand même ! Tant pis pour toi.

— Tu n'oserais jamais...

— Si, j'oserais ! Je n'ai jamais pu te sentir. »

Et elle a raccroché.

J'ai envoyé un coup de pied dans la table, cassé un cendrier en cristal, avant de me jeter dehors, de sauter dans ma Mazda Miata et de descendre notre rue en trombe, direction la 95 et Darien. Qu'elle appelle les flics, cette pute en Laura Ashley. Qu'elle essaie seulement, la grosse conne...

Une seconde plus tard, j'ai freiné brutalement, pris une longue allée, Hawthorne Drive, et me suis arrêté devant une demeure vaste et altière de trois étages (à bardeaux), nichée dans un hectare de parc maniaquement entretenu. La résidence de Wendy et Lewis Waggoner. Tout était obscur, silencieux. Pas une seule voiture à l'entrée.

J'ai punché mon volant. La salope. Se servir de l'autre pâté en croûte et de son soi-disant « ami avocat » comme couverture... Il ne me restait plus qu'une chose à faire : débouler dans le jardin de Gary à fond, précipiter la Miata dans sa porte d'entrée et m'arrêter en plein dans son salon.

J'allais mettre ce plan à exécution lorsqu'une voix a chuchoté en moi : « Du calme. Ne commets rien d'irrémédiable. Domine-toi. Évalue soigneusement la situation avant d'adopter une ligne de conduite. » Certes, je mourais d'envie d'ignorer ces sages conseils, de jouer le tout pour le tout, enfin, mais je ne pouvais rien y faire, je me suis incliné, j'ai ralenti. J'ai commencé à errer dans les rues latérales, jusqu'au moment où j'ai aperçu la Volvo, garée dans une artère parallèle à Constitution Crescent. Ah, pas con, Beth. Évidemment, laisser la caisse au milieu de l'allée chez Gary aurait pu éveiller quelques soupçons...

Je suis revenu chez nous tout doucement. À la hauteur de la maison, j'ai éteint les phares, arrêté le moteur et je me suis glissé hors de la Mazda sans claquer la portière. Ensuite, en faisant le tour par le jardin, je suis entré par la porte du sous-sol. À l'intérieur, j'ai pris mon EOS, un rouleau de Tri-X, un énorme téléobjectif et un pied tubulaire avant de me faufiler au second étage. La chambre d'Adam donnait droit sur la rue. Les rideaux étaient ouverts, les lumières éteintes. J'ai rapidement fixé le Canon sur le trépied, je l'ai chargé et j'ai monté le télé, puis j'ai tiré une chaise vers moi, je me suis penché sur le viseur, j'ai effectué la mise au point sur la porte d'entrée de Gary, de l'autre côté de la rue, et j'ai attendu.

Un long moment a passé. Il était huit heures et demie lorsque la porte s'est ouverte. Glissant sa tête au-dehors, Gary a regardé à droite et à gauche puis a fait signe à quelqu'un derrière lui. J'ai juste eu le temps d'ajuster l'objectif pour avoir Beth surgissant sur le perron. Il l'a attirée vers lui et l'a embrassée passionnément. Elle a passé une main dans ses cheveux filasse. L'autre, les cinq doigts bien ouverts, s'est posée sur le cul de Gary, sanglé dans un jean. J'ai sursauté, retirant mon œil du viseur au moment où je déclenchais l'appareil. En six secondes, grâce à son fabuleux moteur, il avait impressionné la pellicule trente-six poses. Lorsque je me suis forcé à regarder à nouveau, ils venaient de mettre fin à leur étreinte. Beth, qui paraissait nerveuse, a observé rapidement notre maison. Ne voyant que la lumière habituelle derrière les rideaux du salon, elle a reporté son attention sur Gary. Elle a posé un long baiser final sur ses lèvres, a inspecté une dernière fois le trottoir puis, tête baissée, s'est éloignée en hâte, sans doute en priant pour ne pas croiser un voisin sorti faire un tour alors qu'elle pressait le pas dans la nuit.

Sans y penser, je me suis levé, j'ai dévalé l'escalier et j'allais me ruer dehors pour la rattraper avant qu'elle n'ait repris la Volvo lorsque à nouveau l'hésitation m'a envahi et je me suis écroulé sur le canapé.

Ce baiser... Ça n'avait rien du « flirt sans lendemain », cette embrassade si impétueuse, si ardente, si... sérieuse. La dernière fois que Beth m'avait embrassé d'une telle manière, George Bush était encore président. Mais qu'est-ce qu'elle pouvait trouver à cette ordure, merde ! Je restais lucide, cependant, parfaitement conscient du fait que si je lui courais après et provoquais une grande scène d'explication en plein milieu de la chaussée, autant me tirer une balle dans le pied avec une mitraillette. Si j'agissais ainsi, tout espoir de réconciliation future, si ténu qu'il m'ait paru en cet instant, serait ruiné. Elle brandirait ma conduite comme une nouvelle preuve que notre mariage était devenu un cauchemar : puisque j'allais désormais jusqu'à l'espionner... Ce serait franchir l'ultime frontière, sans possibilité de retour.

Je me suis mis à faire les cent pas dans le salon. J'étais un type fini, sur le point de tout perdre. Des images se sont télescopées en flashs dans mon esprit : le juge accordant à Beth la garde exclusive des deux garçons, la maison, les voitures, les actions, les comptes bloqués et les trois quarts de mes revenus ; moi dans ma nouvelle vie de divorcé, claquemuré dans un studio minable, 90ᵉ Rue Est ou les environs ; l'inévitable promenade au zoo du Bronx avec Adam et Josh le seul week-end du mois où j'aurais le droit de les voir, Adam cultivant les grimaces sardoniques de l'autre imbécile ; Josh, à quatre ans, m'annonçant un jour : « Toi tu n'es plus mon papa, c'est Gary qui l'est, maintenant »...

Gary. Soudain, je me suis retrouvé avançant en pilote automatique, droit vers sa porte sur le trottoir d'en face. Je n'avais pas la moindre idée de ce que j'allais dire ou faire si jamais je passais d'une manière ou d'une autre à l'action. Mais bon, j'étais là, j'ai appuyé sur la sonnette.

À peine cinq minutes s'étaient écoulées depuis le départ de Beth, aussi a-t-il perdu toute son arrogance coutumière en me découvrant sur le pas de sa porte. Il est devenu livide, même, tout en luttant dur pour retrouver son assurance. Il y a eu un long silence, pendant lequel je me suis aperçu que ma langue refusait d'articuler le moindre son et qu'une idée déprimante s'était mise à me tourner dans la tête : « Mais qu'est-ce que tu fous ici, bon Dieu ? » Et puis, finalement, il a essayé de surmonter le choc.

« B... Ben ?

— Photo. »

J'étais encore incapable de prononcer plus d'un mot à la fois.

« Hein, quoi ?

— Photo. Vous m'aviez dit que je pouvais passer quand je voulais, qu'on parlerait photo... »

Là, sa stupéfaction a été à son comble. Il restait à m'étudier d'un regard inquiet, médusé, essayant d'évaluer si mon apparition pouvait réellement être mise sur le compte d'une incroyable coïncidence.

« Ah oui... Ouais, effectivement. Mais, euh, un dimanche soir, comme ça ? Il est tard, non ?

— Oh, à peine neuf heures moins le quart, ai-je répondu en consultant ma montre. En tout cas, comme Beth et les gosses sont partis...

— Oui, j'ai... »

Il s'est repris au dernier moment.

« Quoi ?

— J'ai... J'ai remarqué que la Volvo n'était pas devant chez vous.

— Ah oui, vous avez remarqué ça ? »

D'un coup, je me sentais presque sûr de moi.

« Oh, juste remarqué, comme ça... »

C'était à son tour de chercher ses mots.

« Ah, je ne savais pas que vous "remarquiez" tant de choses chez moi.

— Bon, j'en fais pas une manie, hein, mais... Dites, Ben, je suis un peu crevé, franchement. Et si on remettait...

— Juste un petit verre de vin, en vitesse. »

Il a hésité. Je le voyais soupeser la question dans sa tête : « Est-ce que c'est pas trop risqué, ça ? » À l'expression suffisante qui a envahi ses traits, j'ai compris qu'il avait décidé. Avec un moulinet de bras théâtral, il a lancé :

« *Prego, signore !* »

Je suis entré. Bien que construite dans le même style colonial banlieusard que la mienne, la maison de Gary semblait très loin de la Nouvelle-Angleterre à l'intérieur. Partout, ce n'étaient qu'efforts obstinés pour reproduire le look « branché » de Tribeca. Les murs, réduits au strict minimum, avaient été traités dans un bleu-gris minimaliste, les parquets peints en noir. Quatre spots minuscules pendouillaient au plafond. À part les tapis, le seul meuble visible dans tout cet espace ainsi dégagé était un long canapé en cuir noir.

« Original, ai-je remarqué.

— Ouais, question déco, mon paternel avait ses idées bien à lui.

— Et qui vous avez pris, comme architecte d'intérieur ? Robert Mapplethorpe ?

— Très drôle. Non, en réalité c'est moi qui ai tout fait, en 91.

— Juste après la mort de votre père, alors ?

— Hé, quelle mémoire ! Oui, presque un an jour pour jour après que ma mère est partie. Emportée par cette saloperie d'Alzheimer. Ça l'a tué, lui aussi. Rongé le cœur.

— Ça n'a pas dû être facile, enfant unique...

— Perdre un parent, c'est un malheur, en perdre deux, c'est de l'inattention.

— Ah, je ne savais pas que vous étiez un fan d'Oscar Wilde.

— Pas du tout. C'est une citation que j'ai lue dans un canard quelconque. Alors, ce verre ? »

Il m'a fait signe de le suivre dans la cuisine, qui elle aussi avait morflé. À la place des anciens rangements et plans de travail en bois, un attirail prétentieux de machins chromés et d'ustensiles en acier. Tout comme le salon, la pièce paraissait inachevée, incomplète, absurde. Un court instant, j'en suis venu à éprouver une sorte de pitié devant ses efforts désespérés pour recréer un peu du chic new-yorkais en pleine banlieue, mais ce mouvement de sympathie envers ses déboires dans la grande ville a été de courte durée. Il s'est dissipé à peine ai-je aperçu les deux verres à vin sur une tablette. L'un d'eux portait une trace de rouge à lèvres rose, celui que Beth mettait toujours.

Les désignant d'un geste du menton, j'ai réussi à articuler :

« Vous... vous aviez de la visite ? »

Il a eu du mal à réprimer un sourire.

« Ouais, on peut dire ça, ouais... » Il a ouvert le réfrigérateur, en a sorti une bouteille de blanc. Cloudy-bay. « Vous avez déjà goûté à ça ?

— Euh... Beth en a rapporté à la maison, une fois. »

Un autre sourire ébauché tandis qu'il ouvrait la bouteille.

« Elle a bon goût, votre femme. C'est le meilleur sauvignon du monde.

— C'est ce qu'elle a dit. »

Prenant deux verres propres et le cloudy-bay, il m'a annoncé : « La chambre noire, c'est par ici », et m'a conduit vers un étroit escalier qui descendait à la cave. Un sous-sol exigu, sombre, encombré, puant l'humidité. Un mur était occupé par de l'électroménager, machine à laver, sèche-linge, gros frigo, l'autre par son matériel de développement : un vieil agrandisseur Kodak, des cuves cabossées, un massicot et, au-dessus de ce bric-à-brac, un enchevêtrement de fils sur lesquels séchaient plusieurs douzaines de nouveaux tirages.

« Le truc de base, quoi, l'essentiel, a-t-il commenté en allumant le plafonnier.

— Je suis sûr que ça convient très bien.

— Ouais, mais enfin, comparé à votre installation à vous, ça fait un peu tiers-monde.

— Ah, je ne me rappelais pas vous avoir jamais montré mon labo, Gary. »

Il s'est détourné, très occupé soudain à détacher des photos de ses cordes à linge.

« Simple supposition, maître.

— Et vous supposez quoi, exactement ?

— Que vous avez une chambre noire hyper-smart remplie d'équipements tout aussi smart.

— Mais vous ne l'avez jamais vue, ou je me trompe ? »

Encore son rictus sardonique. Comme j'aurais voulu le lui faire rentrer dans la gorge, pour toujours.

« Hé non, jamais. »

Menteur. Beth avait dû l'inviter chez nous un après-midi, pendant que les gosses étaient dehors. En prime, il avait eu droit à une visite guidée de mon territoire...

« Alors, comment pouvez-vous savoir ?

— Parce qu'un avocat de Wall Street comme vous peut se payer ce qu'il y a de mieux, et donc c'est ce qu'il fait, en toute logique. Non ? » Il m'a fourré une pile de tirages dans la main. « Tenez, dites-moi ce que vous pensez de ça. »

J'ai feuilleté la dizaine de photos, mornes portraits de laissés-pour-compte posant chaque fois devant l'entrée pouilleuse d'un foyer pour SDF. Une vraie galerie de monstruosités : un loubard obèse avec trois dents en acier et une tache de vin qui lui couvrait la moitié de la figure, deux travestis black en caleçons de vinyle, des traces de piqûres parsemant leurs bras nus, un unijambiste affaissé sur le trottoir, une bave écumeuse gouttant de sa bouche... Les images étaient choquantes en elles-mêmes, mais c'est surtout le regard de Gary sur ses sujets qui m'a heurté, révolté : prétentieux, si résolu à faire du « grand art » qu'il insistait lourdement sur les aberrations physiques de ces malheureux.

« Impressionnant, ai-je dit en lui rendant la pile. C'est Arbus devant les paumés d'Avedon.

— Vous trouvez que c'est surfait, alors ?

— C'était un compliment, pour moi.

— Je n'ai jamais été un fana d'Arbus, de toute façon, a-t-il déclaré en remplissant un verre et en me le tendant. Trop de réalisme pour le réalisme, pas assez de limpidité dans la composition.

— Hé, comme vous y allez ! Arbus était un génie de la composition, au contraire ! La fameuse photo de l'arbre de Noël dans le salon de Levittown, cette manière qu'ont tous les objets de la pièce, le canapé, la télé, la lampe à l'abat-jour recouvert d'un plastique, cette façon dont ils viennent tous renforcer la terrifiante stérilité de l'image... En fait de composition, c'est purement génial.

— Elle donnait de l'importance au sujet, pas à la photo. C'était sa philosophie...

— Ça me paraît une excellente philosophie de la photo, à moi.

— Oui, si on nie l'art...

— Hein ? Arbus, nier l'art ?

— Ce que je veux dire, c'est qu'elle voulait toujours jouer au simple spectateur...

— Il n'y a rien de mal là-dedans. À moins d'être de ces photographes qui en rajoutent toujours sur leur soi-disant "originalité".

— Donc, vous les trouvez surfaites ? a-t-il insisté en brandissant ses clichés.

— Non, je n'ai pas dit ça. » Je pesais soigneusement mes mots. « Elles sont étudiées. Il y a trop de vous là-dedans, pas assez de "simple spectateur".

— Conneries, tout ça ! On ne peut pas être photographe et simple spectateur.

— Ah oui ? Et qui a dit ça ?

— Cartier-Bresson, si vous voulez le savoir !

— Un autre ami à vous ?

— Je l'ai rencontré, ouais.

— Et donc il vous a dit, comme ça, entre quatre yeux : "Gary, mon pote, le photographe, y peut jamais être le simple spectateur, pigé ?"

— Il l'a écrit ! » Sur une étagère derrière lui, il a attrapé un livre, l'a feuilleté rapidement avant de lire à haute voix : « "Le photographe ne peut pas être simple spectateur. En fait, il n'atteint la lucidité que s'il est entièrement engagé dans ce qui arrive."

— Tiens, tiens ! Je parie qu'il vous l'a dédicacé, hein ? »

Ignorant le sarcasme, il a poursuivi sa lecture :

« "Nous nous confrontons à deux moments de décision et donc de possible regret : le premier, et le plus important, c'est lorsque l'actualité est là, qu'elle nous regarde droit dans le viseur ; le second, quand toutes les prises ont été développées et tirées, et que nous devons écarter les moins fortes. Et c'est à cet instant, autant dire trop tard, que nous découvrons exactement là où nous avons échoué." » Il a levé les yeux vers moi, l'air soudain agressif. « Alors, ça vous dit quelque chose, maître ? Oh, évidemment, vous, l'échec, vous connaissez pas ! Surtout quand il s'agit de photographie, hein ? Ou de votre séjour foiré à Paris. Ou de votre passage derrière un comptoir chez Willoughby...

— Putain, mais comment... », me suis-je entendu balbutier.

Il exultait maintenant, il triomphait.

« Devinez. »

Je suis resté à fixer le lino, la tête basse, avant de murmurer :

« Depuis quand ?

— Depuis quand quoi ? Beth et moi ? Oh, quelques semaines, je dirais... M'en souviens pas jour pour jour.

— Est-ce que c'est de...

— De "l'amour" ? a-t-il trompeté. C'est comme ça qu'elle en parle, elle ! »

J'ai encaissé ce nouveau coup au ventre.

« Et vous ?

— Moi ? » Il semblait au comble de la satisfaction. « Eh bien, je prends mon pied. Un sacré pied, même. Parce que, comme vous le savez probablement, Beth est un coup d'enfer, au plumard... Quoique, d'après ce qu'elle m'a raconté, vous le savez peut-être pas !

— Fermez-la.

— Ah non, ah non ! C'est vous qui allez la fermer ! Et écouter, pour de bon. Donc, elle m'aime, oui. Et vous, elle vous déteste.

— Elle ne...

— Oh que si ! Elle ne peut pas saquer vos grands airs, ni votre...

— Arrêtez.

— ... ni votre boulot, ni la vie que vous lui faites mener ici...

— J'ai dit...

— Mais surtout, surtout, ce qu'elle ne supporte pas, c'est que vous vous détestez vous-même. Que vous jouez sans cesse la victime, le type qui s'est fait piéger, au lieu de reconnaître que c'est à cause de vous et de vous seul que vous n'avez jamais pu percer dans la pho...

— Pourquoi, vous, vous avez pu, minable ?

— Moi au moins je suis dans la course, mec.

— Vous êtes un artiste à la manque qui vit de son fonds fiduciaire et...

— Au moins je me bats, moi. Au moins je suis là où ça se passe !

— Vous êtes NULLE PART !

— Et vous, alors ?

— Moi ? Nom de Dieu ! Moi je suis l'associé d'un des plus gros...

— Allez, allez ! Regardez-vous un peu en face ! Vous n'êtes qu'un rond-de-cuir qui n'a même pas assez de pêche pour niquer sa propre f... »

C'est là que j'ai craqué. Que je l'ai cogné. Avec la bouteille de cloudy-bay. Je lui ai asséné un coup terrible sur le côté du crâne. La bouteille s'est cassée en deux. Assommé, il a vacillé, s'est écarté en titubant. À ce moment, un nouvel accès de rage m'a pris. Soudain, j'ai découvert que le goulot brisé, que j'avais gardé entre mes doigts, était enfoncé dans sa nuque. Il s'était écoulé à peine cinq secondes, et j'étais trempé. Aspergé par un geyser de sang.

Le jet rougeâtre m'a atteint en plein visage, si fort que j'en ai été momentanément aveuglé. Quand j'ai réussi à m'essuyer les yeux, j'ai vu Gary chanceler à travers la pièce, le goulot planté dans son cou. Il s'est retourné vers moi. Son visage était un masque crayeux qui exprimait une indicible stupéfaction. Ses lèvres formaient une question horrifiée : « Qu'est-ce que... ? » Et puis il s'est effondré en avant, la figure dans une cuve de développement qui s'est retournée et s'est écrasée par terre, avec lui.

Silence. J'ai senti mes jambes se dérober sous moi. Je me suis affaissé sur le lino, un étrange écho résonnant dans mon crâne. Le temps semblait s'être arrêté, ou s'étirer à l'infini. Pendant une seconde, ou une heure, je n'ai plus su où j'étais.

Puis ma bouche a été si sèche, si affreusement sèche que je me suis léché les lèvres. C'est alors qu'il y a eu ce goût douceâtre, poisseux, ce goût du liquide dont mon visage était couvert, ce goût qui a fait naître en un éclair le constat que ma vie, telle que je l'avais connue jusque-là, ne serait plus jamais pareille.

# DEUXIÈME PARTIE

# UN

Ils sont venus me chercher au bureau. Ils étaient deux, chacun vêtu d'un manteau bon marché et d'un costume minable. Tous deux m'ont montré leur insigne et se sont présentés. Détectives de la police criminelle, bureau de Stamford, Connecticut. Le flic numéro un était un Noir, bâti en hercule, le numéro deux monté sur piles, filiforme, sa chevelure de rouquin parsemée de gris. En voyant son visage d'enfant de chœur vieillissant, ses yeux hallucinés de zélote puritain, j'ai tout de suite compris qu'il allait m'en faire voir de toutes les couleurs : le genre de poulet qui a bien failli terminer chez les Jésuites.

« Benjamin Thomas Bradford, s'est-il mis à réciter tandis que le flic numéro un m'emprisonnait les mains dans le dos avec des menottes, vous êtes en état d'arrestation pour le meurtre de Gary Summers. Vous avez le droit de ne faire aucune déclaration, mais vous devez savoir que tout ce que vous direz pourra être retenu contre vous devant un tribunal… »

Pendant que le flic numéro deux continuait à m'administrer le sermon légal, le numéro un m'a conduit vers la sortie. Les joues ruisselantes de larmes, Estelle m'a regardé passer. Jack, qui paraissait au bord de l'apoplexie, a eu cependant la force de me crier de loin : « Ben, ne leur dis pas un mot tant que Harris Fisher ne sera pas venu te voir ! » Harris, le fameux avocat de Wall Street spécialisé en criminalité col blanc. Le temps que nous franchissions le hall d'entrée, tous les associés, collaborateurs et simples employés du cabinet étaient sortis dans le couloir pour observer le spectacle, pétrifiés d'horreur. Lorsque nous sommes arrivés à l'ascenseur, Prescott Lawrence, le vétéran de Lawrence, Cameron & Thomas, celui qui m'avait pris chez lui parce qu'il avait joué au base-ball avec mon père à Yale, nous attendait. Il n'a pas prononcé une parole. Il n'en avait pas besoin : son regard glacial en disait assez long. Disait tout, en fait : « Vous avez gâché votre vie. Vous avez sali la réputation de notre cabinet. N'attendez surtout de nous ni sympathie, ni assistance juridique, ni le moindre soutien. Nous nous lavons les mains de votre sort. Vous êtes un type fichu. »

En descendant, on s'est dévisagés en silence, les flics et moi. En bas, à la réception, il y avait un attroupement de voyeurs, et dehors un bataillon de photographes, de cameramen, de traîneurs de micros. Nous avons forcé notre chemin à travers, baissant la tête sous les flashs aveuglants, les questions vociférées. On m'a jeté sur le siège arrière de la voiture banalisée qui a démarré dès que le flic numéro un, atterri à côté de moi, a tapé sur l'épaule du chauffeur. Nous nous sommes engagés dans le flot des véhicules qui descendaient Wall Street.

« Vas-y, regarde bien, Bradford, m'a dit le numéro deux en montrant la vitre du doigt. Parce que tu ne remettras pas les pieds ici avant un bon bout de temps, crois-moi.

164

— Si jamais il y revient, a ajouté le numéro un. Meurtre aggravé, ça pourrait lui rapporter perpète, dis ! Surtout si les jurés décident de faire un exemple avec un yuppie friqué qui se croit assez au-dessus de la loi pour trucider tranquillement le mec qui tringle sa femme...

— Tu vas devenir célèbre, remarque. La première page du *News*, du *Post*, peut-être même du *Times*...

— Le *Times*, c'est sûr, tu veux dire ! Si c'était un de mes frères qui avait charcuté l'autre comme ça, ils auraient enterré l'histoire en pages Métro. Mais un bêcheur de Wall Street, alors là... Mon vieux, je te parie que d'ici vendredi il aura droit à un édito et à deux commentaires.

— Sans parler de tous les ramasse-merde des téloches, hé ! "En direct", "Exclusif" et toute la bande, ils vont se ruer chez toi, Bradford, ils vont essayer d'interviewer la pauvre M$^{me}$ Bradford tout effondrée, ils vont graisser la patte à la bonniche de Gary pour avoir des gros plans du lit où ils se vautraient dans le péché tous les deux, la cave obscure où tu l'as assassiné...

— ... Ouais, et je suis certain qu'ils vont s'en prendre au petit Adam, aussi. Ou au moins à son instit'. "M'dame, comment expliquerez-vous à un garçonnet de cet âge que son père est un meurtrier ?" Et hop, gros plan sur l'instit' en train de ravaler ses larmes...

— Une vedette, qu'il va être, monsieur l'avocat ici présent !

— Oui, mais la publicité va pas te faire du bien, en fin de compte, mon gars.

— Ah non ! Parce qu'il pourra pas nous jouer les O.J. Simpson et plaider trois siècles d'oppression blanche comme circonstance atténuante ! Plus blanc que lui, tu meurs ! »

Je ne disais rien. Simplement, j'ai refoulé de justesse un sanglot en essayant de maîtriser les frissons qui me parcouraient tout le corps comme une décharge sur la chaise électrique.

« Il a les boules, le mec, a constaté le flic numéro un.

— Bien sûr qu'il a les boules ! Il commence maintenant à saisir l'énormité de son crime, à piger qu'il a commis l'irréparable.

— Tu crois qu'il va essayer de nous servir un baratin de légitime défense ?

— Un goulot de bouteille planté dans la nuque d'un type, c'est pas exactement ce que j'appellerais de la légitime défense ! Enfin, crois-moi, Bradford, en tant que représentant assermenté de la loi, je ne peux évidemment pas justifier ton acte, mais comme être humain, comme homme, eh ben oui, je "sympathise". L'angoisse, le désespoir, la fureur quand tu as tout découvert... Ça a dû être in-sup-por-table. Surtout pour un père de famille respectable. Alors moi, je suis certain que si tu avoues, si tu reconnais le crime, si tu acceptes la culpabilité, si tu exprimes ton repentir, si tu demandes pitié à la cour, ouais, la cour répondra. D'autant que nous, dans ce cas, nous on encouragera les jurés à se montrer cléments. On arrivera peut-être même à te décrocher une de ces petites prisons modèles, à la coule...

— Là où tu tomberas pas sur un Keubla de cent cinquante kilos et quelques qui voudra faire de toi sa petite amie pour les cinq ans à venir. Non, le p'tit Blanc qu'on a là, j'pense pas qu'il ait jamais connu c'que c'est d'avoir un gros poing dans le... »

Avant même que nous soyons arrivés à Stamford, je leur avais dit que j'étais prêt à trouver un arrangement. Une fois enregistré, mes empreintes digitales relevées, je suis resté attaché à un bureau cinq heures durant dans une salle d'interrogatoires sinistre, seul, attendant l'arrivée de Harris Fisher. C'était un homme d'une

166

cinquantaine d'années, au hâle étudié, aux cheveux gris bien entretenus quoique menacés par la calvitie, à l'inévitable complet gris perle croisé avec de lourds boutons de manchettes à chaînette, et au sourire dévastateur qu'il réservait à Willis et Flynn, mon duo d'inspecteurs, puisqu'il a disparu dès qu'il m'a vu.

« Sale affaire, maître... Très sale affaire, a-t-il entamé lorsque les deux affreux nous ont laissés en tête à tête.

— Tant que ça ? ai-je réussi à croasser.

— Soyons clairs : je viens de passer trois heures avec Morgan Rogers, le procureur du comté de Fairfield. Eh bien, il veut votre peau. D'autant qu'il y a des élections, cette année. Et d'autant qu'il est certain de pouvoir vous coller le meurtre aggravé tout de suite. D'après ce que je comprends, il y a vos empreintes dans toute la maison de M. Summers, personne ne peut témoigner sur votre emploi du temps au moment de sa mort, votre femme a fait une déposition dans laquelle elle reconnaît que ce M. Summers et elle étaient, euh, "liés"... Et puis, bien sûr, il y a malheureusement ces photos que vous avez prises d'eux en train de, disons, s'embrasser. Il est regrettable que vous ayez oublié cet appareil à côté de la fenêtre. C'est la première chose qu'ils ont trouvée quand ils ont perquisitionné chez vous. »

J'ai baissé la tête.

« Est-ce que... Est-ce qu'il a laissé entendre qu'il y avait possibilité de réduire les charges ?

— Le max, oui. Dix-huit à vingt-cinq.

— Vingt-cinq ANS ? » Je me suis rendu compte que j'avais hurlé. « Je ne peux pas faire vingt-cinq ans !

— Ce sera peut-être seulement dix-huit, avec bonne conduite... Encore que je ne puisse rien garantir là-dessus. Évidemment, on peut demander le procès. Mais Rogers m'a précisé que si nous exigeons un jury il demandera la perpétuité. Naturellement, on peut toujours argumenter, mais il y a un monceau de preuves contre vous. Et en ce qui concerne le motif, là ils vous tiennent par le shlong, maître. Le mari qui tue le gars qui shtouppe sa femme : c'est le plus vieux scénario du monde, ça, et à moins de circonstances très atténuantes c'est le cas même où la loi ne fait pas de cadeaux. » J'avais la tête encore plus basse. « Euh, j'ai d'autres nouvelles tout aussi pénibles, à part ça. Voilà, j'ai eu votre épouse au téléphone cet après-midi. Elle était assez effondrée, mais elle n'en a pas moins été très ferme sur un point : s'il devait y avoir procès, elle n'hésiterait pas à témoigner contre vous. » Détournant son regard, il a ajouté d'une voix funèbre : « Elle m'a dit également que si vous obtenez la liberté sous caution elle demandera un arrêt du tribunal vous interdisant tout contact avec vos enfants. »

Le souffle coupé, j'ai senti un frisson me parcourir tout entier.

« Elle… Elle peut obtenir ça ?

— Vous le savez pertinemment. Il y a eu meurtre, vous êtes le principal suspect. Aucun juge n'accordera le droit de visite à un père inculpé d'homicide volontaire. Je suis désolé. »

Je voulais mourir. J'étais prêt à demander à un des deux flics de me passer son arme de service, une balle, et un verre de whisky pour me redonner un peu de courage. « Regardez ailleurs une minute, lui aurais-je dit, le temps que j'économise un peu de fric aux contribuables. »

« L'inculpation officielle n'aura lieu que demain, a repris Fisher. Il vous reste à réfléchir sérieusement, très sérieusement, aux choix que vous avez. Si vous pensez vraiment que nous pouvons organiser votre défense, alors bien entendu nous nous chargerons de votre cas. Mais vous devez comprendre que prouver votre innocence relève de l'exploit quasi impossible. Et ce sera aussi un effort très onéreux. Enfin, ce n'est pas à vous que je vais expliquer que la justice coûte cher... »

On m'a enfermé pour la nuit dans une cellule de un mètre sur trois, avec une couchette et un W-C en acier, rien d'autre. Mon avenir. À côté se trouvait un enfoiré sinoque qui a glapi toute la nuit comme un coyote timbré. En face, un avorton atteint d'une telle chiasse qu'il a passé son temps à se traîner à la selle et à gémir de douleur pendant que son appareil gastrique se déchaînait. Au milieu de ce tonnerre de flatulences, des gémissements d'un autre acabit me parvenaient d'une cellule plus loin, ceux d'un zonard tatoué en train de se masturber bruyamment, le genre de grognements déchirants que l'on aurait attribué à un constipé en phase terminale.

J'ai essayé d'échapper à cet effrayant tintamarre en me pressant l'oreiller sur la tête, sans succès. Dix-huit ans dans un cul-de-basse-fosse avec des malades pareils pour seuls compagnons ? Pas question. PAS QUESTION, BORDEL ! Je me suis levé. J'avais pris ma décision. Après avoir déchiré mon drap en deux, j'ai trempé le morceau le moins large dans les toilettes, ayant lu quelque part qu'un drap mouillé ne cède pas. Debout sur la couchette, j'ai noué un bout du tissu aux barreaux, puis j'ai fait une boucle à l'autre extrémité, que j'ai passée autour de mon cou en veillant à ce que le nœud appuie contre ma nuque, et alors j'ai pris une dernière, longue inspiration et...

« Mais... Il a les doigts qui bougent ! »

Revenu brutalement de mon rêve éveillé, je posais des yeux horrifiés sur l'un des poings de Gary en train de se décrisper. Un spasme inconscient, sans doute, et néanmoins terrifiant. Car un bon quart d'heure avait dû s'écouler depuis que...

Les doigts ont cessé de se déplier. Je l'ai inspecté prudemment. Il était toujours face contre terre, le goulot surgissant de son cou telle une sculpture abstraite, le sang continuant à couler de sa blessure et se mêlant au bain de développement pour former une petite mare entre ses bras écartés. Aucun signe de vie.

Quinze minutes. Comment avais-je pu rester ici si longtemps, prostré ?

Quinze minutes. Un quart d'heure plus tôt, j'étais encore un Américain modèle : un citoyen zélé, productif, avec charge de famille, payant ses intérêts à la banque, propriétaire de deux voitures, consommateur assidu, titulaire de la Gold Card, membre de la caste supérieure des hauts revenus imposables. Et désormais… Désormais, la destruction totale.

Non, pas même quinze minutes. Il n'avait fallu pour cela que cinq secondes à partir du moment où j'avais saisi cette bouteille.

Était-il possible que tout le résultat d'une vie de labeur et de scrupules domestiques soit annihilé en l'espace de cinq secondes d'égarement ? Tout est donc si volatil, en équilibre précaire, sans cesse prêt à se rompre et à disparaître ? Un exemple vivant devenu en cinq secondes un…

Un quoi ? Un meurtrier ? MOI ?

Sur mes lèvres, le sang avait coagulé. Mon shetland brun était imprégné de pourpre, tout comme mon pantalon de toile et mes chaussures de voile. Bien que dans un état plus proche de l'hallucination que de la pleine conscience, bien qu'encore incapable de raisonner sur ce qui s'était passé, bien que portant un regard incrédule sur le corps de Gary qui ne cessait de se raidir, j'ai senti une étrange lucidité se faire jour en moi à travers les brumes de l'épouvante et de l'effroi. En cet instant de pure clarté, j'ai revécu le scénario qui venait de défiler dans mon cerveau hagard. Un mauvais film qui m'engloutirait si jamais je me présentais à la police, ou pis encore si elle découvrait Gary, absolument mort.

Comme j'aurais voulu avouer, me confesser ! Me lever, aller appeler les urgences, tout raconter aux flics. Me laver de la honte. Assumer le pire.

Mais. Trois fois mais. Après la catharsis, le soulagement des aveux, où finirais-je par échouer ? Au trou. À la prison d'État du Connecticut, probablement à essayer de me dérober aux assiduités répugnantes d'une brute psychotique qui s'appellerait Moose. Même si j'arrivais à m'en tirer avec une peine plus légère je n'en serais pas moins mis au ban de ma société, de ma famille, pour ne pas parler de l'ordre des avocats... Et, de toute façon, il me faudrait faire mon temps derrière les barreaux. Un temps fou.

À ma libération, déjà plus que grisonnant, je serais à jamais séparé de mes garçons, Beth ayant depuis belle lurette obtenu le divorce. Je survivrais dans un meublé de Stamford, au-dessus d'un garage, consacrant le reste de ma vie active à empiler des bouquins dans les caves de la bibliothèque municipale. Adam et Josh refuseraient de revoir leur ancien taulard de père...

Merde pour les aveux. « Réfléchis ! Trouve-toi un moyen de te sortir de là. Après tout, la justice, c'est ton rayon ! »

# DEUX

Mon premier coup de chance a été de trouver tout de suite les toilettes de son sous-sol. Elles étaient cachées derrière la machine à laver et le frigo : un petit réduit glauque avec W-C et cabine de douche, le tout paraissant ne pas avoir été nettoyé depuis l'ère Reagan, aux trois quarts envahi de pots de peinture entamés, de bouteilles de térébenthine, de rouleaux pétrifiés et autres vestiges de ses talents de bricoleur. Ce désordre ne m'a pas retenu un seul instant tant j'étais soulagé de découvrir une douche en état de marche ici. Je n'avais donc pas à remonter avec mes vêtements pleins de sang, ce qui m'évitait de laisser des traces riches en ADN dans toute la maison. La débauche d'hémoglobine se limiterait à la cave.

Je me suis déshabillé entièrement, roulant mes habits en une boule serrée que j'ai fourrée dans un grand sac-poubelle déniché parmi les lessives, puis je suis entré sous la douche. L'eau était bien chaude, il y avait un vieux savon et un flacon de shampooing qui m'a permis d'enlever le sang collé à mes cheveux. J'y

172

suis resté dix bonnes minutes. Il y avait beaucoup à laver.

L'unique serviette en vue avait l'épaisseur d'une hostie de première communion et portait le sigle de ses anciens propriétaires, Motel 6. La drapant autour de moi en toge improvisée – elle faisait à peine le tour de ma taille –, j'ai gravi rapidement l'escalier. Arrivé à la porte, j'ai eu un instant d'hésitation en me rappelant que Gary avait laissé les lumières de la cuisine allumées. Les fenêtres donnaient sur un petit jardin, et celui-ci... sur une autre maison, à tous les coups. Il suffisait d'un voisin un peu trop curieux pour que je me fasse repérer. « Madame Rifkin ? Dans cette salle de tribunal, reconnaissez-vous l'homme que vous avez vu ce soir-là, seulement vêtu d'une serviette ? » Il valait mieux ne prendre aucun risque. Donc, j'ai entrebâillé la porte, tâtonné d'une main jusqu'à l'interrupteur et, à la faveur de l'obscurité, je me suis glissé dans le corridor qui desservait l'escalier principal, en essayant de toucher aussi peu de choses que possible.

La chambre de Gary était au bout du couloir à l'étage. J'ai tiré tous les rideaux avant d'allumer au hasard. Deux lampes de chevet sont revenues à la vie ensemble. L'endroit était encore dans la veine pseudo-bohème avec son parquet brut, ses vêtements éparpillés, ses piles de magazines abandonnés un peu partout, son vaste futon sur une estrade vernie, dont la literie évoquait un état postcoïtal, le drap de dessous arborant même une large tache douteuse. Je n'en croyais pas mes yeux. Quoi, elle avait fait « ça », avec « lui », « ici » ? Dans ce bouge ? Beth la maniaque, qui remettait de l'ordre tous les deux jours dans son tiroir à petites culottes, pour qui l'alignement de ses livres d'art sur la table du salon était une véritable obsession ? Elle aurait pu s'accommoder de ce désordre, voire s'y plaire ? Se sentir émoustillée non seulement par le risque d'une liaison clandestine mais aussi par la fréquentation d'un goret soi-disant branché ?

Tout près du lit, j'ai trouvé ce qu'il me fallait : un haut et un bas de survêtement, noirs, passe-partout. Comme Gary était *grosso modo* de ma taille, et pas plus gros que moi, sa tenue imprégnée de sueur s'est révélée à peu près satisfaisante. Même chose avec une paire de Nike noirs. J'ai consulté ma montre. Neuf heures et demie. Une cinquantaine de minutes depuis que...

Je me suis assis lentement sur le futon, soudain étourdi, perdu, presque toute mon énergie envolée. « Est-ce que quelqu'un m'a vu traverser tout à l'heure, frapper à la porte, entrer ? Si oui, je suis cuit. Sinon... Au bout de deux ou trois jours, on va commencer à se demander où il est passé. Et, à partir de là, ce ne sera plus qu'une question de temps, le temps qu'ils remontent la piste jusqu'à moi. Je serai piégé, totalement. Acculé.

Allez, du calme. DU CALME. Ne commence pas à te faire du Dostoïevski dans la tête. Ce n'est pas le moment de te laisser aller au remords, à la honte, au doute existentiel... à moins que tu ne veuilles vraiment te retrouver au trou ? Cesse de penser à ça comme à un crime, considère que c'est, disons, un « problème ». Et un problème, ça se résout. Il suffit de le prendre à la base. Point par point.

Un alibi, d'abord. Tu en as un ? Vers sept heures, tu as appelé chez ta belle-sœur, deux fois. Et ensuite ? Ensuite, il y a deux heures qu'il faut expliquer. Tu peux toujours dire que tu étais devant ta télé. « Très bien, monsieur Bradford, pouvez-vous vous rappeler ce que Murphy Brown s'apprêtait à faire, ce soir-là ? Oh, vous regardiez CNN ? Très bien, alors quel était le reportage principal ? » Non, oublie la télévision. Tu peux toujours dire que tu as lu et que tu t'es endormi de bonne heure. Mais comment prouver que tu es resté chez toi tout ce temps ? La facture téléphonique fera apparaître ces appels à ta monstrueuse belle-famille, mais ensuite ? »

Il fallait que je passe un coup de fil tout de suite, rappeler Beth, obtenir ainsi une preuve que j'étais bien à la maison « dans ces heures-là », vers le moment où le meurtre avait été commis. Cela ne suffirait pas à me disculper, loin de là, mais cela permettrait au moins de semer un doute dans l'esprit des jurés.

Seulement, avant de me précipiter chez moi, il me restait encore à faire un peu de ménage ici, pour éliminer autant de preuves que possible, en espérant que Gary n'attendait pas une visite tardive, ou n'avait pas donné les clés à quelqu'un qui occupait sa chambre d'amis pour quelques jours, ou...

Une dizaine d'autres hypothèses également para-noïaques ont fusé à travers mon cerveau. Non, il ne fallait pas perdre une minute de plus. Nettoyer le merdier, tout de suite.

La minuscule serviette en main, je me suis glissé dans la cuisine obscure, j'ai tiré tous les stores véni-tiens et j'ai allumé. Sous l'évier, j'ai trouvé des gants en caoutchouc, un chiffon et une bombe de nettoyant pour meubles, qui m'ont servi à frotter la porte du placard et les cordons des stores que je venais de toucher, puis toute la cuisine finalement, au cas où j'aurais laissé des empreintes quelque part durant ma conversation avec Gary. Ce travail terminé, je suis descendu au sous-sol.

De l'escalier, j'ai aperçu son visage. Ou plutôt une moitié de son visage, l'autre étant aplatie par terre. Un œil unique me lançait un regard plein d'un reproche vitreux. Préférant ne pas m'y attarder, j'ai porté mon attention sur la mare de sang. J'ai constaté qu'elle ne s'était pas étendue davantage depuis ma disparition.

Commencer par le commencement : la bouteille. Me blindant autant que possible contre l'épreuve qui m'attendait, je me suis approché du cadavre. Je me suis accroupi pour attraper le goulot, j'ai tiré. Rien. Il devait s'être coincé entre deux vertèbres, deux tendons, que sais-je. Deuxième tentative. Cette fois, toute la tête de Gary s'est soulevée avec. J'ai tout lâché, son crâne est retombé lourdement sur le sol. J'ai tenté de faire pivoter un peu le manche de verre, tiré à nouveau vers moi. Le goulot ne bougeait toujours pas. Alors, j'ai posé carrément mon pied sur l'arrière de sa tête et j'ai exercé une traction énergique. Le goulot est enfin venu, avec un bruit de succion révoltant.

J'avais déjà posé la serviette du motel sur la plaie, prêt à une nouvelle hémorragie, mais seules quelques gouttes sont venues maculer le tissu blanc. L'attrapant sous les bras, j'ai retiré Gary de la mare pourpre qui s'étalait sous lui. Le sang mêlé au bain de développement a éclaboussé le lino. Je l'ai reposé sur le dos et j'ai entrepris d'inspecter ses poches. Les clés de chez lui, de sa voiture, son portefeuille, j'ai tout retiré. En me relevant, je me suis cogné au congélateur. Un gros appareil ancien modèle, de la marque Frigidaire, que j'ai ouvert : il y avait là des provisions de célibataire, quelques pizzas congelées, trois parts de lasagne, quatre tubes de lait condensé Ben and Jerry's, point final. Pour moi, c'était parfait, absolument parfait. Mon second coup de veine de la soirée. J'ai jeté toute la bouffe dans le sac en plastique, puis je suis retourné vers Gary, je l'ai traîné pour l'asseoir contre le réfrigérateur. Après avoir repris mon souffle, je me suis penché pour le saisir à bras-le-corps. Dans cette accolade, sa tête a roulé sur mon épaule et s'y est nichée tranquillement. On aurait dit une lycéenne en train de danser un slow à un bal de fin d'année. Il ne devait pas peser plus de soixante-quinze kilos, mais il m'a fallu un effort surhumain pour le soulever.

Quand il s'est enfin trouvé sur ses jambes, je l'ai laissé partir en arrière et je lui ai donné une petite poussée. Il est tombé en plein milieu du frigo. En utilisant ses jambes comme levier, je me suis arrangé pour lui loger la tête dans un coin et caser tant bien que mal son torse et ses cuisses dans un espace aussi réduit. En essayant toutes les postures imaginables, cependant, je ne parvenais pas à faire rentrer le bas des jambes. Il me le fallait pourtant entièrement replié là-dedans, la porte normalement refermée sur lui, gelé le plus longtemps possible : autrement, il allait commencer à se décomposer dans un jour ou deux, perspective qui ne m'enchantait pas du tout... Mais comment se débarrasser de ces foutues cannes ? J'ai tenté de lui remonter les genoux jusqu'au menton, de les plier sur le côté, j'ai pesé de tout mon poids sur la porte dans l'espoir de les forcer à l'intérieur. Rien à faire. Je n'arriverais pas à le congeler, j'allais devoir improviser une autre solution. Or, s'il y a bien une chose que le droit vous apprend, c'est cette règle d'or : l'improvisation conduit toujours, toujours, au plantage.

À ce moment mes yeux se sont posés sur un marteau, échoué parmi divers produits de nettoyage à l'entrée des toilettes. Un marteau de bonne taille, contondant et donc, ainsi que je l'ai conclu en avalant péniblement ma salive, tout indiqué pour ce que je me proposais d'accomplir.

Après avoir rouvert le frigo, j'ai attrapé sa jambe gauche en la tirant de côté, j'ai refermé la porte, j'ai allongé le membre mort aussi droit que je pouvais et j'ai asséné un coup de marteau en visant un point à une dizaine de centimètres au-dessous du genou. Il m'a fallu frapper cinq fois de suite avant que l'os se décide à céder. Aussitôt, j'ai senti la partie inférieure, que je tenais dans ma main, devenir lâche, flexible. J'ai répété la même opération avec l'autre jambe. L'os était encore plus tenace. Sept coups avant la fracture.

Là, je disposais de la longueur adéquate pour fourrer le tout à l'intérieur, chaque pied replié dans le contrefort du genou. La porte du réfrigérateur s'est refermée sans difficulté. Il allait pouvoir rester dans sa boîte des semaines entières, le temps que je décide ce que je ferais de lui.

Un nouveau coup d'œil à ma montre. Dix heures moins une. Retourner chez moi, décrocher le téléphone, appeler pour me couvrir. Une serpillière débusquée non loin de la douche et le fond d'une bouteille de Monsieur Propre dans un seau d'eau m'ont servi à terminer le travail. En vingt minutes, il ne restait plus une trace de sang, ni de bain de développement.

Dans le sac-poubelle, j'ai entassé la serpillière, le seau, le bac-photo, tous les débris de la bouteille de cloudy-bay, le savon et le shampooing. J'ai opéré rapidement mais consciencieusement, aussi. Je ne voulais rien laisser au hasard.

Deux rinçages de l'évier et de la douche. Un nettoyage complet de toutes les surfaces du sous-sol, de toutes les poignées de porte, de toutes les rampes d'escalier, de tous les interrupteurs, puis de tout ce que j'avais touché dans la chambre de Gary. J'en étais maintenant arrivé à la phase la plus délicate de mon exercice d'autodéfense : l'évacuation des lieux.

Un bref coup d'œil par le judas de l'entrée. La rue était silencieuse. Pas de passage, pas de lune, un ciel couvert. Persuadé que plusieurs des maisons entourant celle de Gary étaient encore allumées, je devais miser sur le fait qu'aucun voisin ne déciderait de regarder par une fenêtre donnant sur Constitution Crescent au moment où j'allais traverser.

La tête rentrée dans les épaules, je m'apprêtais à sortir lorsqu'un nouvel accès de paralysie m'a cloué sur place. Mais je me suis répété qu'il fallait passer ce coup de fil au plus vite, alors j'ai balancé le sac-poubelle sur mon épaule et j'ai refermé doucement la porte derrière moi. D'instinct, j'aurais voulu courir, me jeter chez moi. L'avocat en moi, pourtant, m'a recommandé une démarche tranquille, pondérée. « Adopte un pas normal, ne te précipite pas, mais surtout, pour l'amour du ciel, ne regarde pas en arrière ! »

C'était comme se risquer sur les trottoirs de Sarajevo en pleine saison de chasse aux pigeons, l'oreille aux aguets, guettant la lointaine déflagration du tir isolé qui risque d'être le dernier son jamais entendu. En quelques foulées, j'ai atteint la chaussée que j'ai traversée en redoutant à chaque seconde le « Hé, vous ! Arrêtez ! » qui aurait signifié le début de la fin.

Mais il n'y avait que le bruit de mes pas, passant du macadam au gravier de mon allée puis au moelleux tapis des dernières feuilles de l'automne tandis que je me rapprochais de ma porte. Quand j'ai plongé la main dans la poche du survêtement, j'ai bien trouvé les deux trousseaux appartenant à Gary. Mes propres clés, par contre, n'y étaient pas.

Aussitôt, je suis tombé sur les genoux, tâtonnant à cause de l'obscurité dans le sac-poubelle, à la recherche de mon pantalon dont j'ai fouillé en hâte toutes les poches. Pas de clés. Tous mes vêtements ensanglantés se sont bientôt retrouvés étalés autour de moi. Pas de clés. Alors, j'ai vu le trou au fond du sac.

J'ai tout remis en place et j'ai laissé le plastique devant la porte de mon sous-sol, avant de reprendre pas à pas le chemin que je venais de parcourir, les yeux fixés au sol.

Je n'ai pas eu à aller très loin. Elles étaient tombées près du caniveau, de mon côté. Rempli d'un immense soulagement, je me penchais pour les saisir lorsque j'ai entendu une voix derrière moi.

« Quelque chose qui ne va pas, mon vieux ? »

Je me suis retourné, le cœur dans les chaussettes. C'était Chuck Bailey, notre voisin publicitaire. La quarantaine bien avancée, une épaisse chevelure teinte en noir, vêtu d'une tenue de jogging Calvin Klein avec une lampe de signalisation allumée à chaque bras. J'ai affecté un ton dégagé.

« Ah, Chuck ! 'Soir ! J'ai fait tomber mes clés. »

Continuant à trotter sur place, il a insisté :

« Tout va bien, sûr ? Pas de pulsion suicidaire, pas de lubies masos ? »

Dans l'état de nervosité où j'étais, sa question ne m'a pas fait de bien.

« Hein ? Mais qu'est-ce que vous... ? »

— Votre survêt', Ben ! Tout noir. Même les chaussures ! Sur la route, vous êtes l'homme invisible, comme ça ! Une voiture arrive et pfff, aplati. Vous jouez à Zorro ou quoi ? » J'ai émis un vague petit rire. « Tout comme notre connard de voisin, Gary ! Presque tous les soirs, je le vois faire son jogging comme vous, en noir de haut en bas. C'est quoi, cette manie ? » Ses yeux se sont posés sur mes pieds. « Tiens, vous avez les mêmes Nike que lui ! »

J'ai cherché à changer de conversation, au plus vite.

« Et... Et le boulot, ça va ?

— Atroce ! On vient de perdre le contrat avec le principal fabricant de crème fouettée du pays. Par ailleurs, les grosses têtes de la multinationale qui nous a rachetés sont en train de se gargariser avec des mots du genre "dégraissage", "rentabilisation"... De quoi nous foutre la pétoche à tous.

— La vie quotidienne dans les années 90, quoi !

— Ouais. La trouille permanente. » Il a regardé sa montre. « Hé, faut que j'y aille ! Il y a les Knicks contre les Clippers de L.A., ce soir. Le bonjour à Beth et aux gosses. Ah, et puis achetez-vous un brassard lumineux si vous voulez courir le soir. Vous avez charge de famille, n'oubliez pas !

— Oublier "ça" ? »

Rire de complicité masculine.

« N'est-ce pas ? Allez, à plus, vieux. »

Je l'ai observé s'éloigner en trottinant. Bon, ça, très bon même. « Donc, monsieur Bailey, vous dites que le soir du crime vous avez rencontré M. Bradford en train de faire du jogging ? » Comment un type sensé et convenable se lancerait-il dans un jogging tout juste après avoir commis un meurtre ? Oui, mais... « Et vous nous dites que M. Brafdord avait alors des Nike de couleur noire, exactement du même modèle que celles que M. Summers utilisait habituellement ? Je comprends... Et, pour être plus précis encore, avant ce terrible soir, aviez-vous déjà vu M. Bradford avec de telles chaussures ? »

Je me suis promis deux choses : un, d'acheter des Nike noires dès le lendemain ; deux, d'enlever au plus vite l'appareil photo de la fenêtre. On pouvait pratiquement le repérer, d'ici.

Je suis retourné à la porte, je l'ai ouverte et je me suis glissé à l'intérieur, déposant le sac près de mes appareils de musculation. Ensuite, je me suis précipité en haut, j'ai attrapé le Canon et son pied, je suis revenu dans mon repaire, j'ai ouvert l'appareil, j'ai retiré le rouleau et j'ai sorti la pellicule à la lumière, exposant d'un coup les trente-six poses. Cette nouvelle preuve neutralisée – et expédiée dans le sac avec le reste –, je me suis dirigé vers le téléphone pour appeler Darien. C'est Phil qui a répondu.

« Passe-la-moi.

— Ben, je t'ai déjà dit que...

— Passe-la-moi, bordel !

— Tes clients, tu leur parles sur ce ton ?

— Non, rien qu'aux têtes de nœud. Et maintenant, passe... »

Il a raccroché avec une telle violence que j'ai dû écarter d'urgence le combiné de mon tympan. Quand j'ai rappelé, il y avait le répondeur, j'ai donc laissé un message.

« Beth, c'est moi. Écoute, je suis mal, très mal. Je pense qu'avant que tu te précipites chez l'ami avocat de Wendy on devrait au moins essayer de parler, de voir si on ne pourrait pas... »

Soudain, elle a pris la communication, tranchant d'une voix catégorique :

« Il n'y a à parler de rien.

— Il y a à parler de tout, au c...

— Non. J'ai bien assez parlé avec toi. Je n'ai plus rien à te dire, sinon ceci : premièrement, j'ai décidé de rester ici avec les garçons pendant une semaine ; deuxièmement, j'ai appelé Fiona pour la prévenir qu'elle avait sept jours de libres ; troisièmement, d'ici notre retour dimanche prochain, j'aimerais que tu te trouves un autre endroit où vivre.

— Hé, ce n'est pas que "ta" maison !

— Écoute, Ben, il y a deux façons de régler tout ça. Ou bien poliment, de manière civilisée, ou bien par commandements judiciaires. »

Le combiné en a tremblé dans ma main. J'ai fini par articuler :

« Ce sont aussi mes gosses.

— Je ne les couperai pas de toi. D'ailleurs, si tu veux passer les voir un soir de cette semaine, tu seras le bienvenu. Mais pour aujourd'hui, ça suffit. Ne rappelle pas. On ne répondra pas. »

Et elle m'a raccroché au nez.

Après avoir reposé le combiné, je me suis pris la tête dans les mains et je suis resté ainsi prostré pendant ce qui m'a paru être une heure, revivant des centaines de fois le moment où j'avais agrippé la bouteille...

Allez, il faut en finir. Prends le tuyau d'arrosage, trouve-toi du ruban adhésif, une bouteille de whisky, un flacon de tranquillisants, monte dans ta voiture, cherche un endroit tranquille, enfonce le tuyau dans l'échappement, fixe-le avec le ruban, fais-le passer à l'intérieur par une fenêtre, bouche bien le haut de la vitre, avale vingt Valium, fais-les descendre avec une bonne rasade de Black Bush, mets le contact et laisse-toi aller à l'inévitable. Tu perdras vite conscience, tu ne sentiras rien. Admets-le, ta faute ne va plus te laisser une minute de paix. À chaque instant, la peur va te miner : « Aujourd'hui, c'est aujourd'hui qu'ils vont tout découvrir, venir m'arrêter... Aujourd'hui est le dernier jour où je vois mes enfants. » Même si tu parviens à détourner les soupçons un moment, la menace permanente, inévitable, va devenir une torture, pire que la mort. De toute façon, tu vas tout perdre, tu as tout perdu. Mieux vaut en finir dès maintenant, proprement, sans scandale...

Je me suis levé. Mes jambes ne me portaient pas. Je suis retombé sur le canapé, sanglotant hystériquement. Je pleurais sur mes enfants et sur moi-même. Parce que je n'étais pas seulement coupable de meurtre, j'étais coupable de cette haine de soi dévorante qui m'avait fait cracher sur l'existence que je m'étais forgée, moi, moi seul. Parce que maintenant, avec une ou deux heures encore de cette vie devant moi, j'expérimentais la plus cruelle des ironies : réaliser à quel point je tenais à ce que j'avais tant voulu fuir. Si j'avais cru en quelque être suprême, en quelque SOS dépannage dont le standard était au ciel, je serais tombé à genoux en suppliant : « S'il vous plaît, rendez-moi tout ce que j'ai trouvé si étouffant ! Rendez-moi les trains de banlieue mornes à crever, les heures abominables passées sur des codicilles, la mesquinerie du bureau ! Rendez-moi la routine domestique, les chamailleries conjugales, les nuits sans sommeil. Rendez-moi mes gosses ! Jamais, plus jamais je ne penserai que la vie est ailleurs. Jamais plus je ne maudirai mon sort, renoncement ou pas. Donnez-moi une chance encore, une seule chance ! »

J'avais bondi sur mes pieds, courant à toutes jambes à travers la maison, lancé à l'assaut de l'escalier, une bouteille de whisky à la main. Dans la salle de bains, j'ai trouvé un flacon de Valium. J'ai engouffré les douze cachets et autant de Black Bush que je pouvais ingurgiter d'un coup. Mais ce brutal afflux d'alcool m'a déchiré les tripes. À l'instant même, j'ai tout vomi, en un geyser qui a éclaboussé les murs, le carrelage, le lavabo, la cuvette.

De ce qui s'est passé avant la faramineuse nausée finale, je ne me souviens presque plus. Lorsque je suis revenu à moi, l'odeur entêtante du vomi parfumé au whisky a failli précipiter un nouvel accès. Tout habillé, j'ai titubé sous la douche, j'ai tourné le robinet d'eau froide à fond et je me suis laissé asperger en pleine face, bouche grande ouverte. Ensuite, je me suis dépouillé du survêtement, que j'ai abandonné dans la baignoire et, sans même me soucier de m'essuyer, je me suis traîné jusqu'au lit.

Encore plus tard, c'était lundi matin et le téléphone sonnait. J'ai répondu par un grognement simiesque.

« C'est vous, monsieur Bradford ? » Merde. Estelle. J'ai plissé les yeux en direction du réveil, sur la table de nuit. Onze heures moins le quart. Et merde. « Monsieur Bradford ? Vous êtes là ? »

L'inquiétude rendait sa voix encore plus rauque.

« Malade. J'suis malade.

— Ça s'entend, monsieur Bradford. Votre femme est auprès de vous ?

— Elle est en visite... chéchacheur... avec les gosses.

— Alors, je vais tout de suite appeler un mé... »

Cela a suffi pour me sortir de mon demi-coma.

« Médecin ? Médecin ? Non, pas d'médecin.

— Mais monsieur Bradford, vous avez une voix... d'outre-tombe.

— In... Intoxication alimentaire, c'est tout. Une brique de soupe périmée.

— Oh, mais ce pourrait être du botulisme, ça ! Ou une hépatite. Je préviens tout de suite notre médecin et...

— Estelle ! Le pire est passé, là. Tout ce dont j'ai besoin, c'est rester au lit. La journée.

— On n'est jamais trop prudent avec de la soupe avariée, monsieur Bradford !

— Ça va aller, je vous dis. Annulez mes rendez-vous. Prévenez Jack. Dès que je me sentirai mieux, je vous appellerai.

— Non, c'est moi qui téléphonerai pour prendre de vos nouvelles, monsieur Bradford. Et si vous désirez que je joigne Mme Bradford chez sa sœur... »

Ah non, pas question. Dans mon plan, il était indispensable que Beth reste le plus longtemps possible là-bas.

« Je vais le faire, Estelle.

— Mais au moins, laissez-moi contacter votre médecin habituel, d'accord ?

— Il faut que je dorme encore. Je vous rappelle plus tard. »

Après avoir raccroché, j'ai consacré une heure à observer le plafond Je voulais rester dans mon lit, y rester pour toujours. Et je voulais croire que la scène du sous-sol qui tournait sans cesse dans ma mémoire n'était que l'écho d'un cauchemar. Et quand la puanteur obstinée qui s'exhalait de la salle de bains m'est parvenue dans les narines j'ai maudit mes entrailles de m'avoir une nouvelle fois trahi, car avec un estomac discipliné j'aurais déjà été mort, et heureux d'être mort.

C'est cette odeur infecte qui m'a finalement obligé à me lever. J'ai passé une bonne heure à nettoyer les chiottes. Le temps que je termine, la machine à laver avait aussi délivré de toute pestilence résiduelle le survêtement de Gary. Je l'ai jeté dans le sèche-linge et je suis reparti me coucher en tirant la couette par-dessus ma tête.

Je suis resté ainsi pendant des siècles. Paralysie mentale, physique, paralysie totale : quoi, après ?

À quatre heures, le téléphone a encore sonné. C'était Estelle. Je lui ai assuré que je me sentais bien mieux. Ensuite, je suis allé à la fenêtre et j'ai scruté la maison de Gary à travers les persiennes. Il est mort, moi aussi. Demain, j'irai voir notre médecin de famille, je lui raconterais que mes nerfs sont toujours mal en point et je repartirai avec une nouvelle ration de Valium, une bonne réserve que je saurai employer à bon escient, cette fois. Avec de l'eau, pas du whisky.

Revenu sous la couette, je me suis mis à pleurer en frappant du poing sur ma table de chevet, ce qui a déclenché par inadvertance la télécommande. L'aquarium à images s'est mis à bouger, me tirant de ma crise de larmes. Sur l'écran, un télévangéliste siphonné, en costume de tergal, gesticulait devant un auditoire de cambrousards chrétiens hypnotisés réunis dans quelque église-mastaba en préfabriqué.

« Et alors, vociférait le révérend, Jésus a dit à Nicodème : "Tu te présentes dans la nuit, mais moi je ferai la lumière. Seul celui qui est né à nouveau pourra voir le royaume de Dieu..." Maintenant, pourquoi qu'il a dit comme ça, Jésus ? Que si vous ne renaissez pas, le royaume de Dieu, il est pas pour vous ? Et cette histoire de renaître, ça signifie quoi, exactement ? Eh bien, ce n'est pas de revenir au berceau, de reprendre à zéro en tant que p'tit bébé, pour sûr... Non, ce qu'il dit, c'est que même si c'est votre mère qui vous a donné le jour, eh bien, tant que vous n'avez pas reconnu Jésus comme votre Seigneur et votre Sauveur, vous gardez Satan dans votre cœur. Que votre destination inévitable, c'est l'enfer sans Dieu. Mais quand vous renaissez, c'est comme si l'on vous donnait une seconde chance. Le sang des agneaux vous lave de tous vos péchés. Vous avez une nouvelle démarche, une nouvelle façon de vous exprimer, vous êtes nouveau, vous-même ! C'est comme si vous aviez mis fin à votre ancienne vie d'avant et que vous en repreniez une autre. Vous renaissez en homme nouveau... »

Je me suis redressé d'un bond, mes larmes ont cessé de couler, mes yeux embués se sont soudain mis à cligner. Pour la première fois depuis le moment où j'avais attrapé la bouteille de cloudy-bay une vague de calme m'a emporté. « Nous sommes déjà nés, mais ce n'est que si nous renaissons que nous pouvons repartir dans la vie. » Quelle idée lumineuse, rassurante. Alors que le prédicateur grassouillet continuait à s'agiter sur l'écran, je me suis surpris à enchaîner sur ce présupposé : « Oui, je dois mourir ! Parce qu'il n'y a pas d'autre solution. Mais une fois mort, pourquoi ne pourrais-je pas reprendre une nouvelle vie ? Pourquoi serais-je privé de cette "seconde chance", moi ? Pourquoi est-ce que je ne renaîtrais pas ? »

Plus je réfléchissais à la question, plus j'étais convaincu : pour renaître, je n'avais pas besoin de Jésus. Il me fallait seulement beaucoup, beaucoup de préparation.

# TROIS

« Prends ça comme une sortie sur la lune », ne cessais-je de me recommander. Calculer précisément le moindre pas, garder sans cesse en tête que la moindre bévue peut t'envoyer bouler au fin fond de la mouise stratosphérique, d'où tu n'as aucune chance de revenir. Avance lentement, point par point. Et ne laisse rien au hasard, rien...

J'ai attendu le lundi soir, tard, pour retourner chez Gary. Comme je ne voulais pas risquer de laisser la moindre fibre de mes vêtements chez lui, j'ai enfilé son survêtement tout propre et ses Nike. Avant de partir, j'ai enfermé le sac-poubelle de preuves dans ma chambre noire, pris une lampe-stylo et mis une des paires de gants chirurgicaux que je gardais toujours en stock pour manipuler des produits de développement. Il était minuit lorsque je me suis glissé dehors, et Constitution Crescent, ainsi qu'il fallait s'y attendre, était désert : dans cet univers de forçats levés dès l'aube pour attraper le premier train et de gosses que l'école attendait dès huit heures et demie, même le plus noctambule de nos voisins se retrouvait hors course à onze heures du soir chaque jour ouvrable. Pourtant, je me suis avancé avec la plus grande prudence, ne voulant pas risquer une autre rencontre avec le maniaque du jogging tardif, Chuck Bailey, ou avec quelque famille rentrant d'excursion après un week-end prolongé. Avant de m'engager à pas de loup sur la chaussée, j'ai guetté dans l'obscurité de notre allée, jusqu'à être certain de ne repérer aucun danger potentiel.

Chez Gary, je suis descendu au sous-sol en m'éclairant avec la torche, attendant d'avoir refermé la porte du bas pour allumer les plafonniers et commencer une inspection systématique du lino. Aucune trace de sang. L'heure d'un coup d'œil – le plus rapide possible – à l'intérieur du congélateur était venue. Son visage avait pris une teinte bleuâtre. J'ai eu le plus grand mal à lui fermer les paupières, déjà pétrifiées par le froid : l'expérience n'avait rien de plaisant, mais du moins prouvait-elle que le frigo fonctionnait correctement.

Torche en main, je suis monté à l'étage, passant dans la deuxième chambre que Gary avait transformée en bureau. Les stores étaient déjà fermés. En allumant une petite lampe de travail, je me suis retrouvé plongé au sein d'un chaos indescriptible : des tas de factures un peu partout, des monceaux d'envois publicitaires restés intouchés, des vieux journaux, des détritus en tout genre. Vêtements douteux et chaussettes sales parsemaient le sol parmi la paperasse. Sa table et son portable, un Thinkpad d'IBM, étaient couverts de poussière. En feuilletant ses relevés bancaires et son courrier administratif, j'ai vite constaté que ses comptes American Express et MasterCard étaient tous deux dans le rouge, que la compagnie de téléphone Southern New England lui avait envoyé un dernier rappel pour la somme de quatre cent quatre-vingt-quatre dollars soixante-dix cents, et que son compte client chez Barney's était gelé tant qu'il n'aurait pas provisionné son découvert de six cent vingt et un dollars quatre-vingt-dix cents. À la Chemical Bank, il n'avait que six cent vingt dollars sur son compte courant. Mais en étudiant les relevés j'ai calculé qu'un nouveau versement trimestriel du fonds fiduciaire, soit six mille neuf cents dollars, allait arriver dans cinq jours, c'est-à-dire le 1er novembre. Gary était à l'évidence un de ces instables qui ne paient leurs factures qu'après moult réclamations et qui semblent prendre un malin plaisir à faire tourner en bourrique les établissements de crédit. Mais, à la lumière d'autres documents, d'autres rappels de dettes, j'ai compris aussi qu'il avait eu des difficultés à mener la grande vie avec ses deux mille trois cents dollars mensuels. La pension du fonds fiduciaire était visiblement sa seule source de revenus, en tout cas je n'ai trouvé trace d'aucune autre.

Dans un tas de correspondance, il y avait une lettre du chef du service photo de *Vanity Fair*. « Cher monsieur Summers, Je vous remercie de votre récent envoi. Notre journal n'acceptant pour publication que les travaux photographiques explicitement commandés par nos soins, je vous retourne vos documents ci-joints. Bien à vous. » Une lettre standard, pas même signée par le responsable en personne.

En farfouillant, j'ai découvert que dans la dernière période il s'était fait pareillement envoyer sur les roses par le *National Geographic, Condé Nast Traveller, GQ* et même *Interview*. Mes soupçons se révélaient entièrement fondés : ses forfanteries à propos d'Avedon et de Leibovitz n'étaient que de la merde en barre, de bout en bout. Cependant, la lecture de ces sèches rebuffades, au lieu de me remplir de satisfaction triomphante, m'a plutôt inspiré une sorte de tristesse. J'imaginais Gary assis au milieu de son fourbi et encaissant encore un nouveau refus, encore un nouvel échec professionnel. Du coup, j'en arrivais presque à comprendre son arrogance en public : ce n'était pas que de la stupide vantardise, bien plus une manière d'autodéfense, une réponse volontariste aux revers et aux déceptions, un effort constant pour ne pas sombrer dans le doute et la haine de soi.

J'ai ouvert le Thinkpad, lancé son Word. Un dossier, nommé CORPROF, recelait comme c'était prévisible une quarantaine de missives professionnelles. Il avait proposé ses services à tous les magazines ou boîtes de pub de New York, ou presque. Il y avait aussi les suppliques qu'il avait adressées aux dix meilleurs agents de photographes de la ville, parmi lesquelles celle-ci, datée du 12 septembre de cette année :

M. Morgan Grey
Grey-Murcham Associates
54, 16e Rue Ouest
NY NY 10011

Cher monsieur Grey,
Merci pour votre lettre du 5 courant et pour votre réaction enthousiaste à propos de mon travail. Cependant, j'ai été très déçu par votre refus de me compter parmi vos clients, d'autant que c'est la troisième fois en trois ans que je vous demande de me représenter – c'est presque devenu un rite annuel !
Je comprends l'argument selon lequel vous auriez trop de professionnels à représenter en ce moment, mais je sais aussi que, grâce à votre soutien, je deviendrais l'un des photographes les plus rentables de la place. Comme vous l'avez constaté dans mon book, je suis quelqu'un de très ouvert, s'adaptant avec faci-

lité aux exigences du photo-journalisme comme de la création publicitaire, absolument pas limité à un seul genre ou style. En matière de grands reportages, je suis sûr de pouvoir rivaliser avec les pros déjà établis. Je suis certain d'avoir ce qu'il faut pour m'imposer. Avec le soutien de votre agence – qui, inutile de le préciser, est la seule que je voudrais voir me représenter et me distribuer –, je suis convaincu de pouvoir grimper très haut, très vite.

Je vous prie donc de reconsidérer votre décision. Pour vous, il s'agirait simplement d'ajouter un nom sur vos listes, mais ce serait un choix que vous ne regretteriez jamais, j'en suis persuadé.

Bien à vous.

Le toupet était sidérant, l'aplomb à couper le souffle. J'ai ouvert en hâte le fichier suivant tant j'étais pressé de voir si ce boniment de bateleur de foire avait payé. Cette lettre-là datait du 4 octobre.

M. Morgan Grey
Grey-Murcham Associates
54, 16ᵉ Rue Ouest
NY NY 10011

Cher monsieur Grey,
Merci pour votre lettre du 29 septembre et pour m'avoir répondu si rapidement après votre retour de Cap-d'Antibes (à ce propos, j'espère que vous avez passé de bonnes vacances !).
Ainsi que je vous l'écrivais, je comprends que votre agence soit saturée actuellement. Je conçois aussi parfaitement que, même pour les professionnels les plus reconnus que vous

représentez, les temps ne soient pas faciles en raison de la morosité économique présente.

Mais je sais aussi une chose, c'est que vous m'accepterez un jour, sans le moindre doute, et que vous découvrirez alors en moi un des meilleurs investissements jamais réalisés par vous.

Je me permettrai de vous recontacter dans six mois. Puis encore dans six mois, si nécessaire. Tout ce que je demande, c'est qu'on me donne ma chance.

Bien à vous.

Cette obstination à se hausser du col avait quelque chose d'affreux, de terrible. Ce type-là avait bu toute honte. Il se prétendait sans cesse sur le seuil du succès, mais en privé il avait dû plus d'une fois douter de parvenir réellement à cette image fantasmée, se demander en lui-même : « Et si j'étais un raté ? » Moi, je m'étais toujours gaussé de sa prétention, de ses grands airs, mais c'était peut-être parce que j'enviais secrètement sa persévérance, son refus de capituler, comme je l'avais fait, devant la certitude accablante de la vie de bureau. Lui, il avait continué à frapper aux portes, porté par l'espoir.

J'ai poursuivi mon inspection du dossier CORPROF pour finir par tomber sur une lettre adressée seulement six jours auparavant à un certain Jules Rossen, directeur artistique d'un nouveau magazine de voyages, *Destinations*.

Cher Jules,

Ça m'a fait vraiment très plaisir de vous voir la semaine dernière. Je suis aussi très content que mon book vous ait plu, et j'espère de tout cœur que ce projet se concrétisera. L'idée d'une

approche photo-journalistique de la Basse-Californie et de la frontière m'emballe beaucoup ;
notamment parce que cela me donnera l'occasion de souligner l'énorme contraste entre les
réalités du tiers-monde et celles des États-Unis,
sans parler des différents aspects de la délin-
quance de part et d'autre de la frontière. La
somme dont vous m'avez parlé – mille dollars,
tous frais compris – est évidemment très en
dessous des piges que je perçois habituellement, mais bien sûr je comprends que votre
toute jeune publication n'ait pas encore des
reins financiers aussi solides que les magazines
déjà établis. Aussi, ayant été tout à fait bluffé
par le numéro zéro que vous m'avez montré et
restant très partant pour intégrer votre staff de
photographes permanents, suis-je prêt à accepter vos conditions.

Il se trouve que j'ai un petit créneau libre en ce
moment, de sorte que je suis en mesure de partir
pour l'Ouest dès que vous me donnerez le feu
vert.

Ainsi que je vous l'ai dit, j'espère sincèrement
démarrer une collaboration suivie avec *Destinations* et je n'attends plus que votre signal pour
partir « sac à l'épaule ».

À plus, donc !

« Un petit créneau libre », « évidemment très en
dessous des piges que je perçois habituellement »...
De qui, ces piges ? De la *Gazette des commerçants
de New Croydon,* peut-être ? J'aurais mis ma main au
feu que le Jules Rossen en question était un assez
vieux routier pour avoir su lire entre les lignes et
comprendre qu'aucun photographe en vue n'aurait
accepté de partir en reportage à l'autre bout du pays

avec une somme aussi minable en poche ; et « tous frais compris » qui plus est ! L'arrogance n'est souvent qu'un masque posé sur le désespoir.

Sur le bureau, j'ai cherché une réponse à cette lettre. N'ayant rien trouvé, je suis revenu au Think-pad, quittant le dossier CORPROF pour en explorer un autre, mystérieusement intitulé « B ». Il y avait neuf fichiers, que j'ai lus l'un à la suite de l'autre.

5.9.94
B,
10 heures mercredi parfait pour moi. Je prends des fortifiants en préparation. À tout'.
G.

15.9.94
B,
Le dos me fait encore mal, avec toutes ces égratignures... Mais ça va aller ! Folle, va ! Lundi impossible, j'ai un R-V en ville. Mardi vers midi, ça irait ? J'attends ton appel.
G.

21.9.94
B,
Comme convenu, je laisse encore ce mot dans ma boîte aux lettres. Je vais commencer à me croire dans un mauvais roman de Le Carré ! Demain à deux heures, ça colle.
G.

25.9.94
B,
Je pars pour Boston pour le boulot. Ne t'en fais pas, je n'appellerai pas, même si à mon avis tu es légèrement parano à propos de ça : dans la journée, il n'est pas là, et si c'est la nounou qui

répond je peux toujours dire que je suis le plombier ! On se voit à mon retour. Et puis... Oui, tu vas me manquer !

G.


3.10.94

B,

Retour de chez les ploucs. Demain, quand tu veux.

G.


5.10.94

B,

J'ai pensé et repensé à ce que tu m'as dit hier. Arrête de te faire tout ce souci, il est bien trop préoccupé de lui-même pour soupçonner quoi que ce soit. Et puis quand tu vas l'envoyer paître pour de bon, on pourra toujours garder un profil bas un moment. Ça va comme ça, ta conscience petite-bourgeoise est rassurée ? Je t'attends lundi matin chez moi si tu veux faire un peu la fête.

G.


10.10.94

B,

Reçu ton message. Tu as l'air de te croire dans un reality-show, là ! Je ne vois pas pourquoi tu veux à tout prix transformer notre petite histoire en mélodrame. Mais enfin c'est ton problème, ton trip de culpabilité. Donc... *Hasta la vista !* Je te croiserai sans doute un de ces jours sur le boulevard avec les gosses.

G.

PS : Il n'y a pas urgence, mais quand tu en auras l'occasion n'oublie pas de me laisser mes clés sous le paillasson.

17.10.94

B,

Alors, ça, c'est une surprise ! Oui, je serai là plus tard dans la journée si tu veux passer. On dit quatre heures ?

G.

25.10.94

B,

Une grande nouvelle : j'ai décroché la virée en Basse-Californie. Il va falloir que je parte pour l'Ouest d'un moment à l'autre. Mais bon, demain dans la matinée, si tu veux faire joujou... Ouais, je suis invité au truc des Hartley samedi soir, mais enfin si ça te fait peur de me croiser en présence de ton petit mari, je ne ferai pas une maladie de ne pas y aller. Bon, on en parlera vendredi.

G.

Parvenu à ce dernier message, j'ai senti que mes entrailles s'étaient embrasées. J'ai attrapé son Filofax, feuilletant les pages de son agenda pour découvrir qu'en plus des rencontres mentionnées dans ses mots il y en avait eu une bonne demi-douzaine d'autres, à des dates différentes, signalées chaque fois par la lettre « B ». Évidemment, ces coucheries supplémentaires avaient dû être combinées à l'occasion de tous leurs rendez-vous organisés grâce à la méthode du « petit billet dans la boîte ». Sans doute l'idée de correspondre par l'intermédiaire de sa boîte aux lettres à l'ancienne, installée au bord de la pelouse de Gary, venait-elle de Beth, toujours aussi pointilleuse, toujours aussi rationnelle. Je ne pouvais qu'admirer son ingéniosité.

Un détail m'a tracassé : elle devait toujours avoir les clés de chez Gary avec elle, puisque l'agenda portait un

« B » pour le prochain mercredi à dix heures, rencontre dont ils étaient probablement convenus dimanche soir. Dans deux jours, donc, Beth allait inventer n'importe quelle excuse pour laisser les gosses à Lucy et s'échapper ici quelques heures. À moins que la belle-sœur n'ait été dans le coup, prêtant la main à ses escapades adultérines... Non, ce n'était pas le genre de Beth, portée naturellement à la discrétion absolue. De plus, les messages de Gary laissaient clairement transparaître que si elle n'était pas tout à fait résolue à saborder notre mariage elle ne semblait pas non plus prête à renoncer à lui.

« Elle m'aime, oui. Et vous, elle vous déteste. » Sur le moment, je n'avais pas voulu y croire. Mais là, devant le « dossier B », j'ai pensé avoir la preuve que Gary n'avait pas menti. Et puisqu'elle était si entichée de lui, elle voudrait savoir à tout prix pourquoi il ne serait pas à l'attendre chez lui, dans deux jours. Alors, elle se servirait de ses clés pour entrer par l'arrière de la maison et se mettre à fouiner partout...

Il fallait que Gary soit parti en voyage. Non, mieux que ça encore : il fallait qu'il soit parti, puis qu'il décide de rester là-bas. Il fallait qu'elle trouve une note dans ce sens en arrivant mercredi matin. Et la semaine suivante, lorsqu'elle reviendrait de Darien avec les enfants, il fallait que moi je sois mort.

Il me restait donc moins de sept jours à vivre.

# QUATRE

Au cours de ma première année chez Lawrence, Cameron & Thomas, un petit scandale avait agité nos bureaux : pour conclure un contrat urgent, un des jeunes collaborateurs du cabinet avait contrefait la signature d'un « ancien » alors en vacances.

« Quel *shmock* ! s'était exclamé Jack alors que le blanc-bec se faisait aussi sec éjecter de la boîte ; il ne savait même pas ça : quand on imite la signature de quelqu'un, il faut toujours le faire à l'envers... C'est un truc vieux comme le monde ! »

Merci pour le tuyau, Jack. J'ai pris la carte American Express dans son portefeuille, je l'ai posée sur le bureau du côté signé, tête en bas, puis j'ai cherché du papier brouillon et un stylo Bic et j'ai commencé à essayer d'imiter sa signature inversée.

Elle n'avait rien de compliqué, d'ailleurs : un grand G audacieux, un G fuyant et une ligne sinueuse unissant les deux lettres. Le nom de famille commençait par un S pompeux, suivi de montagnes russes de consonnes et de voyelles qui se concluaient par un autre S en épingle à cheveux. Après une dizaine d'essais, j'ai obtenu un résultat plus que convenable. Revenant au Thinkpad, j'ai ouvert un dossier baptisé MONEYBIZ, qui contenait absolument tout ce dont j'avais besoin pour connaître ses dispositions bancaires et ses relations avec Concord, Freeman, Burke & Bruce, le cabinet qui administrait son héritage. Heureusement, il n'y avait pas trop de correspondance avec ses avocats sinon, de temps à autre, l'inévitable missive demandant humblement l'autorisation de piocher dans le principal, suivie des deux non moins inévitables pleurnicheries une fois que la requête avait, comme de bien entendu, été rejetée.

Passant à un vieux meuble gris à tiroirs près du bureau, je me suis retrouvé submergé par une autre vague de paperasserie anarchique. La prospection, cependant, s'est avérée payante, et même plus : je suis tombé sur un véritable filon d'or, une grosse chemise en carton sale qui renfermait son extrait de naissance, l'acte de propriété de sa maison, le testament de ses parents, ainsi que les papiers concernant l'administration du fonds, documents pour moi capitaux. Ici encore, d'agréables découvertes : la maison avait été entièrement remboursée et Gary en était l'unique propriétaire. Il était aussi le seul bénéficiaire du fonds fiduciaire, qui lui garantissait pour l'heure un revenu annuel de vingt-sept mille six cents dollars, versé trimestriellement sur son compte à la Chemical Bank. À part le fait que le principal du fonds demeurait intouchable, il n'y avait aucune clause piégée, aucun codicille pervers. Le testament de Gary lui-même était d'une rassurante simplicité : jamais marié, enfant unique, sans descendance. En cas de décès, donc, l'entièreté de ses biens irait à son *alma mater,* le Bard College[1], à la condition – et là j'ai failli en tomber de

---

1. Établissement privé de formation supérieure d'Annandale-on-Hudson, dans l'État de New York. 1 023 étudiants *(NdT)*.

ma chaise – qu'une chaire de photographie, à son nom, y soit créée.

Je n'ai pas pu m'empêcher d'éclater de rire. La prétention de ce mec était décidément sans bornes. Je n'ai été aucunement surpris d'apprendre que Gary était un ancien du Bard, l'établissement favori des pseudo-« artisses » qui, en général, ne finissaient diplômés qu'en théorie de la frime. La chaire de photographie Gary Summers ! Eh bien, le Bard College allait devoir attendre un moment avant de s'enorgueillir de cette institution. Un bon moment.

J'ai passé les heures suivantes à tenter de mettre de l'ordre dans ses papiers, classant sa correspondance en deux grosses piles séparées, triant ses relevés bancaires, exhumant ses justificatifs d'assurances pour l'auto et pour la maison, regroupant toutes les factures en souffrance. À cinq heures du matin, j'avais bien avancé mais il était hors de question de continuer, car tous les lève-tôt de Constitution Crescent allaient bientôt se lancer dans leur jogging matinal. Reprenant le bloc sur lequel je m'étais exercé à imiter sa signature, j'ai fait un rapide tour d'inspection en éteignant toutes les lumières, j'ai entrebâillé la porte d'entrée, regardé aux alentours, je me suis glissé dehors, je l'ai refermée à double tour et j'ai traversé sans bruit la rue encore déserte.

Une fois chez moi, après avoir fait disparaître le bloc de brouillon et les gants en plastique dans le sac-poubelle noir, j'ai retiré le survêtement et les chaussures de Gary, je les ai cachés dans un placard sous l'évier de ma chambre noire puis je me suis douché, rasé et habillé pour aller au bureau. Alors que je nouais ma cravate dans ma chambre, l'image que m'a renvoyée la glace ne m'a pas plu du tout : j'avais le teint aussi blanc que du Maalox, avec deux cavités bleuâtres sous des yeux égarés. L'épuisement, la tension et la peur tombaient sur moi comme un jeu de dominos. J'ai fermé les paupières : la pièce s'était mise à tourner autour de moi.

J'ai plongé toute ma tête dans un lavabo d'eau glacée. Deux voix contradictoires ricochaient dans mon cerveau, la première gémissant sans arrêt : « Je ne peux pas faire ça, je ne peux pas... », la seconde lui rétorquant froidement : « Si, tu peux et tu dois ! Il n'y a pas le choix, de toute façon. » Au plus profond de moi, je savais que c'était elle qui avait raison.

Je me suis séché le visage. Dans la pharmacie, j'ai pris trois gros comprimés de Dexédrine que j'ai fait descendre avec une longue gorgée de Maalox. D'ici vingt minutes, le stimulant allait faire son effet, me permettre de surmonter le manque de sommeil. J'ai empoché le reste des comprimés : j'allais avoir le plus grand besoin de dopage chimique pour passer cette journée.

Après avoir encore changé de chemise et de cravate, j'ai rempli la machine à laver d'habits sales. Pendant qu'elle tournait, je suis allé porter mon sac de preuves dans le minuscule coffre de ma Miata. Chaque mardi matin, avant le train de banlieue, je me rendais en pèlerinage à l'usine de recyclage locale, si bien qu'en plus du reste je me suis arrangé pour caser dans mon coupé trois sacs de bouteilles vides, de boîtes de conserve et de journaux, le tout ayant été préalablement trié.

Chasse gardée des hauts revenus, New Croydon n'aurait jamais toléré une décharge sur son périmètre municipal. Après tout, on était censé venir habiter ici pour échapper au spectacle des poubelles, on était prêt à débourser des sommes considérables pour y trouver refuge loin des ordures – vivantes ou inanimées – de l'American way of life version contemporaine. Les braves gens de New Croydon n'étaient donc aucunement disposés à voir un tas d'immondices s'élever dans leur périmètre, d'autant qu'ils disposaient, à moins de quinze kilomètres de chez eux, d'une ville industrielle et dépotoir idéal, Stamford.

La décharge de Stamford s'étendait au milieu d'un quartier interdit de la ville, livré aux maisons en préfabriqué décaties, aux tags omniprésents et aux règlements de comptes occasionnels entre gangs. Le soleil venait à peine de monter dans le ciel quand je suis arrivé à l'entrée principale. À mon grand soulagement, sept ou huit voitures attendaient déjà l'ouverture des portes, à six heures et demie : je n'avais aucune envie d'être le premier clampin que les employés remarquent au tout début de leur journée de travail. Je n'ai eu à attendre que cinq minutes avant qu'un gus en combinaison vienne lever la barrière en nous faisant signe que nous pouvions y aller. J'ai d'abord jeté les sacs recyclables dans leurs conteneurs respectifs avant de me diriger vers la zone réservée aux ordures ménagères.

« Vous n'avez rien d'inflammable, rien qui puisse exploser ? » m'a demandé par la vitre le gardien à peine réveillé. J'ai fait non de la tête, pas très à l'aise, car je savais qu'il leur arrivait de vérifier le contenu des poubelles, à la recherche d'aérosols feux de Bengale ou de tout ce qui ne répondait pas à la définition de l'ordure ménagère.

Il était sans doute trop tôt pour commencer à farfouiller dans les cochonneries : sans discuter, il a saisi mon sac et l'a jeté sur le tas qui s'amoncelait déjà depuis le soir précédent. En repartant, j'ai constaté dans le rétroviseur qu'un chariot élévateur s'était déjà présenté pour l'attaquer et le charrier à l'intérieur d'une benne. Dans moins de deux minutes, toutes les preuves théoriquement accablantes pour moi se retrouveraient ensevelies au milieu de deux tonnes de détritus divers avant de rejoindre leur destination finale, le coin puant du New Jersey où le Connecticut avait décidé d'enterrer toutes ses ordures.

Un quart d'heure plus tard, je laissais la Miata à la gare de New Croydon, juste à temps pour attraper le 7 h 2. Tout au long du trajet, je me suis dissimulé derrière mon *New York Times* grand ouvert, hasardant de brefs coups d'œil par-dessus ses pages grises afin de vérifier que personne ne m'observait avec trop d'insistance. Ce devait pourtant être visible, transparent. Indélébile. Quelqu'un allait s'en rendre compte, arrêter le contrôleur, lui chuchoter une dénonciation anxieuse à l'oreille... Alors celui-ci se redresserait, me jetterait un regard apeuré et partirait en hâte à l'avant du train. Et, à peine arrivé à Grand Central, je verrais les flics sur le quai, qui m'attendraient.

Au contraire, nul voyageur n'a paru le moins du monde intrigué par ma personne. J'étais un cravaté parmi d'autres cravatés, un type en costard se rendant à son bureau. Pour la première fois, cet anonymat de flanelle grise m'a paru admirable.

Quand j'ai surgi dans nos locaux à huit heures et demie, Estelle a semblé surprise.

« Je me suis fait bien du souci pour vous hier, monsieur Bradford !

— Je suis toujours vivant, non ?

— Mais vous avez encore une petite mine, a-t-elle décidé en contemplant mes traits livides. Vous n'auriez pas dû venir si tôt.

— Vous aussi, vous êtes matinale aujourd'hui.

— C'est que M. Lawrence a convoqué un conseil des associés et... »

Alerte rouge.

« Pour quand ?

— Pour cet après-midi. Voilà pourquoi je suis là. Je me suis dit qu'avant neuf heures j'aurais plus de temps

204

pour préparer tous les documents dont vous allez avoir besoin.

— Un conseil extraordinaire ! Quelle histoire, Estelle !

— Oh, c'est seulement à trois heures. D'ici là, je vous aurai tout préparé pour que...

— Et pourquoi on ne m'a pas prévenu, moi ?

— Mais, monsieur Bradford, vous étiez malade !

— Hier, vous m'avez appelé deux fois. Un coup de fil de plus, ça ne coûtait rien ! »

Elle a eu l'air surprise par ma soudaine acrimonie.

« La secrétaire de M. Lawrence ne m'a prévenue qu'à cinq heures et demie. Je n'ai pas voulu vous déranger.

— Eh bien, il fallait me déranger !

— Mais j'ai pensé que...

— Vous avez eu tort de penser ça. Un conseil des associés ! Mais enfin, Estelle, vous saviez bien que je devais le préparer sérieusement ! Qu'il va me falloir rendre compte de mes moindres faits et gestes durant les trois derniers mois ! Merde, vous vous doutez bien que ce n'est pas le genre de nouvelles que je peux apprendre comme ça, un mardi matin, la gueule enfarinée ! Parce que bon, qui va avoir l'air d'un con maintenant, à se pointer sans aucune préparation ? Moi ! Et qu'est-ce que je vais leur dire, alors ? "Désolé, les gars, ma débile de secrétaire a tout simplement oublié de me..." » Je me suis repris *in extremis,* mais la tirade avait déjà fait son effet. Sous son regard abasourdi, j'ai baissé la tête et je l'ai pressée contre mes paumes, les deux coudes sur mon bureau. « Pardon. Je suis vraiment... »

Elle avait déjà claqué la porte derrière elle.

Un frisson horrifié m'a parcouru le dos, longuement. La fenêtre. Elle est juste derrière toi, la fenêtre. Quelques pas, te jeter en avant, bras ouverts, piquer droit dans le néant. Quatorze étages, dix secondes de terreur. On dit que c'est presque instantané. Que la mort survient souvent avant même de toucher le sol, l'attaque cardiaque imparable, impeccable, qui épargne le moment affreux où...

On a frappé à la porte. Je me suis redressé, prenant brusquement conscience que dix minutes venaient de s'écouler depuis la fuite d'Estelle. Jack Mayle se tenait devant moi, l'air très préoccupé. Après avoir refermé la porte derrière lui, il s'est approché de ma table. Je lui ai fait signe de ne pas aller plus loin.

« Non ! S'il vous plaît, je vous en prie ! Je sais, je n'aurais pas dû... Je ne comprends pas ce qui m'a pris... Je m'excuse ! Je promets, je promets...

— Ben, a-t-il dit doucement en posant une main ferme sur mon épaule. Qu'est-ce qui t'arrive, Ben ? » J'ai été secoué de sanglots. Sans pouvoir m'arrêter. Lâchant mon épaule, Jack s'est laissé tomber dans un fauteuil. Silencieux, il a attendu la fin de ma crise de larmes, puis : « Raconte. »

J'aurais tant voulu ! Tout déballer. Lui révéler ma sombre, ma monstrueuse histoire. Puis le supplier de me donner une sorte d'absolution, qu'il ne pourrait, qu'il ne voudrait jamais m'accorder, cela je le savais. Surtout à ce stade, un jour et demi plus tard. Avec Gary congelé, tous ses papiers scrupuleusement rangés sur son bureau... Un crime passionnel qui ressemblait désormais à un meurtre prémédité dans ses moindres détails. Non, Jack ne pourrait pas entendre mes aveux sans broncher, en aucun cas : au-delà de son goût pour les affaires rondement menées, il s'en tenait strictement à la loi lorsqu'il était question de bien et de mal. Or, quel que fût l'emballage proposé, ôter la vie à quelqu'un ne pouvait en aucun cas être « bien ».

Alors, tout ce que j'ai trouvé à dire s'est résumé à un laborieux :

« Beth veut divorcer.

— Merde... » Son désarroi était sincère. Il aimait Beth, il aimait les garçons. Il aurait voulu ne jamais entendre ça. Il avait eu assez de mauvaises nouvelles à encaisser, ces derniers jours. « Quand est-ce qu'elle t'a balancé ça ?

— Dimanche soir.

— Après une dispute ?

— Oui, si on peut dire.

— C'était peut-être sous le coup de la colère... » J'ai secoué la tête, mais il cherchait encore à relativiser. « On s'emporte, on finit par dire n'importe quoi !

— Non. Ça couve depuis des mois. Des années, même.

— Il y a quelqu'un d'autre ? Une tierce personne ? »

Je l'ai fixé droit dans les yeux.

« Non. Beth n'est pas du genre à...

— C'est à toi que je pensais. »

Je me suis forcé à un petit rire morne.

« Pas mon genre non plus.

— Alors, où est le problème ?

— Lassitude mutuelle. Ça ne va plus entre nous, voilà tout.

— Tous les couples en passent par là ! Laisse le temps agir et vous retrouverez votre équilibre.

— Elle ne veut pas revenir en arrière. Elle n'aimait pas notre équilibre d'avant.

— Mais alors pourquoi a-t-elle eu deux enfants avec toi ?

— Parce que...

— Vas-y, dis.

— Parce qu'il y a toujours des accidents.

— La vie n'est qu'un putain d'accident !

— N'est-ce pas ?

— Écoute, Ben... Tes gosses, tu les aimes ? Tu l'aimes, elle ? » J'ai fait signe que oui. « Alors, trouve une solution !

— Ce n'est pas si simple que ça... Elle n'écoutera pas...

— Elle doit écouter !

— Elle n'écoutera PAS ! En ce qui la concerne, c'est terminé. Fini, enterré.

— Il n'y a aucune chance que...

— Aucune. Je la connais, Jack, je sais comment elle fonctionne. Elle met un temps fou à prendre une décision, mais quand c'est décidé, c'est définitif. Irréversible. »

Il s'est plongé dans un silence navré. D'un coup, il paraissait usé, fragile. Finalement, il a repris :

« Je suis... désolé.

— Estelle...

— Elle est dans tous ses états.

— Je ne voulais pas la...

— Je sais.

— Je me suis conduit comme un con.

— Ça arrive.

— Je vais aller m'excuser.

— Non, pas tout de suite. Laisse-moi d'abord la calmer un peu. Et puis la réunion, tout à l'heure... Bon, je crois qu'il vaut mieux que j'y aille, moi.

— Non, ça va bien se passer. Je vous assure.

— Non, Ben.

— Tout à l'heure, j'ai craqué. Ça ne se reproduira pas.

— Je comprends, et je suis avec toi, Ben. Mais même maintenant, tu as les nerfs à vif.

— Bien sûr que j'ai les nerfs à vif ! Est-ce que ce n'est pas le contraire qui serait inhumain ?

— Exactement ! Alors, pourquoi t'infliger l'épreuve d'un conseil des associés par-dessus le marché ? Tu sais

208

ce que j'aimerais que tu fasses, moi ? Que tu te prennes une semaine au vert. Huit jours, même. Lève le pied jusqu'à mercredi prochain. Repose-toi un peu. Change d'air.

— Qu'est-ce que vous êtes en train de me dire, Jack ?

— Tout simplement qu'à mon avis tu as besoin de temps pour...

— Jack, qu'est-ce que vous êtes en train de me dire ?

— Écoute, Ben, tu as une gueule pas possible. Tu n'as pas l'air seulement fatigué, tu as l'air hagard. Et ça fait des mois que tu es comme ça. Évidemment, on s'est posé des questions, tu...

— Qui ? Qui se pose des questions ?

— D'après toi ? Mais Prescott Lawrence, Scotty Thomas, toutes les grosses pointures de la boîte !

— Mon travail a été plus que correct.

— Bien sûr que oui ! Mais ça ne les empêche pas de s'inquiéter, Ben. Enfin, tu les connais, ces requins ! Pour eux, l'image, c'est tout ce qui compte. Or, ces derniers temps, tu as donné l'image d'un type avec des ennuis jusque-là. Oh, ils peuvent toujours venir me dire qu'ils compatissent – "On est une grande famille, ici", tu vois le baratin –, mais au fond d'eux-mêmes ça les débecte. Dépression, déprime, appelle ça comme tu voudras, mais pour eux ce sont des mots qui n'existent même pas, mon grand. Pourquoi ? Parce qu'ils ne savent pas comment réagir devant ça. "Ça" ne DOIT pas exister, en tout cas pas chez eux. Le boulot, point. Le cabinet "*über alles*". Or, dans une boîte pareille, une apparence équilibrée est aussi importante que la compétence professionnelle. Et cette apparence-là, Ben, tu ne la donnes plus depuis longtemps. Donc, ça les fait flipper. » J'ai fait vite pivoter ma chaise vers la fenêtre pour éviter son regard. Quelques pas et tout

209

serait réglé. Cinq, pas plus. Un, deux, trois, quatre...
Jack a insisté : « Bon, pour Estelle, ne te fais pas de
mouron. Envoie-lui des fleurs, un petit mot d'excuses,
moi je ferai en sorte qu'elle reste bouche cousue à
propos de ce matin. Parce qu'il ne faudrait pas que ça
devienne le potin numéro un sur l'internet de la
machine à café, on est d'accord là-dessus ? Je vais
aussi en glisser deux mots à Prescott Lawrence. Lui
dire que tu as des problèmes chez toi, que ça dure
depuis un bout de temps, que tu as morflé bien sûr,
mais que je suis absolument persuadé que tu vas
surmonter cette mauvaise passe. Enfin, ce genre de
conneries. Après tout, il était à Yale avec ton papa et
Georgie Bush, non ? Je pense que ça lui suffira. Parce
qu'il t'aime bien, mon grand. Comme on t'aime tous,
ici... » Je suis resté sans un mot, toujours tourné vers la
fenêtre. « Et maintenant, rentre chez toi.

— Chez moi ? Je n'ai plus de chez moi. Beth a
emmené les enfants chez sa sœur, à Darien. D'ici son
retour dimanche, elle veut que j'aie quitté les lieux. »

Il a baissé les yeux sur la moquette.

« Qu'est-ce que je pourrais dire ?

— Rien.

— Si ! Dans ce cas, va faire la bringue ! Fais-toi un
bar, récupère dans un ciné, ressors prendre l'air de la
ville. Comme si tu n'avais pas besoin de bosser pour
gagner ta croûte. Change-toi les idées ! » Il était déjà à
la porte. « Ah, encore une chose. Mel Cooper. Le roi
des divorces au couteau dans le style new-yorkais.
C'est pas l'avocat qui fait des effets de manche, non :
le salaud intégral, et un bon copain à moi. Je vais
l'appeler.

— Merci.

— On se voit bientôt. »

« Le moment où l'on découvre qu'il n'y a plus
d'avenir devant soi, plus de choix possible, même plus

le rêve de changer de vie », avait dit Jack l'autre jour. J'y étais. J'ai franchi les cinq pas qui me séparaient de la fenêtre et je l'ai ouverte en grand. L'air s'est engouffré d'un coup dans la pièce, un air glacé, annonciateur d'hiver, qui m'a presque envoyé bouler contre mon bureau. Agrippé au rebord, je me suis penché en avant, fasciné par l'agitation de Wall Street sous moi. Même au dix-neuvième étage, le bruit était encore considérable. Les mains moites, je me sentais partir, prêt à tout lâcher. Le grand saut dans le vide. Mais quand j'ai été à deux doigts de basculer dans le gouffre je me suis brusquement repoussé en arrière et je me suis affalé sur le dos, dans mon univers familier.

Le vent hurlait à travers la fenêtre ouverte. En bas, l'agitation discordante de la rue. Je venais de voir le néant en face et j'avais flanché. Désormais, je savais que le néant ne serait jamais une solution pour moi ; que je n'aurais jamais le courage – ou l'inconscience – de me lancer dans ce vertigineux plongeon final. Je demeurerais prisonnier de moi-même, otage de mon crime.

Refermer la fenêtre. Retourner à mon bureau. Ramassant une feuille à en-tête et un stylo, j'ai composé un mot d'excuses à l'intention d'Estelle : « Je ne prends pas très bien la décision de Beth de mettre fin à notre mariage. Cela n'en rend pas ma conduite de tout à l'heure plus pardonnable, mais je vous demande instamment de croire que ma colère n'était en aucune manière dirigée contre vous », etc., etc. Non sans caser au passage qu'elle était la meilleure secrétaire dont on pût rêver, je l'ai informée que, sur les conseils de Jack, j'allais prendre une semaine de congé, mais que je l'appellerais de temps à autre au cas où un problème urgent se présenterait. J'ai laissé l'enveloppe à son nom bien en évidence sur ma table. Ensuite, j'ai téléphoné à Interflora pour commander un bouquet de roses de cent dollars, qui devait lui être livré au bureau dans l'après-midi.

Cet acte de contrition achevé, j'ai sorti du tiroir inférieur à ma droite la chemise qui contenait mon propre testament. Naturellement, c'est moi qui avais rédigé ce document exemplaire de concision et de densité, par lequel je laissais tous mes biens à Beth et aux garçons. Ma mort devait lui rapporter gros : non seulement l'assurance bancaire la libérerait immédiatement du crédit pour la maison, mais elle percevrait aussi deux cent cinquante mille dollars placés en portefeuille d'actions, ainsi que sept cent cinquante mille dollars de pensions cotisées par mon employeur et par moi-même. En guise de compensation, Lawrence, Cameron & Thomas lui verserait également une annuité de salaire, primes incluses. Et il y aurait encore le revenu annuel de quarante-deux mille dollars que m'assurait l'héritage de mon père. En tout, elle pouvait compter sur environ un million quatre cent mille dollars, somme qui pourrait lui fournir à peu près cent mille dollars par an si elle restait correctement gérée dans le cadre du fonds que j'avais institué. Rien de mirobolant, certes, mais avec la maison payée il y avait de quoi lui garantir, à elle et aux garçons, une vie confortable, tout au moins selon les critères de New Croydon.

Une relecture tatillonne de mes diverses polices d'assurance m'a aussi permis de vérifier qu'elles reconnaissaient à peu près toutes les formes de décès possibles et imaginables – à l'exception d'une disparition dans une zone de guerre. Le paiement serait donc assuré dans tous les cas, sans contestation possible.

Une fois le dossier remis sous clé dans le tiroir, je me suis accordé un nouveau cachet de Dexédrine arrosé de Maalox. Puis, mon imperméable et ma serviette à portée de main, j'ai attendu qu'Estelle parte pour la pause-déjeuner – j'entendais tout à travers la cloison – avant de me glisser subrepticement dehors.

J'ai hélé un taxi sur Broadway, demandant au chauffeur lituanien de me conduire à l'université Columbia, qui avait été mon antre pendant les six mois de désarroi qui avaient suivi mon escapade à Paris. Je n'aurais pu dire à quand remontait ma dernière incursion dans ce coin perdu de l'Upper West Side. Quand on vit en banlieue tout en travaillant à Wall Street, on n'a généralement pas l'occasion de hanter le faubourg intellectuel connu sous le nom de Morningside Heights. Il s'est avéré que le taxi connaissait bien sa géographie : sans doute un des cinq ou six chauffeurs sillonnant New York qui s'étaient déjà donné la peine de potasser une carte. Mais il était aussi affligé de graves tendances suicidaires : il a remonté la voie express ouest à une vitesse atroce, slalomant entre les autres véhicules sans cesser de grommeler dans quelque dialecte de Vilnius. Résultat : il ne nous a fallu que vingt minutes pour atteindre l'intersection de Broadway et de la 116e Rue. Évidemment, dès que mes pieds ont retrouvé la rassurante stabilité du trottoir, j'ai eu besoin d'une autre rasade de Maalox pour calmer mon estomac en folie.

Après avoir descendu trois blocs vers le sud, je suis entré dans une vieille et pagailleuse librairie que j'avais assidûment fréquentée au temps jadis. Avec mon costume et mon imper Burberry, je me sentais assez déplacé. Je me suis même demandé si, au milieu de la faune estudiantine, je n'allais pas passer pour un flic en civil. Pourtant, le magasin était tellement bondé à l'heure du déjeuner que personne n'a paru me remarquer tandis que je me faufilais vers le fond et que je parvenais devant quelques rayons qui, selon le panonceau, formaient la section « Altèrnatif & Anarchisme ».

Dans le temps j'aimais bien aller fureter par là pour rigoler un peu, car il s'y trouvait tout un bric-à-brac d'ouvrages confidentiels publiés par des maisons d'édition semi-clandestines à l'intention des marginaux les plus paranoïaques de la société américaine, dans la veine des milices aryennes, des trotskistes comploteurs ou des types qui rêvaient de fonder leur république au fond d'une cambrousse paumée. Cette fois, c'était pour un aspect très précis de leurs connaissances subversives que j'étais venu. Au bout de quelques minutes, j'ai trouvé exactement ce que je recherchais : *Les Recettes d'un anarchiste,* ou comment réaliser chez soi de délicieux cocktails explosifs. Passant directement au chapitre intitulé « Mines, pièges et autres bombinettes », je l'ai feuilleté jusqu'à ce que je trouve la formule qui m'intéressait. Je l'ai recopiée dans mon calepin, levant de temps à autre les yeux afin de vérifier que personne ne m'observait plongé dans une lecture aussi séditieuse. J'ai finalement remis le livre à sa place et j'ai inspecté les étagères pour finalement dénicher un gros guide intitulé *Annuaire des postes restantes des États-Unis et du Canada,* qui d'après le boniment de couverture constituait « un relevé de plus de sept cents postes restantes et services de remailing à travers le monde, avec leur description et les astuces pour les utiliser au mieux ». J'ai noté dans mon calepin un numéro de Berkeley, listé à la rubrique « Californie, Bay Area », j'ai replacé l'annuaire et j'ai tranquillement quitté les lieux.

Prochaine destination, une banque où j'ai retiré cinq cents dollars au distributeur et échangé un billet de dix contre un rouleau de quarante pièces de vingt-cinq cents à une caisse. Sur la 110e Rue, je suis entré dans une cabine téléphonique, j'ai composé le numéro de Berkeley et j'ai introduit cinq dollars vingt-cinq ainsi que me le demandait l'opératrice. J'aurais pu me servir de ma carte AT&T, bien sûr, mais je ne voulais surtout pas que cet appel apparaisse sur ma facture. À la troisième sonnerie, un type m'a répondu d'un ton plus que laconique.

« La poste alternative de Berkeley. Ouais ?

— Euh, salut ! Vous pouvez me donner une adresse de redistribution, c'est bien ça ?

— Ouais. On. Fait. Ça. »

On aurait dit du sirop d'érable coulant goutte à goutte.

« Et comment ça marche ?

— Vingt dollars mensuels. Minimum, six mois. Payables d'avance. Le nom maintenant. Le service démarre dès qu'on a reçu l'argent. Quand t'as ta nouvelle adresse, tu nous appelles. Nous, on réexpédie. Tout.

— Et cette nouvelle adresse, vous ne la communiquez à personne, hein ?

— Que dalle. On est la poste alternative, nous. On reçoit. On renvoie. Cool.

— Je voudrais ça à partir de demain.

— Alors il nous faut un virement. Télégraphique. L'argent. Par la Western Union. » Il m'a dicté leur numéro de compte et l'adresse à laquelle tout le courrier devait être expédié : 10025-48 Telegraph Avenue, Berkeley, California 94702. « En fait, notre nom, tu l'utilises jamais. On t'envoie tes lettres ici. Au tien. Résultat, ici ça devient là où t'es censé être. Facile. Cool. T'as un nom ?

— Gary Summers.

— OK, Gary. Tu envoies l'argent. Ensuite, on s'occupe. De tout. À plus, mon pote. »

Et il a raccroché.

Je n'ai pas pu m'empêcher d'imaginer le nombre de cases que ce gars avait dû perdre au cours des années 60. En plus, il s'exprimait si lentement que presque toute ma monnaie y était passée ! Il me restait cependant de quoi appeler les renseignements et apprendre qu'il y avait un bureau de la Western Union dans un drugstore de la 51e Rue, au niveau de la 2e Avenue. Excellent. J'ai sauté dans un taxi qui redescendait au sud, je me suis rendu à l'adresse indiquée et j'ai expédié deux cent quarante dollars à la poste alternative de Berkeley, avec un mot concis : « Paiement pour douze mois, salutations, Gary Summers. »

Il ne me restait plus qu'à aller à Grand Central et à prendre le 1 h 43 pour New Croydon. Arrivé là-bas, j'ai récupéré mon auto et j'ai fait une quinzaine de kilomètres, jusqu'au bureau de poste principal de Stamford. J'ai demandé un formulaire de changement d'adresse, que j'ai rempli dans un coin tranquille. Gary Summers, résidant 44 Constitution Crescent, New Croydon, Conn. 13409, désirait qu'à partir du lendemain tout son courrier soit réexpédié 10025-48 Telegraph Avenue, Berkeley, California 94702. Sortant son portefeuille de ma poche, j'ai posé sa carte American Express tête en bas devant moi, j'ai renversé le formulaire et j'ai imité son gribouillage à l'emplacement réservé à la signature. Le résultat ne m'a pas déplu, loin de là. Mais bientôt je devrais savoir signer directement, et sans l'aide de la carte...

« Vous devez remettre cette demande en main propre à votre bureau de poste », m'a annoncé sévèrement l'employée.

Ah oui ? Mais là-bas les deux receveurs connaissaient tous les habitants de New Croydon par leur petit nom, ou presque.

« Oh, j'ai dû régler quelques détails à Stamford avant mon départ, donc je me suis dit que je pourrais le faire d'ici...

— Non, je ne peux pas la prendre. Ou bien vous allez à New Croydon, ou bien vous la leur postez. »

Je suis retourné dans mon coin pour ajouter « Bureau de poste de New Croydon » à l'emplacement prévu au dos du formulaire, et j'allais le glisser dans la boîte lorsque j'ai remarqué un texte imprimé en petits caractères à gauche de l'enveloppe :

« IMPORTANT : Le ou la signataire de ce formulaire certifie qu'il ou elle est la personne concernée par la demande de changement d'adresse, ou son représentant légal, ou son tuteur, ou un mandataire autorisé, ou un agent assermenté. Quiconque aura communiqué de fausses informations sur ce document s'expose à une amende ou à une peine d'emprisonnement ou au cumul des deux, conformément aux articles 1001, 1702 et 1706 du code pénal des États-Unis. »

Encore une infraction à inscrire sur la liste déjà accablante de mes forfaits.

En revenant à la voiture, j'ai été assailli de doutes : est-ce que l'employée se souviendrait de mes traits ? Est-ce qu'elle avait eu l'air de se douter de quelque chose ? M'étais-je comporté normalement, ou non ? Je me suis morigéné : « Ne pense pas à tout ça. Pour elle, ce n'était que la routine. Des visages, elle en voit défiler des centaines chaque jour... »

J'ai rôdé un bon quart d'heure dans les rues de Stamford avant de découvrir un grand parking à étages dans le centre. J'en ai fait deux fois le tour. D'après le panneau à l'entrée, il était ouvert vingt-quatre heures sur vingt-quatre, disposait de mille places et proposait des tarifs dégressifs à la semaine. Un endroit pas cher, sans surveillance vidéo, où un véhicule laissé en stationnement plusieurs jours n'éveillerait pas l'attention.

Je suis entré dans un autre parking, je me suis garé au huitième étage et j'ai enfourné toutes mes pièces restantes dans le parcmètre, de quoi couvrir la durée maximale autorisée, soit une journée. Ensuite, j'ai marché jusqu'à la gare, j'ai attendu un quart d'heure sur le quai sud, avant qu'un train me ramène à New Croydon en six minutes. Il était quatre heures et demie. Si quelqu'un me voyait rentrer à pied chez moi, il se dirait simplement que j'avais achevé ma journée de travail un peu plus tôt que d'habitude.

Pas de messages sur le répondeur, aucune lettre digne d'intérêt. Je me suis déshabillé avant de m'effondrer sur mon lit, épuisé, tel un moteur ne tournant plus que sur un cylindre, prêt à sombrer dans le plus profond sommeil. Mais je ne pouvais pas m'accorder de repos, pas encore. Je me suis levé d'un bond au moment où j'allais basculer, j'ai avalé encore un Dexédrine et je me suis habillé avec soin pour ma prochaine sortie.

La tenue habituelle de Gary se composait d'un Levis, d'une chemise en jean, d'un blouson en cuir et d'une casquette de base-ball noire. Dans mon placard, il y avait amplement de quoi me composer à peu près le même uniforme : après tout, on s'habille tous au Gap, n'est-ce pas ? Une fois prêt, j'ai attendu une vingtaine de minutes, le temps que le jour décline sérieusement dehors. Mon anxiété avait désormais atteint la zone rouge. La phase suivante allait être très serrée.

Peu après cinq heures, je suis sorti par la porte de derrière. Je comptais sur deux facteurs favorables : il était encore trop tôt pour que mes banlieusards de voisins soient de retour chez eux, et c'était le moment où les enfants, après avoir pris leur goûter et leur bain, se laissaient fasciner par *Le Livre de la jungle* pour la quatre-vingt-cinquième fois d'affilée. En d'autres termes, un instant de tranquillité sur Constitution Crescent. J'avais deviné juste. Une ou deux voitures se sont bien glissées entre les arbres, mais aucun père exténué ne se traînait au bercail, de retour de la gare.

Ma casquette enfoncée presque sur le nez, j'ai traversé, je suis allé jusqu'à la MG de Gary, garée dans son allée, j'ai ouvert la portière et je me suis installé au volant. Une poubelle ambulante, cette voiture. Le siège du conducteur était tout déchiré, le plancher jonché de canettes de Coke ou de Budweiser vides, de sachets graisseux de chez McDonald's et de quelques numéros jaunis du *New York Times*. Mais j'ai poussé un soupir de satisfaction en découvrant tous les papiers du véhicule dans la boîte à gants. Et si Gary avait été un porc, il avait incontestablement dû veiller à l'entretien mécanique de sa MG, âgée d'un peu plus d'un an, car elle a démarré aussitôt et s'est mise à ronronner joliment.

Je suis passé en marche arrière et j'ai commencé à reculer à vive allure. Grossière erreur. Derrière moi, il y a eu un hurlement de pneus puis un coup de klaxon indigné. Le cœur au bord des lèvres, j'ai aperçu dans le rétroviseur une camionnette de livraison qui venait de piler à quelques centimètres de mon pare-chocs. La tête passée par sa portière, le chauffeur m'a beuglé : « T'as pas les yeux en face des trous, minable ! » Sans me retourner, le nez dans le volant, j'ai baissé ma vitre pour lui montrer que je reconnaissais mon erreur en lui adressant un geste d'excuse.

Les quelques secondes suivantes ont été abominables : si jamais j'étais tombé sur une de ces terreurs de la route toujours prêtes à mettre pied à terre et à provoquer une explication musclée, j'étais fichu. Heureusement, il s'est contenté de redémarrer en trombe et de disparaître.

Agrippé au volant, j'ai prononcé une action de grâces en silence. Je venais de frôler la catastrophe. « Maintenant, du calme. DU CALME ! Simplement, ne fais plus de conneries pareilles. »

Avant de reculer, j'ai contrôlé le rétroviseur à trois reprises. Tout doucement, en évitant soigneusement toutes les grandes artères, je suis parti en direction de la gare, puis je me suis engagé sur la 95, toujours à une allure de père de famille, je suis sorti à Stamford et je suis arrivé au vaste parking que j'avais repéré dans l'après-midi.

À l'entrée, j'ai évité de regarder le gardien lorsqu'il a tendu le bras hors de sa guérite pour me tendre un ticket, que j'ai coincé dans le pare-soleil. Après avoir trouvé une place au troisième étage, je suis descendu par l'escalier et je me suis éloigné à pied par une porte secondaire.

Une enfilade de rues très sombres et peu engageantes jusqu'au centre commercial. Sans hésiter, je suis allé au cinéma multisalle et, après avoir étudié les horaires, j'ai acheté un billet pour la première séance suivante. Comme j'avais encore un quart d'heure à tuer, j'ai trouvé une cabine et j'ai appelé chez Lucy. C'est Beth qui a répondu.

« Oh, c'est toi... »

Elle avait une voix glaciale. Moi, j'ai essayé de prendre un ton enjoué. Ce qui n'avait rien d'évident.

« Alors, qu'est-ce que tu as fait de beau, aujourd'hui ?

— Rien de spécial. D'où tu téléphones ?

— De Stamford. Le centre commercial. J'ai quitté le bureau assez tôt et j'ai décidé de me faire une toile. Ça te dit de me rejoindre ?

— Ben...

— Tu n'as qu'à laisser les petits à Lucy et à Phil, il te faut à peine dix minutes pour venir.

— Ben, je t'ai pourtant dit que...

— Bon, j'avais pensé que, peut-être...

— Non.

— Mais écoute, B...

— J'ai dit NON. Je ne veux pas te voir. Et je ne veux pas parler de QUOI QUE CE SOIT avec toi. Pas pour l'instant, en tout cas. »

Il y a eu un long silence entre nous, que j'ai fini par rompre :

« Je peux parler à Adam, au moins ?

— Ne quitte pas. »

Je l'ai entendue poser le combiné sur une table, appeler Adam. Puis, de loin, il est arrivé en criant « Papa, papa, papa ! » d'un ton ravi. Mes yeux me piquaient.

« Papa, pourquoi t'es pas ici, avec nous ? s'est-il exclamé en prenant le téléphone.

— Parce qu'il faut que je continue à travailler pendant que maman, Josh et toi vous passez de petites vacances chez tata Lucy et oncle Phil. Tu t'amuses bien ?

— Ça va. Mais Eddie, je l'aime pas ! »

Son cousin, d'un an plus âgé que lui. Une petite peste dont le mauvais caractère était déjà entré dans la légende familiale. Ne supportant pas moi-même cet infâme moutard, je n'ai pu qu'admirer en secret le bon goût de mon fils.

« Avec maman, tu es gentil ?

— Oui, gentil ! Je veux rentrer à la maison, papa. Je veux te voir.

— Moi aussi, Adam, moi aussi. Seulement... » Pour continuer, j'ai dû me mordre la lèvre. Fort. « Je vais venir dans pas longtemps. OK ?

— Et on ira chez McDo ?

— Et on ira chez McDo... Promis. »

Brusquement, j'ai entendu la voix de Beth en arrière-plan.

« Adam, il y a *Les Aristochats* qui commencent !

— Je vais regarder *Les Aristochats* ! a proclamé le petit avec délectation. Un gros bisou pour papa !

— Un gros bisou pour Adam », ai-je réussi à murmurer, la gorge nouée.

Beth ayant repris le combiné, je me suis efforcé de retrouver mon calme.

« Il faut que j'y aille, Ben. Josh doit prendre son bain.

— Il dort bien ?

— Comme ci comme ça.

— Dis-lui que je l'aime.

— Bien sûr.

— Beth...

— Je vais raccrocher, Ben.

— Attends une minute. Je passerai voir les garçons samedi après-midi. C'est le moins que tu...

— Je sais, m'a-t-elle coupé. Samedi après-midi, très bien. Essayons de garder ça dans les limites du civilisé.

— CIVILISÉ ? » Je m'étais mis à hurler. « C'est tout ce que tu trouves à dire, "civilisé" ?

— Bonsoir. »

Elle m'a raccroché au nez. J'ai titubé jusqu'à ma place. Le film s'agitait devant moi, des images sans suite. Une histoire de flic en manque protégeant une nana en cavale, d'après ce que j'ai vaguement compris. Qui tenait le rôle principal, je ne l'ai même pas remarqué. Stallone, Willis, Van Damme, de toute façon c'est toujours pareil, non ? Une bande-son assourdissante, avec beaucoup de mitrailleuses lourdes, des missiles sol-air, des voitures piégées. Un méchant Latino en costard blanc qui glapit : « Je veux la peau de cette salope ! » L'incontournable scène de baise entre le flic et la jolie blonde qu'il a coffre-forisée. Tout ça m'est passé dessus comme une vague tiédasse. Je n'y suis pas entré une seconde, j'en étais incapable : tout ce que je voyais devant moi, c'étaient les visages d'Adam et de Josh. Et tout ce à quoi je pouvais penser, c'était qu'après ce samedi je ne les verrais plus jamais.

Pourquoi est-ce que je n'avais pas eu le courage de sauter par la fenêtre ? Tout aurait été plus facile, bien plus facile que ce qui m'attendait désormais. Oh, j'arriverais sans doute à vivre avec cela. Mais la douleur, elle, serait pour toujours en moi.

Le générique a défilé, les lumières de la salle m'ont aveuglé. Mais dehors, dans la lueur blafarde de la galerie marchande, je me suis senti encore plus désorienté. Lorsque j'ai entendu qu'on m'appelait par mon nom j'ai dû plisser les yeux avant de reconnaître Ruth et Bill Hartley.

« Salut, coqueluche des soirées, a lancé Ruth en me déposant un baiser sur la joue.

— Alors, on traîne tout seul ? a demandé Bill.

— Ouais. Je me suis dit qu'un film ferait passer le temps.

— Qu'est-ce que vous êtes allé voir ? a voulu savoir Ruth.

— Un truc d'action, une nullité. Et vous ?

— Ruth m'entraîne dans un guet-apens. Art et essai britannique. Plein de plans fixes, plein de cyclothymiques pleurant sur leur misérable existence et se rongeant les sangs après la moindre petite coucherie.

— Les critiques sont excellentes, s'est défendue Ruth.

— Soirée HYPER-culturelle, a conclu Bill en adressant un sourire à sa femme. Comment va Beth ?

— Toujours à Darien avec les garçons.

— Ah... Tout se passe bien ?

— Eh bien... Non.

— Ça va mal ?

— Très mal. Assez irrécupérable, je crois.

— Oh, non, Ben..., a soupiré Ruth en me prenant la main et en la serrant dans la sienne.

— Merde pour ce film ! a tranché Bill. Allons plutôt nous...

— Non, vraiment...

— On ne va pas vous laisser seul comme ça, Ben, a renchéri Ruth.

— Je vais bien. Sincèrement.

— Vous n'en avez pas l'air, a-t-elle insisté.

— J'ai besoin de sommeil, c'est tout. Je n'ai pas...

— Oui, ça se voit bien, m'a interrompu Bill. Dans l'état où tu es, tu ne vas même pas pouvoir te rentrer chez toi !

— Oh, ce n'est pas à ce point, quand même !

— Tu devrais te voir dans une glace !

— Non, s'il vous plaît ! Pas ce soir. Il me faut mon lit.

— Alors, demain ? a proposé Ruth.

— Très bien.

— Tout de suite après le travail, promis ?

— Oui, je viendrai, entendu.

— Et même ce soir, si tu n'arrives pas à t'endormir..., a ajouté Bill.

— Ce soir, je ne vais pas dormir. Ce soir, je vais mourir. »

Ils ont échangé un regard inquiet, Bill tentant de revenir à la charge :

« Non, vraiment, j'aimerais que tu nous laisses te... »

Je devais mettre fin à cette conversation, tout de suite.

« Je vous en prie, ai-je dit le plus doucement possible en dégageant sans brusquerie mes doigts de ceux de Ruth. Je tiens le coup, c'est juré. Et après huit bonnes heures de sommeil je le tiendrai encore mieux ! » J'ai donné une brève accolade à Ruth, serré la main de Bill. « À demain, donc. Et merci. »

Je suis parti sans me retourner. Je ne voulais pas les voir me suivre de leurs yeux affolés, et j'espérais de tout cœur qu'ils ne se mettraient pas en tête de passer me voir chez moi plus tard, après leur film. Histoire de vérifier que je ne m'étais pas ouvert les veines et empiffré de Valium... Dieu du ciel !

Je l'espérais parce que je savais que je ne serais pas à la maison.

À neuf heures, j'étais rentré. Un message d'Estelle sur le répondeur. Elle me remerciait pour les fleurs et pour mon mot. « Évidemment, dès que M. Mayle m'a expliqué ce qui vous arrivait, je vous ai pardonné en un millième de seconde ! Je suis vraiment désolée d'entendre ça, monsieur Bradford. Je suis d'autant plus de tout cœur avec vous que moi aussi j'en suis passée par là. Ne vous inquiétez pas, reposez-vous quelques jours. On fera tourner la baraque. Et si vous acceptez un petit conseil de la part d'une ancienne combattante de ce genre de guerres, eh bien : plus tôt vous commencerez à ne plus vous adresser de reproches, plus facile ce sera pour tout le monde. »

Si seulement, Estelle. Si seulement...

# CINQ

Je n'avais rien mangé depuis au moins vingt-quatre heures, sans doute parce que l'appétit n'y était pas. Après avoir écouté le message d'Estelle, pourtant, je me suis forcé à avaler une assiette d'œufs brouillés et des toasts accompagnés de quatre tasses de café : j'avais une longue nuit de travail devant moi et je craignais que mon organisme ne puisse supporter encore une ingestion de Dexédrine.

Dans mon laboratoire, j'ai enfilé le survêtement et les Nike de Gary, une paire de gants en plastique neufs. Un coup d'œil à ma montre.

J'avais tellement de pain sur la planche que j'ai décidé de prendre un risque modéré en m'aventurant dehors avant dix heures. Comme c'était une nuit très froide pour la saison, je me suis dit que personne ne se risquerait à s'entraîner au marathon dans cette soudaine incursion de l'hiver. J'avais bien parié, puisque je me suis glissé sans encombre chez Gary, non sans avoir ramassé le courrier dans sa boîte aux lettres.

Priorité des priorités : avec ma torche, je suis descendu au sous-sol contrôler le frigo. Gary était toujours là, nettement plus bleu que la veille mais sans signe apparent de pourrissement. L'inspection ne m'a pris que dix secondes. C'était plus que suffisant.

Je suis allé dans son bureau pour examiner le courrier. Pour l'essentiel, de la pub sans intérêt : offres d'abonnement à divers journaux, « invitation » à s'inscrire à America On-Line, dépliant tapageur d'un promoteur véreux certifiant que « vous aussi, vous avez droit à votre coin de Paradis-Floride ! ». Il y avait également une lettre de la rédaction de *Destinations*.

> Cher Gary,
> Désolé d'être porteur de mauvaises nouvelles, mais pour le sujet Basse-Californie nous avons finalement préféré faire appel à un photographe basé à San Diego. Cette décision n'a pas été prise de gaieté de cœur, croyez-moi, parce que nous avons réellement apprécié votre book. Simplement, nous avons pensé que ce free-lance de San Diego pourrait réaliser la commande très vite puisqu'il vit tout près de la frontière.
> Encore pardon pour ce contretemps. Mais restons en contact, d'accord ? Je suis sûr qu'on pourra bientôt monter un sujet ensemble.
> Bien à vous,
> Jules Rossen.

De gros fumistes, oui ! Ils certifient à Gary que le job est pour lui, ils baladent le pauvre *shmock* avec cet espoir, ils le font lanterner, et pendant tout ce temps ils gardaient ce magouilleur de San Diego dans leur manche !

D'un coup, je me retrouvais dans le camp de Gary, je défendais son bout de gras. Je brûlais d'expédier une réponse vengeresse à ce Jules (« Judas ») Rossen, l'informant qu'il n'était qu'une sous-merde et que son canard pourri ne méritait certainement pas d'employer un photographe de ma pointure.

De « ma » pointure ? Putain de moi, ça commençait !

En fin de compte, cette lettre servait aussi admirablement mes plans. Elle signifiait que personne à la rédaction n'allait lui courir après, le bombarder de coups de téléphone, demander si ses photos étaient prêtes...

Personne ne se soucierait de Gary. À part Beth.

Ouvrant son Thinkpad, je suis allé dans le dossier « B » pour créer un nouveau fichier :

> B,
> Une grande nouvelle ce matin : j'ai décroché la virée en Basse-Californie ! Comme ils veulent que je file subito là-bas, je prends la route dès ce soir. J'aurais voulu te l'annoncer directement, mais je me suis dit que ce ne serait pas cool d'appeler à Darien. Je vais être absent deux ou trois semaines. Ne t'en fais pas, j'éviterai aussi les cartes postales ! Tu sauras que je suis revenu quand tu verras ma voiture dans l'allée.
> Tu vas me manquer fort.

J'ai relu le message plusieurs fois en le comparant à ses prédécesseurs dans le dossier « B ». Sur le plan du style, ça collait très bien. Mais cette histoire de téléphoner à Darien... Non, elle ne lui aurait jamais donné le numéro de sa sœur, de toute façon. Quant au coup de la voiture dans l'allée, c'était vraiment trop lourd. Alors, j'ai resserré le texte en me servant de la touche d'effacement.

B,

Une grande nouvelle ce matin : j'ai décroché la virée en Basse-Californie ! Comme ils veulent que je file subito là-bas, je prends la route dès ce soir. J'aurais voulu te l'annoncer directement, mais bon... Je reviens dans deux ou trois semaines.

Tu vas me manquer fort.

Encore mieux. Un peu sec, assez vague, juste ce qu'il fallait de distance. J'ai lancé l'imprimante. Ensuite, toujours avec l'aide de sa carte de crédit à l'envers, j'ai signé le mot d'un grand G plein de fatuité et je l'ai plié dans une enveloppe.

Le moment était venu de s'attaquer à l'abondante correspondance de créanciers qui s'empilait devant moi. Au total, il devait quelque deux mille quatre cent quatre-vingt-cinq dollars et soixante-treize cents. Après vérification dans son dossier MONEYBIZ, je me suis aperçu qu'il réglait systématiquement ses factures par virements bancaires. Dès que ses créanciers le menaçaient d'une action en justice, il se contentait d'envoyer un fax à la Chemical Bank pour les autoriser à débiter telle ou telle somme sur son compte courant. La découverte était très importante : elle signifiait que je n'aurais pas à me servir de son chéquier, ce qui aurait été très risqué puisque je n'avais aucun exemple de son écriture qui puisse me servir de modèle. Même si sa signature était convaincante, je me disais qu'un employé de banque un peu scrupuleux n'aurait pas manqué de s'étonner en constatant que sa façon de calligraphier « deux cents dollars » avait notablement changé en l'espace d'un mois.

Créant un nouveau fichier dans MONEYBIZ, j'ai rédigé une note très brève pour la banque, donnant l'instruction de procéder, dès que l'approvisionnement trimestriel du compte aurait été effectué, à des virements destinés à couvrir « mes » dettes auprès d'American Express, de Visa, de MasterCard, de la carte de fidélité de chez Barney's et Bloomingdales, des compagnies Southern New England Telephone et Yankee Power and Electric. J'ai copié leur numéro de fax dans une lettre précédente, j'ai imprimé, apposé la signature encore mieux imitée de Gary, placé la feuille dans l'appareil et appuyé sur la touche « envoi ».

Gary Summers était désormais libre de toute dette.

Mais le courrier n'était pas terminé. À chaque carte de crédit et compagnie de services, j'ai donné ordre télécopié de procéder dorénavant à des prélèvements automatiques sur son compte courant, tandis que je transmettais à la Chemical Bank copie de chacune de ces lettres. Dans l'avenir, les moindres dépenses de Gary Summers, ainsi que les charges générées par sa maison, seraient débitées directement. Pour ce qui était du règlement des factures, il devenait un citoyen modèle.

Ces questions réglées, et alors que je faisais défiler le gestionnaire de fichiers du Thinkpad, j'en ai remarqué un qu'il avait nommé NUM. En l'ouvrant, j'ai eu du mal à croire à une veine aussi insensée. NUM, pour « numéros », contenait les codes de toutes ses cartes de crédit, à commencer par celui de sa carte bancaire ATM. Là, j'avais réellement tapé dans le mille. Dorénavant, j'étais en mesure de retirer l'argent de sa pension à partir de n'importe quelle caisse automatique dans le pays, sans avoir à remplir de chèque ni même à prévenir la banque.

J'en avais fini avec MONEYBIZ, je devais maintenant m'attaquer au désordre qui régnait dans sa chambre et dans son bureau. Puisqu'il devait s'absenter un long moment, il était logique qu'il mette un peu d'ordre avant son départ, surtout s'il avait pris la décision de partir pour de bon et donc de louer sa maison dans un avenir plus ou moins proche. Donc, j'ai déniché quelques cartons vides dans un placard, des sacs en PVC noirs, et je me suis mis à tout trier. Tout ce qui me paraissait présenter une quelconque importance s'est entassé dans les cartons, le reste est parti dans les sacs. Passant dans sa chambre à coucher, j'ai plié et rangé ses vêtements, ramassé les journaux qui traînaient par terre, retiré les draps du lit. Ensuite, je me suis attelé au living. Il était quatre heures et demie quand la maison eut retrouvé un semblant d'ordre. Pour cette nuit, cela suffisait. Je suis sorti, j'ai jeté deux des sacs dans les poubelles à l'arrière de la maison, glissé la note destinée à Beth dans la boîte aux lettres. J'étais déjà sur le trottoir lorsque je me suis rappelé que j'allais avoir besoin de l'extrait d'acte de naissance de Gary dans la journée, de sorte que j'ai rebroussé chemin sans tarder.

J'avais laissé la chemise contenant tous ses principaux documents sur le bureau. Au moment où je la soulevais, j'ai senti mes jambes se dérober sous moi. L'effet cumulé de l'insomnie et de l'abus de Dexédrine venait de me frapper de plein fouet. Je me suis assis sur le lit de repos, j'ai appuyé ma tête contre le mur et j'ai fermé les yeux en attendant que cette overdose de fatigue se dissipe.


Du fond de ma torpeur, j'ai entendu la voix de Beth.

« Gary ! » Un chuchotement, très audible cependant. « Où tu te caches, chéri ? »

Je me suis réveillé en sursaut. La lumière du jour filtrait à travers les stores. J'ai regardé ma montre. Dix heures huit. Mercredi matin. Merde et remerde. Pendant plus de cinq heures, j'avais quitté ce monde.

« Gary ! » Une voix coquine, enjouée, charmeuse, comme je ne lui en avais pas entendu depuis des années. « Allez, sors vite de ta cachette ! »

Elle était entrée par la porte de derrière.

J'ai jeté un regard paniqué autour de moi. Sauter dans le placard ? Trop dangereux : elle pouvait l'ouvrir. La salle de bains, de l'autre côté du couloir ? Plus assez de temps. Sous le sofa ? Voilà !

Sans bruit ou presque, je me suis aplati sur le sol, le dossier plaqué contre ma poitrine afin d'arriver à me faufiler dans les trente centimètres qui séparaient le sol du sommier. À cause de la traverse du milieu, je n'ai pas pu aller très loin et je me suis donc tassé tant bien que mal tout près du rebord.

« Gary, mais enfin, qu'est-ce que… ? »

Je l'ai entendue ouvrir la porte du sous-sol et descendre en hâte les escaliers. Si jamais il lui prenait l'envie saugrenue d'ouvrir le Frigidaire, c'en était fini de moi. Quelques minutes ont passé, interminables, effrayantes.

« Gary ? Tu joues à cache-cache ou quoi ? »

Elle était remontée au rez-de-chaussée, dont elle inspectait maintenant chaque pièce. Puis je l'ai entendue gravir les escaliers et bientôt elle entrait dans le bureau. Je retenais ma respiration, roide comme un cadavre.

« Mais qu'est-ce que ça veut… ? »

Elle est restée bouche bée devant l'ordre qui, tout d'un coup, régnait ici aussi. Je voyais ses chaussures, figées à une vingtaine de centimètres de mon visage. Et puis elle s'est laissée tomber de tout son poids sur le sofa. J'ai dû me mordre la langue pour ne pas crier tandis que les ressorts du sommier me labouraient méchamment le dos. J'étais en nage. Elle est restée assise là ce qui m'a paru des heures et des heures. Abasourdie, certainement. Enfin, elle s'est relevée d'un bond, elle a entrepris d'ouvrir d'autres portes à l'étage avant de redescendre et de quitter les lieux.

Aussitôt, je me suis extirpé de ma prison, le dos en compote, les nerfs à vif. J'ai réussi à me traîner jusqu'à la fenêtre. Par les stores que j'ai écartés précautionneusement, je l'ai vue farfouiller en catimini dans la boîte de Gary, prendre le mot et se précipiter chez nous.

Il m'a fallu une demi-heure pour retrouver un semblant de calme en faisant les cent pas dans le bureau de Gary, très loin de la fenêtre. Quelle idiotie, non mais quelle idiotie ! Cette fois, le couperet était passé tout près. Si elle n'avait pas appelé Gary tout de suite, elle m'aurait découvert sur le canapé, dans un sommeil de plomb. Et là, il n'y aurait plus eu aucune issue. Échec et mat. Fin de la partie.

La consolation, c'était que j'avais pu tout au moins prendre un peu de repos. Mais bon Dieu, quel putain de réveil !

Soudain, il y a eu des pas sur le perron, suivis par le bruit du clapet à lettres qui se soulevait, puis un fracas métallique produit par quelque chose qui atterrissait sur le sol. Je me suis immobilisé, aux aguets, jusqu'à ce que les pas s'éloignent. Un nouveau coup d'œil à travers les stores : Beth était en train de retraverser la rue, tête basse. Elle est montée dans notre break Volvo, refermant rageusement la portière. Moteur vrombissant, elle a quitté notre allée et s'est éloignée comme une furie.

J'ai attendu dix bonnes minutes avant d'oser me risquer en bas. Quand j'ai été sûr qu'elle ne reviendrait pas, j'ai couru à la porte. Une enveloppe cabossée gisait sur le parquet. En la ramassant, le rabat s'est ouvert et un trousseau de clés est tombé à mes pieds. Je les ai récupérées et j'ai battu en retraite dans le bureau. Il y avait aussi une lettre dans l'enveloppe. Pas vraiment une lettre, d'ailleurs. Plutôt un « va te faire mettre » gribouillé à toute vitesse.

« Vu ce qui se passe juste en ce moment, tu as impeccablement choisi ton moment. Tout ton baratin sur le fait que tu resterais à mes côtés quand je lui annoncerais que c'était fini, c'était donc pour ça ! Tu es exactement comme lui, tiens : un nombriliste chronique, un sale type qui ne pense qu'à lui. Je vous hais, toi et lui, et je vais vous fuir comme la peste. Ci-joint tes clés. Je n'en ai plus aucun besoin, maintenant. »

Pas même de signature.

Un nombriliste chronique, moi ? Un type qui ne pense qu'à lui ? Tu as la dent un peu dure, Beth ! Et puis, pourquoi en vouloir à Gary d'avoir trouvé son premier job depuis des années ? D'accord, d'accord, il t'avait peut-être promis de te soutenir par sa présence pendant cette passe difficile. Mais bon, le travail, c'est le travail. Et la route, c'est la route.

Je ne croyais cependant pas qu'elle avait rompu pour de bon. Non, c'était tout à fait le style de Beth, ça, faire monter la mise sentimentale en se servant de la culpabilité comme d'une arme psychologique. Mais j'étais très content qu'elle eût décidé de basculer dans le mélodrame et de lui rendre ses clés : ainsi, j'étais à l'abri d'une nouvelle visite-surprise chez Gary.

J'ai tout remis dans l'enveloppe, que j'ai refermée soigneusement et reposée par terre dans l'entrée, pour le cas où Beth viendrait jeter un coup d'œil par la fente un soir quelconque. La chemise renfermant l'extrait de naissance de Gary glissée sous la veste du survêtement, je me suis préparé à évacuer les lieux.

Cette opération, toujours éprouvante, était cette fois d'autant plus délicate qu'elle se déroulait en pleine journée. Dans l'hypothèse où un voisin aurait été à sa fenêtre, j'ai choisi une tactique de diversion : dès que j'ai mis les pieds sur le trottoir, je suis parti sur la gauche en trottinant, les mains enfoncée dans mes poches afin de dissimuler mes gants chirurgicaux. J'avais parcouru environ trois cents mètres lorsque j'ai vu Chuck Bailey. Il arrivait vers moi, en courant lui aussi.

« Hé, Zorro ! Comment ça… »

Il n'a pas pu achever sa phrase, s'immobilisant brusquement sur place comme s'il avait été touché par une balle. Le visage écarlate, le souffle caverneux, les yeux emplis d'une détresse sans nom. Le portrait craché de la victime d'un infarctus. Sa main s'est abattue sur mon épaule, à la recherche d'un appui. J'allais le prendre par le bras, mais lorsque je me suis rappelé que je portais toujours mes gants j'ai préféré m'abstenir de jouer les bons Samaritains.

« Chuck ? Ça va ?

— Putain, non…

— Vous voulez que j'appelle un…

— Pas besoin d'un médecin. Laissez-moi une seconde, juste. »

Ses doigts enfoncés dans mon épaule, il cherchait à retrouver sa respiration tandis que je frottais et refrottais ma main droite dans ma poche afin d'ôter au moins un gant. Qui ne bougeait pas d'un poil.

« Ah, ça va mieux, a-t-il fini par souffler.

— Vous êtes sûr ?

— Je crois, oui… La vache !

— Vous devriez faire un bilan sérieux, Chuck.

— Mais je viens de le faire. Le palpitant, ça va. C'est seulement… » Il a détourné son regard, les mâchoires crispées. « Les enculés !

— Comment ça ?

— Éjecté. Viré.

— Quoi, vous ?

— Ouais, moi.

— Impossible.

— Ils m'ont fait le coup hier. Juste quand j'allais partir. Convoqué chez le directeur. À cause du putain de compte des crèmes fouettées, plus un autre client qui s'est tiré sans préavis il y a trois mois. "J'ai positivement horreur de faire ça", il a commencé, et en une minute c'était expédié. Vingt-trois années dans la même foutue boîte ! Et toutes rentables, à part la dernière... Et hop, en soixante misérables secondes, ils foutent tout ça en l'air ! Et en plus, après, je me traîne dans mon bureau, encore sous le choc, mais un gorille de la sécurité me coince à la porte, il me tend mon manteau et ma serviette et il me dit comme ça : "Désolé, m'sieur, ce bureau est interdit d'accès." J'ai failli lui arracher les yeux !

— Doux Jésus ! Ils vous ont donné un parachute, au moins ?

— Six mois bruts.

— C'est déjà quelque chose, non ?

— Pas avec Emily à Smith et Jeff à Choate, non ! Ajouté à ce que j'ai pu mettre de côté, ça me permet de subsister deux ans, pas plus...

— Vous allez bien retrouver une place !

— Certainement pas à cinquante-trois ans !

— Consultant ? »

Il a eu un rire cacochyme.

« Autant dire au rancart ! Annoncez à n'importe qui que vous êtes consultant et il vous classe tout de suite dans les ratés professionnels.

— Merde. Chuck, je suis...

— Laissez tomber. Les marques de sympathie, ça me donne envie de gerber. Mais, et vous ? On vous a viré, vous aussi ?

— Moi ? Oh non, j'ai pris ma journée. Je me suis levé ce matin et je me suis dit : Qu'ils m'oublient !

— Hé, quand on est associé, c'est un luxe qu'on peut se permettre... Moi, le plus haut que j'aie pu grimper, c'est vice-président exécutif. Vous êtes partant pour un verre ? J'ai décidé de passer la journée en compagnie de M. Johnny Walker.

— J'ai des trucs à faire. Mais plus tard, dans l'...

— Qu'est-ce qui se passe avec votre main ? »

236

Il venait de remarquer les allées et venues sous mon pantalon, auxquelles j'ai mis fin sur-le-champ.

— Oh, une démangeaison.

— Une démangeaison olé-olé ?

— Des morpions.

— Ah, il y en a qui ont de la chance ! Enfin, si vous changez d'avis, pour ce verre, je ne bougerai pas de chez moi.

— Faites attention à vous, hein ?

— Pourquoi ? Une bonne crise cardiaque, ça résoudrait tous mes problèmes. »

Sans me donner le temps de tenter d'autres formules de consolation, il a repris son jogging, en direction de chez lui.

Quand il a été hors de vue, j'ai enlevé mes gants en hâte, je les ai fourrés dans mes poches et je suis moi aussi retourné chez moi. « Tout ne tient qu'à un fil, me disais-je en marchant, tout peut nous être repris d'une minute à l'autre. Et nous passons la majeure partie de notre vie professionnelle à redouter que cet instant n'arrive… »

J'ai été soulagé de refermer la porte derrière moi, soulagé de constater que les documents cachés sous ma veste n'étaient pas tachés de sueur, soulagé de voir que la lumière des messages ne clignotait pas sur le répondeur. Après une douche, je me suis rhabillé « dans le style Gary », j'ai pris son extrait de naissance, je suis monté en voiture et j'ai rejoint l'autoroute.

Il était à peine midi. Encore cinq heures de lumière du jour. Juste assez de temps pour accomplir quelques corvées incontournables avant d'aller dîner chez les Hartley.

La première consistait à rendre visite au bureau des immatriculations et permis de Norwalk, une agglomération de banlieue à une trentaine de kilomètres au nord de New Croydon. En route, je me suis arrêté à une station-service, j'ai fait le plein et j'ai demandé si je pouvais utiliser le téléphone. Par un coup de fil aux renseignements, j'ai appris le numéro du Service des véhicules automobiles de l'État du Connecticut. Quand la voix digitale m'a répondu, j'ai choisi le département des informations dans la liste des options que je pouvais obtenir en pressant une touche. La voix informatique m'a prévenu que j'allais devoir attendre cinq minutes, au bout desquelles une fonctionnaire a pris mon appel en m'annonçant qu'elle se nommait Judy. Je lui ai expliqué que je venais de perdre mon permis de conduire et que je me demandais s'il faudrait une nouvelle photo d'identité pour me faire établir un duplicata.

« Bien sûr que oui, m'a rétorqué Judy. C'est la loi, dans notre État.

— Bon, je sais que ça va vous paraître idiot, mais c'est que j'aimais vraiment l'ancienne, alors je me disais que vous l'aviez peut-être encore quelque part... »

Je l'ai entendue réprimer un rire.

« Non, monsieur, je ne peux rien faire pour vous. L'État du Connecticut ne conserve pas les originaux de permis de conduire sur archives informatiques. »

Exactement ce que je désirais apprendre. Réfugié dans les toilettes de la station, j'ai sorti le permis de Gary de son portefeuille, j'ai noté son numéro sur mon calepin, puis j'ai déplié les ciseaux de mon couteau suisse et j'ai réduit le document en confettis. En trois fois, la chasse d'eau l'a emporté dans l'oubli.

Si j'avais choisi le bureau de Norwalk, c'était parce que j'étais sûr qu'il n'y aurait pas beaucoup de monde, Norwalk étant une de ces lugubres banlieues que ses habitants s'empressaient de fuir pendant la journée, et parce que, ayant renouvelé mon propre permis à Stamford deux mois auparavant, je n'avais aucune envie de tomber sur le même employé.

Dans la modeste file d'attente – cinq personnes devant moi –, j'ai eu le temps de remplir la déclaration de perte en notant le numéro de Gary pour le permis « égaré ».

« Comment qu'vous l'avez perdu ? m'a demandé l'abruti à dents de lapin qui officiait au guichet.

— Chez moi.

— Vous avez votre extrait d'acte de naissance ? » Il l'a examiné avant d'éplucher la déclaration. « Là, en bas, vous avez oublié de signer. »

Très intelligent, ça. Ce n'était pas vraiment le moment de sortir la carte de crédit et de me livrer à mon micmac habituel. Alors, en veillant à ce que ma main ne tremble pas trop, j'ai exécuté un faux, assez passable, que le fonctionnaire a distraitement contemplé.

« Pour l'examen des yeux, c'est là-bas », m'a-t-il lancé en me montrant une autre file.

En deux minutes, ayant récité les lettres sur le tableau, j'étais proclamé apte à la conduite. Ensuite, on m'a aiguillé vers un Photomaton où je me suis fait tirer le portrait et j'ai improvisé une nouvelle fois la signature de Gary sur la carte qui, dûment plastifiée, allait bientôt devenir mon nouveau permis.

Encore dix minutes d'attente pour ce faire. Et lorsqu'on a appelé Gary Summers, j'ai tardé à réagir avant de m'avancer en pensant : C'est moi !

Je me suis approché du guichet avec appréhension, presque certain de voir un policier surgir des bureaux et me placer en état d'arrestation pour usurpation d'identité.

« Et voilà, monsieur Summers, a annoncé l'employé en me tendant la carte plastifiée et en ramassant les billets de banque que je posais devant lui. Essayez de ne plus le perdre, cette fois ! »

En voiture, j'ai remercié en silence l'État du Connecticut, pourtant hyperbureaucratisé, de ne pas

239

avoir complété son équipement informatique jusqu'à pouvoir scanner et archiver les permis. Je me suis aussi adressé de muettes félicitations, puisque je venais d'obtenir une pièce d'identité indispensable à mon existence dans les quarante-sept autres États contigus de l'Union.

Le reste de l'après-midi a été consacré au shopping. D'abord un arrêt dans un gros complexe commercial de Bridgeport, une zone industrielle mochissime, pour retirer encore cinq cents dollars d'un distributeur avec ma propre carte ATM. Ensuite, dans un magasin d'accessoires autos, j'ai acheté deux jerricans en plastique. Remontant toujours plus au nord, après New Haven, j'ai fait halte dans une grande surface spécialisée en articles de sport, au milieu d'un immense centre commercial, pour faire l'acquisition d'un petit canot pneumatique – cent quatre-vingt-quinze dollars –, d'une pompe à soufflet et d'une paire de pagaies. Après quarante-cinq minutes de route jusqu'à Hartford, j'ai consulté les pages jaunes pour trouver un fournisseur de produits chimiques chez lequel j'ai dépensé vingt-sept dollars et cinquante cents. Puis je suis reparti au sud, vers Waterbury – un petit trajet de trente minutes par l'autoroute –, pour trouver un magasin de jardinage où j'ai choisi d'autres produits. Encore plus au sud, par la 84, j'ai repéré une grande surface de matériaux à Danbury; là, j'ai fait l'emplette de feuilles de polyane noir, d'un marteau de joaillier, d'un long tuyau d'arrosage et d'un bidon de produit d'entretien. Retour à Stamford par la 7 – en passant tout près de Darien –, encore une galerie marchande dans les quartiers ouest, où j'ai acheté successivement un survêtement et des chaussures de sport noirs, une glacière, une grande bâche verte, deux sacs marin, un rouleau de ruban adhésif, deux tubes en carton et deux éprouvettes en verre.

Chaque fois, j'ai payé en liquide. Je n'ai jamais demandé conseil au moindre vendeur, ni plaisanté avec la moindre caissière. Quant aux plus de trois cents kilomètres que j'avais parcourus dans l'après-midi, je considérais absolument nécessaire cette longue virée à travers le Connecticut. Simple mesure de précaution : si j'avais tout acheté au même endroit, ces courses hétéroclites qui comprenaient des substances inflammables et un dinghy auraient pu éveiller la méfiance, s'inscrire dans les mémoires.

De retour à la maison à sept heures, j'ai stocké mes achats dans plusieurs des placards à serrure de mon labo avant de reprendre le volant pour aller chez les Hartley.

Ils m'ont abreuvé du meilleur whisky et du meilleur chablis, gavé de la plus fine sole de Nouvelle-Angleterre. Ils ont prêté une oreille compatissante à la version grand public de mes déboires conjugaux que je leur ai servie, énonçant le discours convenu en matière de conseils et de réconfort, entretenant l'espoir d'une réconciliation. Et quand j'ai mentionné en passant que Beth voulait que j'aie quitté la maison avant dimanche ils ont échangé un regard entendu.

« Vous n'avez qu'à vous installer dans notre chambre d'amis, le temps qu'il faudra, a proposé Ruth aussitôt.

— Je ne pourrais jamais.

— Tu n'as pas à pouvoir, tu dois, a tranché Bill.

— Je ne vais pas vous imposer cette peine.

— Quelle peine ? s'est exclamée Ruth. D'ailleurs, à quoi bon vous tracasser à trouver un endroit alors que...

— Je pense qu'ils me laisseront utiliser l'appartement de fonction quelques semaines, à la boîte.

— D'accord, a insisté Ruth, mais si vous venez vivre chez nous vous serez tout près des garçons. Et de

Beth. Quelques jours sans le train-train, qui sait ? Ça pourrait tout changer…

— Non, entre nous, c'est sans espoir.

— Il ne faut jamais croire ça !

— Je ne le crois pas. Je le sais.

— En tout cas, est intervenu Bill, la chambre d'amis est à ta disposition, aussi longtemps que tu en auras besoin.

— Vraiment, je trou…

— Voilà, c'est arrangé, m'a coupé Ruth.

— Je ne sais pas quoi dire…

— Ne dis rien, m'a conseillé Bill. Contente-toi de picoler. »

Joignant le geste à la parole, il a rempli mon verre de vin. J'ai bu, et c'est là que j'ai tenté la question que je gardais en réserve depuis le début de la soirée.

« J'ai bien envie de laisser tomber le bureau jusqu'au milieu de la semaine prochaine. Un ou deux jours en mer, je suppose que ce ne serait pas possible, pour toi ?

— J'adorerais, mais on va voir Theo à New Haven dimanche. Samedi, peut-être ?

— Je monte à Darien voir Adam et Josh.

— Alors, si tu veux sortir dimanche, tu es le bienvenu à bord. Quelques jours au grand air en tête à tête avec toi-même, ça ne peut que te faire du bien. On voit tout de suite les choses autrement.

— Je n'aimerais pas qu'il arrive quoi que ce soit à ton voilier.

— Je m'en fous. Il est assuré.

— Chèrement assuré ! a complété Ruth, et nous avons éclaté de rire tous les trois.

— Vous êtes vraiment trop gentils avec moi, leur ai-je dit après.

— Hé, ça sert à quoi, les amis ? » m'a lancé Bill.

# SIX

C'est Bill qui avait tenu à me procurer de quoi lire au lit : trois épais manuels de navigation pour les côtes du Connecticut, avec tables des marées et tout, que j'ai feuilletés pendant cinq minutes avant que le sommeil me terrasse comme un méchant uppercut au menton. Neuf heures plus tard, il m'a fallu un moment pour réaliser qu'il était presque midi, un jeudi, et que je m'étais réveillé dans la chambre d'amis de Ruth et Bill Hartley puisque, l'alcool et le besoin de chaleur humaine aidant, je m'étais finalement laissé convaincre de ne pas rentrer chez moi. Pour la première fois depuis des jours et des jours, j'avais dormi profondément, sans rêve ni cauchemar.

Les cartes de navigation étaient encore étalées autour de moi. Sur la table de nuit, j'ai aussi découvert un mot et un trousseau de clés.

On est partis bosser. On ne voulait pas te réveiller. Fais comme chez toi, garde ce trousseau, apporte tes affaires quand tu veux. La plus petite clé est celle de la cabine du *Blue Chip*, au cas où tu voudrais jeter un coup d'œil.

Tiens le coup.

On t'aime.

R&B.

Je ne méritais pas de pareils amis, si droits, si confiants. D'autant que je m'apprêtais à user et abuser de leur hospitalité...

En tout cas, l'accès au voilier était une véritable aubaine. Après une douche rapide dans la salle de bains attenante, je suis parti sans tarder au port et je suis monté à bord. Une brève inspection de la cabine : entre les deux couchettes, il y avait assez de place pour entreposer une charge respectable ; le bateau disposait d'un moteur d'appoint destiné aux manœuvres voiles abattues, assez puissant pour faire face à des courants relativement forts, surtout si on branchait le pilote automatique en laissant tranquillement le GPS de Bill se charger de tout le travail. D'après l'un des manuels d'instruction que j'avais trouvés sur une étagère, il était possible de parcourir plus de deux cents miles avec un plein de carburant. Dans un petit rangement à l'avant, j'ai repéré trois jerricans de gazole : une précaution de Bill, qui n'avait pas envie de se retrouver en panne sèche en cas de vent nul. En examinant la coquerie, j'ai également constaté que le tuyau qui reliait le réchaud à la bouteille de gaz stockée dehors présentait une partie usée, qui avait été sommairement renforcée avec du ruban adhésif isolant.

Je suis remonté sur le pont en refermant la cabine derrière moi. Le temps était couvert, avec un ciel d'un gris cendreux et une bise du nord qui vous glaçait jusqu'aux os. Le col de mon blouson relevé, je suis retourné à la voiture et je me suis installé avec les cartes de Bill dépliées sur le volant. Après avoir vérifié les heures et les amplitudes des marées pour le dimanche et le lundi suivants, j'ai passé en revue la côte de l'estuaire de Long Island, suivant du doigt la ligne dentelée, ponctuée de ports et d'anses, avant de l'arrêter sur ce que je cherchais, une petite langue de terre à l'est de New London, le parc national de Harkness Memorial.

Deux heures plus tard, j'étais sur place, à moins de deux cents kilomètres de New Croydon. Après avoir suivi la 95 jusqu'à New London, siège de ce prestigieux établissement qu'est l'Académie des gardes-côtes, un bref trajet sur la route 213 m'avait amené à l'entrée du parc. J'ai traversé des hectares de pelouses impeccables, dépassant tables de pique-nique, passerelles en bois descendant vers la plage, ainsi que l'ancienne résidence des Harkness, transformée en musée, et qui ressemblait à une maison hantée dans un film de Vincent Price. Une fois franchi le portillon bas muni d'un écriteau informant que le parc fermait à la tombée de la nuit et la guérite, désertée puisque les gardiens relâchaient leur surveillance durant la morte-saison, l'endroit m'appartenait, en ce triste jeudi de novembre. J'ai marché jusqu'à la plage et ce que j'y ai découvert m'a entièrement satisfait : quelques bateaux de plaisance cinglant au large, une vedette de gardes-côtes croisant sur un bras de mer qui, à une quinzaine de miles à l'est, devenait l'océan Atlantique. Mieux encore, c'était la seule partie de la côte demeurée sans habitations proches du rivage, ce qui me garantissait que je pourrais toucher terre ici à l'insu de tous. La présence des gardes-côtes, cependant, me tracassait un peu : les aspirants faisaient-ils du zèle, arraisonnant la moindre embarcation sur leur chemin ? Mais bon, leur job, c'était de défendre le pays, pas d'importuner un petit voilier piquant droit vers le large ! Non, décidément, c'était le site idéal. Et un accès facile depuis la pleine mer, si les courants étaient avec moi...

J'ai traîné un moment sur la plage, respirant à pleins poumons l'air iodé, les yeux fixés sur le désert marin, à nouveau écrasé par un sentiment de culpabilité qui, je le savais, ne me quitterait plus jamais. On dit que la peur est la plus fidèle compagne de tout être conscient, pas vrai ? La vie, c'est avancer d'un pas hésitant, sans cesse torturé par une idée obsédante : « Aujourd'hui, tout va être découvert. » Les forfaits de chacun, les crimes quotidiens que sont les petits mensonges envers les autres et envers soi-même, ne sont rien en regard de cette crainte incessante de voir sa fausseté, sa nullité exposées au regard de tous. Elle est là, cette peur, et elle ne lâche jamais prise, sauf peut-être chez celui qui a franchi la frontière mouvante qui sépare la civilisation de l'état primitif. Une frontière qui à son tour nous fait peur, car nous savons tous qu'elle peut être violée avec une terrifiante facilité, en une fraction de seconde. Il suffit d'attraper la bouteille posée près de nous et...

Et quoi ? Et là, vous vous demandez pourquoi vous avez dilapidé tant de votre existence à attendre ce moment de révélation, ce moment redouté. Soudain, ce n'est pas seulement que vous vous sentiez coupable : vous êtes coupable. Vous avez commis l'innommable, l'infaisable, et vous êtes toujours là. Plus besoin d'avoir peur du gouffre, désormais, puisque vous y êtes. C'est un instant de libération, oui, mais d'une terrible libération. Parce que, au moment même où vous luttez pour vous échapper du gouffre, vous comprenez que vous allez devoir maintenant endurer le plus impitoyable des châtiments, la perte de vos enfants.

Je suis resté assis sur le sable près d'une heure, jusqu'à ce que le jour commence à décliner. Après avoir repris la voiture, je suis sorti du parc et je suis parti à gauche. À un kilomètre environ, j'ai stoppé brusquement devant le portail désarticulé d'une ferme à l'abandon. Un champ d'à peu près un hectare s'étendait derrière, planté d'un grand bosquet d'arbres, très dense mais avec assez d'espace entre les troncs pour y glisser un véhicule de taille moyenne. Aussi loin que mes yeux portaient, la terre paraissait en friche, négligée. La maison la plus proche, une grande bâtisse à bardeaux rouges, se trouvait à plus de cinq cents mètres. C'était exactement ce qu'il me fallait.

En repassant par New London, j'ai remis mon compteur kilométrique à zéro devant la gare, puis j'ai suivi les panneaux indicateurs pour retrouver la 95 et je suis rentré à la maison.

Sitôt arrivé, j'ai appelé Beth. Naïvement, j'avais espéré que le départ soudain de Gary la dégèlerait un peu. C'était une erreur.

« Il est tard, a-t-elle annoncé sèchement en reconnaissant ma voix.

— Sept heures et demie, oh ! Pas vraiment le plein milieu de la nuit, non ?

— Tu sais que Lucy et Phil n'aiment pas qu'on les appelle après sept heures.

— Quoi, ça trouble leur karma, c'est ça ?

— Tu téléphonais pour quoi, tu peux le dire ?

— Je voulais juste...

— Juste quoi ?

— ... savoir comment les gosses allaient.

— Ils vont bien.

— Super.

— C'est tout ?

— Samedi, je viens.

— Oui, on sait.

— Vers deux heures.

— Parfait. »

Et elle a raccroché.

Un « dégel », ça ? Les neiges éternelles, oui ! C'était sans espoir. Terminé. Kaput.

La gorge sèche, j'ai composé le numéro de Jack Mayle chez lui, à Scarsdale. À l'autre bout du fil, il m'a paru exténué.

« Un peu dans les vapes, ce soir. Ça doit être à cause des comprimés que le Dr Dieu me fait prendre. Et toi, tu tiens le coup ?

— J'ai réussi à dormir un peu la nuit dernière. C'est déjà pas mal.

— Beth commence à revenir à la raison ?

— Rien du tout.

— *Gevalt.*

— Comme vous dites.

— Tu as vu les garçons ?

— On m'a accordé une visite samedi. Vous avez besoin de moi à la boîte, d'ici là ?

— Je pense qu'on se débrouillera. Simplement, le dossier Dexter... Ça se corse. La crapule de Santiago ne veut pas descendre au-dessous d'un bâton neuf par chiard, si bien que Mme D. numéro cinq en a la bave aux lèvres. Ah, et puis j'ai dû prendre l'appel très, très agité de la Deborah Butt Bowles. Elle me dit que ses coproprios lui mettent le couteau sous la gorge pour six mois de charges en retard.

— Bien fait.

— C'est une cliente, Ben.

— C'est une conne. Et méchante, en plus.

— Il faut avouer que... Mais enfin, il faut bien qu'on lui trouve de quoi joindre les deux bouts.

— Et Estelle, ça va ?

— Estelle ? C'est Estelle.

— Je me suis vraiment comporté comme un *schmock.*

— De l'histoire ancienne. Oublie.

— Et vous, vous allez comment ?

— Eh bien... Je suis toujours là. C'est déjà pas mal, faut croire. Mais hé, mercredi, tu reprends le boulot, d'accord ? J'ai besoin de toi.

— Ne vous inquiétez pas.

— D'ici là, repose-toi un peu. Voilà ce qu'il te faut.

— Merci pour tout, Jack. Vous avez été merveilleux. »

Il a dû déceler quelque chose d'étrange dans ce passé, car il a enchaîné :

« Ben ? Tu es sûr que tu vas bien ?

— Fatigué, simplement. Plus que fatigué.

— Courage, mon grand. »

J'ai raccroché et, tout d'un coup, je me suis dit que nous n'allions plus jamais nous reparler, Jack et moi. Le premier adieu. D'autres, encore plus difficiles, allaient suivre.

Une nouvelle visite ni vu ni connu chez Gary. En commençant par la vérification du réfrigérateur. En appuyant sur ses lèvres, devenues gris-bleu, j'ai entendu un discret craquement. Un grand bravo pour la marque Frigidaire : lorsqu'il s'agit de conserver un cadavre, leurs appareils sont imbattables. La porte refermée, je suis passé dans son labo. Il n'était pas comme moi, Gary, il n'avait possédé que trois appareils : un Rolleiflex décati, un Nikkormat relativement neuf et un Leica format réduit. Je les ai tous rangés dans son sac de photographe, ajoutant un flash automatique, deux objectifs supplémentaires et un petit trépied, puis je suis monté dans sa chambre.

J'ai déniché dans le placard un paquetage que j'ai bourré de jeans, de chemises, de tee-shirts et de sous-vêtements. J'ai aussi raflé son blouson d'aviateur marron, son Filofax, sa trousse de toilette et la paire de Ray Ban Wayfarers qu'il portait toujours en public. J'ai essayé ses bottes de cow-boy Tony Lama : un peu serrées, mais elles finiraient bien par se détendre à l'usage. Elles ont rejoint le reste de sa garde-robe dans le sac marin. Il restait encore à prendre son portable IBM dont la mallette, que j'ai trouvée sous le bureau, contenait déjà une petite imprimante de voyage Canon. Très pratique, tout ça. Le Thinkpad bien arrimé, j'ai saisi les bagages et j'ai traversé encore une fois la rue, en franc-tireur qui n'en mène pas large.

Parvenu dans notre allée, j'ai tout casé dans la malle arrière de la Miata, avant de descendre à vive allure dans mon labo et de revenir pour y adjoindre la bâche verte, et la chemise qui contenait les papiers de Gary.

Direction Stamford, par l'autoroute presque désertée à cette heure. Au parking, un autre employé somnolent n'a même pas levé les yeux de son journal sportif pendant que je prenais mon ticket et que je redémarrais. J'ai pu me garer à trois places de la voiture de Gary. Sans personne à la ronde, j'ai rapidement transféré le contenu de mon coffre dans celui de la MG. Ensuite, pour occuper un peu de temps – je ne voulais pas risquer d'attirer l'attention du gardien en ressortant avec mon véhicule cinq minutes à peine après être arrivé –, j'ai quitté le parking à pied, par l'escalier, j'ai avisé un petit restaurant indien dans une ruelle voisine et j'ai passé une heure à chipoter un poulet tandoori et à écluser quelques bières, la tête enfouie dans le *Stamford Courier* du jour.

Personne ne m'a remarqué quand, à onze heures et demie, je suis reparti au volant de la Miata. Et le lendemain matin, en gagnant ce même parking à pied après avoir pris le 6 h 8 à New Croydon, je suis passé sans encombre devant le nouveau gardien qui avait pris son service à l'aube. C'était un vendredi, j'avais l'air de celui qui a décidé de commencer son week-end en avance, habillé comme pour une virée à la campagne : bottes de marche, gros cardigan, petit sac à dos. La MG de Gary a démarré au quart de tour, j'ai allongé vingt-quatre dollars pour deux journées de stationnement et je me suis dirigé en bâillant vers la 95, le cerveau encore embrumé par une nuit trop courte, où le sommeil avait tardé à venir.

Toujours bien en deçà des limitations de vitesse, je suis arrivé devant l'entrée du parc Harkness, que j'ai dépassée pour emprunter la route déserte jusqu'au portail de la ferme abandonnée. Je suis descendu ouvrir les deux battants, j'ai pénétré à l'intérieur en voiture, j'ai refermé derrière moi et j'ai repris le volant pour aller jusqu'au bosquet. Moteur à très bas régime, j'ai fait entrer la MG aussi loin que possible sous les ormes et les chênes entrelacés. Au bout d'une quinzaine de mètres, complètement entouré de buissons, je n'ai pas pu continuer plus avant. Alors j'ai coupé le contact, j'ai déplié la bâche et j'en ai couvert la MG, avant de ramasser des poignées de feuilles mortes que j'ai étalées sur toute la surface : pas tout à fait un camou-flage digne d'une unité de Bérets verts, mais en tout cas suffisant pour qu'on n'aperçoive rien d'autre qu'un tas de feuilles informe depuis la route, ainsi que je l'ai constaté en m'éloignant à pied.

Sortant une casquette de base-ball et une paire de lunettes de soleil de mon sac, j'ai entamé la marche de huit kilomètres pour regagner New London, sans jamais quitter le bas-côté envahi d'herbe. Seuls quel-ques véhicules sont passés, et aucun ne s'est arrêté pour me proposer de monter, personne ne s'est retourné. Je n'étais qu'un drogué du grand air, lancé dans une longue balade matinale.

Dans la salle d'attente de la gare de New London, j'ai soufflé une demi-heure en essayant de me plonger dans le roman – de gare, justement – que j'avais pris avec moi. L'habituelle salade à la Tom Clancy, Jack Ryan sauvant les États-Unis d'une poignée d'islamistes fanatisés qui menaçaient de balancer une bombe atomique sur Cleveland. Il y avait une scène dans le Bureau ovale de la Maison-Blanche, avec le Président déclarant au héros : « La nation compte sur vous, Jack » ; une autre où Ryan annonçait à sa femme : « La nation compte sur moi, chérie » ; une autre où le même Ryan affirmait à l'un de ses coéquipiers : « La nation compte sur nous, Bob. » Ce Clancy n'est pas un écrivain, c'est une sous-direction de la CIA à lui tout seul. Pourtant, ce jour-là, je lui ai dû une fière chandelle : si un passage de proclamations patriotiques particulièrement pompeuses ne m'avait fait lever les yeux au ciel, je n'aurais pas découvert à travers les baies de la salle d'attente, debout juste en face de moi sur le quai, mon cher beau-frère, Phil.

Lui ne m'avait pas vu, et pour cause : il était trop absorbé par la femme qui se tenait près de lui. La quarantaine, grande, la chevelure violemment permanentée, vêtue d'un tailleur strict comme on en voit des milliers... C'est tout ce que j'ai pu noter d'elle, car au même moment, sans crier gare, leurs visages se sont collés l'un à l'autre pour un long, long baiser. Avec la langue. Une seconde plus tard, j'étais debout et je me hâtais vers la sortie sur la rue. Je ne me suis arrêté de marcher qu'une fois à l'intérieur du premier bar venu, la gare derrière moi.

Il m'a fallu un whisky avec une bière, suivis d'une seconde Bud, pour recouvrer mon calme. L'alerte avait été chaude. Grâce au ciel, cela s'était passé avant que je ne parvienne sur le quai... Évidemment, j'étais bon pour attendre encore deux heures le prochain train en direction du sud. Mais ce contretemps était presque compensé par la satisfaction d'avoir découvert que cette face de carême qu'était mon beauf', ce type qui au physique comme au moral ressemblait à un crayon maniaquement taillé, roulait Lucy la Harpie dans la farine. Je me suis demandé qui pouvait être la « femme fatale ». Quelque collègue comptable, aux charmes de laquelle il avait succombé tandis qu'ils épluchaient de concert les livres des Dépilatoires Johnson SA ? – puisque Phil était spécialisé dans l'audit des fabricants de cosmétiques. Ou bien, tout simplement, quelqu'un comme lui, cherchant réconfort loin d'un mariage sans issue, voulant se donner une petite preuve qu'elle était encore capable d'inspirer du désir ? Splendide, Phil : alors, toi aussi tu as une vie secrète !

Lorsque mon train a enfin daigné arriver, j'ai choisi un siège tout près des toilettes pour hommes, juste pour le cas où il me faudrait esquiver en catastrophe une autre de mes connaissances.

À mon retour à New Croydon, une tâche périlleuse m'attendait. Dans mon labo, j'ai sorti du placard les divers produits chimiques achetés l'avant-veille, puis j'ai ouvert mon calepin à la page où j'avais recopié la recette de l' « anarchiste » et je me suis mis au travail. Muni d'un verre doseur, j'ai joué les docteurs Nimbus en mesurant chaque composant avant de les mélanger tous ensemble. Ensuite, j'ai versé la mixture dans l'un des tubes en carton, dont j'avais préalablement scellé l'un des fermoirs en plastique. Dans la capsule qui le bouchait à l'autre extrémité, j'ai percé un trou avec des ciseaux. Même opération avec le second tube. Je les ai coincés côte à côte dans un petit sac, tête en haut. J'ai déchiré la recette et je l'ai envoyée reposer dans l'océan, *via* les cabinets.

Puis j'ai rempli d'acide les deux éprouvettes à l'aide d'un entonnoir, et les ai bouchées et scellées au ruban adhésif. J'ai sorti la glacière, fixé solidement une éprouvette de chaque côté à l'intérieur. Après avoir remis le couvercle, je l'ai secouée comme un furieux. Tout est resté en place, pas une goutte d'acide n'a coulé, je ne me suis pas retrouvé plongé dans un geyser de flammes. Mais lorsque j'ai décapsulé la première des six canettes de bière que j'allais siroter ce soir-là, avachi devant la télé, un jet de mousse m'a atteint en pleine face.

Tous ces préparatifs minutieux étaient indispensables à l'étape suivante : l'embarquement, le lendemain matin, des éprouvettes d'acide sur le *Blue Chip*. La veille au soir, j'avais passé un coup de fil à Bill pour lui demander si je pouvais porter mes affaires à bord avant mon départ en mer dimanche. « Aucun problème », m'avait-il répondu en me promettant de prévenir par téléphone le capitaine du port, pour le cas où celui-ci s'étonnerait de voir un inconnu s'agiter autour de son voilier.

« 'Jour », m'a lancé ledit capitaine en venant vers moi sur le ponton.

Il avait une soixantaine d'années. Maigre comme un clou, des traits comme taillés avec une serpe rudimentaire.

« Bonjour.

— Vous êtes l'ami d'Bill Hartley, exact ?

— Ben Bradford, ai-je répondu en lui tendant une main à laquelle il a accordé une brève et rude poignée.

— J'vous ai vu, hier. »

J'en suis resté bouche bée, ou presque. Pas un seul instant je ne m'étais senti observé.

« Vous auriez pu me dire un petit bonjour, ai-je fini par plaisanter.

— Ouais, j'ai bien failli, et puis j'ai vu que vous aviez la clé, donc je m'suis dit que vous étiez autorisé... Vous partez pour l'Europe ou quoi ?

— Oh non, deux jours de balade le long de la côte. »

Il avait les yeux rivés sur les deux sacs que j'avais déjà embarqués sur le pont.

« Vu c'que vous entreposez à bord, m'a tout l'air que vous vous préparez à traverser l'Atlantique.

— On n'est jamais trop prévoyant. »

Il a remarqué encore un énorme sac marin sur le ponton.

« Crénom, vous charriez quoi, là-dedans ? »

Comme j'avais les paumes moites d'anxiété, j'ai préféré les enfoncer dans mes poches.

— Du matériel de plongée.

— Y a rien à voir dans ces eaux-là, à part c'que les égouts nous rejettent... Vous v'lez un coup de main ? »

Je n'ai pas eu le temps de décliner son offre. Il avait déjà saisi le paquetage par un bout. J'ai sauté à terre pour attraper l'autre extrémité.

« L'enfoiré, il pèse une tonne, a-t-il maugréé en m'aidant à le hisser sur le voilier. Et c'est froid comme la mort, en plus !

— Je stocke les bouteilles dans mon garage. Une vraie glacière, là-dedans. »

Nous avons réussi à déposer le sac sur le pont pas trop brutalement. Je l'ai remercié, espérant qu'il me lâcherait les baskets, mais il ne faisait pas mine de s'en aller.

« Vous comptez sortir aujourd'hui ?

— Demain matin à l'aube.

— Le port ouvre à six heures et demie.

— Je sais. »

Il ne détournait pas son regard du sac marin. Moi, j'essayais de garder une mine enjouée.

« D'la plongée en plein novembre, hein ? » Il secouait la tête. « Vous me l'feriez pas faire, à moi. » Du pied gauche, il a donné un coup dans le paquetage. Par chance, il a atteint un conteneur en acier qui a rendu un « bang » assourdi. « Une sacrée bouteille qu'vous avez là, on dirait. Combien de temps vous pouvez rester sous l'eau avec ça ?

— Une heure, en gros.

— Avec c'qu'il y a à voir par ici, ça me paraît amplement suffisant. Alors... Bon vent, hein ?

« — Et merci pour le coup de main ! »

Après un sec hochement de tête, il est redescendu à terre et s'est éloigné.

Arrivé dans la cabine, je me suis jeté sur une couchette en essayant de retrouver une respiration normale.

« Le port ouvre à six heures et demie. » C'était précisément pour cette raison que j'avais apporté le sac tout de suite : je n'aurais pas pu l'introduire ici en pleine nuit, mais je ne voulais pas non plus attirer l'attention de Bill en surgissant avec cet attirail le lendemain matin... La providence avait voulu que je glisse ma bouteille de plongée dans le même paquetage.

Mais qu'est-ce qu'il lui avait pris, au capitaine, de venir fouiner comme ça ? Avait-il des soupçons ? Et si quelque chose, dans mon comportement, lui avait paru louche ? Ou bien était-ce seulement un vieil acariâtre qui n'avait rien de mieux à faire que de se mêler des affaires des autres ?

J'ai opté pour l'hypothèse du vieil enquiquineur fourrant son nez partout. Après tout, il n'avait aucune raison de me soupçonner. Et il ne s'était certainement pas rendu compte qu'il venait de m'aider à embarquer rien de moins que le cadavre congelé de Gary Summers.

Le caser dans le sac n'avait pas été une mince affaire. Vers une heure du matin, après avoir mis la dernière main à la recette de l'anarchiste, j'avais glissé ma Miata dans son garage, en refermant aussitôt la porte derrière moi. À part une collection d'outils de bricolage exposés sur un mur, l'espace était entièrement vide. Muni du plus gros des paquetages que j'avais achetés la veille, j'étais passé directement au sous-sol, sans avoir à ressortir. Devant le Frigidaire, j'avais étendu une feuille de polyane, puis j'avais entrepris de d'extraire Gary de sa cache. En essayant de le redresser, j'avais failli me donner un tour de reins : il était roide comme la pierre, et incroyablement glacé, à tel point que lorsque j'avais passé mes bras autour de sa taille j'avais à peine pu tenir quelques secondes dans cette position. Après plusieurs tentatives, j'avais réussi à caler tant bien que mal son torse dans l'embrasure, ensuite je m'étais penché pour attraper ses jambes, et hop... Il était parti la tête la première, produisant un bruit révulsant quand son crâne avait heurté le lino. Il présentait d'affreuses contusions, mais grâce à la congélation il n'y avait pas la moindre trace de sang. En l'enveloppant dans le polyane, j'avais immédiatement compris que même avec ses jambes brisées il ne pourrait jamais entrer tout entier dans le sac marin. Une intervention chirurgicale d'urgence s'imposait. Retournant au garage, j'avais trouvé un fer à souder et une scie circulaire, une Black & Decker avec une lame ultra-coupante.

À nouveau devant le Frigidaire, j'avais branché l'appareil. La lame s'était mise à tourner en faisant un potin dingue. J'avais aussitôt coupé le contact. « Pas question. » Alors, je m'étais escrimé pendant une demi-heure à le fourguer dans le sac. Chaque fois que je pensais avoir réussi, je devais constater que la fermeture Éclair ne coulissait pas jusqu'au bout. Il fallait se résigner à passer à l'action. Après avoir percé un trou dans une autre feuille de polyane pour y glisser ma tête, revêtu de ce poncho improvisé qui me protégerait d'éventuelles projections, j'avais pris ma respiration. « Vraiment, je dois faire ça ? – Tu n'as pas le choix. Au boulot. »

L'opération avait duré une vingtaine de minutes. Gary, désormais à moitié démembré et empaqueté dans le polyane, se trouvait tellement à l'aise dans le sac qu'il restait un vide de soixante centimètres à l'une des extrémités. J'avais décidé de le combler avec mon équipement de plongée dès que je serais de retour chez moi. Mais d'abord il m'avait fallu traîner le sac jusqu'au garage, le hisser dans le coffre de la voiture, et m'atteler au nettoyage complet du sous-sol.

C'était un travail de forçat. Avant de commencer, je m'étais toutefois accordé quelques minutes pour vomir dans les toilettes, les entrailles ravagées par la culpabilité. Ensuite, j'avais vidé trois bouteilles de désinfectant pour nettoyer la scie et la moindre surface apparente dans le labo, purgé au nettoyant toutes les conduites afin de ne laisser aucune chance à quelque goutte de sang ou au moindre cheveu de s'attarder dans les parages et de donner ainsi une piste aux enquêteurs, réuni toutes les preuves potentielles dans plusieurs sacs en plastique, eux-mêmes déposés dans le coffre arrière de la voiture. Une inspection finale. L'odeur de chair brûlée était presque entièrement masquée par les litres de Monsieur Propre que j'avais utilisés. J'avais débranché le congélateur, ainsi que tous les appareils électroménagers de la maison. Tous les stores étaient fermés, les rideaux tirés, les portes verrouillées. La maison était scellée, et le resterait jusqu'au jour – dans quelques mois – où Gary déciderait de la mettre en vente, de s'en débarrasser à jamais.

Phares éteints, j'avais quitté le garage pour retourner chez moi, sans jeter un seul coup d'œil en arrière. Cette maison, je ne voulais plus la voir. Quelques heures plus tard j'embarquais sur le *Blue Chip*, avec l'aide de l'envahissant capitaine.

Une fois libéré de sa présence, j'ai laissé passer un bon quart d'heure avant de remonter sur le pont. De loin, je l'ai aperçu en train de houspiller l'équipage d'un voilier qui venait de jeter l'ancre. Le yacht battant pavillon canadien, il devait vouloir fouiner à la recherche de produits détaxés. J'ai traîné le sac marin dans la cabine, retiré l'équipement de plongée et rangé Gary dans le placard situé sous la couchette à bâbord. L'autre paquetage, qui contenait le canot pneumatique, s'est retrouvé dans le rangement des réserves de carburant. J'ai verrouillé l'habitacle, je suis redescendu à terre et je me suis éloigné en voiture, non sans prier dans ma tête pour que le cadavre ne décongèle pas en une nuit.

Il était temps de gagner Darien, mais auparavant j'ai musardé à travers le comté de Fairfield, effectuant des arrêts rapides aux décharges repérées dans les environs de New Canaan, de Wilton et de Westport, pour y abandonner chaque fois un sac compromettant.

Phil et Lucy habitaient dans une impasse d'un quartier résidentiel, Franklin Avenue. Leur maison était un rappel nostalgique de l'ère Eisenhower : toit en tuiles de bois brut, porche de briques rouges orné de minces colonnes blanches, deux grosses jarres de fleurs suspendues dans l'entrée, énorme bannière étoilée pendouillant sur un mât au milieu de la pelouse... Garé dans l'allée, je suis resté un moment au volant, occupé à ravaler mon appréhension, puis je suis allé sonner. Un bruyant ding-dong électrique. C'est Lucy qui m'a ouvert, en pull à col roulé et jean blancs, cardigan de laine crème et mocassins Gucci noirs, un bandeau en soie noire retenant sa chevelure blonde. Elle ne m'a pas souri, elle s'est bornée à constater d'un ton neutre :

« Ben.

— Hello, Lucy. »

L'anxiété pointait dans ma voix.

« Il est là ! » a-t-elle crié par-dessus son épaule. Puis, se tournant vers moi : « Tu peux entrer, tu sais. »

J'avais à peine franchi la porte qu'elle est partie vers la cuisine en me plantant là.

Fauteuils en chintz. Papier mural pesamment fleuri. Bric-à-brac néo-victorien. La tendance Laura Ashley de la décoration.

« Papa ! papa ! » Adam arrivait à toutes jambes de la salle de jeux installée au sous-sol. Il s'est jeté dans mes bras, je l'ai serré très fort contre moi. « Papa est arrivé, maman ! a-t-il proclamé urbi et orbi.

— Je vois, oui. »

Beth était apparue de l'autre côté du hall, tenant Josh endormi contre son épaule. Elle m'a adressé un petit signe de tête. Elle avait l'air de redouter l'entrevue, elle aussi.

« Tu vas bien ?

— Ça va, a-t-elle répondu doucement.

— On va au McDo ! s'est exclamé Adam. On va acheter des jouets !

— Tout ce que tu voudras.

— Pas de milk-shake au chocolat, a prévenu Beth. Ça le... dérange.

— Je veux un milk-shake au choco !

— À la fraise, c'est aussi bon, ai-je voulu concilier.

— Au choco !

— Non, Adam », a tranché Beth.

Il s'est mis à pleurer.

« Mais je veux...

— On verra, ai-je chuchoté dans son oreille.

— Ben, je t'ai déjà dit que... »

Elle s'est arrêtée, fixant un regard las sur ma main levée en signe d'apaisement.

« Va chercher ton manteau, mon grand. »

Tandis qu'il se ruait à l'étage pour mettre mon ordre à exécution, un silence gêné s'est installé entre Beth et moi. C'est elle qui l'a rompu.

« Tout est normal, à la maison ? »

Tu le sais aussi bien que moi, puisque tu y es passée il y a deux jours...

« Impeccable. Et Josh, il t'empêche toujours de dormir ?

— Il a roupillé cinq heures de suite, cette nuit.

— Hé, mais c'est presque un record, ça ! Est-ce que je peux...

— Bien sûr. »

Elle me l'a tendu délicatement. Sa tête est venue se lover dans le creux de mon cou. J'ai posé un baiser sur sa joue tiède. Il sentait toujours le nouveau-né. Je l'ai bercé contre moi. Je ne voulais plus le lâcher.

Adam a surgi en courant, traînant son duffel-coat marron derrière lui. La vue du bébé dans mes bras ne lui a pas plu du tout.

« Non, pas Josh, pas Josh ! a-t-il glapi dans un accès de jalousie. Rien que papa et Adam !

— Ce n'est pas très gentil, Adam, a déploré Beth.

— Je veux mon papa !

— Tu l'as », ai-je répondu en rendant Josh à Beth, à contrecœur, un frisson glacé me parcourant le dos. Adam m'a saisi par la main.

« Tu peux le ramener vers cinq heures ? Il est invité à dîner chez un camarade d'Eddie.

— J'aime pas Eddie ! Il me frappe.

— Tu n'as qu'à le frapper, toi aussi.

— Ben ! Le petit est juste à côté, dans la cuisine avec Lucy !

— Tu ne devrais pas le laisser embêter Adam.

— Évidemment que je ne le laisse pas !

— Alors, parfait, ai-je tranché avant qu'elle ne passe à la vitesse supérieure. Je peux emprunter la Volvo ? Comme ça, pas besoin de déplacer le siège-enfant.

— Tiens. » Elle me tendait déjà les clés. « À cinq heures, s'il te plaît. Pas plus tard.

— J'avais compris, figure-toi. »

On est partis. Alors que je lui bouclais sa ceinture de sécurité, Adam a déclaré :

« Papa, il aime plus maman.

— Mais bien sûr que si. Simplement, nous... » Je suis resté coi, à court de mots. Comment expliquer ce qu'est la discorde conjugale à un gamin de quatre ans ? C'est impossible. Alors, on ment. « On ne se disputera plus, Adam. »

Il a eu un grand sourire.

« On va tous rentrer à la maison ?

— Ouais, ai-je encore menti, très bientôt. »

Au McDonald's, Adam a commandé son menu habituel, nuggets-frites. Il a gobé sans protester son milk-shake à la fraise. Il ne lâchait pas le petit personnage de Disney qu'on avait posé sur son plateau.

« Quand est-ce qu'on va à Disney World ? » m'a-t-il demandé.

Cela faisait des mois qu'il rêvait d'un voyage à Orlando, passant et repassant la bande-annonce vantant les merveilles du royaume de Mickey au début de sa vidéo du *Livre de la jungle*.

« Un jour, on ira, ai-je promis en sortant un flacon de comprimés de ma poche.

— À Noël ? On peut y aller à Noël ? »

J'ai eu du mal à avaler ma salive.

« Un de ces jours, Adam. Un de ces jours. »

J'ai ingurgité deux gélules en les faisant descendre avec du Diet Coke.

« Papa prend des médicaments », a-t-il noté sobrement. Il prend de la Dexédrine, papa. Il en a bien besoin. Il n'a pas dormi. Il a fait des choses épouvantables dans la cave d'un voisin. Aussi, il aimerait tant avoir du Valium sur lui, papa. Parce que avec toutes ces discussions sur Disney World et Noël il est à deux doigts de fondre en larmes, papa. « À Disney World, rien que papa et Adam. Pas Josh !

— Il faut que tu sois gentil avec Josh. Tu es son grand frère. Il va avoir besoin de toi et...

— Papa, c'est "mon" papa ! »

Arrête, petit, arrête. S'il te plaît. Autrement, je craque tout de suite, là, devant toi.

« Bon, où on va, maintenant ? ai-je lancé pour changer de conversation. Voir les jouets ?

— Oui ! Les jouets ! Tu m'achètes un cadeau ?

— Et même un gros cadeau. »

Nous avons repris la voiture jusqu'à Stamford. Baby and Toy, une grande surface sur Forest Street. Adam a foncé à travers les rayons, moi sur ses talons. Quelques instants plus tard, après avoir mis le cap sur les bicyclettes, il était juché sur un vélo rouge riquiqui, un Schwinn avec roulettes stabilisatrices à l'arrière. Visiblement, il devait avoir repéré ce modèle depuis un bout de temps.

« Maman t'a amené ici cette semaine, non ?

— Non, tante Lucy. Pendant que maman était sortie. »

Tu veux dire pendant que maman était allée découvrir que son amant avait mis les voiles.

« Est-ce que maman t'a dit où elle allait quand elle t'a laissé avec tante Lucy ?

— Elle a dit qu'elle sortait. » Appuyant sur les pédales, il s'est mis à tourner autour de moi. « S'il te plaît, papa ! Achète-moi celui-là.

— Uniquement à la condition que tu portes un casque. »

La vendeuse qui avait suivi la scène du coin de l'œil a bondi sur l'occasion :

« Nous en avons, en six couleurs différentes.

— Ce sera rouge, je pense... Pour aller avec le vélo. »

Approuvant mon choix d'un hochement de tête, elle s'est éclipsée pour revenir presque tout de suite, une boîte sous le bras.

« Je veux le mettre ! »

Adam a daigné s'arrêter, le temps que la vendeuse pose le casque sur ses boucles blondes et lui attache la mentonnière. Puis il est reparti en pédalant à travers le rayon des bicyclettes.

« Il est mignon comme tout, a affirmé la vendeuse.

— Oui, il l'est. »

Il a relevé la tête du guidon pour m'adresser un sourire ravi, comblé. Mon fils. Mon bel enfant.

« Vous savez, le vélo est en kit, m'a annoncé la vendeuse. Mais vous n'en aurez pas pour plus d'une heure avec le montage, et tous les outils sont fournis. »

J'en ai eu un coup au cœur. Dans mon esprit s'est condensée une image, celle d'Adam observant tristement Phil, son nouveau père de substitution, en train de s'escrimer à installer la chaîne sur le plateau. « Où est mon papa ? pleure Adam. C'est papa qui doit me faire mon vélo ! »

« Quoi... Vous n'en avez pas un déjà monté ?

— Seulement celui-ci. Mais nous ne vendons pas les articles d'exposition.

— Vous pourriez faire une exception ? S'il vous plaît.

— C'est vraiment très facile à assembler, je vous assure.

— Je n'en doute pas, mais je n'ai beaucoup de temps avec mon fils, aujourd'hui... »

Dans le mille. Elle a pris un air compatissant. Pour elle, j'étais encore un de ces pères divorcés qui couvrent leur enfant de cadeaux afin de faire taire un peu leur culpabilité. Ah, si seulement vous saviez, mademoiselle. Si vous saviez...

« Je suis sûre que le chef de rayon vous laissera le prendre. »

Avant de quitter le magasin, Adam a aussi eu un puzzle du système solaire, un buggy téléguidé aux roues démesurées, une caserne de pompiers en Lego, ainsi que trois autres modèles pour son train miniature. À la caisse, j'ai bien failli sortir le portefeuille de Gary mais je me suis ressaisi au dernier moment et j'ai payé avec ma propre carte American Express. Notre butin était si encombrant que j'ai dû me faire aider par un employé pour tout porter jusqu'à la Volvo. Il était déjà trois heures et demie. Plus que quatre-vingt-dix minutes. Et un crachin glacial tombait du ciel plombé.

« On va au parc ? m'a demandé Adam pendant que je le rattachais sur son siège.

— Il pleut, mon pote. Le parc, ce n'est pas amusant quand il pleut.

— Mais je veux essayer mon vélo !

— Pas au parc. Tu vas attraper un rhume et puis ce sera...

— S'il te plaît, papa ! Mon vélo ! »

Et c'est ainsi que nous nous sommes retrouvés à inaugurer la bicyclette d'Adam au dernier étage du centre commercial de Stamford. Un samedi après-midi, c'était le coin le plus tranquille du complexe puisqu'il n'y avait que des fast-foods à ce niveau. Le petit a donc pu pédaler d'un bout à l'autre de la galerie sans s'exposer à plus que les quelques regards désapprobateurs lancés par le type de la sécurité chargé de l'étage. Au début, je le suivais, mais après vingt minutes à galoper derrière sa roue je me suis senti épuisé et j'ai échoué au comptoir d'un snack-bar. De là, je pouvais surveiller ses allers-retours incessants. Par deux fois j'ai tenté de le convaincre de prendre un peu de repos, pensant le séduire en lui proposant une glace. Par deux fois il a répondu sans appel :

« Je conduis mon vélo, papa. »

Il a cependant fini par accuser le coup de ce marathon cycliste et il a accepté un cône à la vanille. Il était quatre heures vingt, les minutes passaient inexorablement. Nous nous sommes assis à une table. Adam a gardé une main posée sur le guidon de son Schwinn, proclamant sa propriété exclusive.

« Tu sais que tu te débrouilles vraiment bien là-dessus, Adam !

— Je veux en faire sans les petites roues.

— Dans un an ou deux, peut-être.

— Tu m'apprendras, papa ? »

Je me suis mordu la lèvre.

« Oui, je t'apprendrai, mon grand.

— Et on l'emmènera à Disney World, aussi ! Et on l'emmènera à l'école ! Et je prendrai le train avec toi et on l'emmènera ! Dans un grand parc. Au zoo... »

Alors qu'il récitait la liste poignante de toutes nos futures expéditions communes, j'ai perdu la bataille que je livrais à moi-même depuis des heures.

« Pourquoi que tu pleures, papa ? » Ses yeux, écarquillés d'effroi, se sont encore agrandis quand mes sanglots sont devenus incontrôlables. Je l'ai attiré contre moi, je l'ai serré et serré, comme s'il était en mesure de me protéger, d'éloigner le malheur de moi, de me rendre à la vie que j'étais sur le point de perdre. « Arrête, papa ! ARRÊTE ! »

Il s'est raidi dans mes bras, terrifié. Mais je ne pouvais plus me contrôler, mes freins ne répondaient plus. J'avais tout perdu. J'étais en chute libre.

« Hé, hé ? HÉ ! » J'ai senti une poigne solide s'abattre sur mon épaule et me secouer. J'ai relâché mon étreinte, instinctivement. Déjà Adam s'était dégagé d'un bond et s'enfuyait dans la galerie. En levant les yeux, j'ai découvert les traits convulsés du patron du snack. « Ça va ? » Secoué de sanglots, aveuglé par des torrents de larmes, j'étais incapable de répondre. « Attendez, je vais appeler un mé...

— Pas la peine, pas la peine, suis-je parvenu à articuler. Un mauvais moment, c'est tout.

— Pour votre garçon aussi...

— Adam ! » J'ai bondi sur mes pieds, jetant des regards affolés à la ronde. Je ne le voyais plus. « Adam ! »

Alors je l'ai entendu. Blotti contre un mur à quelques mètres, m'observant avec effroi. il était en train de pleurer. J'ai voulu aller vers lui, mais le patron, un costaud d'une quarantaine d'années, m'a retenu par le bras. Il avait pris un air aussi méfiant qu'agressif.

« Dites, c'est vraiment votre gosse ? » Quand j'ai tenté de me dégager, il m'a attrapé au collet, brutalement. « J'attends une réponse, mec. C'est vraiment ton gosse ?

— Mais évidemment ! »

J'ai cherché à le repousser. Impossible. Sans ménagement, il m'a traîné devant le petit, blanc de peur, dont le jean était maintenant maculé d'une grande tache humide à l'entrejambe.

« C'est ton père, lui ? » a questionné la brute. Adam a fait oui de la tête, faiblement. « Tu es absolument sûr ? Il ne faut pas avoir peur, fiston. »

Il est resté un instant paralysé, avant de se jeter en avant et de m'enlacer les genoux en sanglotant. Le patron du snack s'étant décidé à me lâcher, je me suis baissé pour prendre Adam dans mes bras et lui murmurer à l'oreille :

« Pardon, pardon, pardon... »

Je l'ai bercé ainsi, jusqu'à ce que ses larmes se tarissent, jusqu'à ce que je retrouve moi-même un semblant de calme.

« Papa ne pleure plus, a-t-il enfin prononcé.

— Tout va bien, maintenant. »

Sur ce mensonge, je l'ai soulevé du sol, le tenant d'un bras contre ma poitrine. En me relevant, j'ai vu qu'un petit attroupement s'était formé autour de nous. On nous lorgnait en silence, et tous ceux dont j'ai croisé le regard l'ont détourné avec gêne, comme s'ils venaient d'être surpris en flagrant délit de voyeurisme. Le patron du snack ne me quittait pas d'une semelle, bien décidé à me barrer le passage.

« Vous voulez que j'appelle quelqu'un ?

— Ça va.

— Non, ça ne va pas.

— Écoutez, ma femme et moi, on...

— Je ne veux pas que vous me racontiez votre vie, mec. Tout ce que je veux, c'est ne plus jamais vous voir chez moi. Compris ?

— Oh, il n'y a aucune chance, ça, croyez-moi.

— Tu es sûr que tu veux aller avec lui ? a demandé le type à Adam. Tu n'es pas obligé, si tu ne veux pas.

— Je vais à la maison avec papa », a dit Adam en cachant son visage dans mon cou.

L'autre paraissait encore hésiter à nous laisser partir. J'ai cherché à bredouiller quelque excuse, mais il m'a cloué le bec d'un « Vous devriez vous faire soigner ! » avant de regagner son snack d'un pas indigné.

Toujours avec le petit dans les bras, j'ai réussi à attraper le vélo et je suis entré dans les premières toilettes publiques sur mon chemin. Adam n'a pas dit un mot tandis que j'épongeais son pantalon trempé d'urine avec une poignée de serviettes en papier, ni dans l'ascenseur quand nous sommes descendus au parking. À peine l'avais-je installé sur son siège qu'il a été terrassé par le sommeil. Le choc de ce quart d'heure cauchemardesque avait eu raison de lui. Pendant toute la route du retour, il ne s'est pas réveillé une seule fois. Chacun rentrant chez soi après un après-midi de shopping, la circulation était difficile. Quand je devais m'arrêter, je lançais un coup d'œil dans le rétroviseur, le contemplant dormir à poings fermés. À nouveau, les larmes sont montées en moi. Je savais qu'il n'ouvrirait plus les yeux avant le lendemain matin. Et moi, je ne serais alors plus là...

Il était six heures moins vingt quand nous sommes enfin arrivés. Dès que je me suis engagé dans l'allée, Beth a bondi hors de la maison, sous la pluie. Elle n'avait pas l'air commode.

« Bravo. Félicitations.

— Il y avait un monde fou, ai-je plaidé en sortant de la voiture.

— Je t'avais dit cinq heures maximum. Il a raté la fête, maintenant...

— Je suis désolé...

— Mais, Dieu du ciel, il est trempé ! s'est-elle exclamée en le soulevant.

— Il a eu un... un accident.

— Quoi, tu ne l'avais pas emmené aux toilettes ?

— Mais voyons, évidemment que je l'ai...

— Ne mens pas ! Il en a plein son pantalon. Et qu'est-ce... ? » Elle avait finalement remarqué tous les paquets à l'arrière du break. « Bon Dieu, tu es complètement cinglé ou quoi ?

— Il voulait un vélo, donc j'ai...

— Ah, ça, pas question !

— J'ai pensé que...

— On n'en veut pas ! Je n'ai rien à faire de ta culpabilité ! Je n'ai rien à faire de quoi que ce soit qui vienne de toi !

— Beth ! Je t'en prie. Laisse-le au moins garder le... »

Elle m'a arraché le trousseau de clés de la main.

« Va-t'en, c'est tout. Dégage ! »

Elle m'a tourné le dos pour courir vers le porche avec Adam dans les bras. Je l'ai poursuivie, mais elle a claqué la porte derrière elle au moment où j'atteignais le perron. Entre-temps, la pluie s'était déchaînée. Je n'y ai même pas pris garde. J'ai tambouriné contre la porte, tempêté, supplié. Les minutes passaient, et je continuais à répéter mon antienne, convaincu qu'elle allait finir par se laisser fléchir, par revenir à la raison, par m'offrir au moins un abri temporaire face au mauvais temps. Je n'ai obtenu qu'un silence de mort en retour.

Les poings endoloris, j'ai battu en retraite comme un chien mouillé. Et c'est là, alors que je regagnais ma voiture d'une démarche accablée, que je l'ai aperçue. Elle me regardait par une fenêtre. Elle semblait abattue, enfermée dans sa peine. Un très bref instant, nos yeux se sont rencontrés. Un instant de terrible indécision, un instant où le voile de l'agressivité s'est levé pour nous laisser partager une commune, une immense tristesse. À cet instant, nous avons compris, elle et moi, que désormais nous étions seuls dans la vie.

Mais ce moment ne pouvait pas durer. De loin, j'ai vu ses lèvres former deux mots : « Je regrette. » Ce n'était pas une offre de paix, non. Juste un constat, définitif, indiscutable.

La fenêtre s'est éteinte. C'était la fin. La vraie. Il était temps de tirer le rideau pour de bon.

# SEPT

La nuit même, je quittais ma maison. Dans le coffre de la Miata, j'ai entassé trois costumes et des vêtements de rechange. J'ai bien examiné mon labo pour vérifier que je n'oubliais aucune trace compromettante. Sur la table de la cuisine, j'ai laissé un mot pour Beth, délibérément sobre.

> J'emprunte le voilier de Bill pour le week-end. Je serai de retour mardi soir. Je m'installe chez Bill et Ruth quelques semaines, le temps de me trouver quelque chose d'autre. Je passerai voir les garçons mercredi, après le travail.
> Je vous aime, tous.

À côté, j'ai posé un billet de cinquante dollars pour Perdita, notre femme de ménage, qui devait venir travailler lundi matin. J'ai pris une douche avant d'enfiler un pantalon de toile, une chemise, un pull épais, des chaussures de voile et un gilet coupe-vent Nautica. J'ai contrôlé toutes mes poches, m'assurant que les clés et les papiers de Gary n'étaient pas mélangés aux miens.

Il était l'heure de s'en aller. De claquer la porte derrière soi. D'accomplir le dernier acte. Assis à la table de la cuisine, immobile, j'ai laissé mes yeux hagards courir sur tous ces témoignages de stabilité domestique. Les murs blancs, immaculés. Les placards et les plans de travail en pin d'Amérique, réalisés sur mesure. La batterie de casseroles reluisantes. Les assiettes Wedgwood sagement alignées sur un présentoir de style shaker. Les photos de famille épinglées sur le panneau de liège. Le réfrigérateur décoré de circulaires de l'école et de dessins d'Adam. Tant d'objets, tant de choses minutieusement réunis dans un lieu clos. C'était merveilleux, étonnant. Étonnant de constater que la vie n'est qu'une longue suite d'accumulations, la recherche permanente de moyens de combler l'espace, d'occuper le temps. Tout cela au nom du confort matériel, certes, mais surtout pour ne pas avoir à reconnaître qu'on ne fait que passer sur cette terre, qu'on la quittera bientôt sans autres biens que les habits dont sera revêtu notre cadavre. Amasser dans la seule intention de tromper le sort commun qu'est l'engloutissement à venir dans l'inconnu, de s'inventer un semblant de permanence, de croire à la solidité de ce que l'on a bâti. Mais, un jour ou l'autre, la porte claque derrière soi, quoi qu'on y fasse. Et à ce moment, il faut tout abandonner.

Je suis allé au panneau pour détacher une des photos. Josh assis sur les genoux d'Adam. Je me rappelais encore le jour où je l'avais prise, le mal que j'avais eu à persuader Adam de s'installer avec le bébé. Après bien des efforts, cependant, il avait pris la pose et avait fait un grand sourire, un peu forcé, tandis que Josh contemplait son grand frère avec une stupéfaction émerveillée. Cette photo, je l'avais toujours adorée.

J'allais déjà la glisser dans ma poche quand un signal d'alarme a retenti en moi : là où j'allais, aucune trace de mon passé n'était autorisée.

Je suis resté là quelques affreuses minutes. Soudain, la sonnerie du téléphone m'a fait sursauter. Avant de saisir le combiné, j'ai réépinglé le tirage sur le liège. C'était Bill.

« Ben ? On allait se mettre au lit, alors je me suis juste demandé si tu venais chez nous, ce soir.

— J'étais en train de partir.

— Prends ton temps, surtout ! Tu as les clés, de toute façon ?

— Je les ai.

— Viens quand tu veux, fais comme chez toi. Je te réveille vers six heures et demie, si ce n'est pas trop scandaleusement matinal pour toi ?

— Parfait. J'aimerais lever l'ancre au plus tôt.

— Comment ça s'est passé, à Darien ?

— Aaah...

— À ce point ? »

Je contemplai, pour la dernière fois, la photo de mes deux fils devant moi.

« Ouais, à ce point. »

Trente minutes plus tard, quand je suis arrivé chez eux, Bill et Ruth dormaient déjà. J'ai rangé mes vêtements dans le placard de ma chambre. Sur la table de nuit, une bouteille de Laphroaig m'attendait, flanquée d'un petit mot manuscrit : « Traitement anti-insomnie, garanti infaillible. » Après m'être glissé entre les draps, je me suis versé un verre, un deuxième. Beth finirait bien par permettre à Adam de garder son vélo, cela ne faisait pas de doute. Surtout quand il allait le réclamer à cor et à cri dès son réveil. Même en admettant qu'elle reste inflexible, elle ne pourrait que changer d'avis le mardi suivant, lorsqu'elle apprendrait la nouvelle par un coup de fil...

Une dernière et généreuse rasade de Laphroaig m'a définitivement envoyé au tapis. Je n'ai repris conscience qu'en sentant Bill me tapoter l'épaule. Un maigre jour filtrait à travers les stores. J'avais l'impression d'avoir de la tourbe écossaise dans la bouche.

« Haut les cœurs, matelot !

— Haut-le-cœur, tu veux dire.

— Ah oui, une demi-bouteille de malt, ça produit cet effet, parfois. »

Ruth dormait encore au moment où nous sommes partis en direction du port dans la jeep Cherokee de Bill.

« J'aurais voulu lui dire au revoir, ai-je confié à son mari entre deux bâillements. En tout cas, tu la remercieras pour tout, d'accord ? »

Il m'a jeté un regard interloqué.

« Mais... Tu la verras mardi soir, non ?

— Bien sûr, bien sûr. Mais je trouve que vous avez été tellement chics, vous deux.

— C'est un plaisir. Mais dis-moi... Tu es sûr que tu te sens d'attaque pour partir deux jours en solitaire ? Enfin, je veux dire que...

— Ouais ?

— Bon, comment présenter ça ?

— Essaie sans emballage.

— Eh bien, Ruth et moi, on s'inquiète à ton sujet.

— Je ne vais pas me jeter par-dessus bord dans un accès de désespoir, si c'est ce que tu as en tête.

— C'est ça que j'avais en tête, oui.

— Non, pas mon genre.

— Très bien.

— Tu n'as pas l'air convaincu.

— Benson, le capitaine du port. Il m'a passé un coup de fil, hier.

— Pfff...

— Ouais, je sais, c'est un vieil emmerdeur. Mais toujours est-il que d'après lui, quand il est monté à bord avec toi, tu avais l'air nerveux, un peu perturbé, disons.

— Oui, je suis nerveux, oui je suis perturbé. Je suis en train de me faire plaquer par ma femme, quand même !

— C'est ce que je lui ai expliqué, figure-toi. Et tu sais ce qu'il m'a répondu ? "J'espère que vous savez ce que vous faites en lui prêtant votre voilier." »

Jouant le tout pour le tout, j'ai soupiré :

« Bon, si ça te cause vraiment trop de soucis pour moi, je préfère...

— Mais non, enfin !

— Tu es sûr ?

— Complètement sûr, maintenant que nous avons parlé. Enfin, bon, ne me l'éventre pas sur les rochers, d'ac ?

— Et si j'allais me perdre dans les îles Sous-le-Vent ?

— C'est pour ça que tu as pris ton équipement de plongée ?

— Ce Benson, tu as raison, c'est vraiment un vieil emmerdeur.

— Hé, si tu as envie de jouer les hommes-grenouilles dans la vase, c'est ton affaire. Mais si tu te tires à Cuba, appelle-moi, que je sache au moins comment te rejoindre. »

Nous avons ri de concert. Le danger était passé.

Arrivés sur place, Bill m'a donné un cours accéléré sur l'utilisation de sa batterie d'instruments de navigation ultra-perfectionnés. Il m'a expliqué comment se servir du pilote automatique, comment contacter les gardes-côtes par radio, comment établir une route grâce à son omniscient GPS. Enfin, il s'est assis sur la couchette sous laquelle se trouvait Gary.

« Tu sais ce qu'il y a, là-dessous ? »

J'ai fait non de la tête.

« Les réservoirs. Dans le cas où tu aurais besoin de reprendre du carburant, tu enlèves le matelas et tu verras deux trappes. Tu les soulèves et tu y es.

— Compris.

— Tu veux que je te montre ? m'a-t-il demandé, un doigt pointé vers le bas.

— Oh, je me débrouillerai bien, si besoin est. »

Sans insister, il est passé aux détails de la voilure, me décrivant la manœuvre pour envoyer le tourmentin en cas de coup de tabac ou de grain trop violent. Il m'a aussi présenté la motorisation du bateau sous toutes ses coutures, non sans m'assurer que je ne manquerais jamais de carburant pour revenir à la côte, à condition de ne pas m'éloigner de plus de deux cents miles.

« Mais tu ne comptes pas te risquer aussi loin, pas vrai ?

— Je pensais peut-être partir sur Block Island.

— Dans ce cas, assure-toi de toujours rester dans ses eaux. Si tu t'écartes un peu, tu te retrouves déjà en plein océan. Pas un truc de tout repos, même pour un loup de mer du Maine comme toi.

— Ne t'en fais pas. Une virée au milieu de l'Atlantique, ce n'est pas exactement ce que j'appelle de la détente. »

Penchés sur les cartes, nous avons étudié une route facile vers Block Island. Bill m'a indiqué un petit port à l'extrémité est de l'île, où je pourrais mouiller pour la nuit. Il était huit heures. Le soleil, déjà haut, brillait dans un ciel d'un bleu profond. Il y avait une brise mordante du nord-ouest. Bref, une journée idéale pour une balade au large de Long Island, à vingt nœuds sans surprises.

« Bon, je vais y aller, m'a annoncé Bill. Theo nous attend à son école vers dix heures.

— Il réussit bien, là-bas ?

— C'est le meilleur.

— Tu lui diras un grand bonjour pour moi.

— Mardi soir, quand tu reviens, appelle-moi. Je viendrai te prendre. Et bien sûr, si tu as le moindre problème, tu te sers de la fréquence sol pour me joindre sur mon portable, OK ?

— Il n'y aura pas de problèmes. »

Je lui ai glissé les clés de la Miata, au cas où elle le gênerait dans son allée. Nous nous sommes serré la main. Il paraissait retarder le moment de quitter le bord. J'ai compris qu'il en était venu à regretter de m'avoir proposé son voilier.

« Bon, vas-y mollo », m'a-t-il finalement recommandé en sautant sur le ponton.

Je suis allé à la barre, j'ai allumé le contact. Le moteur s'est mis à gronder. Bill a détaché l'amarre et l'a jetée sur le pont. J'ai enclenché une vitesse, poussé les gaz en tournant la roue du gouvernail. Lentement, le *Blue Chip* s'est détaché de son mouillage pour gagner la sortie du port. Un dernier signe de tête à Bill, qui m'a répondu en levant une main hésitante, un au revoir chargé de sombres pressentiments.

Parvenu à l'extrémité de la digue, j'ai coupé le moteur, hissé la grand-voile et le foc. Le bateau a glissé vers l'est sur l'étendue soyeuse et ondulante de la passe de Long Island.

Sans cesser de border les voiles pour tirer le meilleur parti de la brise de nord-ouest, je me suis bientôt retrouvé lancé à bonne vitesse sous le vent qui fraîchissait. Un coup d'œil à l'anémomètre m'a appris qu'il soufflait maintenant à vingt-deux nœuds : rien d'inquiétant, mais je n'en ai pas moins inspecté la passe devant moi, m'assurant que la surface parcourue de vagues modérées et de moutons éclatants de blancheur restait praticable. Sous le soleil qui dardait tous ses feux, l'écume jaillissait le long de la coque du *Blue Chip*.

La quille bien d'aplomb, le voilier a filé vers l'est en longeant la côte du Connecticut, dépassant Long Neck Point près de Stamford, puis l'archipel d'îlots au large de Norwalk. Une bordée nette, sans bavures.

Le vent était si favorable qu'à une heure de l'après-midi j'avais laissé New Haven derrière moi. Mon déjeuner s'est résumé à un Diet Coke et à un bout de fromage que je me suis forcé à avaler malgré un manque total d'appétit. J'avançais tellement bien que j'aurais pu revenir à la côte et mouiller non loin de Vineyard Point, le temps de me délasser un peu l'esprit, entièrement concentré sur la manœuvre du bateau. Seulement, j'avais peur de m'arrêter, peur de perdre ma résolution en faisant halte sur le chemin inexorable qui me conduisait à New London et à mon destin. Alors, j'ai continué, sans jamais regarder derrière moi.

Aux abords de Hammonasset Point, un cutter de la garde côtière m'a dépassé. Les officiers de quart sur le pont m'ont salué de loin, et j'ai été soulagé de les voir s'éloigner. À la hauteur de la baie d'Old Lyme, le jour a commencé à baisser rapidement. Quand j'ai jeté l'ancre à un mile du parc national de Harkness, il faisait nuit.

J'étais la seule embarcation en vue. Pas un voilier, pas une vedette à l'horizon. En inspectant le rivage avec mes jumelles, je n'ai décelé aucune trace de feux de camp dans l'enceinte du parc. Dieu merci, ce n'était pas l'été, saison durant laquelle tout le coin aurait grouillé de vacanciers trouvant hautement romantique de faire griller des saucisses sur une plage baignée par le clair de lune. Dieu merci, il n'y avait pas de lune ce soir-là. À moi, il me fallait le noir.

Une fois les voiles soigneusement amenées, je suis descendu dans la cabine. C'était le moment d'y aller. Luttant contre les bonds que faisait mon estomac, je me suis raisonné : « Une chose après l'autre, et tout ira bien. »

Phase un. Muni de mes gants de chirurgien, j'ai sorti le canot pneumatique de son enveloppe, je l'ai hissé sur le pont pour le gonfler à la pompe, j'ai noué une écoute à l'avant, rangé les rames à l'intérieur et je l'ai entreposé dans un coin.

Phase deux. Je me suis entièrement déshabillé pour passer mon survêtement et mes chaussures de sport neufs. Ainsi, tout de noir vêtu, j'ai glissé le portefeuille et les clés de Gary dans une poche arrière, dont j'ai refermé la fermeture Éclair.

Phase trois. À l'aide de robustes ciseaux, j'ai dépouillé Gary de ses vêtements, dont j'ai fourré les lambeaux dans un sac-poubelle. Il était encore très froid au toucher, la peau couleur de cendre de cigarette. Calant son torse contre la couchette bâbord, je lui ai enfilé la chemise et le pull que je venais d'enlever, avant de forcer ses jambes dans mon pantalon de toile. Ensuite, j'ai retiré la couverture pour l'étendre sur le matelas, bourrer ses poches de mes affaires personnelles et le recouvrir de la même couverture, en ne laissant que ses mains à l'extérieur. Il paraissait dormir du sommeil du bienheureux.

Phase quatre. Armé du marteau de joaillier, j'ai écarté ses mâchoires et j'ai entrepris de lui briser systématiquement les dents, de sorte qu'il devienne impossible de l'identifier grâce à des travaux dentaires antérieurs. Ce travail fastidieux m'a pris trois bons quarts d'heure.

Phase cinq. Après être allé chercher les deux jerricans de gazole, j'en ai connecté un au tuyau d'arrosage dont j'ai enfilé l'autre bout dans l'œsophage de Gary, jusqu'à buter au fond de sa poche stomacale (ou de ce que j'ai présumé tel). Ensuite, j'ai renversé le jerrican tête en bas, écoutant le carburant s'écouler lentement dans le tuyau. Au bout de trois minutes environ, le gazole a commencé à s'échapper de sa bouche. Il était fin prêt pour la crémation.

Phase six. Le deuxième jerrican m'a servi à arroser sa tête et ses membres. J'ai particulièrement insisté sur les doigts, afin que toute empreinte digitale soit engloutie par les flammes, sans rémission. Avec le reste du gazole, j'ai aspergé les cloisons et le sol de la cabine. Les deux jerricans, vides, ont échoué dans le sac-poubelle.

Phase sept. De chaque côté de la cabine, à bâbord et à tribord, j'ai fixé mes deux tubes de carton à la paroi, avec du ruban adhésif. D'une main aussi ferme que possible, j'ai renversé chaque éprouvette remplie d'acide pour la glisser, bouchon en bas, dans l'orifice que j'avais initialement creusé au milieu de la capsule des tubes. Le double engin incendiaire, surnommé « Tétons brûlants » par l'auteur libertaire du livre de recettes explosives, était en place. Toujours d'après ce manuel à la Betty Crocker, au bout de sept heures à peu près, c'est-à-dire le temps de ronger le bouchon en liège, l'acide allait goutter en plein dans le mélange hautement inflammable que j'avais concocté. De part et d'autre de la cabine détrempée de gazole, un volcan de feu réduirait en cendres tout son contenu, y compris Gary.

Phase huit. Grâce au système GPS dont le *Blue Chip* était équipé, j'ai préparé une route avec cap au sud-ouest, à la vitesse maximale en régime moteur de sept miles nautiques à l'heure. Le voilier, en pilotage automatique, allait ainsi traverser tout droit la passe de Long Island puis, entraîné par la marée descendante, s'engouffrer dans un étroit bras de mer au sud de Fisher's Island où les courants, toujours forts, partaient vers le large. Par l'étude des tableaux des marées que Bill m'avait donnés, je savais que le flux descendant jouerait en ma faveur pendant les six prochaines heures, conférant à la vitesse du bateau quatre nœuds supplémentaires. Le *Blue Chip*, après avoir laissé Montauk Point à tribord et Block Island à bâbord, entrerait hardiment en plein océan, si bien qu'il se trouverait à trente miles des côtes les plus proches lorsque les « Tétons brûlants » se déchaîneraient. Il serait alors trois heures du matin. Gary serait déjà carbonisé lorsque l'incendie, se communiquant au réchaud puis à la bouteille de gaz, provoquerait l'explosion finale. En pleine nuit, je comptais cinq bonnes heures avant que les enquêteurs ne parviennent sur place pour se pencher sur les éventuels vestiges du bateau : amplement assez pour que la mer lave l'excédent de gazole et disperse les débris de l'embarcation. Bref, tout le monde conclurait à l'accident. À l'accident mortel.

Phase neuf. Une fois le sac-poubelle glissé dans l'un des paquetages, je suis retourné sur le pont et je l'ai chargé dans le canot, que j'ai mis à l'eau et arrimé à la poupe. Je suis reparti à l'avant pour remonter l'ancre, puis j'ai lancé le moteur à pleins gaz et j'ai couru de nouveau à la poupe alors que le *Blue Chip* prenait de la vitesse.

Et là, l'accident. Au moment où je m'apprêtais à sauter dans le dinghy, j'ai glissé sur le revêtement mouillé et j'ai fait une chute, tête la première dans les eaux glaciales de la passe. Je me suis raccroché au bord du canot, à moitié suffoqué. Mais il m'a fallu nager comme un damné vers la poupe du voilier, qui avançait maintenant à vive allure. Le temps de défaire le nœud et je suis retombé lourdement dans la mer. Agrippé à la corde, j'ai tiré le canot à moi. Lorsqu'il est parvenu à ma hauteur, je me suis hissé dedans, manquant le retourner. J'avais embarqué beaucoup d'eau, que j'ai écopée tant bien que mal dans le creux de mes mains. Il restait facilement trente centimètres au fond quand, tremblant de froid, j'ai empoigné les rames pour rejoindre la côte. En face de moi, le *Blue Chip* gagnait tranquillement le large.

Il m'a fallu une demi-heure pour parvenir à la plage. Comme tout le contenu du paquetage, ma torche baignait dans l'eau, hors d'usage. Le vent était frigorifiant, j'étais mouillé jusqu'aux os et j'allais devoir traverser le parc sans lumière jusqu'à la route. J'ai dégonflé le canot, je l'ai plié et je l'ai empilé dans le sac marin, que j'ai jeté sur mon épaule. Ainsi alourdi, claquant des dents, j'ai dû trouver la passerelle, la monter marche par marche jusqu'à un chemin pavé que j'ai suivi à travers la nuit noire. Même le musée Harkness était entièrement plongé dans l'obscurité. À l'épreuve de cette marche forcée s'ajoutait celle des questions angoissantes qui m'assaillaient : et si je n'arrivais pas à retrouver la voiture avant le lever du jour ? Si je tombais sur des flics locaux patrouillant aux abords du parc ? Si je me cassais une jambe en trébuchant dans l'obscurité ?

Au bout de vingt minutes, cependant, j'ai atteint le portillon de l'entrée, que j'ai franchi sans difficulté – il mesurait à peine un mètre cinquante de haut – après avoir lancé mon paquetage par-dessus. Il me restait un kilomètre à parcourir le long de la route. J'ai avancé à couvert des arbres, le plus loin possible de la chaussée. Entendant une voiture, je me suis jeté à plat ventre pour ne pas être pris dans ses phares, je me suis relevé et j'ai poursuivi ma route d'un pas prudent. Parvenu à la hauteur de la maison à bardeaux rouges, j'ai eu un moment d'hésitation : toutes les fenêtres étaient allumées. Plié en deux, à la commando, j'ai foncé devant l'entrée et je n'ai cessé de courir qu'une fois rendu à l'obscurité complète.

Les derniers mètres ont été une véritable torture. J'ai laissé tomber le sac marin, devenu un insupportable fardeau, au pied du portail de la ferme. Le temps de reprendre ma respiration, je l'ai envoyé de l'autre côté avant de le suivre et de continuer jusqu'au bosquet d'arbres. Encombré comme je l'étais, tâtonnant entre les branches, je progressais lentement, un bras tendu en avant. Soudain, j'ai senti ma main rencontrer une surface lisse, dure. Du métal. Fouillant dans les feuilles mortes, j'ai trouvé le bord de la bâche, que j'ai soulevée et retirée. J'ai sorti le trousseau de clés pour ouvrir le coffre. Dans le sac de Gary, j'ai pris des habits et une serviette, j'ai jeté mon paquetage à côté et je suis allé m'effondrer sur le siège du passager, non sans avoir allumé le moteur et branché le chauffage. Quand une température supportable a baigné l'habitacle de la voiture, je me suis déshabillé, épongé des pieds à la tête, puis j'ai enfilé le pantalon et la chemise en jean de Gary, son blouson de cuir.

Caché par les arbres, enfermé dans la MG désormais bien chaude, j'ai passé dix minutes à récupérer. J'avais frisé l'hydrocution, mon corps sentait encore l'eau salée et le varech. J'ai essayé de me repeigner avec les doigts, sans succès : je ressemblais plus que jamais à un réfugié transi et hagard. Au cas où un policier m'arrêterait sur la route, j'étais certain que ma dégaine ne lui inspirerait pas la moindre confiance.

D'un geste nerveux, j'ai cependant enclenché la marche arrière. J'avais déjà reculé de quelques mètres lorsque j'ai pilé net : j'avais oublié mes vêtements trempés et la bâche. Très malin, de jouer au Petit Poucet avec les preuves compromettantes ! J'ai bondi dehors, j'ai réuni le tout en une boule que j'ai expédiée dans le coffre de la MG. Tous phares éteints, j'ai manœuvré entre les arbres pour ressortir dans le champ. Ensuite, je suis reparti en marche avant, j'ai ouvert et refermé le portail en un éclair et je me suis engagé sur la chaussée, cette fois phares allumés.

Je n'avais plus qu'une idée : fuir au plus vite. Retrouver l'autoroute et laisser le Connecticut loin, très loin derrière moi. Un scénario cauchemardesque s'enchaînait dans ma tête : les « Tétons brûlants » refusant d'exploser ; le voilier, ayant épuisé tout son carburant, rejeté sur le rivage par la marée ; les gardes-côtes le découvrant et montant à bord ; mon nom apparaissant sur la liste des « dix personnes les plus recherchées » par le FBI...

J'avais à peine parcouru cinq cents mètres quand j'ai pilé pour me garer sur une petite esplanade qui dominait la passe. Moteur éteint, j'ai scruté l'horizon d'un noir d'encre. Les feux de position du *Blue Chip* étaient introuvables. Le bateau s'était évanoui au loin.

Il régnait un calme surnaturel. Pas une étoile dans le ciel. Un néant absolu, à la mesure de celui qui m'avait englouti. Je me suis demandé comment ma disparition en mer allait être prise. Un tragique accident, ou un suicide spectaculaire ? Évidemment, la police et la garde côtière voudraient interroger Beth, Bill et Ruth, ainsi que Jack et Estelle. Et ils obtiendraient évidemment la même réponse : « Cet homme n'était pas heureux. » Ils allaient se sentir coupables de ma mort, tous. Ulcérés, aussi. Et Adam ? Je ne pouvais que souhaiter qu'on lui cache la vérité. Qu'ils lui disent, simplement, que j'étais parti dans un endroit d'où il était impossible de revenir. Son esprit de quatre ans ne serait pas en mesure de concevoir le caractère définitif de cette information. Les premiers temps, il regretterait mon absence, bien sûr, mais je finirais bientôt par n'être plus qu'une silhouette floue de sa prime enfance. Une photo sur la cheminée, qu'il regarderait parfois avec perplexité, le jusant des années emportant avec lui tout souvenir de moi.

Oui, oublie-moi vite, Adam. Et n'en souffre pas trop, parce que c'est moi qui ai choisi cette porte de sortie. Dans ma panique, je n'ai pas entrevu d'autre choix. Mais cette possibilité que j'ai découverte ainsi, c'est une chance que bien peu d'entre nous auront jamais. Ou sauront saisir.

J'ai remis le contact, rallumé les phares. Je suis parti. Répétant en moi : « Je m'appelle Gary Summers. Je suis photographe. »

# TROISIÈME PARTIE

# UN

J'ai conduit toute la nuit, puis le jour suivant. Je me tenais éveillé en ingurgitant un comprimé de Dexédrine après l'autre et en m'abreuvant de café dans les stations-service. Je ne m'arrêtais que pour emplir mon réservoir, vider ma vessie, avaler quelque chose et jeter peu à peu, par des détours dans des décharges de trois États différents, tout ce que j'avais rapporté du *Blue Chip*. Quand ma jauge d'essence tombait bas, j'évitais les pompes isolées, préférant les grandes stations sur l'autoroute. Je payais toujours en liquide. Je roulais depuis dix-neuf heures d'affilée, du rock heavy metal beuglant à la radio pour me tenir éveillé, indifférent au paysage, ne concentrant mon attention hébétée que sur les numéros des axes que j'empruntais. La 95, la 78, la 76, la 70... J'ai contourné New York, Newark, Harrisburg, Pittsburgh, Columbus, Indianapolis, Saint Louis. Sans jamais dépasser la vitesse limite, sans jamais déboîter brusquement, sans jamais coller aux voitures. Sans risquer de me faire remarquer. Cap à l'ouest, point.

Aux abords de Kansas City, j'ai commencé à perdre les pédales. Je voyais triple, une sueur glacée m'a envahi, la nausée était au bord des lèvres. Overdose de Dexédrine. Proche du délire. Il me fallait un lit, et vite. Après avoir renoncé à deux motels trop petits, j'ai opté pour l'anonymat d'un énorme Day's Inn, à quarante-neuf dollars quatre-vingt-quinze la nuit. J'ai payé en billets de cinq, donné le nom de G. Summers, son adresse à New Croydon – il était encore trop tôt pour utiliser le relais postal de Berkeley. La chambre n'était plus très fraîche, avec une moquette parsemée de brûlures de cigarette et une grosse tache suspecte sur le dessus-de-lit. Ça m'était bien égal. J'ai tiré les rideaux, suspendu le « Do not disturb » sur le loquet de la porte, je me suis glissé entre les draps raides et glacés, j'ai éteint la lumière et je suis mort.

Douze heures ont passé. Quand j'ai ouvert les yeux, le réveil digital sur la table de nuit disait six heures sept. Pendant un court instant, totalement perdu, je me suis cru dans mon lit, chez moi, un matin de semaine, paniqué de ne pas entendre Josh pleurer. Puis la réalité est revenue en force. Bonjour, bienvenue au royaume des morts.

Tâtonnant à la recherche de la télécommande, j'ai suivi, encore groggy, le bulletin matinal de CNN. Une démission à la Maison-Blanche, une nouvelle escarmouche budgétaire au Capitole. Encore de l'action en Bosnie. Une bombe algérienne désamorcée à Paris. Mais pas un mot d'une explosion à bord d'un petit voilier dans la nuit de dimanche à lundi, au large de Montauk Point.

J'ai zappé jusqu'à trouver deux chaînes d'informations économiques. Elles, au moins, le décès en mer d'un avocat de Wall Street allait les intéresser... Pourtant, je n'ai surpris aucune mention de Ben Bradford.

J'ai pris une douche, sans me raser : un peu de barbe serait bienvenue pour dissimuler mes traits. Affublé de lunettes noires et de la casquette de base-ball, je suis allé au parking, non sans prendre dans un distributeur payant le *Kansas City Star* et l'édition nationale du *New York Times*. J'ai épluché les deux journaux page par page. Pas même trois lignes à propos de l'« accident ». Cela m'a paru tellement incroyable que j'ai recommencé leur lecture une deuxième fois, du début à la fin.

Je suis reparti sur la 70, croisant bientôt le panneau d'entrée au Kansas. La radio restait branchée sur une station d'informations non-stop. Je traversais un pays de plus en plus uniforme, champs de blé se succédant à l'infini sous un ciel immaculé, vide. Les heures passaient. La radio donnait une foule de nouvelles, sauf celle que j'aurais voulu entendre. Le Kansas n'en finissait pas. La route m'entraînait toujours plus loin dans le néant visuel, comté après comté : Ellsworth, Russell, Ellis, Trego, Gove… Impitoyable vacuité. Le monde était plat, et moi je voulais parvenir à son bord extrême, parce que désormais j'étais un criminel en cavale.

La nuit était venue, j'avais atteint la frontière du Colorado, quand j'ai aperçu dans mon rétroviseur les clignotants bleus d'une voiture de police qui se rapprochaient à vive allure. Le cœur battant la chamade, j'ai continué à appuyer sur l'accélérateur. Voilà, ils avaient retrouvé le voilier, intact, le cadavre de Gary, en morceaux, et les deux stupides bombinettes. En perquisitionnant chez lui, ils s'étaient rendu compte que sa voiture avait disparu. Un avis de recherche national pour une MG immatriculée dans le Connecticut avait été lancé. Et maintenant les flics du Colorado allaient décrocher le pompon.

Les sirènes ont commencé à hurler. La lumière des gyrophares m'aveuglait. J'ai encore accéléré.

J'avais pris ma décision : dès qu'ils seraient à ma hauteur, je donnerais un grand coup de volant à gauche et je traverserais le talus de séparation pour aller me jeter sous les roues du camion que je voyais arriver dans l'autre sens. Mais à cet instant la patrouille m'a contourné pour foncer droit devant, visiblement à la poursuite d'un pick-up qui roulait à tombeau ouvert un peu plus loin. Je n'ai même pas cherché à vérifier s'ils l'avaient arrêté : j'ai pris la première sortie venue et je me suis arrêté dans le motel le plus proche.

J'ai passé la nuit devant la télé, à sauter de chaîne en chaîne. Pourquoi n'annonçaient-ils pas ma mort, bon sang ? Afin de me calmer un peu, je me suis dit que si les flics avaient récupéré le *Blue Chip* à la dérive avec un corps saucissonné à bord, cette nouvelle aurait déjà dû occuper tous les bulletins. Mais ce raisonnement ne m'a pas permis de trouver le sommeil. Aux aguets, j'attendais sans cesse le moment où l'on allait frapper à la porte.

Peu après le lever du soleil, j'étais à nouveau lancé sur l'autoroute. À dix heures, déjà dans la banlieue de Denver, j'ai fait une halte dans un McDonald's. J'ai acheté le *Rocky Mountain News* et le *New York Times*. Rien dans le journal local, rien dans le premier cahier du *NYT*. Puis, en haut de la page quatre du deuxième cahier, je suis tombé sur un titre :

UN AVOCAT DISPARAÎT – IL AURAIT ÉTÉ TUÉ
DANS L'EXPLOSION D'UN VOILIER

*Benjamin Bradford, un jeune associé du cabinet Lawrence, Cameron & Thomas, a semble-t-il péri dans l'incendie qui a ravagé le voilier qu'il manœuvrait en solitaire à environ dix-sept miles à l'est de Montauk Point, Long Island.*

*C'est dans la nuit de dimanche à lundi, vers 2 h 30, que les flammes ont été aperçues par le gardien du phare de Montauk, James Ervin. Selon lui, une forte explosion s'est produite peu après. Une vedette de la garde côtière s'est aussitôt portée sur les lieux, mais les conditions climatiques défavorables et l'obscurité ont rendu la mission de sauvetage des plus malaisées.*

*« D'après ce que nous pouvons déduire pour l'instant, le feu s'est déclaré dans la cabine et s'est rapidement étendu à tout le bateau, a déclaré le porte-parole de la garde côtière, L. Jeffrey Hart. Nous considérons pour l'instant qu'il s'agit d'un accident, mais nous n'écartons aucune hypothèse. »*

*Le Blue Chip, un voilier de neuf mètres, était immatriculé au nom d'un agent de change de Wall Street, William T. Hartley, ami personnel de M. Bradford. « Je l'avais prêté à Ben pour quelques jours, nous a indiqué hier M. Hartley. C'était un marin expérimenté, le bateau était doté de tous les dispositifs de sécurité possibles, Ben n'était pas fumeur... L'incendie s'est peut-être déclaré pendant qu'il se servait du réchaud. Au lieu d'abandonner le bord, il aura essayé d'éteindre les flammes. »*

*M. Bradford, qui habite New Croydon, dans le Connecticut, est marié et père de deux enfants. Les gardes-côtes poursuivent aujourd'hui leurs recherches au large de Montauk Point, dans l'espoir de retrouver d'autres débris.*

J'ai relu l'article plusieurs fois, essayant d'assimiler tout ce qu'il laissait entendre. « Nous considérons pour l'instant qu'il s'agit d'un accident »... Je soupesai ces mots. Les flics allaient d'abord vérifier que je n'avais aucun ennemi mortel, que je n'étais pas endetté auprès de la mafia ; après avoir décidé que je me serais tout bonnement jeté par-dessus bord si j'avais voulu me suicider, ils finiraient par conclure au malheureux fait divers et classer mon dossier. À moins, bien sûr, que l'expert particulièrement tatillon de la compagnie d'assurances n'exige un examen approfondi de tout ce qui avait été repêché. Mais pour parvenir à quoi ? Quelque lambeau de Gary, admettons, que son séjour de quarante-huit heures dans l'eau salée rendrait impossible à analyser. Une concentration étonnante de gazole ? Pressé de questions, Bill reconnaîtrait volontiers qu'il gardait toujours quatre jerricans supplémentaires en réserve. Non, les enquêteurs estimeraient que l'incendie avait commencé au réchaud et avait rapidement ravagé la cabine ; que je tentais encore de le maîtriser lorsqu'il avait atteint les réservoirs de carburant ; que j'étais déjà carbonisé lorsque la bouteille de gaz avait explosé, réduisant mes restes en bouillie informe. Il n'y avait pas à chercher plus loin.

Cela signifiait que je m'en étais tiré. Pourtant je n'exultais pas. J'étais encore sous le choc.

Mon passé venait de voler en éclats, de disparaître à jamais. Plus de responsabilités, plus de pressions, plus de liens quelconques, plus d'« avant ». C'était comme si je flottais dans le vide. Question : lorsqu'on efface entièrement l'ardoise, qu'est-ce qu'on obtient ? Réponse : l'ardoise, sans rien dessus. Autre réponse : la liberté. L'existence, délivrée de tout, dont j'avais si souvent rêvé. Mais devant cette chance – cette ardoise silencieuse – je n'éprouvais que de la peur. Et pourquoi ? Parce qu'une liberté aussi absolue procurait le même effet que de regarder dans l'espace intersidéral, de faire face à une immensité dont on ne devine même pas la structure.

Je n'ai pas touché au Big Mac ni aux frites. Je suis remonté dans la MG, j'ai démarré. Direction : nulle part.

Au cours des semaines suivantes, je n'ai fait que dériver. Le Hollandais volant des autoroutes américaines. Après Denver, j'ai pris au sud par la 25, traversé le Nouveau-Mexique, obliqué à l'ouest par la 10 à Las Cruces, puis la 8 jusqu'à San Diego, la 15 à travers Las Vegas, Salt Lake City, les contrées désertiques du Nevada avec la 80.

Des numéros. Encore des numéros. Il faut que tu retrouves la 5 à Sacramento. Attrape la 84 Est au niveau de Portland. Fais un crochet à Ogden pour rejoindre la 80 Est dans l'Utah. File à travers le Nebraska, ensuite la 29 jusqu'à Fargo. Avec la 94, tu sors du Nord-Dakota et tu arrives à Minneapolis. Tu descends la 35 au sud de Des Moines, histoire de reprendre la 80 à Cedar Rapids. Là, tu…

Un rythme de vie s'est installé. La journée sur la route, la nuit dans un motel. Jamais de carte de crédit. Ne parler à personne, à part les courtes formules rabâchées : « Le plein, s'vous plaît », « Vous me mettez un milk-shake avec le cheeseburger ? », « Il me faut une chambre pour une nuit »… Jamais plus d'une nuit, où que ce soit. Pas question d'entrer dans un bar, dans un club, dans une boîte, partout où je risquais d'être entraîné dans une conversation, aussi anodine eût-elle été. Pas de centre-ville. Rien que les autoroutes, tant je craignais les petites agglomérations et leurs cancans dès qu'un étranger était de passage.

La 80 rejoint la 55 près de Joliet, dans l'Illinois. À Jackson, Mississippi, tu peux attraper la 20 jusqu'à Dallas. Ensuite, tu montes la 35 au nord. À Salina, au Kansas, tu reprends encore la 70…

Chaque matin, je me livrais à une inspection maniaque de la voiture, malade à l'idée de la panne dans un coin paumé, suivie de l'obligation de prévenir la police de l'autoroute. Chaque matin, j'épluchais le *New York Times*.

### LE VOILIER INCENDIÉ GARDE SON MYSTÈRE

*Le corps de Benjamin Bradford, un avocat de Wall Street disparu depuis l'incendie qui a ravagé le bateau qu'il pilotait au large de Long Island, le 7 novembre dernier, n'a toujours pas été retrouvé.*

*Le porte-parole de la garde côtière, L. Jeffrey Hart, a confirmé hier que les lambeaux de vêtements repêchés parmi les débris du voilier ont été présentés à l'épouse de M. Bradford, née Elizabeth Schnitzler, résidant à New Croydon, Connecticut. Selon M<sup>me</sup> Bradford, ils pourraient appartenir à son mari.*

*« Toutes les analyses ont prouvé que ces bouts de tissu, comme les autres débris en notre possession, étaient imprégnés de gazole, a précisé le porte-parole en ajoutant que, d'après M. Hartley, le propriétaire du voilier, des réserves substantielles de gazole étaient habituellement conservées à bord. À ce stade, nous retenons toujours la thèse de l'accident », a-t-il conclu.*

Deux jours plus tard, je lisais mon éloge funèbre.

MORT DE BENJAMIN BRADFORD, AVOCAT, 38 ANS.

La formule m'a fait sursauter. C'était si net, si définitif. Tout à fait dans le style du journal, sobre, direct. Disparu en mer. Né à Ossining, État de New York. Ancien élève de la Choate School. Diplômé avec mention du Bowdoin College. Docteur en droit de la faculté de New York University. Entré chez Lawrence,

Cameron & Thomas en 1986. Avocat-conseil en gestion de patrimoine. Mes garçons, cités par leur prénom. Quoique non professionnel, pratiquait assidûment la photographie…

Toute une vie résumée en quatre-vingt-dix mots. Pas de photo, heureusement. Dans la rubrique nécrologique, ce privilège était échu à un patron d'une grosse boîte de l'industrie alimentaire, qui avait rendu l'âme le même jour que moi, mais dans des circonstances beaucoup moins dramatiques : une crise cardiaque.

Un peu plus loin sur la même page, j'ai vu mon nom dans la colonne des faire-part.

> *On nous prie d'annoncer le décès de Bradford Benjamin, survenu brutalement dans un accident en mer le 7 novembre dernier. Époux tant aimé d'Elizabeth, père chéri d'Adam et de Joshua, il est pleuré par tous ses amis et collègues. La date et le lieu de la cérémonie funèbre seront communiqués ultérieurement. Pas de fleurs.*

« Époux tant aimé. » Dans le temps, oui…

Un autre avis, publié par mes patrons. Jeune associé aux qualités reconnues… Perte tragique… Ses confrères affligés… Une bourse universitaire pour l'étude de la photographie sera instituée à son nom…

Eh oui. Parce que finalement, « quoique non professionnel », il pratiquait la photo « si assidûment »…

Environ une semaine après, aux abords de Provo dans l'Utah, je suis tombé sur un nouvel article du *NYT* concernant Ben Bradford.

LA THÈSE DE L'ACCIDENT DÉFINITIVEMENT RETE-
NUE DANS LA MORT DE BENJAMIN BRADFORD

*Douze jours après l'incendie et l'explosion ayant détruit le voilier qu'il pilotait dans l'Atlantique, les enquêteurs de la police de l'État de New York ont écarté toute hypothèse suspecte dans la mort de Ben Bradford.*

*Dans un communiqué rendu public aujourd'hui, le porte-parole de la police d'État, Janet J. Cutcliffe, affirme qu'« après une analyse minutieuse des débris du voilier Blue Chip il a été décidé de mettre fin à l'enquête officielle concernant la disparition de... ».*

C'était ce que je voulais lire depuis des jours. Le verdict final était tombé. Cependant, j'ai continué à errer sur les autoroutes une autre semaine. Paumé. Déraciné. En roue libre.

Le dernier mardi de novembre, j'ai échoué à Rock Springs, dans le Wyoming. Un trou perdu au bord de la 80, conglomérat de fast-foods et de maisons en préfabriqué coincés au pied d'une mesa aux tons écarlates. À la réception de l'Holiday Inn, l'employée m'a demandé : « Combien de temps resterez-vous avec nous, monsieur Summers ? » J'ai failli regarder derrière moi : après toutes ces journées à écumer le pays, je n'étais pas encore habitué à mon nouveau nom. « Rien qu'une nuit », ai-je bredouillé.

Ma chambre donnait sur l'autoroute. J'ai pris une douche, je me suis écroulé sur le lit, essayant de souffler un peu après treize heures au volant. Ouvrant le *New York Times* que j'avais acheté plus tôt, j'ai remarqué un entrefilet dans le cahier économique :

### WALL STREET REND HOMMAGE À L'AVOCAT DISPARU EN MER

*Plusieurs centaines d'amis et de collègues de feu Benjamin Bradford se sont réunis hier après-midi en l'église de la Trinité de Lower Manhattan afin de rendre un dernier hommage au jeune*

*avocat de Wall Street disparu le 7 novembre*
*dernier en mer. Le corps de M. Bradford, qui se*
*trouvait seul sur un voilier ravagé par un incen-*
*die accidentel, n'a jamais été retrouvé.*

Plusieurs centaines d'amis ? Moi ? Je ne m'en comptais même pas le quart. Prescott Lawrence avait dû lire des psaumes, à tous les coups. Jack avait prononcé mon éloge. Beth avait été très courageuse, alors qu'Estelle éclatait en sanglots. Et Adam ? Je priais le ciel qu'ils l'aient laissé à la maison avec Josh et la nounou, lui épargnant le supplice de tous ces regards éplorés, de tous ces inconnus larmoyants lui tapotant l'épaule et l'accablant de banalités dans le genre : « Ton papa aurait voulu que tu te comportes en brave petit homme, hein ? »

Plusieurs centaines d'amis. Mes yeux étaient fixés sur ces mots. J'avais honte.

En un éclair, j'ai songé à décrocher le téléphone, appeler Beth, tout lui avouer, implorer son pardon, arriver je ne sais comment à la convaincre de…

De quoi ? De tout larguer à New Croydon, d'embarquer les garçons et de se joindre à ma cavale ? Tu parles ! Le temps de dire ouf, elle serait déjà au FBI. Surtout lorsqu'elle apprendrait le sort que Gary avait connu.

Le moment d'illusion était passé. Ne pas rechercher l'absolution. Elle ne viendrait jamais. Tu as fait ton choix. Tu es condamné à aller jusqu'au bout.

Je suis descendu, contournant de loin le bar de l'hôtel où un groupe était en train de jouer, « Quatre Jacks et une Jill », comme le proclamait le panneau à l'entrée. J'ai fermé mon blouson de cuir et je suis allé reprendre la MG dans le froid de novembre. J'ai traîné le long de l'artère qui coupait Rock Springs en deux. Des pompes à essence en veux-tu en voilà. Un snack à tacos, « deux pour le prix d'un ». Un Dairy Queen.

Trois ou quatre bouis-bouis. Un immense restau aux allures de hangar, le Village Inn.

C'était la meilleure adresse du coin, en tout cas pour moi : l'infâme gargote avec néons à gogo, menus illustrés de photos en couleurs et batterie de serveuses qui auraient toutes eu le plus grand besoin de crème dépilatoire. Le patron arborait une chemisette en viscose et une fausse cravate.

« Je vous écoute, a-t-il dit en s'approchant de ma table.

— Un croque au fromage et un café noir.

— Tout de suite. Vous restez longtemps à Rock Springs ?

— Non, je ne fais que passer.

— Pas en stop, j'espère. Avec le temps qu'il fait !

— Non, je suis motorisé.

— Je ne comprends le voyage que comme ça », a-t-il édicté en s'éloignant pour donner ma commande à la cuisine.

Moi, un auto-stoppeur ? Je me suis senti presque offensé par son allusion mais, quand je suis allé aux toilettes et que je me suis vu dans la glace, j'ai compris : avec ma barbe hirsute, mes yeux épuisés par la conduite prolongée, les traits blafards et bouffis que m'avaient infligés des semaines de bouffe industrielle et d'air conditionné, je ressemblais vraiment à un routard largué, à un hôte désœuvré du Grand Vide américain, au raté total qui lève le pouce dans l'espoir d'un improbable ailleurs.

Tout voyage a sa logique : un départ, une arrivée. Le mien s'était mué en une fuite sans fin le long d'un corridor de macadam. Sans terminus en vue.

On m'a servi. J'ai mangé le sandwich, bu le café. J'ai payé.

« Tout est OK pour vous ? a demandé le patron en me rendant la monnaie.

— Super.

— Vous allez où, après ?

— À l'est », ai-je murmuré.

Mais même ça, c'était un mensonge. Parce que, en réalité, je n'avais nulle part où aller.

# DEUX

2 décembre 1994,
Berkeley, Cal.
B,
Mes vœux depuis la République populaire de
Berkeley ! J'ai débarqué ici il y a une semaine
après avoir enfin réussi à me tirer de la frontière. Le reportage ne s'est pas terminé aussi
bien que prévu : le chef du service photo a
trouvé mon travail trop « dur », trop
« réaliste » pour son canard. Ils veulent tous du
glamour, maintenant. Qu'ils aillent se faire
foutre !
Je sais que je ne devrais pas t'écrire à la
maison, surtout pour te balancer des nouvelles
pas très sympa. Mais bon, je me suis dit qu'il
valait mieux mettre les choses au clair avec toi,
sans tarder. Donc, voilà. Pendant que je traînais à San Felipe, j'ai bien accroché avec une
fille de Bay Area, une photographe elle aussi.
Laura – c'est son nom – était en vacances là-
bas, elle. Tous les deux, on pensait d'abord à

une simple passade, mais entre nous ça a pris d'autres proportions, à tel point que je l'ai suivie à Berkeley, où elle habite et où elle m'a aidé à décrocher du boulot dans un ou deux magazines de la région.

Même s'il est encore trop tôt pour en être certain, j'ai l'impression que c'est sérieux, elle et moi. Et même si ça tourne court, c'est un coin d'enfer, ici ! J'ai déjà décroché deux commandes fermes : ça me change des méthodes de gangster auxquelles j'ai eu droit à New York. Conclusion : je risque fort de poser mon sac pour un moment.

Désolé d'en terminer comme ça, mais enfin il faut regarder les choses en face : entre nous, il n'a jamais été question que ça dure, non ? En tout cas, ça restera pour moi un beau souvenir. Et on ne peut pas en dire autant si souvent !

Bonne chance.

G.

J'ai levé les yeux du Thinkpad pour contempler par la fenêtre les voitures défilant sur la 80. Un regard à ma montre. Onze heures et demie, encore trente minutes avant de devoir rendre ma chambre de l'Holiday Inn de Rock Springs. J'ai donc pris le temps de relire ma lettre. Je préférais cette version à un essai antérieur, dans lequel Gary déclarait qu'il avait appris la mort de Bill dans le journal et se répandait en condoléances de rigueur. Si elle avait reçu celle-là, Beth n'aurait en effet pas manqué de se demander aussitôt : « Alors, pourquoi ce salaud n'a-t-il pas sauté sur le téléphone pour m'appeler ? » Mais, d'une manière ou d'une autre, le but était de la plonger dans un tel état de rage qu'elle ne voudrait plus jamais entendre parler de Gary. D'où l'invention de Laura, sa nouvelle copine : survenant juste après mon décès, la défection sentimentale de Gary le classerait définitivement comme une sous-merde aux yeux de Beth, qui ne chercherait donc pas à retrouver sa trace à Berkeley. Du moins c'est ce que j'espérais. Pour plus de précaution, en tout cas, je n'avais indiqué aucune adresse sur ma lettre.

Enfin satisfait, j'ai glissé une feuille de papier dans l'imprimante portable, avant de rédiger l'enveloppe sur l'ordinateur et de l'imprimer au format voulu. J'ai casé le tout dans une plus grande enveloppe en kraft destinée à la « poste alternative de Berkeley », en y adjoignant un billet de dix dollars attaché par un trombone à un mot tout simple : « Merci de poster ceci pour moi. Gary Summers. »

Après avoir collé dessus deux timbres à trente-deux cents, je me suis levé pour faire mes bagages. En quittant l'hôtel, j'ai glissé l'enveloppe dans une boîte aux lettres. J'avais calculé qu'elle mettrait quarante-huit heures pour parvenir en Californie – je l'avais antidatée de deux jours pour cette raison. Ensuite mes postiers libertaires de Berkeley la renverraient à Beth, avec le cachet de la poste locale.

Au parking, je me suis plongé dans mon atlas routier Rand McNally. En prenant la 80 à l'ouest, je me retrouverais une nouvelle fois à Salt Lake City ; à l'est, je finirais dans le Nebraska. Charmante perspective, dans les deux cas. Le seul autre axe permettant de sortir de ce trou était la 191, une deux-voies rudimentaire qui montait vers le nord à travers les montagnes. Après des semaines sans m'écarter des autoroutes, je me sentais autorisé à me risquer sur des chemins buissonniers maintenant que la mort de Ben Bradford avait été officiellement déclarée « accidentelle ». Les autoroutes, je ne pouvais plus les voir. J'ai choisi la 191.

Le vide. Une prairie érodée, hérissée de rochers d'un rouge sang. Et le silence. Un silence total, solitaire, d'une ampleur et d'une intensité gigantesques. Pendant plus d'une heure, je n'ai croisé personne. Pas un seul véhicule en vue. Je me suis enfoncé dans ce territoire mutique, gagnant peu à peu de l'altitude tandis qu'un timide soleil d'hiver projetait de minces faisceaux de lumière sur la toundra.

À force de monter, la route est devenue franchement vertigineuse. Même en troisième, la MG peinait dans la côte interminable. Une neige fine a commencé à tomber. La chaussée était glissante. J'ai rétrogradé en seconde, mais le moteur a émis des grognements de désapprobation. Une bise d'ouest têtue accumulait la neige sur le goudron. Pied au plancher, j'atteignais à peine les quarante kilomètres à l'heure. Je ne voyais pas la fin de cette ascension, et le risque de tomber en panne dans un coin aussi désertique me rendait fébrile.

Alors que j'allais rebrousser chemin vers Rock Springs, je suis parvenu tout en haut. Le paysage qui s'est alors ouvert devant moi était grandiose : des sommets déchiquetés, un vaste plateau couvert de hardis sapins, de lacs miroitants. J'étais hypnotisé par les proportions de cet espace, qui paraissait s'étendre à l'infini, former un univers en soi. Plus question désormais de revenir à la monotonie de la plaine et de l'autoroute. Au contraire, j'ai poussé la MG à franchir les derniers mètres de cet apogée et je me suis engagé dans la vallée tout enneigée.

En un lacet toujours plus serré, la route redescendait puis remontait en un slalom incessant. Les deux cents kilomètres qui ont suivi m'ont donné l'impression de participer à un rallye de haute montagne, les épingles à cheveux succédant aux dégringolades à pic à travers des passes béantes. La visibilité était très mauvaise, mais je ne me plaignais pas, au contraire :

pour la première fois depuis que j'avais pris la route un mois auparavant, j'éprouvais une étrange sensation de libération. Oubliée, l'angoisse paranoïaque de découvrir dans le rétroviseur une meute lancée à ma poursuite. Envolée, cette impression de vivre un cauchemar qui ne m'avait pas quitté tant que j'étais éveillé. Mon esprit était entièrement accaparé par le prochain virage serré, la prochaine descente sur une chaussée verglacée, par ma lente avancée au sein de ce royaume secret que la nature protégeait formidablement du monde extérieur.

Un espace où il semblait facile de fuir sa propre vie.

J'ai cependant dû déchanter lorsque, vers la fin de l'après-midi, je suis arrivé à Jackson. Une grande station de ski regorgeant de boutiques à la mode, d'épiceries fines et de rupins venus de San Francisco, de Seattle ou de Chicago pour se pavaner dans leurs coûteuses parkas et leurs manteaux de fourrure au milieu de l'architecture pseudo-pionniers de l'Ouest. Au bout de dix minutes, je n'avais qu'une idée : me tirer de là au plus vite. J'étais sûr, en effet, que si je m'attardais dans les parages je finirais inévitablement par rencontrer quelque avocat de la côte Ouest en vacances que j'aurais croisé dans ma vie antérieure. Et dans ce cas, le téléphone se mettrait à sonner bon train d'un bout du pays à l'autre…

Seulement, quitter Jackson n'était pas une mince affaire : la neige tombait désormais en blizzard, la nuit approchait. Et lorsque je me suis arrêté pour refaire le plein, le pompiste m'a annoncé que toutes les routes desservant la ville étaient maintenant impraticables.

« Vous partirez pas c'soir, c'est moi qui vous le dis. Si j'étais vous, j'me trouverais une piaule vite fait, avant qu'il en reste plus une d'libre.

— Mais demain matin, les routes auront été nettoyées ?

— Ouais, les chasse-neige commencent à bosser juste avant qu'y fasse jour, d'habitude. Mais voilà, désolé de vous apprendre ça : à la météo, y-z-ont dit qu'il allait tomber encore soixante centimètres c'te nuit. »

J'ai acheté deux sandwichs et un pack de six bières dans un petit relais, avant de décrocher la dernière chambre libre dans un motel sans prétention à la sortie de la station. Je m'y suis enfermé, préférant tuer le temps affalé devant le petit écran et ses débilités plutôt que de risquer de me faire reconnaître par quelqu'un en ville.

À six heures du matin, déjà debout, j'ai jeté un coup d'œil entre les rideaux. La neige avait tout effacé. Un coup de téléphone à la réception a confirmé ce spectacle désolant.

« Y disent que l'blizzard va pas nous lâcher avant au moins trois heures c't après-midi, m'a confié la réceptionniste. Vous allez garder votre chambre une nuit d'plus ?

— Je n'ai guère le choix, je pense. »

Après une incursion éclair dans le magasin de victuailles le plus proche, je suis revenu à mon emprisonnement télévisé. Tout en piochant tristement dans une boîte de doughnuts à la confiture et en sirotant un gobelet de café, je me suis abîmé dans l'univers d'Oprah Winfrey, de Geraldo, de Sally Jesse. « Quand un respectable sexagénaire épouse une majorette », « Un jeune toxicomane retrouve son père policier », « Ces femmes obèses qui ne peuvent plus faire leur toilette »… Dans cette orgie de « reality-shows », tout le monde avait quelque chose à confesser, non sans force larmes, retrouvailles sanglotantes avec des parents perdus de vue, déclarations prétentieuses sur un équilibre sentimental enfin atteint. Avec un méga-sandwich au salami et une bouteille de Dr Pepper, l'après-

305

midi a passé devant *Lune de miel, Lucy et moi,* une succession de feuilletons rescapés du temps de mon enfance. Pour changer, j'ai tenté de me plonger dans un roman très mauvais, l'histoire d'un tueur en série spécialisé dans l'égorgement d'experts-comptables assermentés. Retour à la petite boîte avec *Sesame Street,* que j'ai dû abandonner au bout de cinq minutes tant ce programme réveillait en moi le souvenir d'Adam et de Josh. J'ai zappé sur ABC, dont j'ai suivi le programme d'informations avec Jim Lehrer de bout en bout. J'ai dévoré un petit pain de seigle au jambon et au fromage en attaquant la première de mes six Michelob. Quand le journal de NBC s'est terminé, j'en étais à ma dernière bière. Je suis allé à la fenêtre pour ouvrir les rideaux. Le blizzard s'était arrêté. Je me suis écroulé sur le lit, gonflé, nauséeux, écœuré par toute cette bouffe et toutes ces images synthétiques. Je me suis promis de ne plus jamais m'infliger une telle assignation à résidence.

Dès l'aube, j'étais lancé sur la 22, direction ouest. La chaussée avait été dégagée mais demeurait assez glissante. À deux reprises, la MG est partie dans un dérapage que j'ai réussi à contrôler, manquant de peu mon chant du cygne dans un ravin. Claquant des dents, je me traînais à trente à l'heure, le chauffage de la voiture de sport ne pouvant pas grand-chose contre le froid polaire qui régnait dehors. Face aux rigueurs hivernales du Wyoming, ni le blouson de cuir de Gary ni ses bottes de cow-boy ne se révélaient à la hauteur. À Jackson, j'avais bien pensé faire l'acquisition d'une parka fourrée et de chaussures doublées, mais j'y avais renoncé en imaginant déjà une voix maniérée s'élevant derrière moi dans la boutique Ralph Lauren : « Mais chérie, ce ne serait pas le défunt Ben Bradford, là-bas ? » Il valait mieux geler encore une journée plutôt que d'être démasqué.

Froid dedans, froid dehors. Devant moi, la vue la plus réfrigérante que l'on puisse imaginer : la silhouette menaçante, écrasante, de la chaîne des Grand Tetons, des pics acérés se plantant dans le ciel à près de quatre mille mètres, aucunement accueillants avec leur austérité arrogante et leur dégaine d'Ancien Testament, toute de solennité vengeresse. En face d'eux, on se sentait un nain. Ils ridiculisaient vos préoccupations quotidiennes, vous lançaient en pleine figure : Tu n'es qu'un éphémère et misérable passant, voué à l'oubli.

Ces montagnes m'hypnotisaient, me terrifiaient, m'écrasaient de leur regard impitoyable. Elles me jugeaient, oui, mais leur verdict se résumait à un suprême dédain. Pour elles, je n'étais qu'un brimborion.

À la frontière de l'Idaho, la neige s'est remise à tomber. J'étais maintenant sur la 33, une deux-voies que les chasse-neige venaient d'ourler de deux talus blancs qui bloquaient l'horizon. Dans ce tunnel polaire, j'apercevais parfois, à travers une déchirure, des lacs gelés, des pins raidis par la glace, le calme absolu d'un froid paradis. Pendant que je me dirigeais vers le nord, la visibilité est devenue pire, un mètre cinquante au plus. Je n'en avais cure. Je continuais, forçant mon destin, refusant de battre en retraite vers un abri. Je ne savais pas si j'allais m'en tirer, d'ailleurs peu importait : que les éléments m'engloutissent, m'étouffent sous leur tapis immaculé, me rendent invisible. Et si je m'en sors, au bout du compte ? Alors, c'est peut-être – je dis bien peut-être – qu'il existe un destin farceur, là-haut…

La MG patinait plus qu'elle ne roulait, menaçant à tout moment d'échouer dans le talus de neige qui serait mon impasse définitive. Mais rien ne pouvait m'arrêter. Les heures passaient. Ma seule vision du monde consistaient dans les quelques mètres incertains de chaussée qui défilaient devant moi. Lentement, mais sûrement, j'ai poursuivi vers le nord.

Il était une heure quand j'ai franchi le col de Targhee. Là, un panneau m'a souhaité la bienvenue dans « l'État à ciel ouvert ». Le Montana.

Mais il n'y avait pas de ciel, ici. Seulement une immense coupole de neige, d'un gris de cendre. Peinant sur la 287, j'ai vu des lumières clignoter devant moi : les gyrophares d'un engin de déblaiement et de sablage, auquel j'ai emboîté le pas tandis qu'il m'ouvrait la route. Je l'ai suivi trois heures durant, jusqu'à ce qu'il me conduise à l'autoroute 90, sain et sauf.

J'étais au volant depuis l'aube, le soir tombait, mais la neige commençait à se calmer et je refusais l'idée de me claquemurer dans une autre chambre de motel encore, à attendre que la nuit passe. Je suis parti à l'ouest. Quatre-vingts kilomètres plus loin, la neige s'est muée en une pluie glaciale qui a transformé mon antenne radio en stalagmite. J'avais parcouru trente kilomètres quand j'ai évité de justesse la collision avec une camionnette qui avait fait un brusque écart pour contourner un élan aventuré sur la chaussée. Encore quarante kilomètres : la neige a repris. Quatre-vingts : le blizzard se déchaînait avec une telle fureur que j'ai à peine discerné le panneau indiquant la sortie pour Mountain Falls.

Tous les hôtels de la ville étaient complets, deux exceptés. J'ai choisi le Holiday Inn parce que c'était le premier que j'avais trouvé. La tempête de neige avait atteint une virulence incroyable : à peine avais-je ouvert ma portière que le siège a été recouvert d'une épaisse pellicule, et j'ai traversé le parking quasiment en état d'apesanteur, les rafales de vent me poussant vers le hall d'entrée comme un ballot de paille.

« Début décembre, c'est toujours comme ça, chez vous ? ai-je demandé, hors d'haleine, à la réceptionniste.

— Oh oui. C'est l'hiver dans le Montana. »

Au matin, les nuages avaient été chassés au sud. Une vive lumière passait à travers les rideaux en plastique de ma chambre. J'ai titubé jusqu'à la fenêtre pour les ouvrir et je suis resté ébloui, émerveillé par le ciel d'un bleu pur.

Neuf heures. Je suis sorti pour aller prendre le petit déjeuner. Les rues et les trottoirs, déjà nettoyés, reflétaient un soleil si intense que j'ai mis mes Ray Ban. Je ne sais si c'est le spectacle de toute cette blancheur éclatante qui m'a décidé, ou la gaieté trop rare d'une belle journée d'hiver, ou simplement que j'en avais assez de rouler sans but : en tout cas, il m'a suffi de cinq minutes de marche pour me dire que j'allais rester un moment à Mountain Falls.

Tout au bout de la large artère principale, la montagne commençait. Au sud coulait un fleuve, le Copperhead. Entre les deux, il y avait environ un kilomètre de vieilles maisons en brique joliment restaurées, trois ou quatre saloons, deux immeubles résidentiels d'un style ancien, un magasin général transformé en galerie de cafés et de restaurants. Et un bar qui faisait grill, Le Passage du Col.

Lorsque j'y suis entré, cinq hommes étaient alignés au comptoir, en train de boire de la bière. Ils portaient tous des combinaisons crasseuses et des casquettes de base-ball, ils avaient tous les doigts aussi jaunis par la nicotine que leurs dents, ils avaient tous l'air de durs. Aucun d'eux n'a levé les yeux vers moi ni ne m'a fait l'honneur d'un sourire, pas plus que les sept ou huit matrones en pantalon de viscose qui s'affairaient devant les machines à sous alignées contre les murs. La serveuse, par contre, une femme bien en chair dotée d'une permanente d'airain et d'une respectable moustache, a ébauché une grimace de bienvenue en mon honneur alors que je me glissais sur une banquette près de la porte de la cuisine.

« Z'avez une p'tite faim ? Dans c'cas, vous allez aimer notre formule à quatre-vingt-quinze. Le Montagnard, on l'appelle.

— Ça a l'air bon, ça.

— Ça l'est. »

Le Montagnard a été déposé quelques minutes plus tard sur un plateau devant moi : un steak, deux œufs au plat, trois crêpes, une platée de frites, quatre toasts suant le beurre. Je suis à peine parvenu à en finir la moitié.

« J'croyais que vous aviez faim, a remarqué la serveuse quand elle m'a rapporté du café.

— Pas à ce point !

— 'Voulez un *doggy bag* pour prendre le reste ?

— Non merci. »

Soudain, la porte s'est ouverte à la volée. Un homme corpulent, enveloppé dans un vieux duffel-coat, a surgi en chancelant. La quarantaine, une tête de buveur : les joues striées de veines, le nez enflé, des yeux fous qui regardaient partout.

« Rudy ! a crié la serveuse. Vous sortez d'ici tout de suite !

— Allez, Joan, quoi, a protesté l'intéressé d'une voix sérieusement altérée par le tabac. J'suis quand même pas interdit de séjour pour toute la vie !

— Vous voulez parier ?

— Rien qu'un p'tit café…

— Charlie ! »

À l'appel de la serveuse, une sorte de gorille est sorti de la cuisine. Un mètre quatre-vingt-dix, des troncs en guise de bras, une trogne de pit-bull. Il tenait une batte de base-ball dans une main. Dès qu'il l'a vu, Rudy a reculé vers la sortie en marmonnant :

« Ouais, compris, compris...

— Alors vous avisez plus de remettre les pieds ici, a conclu la serveuse. Allez ouste, dehors.

— Joan ? Euh, tu n'as jamais entendu parler de ce concept chrétien, le pardon ?

— Si. Et maintenant, du balai.

— Tes désirs sont des ordres. »

Et il a pris le large.

« Merci, Charlie, a lancé la serveuse à l'apparition qui, avec un vague grognement, est repartie dans la cuisine.

— Votre ami, qui est-ce ? ai-je demandé à la gardienne des lieux.

— Rudy Warren.

— Euh...

— Quoi, vous voulez dire que vous l'connaissez pas ?

— Je suis nouveau, ici.

— Faut croire, parce que si vous étiez de Mountain Falls, Rudy Warren, vous pourriez que le connaître. Surtout si vous lisez le canard local.

— Alors c'est un journaliste ?

— C'est un poivrot. Un cinglé de poivrot. Mais ouais, il écrit aussi dans *The Montanan*.

— Et il s'en tire bien, quand il écrit ?

— Il paraît, oui. Le problème, c'est qu'avec dix bières dans le ventre il devient ouf. Avant, il venait toujours boire chez nous. Un jour, y a à peine deux mois, il se pointe, il s'assoit, il descend une douzaine de demis en vingt minutes, il se lève, il attrape un tabouret et il l'balance en plein au-dessus du bar. Et puis il s'en va. Paf, la glace derrière et au moins dix bonnes bouteilles, en morceaux. Quatre cents dollars de dégâts.

« — Il a casqué ?

— Un peu, oui ! Les flics lui sont tombés sur l'pale-
tot, aussi. Il a eu d'la chance de s'en tirer avec un avertissement. Mais enfin, depuis, on l'accepte plus, ici.
Encore un peu de café ? »

J'ai accepté et je suis allé prendre le fameux journal
dans un distributeur automatique près de la porte des
toilettes. Ce que j'ai découvert était un quotidien de
très bonne tenue, avec des rubriques nationale et inter-
nationale plus que correctes, des éditoriaux finement
tournés et même deux pages entières consacrées à la
vie artistique locale : comptes rendus de vernissages,
critique d'un récent concert de jazz, annonce d'un festi-
val Wim Wenders qui débutait au cinéma d'art et essai
de la ville. Il y avait aussi des brèves qui donnaient ce
genre d'informations : « Billy James Mulgrew, 24 ans,
demeurant 238 route du Charmeur-de-Serpents, a été
condamné à 250 dollars d'amende et trois mois de mise
à l'épreuve pour avoir fait feu à plusieurs reprises, au
fusil de chasse, dans les bureaux du Service de conseil
matrimonial de Mountain Falls ». Ou encore :
« Willard Mount, 56 ans, demeurant à la Résidence
Bellevue, a été condamné à 75 dollars d'amende pour
avoir porté, en public, un revolver à la ceinture. »

J'ai également trouvé la chronique de Rudolph
Warren, illustrée d'une photo de lui qui devait avoir au
moins dix ans tant il ressemblait peu au pochard halluciné que je venais de voir se faire éjecter du bar.

> *À première vue, on se croirait encore dans la
> petite ville typique du Far West, le style de bour-
> gade où, jadis, de fines gâchettes défouraillaient
> à chaque coin de rue, où les crachoirs débor-
> daient tous les deux mètres et où le seul et
> unique « divertissement » culturel consistait en
> une visite à la maison de passe locale.*

*Avec sa grand-rue poussiéreuse et son architecture canaille, Bozeman (Montana) se plaçait alors dans le peloton de tête des coins « chauds », et il n'est pas difficile d'imaginer le temps où les affreux coiffés de stetsons noirs se canardaient copieusement en plein milieu de la chaussée.*

*Mais non, c'est fini. Bozeman, où je viens de passer le dernier week-end, a rejoint Kalispell, Bigfork et jusqu'à notre cher Mountain Falls dans la catégorie sans cesse grandissante des cités du Montana ravagées par ce terrible virus que certains nomment la « californication » galopante.*

*Comment savoir si cette maladie s'est déjà attaquée à votre quartier ? Il suffit d'un coup d'œil aux devantures de magasins : si vous y découvrez des jeans Ralph Lauren et des « bottes de cow-boy » à trois cents dollars la paire, c'est que le virus de la californication est à l'œuvre. Entrez ensuite dans votre snack habituel. Tous les plats arrivent-ils garnis de cette herbe folle que d'aucuns appellent maintenant « roquette » ? Est-ce que les serveuses minaudent désormais en s'extasiant sur la « fragrance de cassis » que présente tel pinot noir de la vallée de Napa ? Et ledit snack a-t-il dernièrement été redécoré dans la veine de ces établissements chichiteux qui vous proposent dix-sept sortes d'espressos sur leur carte ?*

*Si c'est le cas, alors vous devez en déduire que la californication ronge le cœur même de votre ville. Et à moins que les bons citoyens de notre État n'entreprennent d'enfermer chaque rue du Montana dans un préservatif géant, l'épidémie va se développer à une vitesse foudroyante...*

Je n'ai pu m'empêcher de sourire. Ce Rudy Warren était sans doute un pochard, mais c'était aussi incontestablement « une plume », lorsqu'il consentait à reprendre sa casquette de chroniqueur.

Sorti du Passage du Col, j'ai flâné dans la rue principale, remarquant trois cafés « chichiteux » et deux librairies acceptables. Prenant à droite, j'ai vu une galerie d'art contemporain, un bazar New Age baptisé L'Apothicaire des Herbes, puis La Boîte à Fred, un bar louche qui annonçait un strip-tease amateur pour le soir même.

Flânant toujours, je me suis retrouvé sur les bords du fleuve, transformé en épaisse langue de glace, j'ai traversé un pont et longé un grand immeuble moderne où la rédaction du *Montanan* était installée. Tout de suite après commençait le quartier étudiant, un vaste campus universitaire bordé de rues où il y avait encore des librairies, encore des cafés, et une boutique qui proposait des râteliers à carabine sur mesure pour jeeps d'excursion.

Rudy Warren avait raison : Mountain Falls avait été lentement gagnée par le raffinement « moderne ». Mais la ville n'avait pas pour autant renoncé à ses rudes racines. En fait, j'étais séduit par ce mélange de débraillé western et de cosmopolitisme studieux. C'était une agglomération importante – trente mille âmes, d'après ce que j'avais lu la veille sur le panneau « Vous entrez à Mountain Falls » –, mais de taille encore humaine. Assez grande cependant pour qu'un nouveau venu échappe à une curiosité excessive de la part des autochtones. La présence de l'université garantissait un brassage annuel de population, tandis que toutes ces galeries d'art et ces cafés branchés étaient certainement destinés à une large clientèle d'émigrés, tous ces carriéristes à bout de souffle qui, en élisant Mountain Falls pour retraite, poursuivaient cette chimère propre aux années 90 : trouver un style de vie qui soit aussi une vie avec style. J'étais sûr de pouvoir me fondre dans ce panorama : pour les autres, je ne serais qu'un citadin recyclé de plus, tentant de reprendre goût à l'existence « sous le ciel du Montana ».

Comme le froid était en train de me pénétrer jusqu'aux os, j'ai trouvé une caisse automatique où j'ai retiré deux cent cinquante dollars du compte de Gary avant d'aviser un magasin de sports et d'entrer y faire l'emplette d'une parka descendant aux genoux et d'une paire de Timberland doublées. Juste à côté se trouvait une agence immobilière qui, d'après ce que proclamait l'écriteau sur la porte, était ouverte tout le samedi. Je me suis risqué à l'intérieur. Une dame blonde, la quarantaine bien avancée, en blazer et jupe de tweed, était assise au bureau.

« Bonjour bonjour ! Comment allez-vous ?

— Très bien, merci, ai-je répliqué, crispé par cette démonstration de familiarité. Vous...Vous louez des appartements ?

— Tout à fait, monsieur...

— Summers. Gary Summers. »

Elle m'a tendu la main.

« Meg Greenwood. Quel genre d'appartements vous recherchez, Gary ?

— Un studio. Quelque chose de central.

— Pour vous et votre épouse ?

— Je suis célibataire. »

Un petit sourire a flotté sur ses lèvres.

« Des enfants ? Des animaux de compagnie ?

— Non.

— Vous avez fait comment, pour passer entre les mailles ?

— Pardon ?

— Oh, je plaisantais, c'est tout.

— Pas de problème.

— Votre fourchette de prix ?

— Eh bien, je débarque un peu, à vrai dire, je ne connais pas exactement ce qui se pratique ici.

— Pour un studio, il faut compter entre quatre cent cinquante et sept cents par mois. Mais franchement je ne recommanderais pas le bas de l'échelle. Uniquement pour les étudiants, ça. Par contre, j'ai quelque chose de très joli à six cents dollars, Résidence de la Frontière. Vous connaissez ?

— Comme je vous le disais, je viens juste d'arriver à Mountain Falls et...

— De la côte Est, non ?

— Euh, oui, en effet. Comment vous...

— Je ne pouvais pas me tromper. Je suis une fille du Connecticut moi-même. Et vous ?

— Du Connecticut.

— Ça alors ! Et où, plus précisément ?

— New Croydon.

— C'est incroyable ! Moi je suis de Darien, cent pour cent ! » J'aurais voulu me précipiter dehors. « Vous connaissez ?

— Oui, je connais.

— Hé, mais c'est fantastique ! Un gars de New Croydon ! Et qu'est-ce qui vous amène au Montana ?

— Un reportage photo.

— Vous êtes photographe ? »

Il fallait vraiment que je mette fin à cette conversation au plus vite.

« Oui... Et ce que j'aimerais, c'est qu'il y ait assez de place pour installer un petit labo, aussi.

— Est-ce que je connais votre travail ? J'ai déjà vu des photos à vous dans les journaux ?

— Ça m'étonnerait. Bon, en ce qui concerne cet appartement à la résidence...

— Oh, c'est à deux pas d'ici. Vous avez dix minutes devant vous ?

« — Bien sûr. »

Elle a bondi sur ses pieds, attrapé son manteau et un trousseau de clés. Quand nous sommes sortis, elle a retourné un panonceau qui était suspendu à la porte. « De retour dans trente minutes ».

En chemin, elle m'a bombardé de questions.

« Alors, vous travaillez pour quelles revues ?

— Deux ou trois magazines de voyages que vous ne devez sans doute pas...

— *Condé Nast Traveller* ? *National Geographic* ?

— Euh non, pas tout à fait ce...

— Et vous avez décidé de vous installer à Mountain Falls ! »

Il fallait improviser.

« Je prépare un livre sur le Montana.

— Ah ! Pour quel éditeur ?

— Ce... Ce n'est pas encore décidé.

— Donc, vous cherchez un point de chute pour quelques mois ?

— Exactement.

— Alors, vous ne pouviez pas mieux choisir. C'est une ville vraiment, vraiment sympa. Un tas de gens intéressants. Et puis, pour un célibataire de votre âge... Oui, vous allez bien vous amuser. »

Nous avons atteint la fameuse résidence, un immeuble des années 20 dont le hall d'entrée aurait eu besoin d'un bon coup de peinture. Nous nous sommes serrés dans un minuscule ascenseur, direction le troisième.

« Moi-même j'ai vécu ici pendant un mois, après mon divorce. Évidemment, après la vente de notre maison, j'ai pu me payer un joli deux-pièces en cottage à Shawmut Valley. Vous connaissez ? C'est vraiment, vraiment super. À dix minutes du centre seulement, mais on se sent comme au beau milieu de la forêt. Il faut que vous veniez voir ça, un jour. » Encore un petit sourire. L'ascenseur a tressauté en s'arrêtant.

« Bon, le fait est que c'est d'abord à cause de mon mari que nous sommes venus vivre dans le Montana. Il avait décroché un job de prof à l'université. Avant, il était à Williams… Ah, le Massachusetts, j'adore ! Mais comme il était seulement chargé de cours, nous avons échoué ici, en fin de compte. Et là, au bout d'un an, il est parti avec une collègue. Une spécialiste en psychologie enfantine, vous vous rendez compte ? »

Je n'ai dit ni oui ni non.

« Voilà, nous y sommes, a-t-elle claironné en s'immobilisant devant une porte en bois mal en point, qui portait le numéro 34. Bon, avant d'entrer, je dois vous prévenir que la décoration est, disons, un peu fatiguée. Mais il y a un volume exceptionnel ! »

« Fatiguée » était un euphémisme professionnel : un papier à fleurs vieux comme Mathusalem sur les murs, une moquette couleur rouille usée jusqu'à la corde, deux fauteuils déglingués, un canapé en skaï vert, un lit double avachi et bordé de velours râpé, une cuisine à l'équipement vieillot…

« C'est ça qu'on a pour six cents dollars, à Mountain Falls ?

— Ah, mais l'emplacement est merveilleux ! Vous avez la vue sur le fleuve, une fantastique exposition plein sud, et puis regardez la place qu'il y a ! »

Sur ce point, elle n'avait pas tort puisque le living faisait dans les soixante mètres carrés. La chambre était également très spacieuse, et flanquée d'un étroit bureau qui pourrait être facilement transformé en chambre noire. Mais il était hors de question de garder ce décor de meublé pouilleux.

« Vous ne voyez pas d'objections à ce que j'apporte des transformations, n'est-ce pas ?

— Ah, nous ne sommes que des intermédiaires, nous. Bon, les propriétaires vivent à Seattle, ce n'est qu'un appartement de rendement pour eux, donc…

318

Oui, je pense que je pourrai les convaincre. À condition que vous n'ayez pas de projets trop… radicaux.

— Je suis du Connecticut, hein ? Radical n'est pas un mot qui appartient à mon vocabulaire. »

Elle a ri, puis elle a repris son sérieux pour annoncer :

« Le bail minimum est de six mois. »

Une demi-année à Mountain Falls ? Le jeu en valait la chandelle.

« Ça devrait aller… Mais à cinq cent cinquante par mois.

— Ah là, oui, on voit que vous êtes vraiment du Connecticut ! »

Nous sommes repartis à son agence. Sans tarder, elle a appelé mon propriétaire à Seattle pour le baratiner à propos du « merveilleux locataire » qu'elle venait de dénicher et de son désir de rénover les lieux en échange d'un rabais de cinquante dollars sur le loyer. Il paraissait plus que coriace, mais Meg Greenwood avait la vente dans le sang : elle a fini par emporter le morceau.

« Il est à vous, a-t-elle conclu en raccrochant.

— À cinq cent cinquante ?

— Il a fallu discuter sec, mais oui, c'est le prix. Avec un mois de caution et un mois d'avance, bien entendu. Plus notre commission, deux cent soixante-quinze. »

Je me suis livré à un rapide calcul mental. Après le retrait d'espèces de la matinée, le solde de Gary s'élevait à trois mille cent soixante-cinq dollars. Mon installation allait me coûter mille trois cent soixante-quinze dollars, et encore cinq cent cinquante de loyer en cours. Il me resterait donc mille deux cent quarante dollars jusqu'au prochain versement de sa pension. Pas de quoi faire des folies.

« Je peux emménager quand ?

— Lundi matin, je pense, si ça vous convient.

— Parfait. Je viendrai signer le bail à dix heures, d'accord ?

— Ça me paraît impeccable. Dites… Vous ne pourriez pas nous fournir quelques garanties… »

J'en suis resté cloué sur ma chaise.

« Euh, ça risque de prendre quelques jours. Ma banque est sur la côte Est, vous comprenez…

— Et des références personnelles ? Personne ne peut en donner pour vous, ici ? »

Je lui ai décoché un grand sourire séducteur.

« À part vous, non. »

Elle m'a volontiers suivi sur ce terrain.

« Alors, je vais devoir compter sur votre bonne mine de New Croydon pour dire que vous êtes solvable. »

Cette Meg Greenwood m'a tracassé pendant tout le reste du week-end. Je l'ai imaginée passant des tas de coups de fil à Darien. Je me suis demandé si elle avait des amis à New Croydon. J'ai frémi en pensant qu'elle allait alerter toutes ses copines divorcées de Mountain Falls en claironnant qu'elle était tombée sur le représentant d'une espèce en voie de disparition : un homme libre. Il fallait que j'élève des barricades autour de moi, au plus vite.

« Hé, voilà la belle jeunesse de New Croydon ! s'est-elle exclamée en me voyant entrer dans l'agence le lundi matin.

— Bonjour. »

J'ai pris un siège et j'ai sorti de la poche de ma parka la liasse de billets que je venais de retirer d'une caisse automatique. Treize coupures de cent dollars, sept de dix et une de cinq, que j'ai soigneusement empilées sur la table devant elle.

« Un chèque aurait été très bien, a-t-elle remarqué, un œil sur la pile de cash.

— Oui, seulement il aurait fallu deux ou trois jours pour le débiter sur ma banque à New York. J'ai pensé que ce serait plus simple, comme ça. Vous avez le contrat ? »

Elle a hoché la tête et m'a tendu un formulaire de trois pages. Pendant que je l'examinais, elle a tenté de badiner un peu.

« Alors, Mountain Falls by night, vous avez essayé ?

— Je suis resté dans ma chambre, à l'Holiday Inn.

— Ah, il va falloir que je vous sorte un peu, que je vous montre les bons plans. »

Ignorant la proposition, j'ai attiré son attention sur une phrase du contrat.

« Euh, l'article quatre du paragraphe deux me chiffonne un peu. C'est la formulation "droits de propriété résiduels". Est-ce que cela signifie que le preneur à bail peut se voir interdire l'occupation des lieux au cas où le propriétaire déciderait de faire valoir les prérogatives incompressibles que lui garantit son titre de propriété libre de toute obligation ? »

Elle m'a lancé un regard stupéfait.

« Mais je croyais que vous étiez photographe... »

Triple idiot que j'étais. L'alarme « limiter la casse ! » s'est mise à hululer dans mon cerveau.

« Eh bien, mon paternel était dans l'immobilier, ai-je improvisé en grimaçant un sourire forcé. Quatre étés de suite, j'ai travaillé dans son agence, quand j'étais étudiant. Donc je m'y connais un peu en contrats de location, même si cela ne me sert à rien.

— Il vous a bien appris le métier, votre papa ! Mais ici l'usage ne reconnaît pas de garanties pour le locataire, si bien que cette clause des droits résiduels du propriétaire est toujours, toujours stipulée dans le bail.

— Très bien, ai-je concédé », pressé d'échapper à cette conversation.

J'ai attrapé un stylo et j'ai signé les deux exemplaires.

« Dans six mois, on pourra négocier un second bail, mais je ne peux pas vous certifier que le rabais de cinquante dollars sera encore valable.

— Je comprends, me suis-je empressé de dire tout en pensant que d'ici là je serais sans doute à l'autre bout du pays.

— Il va falloir que vous appeliez les compagnies de téléphone et d'électricité pour mettre l'abonnement à votre nom.

— Pas de problème. »

Elle m'a tendu les clés.

« Et si vous avez la moindre question, vous savez où me trouver.

— Vous avez été charmante, Meg, ai-je déclaré en lui serrant la main et en me levant.

— Ah, encore une chose. Vous êtes libre à dîner, un de ces soirs ?

— Avec grand plaisir. » J'étais déjà à la porte. « Mais disons dans deux ou trois semaines, si vous voulez bien. Le temps que je m'installe et que Rachel soit arrivée.

— Rachel ? Qui est-ce ?

— Ma petite amie.

— Vous aviez dit que vous étiez célibataire.

— Je le suis. Mais j'ai une petite amie à New York, qui va venir passer Noël avec moi. Donc, si vous êtes là, cela nous ferait vraiment plaisir... »

Elle m'a regardé comme si je venais de lui jouer un tour pendable. Ce qui, évidemment, était le cas.

« Pour Noël, je pars.

— Quel dommage. Alors, on dîne tous ensemble quand elle revient fin janvier, hein ? Et merci encore. »

Je suis sorti avant de me faire fusiller d'un autre regard de reproche.

Quelques heures plus tard, j'avais posé mes valises au 34, Résidence de la Frontière. L'après-midi, je suis parti à la recherche d'un marchand de peinture. Il y en avait bien un non loin de l'Agence Greenwood, mais pour l'instant je préférais ne pas trop me hasarder dans ces parages.

Cela faisait seulement deux jours que j'étais à Mountain Falls, et déjà je devais raser les murs.

# TROIS

La neige s'est mise à tomber pendant ma première nuit à l'appartement. Elle n'a pas cessé dix jours durant. Cela me convenait parfaitement. Elle me forçait à rester chez moi, à travailler, à me tenir loin des préparatifs de Noël qui animaient toutes les rues de Mountain Falls. Je redoutais Noël.

Cette première nuit, j'ai très mal dormi. Le sommier était effondré en quatre endroits, les draps sentaient le moisi et tout le studio puait la tristesse. Le lendemain, j'ai mis le lit à la poubelle et j'ai acheté un futon près de l'université, cent cinquante dollars. J'ai monté le socle moi-même et je l'ai enduit d'un vernis clair. Une couette, une parure et des oreillers m'ont coûté encore deux cents dollars.

Le tour de la moquette était venu. Il m'a fallu toute une journée pour l'arracher, puis la porter à une décharge voisine. Le lino de la salle de bains et de la cuisine était condamné, lui aussi. Pour soixante-quinze dollars, j'ai loué une ponceuse et j'ai passé une semaine à décaper les trois couches de peinture qu'on avait infligées aux parquets. Le 14 décembre, le bois avait repris son aspect naturel. Je me suis alors attaqué aux murs, mais j'ai été malavisé de décoller le papier peint, qui en partant m'a révélé des plâtres dans un état lamentable. De sorte que le 16 au matin je suis allé en voiture dans une grande surface de bricolage dans la banlieue, où j'ai dépensé cent dollars en rouleaux de revêtement mural, en colle et en pinceaux, sans oublier un manuel de conseils pour la pose du papier. Au début, j'ai tout bonnement saboté le travail : le premier rouleau massacré, un des murs du living ressemblait à un collage surréaliste. Avec le deuxième mur, j'ai cru obtenir un résultat correct jusqu'au moment où la colle a séché et où une grande quantité de cloques sont apparues sous le papier. J'ai dû tout arracher et recommencer, cette fois en me faisant la main sur une surface plus réduite. Le 19, j'avais terminé ma chambre. Le 24, tout le studio était retapissé : rien d'impeccable, mais au moins les lieux avaient-ils perdu leur aspect déprimant.

Le matin de Noël, je me suis réveillé hanté par l'image d'Adam et de Josh. Je voyais l'aîné dévaler l'escalier de la maison et se jeter sur la pile de paquets entassés sous le sapin. « Où est le cadeau de papa ? » demandait-il à Beth. Elle lui en montrait un, qu'elle avait acheté elle-même pour faire croire qu'il venait de moi. « Et pourquoi papa ne me le donne pas, lui ? » Elle essayait de lui expliquer, encore une fois, que papa avait dû partir pour...

Je me suis retrouvé au bord des larmes. Mieux valait retourner au travail. J'ai donc passé les dix heures suivantes en l'unique compagnie d'un pinceau et de gros pots de peinture blanche que j'avais achetés la veille. Mon réveillon s'est composé d'une omelette et de trois bières ; mon cadeau de Noël, un petit transistor à trente dollars que j'ai laissé beugler pour meubler un peu le silence. Je me suis installé devant une grosse enveloppe que la poste alternative de Berkeley venait de m'envoyer. Des relevés de cartes de crédit, une lettre de la banque confirmant la mise en place des prélèvements automatiques, quelques cartes de vœux – mais aucune de Beth, heureusement...

Au Nouvel An, l'appartement était repeint de frais, les parquets lasurés et vitrifiés, et moi quasiment ruiné. Une fois payé le loyer de janvier (glissé sous la porte de l'Agence Greenwood un soir très tard, histoire de ne pas croiser Meg), j'ai calculé qu'il restait en tout et pour tout deux cent cinquante dollars sur mon compte. Et le prochain versement n'arriverait que début février. J'ai caressé l'idée de retirer du liquide avec la Visa ou la MasterCard de Gary, sans aller jusqu'à la réaliser : il était encore trop risqué de s'endetter. J'allais donc devoir vivre avec neuf dollars par jour.

Cela s'est révélé plus facile que prévu. Je faisais parcimonieusement mes courses dans les supermarchés du coin, j'achetais des bouquins à un dollar à la bourse d'échange de livres du campus. Et je me terrais. Comme la neige tombait sans arrêt, j'avais peu de raisons de quitter l'appartement, meublant mes journées avec mes lectures, la radio, des travaux de bricolage qui ne demandaient pas trop de dépenses. Après avoir poncé à la main tous les placards et les tablettes de la cuisine, je les ai passés au lasure qui me restait des parquets. J'ai consacré deux jours à décaper entièrement la baignoire et l'évier. J'ai fait reluire les robinets, j'ai libéré le four de sa couche de graisse brûlée, j'ai couvert les étagères de papier, essayant de garder mon esprit accaparé par cette frénésie ménagère.

Neuf dollars par jour... C'était ce que je dépensais pour prendre un seul taxi à New York, dans le temps ! Pourtant j'ai pris goût à cette discipline ascétique, à cette existence frugale, tout comme je commençais à prendre plaisir à mes efforts de rénovation. Peindre une embrasure de porte, vitrifier un sol, rendre leur netteté aux moulures d'une corniche, faire d'un taudis un espace clair, lumineux, agréable, cela n'était pas sans gratification. Et puis cela m'occupait, me protégeait de mes vieux démons. S'il m'arrivait de tripoter les appareils de Gary – je mourais d'envie de poser à nouveau mon œil derrière un viseur –, j'évitais soigneusement tout ce qui avait trait à la photo. De même, la neige incessante et mes maigres finances me donnaient un bon prétexte pour ne pas m'éloigner de Mountain Falls, ni même m'aventurer au Passage du Col en quête de l'un de ses petits déjeuners éléphantesques. Je restais à couvert, me contentant d'un petit tour quotidien au crépuscule, prenant soin de ne jamais entrer dans le même magasin deux fois de suite dans la semaine, me rendant à la bourse d'échange du campus chaque fois à des heures différentes pour ne pas tomber sur la même caissière. Je fuyais comme la peste les sourires engageants, les questions innocentes, les rencontres faciles.

Le 2 février, alors que toute ma fortune se réduisait désormais à sept dollars et soixante-quinze cents, j'ai introduit une des cartes de Gary dans une caisse automatique du centre et j'ai enfoncé la touche pour obtenir un relevé de compte. Au bout d'une interminable minute, la machine a affiché le chiffre de six mille neuf cents dollars à mon crédit. Gros soupir de soulagement : le versement trimestriel était bien arrivé. J'étais de nouveau à flot. Après avoir retiré sept cent cinquante dollars, je suis parti faire du shopping.

Depuis mon arrivée, j'étais passé plusieurs fois devant « Petrie's Cameras », installé juste en face de l'Holiday Inn, sans jamais succomber à la tentation. Jusqu'à ce moment.

« 'Jour », m'a lancé le type derrière le comptoir.

Pas loin des quarante ans, grand, avec des cheveux hirsutes, des lunettes de papy et une chemise à carreaux de bûcheron.

« Je suis à la recherche d'un agrandisseur. D'occasion, de préférence, si vous en faites.

— Bien sûr que oui. Quel prix vous seriez prêt à mettre ?

— Cinq cents, maxi.

— J'ai justement une superaffaire en stock. Un Durst AC707, avec équilibre des couleurs automatique. Fabrication suisse, dans un état impeccable, un seul propriétaire. Quatre cent soixante-quinze. Une affaire, je vous dis.

— Quel type d'objectif ?

— Il y en a deux, un cinquante et un quatre-vingts. Vous voulez le voir ? »

Sur mon signe de tête, il a disparu derrière. Un agrandisseur à quatre cent soixante-quinze dollars : il fallait s'attendre à un truc pas possible. Je n'oubliais pas que deux ans auparavant j'avais déboursé trois mille sept cent cinquante dollars pour mon bon vieux Beseler 45... Mais je n'étais pas en mesure de jeter l'argent par les fenêtres. Je devais tenir jusqu'à mai avec ces six mille et quelques, sans compter les trois mois de loyer à venir et quelques dépenses supplémentaires pour mon chez-moi. Rien que l'indispensable : une table et des chaises, par exemple. Alors, pour la chambre noire, sept cent cinquante tout compris.

Le vendeur est revenu avec l'appareil, un modèle robuste, sans tralalas. Il l'a branché pour une démonstration de l'autofocus, qui fonctionnait normalement. J'ai examiné les objectifs : pas de rayures ni de défauts apparents dans l'optique.

« C'est pas le dernier cri, évidemment, mais pour un agrandisseur standard il abat du bon boulot. Il y a six mois de garantie, en plus.

— Adjugé. J'ai besoin de produits de développement, aussi. Ilford, vous vendez ?

— Bien entendu.

— Du papier Galleria ?

— Naturellement.

— Il me faut aussi un margeur, trois bacs, une ampoule de labo, un compte-fils, un tambour de développement, une bâche et un minuteur.

— Pas de problèmes. Euh, à propos, moi c'est Dave Petrie. »

Je lui ai serré la main en me présentant à mon tour.

« Vous venez d'arriver, Gary ?

— Ouais.

— Et tout ça, c'est un hobby ?

— Non. On me paie pour ça.

— C'est ce que je pensais. Eh bien, vous allez être content d'apprendre que nos bons clients bénéficient de la remise professionnelle de quinze pour cent.

— Dans ce cas, je vais prendre aussi une douzaine de Tri-X et la même chose en Ilford HP4. »

Une fois tous les articles réunis, il a passé un temps fou à établir la note, à la main.

« Voi-là. Sept cent quarante-deux dollars, cinquante cents, taxes comprises. »

J'ai sorti mon paquet de billets.

« On accepte les cartes de crédit, si vous préférez.

— Non, je paie toujours en liquide.

— Pas de problèmes. Vous faites de la couleur, aussi ?

— Des fois.

— Alors j'ajoute six FujiPro. C'est la maison qui offre.

— Pas la peine...

— Hé, c'est pas tous les lundis matin que j'ai un pro dans mon magasin ! Vous bossez pour qui ?

— Pas mal de canards de la côte Est.

— Sans blague ? Vous savez, ici, à Mountain Falls, nous avons un club de photographes amateurs. On se réunit deux fois par mois. Sûr que tout le monde serait content si vous veniez nous parler de votre travail...

— En ce moment, c'est un peu la course, mais d'ici à deux mois, le temps que ça se calme...

— Vous utilisez quoi, comme appareils ?

— Oh, Rolleiflex, Nikkormat, les trucs basiques.

— Vous avez déjà eu un SpeedGraphic ? »

J'allais répondre oui mais je me suis retenu de justesse : c'est Ben Bradford qui en avait un, pas toi !

« Nnnon.

— Vous l'avez essayé ?

— Ça m'est arrivé, oui.

— Je viens d'en faire rentrer un, justement. Année 1940, mais comme neuf. Je pourrais en tirer mille dol's, facile, mais j'ai décidé de le garder pour moi. Si vous aviez une heure de libre, je serais réellement heureux que vous me donniez un ou deux tuyaux.

— Je vous l'ai dit, j'ai pas mal le couteau sous la gorge avec une commande en ce moment, mais...

— Je comprends. Tenez, voilà ce qu'on peut faire : vous me donnez votre téléphone, et dans une semaine, dix jours je vous appelle. » À contrecœur, j'ai griffonné mon numéro sur un bout de papier. Dave était de plus en plus cordial. « Vous voulez que je vous livre tout ça chez vous ? .

— Non, pas besoin. Je repasserai en voiture plus tard. »

En retraversant la rue, je me suis dit que les gens de Mountain Falls étaient décidément un peu trop accueillants à mon goût. Revenu à mon studio, j'ai été submergé par l'envie de m'enfuir. De faire mes bagages et me tirer de là dare-dare. Mais pour aller où ? Une grande ville comme Seattle ou Portland, où j'avais plus d'une chance de croiser quelqu'un que je connaissais ? Un bled de province comme ici ? Je serais à nouveau assailli par les mêmes questions, la même curiosité sans malice, qui j'étais, d'où je venais, qu'est-ce que je faisais dans la vie... De plus, si je levais le pied avant la fin du bail, Meg Greenwood aurait la moitié du Connecticut en ligne le temps de dire ouf. Non, il n'y avait d'autre choix que de rester, en essayant de supporter la fouineuse cordialité des provinciaux. De toute façon, si je ne commençais pas à abaisser un peu ma garde ici, si je continuais à me sentir visé par la remarque la plus anodine, j'allais finir par éveiller la suspicion générale : le parano qui se planque parce qu'il a quelque chose à cacher.

Si bien que, de retour chez Dave en fin de matinée pour récupérer mes achats, j'ai consacré une bonne demi-heure à lui révéler les petits secrets du SpeedGraphic. J'ai même accepté un café, ce qui nous a donné encore le temps de parler métier, du plaisir sans égal que donnait l'utilisation d'un Leica, du grain délectable des films Tri-X, des raisons pour lesquelles un Nikon ne pouvait jamais vous laisser en carafe... Dave en a profité pour parler aussi un peu de lui. C'était un émigré de Phoenix, Arizona, qui avait atterri ici après la fac, s'était marié et avait deux enfants.

« Ouvrir un magasin, c'était pas du tout ce que j'avais en tête quand je suis arrivé dans le Montana, m'a-t-il confié. Mais le hic, à Mountain Falls, c'est qu'il a beau y avoir un style de vie super, on peut pas nourrir une famille en étant photographe pigiste. Tout simplement pas assez de demande pour ça. Quoique, Beth et moi, on...

— Votre femme s'appelle Beth ?

— Ben oui... En tout cas, Beth et moi, on se dit que quand on veut vivre dans un endroit comme le Montana, ça signifie forcément renoncer à d'autres choses. Faut croire que c'est comme ça, la vie : on peut pas tout avoir. Non ? »

J'ai quitté la boutique avec le statut du « mec à la coule », allant même jusqu'à promettre à Dave de passer prendre une bière avec lui dès que mon travail me laisserait un peu de répit. En remontant en voiture, j'ai regretté que ce soit le seul magasin de photo de la ville. Dave voulait être mon ami. Or, les amis, je ne pouvais pas me permettre d'en avoir.

Les jours suivants, je me suis absorbé dans la mise en place de mon labo. Après avoir passé trois couches de peinture noire sur les vitres du petit bureau, j'ai fait l'emplette de deux tables à tréteaux pas trop larges. Sur l'une, j'ai installé l'agrandisseur, le margeur et le minuteur. Sur l'autre, les cuves. J'ai tendu une corde à linge pour y suspendre les tirages et agrafé un épais rideau noir sur la porte. Dans la fenêtre, j'ai fixé un petit ventilateur pour évacuer les vapeurs chimiques et épargner ainsi trop de dégâts à ma cervelle. J'ai remplacé l'ampoule nue par celle de laboratoire. Avec le Nikkormat, j'ai impressionné un rouleau de pellicule en diverses vues de l'appartement, afin de tester l'agrandisseur. Il marchait parfaitement. Rien à voir avec la précision absolue de mon regretté Beseler, mais plus que satisfaisant en matière de résolution de l'image.

Le premier tirage que j'ai mis à sécher représentait les deux fenêtres du living, entièrement couvertes de neige après une nouvelle bourrasque. On aurait dit que les vitres avaient été passées à la chaux pour oublier le monde qui s'étendait derrière.

Quelques jours plus tard, alors que la neige s'était calmée, j'ai pris mon sac photo, six rouleaux de Tri-X, et j'ai roulé vers l'est en empruntant une route plus que secondaire, la 200, d'après ce que prétendait un panneau indicateur. Il faisait froid, très froid. Moins dix, à en croire le bulletin météo à la radio. Le chauffage de la MG n'était toujours pas à la hauteur. Pourtant, le ciel était d'un bleu limpide, le soleil brillait de tous ses watts, et la glace scintillait tandis que je me dirigeais vers les Rocheuses.

La route coupait à travers le Garnet Range, une chaîne de montagnes qui marquait l'horizon d'une ligne sombre, austère. Au contraire de l'altière majesté des Tetons, ce coin des Rocheuses dégageait une atmosphère de mélancolie, comme si les sommets eux-mêmes se sentaient écrasés par l'immensité de la terre et du ciel. Un pays esseulé, qui renforçait l'impression d'avoir atteint un univers à la géographie incommensurable, où les termes de limite, de frontière, n'avaient plus de sens.

Après la ville de Lincoln, je me suis arrêté devant une bâtisse qui tenait lieu de magasin, de pompe à essence et de bar. Mon appareil à la main, j'y suis entré. D'un coup, j'ai été projeté dans une autre ère, une ère depuis longtemps révolue : le plancher couvert de sciure, les étagères vétustes débordant de boîtes de conserve, une fontaine à soda avec ses petits robinets, un long comptoir en zinc devant lequel deux hommes au visage tanné buvaient du whisky sec, tassés sur leurs tabourets. La femme sans âge qui se tenait derrière le bar, vêtue d'une blouse en imprimé fleuri, a aussitôt remarqué le Nikkormat qui pendait à mon épaule.

« Photographe ? »

J'ai hoché la tête tout en m'asseyant au comptoir.

« Ça vous embêterait, si je faisais quelques clichés ici ? »

Elle a jeté un bref coup d'œil sur ses deux autres clients.

« Payez-leur la tournée et y aura pas de chahut. »

J'ai posé un billet de dix dollars sur le bar et je me suis mis au travail. La lumière était extraordinaire avec ce soleil d'hiver entrant en biais par les vitres sales et venant densifier encore le nuage de fumée de cigarettes qui flottait au-dessus du comptoir. J'ai choisi mes angles très vite, préférant me concentrer sur le visage morne des buveurs. J'ai aussi fait un portrait en gros plan de la patronne, prise entre ses siphons à soda et une grande photo jaunie de Jim Reeves.

« Z'avez eu c'que vous vouliez ? m'a-t-elle demandé quand j'en ai eu terminé avec elle.

— Oui, m'dame. Très obligé.

— Vous buvez quoi ?

— Euh, c'est un peu tôt, pour moi...

— Vous buvez quoi ? »

Ce n'était plus du tout une question.

« Hmm, un bourbon, je pense. »

Elle a attrapé une bouteille de Hiram Walker derrière elle, m'a versé un petit verre que j'ai avalé cul sec. Pas très raffiné, le bourbon, mais corsé. Pendant ce temps, elle s'était emparée d'un bout de crayon, elle avait passé sa langue sur la mine et calligraphiait quelque chose sur une feuille.

« Je l'attends, ma photo, a-t-elle dit en me tendant ce qui était son adresse. Marché conclu ?

— Marché conclu. »

J'ai continué vers l'est, négociant le passage d'un col aussi spectaculaire que risqué à travers les Rocheuses. Parvenu dans le comté de Lewis and Clark, j'ai roulé sur une route dépourvue de la moindre construction, du moindre panneau de signalisation, du moindre rappel de l'époque moderne : seulement un ruban goudronné qui serpentait sur les hauts plateaux. Finalement, j'ai aperçu de loin une vieille station-service. Deux pompes antédiluviennes, un garage rafistolé. Un jeune auquel j'ai donné dans les dix-sept ans a surgi pour remplir mon réservoir. Une barbe frisottée, les traits ravagés par l'acné, une casquette de base-ball, une parka informe passée sur un bleu maculé d'huile de vidange. Je l'ai persuadé de poser devant les deux pompes. Il s'est prêté au jeu, puis m'a demandé si sa femme et son bébé pouvaient se joindre à lui.

« Superidée », lui ai-je répondu.

Il est parti dans le garage, revenant peu après avec un petit bout d'adolescente – elle ne devait pas avoir plus de seize ans – qui serrait contre elle un nourrisson emmitouflé jusqu'aux yeux.

« Ma femme, Delores », a annoncé le pompiste.

Delores, qui mâchait sans relâche son chewing-gum, portait un sweater Michael Jackson aux couleurs passées, saupoudré d'éclaboussures de Blédine. Essayant de ne pas regarder le bébé – c'était trop dur pour moi –, je leur ai fait prendre la pose, avec le vieux garage et l'immensité neigeuse en arrière-plan. Après une douzaine de clichés, j'ai payé pour l'essence, j'ai noté leur adresse et je leur ai promis de leur mettre des tirages à la poste.

Rentré à Mountain Falls peu avant la nuit, je suis allé droit à mon labo. Quelques heures plus tard, penché sur les négatifs, je sélectionnais neuf clichés au marqueur rouge. Après les avoir agrandis et avoir suspendu les tirages, je me suis accordé un souper de minuit – œufs brouillés et deux verres d'un vin californien bon marché – puis je suis retourné dans la chambre noire juger des résultats. Sans hésiter, j'ai écarté quatre tirages. Les cinq autres, en revanche, m'ont beaucoup plu. Les visages du relais routier étaient hardiment dessinés, des traits endurcis, parcheminés, seulement adoucis par une immense fatigue. L'atmosphère enfumée du bar ne prenait pas le pas sur les sujets, mais au contraire les mettait discrètement en valeur. Du premier coup d'œil, on comprenait qu'il s'agissait d'une plongée au cœur montagneux de l'Ouest américain, et cependant les masques en clair-obscur de ces buveurs matinaux captaient à eux seuls l'attention.

Le portrait de la patronne était un peu rude – tout à fait ressemblant au modèle d'ailleurs, ce personnage de forte femme blanchie sous le harnais –, mais c'était surtout les détails environnants qui rendaient la photo assez forte, d'après moi : sa main décharnée posée sur un de ses vieux siphons, la bouteille de Hiram Walker se profilant derrière son épaule, le sourire béat de Jim Reeves en arrière-plan...

Un des clichés à la station-service méritait aussi qu'on s'y arrête. Le pompiste et sa femme se tenaient côte à côte, le nourrisson dans les bras du garçon, presque à la ceinture. Malgré leur timide sourire, les pompes rouillées, le garage vétuste et le paysage implacable autour d'eux proclamaient silencieusement que leur avenir serait loin d'être rose. On aurait dit deux gosses projetés brutalement dans le monde des adultes et condamnés à habiter la plus impitoyable des impasses.

Après m'être versé un autre verre de vin, j'ai continué à étudier soigneusement les tirages. Les quatre que j'avais rejetés illustraient tous mes anciens travers, la prétention à un regard « artistique », l'insistance à imposer ma propre subjectivité au sujet. Les autres « fonctionnaient » parce que je m'étais entièrement concentré sur les visages, les expressions, et qu'en les laissant déterminer eux-mêmes l'ambiance de la photo celle-ci prenait un sens, s'ordonnait autour d'eux. Alors, pourquoi ne pas continuer à travailler les portraits ?

Le lendemain, j'ai posté les photos promises, sans adresse d'expéditeur, et j'ai repris la route, vers le nord cette fois. Les étendues glacées du lac de Flathead, puis la ville de Bigfork. Là, c'était le Montana « californisé » à fond : maisons en bois cérusé flambant neuves, gros 4x4 frimeurs, boutiques de fringues dernière mode, trois magasins d'artisanat « New West ». À force de persuasion, j'ai amené la très blonde et très svelte propriétaire de l'un d'eux à poser devant un Indien emplumé qui avait jadis trôné dans la devanture d'un marchand de cigares et dont le prix – mille sept cent cinquante dollars – était peu discrètement affiché sur la poitrine. J'ai pris encore en photo deux jeunes skieurs branchés, en stetson et Ray Ban, debout à l'entrée d'un traiteur spécialisé en yoghourt glacé. Le libraire local (chemise à fleurs, veste brodée et queue de cheval grisonnante qui lui descendait jusqu'aux fesses) a pour sa part été photographié devant un rayonnage qui portait l'écriteau « New West ».

Sur les quatre rouleaux de Tri-X utilisés à Bigfork, seuls trois tirages m'ont satisfait. Là encore, c'étaient les visages qui dominaient, révélant tout ce qu'il fallait savoir sur la personnalité et le milieu social de l'individu.

Pendant les trois semaines qui ont suivi, j'ai continué mes incursions quotidiennes hors de Mountain Falls. À Whitefish, j'ai travaillé sur les joueurs arrimés aux machines à sous du casino. À Kalispell, j'ai tiré le portrait du patron d'une casse automobile. À Essex, le directeur d'un relais perdu au bord de la voie de chemin de fer a pris la pose sur le quai désespérément vide. À Butte, ce furent deux mineurs, debout, les yeux fixés sur le soleil déclinant derrière un terril. J'ai écumé toute la région à l'ouest des Rocheuses, dédaignant les paysages, ne m'arrêtant qu'aux visages.

Début mars, j'avais cinquante portraits plus que passables. Mais j'étais aussi dans une mauvaise passe financière après avoir impressionné quelque cent cinquante pellicules et complété mon matériel de base, notamment par un trépied correct et une cellule : il me restait mille neuf cents dollars, mille trois cent cinquante après déduction du loyer d'avril, sur lesquels j'allais devoir subsister jusqu'au prochain versement qui me rendrait à nouveau solvable.

« Vous êtes sûr que vous ne voulez pas ouvrir un compte chez moi ? m'a demandé Dave Petrie un matin.

— Merci de me le proposer, mais moi je m'en tiens au cash.

— Et vous êtes aussi mon meilleur client. Alors, j'aimerais bien que vous vous sentiez libre de prendre quelques pelloches en passant, sans avoir à vous arrêter au distributeur à billets avant...

— Très gentil, vraiment, mais je ne supporte pas le crédit.

— Bon. Et cette bière, on se la boit quand ? Et puis, quand est-ce que vous aurez une soirée de libre pour venir à la maison, faire la connaissance de Beth et des gosses ?

— Quand mon projet sera dans la boîte.

— Ça doit être un gros truc, vu le nombre de films que vous m'achetez ! Ça va vous rapporter beaucoup, vous pensez ?

— J'en doute. »

J'avoue que l'envie me démangeait de caser à une rédaction ma collection toujours plus fournie de portraits du Montana. Un moment, j'ai joué avec l'idée d'envoyer une sélection au type de *Destinations* qui avait tenu Gary en haleine avec ses promesses de reportage. Ou bien de reprendre contact avec l'un de ces agents new-yorkais qui avaient tant hésité à le distribuer. Ce qui me retenait toujours, pourtant, c'était la perspective de traiter avec quelqu'un qui l'avait connu, et aussi le désir de rester le plus loin possible de la côte Est. Ainsi, je prenais sur moi de ne jamais acheter le *New York Times,* le *New Yorker, Harpers* ou d'autres publications de Manhattan qu'on trouvait facilement dans une des librairies du campus. Je ne voulais rien savoir de la vie là-bas, je fuyais les ragots de la Grosse Pomme, je redoutais de plonger mon nez dans l'actualité de Wall Street et de me reprendre au jeu. La barrière des Rocheuses en était venue à représenter, dans mon esprit, une sorte de muraille défensive qui devait demeurer intacte. J'ai donc cessé de la traverser, cultivant la conviction superstitieuse que je serais à l'abri tant que je serais à l'ouest de cette ligne de partage. À quoi bon tenter la chance en prétendant traiter avec des New-Yorkais ? Et je ne me sentais pas assez sûr de moi pour m'adresser à des journaux de Los Angeles, de San Francisco ou de Seattle. Mieux valait faire le gros dos et vivre chichement sur ma pension.

Il y a eu une accalmie la première semaine de mars, puis le blizzard est revenu en force : dix jours consécutifs de neige tenace, qui m'ont consigné dans mon casernement résidentiel et ont fini par me flanquer une crise de claustrophobie aiguë. Si bien qu'un soir, bravant la tourmente, je suis parti à pied dans le centre, à la recherche d'une distraction alcoolisée. J'ai préféré éviter Le Passage du Col, envahi de maniaques des machines à sous. Je n'avais pas vraiment envie de m'aventurer dans la boîte de strip-tease. Par élimination, il me restait donc à essayer Chez Eddie.

L'endroit était du genre bruyant : un immense bar en fer à cheval que les soiffards prenaient déjà d'assaut, une demi-douzaine de billards dans le fond, Bob Seger hurlant dans les haut-parleurs, un match de foot sur l'écran télé géant, une clientèle moitié étudiants moitié péquenots évolués.

Après avoir arraché de haute lutte un tabouret au comptoir, j'ai commandé une Bud Light.

« Vous buvez exclusivement de la pisse de chat, alors ? » s'est enquis le type installé à côté de moi.

Entre deux âges, des yeux de chien battu : sa tête me rappelait quelque chose.

« Ce n'est pas de la pisse de chat. En grande quantité, ça peut faire un certain effet.

« — P't'être... Mais c'est quand même de la pisse. »
Puis, vociférant à l'intention de la fille qui servait au
bar : « Linda, mon ange, un autre J & B ! Avec des
glaçons. Et tiens, pendant que tu y es, sers un verre de
que'que chose à mon ami ici présent.

— Ce sera quoi ? m'a-t-elle interrogé.

— Vous avez du Black Bush ?

— C'est parti, a-t-elle répliqué en versant déjà le
whisky.

— Y en a qui ont des goûts de luxe, question gnôle,
a constaté le type, tandis que Linda attrapait une
coupure de dix dans l'amas de billets entassés devant
lui.

— La prochaine tournée est pour moi.

— Ah, ça me va, a-t-il approuvé. Rudy Warren. »

Oui, j'avais déjà vu cette tête-là. La fois où il s'était
fait éjecter du Passage.

« Le journaliste ?

— Je suis flatté.

— Je ne rate jamais votre chronique. J'aime beaucoup.

— Hé, j'aurais dû vous payer un double whisky !
Votre nom ?

— Gary.

— Eh bien, ça fait plaisir de rencontrer un admira-
teur. Vous n'êtes pas de Californie, dites ?

— Pas un poil.

— Bien. Très bien. » Il a allumé une cigarette.
« Alors dans ce cas je peux continuer à boire avec vous.
De passage à Mountain Falls ?

— Non, j'y habite.

— Vous êtes maso ? Ou bien votre conception de la
bonne vie, c'est huit mois d'hiver par an ? »

Je lui ai sorti mon boniment habituel sur mon travail
photographique.

« Oh ! Vous êtes un de ceux-là !

— Qui, "ceux-là" ?

— Un "artisse" ! On dirait qu'on les attire comme des mouches, ici, à Mountain Falls. Faites un tour dans ce bar, vous allez tomber sur au moins dix mecs en train d'écrire LE bouquin définitif sur les Rocheuses, de peindre LA croûte avec toute l'atmosphère du New West, de se prendre pour Ansel Adams...

— Merci de me cataloguer comme poseur.

— Quoi, vous êtes fâché ?

— Pas vraiment.

— Là, je suis déçu. D'habitude, je me fâche avec tous ceux qui croisent ma route. Vous n'avez qu'à demander à mes ex-femmes.

— Vous en avez combien, des ex-femmes ?

— Trois.

— Pas mal !

— Et vous, combien de fois on vous a traîné chez les vampires de la pension alimentaire ?

— Zéro fois. Jamais été marié.

— Alors vous z'êtes pas d'ici, c'est clair ! Vous savez comment on peut savoir qu'un type est un pur produit du Montana ? » J'ai fait non de la tête. « Eh bien, vous lui demandez à combien d'accidents de voiture et de mariages foirés il a survécu. S'il répond plus que deux, c'est un indigène cent pour cent. »

Rudy m'a expliqué qu'il purgeait une peine de Mountain Falls à vie. Né et élevé ici, ancien de l'université locale, embauché au *Montanan* en 1976. Jamais travaillé ni résidé ailleurs.

« Y a environ cinq ans, juste au moment où j'étais en train de débarquer mon ex-Numéro Deux, le *Seattle Times* m'a contacté. Le rédacteur en chef avait lu mes papiers. Paraît-il que mon style lui bottait. Il m'a payé l'avion pour que je vienne le voir, ce gros naze. M'a même proposé une place chez eux.

— Et alors, vous avez refusé ?

— Mais qu'est-ce que j'aurais fait de ma peau à Seattle, putain ? C'te ville, c'est Yuppie City. Quatre-vingts sortes de café, de l'aérobic partout, et ils vous gavent à la tomate séchée au soleil ! J'ai sauté dans le premier zinc pour Mountain Falls.

— Pas loin de chez moi, il y a un troquet qui sert treize sortes de café.

— M'en parle pas ! Jusqu'en 90, dans cet État, le café, y s'appelait Joe. Point. Maintenant, si tu causes pas rital, pas moyen d'en commander une tasse. Et tout ça à cause de gens comme toi qui viennent s'installer ici. » Comme je ne répondais rien, il m'a décoché un sourire sardonique. « Toujours pas fâché, Gary ?

— Non.

— Merde. J'dois pas avoir la forme, ce soir. Vaut sans doute mieux que j'picole un brin plus. Linda ! Deux d'la même chose par ici !

— C'est ma tournée.

— J'te contredirai pas là-dessus. »

Quatre tournées se sont succédé, pendant lesquelles Rudy n'a pas cessé de parler une minute. De parler de sa ville.

« Dans les années 70, tu pouvais encore trouver une baraque pour vingt mille dollars. Aujourd'hui, avec deux cent mille, t'as à peine une cabane. Ces salauds de Californicateurs. Ils sont en train de tuer cet État à petit feu. Tu m'entends ? Ils étouffent le Montana, hectare après hectare. Dans dix ans, on sera quoi, nous ? Une banlieue de L.A. "Oooh, cool, ma poooule !" »

Sa voix avait pris plusieurs décibels supplémentaires.

« Rudy ? est intervenue Linda la barmaid de là où elle était. Tu arrêtes ton bordel.

— Y a que la vérité qui blesse, chérie.

— Gardes-en un peu pour ta rubrique, OK ? »

Un doigt vengeur tendu vers la fille, il a tonitrué :

« T'sais pourquoi miss Joli P'tit Cul ici présente supporte pas c'que j'dis ? Pas'que c'est une salope de Pasadena, VOILÀ POURQUOI ! »

Linda lui a attrapé un doigt et l'a tordu en arrière.

« Tu retires ça, Rudy. » Elle a encore poussé. L'articulation de Rudy est devenue blanche. Et lui aussi. « Tu fais tes excuses ou y faut que j'te pète le doigt en deux ?

— Je m'escuse », a bredouillé Rudy, qui se retenait pour ne pas crier de douleur.

Elle a lâché sa prise.

« Un vrai gentleman, on peut rien lui refuser. »

Et elle nous a rempli nos verres.

Rudy est resté silencieux un moment. Quand il a commencé à avoir moins mal, il a avalé son whisky d'un trait, en frissonnant.

« Tu as une sacrée façon de t'y prendre, avec les femmes », ai-je remarqué.

Il a eu un sourire penaud.

« N'est-ce pas ? »

À deux heures, Linda nous a mis dehors. On était les derniers. On avait atteint la porte en titubant lorsqu'elle m'a crié du bar :

« Et le laissez pas conduire, cet animal !

— O femme de peu de foi », a gargouillé Rudy.

On s'est ramassés sur le trottoir. Il neigeait toujours.

« Comment tu vas aller chez toi ? »

Il a plongé la main dans sa poche, en a ressorti péniblement un trousseau de clés.

« En bagnole.

— Pas question.

— Y a pas un rat dehors, j'mets en danger personne !

— À part toi. Allez, Rudy, donne ces clés.

« — Tu te prends pour qui, merde ? Ma nounou ? Mary Poppins ? » Je lui ai arraché le trousseau de la main. « Tête de nœud ! »

Il m'a balancé un crochet que j'ai facilement évité mais qui l'a envoyé tête la première dans la neige.

« Bon, moi je me rentre, lui ai-je annoncé. Si tu veux tes clés, tu me suis. »

Je l'ai planté là et j'ai commencé à remonter Main Street. Au bout d'une centaine de mètres, j'ai fait volte-face, soulagé de découvrir que Rudy s'était relevé et me suivait d'un pas erratique. Je n'ai pas attendu qu'il me rejoigne, parce que je commençais déjà à geler sur place. Mais le froid dément qui régnait avait un double avantage : il nous forçait à avancer et servait aussi d'antidote à tout l'alcool que nous avions éclusé. Quand je suis arrivé devant mon immeuble, je me sentais presque à jeun. J'ai patienté dans le hall une ou deux minutes, le temps que Rudy apparaisse, le col de son duffel-coat parsemé de pellicules glacées. La marche lui avait redonné vie.

« Tu crèches ici ? a-t-il trompeté en me rejoignant à l'intérieur.

— Ouais.

— Si j'me rappelle bien, j'ai eu des embrouilles, ici... Avec une meuf qui travaillait dans l'immobilier. Une vraie casse-couilles du nom de Meg Greenwood, ouais ! La miss a pensé qu'une nuit de baise, c'était L'AMOUR. Elle a pas arrêté de m'poursuivre au téléphone, chez moi, au canard, il a fallu que j'change de numéro, dis ! Deux fois de suite. Un conseil, vieux : même avec les roustes prêtes à exploser, si jamais tu tombes sur cette dingue dans un bar, dans une soirée, n'importe où, sors prendre l'air. Vite fait, même ! »

J'ai éclaté de rire.

« Allez, monte, je vais t'appeler un tacot. »

Dans l'ascenseur, Rudy m'a demandé :

344

« Est-ce que j'ai essayé de t'frapper, en sortant du bar ?

— En effet.

— Et j'ai réussi ?

— Non.

— Bien. Très bien. »

En entrant sur mes talons, il a émis un sifflement moqueur.

« Non mais regardez-moi ça ! SoHo, Montana !

— Content que ça te plaise. Tu connais leur numéro, aux taxis ?

— Pfff, vous parlez d'une hospitalité ! Paie-moi au moins une bière, après tu pourras me foutre dehors.

— Je suis fatigué.

— Une canette de rien du tout et je disparais de ta vue. » Je suis allé à la cuisine d'un pas mal assuré, Rudy toujours derrière moi. « Mon pote, j'ai pas vu autant de peinture blanche dans toute ma putain de vie ! » Ses yeux erraient sur les murs dépouillés. « Comment que t'appelles ce genre de déco ? Minimalisme montagnard ?

— Ah, ah.

— Une paire de celles-là et j'vais te faire rire, tu vas voir. » J'ai sorti deux bouteilles de Rolling Rock du frigo et je lui en ai tendu une. « Très obligé, mister. » Il a pris une gorgée, puis il est resté à me regarder fixement, longuement. « Tu sais, j'voudrais pour rien au monde faire une partie de poker avec toi.

— Tiens, et pourquoi ?

— Pas' que t'es un bluffeur de première bourre, toi. »

D'un coup, mon insouciance de la soirée s'est évanouie.

« Je perds chaque fois au poker !

— J'en crois pas un mot.

— Essaie. Tu te feras de l'argent de poche.

345

— Non merci. Le poker et moi, c'est comme quand j'me retrouve devant le juge du divorce : impossible de gagner. Toi, par contre, j'suis sûr que tu connais tous les trucs : comment ne pas se découvrir, comment donner aussi peu d'infos que possible... Une face de poker, quoi.

— Pourquoi tu dis ça ?

— Pas' que j'viens de passer cinq heures à m'murger avec toi, et le fait est que tu m'as raconté que dalle à ton sujet. Faut croire qu'un journaleux fouille-merde comme moi peut pas s'empêcher de trouver ça bizarre.

— C'est peut-être que contrairement à toi je n'ai pas besoin de raconter ma vie au premier venu après deux verres, moi.

— Peut-être », a-t-il reconnu en souriant.

Il m'avait mis mal à l'aise, il le savait, et cela lui plaisait.

« Bon, occupons-nous de ce taxi », ai-je fini par lancer en retournant dans le living pour prendre le téléphone. Au bout de vingt sonneries, une standardiste des renseignements a daigné décrocher et m'a donné le numéro des taxis urbains. Au bout de quarante sonneries là-bas, j'ai fini par renoncer.

« Ils ne répondent pas, lui ai-je annoncé en revenant à la cuisine.

— Ça m'étonne pas trop, tu vois. Minuit passé, une nuit de blizzard, en général ils rentrent se coucher... » Il n'était plus devant le frigo. Il était allé dans la chambre noire, où je l'ai surpris en train d'examiner une pile de portraits que j'avais laissés sur la table près de l'agrandisseur. Il m'a regardé droit dans les yeux. « C'est ton boulot, tout ça ? » J'ai fait oui de la tête. Il n'a rien ajouté, mais il a continué à feuilleter la cinquantaine de tirages, un bref sourire passant parfois sur ses lèvres. « J'la connais, c'te foutue station ! » Il brandissait une des photos du pompiste en famille. Ensuite venait la patronne du relais routier. « Putain d'Adèle ! Mais c'est Madge la Menace !

— Tu la connais ?

— Un peu, oui ! Elle m'a interdit son bar au moins deux fois. » Il a levé sa bouteille de Rolling Rock, vide. « Une autre petite bière, c'serait tellement cool, ma poule !

— Il se fait plus que tard, là. Comment tu vas rentrer chez toi ?

— T'as un canapé ?

— Je crois que...

— Alors t'as un invité. »

Je n'en voulais pas, d'invités. Surtout lorsqu'ils insinuaient que j'avais quelque chose à cacher.

« Écoute, il faut que je démarre tôt, demain matin...

— Tu veux que je dégage ? Alors donne-moi mes clés. Et si les bourres me coincent en chemin, je leur dirai simplement que c'est toi qui m'as forcé à prendre ma caisse.

— Je t'apporte la bière. »

La liasse de photos toujours en main, il s'est traîné jusqu'au divan et s'est affalé dessus. Après avoir raflé les deux dernières Rolling Rock dans le frigo, je l'ai rejoint, je lui ai tendu la sienne et je me suis laissé tomber dans le fauteuil en face de lui. Tout en sirotant sa bière, il poursuivait son examen des portraits, si longtemps que j'ai fini par lâcher :

« Bon, alors... »

Il a relevé la tête.

« Tu me demandes mon avis, là ?

— Euh, faut croire, oui. »

Un silence.

« Elles sont foutrement chouettes.

— C'est vrai ?

— La meilleure collection de tronches du Montana que j'ai jamais vue.

— Tu parles sérieusement ?

— C'aurait été le travail d'un tocard de merde, j'me serais pas privé de te l'balancer dans les dents, fais-moi confiance. Mais là, tu as chopé un vrai truc, mec. Je regarde tous ces visages et j'me dis : Voilà mes compatriotes, voilà mon putain de Montana ! Et tu sais pourquoi elles sont tellement bonnes, tes photos ? Pas' que t'essaies pas d'faire de l'"authentique". Tu cherches pas à les faire tous ressembler à des personnages de western à la con. Tu les shootes comme ça, comme ils sont. Et bordel, tu leur mets en plein dans le front ! » Une grimace, à la fois sceptique et amusée. « Alors, t'es vraiment photographe, hein ? »

Je ne savais pas trop que répondre.

« Je suppose, oui.

— T'en as pas l'air convaincu toi-même !

— Non, c'est que je suis... flatté, voilà.

— Qu'est-ce que tu vas en faire, de tout ça ?

— Un livre. Je crois.

— Un sacré livre, ça va être. Tiens, j'ai même un titre pour toi : *Montana, le pays où on chichite pas.* » Il a fait sauter ses chaussures et s'est étendu de tout son long en me tendant le paquet de tirages. « Maintenant, file-moi une couverture. Sans puces, tant qu'à faire. »

J'ai d'abord rapporté mes photos dans le labo avant d'aller exhumer la vieille parure qui avait garni le lit dont je m'étais débarrassé dès mon arrivée. Il s'en dégageait encore une infecte odeur de moisi.

« Quel luxe », a soupiré Rudy quand j'ai jeté l'édredon sur lui.

J'ai lâché son trousseau sur la table basse à côté du divan.

« Désolé, je ne suis pas trop équipé pour recevoir.

— Ni pour picoler. Deux bouteilles de roteuse, j'appelle ça de l'hospitalité à chier. Enfin, puisque je vois qu't'es encore debout, tu m'amènerais pas un verre d'eau ? Rempli à moitié, juste.

— Très bien, Votre Altesse. »

À mon retour, Rudy a porté la main à sa bouche et en a retiré un dentier complet. Haut et bas. Il l'a laissé tomber dans le verre, qu'il a déposé au pied du canapé. J'ai tressailli, ce qui ne lui a pas échappé.

« T'es sûr que tu me supportes encore ? »

Ainsi édenté, il avait la voix caoutchouteuse d'une marionnette.

« Bonne nuit. Et merci pour le gentil commentaire à propos de mon travail.

— Gentil ? J'suis jamais gentil, bordel ! J'ai l'œil, c'est tout. »

Toutes lumières éteintes, j'ai fait le grand saut dans mon lit.

En émergeant à onze heures du matin, je me suis juré de rallier les mormons, l'islam, la secte Moon, n'importe quelle foi proscrivant l'ingestion d'alcool. Il m'a fallu cinq bonnes minutes pour vider ma vessie, le double pour éponger toute l'urine sur le sol des toilettes. Une longue douche m'a redonné un semblant d'équilibre, mais je me sentais encore vaseux quand je me suis glissé dans le living. J'étais certain d'y trouver Rudy Warren toujours prostré là, dans un état comateux. Je m'étais trompé. Le canapé était vide, de même que le verre qui avait abrité son dentier. Le trousseau avait disparu, remplacé par une bouteille de bière au fond de laquelle flottait un mégot de cigarette. Je me suis dit qu'il était sans doute dans la cuisine.

« Rudy ? »

Pas de réponse. Il était parti. Sans même laisser un mot, en enfoiré patenté qu'il était.

Je me suis préparé une tasse de café soluble, très allongé. La première gorgée m'a à moitié étouffé, la deuxième est mieux passée, aussi j'ai pris la tasse avec moi et je suis allé dans le labo.

La lueur rougeâtre de la lampe, digne d'une maison de passe, convenait parfaitement à ma gueule de bois. Mais à peine mes yeux se sont-ils posés sur la table que j'ai tâtonné comme un dément pour trouver l'autre interrupteur, celui qui commandait le néon.

La pièce tanguait sous le flot de lumière crue. Les paupières convulsées d'horreur, je suis resté debout, ébloui par le plafonnier et atterré par ma découverte. La pile de portraits du Montana n'était plus là.

# QUATRE

C'était la panique. Tournant en rond dans le living, je n'arrivais pas à savoir ce que je devais faire. Je me suis maudit d'être entré chez Eddie, de m'être laissé aller à engager la conversation avec un allumé de la picole et, pire que tout, d'avoir joué les bons Samaritains en invitant Rudy à me suivre ici. Mais pourquoi ne l'avais-je pas laissé se jeter dans le fossé avec sa voiture ? Ou mourir de froid sur le trottoir ? Pourquoi avais-je été si bête ?

Mais aussi, pourquoi ce connard m'avait-il volé mes photos ? Toute une série d'hypothèses, plus paranoïaques les unes que les autres, m'ont tinté aux oreilles. Devinant que j'avais un passé chargé, il avait dérobé les tirages et s'apprêtait à exiger une lourde rançon pour me les rendre. Scénario débile, puisque au cas où il aurait véritablement voulu me faire chanter il se serait emparé des négatifs, qui grâce au ciel étaient toujours à leur place dans la chambre noire. Ou alors, il allait essayer de vendre mon travail en prétendant qu'il en était l'auteur. Voire monter une exposition. « Rudy Warren, l'œil du Montana ». Autre possibilité

– et c'était la version qui m'inquiétait le plus –, il avait un copain flic, un complice de beuveries répondant au nom de Cliff, ou de Wilbur, sur le point de se faire saquer de son poste d'inspecteur pour éthylisme chronique et qui avait donc le plus grand besoin de redorer son insigne par une arrestation spectaculaire. « Enquête un peu sur ce pied-tendre, lui avait conseillé Rudy en étalant mes tirages sur le bar ; voilà un gars qui s'dit photographe venu de la côte Est, mais dès que tu t'mets à le cuisiner un peu il fait dans son froc... »

Bondissant sur le téléphone, j'ai appelé *The Montanan* et j'ai demandé Rudy Warren. Son poste était branché sur répondeur. « Bonjour, ici Rudy Warren. Si vous téléphonez pour vous plaindre d'un de mes papiers, voici deux principes de base : un je ne réponds à aucune lettre, deux je réponds encore moins aux appels de fêlés. Par contre, si vous désirez simplement laisser un message, vous connaissez la procédure : votre nom et votre numéro après le bip. »

J'ai pris un ton aussi dégagé, aussi cordial que possible.

« Rudy, c'est Gary Summers à l'appareil. J'espère que la gueule de bois n'a pas été trop rude. Est-ce que tu peux m'appeler au 555 88 09 quand tu auras un moment ? Merci. »

J'ai raccroché pour appeler les renseignements dans la foulée, en quête de son numéro personnel. Liste rouge. Merde, merde et merde.

Au cours des deux heures suivantes, j'ai rappelé trois fois à la rédaction, obtenant invariablement son répondeur. Je n'ai plus laissé de messages.

Plutôt que de rester oisif et de me ronger les sangs, je me suis enfermé dans mon labo, m'attelant à la pénible corvée de refaire les cinquante tirages qu'il m'avait volés. Enfin, vers quatre heures, le téléphone a sonné. J'ai bondi sur le téléphone.

« Gary Summers ? »

Une voix de femme, totalement inconnue pour moi.
« Oui.

— Bonjour. Vous ne me connaissez pas, mais Rudy
Warren m'a tout dit à votre sujet.

— Ah oui ? »

Je retenais mon souffle, prêt au pire.

« Oh, pardon, j'aurais dû d'abord me présenter !
Anne Ames, chef du service photo du *Montanan*.
Voilà, il se trouve que Rudy a surgi ce matin dans mon
bureau avec un paquet de photos à vous. Il me les a
brandies sous le nez en hurlant que je devais vous
embaucher sur-le-champ. »

Je me suis accordé un petit rire, un jappement bien
incapable d'exprimer l'immense soulagement que je
ressentais.

« C'est donc pour ça qu'il les voulait, ces tirages...

— Comment, il ne vous a pas dit que c'était pour
me les montrer ?

— Euh, en fait, non. Mais d'après ce que j'ai cru
comprendre, il nous réserve toujours des surprises,
Rudy. »

C'était à son tour d'éclater de rire.

« Alors ça, c'est le moins qu'on puisse dire ! En tout
cas, je les trouve très bien, ces photos. Comme vous
pouvez vous imaginer, des clichés dans la veine
"Montana réaliste", j'en vois défiler. Mais là, il y a
quelque chose d'absolument neuf... Donc, je me
demandais si un quotidien ou un magazine avait déjà
une option sur votre travail ?

— Non, pas encore.

— Super. Dans ce cas, on va peut-être pouvoir
s'entendre ! Demain, vers midi, vous seriez libre ? »

À peine avais-je accepté et raccroché que j'ai voulu
revenir en arrière, rappeler Anne Ames, lui servir quelque mensonge à propos d'un coup de fil impromptu de

New York, un canard de voyages qui m'achetait toute la série d'un coup... Ce retour d'angoisse, pourtant, était largement tempéré par ma vanité : une « pro » avait vu mon travail, l'avait apprécié et voulait visiblement en discuter le prix avec moi. D'accord, ce n'était que le chef du service photo du plus gros journal du Montana, mais au moins une porte s'était-elle ouverte, une chance se présentait et je n'avais pas le droit de la dédaigner.

Je me suis donc pointé à la rédaction le jour suivant, à midi. La réception surplombait un grand plateau parfaitement organisé, où les tables et les terminaux d'ordinateur s'alignaient comme à la parade, et où les journalistes vaquaient à leurs occupations avec le calme et l'assurance de technocrates cravatés. Jusqu'au Montana, le journalisme était devenu une affaire de gros sous, un business comme un autre. À ce spectacle je me suis dit que l'excentrique Rudy, dans un environnement aussi sérieux et aseptisé, devait faire figure d'homme de la jungle. Un rôle que, de toute évidence, il cultivait avec zèle.

« Bonjour bonjour. »

Anne Ames avait la trentaine. Elle était grande, élancée, avec des cheveux couleur paille artistement coupés et un visage frais, dénué du moindre maquillage. Elle portait un jean délavé et une chemise, en jean également, ouverte jusqu'au sternum. J'ai regardé ses doigts. Pas d'alliance.

Sa poignée de main était ferme, décidée. Je sentais qu'elle me jaugeait, m'évaluait. J'avais reperdu les kilos pris pendant mon errance de Hollandais volant sur les autoroutes. J'avais désormais des traits aussi émaciés que ceux de Gary, je m'étais habitué à réunir mes cheveux en queue de cheval et même à supporter une éternelle barbe de quatre jours. Quand je me regardais dans la glace, je ne voyais plus Ben Bradford, non, mais une nouvelle édition, préparée en hâte, de Gary Summers. Seule sa moue sardonique manquait encore, de sorte que j'ai répondu au salut de la jeune femme par un sourire nerveux.

« Vous venez pour la première fois chez nous ? m'a-t-elle demandé tout en me guidant à travers la salle de rédaction.

— Exact.

— On n'est installés ici que depuis un an. Avant, on était dans un vieil entrepôt, juste sur le fleuve. C'était assez crade, mais au moins on savait tous qu'on travaillait dans un journal. Maintenant, chaque fois que je rentre ici, je dois me dire : "Hé, c'est pas à IBM que tu bosses, rappelle-toi !" » Elle a eu une petite mimique malicieuse. « Vous comprenez pourquoi Rudy écrit la plupart de ses papiers au bar, là ? Vous savez ce qu'il a fait dès qu'on a eu emménagé dans ces locaux ? Il a installé un gros crachoir à côté de son ordinateur. Stu Simmons – c'est notre rédacteur en chef – a immédiatement compris le message. Il lui a dit qu'il pourrait travailler à la maison. Pour Rudy, la maison, c'est chez Eddie. C'est là que vous l'avez rencontré, non ?

— J'en ai bien peur, oui.

— Pas précisément l'endroit le plus raffiné de Mountain Falls, mais à côté du Passage du Col, c'est le Waldorf Astoria.

— Vous êtes de New York ? ai-je relevé, soudain fébrile.

— Banlieue. Armonk.

— C'est là qu'est IBM.

— Je sais ! s'est-elle exclamée avec un rire dans la voix. Figurez-vous que mon père a été leur responsable des relations publiques pendant trente-quatre ans. »

Son bureau, lui, était un impossible bric-à-brac où diapos, tirages et BAT avaient sédimenté en strates successives. J'ai trouvé ce désordre rassurant : il révélait un esprit frondeur, non conformiste, derrière son apparence de grande fille saine.

« Bienvenue au dépotoir à photos », a-t-elle déclaré en me faisant signe de prendre une chaise déjà occupée par un sandwich à moitié entamé. Je ne me suis pas assis. « Jane chérie, qu'est-ce que ton déjeuner fait là ? »

La dénommée Jane, une petite au visage poupin qui avait à peine vingt ans, a immédiatement cessé de farfouiller dans un classeur à tiroirs pour faire disparaître le sandwich, tout en me lançant d'un air espiègle :

« Merci de ne pas l'avoir réduit en bouillie !

— Dans le code d'honneur de Jane, un vrai gentleman est celui qui ne s'assoit pas sur un jambon-fromage, a remarqué Anne. Jane ? Je te présente le célèbre Gary Summers.

— Ah, l'homme aux portraits ! J'adore vos photos.

— Merci.

— Jane, mon assistante. Dis, mon ange, et si tu nous préparais deux tasses de café ? Seulement, cette fois, essaie de faire d'abord bouillir l'eau.

— Du lait et cinq sucres, comme d'habitude ? a glissé l'autre, pince-sans-rire, avant de quitter la pièce.

— C'est une fille extra, a commenté Anne tout en piochant dans le tas de paperasses qui s'accumulait sur sa table. Et presque aussi bien organisée que moi ! » Elle a fini par retrouver mes photos sous une pile de formulaires de commande. « Donc, Gary Summers, sur la base de ce que j'ai vu pour l'instant, je peux dire que vous êtes un superphotographe. Ce qui me conduit à une question évidente : qu'est-ce que vous êtes venu faire dans un trou comme Mountain Falls, Montana ? »

J'ai failli lui débiter mon baratin sur le projet de livre, mais j'ai senti qu'elle pourrait bien renifler la supercherie. De même, je me suis douté que si je lui racontais que j'étais là pour le compte de plusieurs magazines new-yorkais elle passerait une ou deux heures au téléphone, à vérifier mes références. Non, mieux valait jouer franc jeu. Enfin, presque franc jeu.

« J'étais free-lance, à New York. Question commandes, ça ne marchait pas très fort. J'en ai eu assez de voir les reportages me filer sous le nez, alors j'ai décidé de partir à l'ouest, de tenter ma chance à Seattle, peut-être. Je me suis arrêté ici pour la nuit, le coin m'a plu, je me suis dit : Pourquoi pas rester un moment. Voilà toute l'histoire. »

J'ai vu qu'elle appréciait ma franchise, le fait que je n'essayais pas d'enjoliver mon insuccès dans « la ville qui ne dort jamais ».

« Et qu'est-ce qui vous a amené à vous centrer sur le portrait ?

— Le pur hasard, ai-je dit, et je lui ai raconté mon arrêt sur la route, près des Rocheuses.

— Les meilleures idées naissent toujours du hasard, a-t-elle commenté. Et celle-ci, nous aimerions en tirer quelque chose. J'ai déjà montré votre travail au red' chef, il est aussi enthousiaste que moi. Son idée est la suivante : publier une série de vos photos, une chaque samedi, dans notre supplément week-end. On appelle-rait ça "Visages du Montana". Pour démarrer, on va faire un essai sur six semaines. On est prêts à vous donner cent vingt-cinq dollars le cliché.

— C'est pas le pactole, je dirai.

— Bienvenue au Montana ! Vous savez, on n'est pas exactement *Vanity Fair*, ici. Et nous avons déjà quatre photographes dans le staff. En plus, ce que je vous propose est largement au-dessus de ce que nous pratiquons d'habitude.

— Mais encore en dessous de ce que je suis prêt à accepter, ai-je contre-attaqué, brusquement décidé à ne pas céder un pouce de terrain.

— Ce qui est combien ? »

J'ai lancé un chiffre au jugé.

« Deux cent cinquante la photo.

— Dans vos rêves, oui ! Cent soixante-dix, et on en reste là.

— Cent soixante-quinze.

— Vous faites quoi dans la vie ? Avocat ? »

J'ai eu le plus grand mal à émettre un petit rire amusé.

« Bien deviné. Ça se voit, hein ? Donc, on dit cent soixante-quinze ?

— Vous n'êtes pas commode en affaires, mister.

— Allez, vous m'avez au rabais, là !

— Au prochain conseil budgétaire, ils vont me botter le train. »

À ma grande surprise j'ai senti un sourire enjôleur se former sur mes lèvres.

« Je suis sûr que vous bottez très bien les trains vous-même. »

Elle m'a rendu mon sourire.

« Pas la peine de me faire du charme. Mais bon, je ne vais pas me battre pour cinq dollars ! Cent soixante-quinze, marché conclu. » On a scellé l'accord par une poignée de main, puis elle m'a expliqué qu'elle voulait garder les photos quelques jours encore, le temps d'en choisir six destinées à la publication. Son téléphone a sonné. Après avoir décroché, elle a mis la ligne en attente. « Il faut que je le prenne. C'est le grand chef. Ça m'a fait plaisir de traiter avec vous. Je vous rappelle demain ou après-demain. » Je me suis levé. « Ah, une dernière chose. C'est vrai que vous êtes de New Croydon, dans le Connecticut ? »

Du coup, j'aurais voulu me transformer en fumée, là, sur-le-champ.

« Qu'est-ce... Comment vous le savez ?

— Par Meg Greenwood.

— Une amie à vous ?

« — À Mountain Falls, tout le monde connaît tout le monde, m'a-t-elle déclaré avec un autre sourire ensorceleur. Bon, il ne faut pas que j'abuse de la patience du boss. À plus. »

Sur le chemin du retour, je suis retombé dans les affres de l'incertitude et de l'anxiété. Des questions, encore des questions. Qu'est-ce que Meg Greenwood avait pu lui raconter ? Lui avait-elle dit de se méfier de moi ? Lui avait-elle décrit la manière dont j'avais réussi à lui extorquer un loyer réduit sans présenter la moindre garantie, bancaire ou autre ? Dont j'avais flirté avec elle jusqu'au moment où, bail dans la poche, je lui avais envoyé dans les gencives une prétendue petite amie new-yorkaise ? C'était quoi, le prénom que je lui avais inventé, d'ailleurs ? Et puis pourquoi, par tous les diables, pourquoi est-ce que j'avais joué les play-boys avec Anne Ames ? Parce que j'étais un crétin fini, inutile d'aller chercher plus loin. En ce moment même, elle devait avoir Meg au bout du fil : « Oui, je viens de le voir. Tu as raison, il a vraiment l'air du type qui dissimule quelque chose... »

J'ai passé les deux jours suivants cloîtré dans mon studio, à achever le deuxième tirage de ma série sur le Montana, à lutter contre l'envie pressante de tout laisser en plan et de m'enfuir. Le second après-midi, debout devant la fenêtre, j'ai suivi des yeux un homme d'à peu près mon âge qui descendait la rue, tenant par la main son fils de quatre ans. J'ai baissé les stores et j'ai battu en retraite dans le labo. Ma chambre noire. Le seul endroit au monde où je me sentais encore à peu près en sécurité.

Vers six heures, le téléphone a sonné.

« Gary Summers ? »

Encore une voix de femme, qui ne me disait rien qui vaille puisque je ne la connaissais pas.

« C'est exact.

— Ici Judy Wilmers. Je dirige la galerie New West, Cromford Street. Je suis aussi une amie d'Anne Ames. Elle est passée me voir tout à l'heure, avec vos photographies. Travail remarquable.

— Euh, merci...

— Écoutez, si vous n'êtes pas trop bousculé demain, on pourrait peut-être prendre un café ensemble ? »

Pourquoi, mais pourquoi avoir choisi une petite ville ?

# CINQ

La galerie New West donnait sur une petite rue du centre. Un ancien magasin redécoré en calquant tous les tics des centaines de showrooms new-yorkais qui pullulent désormais à SoHo ou à Tribeca : sol en ciment teinté noir, murs blancs et nus, profusion de spots, un coin-café avec des tables et des chaises en acier chromé. L'exposition en cours était consacrée à des peintures abstraites réunies sous un titre générique : *Clairs de terre, la Grande Prairie.*

Judy Wilmers était vêtue d'une robe longue en jean et d'un fouillis de breloques pseudo-indiennes. Une chevelure grise cascadant jusqu'à la taille, qui sentait – de loin – le santal et le shampooing aux algues. Nous nous sommes assis à une table. Elle a pris une infusion d'herbes, moi je me suis brûlé la langue sur un double espresso tandis qu'elle m'offrait une version abrégée de son existence : originaire de Bay Area, directrice d'une petite galerie sur Pacific Heights, arrivée dans le Montana en 86 après la ruine de son premier mariage, poussée par le besoin de « retrouver un sens » à son existence de quadragénaire.

361

« Enfin, je veux dire, j'avais pour moi mille mètres carrés de Californie, emplacement commercial de premier choix, acheté vingt-deux mille dollars en 79, prêt remboursé, estimé en février 86 à quatre cent quinze mille grâce à Ronnie Reagan et à son vaudou économique... Non, là je suis méchante. Parce qu'il y a le capital propre et il y a le capital propre de son karma, si vous me suivez... Toujours est-il qu'à cette époque mon conjoint, Gus, était en plein dans sa crise de maturité, laquelle incluait une histoire avec une acupunctrice de Sausalito. Moi, je déprime, je ne suis pas zen, et puis finalement je me dis : Il veut conclure, concluons. Donc, je vends la galerie et je pars m'enfermer dans un centre de méditation cinq étoiles de l'Idaho. Un jour, avec tout leur ginseng matin, midi et soir, je craque, je loue une voiture, je pars à l'est. Au bout de deux heures, la première ville sur laquelle je tombe, c'est Mountain Falls. Je regarde. Je remarque l'université. Je vois une vie culturelle qui bourgeonne. Bonnes vibrations. À peine une demi-heure plus tard, je passe dans cette rue. Un hall d'exposition de pneus Goodyear à vendre. J'appelle l'agence, je fais ma petite enquête. À ce moment-là, le Montana avait encore été épargné par le boom. Vingt-neuf mille demandés, on s'entend sur vingt-six. Dix-huit de plus pour la déco et hop, Mountain Falls a sa première grande galerie d'art contemporain.

— Il y en a certainement plus que pour quarante-sept unités, aujourd'hui, ai-je poliment remarqué.

— Trois cent dix-neuf, oui, a-t-elle relevé sans ciller. Si le marché se maintient. Évidemment, mon comptable me pousse à délocaliser, maintenant : une succursale à Bozeman, une autre à Whitefish, peut-être même un espace à Seattle... Mais comme vous le savez sans doute, quand on diversifie, il y a toujours des risques structurels qui doivent être couverts par des liquidités importantes. Alors moi je me dis : Pourquoi est-ce que je devrais mettre en danger mon capital propre ? » J'ai opiné du bonnet, tout en me demandant si elle n'était pas elle aussi passée par la fac de droit commercial. « Je veux dire qu'on est dans les années 90, là. *Small is beautiful.* Vous avez une idée, vous la réalisez, vous la développez dans des proportions dont vous maîtrisez la synergie, ou bien vous voyez trop gros et vous bousillez la pureté originelle. Mais attention, cela ne veut pas dire que vous dédaignez les potentialités du marché. Tenez, moi, quand Anne m'a montré vos photos, j'ai vu quoi ? Une exposition, mais aussi une remarquable plongée dans la Weltanschauung du New West. Et donc un très, très bon créneau. »

Il fallait en venir au fait.

« Si je cromprends bien, vous pensez que mes photos sont vendables ?

— Comme des petits pains, oui ! Vous êtes parvenu à quoi, en fait ? Et avec une grande classe, d'après moi... Eh bien, vous êtes arrivé à saisir exactement la dialectique conflictuelle qui est à l'œuvre au cœur de cet État, aujourd'hui. Vous regardez ces visages et vous vous dites quoi ? Voilà le "grain", voilà la douloureuse texture du Montana contemporain. D'ailleurs, notez que même des autochtones ont bien réagi devant ces photos... Et croyez-moi, il est rare, très rare que les natifs d'ici disent quoi que ce soit de bon d'un étranger. Surtout s'il a le toupet de photographier ou de peindre leurs sacro-saints paysages. Alors, quand j'entends quelqu'un comme Rudy Warren me dire que vous allez devenir le Walker Evans du Montana, je...

— Vous connaissez Rudy Warren ? »

Elle m'a regardé d'un air bizarre.

« Évidemment que je le connais ! Il a été mon second mari.

363

— Attendez ! Vous, vous avez été mariée avec Rudy Warren ? LE Rudy Warren ?

— Ne prenez pas cette mine effarée. Tout le monde a le droit de faire quelques erreurs, dans sa vie. D'ailleurs, ça n'a pas duré plus de six mois. »

Je venais de découvrir pourquoi Rudy était tellement braqué contre la « californication ».

Judy est ensuite passée aux questions concrètes, prouvant que son karma était endurci aux négociations financières les plus rudes. Comme un projet venait de tomber à l'eau, elle avait un trou dans son programme un mois et demi plus tard. Mais pour « orchestrer » mon exposition, elle avait besoin d'un plus grand choix de tirages. Elle a donc été contente d'apprendre que j'avais encore une trentaine de clichés tout nouveaux, susceptibles de venir étoffer la série. Naturellement, la galerie prenait en charge les encadrements. Maintenant, la thune : elle pensait à un prix de vente d'environ cent cinquante dollars la photo, et s'arrogeait cinquante pour cent sur tous les bénéfices. Elle exigeait aussi non moins de trente-cinq pour cent sur tous les droits de reproduction (livres, presse écrite, cartes postales, calendriers... Elle avait même pensé aux sites Internet), sans parler d'une com' de quinze pour cent sur toutes les futures ventes en galeries. Le tout s'appliquait aux quarante-huit États contigus d'Amérique et plus généralement au monde entier.

Je lui ai dit, en gros, d'aller se faire voir. Elle a répliqué que tous les marchands d'art pratiquaient ce type de conditions. Dans ce cas, je ne voulais pas être exposé. Mais l'affaire irait bien plus loin qu'une exposition chez elle ! L'exposition se « métamorphoserait » en une vaste campagne de marketing à l'échelle nationale, qui me ferait un nom. Très bien, dans ce cas on fait soixante/quarante sur les ventes, et rien du tout sur les droits annexes. Non, impossible.

Je me suis levé, j'ai repris mes tirages.

« Merci pour le café.

— Vous ne trouvez pas que vous êtes un tantinet exigeant, pour quelqu'un qui n'a encore jamais exposé ? Enfin, je veux dire, vous êtes QUI, Gary ? D'après ce qu'Anne m'a raconté, vous reconnaissez vous-même que vous êtes arrivé à Mountain Falls parce que ça ne marchait pas fort sur le plan professionnel à New York. Et maintenant, quand la meilleure galerie d'art du Montana vous offre votre première grande expo, pour une matière qui n'est même pas une commande spécifique, vous faites le difficile sur de simples clauses commerciales. Vous la voulez, cette expo, oui ou non ?

— Pas si c'est pour me faire spolier d'une fraction significative de mes droits d'auteur actuels et futurs, ni de... » Je me suis repris. J'abusais notablement du jargon de tribunal. « Si vous désirez revoir les termes du contrat, vous avez mon numéro de téléphone. »

Sur ce, j'ai pris la porte.

Au début, j'ai été soulagé de l'avoir envoyée sur les roses. Je ne cessais de me répéter qu'une exposition m'aurait beaucoup trop mis en vedette. Il était préférable de laisser le journal publier les six photos et de me replier ensuite dans l'ombre. Alors que je tentais de me persuader que j'avais fait le bon choix, cependant, une voix intérieure taquinait mon amour-propre avec des remarques perfides : « Elle a aimé ton travail, elle t'a ouvert sa galerie, nom d'un chien... Et toi, tu fais quoi ? Tu fiches tout en l'air avec tes obsessions légalistes. »

Au moins, je ne l'entendrais plus ressasser son sabir New Age. Quoique, moi-même, je ne me sentisse plus très « zen », maintenant.

En chemin, j'ai fait halte chez Benson's, le grand magasin de Main Street, où j'ai claqué soixante-dix dollars dans un répondeur téléphonique des plus sommaires. Je l'ai branché dès mon retour chez moi, sans prendre la peine de changer le message préenregistré qu'ânonnait une voix de robot. J'ai pris un de mes appareils et je suis reparti, traversant la forêt de Leantree au sud de la ville : des kilomètres et des kilomètres de sveltes sapins qui flanquaient les eaux du fleuve en plein dégel. Une belle journée, presque chaude, où le soleil irradiait une brume rêveuse. À une heure de la ville, j'ai garé la voiture sur le bas-côté, et j'ai dégringolé le ravin jusqu'à la rive pour tomber sur deux messieurs en train de pêcher au milieu des blocs de glace en débâcle. Tous deux la cinquantaine, bien enveloppés, besicles sur le nez, des banquiers, de toute évidence : deux Babbitts de province, équipés de bottes coûteuses et de parkas en Gore-Tex. Installés sur des fauteuils en toile pliants, ils se repassaient une fiasque de whisky en taillant le bout de gras à propos d'une nouvelle cotation en Bourse et d'autres sujets tout aussi bucoliques. Violant une de mes règles personnelles, j'ai décidé que je ne leur demanderais pas la permission de les photographier. Embusqué derrière un arbre, à la manière d'un franc-tireur, j'ai braqué mon téléobjectif sur leurs doubles mentons et j'ai mitraillé, le grondement du fleuve couvrant le bruit du moteur. Je me faisais l'effet d'être un espion, je savourais ce rôle d'observateur furtif. Ils ne pouvaient pas poser, puisqu'ils ne me voyaient pas. J'étais l'œil invisible. Mon rôle préféré. Passer au travers de la vie, à l'insu de tous. Si j'avais pu continuer ainsi, toujours... Mais Mountain Falls semblait se liguer pour m'extraire de ma cachette, me forcer à abandonner ce rôle. Rester invisible, dans une petite ville, était impossible, j'étais en train de le réaliser. Plus qu'impossible, même : interdit.

Quand je suis rentré à la tombée de la nuit, il y avait quatre messages sur mon répondeur flambant neuf. Le premier et le troisième avaient été laissés par Judy Wilmers, dont l'entreprenant karma n'acceptait décidément pas les échecs. « Gary, je suis certaine que nous pouvons parvenir à une "détente" à la fois commerciale et créatrice », affirmait-elle dans le message numéro un ; « Non, pas seulement la "détente" mais un véritable "rapprochement". Méditez sur la nature de la potentialité, Gary... et rappelez-moi ! »

Le message numéro deux, épuré de tout ce fatras stratégico-planant, prenait, comme on dit, le taureau par les cornes. « OK, voilà comment on va conclure cet accord. J'accepte le partage soixante/quarante en votre faveur, vous me cédez une option pour que j'agisse en tant que votre agent international pendant un an, avec trente pour cent sur toutes les ventes et dix pour cent de votre commission pour toutes les expositions que j'organiserai. Après ce délai, vous reprenez l'exclusivité de vos droits. Croyez-moi, Gary, c'est une amie qui vous le dit : un deal aussi avantageux, vous n'en décrocherez jamais ni à New York, ni à San Francisco, ni nulle part... »

« C'est une amie qui vous le dit » : elle n'avait donc aucun sens du ridicule !

Entre ces deux exercices de bateleur de foire s'intercalait un monologue de Rudy Warren qui, à en juger par l'arrière-fond de rock agressif et d'exclamations offensantes, avait dû m'appeler de chez Eddie.

« Salut l'photographe ! Donc, d'après ce que je comprends, t'as tapé dans l'œil de la p'tite Ames et tu vas devenir un habitué de nos pages. Selon d'autres infos, j'crois savoir que t'as refusé de t'faire intimider par l'arnaqueuse professionnelle, j'veux dire l'Ex-Numéro Deux. Tu m'plais de plus en plus, mon gars. Mais ne te leurre pas : à présent que je t'ai mis sur la voie du succès, j'attends de toi indéfectible allégeance. Ce qui suppose, entre autres, que toutes les notes de bar à venir seront à ta charge, et ce qui me conduit à l'objet du présent message : je serai à "mon bureau" toute la soirée, si tu recherches de la (mauvaise) compagnie. »

Le dernier message provenait d'Anne, qui me donnait un numéro de portable sur lequel la rappeler. Elle était en voiture quand je l'ai jointe.

« J'aurais cru que les cellulaires étaient mal vus, dans le Montana...

— Ils le sont, mais tout le monde en a. Écoutez, ça y est, j'ai choisi les six photos pour publication. Vous voulez jeter un œil à ma sélection... et dîner aux frais du journal, par la même occasion ?

— Ah, je ne savais pas que vous aviez des notes de frais, à la rédaction.

— Oui, ils m'accordent généreusement deux cents dollars par an... Résultat, je vais claquer la moitié de ce pactole ce soir. Je serai en bas de chez vous dans cinq minutes. »

Et elle a raccroché avant que j'aie eu le temps de m'esquiver.

Elle m'a emmené dans un restaurant baptisé Le Petit Place, l'adresse la plus lancée de Mountain Falls. Une ancienne gare aménagée avec murs en briques apparentes et tables noires aux angles furieusement postmodernes, George Winston susurrant en fond sonore, une carte qui se proclamait « New Pacific » alors que nous nous trouvions à près de mille kilomètres de ce mythique océan. Notre serveur – prénom Calvin, selon l'insigne sur sa pochette – nous a conseillé le bar aux champignons japonais accompagné de son tempura de légumes. La salade du jour était de la laitue hydroponique, servie avec crème fraîche à l'aneth ; le vin de la semaine, « une splendeur de l'Oregon » – traduisez un chardonnay rexhill – « présentant un délicat bouquet de chêne ».

« Vous savez encore préparer un martini ? lui ai-je demandé.

— Bien sûr ! a-t-il répondu, un peu vexé par mon intonation critique.

— Alors un martini au Bombay Gin, sans glace, bien tassé, avec quatre olives.

— Et madame ?

— Madame voudrait la même chose, a-t-elle annoncé.

— "Madame" ! ai-je ricané lorsqu'il s'est éloigné. Et ce type n'est sans doute jamais allé plus à l'est que Bozeman !

— Pas besoin de le titiller pour autant.

— Mais non ! Je voulais juste savoir s'il était diplômé en science du martini. Car c'est une science, vous savez ?

— Là, vous jouez au CCCE.

— Qu'est-ce que c'est que ça ?

— Le Connard Crâneur de la Côte Est », a-t-elle expliqué avec un gentil sourire.

Les martinis sont arrivés, nous avons « fait notre choix » pour le dîner. Anne a levé son verre.

« À notre collaboration. »

Nous avons trinqué. J'ai senti la novocaïne liquide engourdir le fond de ma gorge.

« Correct, ce martini.

— Oh, cet air surpris que vous prenez...

— Simplement, je ne m'attendais pas à trouver des martinis bien dosés ou de la laitue hydroponique dans le Montana.

— Ça y est, j'ai compris ! Vous êtes encore un de ces nouveaux venus qui ne supportent pas même l'idée qu'on puisse manger correctement, voir des films étrangers ou avoir des librairies dans le coup, à Mountain Falls. Non, ce que vous voulez, c'est le "Wild West", le vrai, les hamburgers bien gras, *Debbie à Dallas* au cinoche de quartier et un magasin de cigares où vous puissiez trouver *Hustler* et tous ces canards qui se lisent d'une seule main. Pas étonnant que Rudy Warren vous ait tellement à la bonne ! »

J'ai éclaté de rire.

« À propos, il a vraiment été marié à cette givrée de Bay Area que j'ai rencontrée ?

— La vie dépasse la fiction, des fois. Oui, je pense que Judy a vu en lui une sorte d'archétype du rude gars de l'Ouest et qu'elle a cédé à son charme très spécial. Jusqu'à un certain point.

— Ça n'a duré que six mois, c'est ça ?

— Deux heures, vous voulez dire. À cette époque, Judy débarquait un peu... Elle n'était pas encore branchée sur la fréquence locale.

— Parce qu'elle l'est, maintenant ?

— Ne vous laissez pas abuser par sa dégaine de baba. Elle connaît parfaitement son métier. Ses artistes, elle sait les vendre.

— Elle sait aussi les entuber, d'après ce que j'ai pu constater.

— Oui, je crois que vous avez eu un petit différend en affaires...

— Eh bien, les nouvelles vont vite, ici !

— Vous êtes à Mountain Falls, que voulez-vous ? Mais bon, je crois aussi qu'elle vous a fait une nouvelle proposition. Vous allez accepter ?

— Je n'ai pas encore décidé. Pour tout dire, ses manières de snobinarde californienne me tapent sur les nerfs.

— Ne m'en parlez pas ! Elle et moi on est amies, disons, mais après une soirée avec Judy je serais prête à flinguer le premier mystique soufi qui passe ! Cela étant, elle dirige une excellente galerie et elle a vraiment ses entrées, sur les deux côtes. À votre place, j'essaierais de parvenir à un accord avec elle.

— Mais ce qu'elle propose reste scandaleux.

— Oui, et vous, en affaires, vous êtes dur-dur ! Je me demande même si vous n'avez pas été une célébrité de Wall Street, dans une vie antérieure.

— Tiens, j'ignorais que vous croyiez en la réincarnation, ai-je plaisanté pour contourner la difficulté.

— Tous ceux qui viennent vivre dans le Montana y croient. C'est même à cause de ça qu'ils sont là ! Les histoires de l'"État à Ciel Ouvert", toutes ces fadaises, oubliez : ici, nous sommes dans l'État de la Réinvention Personnelle.

— Et vous aussi, vous vous êtes réinventée ?

— On peut le dire, quand on voit la distance qui sépare Mountain Falls d'Armonk, New York. Mais la transition entre le comté de Westchester et le Montana n'a pas été ultra-simple, non.

— Ah, je parie que vous avez fréquenté un de ces collèges progressistes de la côte Est bien-pensante. Sarah Lawrence, Bennington, Hampshire ?

— Non. Skidmore[1].

— Dis donc... Alors, pourquoi vous ne portez pas une jupe écossaise et vous n'êtes pas l'épouse d'un orthodontiste de Mount Kisco ?

— Parce que je ne me suis jamais coulée dans le moule. Tandis que vous... Attendez, laissez-moi deviner. Antioch ? Oberlin ? »

J'allais répondre Bowdoin quand je me suis rappelé que Gary avait fait...

« Bard.

— Ha ! J'étais sur la bonne piste. Les artistes. Bard ! C'est trop marrant, ça. Vous êtes diplômé en quoi, racontez-moi ! Macramé supérieur ? Littérature de la résistance nicaraguayenne ? Techniques de subsistance sur l'héritage de papa ? »

---

1. Collège privé de Saratoga Springs, dans l'État de New York. 2 145 élèves (*Ndt*).

J'étais à nouveau sur mes gardes.

« Comment avez-vous appris que j'ai... ?

— Je ne l'ai pas appris, c'était une simple déduction ! Enfin, un type, la trentaine, visiblement sans revenus fixes, décide sur un coup de tête de venir s'enterrer dans le Montana, s'installe dans un appart', et n'a pas l'air de courir après les jobs alimentaires... Je ne vois que deux possibilités : ou bien vous êtes un ex-narcotrafiquant en retraite anticipée, ou bien un de ces sacrés veinards qui héritent de suffisamment d'argent pour oublier les petits tracas quotidiens, l'obligation de bosser pour gagner sa vie, par exemple...

— Je ne touche pas tant que ça, ai-je plaidé en regrettant de paraître autant sur la défensive. Juste de quoi payer les factures. »

Elle m'a lancé un sourire amusé.

« Dites, que vous perceviez une pension annuelle, moi, je m'en contrefiche ! L'essentiel, c'est que vous avez du talent. » Elle a posé sa main sur la mienne. « Beaucoup de talent.

— Vous le pensez vraiment ?

— J'en suis certaine, a-t-elle dit en retirant sa main précipitamment, comme quelqu'un qui se demande s'il n'a pas joué une carte imprudemment. Et c'est pour cette raison que vous devez accepter cette expo.

— On verra.

— Pourquoi tant de réticence ? Vous avez une opportunité, saisissez-la.

— Je ne suis pas réticent.

— Si, vous l'êtes ! Ça m'a frappée dès qu'on s'est vus au journal. Vous aviez l'air de ne pas y croire, comme si ça vous était égal de voir votre travail publié, comme si vous sembliez préférer que je le refuse, presque...

— Non, c'est juste que je suis prudent.

372

— Je sais. Et j'ai plutôt bien aimé ça. Même, j'ai trouvé ça fort... Surtout comparé aux minables qui font le siège de mon bureau en se prenant tous pour des Robert Doisneau. Mais n'empêche, je continue à me demander pourquoi.

— Pourquoi quoi ?

— Pourquoi vous hésitez tellement à faire connaître votre travail. »

Calvin m'a sauvé de cette passe difficile en apparaissant avec notre dîner. Le vin n'avait pas seulement un bouquet, il « sentait » le chêne. La laitue hydroponique avait le goût de la laitue. Mais cette interruption m'a permis de détourner la conversation de ma mystérieuse carrière en interrogeant Anne sur ce qui s'était passé pour elle après la fac.

« Après, je me suis retrouvée à Boston, j'ai décroché un job dans un magazine papier glacé au titre incroyablement original, *Boston*. Recherche photographique, c'était un bien grand mot : pour un tel canard, au début des années 80, ça signifiait surtout dégotter des gros plans d'assiettes de sushis. Bon, je vivais dans un petit studio de l'autre côté du fleuve, à Cambridge, et j'avais un voisin qui occupait l'autre petit studio sur le même palier. Gregg. Il était en train de terminer son doctorat d'anglais. Au bout d'un an, on s'est installés dans un appartement un peu plus grand, ensemble. Au bout de deux ans, on s'est mariés. Au bout de trois, on s'est fait catapulter de Boston à Bozeman, où Gregg avait eu un poste à l'université d'État du Montana.

— Vous êtes restés mariés combien de temps ?

— Cinq.

— Pourquoi ça a fini ?

— Quelque chose est arrivé.

— Quoi ?

— Quelque chose ! » Sa voix indiquait clairement qu'il aurait été imprudent d'insister. « En tout cas, après la séparation, je n'avais aucune envie de rester à Bozeman, mais je ne voulais pour rien au monde quitter le Montana. J'étais tombée folle amoureuse du Montana, pour tout dire. Alors j'ai fait un petit tour par ici, et par l'ami d'une amie j'ai obtenu un entretien avec Stu Simmons, le rédacteur en chef du *Montanan*. Le hasard était avec moi, puisque le précédent chef du service photo était parti une semaine plus tôt. J'ai eu le boulot. Je suis venue vivre ici.

— Une histoire typique de Mountain Falls, non ?

— Ouais... Tout le monde atterrit ici parce que les choses ont mal tourné ailleurs.

— "Tout le monde a des ennuis, à Casablanca."

— Ou à New York. Et vous, Gary, quel genre d'ennuis vous avez eu ? »

Je voyais bien qu'elle attendait que je me déboutonne et que je lui fasse le récit détaillé de mon plantage à Manhattan, donc je me suis borné à extraire quelques pages de la biographie de Gary Summers, en les embellissant allégrement. Je me suis étonné moi-même de mon aisance à improviser sur un thème imposé. Lancé dans le monde des adultes, à l'assaut de la grande ville, j'avais d'abord cru que je signerais des couvertures de *Vogue* au bout d'un mois ou deux. En réalité, j'avais végété dans le Lower East Side, acceptant des petits boulots pour survivre, tournant en rond. Et puis mes parents étaient morts, j'étais fils unique, j'avais hérité de leur maison. Cela avait été atrocement dur de repartir en banlieue après toutes ces années à Manhattan, mais bon, financièrement je n'avais pas eu le choix. D'autant que je continuais à me faire mener en bateau par divers agents et revues dans le style de *Destinations*.

Là, j'ai évoqué ma liaison avec Beth.

« C'était très sérieux ?

— Nooon... Très autodestructeur, plutôt. On ne se lance pas dans une histoire avec une femme mariée à moins de vouloir déguster sévère.

— Et son mari, il a découvert quelque chose ?

— Non-non. C'était un avocat de Wall Street. Tout ce qui lui occupait la tête, c'était qu'en fait il aurait voulu être photographe.

— Oh, là là, a soufflé Anne avec un petit rire.

— Vous auriez dû voir le labo de développement qu'il avait chez lui, ce type. Tout, dernier cri. Et sa collection d'appareils... il y en avait pour quarante mille dollars, facile.

— Mais en fin de compte c'est pour vous qu'elle a craqué. Pour le vrai photographe. »

J'ai baissé les yeux sur mon assiette.

« Ouais, ai-je reconnu après un silence. Vous, vous voyez quelqu'un, en ce moment ?

— J'ai eu une histoire, avec un journaliste de la rédaction, mais il est parti d'ici il y a environ trois ans. Travailler à Denver. Pas vraiment important, de toute façon. Depuis, rien que deux ou trois erreurs idiotes.

— Je suis étonné.

— Ne le soyez pas. J'adore Mountain Falls, mais pour une femme seule les occasions sont très, très limitées.

— Il y a toujours Rudy Warren...

— N'est-ce pas ? Figurez-vous qu'il a effectivement essayé, une fois...

— Et ?

— Arrêtez, dites ! Coucher avec Rudy, ç'aurait été une faute de goût impardonnable ! »

Nous avions bu le vin, mangé le bar aux champignons. Après avoir commandé une autre bouteille, nous avons commencé à rire un petit peu trop fort.

« Vous voulez connaître la meilleure de Rudy Warren ? m'a demandé Anne. Alors, un soir, il emballe Meg Greenwood et l'emmène au lit...

— J'suis au courant, oui.

— Attendez ! Donc, quand ils ont terminé, Meg se glisse contre lui et lui soupire à l'oreille : "C'était vraiment bon, Rudy..." Et vous savez ce qu'il répond ? "C'est pas à moi qu'il faut le dire, ça, c'est à tes copines !" »

Nous avons quitté Le Petit Place vers minuit, assez pompettes.

« J'espère bien que vous n'avez pas l'intention de rentrer chez vous avec votre voiture, ai-je déclaré, très raisonnable.

— Pas du tout, a répliqué Anne. J'ai l'intention que vous me raccompagniez à pied. »

Elle a pris mon bras, et nous avons marché sans un mot jusqu'à l'allée tranquille, bordée d'arbres et de maisonnettes années 20, où elle habitait. Les lampadaires donnaient à l'ensemble une nuance sépia, une couleur très chaude. Alors que nous approchions de sa porte, je ne cessais de me répéter : « Tu as bu. Tu lui fais un petit baiser sur la joue et tu dégages. Ne te mets pas encore dans des embrouilles... » Lorsque nous sommes arrivés devant son perron, Anne s'est tournée vers moi et m'a adressé un sourire resplendissant de gaieté et de vin. La lumière de la lanterne tombait sur son visage. Je me suis dit : Qu'elle est belle !

« Eh bien..., ai-je fini par tenter.

— Eh bien...

— Ç'a été super.

— Et plus encore.

— Alors...

— Alors... »

Je m'étais penché pour lui déposer le fameux baiser sur la joue quand soudain je me suis retrouvé en train de l'embrasser sur les lèvres. Sa bouche s'est entrouverte, elle m'a enlacé, nous avons reculé ensemble contre la porte. L'instant d'après, nous étions sur le sol de son entrée, chacun arrachant ses vêtements à l'autre.

Plus tard, au lit, elle m'a dit :

« Je pourrais bien prendre goût à ça.

— C'est pas à moi qu'il faut le dire, ça, c'est à tes...

— Oh, arrête ! »

Et elle m'a cloué le bec d'un long baiser.

« Moi aussi, je pourrais bien prendre goût à ça.

— C'est vrai ?

— Bien sûr !

— J'aimerais pouvoir y croire.

— Mais pourquoi pas ?

— Parce que je me demande, quand même...

— Quoi ?

— ... si tu n'es pas un de ces briseurs de cœur qui surgissent de la nuit, qui restent par là jusqu'à ce que le décor commence à les lasser et puis qui reprennent la route, un soir que personne ne les regarde.

— Tu crois vraiment que je suis ce genre-là ?

— Un homme de plus de trente ans, jamais marié, qui a eu des déboires à New York et qui débarque ici... Dans deux, trois mois, tu vas sans doute te dire que Mountain Falls, c'est trop petit pour toi, et alors tu...

— Hé, hé, est-ce qu'on ne va pas légèrement plus vite que la musique, là ?

— Si. On s'emballe.

— "On" ?

— D'accord, "moi". Mais voilà, je me suis fait avoir environ trois fois de trop et je n'ai aucune envie de recommencer. Tu comprends, je suis trop vieille pour ça.

— Tu n'es pas vieille.

— J'ai trente-cinq ans !

— Ah, pardon ! Alors, si, tu es vieille.

— Salaud ! »

Et elle m'a encore embrassé.

Au matin, je me suis réveillé seul dans le lit. Il y avait un mot sur l'oreiller.

« Gary, il faut bien qu'un de nous deux bosse un peu. Avec beaucoup de persuasion, tu pourrais me convaincre de te faire un petit dîner, ce soir. Dans la cuisine, il y a du thé, du café et du Bombay Gin. Je t'aime, A. »

J'ai traînaillé dans la maison. On était loin de la pagaïe qui régnait à son bureau. Murs passés à la chaux, parquets délavés, tapis indiens du Nouveau-Mexique, des piles de livres et de CD. Dans ce qui avait été la salle de bains d'amis, elle avait aménagé une petite chambre noire : un agrandisseur Kodak vétuste, des négatifs récemment développés, deux tirages accrochés à la corde. Il y avait la photo d'un écriteau publicitaire (« Elegant Motel, Butte / Formule lune de miel / Erre conditionné ») transpercé d'impacts de balles. Puis celle d'une petite église perdue dans la montagne, totalement ensevelie sous la neige, seul le clocher émergeant avec une banderole proclamant sur un côté : « Jésus arrive ! » J'ai souri. Anne Ames n'était pas seulement douée d'un humour décapant : à en juger par ses cadrages excellents, elle savait aussi se servir d'un objectif.

Il y avait un téléphone près des bacs. Je l'ai appelée à son bureau.

« Et ces six photos, tu ne me les as jamais montrées, finalement !

— C'était juste un prétexte pour t'attirer dans mon lit.

— J'aime beaucoup le panneau du motel, à Butte. Et l'église aussi, c'est très bon.

— Quoi, tu fouilles ?

« — Tu me laisses seul chez toi, je ne vais pas me priver ! Non, sincèrement, elles sont très bien, ces photos. Tu m'en montreras d'autres ?

— Si tu veux.

— Je veux.

— Donc, mon invitation à dîner est acceptée par monsieur ?

— Absolument.

— Je serai là vers sept heures. Ramène plein de vin ! »

Une voix grinçait en moi : « Tu ne devrais pas faire ça... » Et une autre rétorquait : « Ouais, je sais, je sais. Mais tu veux me faire plaisir ? Tais-toi. »

Une tasse de café à la main, je suis allé au salon. Sur le linteau de la cheminée, il y avait trois portraits de famille : Anne avec un couple d'un certain âge – ses parents, selon toute probabilité –, deux garçons un peu boutonneux en blazers d'écolier – ses frères, sans aucun doute –, et enfin une photo d'elle, âgée d'une vingtaine d'années, tenant un nourrisson sur ses genoux. Comme elle n'avait pas fait allusion au moindre enfant, j'en ai déduit qu'il devait s'agir d'une nièce ou d'un neveu. Tout au bas de la pile de journaux et de magazines qui s'élevait sur la table basse (publications de la côte Est, uniquement), il y avait un numéro de *People* que j'ai extrait du reste. Qui n'a pas un petit faible pour les potins ? Rapidement lassé, je me suis décidé à attraper l'édition de la veille du *New York Times*, renonçant ainsi à la promesse que je m'étais faite de rester loin des nouvelles en provenance de la Grosse Pomme. Je feuilletais paresseusement le quotidien quand mon œil est tombé en plein sur un titre de la rubrique nécrologique :

JACK MAYLE, AVOCAT, 63 ANS

*Jack Mayle, associé du cabinet Lawrence, Cameron & Thomas de Wall Street, est décédé samedi, à l'hôpital Mount Sinai, des suites d'une longue maladie. Il avait soixante-trois ans.*

*M. Mayle, responsable du département « Patrimoines et Successions » chez Lawrence, Cameron & Thomas, avait rejoint ce cabinet en 1960, où il était devenu associé en 1964. Il était considéré comme l'un des meilleurs experts new-yorkais en conseil de gestion du patrimoine.*

*Son épouse, Rose, et ses deux enfants lui survivent.*

J'ai enfoui mon visage dans mes mains. Jack. Après la mort de mon père, il était devenu plus qu'un parrain, pour moi. Un père adoptif qui, sans avoir besoin de le dire, me comprenait toujours. Parce que nous étions, lui et moi, deux marginaux, et l'avions compris dès le premier jour : deux individus en costume qui jouaient le jeu de Wall Street, mais qui, en secret, le détestaient de toute leur âme. Nul doute que le meilleur moment de sa vie avait été la période de bohème où il vivait dans un atelier crasseux de MacDougal Street et peignait des toiles au délire largement influencé par Kandinsky. Tous ces tableaux, pourtant, il les avait mis à la poubelle quand, cédant aux pressions parentales, il avait pris le chemin de la faculté de droit. Depuis, il n'avait plus jamais touché un pinceau. Pauvre Jack... Ma mort avait certainement hâté la sienne. Il était une autre de mes victimes.

Je suis parti à pied chez moi, le vif éclat du soleil matinal ne se privant pas de me rappeler que j'avais nettement forcé sur la bouteille, le soir précédent. En ouvrant ma porte, j'ai immédiatement détecté quelque chose d'anormal. Il flottait une odeur de cigarette froide dans l'air. Et du living me parvenait un bruit étrange, comme des ronflements. Quelqu'un était là.

J'ai eu très peur, d'un coup, jusqu'au moment où j'ai entendu une voix pâteuse :

« Hé, le photog'aphe... Ch'est toi ? »

Passant la tête par l'embrasure, j'ai découvert, affalé sur le canapé, l'imprévisible Rudy Warren. Trois canettes de bière vides étaient alignées près de ses chaussures couvertes de boue et d'une soucoupe débordant de mégots. Ses dents gisaient au fond d'un verre d'eau.

« Putain, Rudy...

— Ponchour. » Il a attrapé le verre, en a avalé le contenu, puis il a replacé son dentier dans sa bouche. « Ah, là, c'est mieux.

— Quelle bonne surprise. Comment es-tu entré ici, merde ?

— Avec les clés.

— Quelles clés ?

— Celles que j't'ai piquées l'autre jour. Tu sais, le trousseau de doubles que tu cachais dans la cuisine, près de...

— Je sais où elles étaient ! »

Mais après son départ, l'autre fois, je n'avais pas eu l'idée de vérifier qu'elles y étaient toujours...

« J'comptais bien t'prévenir que j'les avais empruntées, a-t-il déclaré en se mettant sur son séant.

— Ah oui ? Comme les photos que tu m'as barbotées ?

— Alors c'est tous les remerciements que j'ai pour avoir donné un coup de fouet inespéré à ta carrière ? Sans parler de t'avoir arrangé le coup avec la p'tite Ames ? La nuit a été bonne, non ?

— Ces clés, Rudy. Tout de suite. »

Il a haussé les épaules, farfouillé dans ses poches et m'a jeté le trousseau.

« Tu en as fait des doubles ?

— Joue pas au con ! J'les avais prises au cas où j'aurais besoin d'un abri d'urgence, c'est tout.

381

— Et c'est ce qui t'est arrivé, là ?

— Eh oui. Dans l'état où j'étais, j'aurais pas pu conduire un tricycle. Alors une voiture...

— Tu aurais dû m'appeler d'abord.

— Mais tu étais sorti ! Faire la cour à la succulente Ames. D'ailleurs, t'as qu'à écouter ton répondeur, tu verras qu'il y a au moins trois messages de moi, où je te supplie de me laisser venir m'effondrer chez toi.

— Tu n'as pas d'autres amis dans toute cette ville ?

— Aucun qui m'adresse encore la parole.

— Et un hôtel, ça ne t'est pas venu à l'esprit ? Ou un taxi ?

— Oh, c'est d'l'argent, ça ! Dis, mon pote, tu voudrais pas mettre une bonne cafetière sur le feu ? Il me faut une transfusion de caféine, et subito.

— Rudy ? Un, je ne suis pas ton larbin. Deux, je te demande de dégager, tout de suite.

— Tu en as plein les bottes de moi, on dirait.

— Finement analysé.

— J'vois pas pourquoi. Enfin, quoi, j'ai pas pioncé dans ton lit, j'ai pas chié dans tes draps...

— Au revoir, Rudy.

— Pas tant que j'aurai pas eu une tasse de café vite fait.

— Je n'ai pas envie de faire du café.

— Dès que j'ai eu mon Joe, je m'casse. Tu veux que je sois parti ? Fais chauffer la cafetière. »

Il avait à peine allumé une cigarette qu'il a été pris d'une horrible quinte de toux. On aurait dit qu'il cherchait à décrocher une médaille d'or aux JO des phtisiques.

« Bon. Je te le fais, ce café ! » Quand je suis revenu dans la pièce quelques minutes plus tard, sa crise était en train de se calmer. « Tu ne crois pas que tu devrais accorder un peu de répit à tes poumons ?

— Non. »

Il a accepté un bol entier, qu'il a goûté en faisant une grimace dédaigneuse.

« Du soluble ? Merci, c'est trop gentil.

— Pour toi, rien que le meilleur, Rudy.

— Quelle heure y se fait ? »

J'ai consulté ma montre.

« Onze heures moins vingt-cinq.

— Merde ! Je dois pondre un article d'ici deux heures.

— Tu vas y arriver ? »

Il m'a fusillé du regard.

« J'y arrive toujours. Je suis un pro, moi.

— Il n'y avait pas de malice, hé !

— Mon gars, tu devrais apprendre deux ou trois choses sur les lois de l'amitié. Et sur la vie dans une p'tite ville, du même coup. Si tu supportes que les tours d'ivoire, t'as qu'à te payer un billet de retour pour New York. Ici, il se trouve qu'on aime se taper sur le ventre les uns des autres. Même, on trouve normal de savoir à qui on a affaire... Enfin, par exemple Dave, le gars du magasin de photos, m'a raconté que t'es un superbon client, toujours bien disposé, toujours poli. Que même tu lui as montré deux ou trois manips sur un vieil appareil qu'il a racheté, si j'ai bien pigé. Mais il m'a dit aussi qu'il t'a invité à dîner vingt fois, mais que tu n'as pas arrêté de te défiler. Alors je demande : Pourquoi ça ? »

« Parce qu'il a une femme qui s'appelle Beth. Et parce qu'il a deux garçons. » Non, je ne pouvais pas répondre ça.

« Je ne mélange pas le travail et le plaisir.

— Conneries, foutaises ! La vérité, c'est que tu veux pas t'abaisser à fréquenter les autres. Gentil, mais distant. Tiens, la semaine dernière, j'ai bien senti que tu regrettais de m'avoir invité chez toi. Tu mourais d'envie de me renvoyer à coups de pied au cul sous la neige. Écoute, c'est pas que je sois indiscret...

— Tu l'es !

— ... mais est-ce qu'il s'est passé que'que chose là-bas, à l'est, qui t'oblige à faire le dos rond ? T'as pas versé une pension alimentaire ? T'as une revendication de paternité au cul ? Ou c'est une petite de douze ans très précoce qui t'a fait croire qu'elle en avait dix-huit ? »

Je me suis forcé à rire. Même à mes propres oreilles, cela sonnait tendu, faux.

« Non, rien d'aussi scabreux, Rudy. Simplement, à New York, personne ne voulait de moi. Professionnellement parlant, s'entend. J'étais un bon à rien.

— On a tous un passé, mon gars. La seule différence, c'est que certains en parlent plus facilement que d'autres. Tiens, tout à l'heure, quand tu t'es pointé, j'ai vu tout de suite que tu venais d'apprendre une mauvaise nouvelle. Un pépin ? Quelqu'un a cassé sa pipe ? »

Quoi, on pouvait donc si facilement lire en moi ?

« Non, non.

— Parfait, renferme-toi dans ta putain de coquille. » Il a avalé le fond de son bol. « J'ferais mieux de me grouiller le cul pour trouver une machine à écrire que'que part.

— C'est quoi, ton sujet de démolition, cette semaine ?

— "La côte Est, bastion de l'ingratitude".

— C'est toujours mieux que la californication ! Dis-moi, comment as-tu pu imaginer même cinq secondes faire ta vie avec Judy Wilmers ?

— Ah, t'as vu, c'est un numéro, hein ? Pfff, tu sais bien comment ça se passe, ces trucs-là. L'hiver en finit pas, ici, t'as envie d'un brin de compagnie, et paf, tu te réveilles à côté d'une maniaque qui se croit en communication directe avec l'esprit d'une déesse de la guerre cherokee... Bon, comme disait l'autre : "L'expérience est le mot par lequel les hommes désignent leurs erreurs."

— Oscar Wilde ?

— Non, Sonny Liston. » Il s'est levé, a ramassé son duffel-coat abandonné par terre. « Ah, un dernier truc. Cette Anne Ames, je l'ai à la bonne. Comme tout le monde à la rédaction, d'ailleurs. Donc, ne déconne pas avec elle. Elle a eu plus que son compte de coups durs ces deux dernières années.

— Quoi, exactement ?

— J'suis sûr qu'elle en viendra à t'le raconter elle-même. En temps voulu. Simplement, je te préviens : tu lui brises le cœur, j'te botte le cul. » Il a ouvert la porte d'entrée. « À un de ces jours chez Eddie. Si tu daignes encore honorer ces lieux de perdition de ton auguste présence, bordel de merde ! »

Rudy parti, j'ai ouvert en grand toutes les fenêtres pour chasser l'odeur de vieux mégot, j'ai lavé le bol, la soucoupe et le verre dont il s'était servi, puis je suis allé dans la chambre noire développer la pellicule que j'avais prise la veille au bord du Copperhead. Je faisais de mon mieux pour ne pas penser à ce qui était en train de se dire à mon sujet, à travers Mountain Falls.

Le téléphone a sonné après l'heure du déjeuner.

« Ah, le grand homme décroche, enfin ! » Judy Wilmers. « En plus de vos talents de photographe, vous êtes aussi très doué pour jouer les courants d'air.

— J'ai été très occupé, Judy.

— Ouais, je suis au courant. C'est une perle rare, Anne. Alors ne l'esquintez pas, vous m'entendez ? »

J'ai eu envie de hurler. À la place, j'ai répondu :

« Je vous entends, Judy. Même, je vous reçois cinq sur cinq. »

# SIX

Un peu plus tard, cet après-midi-là, Judy Wilmers et moi avons finalement « conclu », pour reprendre un de ses termes fétiches. Installée dans le café de sa galerie où elle avalait infusion sur infusion, elle a d'abord protesté bruyamment chaque fois que j'osais émettre quelque objection. J'avais commencé par jouer les braves petits en déclarant accepter « sa » formule de partage des ventes soixante/quarante, mais ensuite je suis devenu mauvais comme la gale : je ne lui laissais le soin de me représenter que six mois au lieu d'un an ainsi qu'elle l'avait quémandé, et si je lui abandonnais ses dix pour cent sur les expositions à venir durant cette période elle aurait à se contenter de vingt-cinq pour cent sur les droits dérivés. Elle a contre-attaqué : si c'était pour six mois, alors elle méritait au moins trente pour cent de com'. Bon prince, j'ai lâché ces cinq pour cent supplémentaires, mais uniquement en échange d'une clause additionnelle dans notre contrat : au bout de trois ans, elle cesserait de percevoir toutes les royalties assurées par les ventes qu'elle aurait conclues au cours de la période où elle administrerait mes droits dérivés. Elle n'a pas eu l'air de trouver cela amusant.

« C'est tout bonnement scandaleux.

— Je ne fais que me couvrir. D'ailleurs, la plupart des contrats fixent effectivement une durée déterminée pour le partage des royalties.

— Vous n'êtes pas photographe, non. Vous êtes un chasseur de corbillards. J'exige cinq ans, pas trois !

— Quatre.

— Conclu. »

Les deux exemplaires seraient établis pour que je les signe dès le lendemain. L'exposition elle-même s'ouvrirait le 18 mai et se poursuivrait jusqu'au 1er juillet. Elle voulait l'appeler : « Visages du Montana : Photographies de Gary Summers ». Une affiche reprenant le portrait de Madge la Menace serait distribuée d'un bout à l'autre de l'Etat. Il y aurait un cocktail de vernissage, auquel assisteraient des « marchands d'art de premier plan » venus de San Francisco, de Portland, de Seattle, de Denver. Et il fallait que d'ici à quinze jours j'aie déposé trente nouveaux clichés dans ses petites mains avides.

« En tout, cela fera donc quatre-vingts sujets. Pour l'expo, j'en choisirai quarante. Évidemment, vous avez votre mot à dire sur la sélection, mais en tant que directrice de la galerie j'ai le droit de veto final... Je parie que là aussi vous avez une objection, non ?

— De toute façon, je ne vous aurais rien donné que je ne veuille pas voir exposé, alors... Oui, accordé, ce droit de veto.

— Vous êtes sûr que vous vous sentez bien ?

— Très drôle.

— Un autre point : je préférerais que vous ne laissiez pas le *Montanan* aller plus loin que les six parutions sur lesquelles vous vous êtes entendu. La dernière publication tombera le samedi précédant le vernissage, ce qui pour nous est excellent, en termes, de prépub. Mais après le démarrage de l'expo j'ai l'intention de commencer à vendre à de gros canards, ce qui laisse le *Montanan* en dehors du coup, j'en ai peur.

— C'est Anne qui va apprécier, quand elle entendra ça.

— Hé, le business... »

Ce soir-là, je n'ai pas mis Anne immédiatement au courant de ce que Judy tramait, pour une simple et bonne raison : à peine m'avait-elle ouvert la porte que nous nous sommes rués l'un sur l'autre. Au cours de la demi-heure suivante, nous n'avons pas échangé un seul mot. Jusqu'au moment où elle s'est lovée contre moi dans le lit, a posé son menton sur mon épaule et m'a dit :

« Euh, bonsoir, à propos. »

Après le dîner, arrosé des deux bouteilles de shiraz de Washington que j'avais apportées, j'ai remarqué en passant que notre première nuit d'amour paraissait déjà être tombée dans le domaine public de Mountain Falls.

« Ne me regarde pas comme ça ! Je ne suis pas habituée à rameuter les badauds avec tous les détails de ma vie privée, figure-toi.

— Bon, donc les murs ont des yeux et des oreilles, ici ?

— On ne peut pas y faire grand-chose... Mais dis, que les gens sachent que tu as passé la nuit ici, ça te tracasse vraiment ? Après tout, ce n'était qu'une nuit. Et ce soir, juste une autre nuit... »

Je lui ai rendu son sourire.

« Et demain, rien qu'une autre nuit. »

Elle s'est penchée pour me dévorer les lèvres.

« C'est exactement ce que j'avais envie que tu dises ! »

Ce n'est que le lendemain, au petit déjeuner, qu'elle m'a enfin montré les six sujets qu'elle avait choisis pour le magazine du samedi : Madge la Menace, le couple de la station-service, la blonde de Bigfork spécialisée dans l'artisanat hors de prix, un prêcheur fondamentaliste devant sa chapelle-caravane à Kalispell, un agent immobilier de Whitefish en blazer bleu avec un stetson noir sur le crâne, un loubard tatoué cramponné à une machine à sous du Passage du Col.

« Tu es d'accord avec mon choix ?

— Tout à fait d'accord.

— Bon, maintenant, en ce qui concerne la série suivante, je me disais que...

— Malheureusement, il y a un petit problème de contrat, là. »

Je lui ai alors expliqué que Judy avait tapé du poing sur la table : impossible de vendre au *Montanan* d'autres photos retenues pour l'exposition.

« La chienne galeuse ! Et tu as accepté "ça" ?

— Je n'ai pas trop mon mot à dire là-dessus...

— Oh, Gary...

— Mais, mais... Une fois que je lui aurai donné le dernier de mes portraits, légalement parlant rien ne m'empêche de shooter d'autres sujets pour vous.»

Elle m'a lancé un clin d'œil complice.

« Pigé ! »

Les deux semaines suivantes, je n'ai pas soufflé une minute. Il fallait les trouver, ces trente portraits supplémentaires ! Alors, chaque matin, au point du jour, j'étais déjà sur la route ; chaque après-midi, je développais et sélectionnais les prises de la journée avant de filer chez Anne pour un souper tardif, bouteilles dans une main, tirages à peine secs dans l'autre. Immanquablement, on se retrouvait au lit dans la minute qui suivait mon arrivée. Après la pauvreté érotique de toute ma dernière année de vie commune avec Beth, je mettais un enthousiasme adolescent à me lancer dans ces étreintes débridées. Dès que je voyais Anne, j'avais besoin de la toucher, c'était pareil pour elle, et tandis que j'arpentais le Montana de long en large je ne pouvais m'empêcher de compter les heures qui me séparaient du moment où je sonnerais à sa porte.

« Ah, c'est encore toi », constatait-elle avec un détachement étudié avant de tendre les bras et de m'attirer contre elle.

Les bouteilles échouaient dans un coin, les planches-contacts volaient sur le sol, et nous nous étions mutuellement à moitié déshabillés le temps de parvenir à sa chambre.

Ensuite, longtemps après, l'un de nous se dévouait pour descendre à la cuisine, jambes encore flageolantes, préparer un sommaire dîner que nous avions pris la voluptueuse habitude d'avaler au lit. Quand c'était à mon tour d'aller cuisiner quelque chose, Anne profitait de mes vingt ou trente minutes d'absence pour examiner mes planches à la loupe et au compte-fils, repérant d'un œil sûr les meilleurs clichés de la journée.

« Pour le portrait du patron de l'armurerie, tu as utilisé quel type de flash ? m'a-t-elle demandé un soir, après avoir étudié le cliché pour lequel avait fièrement posé le propriétaire de Ferdie's Firearms, à Butte.

— Aucun. Je me suis débrouillé avec la lumière disponible.

— Sans blague ! Mais cette lueur blafarde sur sa figure, comme si c'était un fantôme, presque ?

— J'ai eu de la chance avec le soleil couchant. Il est rentré par la vitrine juste au moment où j'ai déclenché.

— De la chance, tu parles ! Tu lui as fait prendre la pose juste au bon endroit.

— Eh bien...

— La chance n'a rien, mais rien à voir avec tes photos. En fait, elles sont calculées à un point délirant. Mais ce qui les sauve, c'est ton manque absolu de prétention. Je parie qu'au début ce que tu faisais devait être terriblement "fabriqué", non ?

— Peut-être.

— Je parie que tu te voyais comme l'Artiste avec un grand A. Ce qui est bien le moins qu'on puisse attendre d'un mec sorti de Bard College !

— Tu as gagné ton pari.

— Ça ne m'étonne pas. Il faut beaucoup de temps à un photographe pour qu'il commence à faire confiance à son œil, au lieu d'accumuler les citations, les commentaires, d'en rajouter, quoi ! Moi-même, je n'en suis pas encore à ce stade.

— Ce que j'ai vu dans ton labo l'autre jour était excellent, pourtant.

— Malin, oui. Mais excellent, non. C'est bien trop "message", bien trop "clin d'œil". Alors que tes portraits... Tu te débrouilles pour donner l'impression qu'ils surgissent du hasard, mais en réalité chacun d'eux est soigneusement réfléchi, préparé. C'est un tour de passe-passe, mais honnête.

— Ça ne fait pas longtemps que je l'ai appris.

— Je m'en doutais, figure-toi. Donc, quand tu auras un nom et que les journalistes feront la queue pour t'interviewer...

— Ça n'arrivera jamais.

— N'en sois pas si sûr ! Mais bref, si jamais ça se passe, alors tu pourras leur dire que c'est en venant vivre dans le Montana que tu as découvert "ton œil".

— Ouais. En choisissant le Montana, j'ai choisi la liberté.

— La liberté par rapport à quoi ?

— À mes échecs professionnels. Au manque de confiance en moi.

— Rien d'autre ? »

J'ai pesé mes mots prudemment.

« Tout le monde a une histoire derrière soi, Anne.

— Je sais. Mais disons que toi, tu te fais encore légèrement prier pour me raconter la tienne...

— Écoute, cela fait seulement dix jours qu'on...

— Oui, c'est vrai.

— Et puis toi-même tu ne m'as pas vraiment accablé de détails sur ton passé. »

Elle m'a regardé droit dans les yeux.

« Tu voudrais savoir pourquoi j'ai divorcé, c'est ça ?

— Oui. J'aimerais. »

Elle est restée silencieuse un moment.

« La photo sur la cheminée, en bas, où je suis avec un bébé, tu l'as vue ? »

J'ai hoché la tête.

« C'est mon fils. C'est Charlie. » Un temps d'arrêt. « Il est mort. »

J'ai fermé les yeux. Elle a continué, d'une voix très calme, très posée.

« Ça s'est produit environ un mois après que cette photo a été prise. Il avait seulement dix-huit semaines, à ce moment. Il dormait encore dans notre chambre, il nous réveillait encore deux ou trois fois par nuit... Mais cette nuit-là, il n'a pas bronché. Gregg et moi, on était tellement épuisés par le manque de sommeil qu'on s'est effondrés tous les deux. Jusqu'à sept heures, le lendemain. J'ai été la première à me lever. Je n'ai pas entendu le moindre bruit dans le berceau. Et là, tout de suite, j'ai compris qu'il s'était passé quelque... » Elle n'a pas pu continuer. Puis, après avoir détourné les yeux, elle a repris : « Mort subite du nourrisson. C'est comme ça qu'ils disent. Le chirurgien des urgences, le médecin légiste qui a réalisé l'... Ils n'ont pas arrêté de nous répéter que ce syndrome survient sans rime ni raison. Que c'est imprévisible, imparable. Que cela fait partie "des choses qui arrivent". Que nous ne devions pas nous sentir coupables. Mais évidemment que si, on se sentait coupables ! Si seulement on était allés le voir pendant la nuit. Si seulement on n'avait pas été si crevés, si pressés de nous accorder enfin dix heures de vrai sommeil. Si seulement... » Maintenant, c'était moi qui me sentais incapable de la regarder. Dans la chambre noire de mon cerveau, l'image d'Adam et de Josh se formait avec une terrible netteté. « Pour résister à une chose pareille, un couple doit être terriblement solide. Le nôtre ne l'était pas. Après à peine huit mois, je suis arrivée à Mountain Falls, seule. Et tu sais, sept ans ont passé mais je ne suis jamais retournée à Bozeman, jamais. Et je n'ai pas repris contact avec Gregg. Je ne PEUX pas. C'est quelque chose qu'on ne surmonte pas. On apprend à vivre avec, c'est tout. À le garder enfoui, dans une partie de soi-même qu'on est seul à connaître et dans laquelle on plonge à chaque instant de chaque journée. On peut faire tous les efforts possibles et imaginables, mais on sait que ce sera là, tout le temps. Que ça ne nous quittera plus, jusqu'à la fin. » Elle a levé les yeux vers moi. « Tu pleures. »

Je n'ai rien répondu. J'ai passé maladroitement un coin de drap sur mes joues.

« Je voudrais un whisky, a-t-elle dit. Bien tassé. Je crois que ça ne te ferait pas de mal, à toi aussi. »

Je suis descendu à la cuisine, j'ai attrapé une bouteille de J & B et deux verres, je suis revenu dans la chambre. Quand je me suis assis sur le lit, Anne a posé sa tête contre mon épaule et s'est mise à sangloter. Je l'ai tenue dans mes bras, tout le temps que cela a duré. Et puis elle s'est redressée, elle m'a dit :

« Ne me pose plus jamais de questions là-dessus. »

Plus tard dans la nuit, je me suis réveillé en sursaut. Le réveil affichait *3.07*. À part ces chiffres verdâtres, la pièce était plongée dans l'obscurité. Anne était roulée en boule sur elle-même, absente au monde. Les yeux au plafond, j'ai vu Adam et Josh surgir devant moi à nouveau. Mes fils. Mes fils que j'avais perdus. Anne avait raison : le deuil est une partie de soi qu'on est seul à connaître. Contrairement à elle, pourtant, je me l'étais infligé moi-même. En tuant Gary, j'avais tué ma vie. Une vie dont je n'avais pas voulu, jusqu'à ce que je sois mort.

Désormais, tout n'était que fausseté, mensonge, supercherie. Mon nom, mes papiers d'identité, mon soi-disant passé. S'il devait y avoir un « après » avec Anne, il serait fondé sur cet énorme faux, parce qu'il me fallait continuer à avancer masqué. J'aurais dû suivre ma première intuition, contourner le risque de m'attacher à quelqu'un. Et pourtant, même après ces dix jours seulement, je ne voulais pas renoncer à elle.

Le lendemain – c'était un samedi –, Anne m'a tiré du lit en agitant sous mon nez un numéro tout frais du *Montanan*.

« Lève-toi et marche, m'a-t-elle lancé. Tu es publié. »

J'ai repris mes esprits en deux secondes. Là, en page deux du magazine du week-end dont elle couvrait près du quart, j'ai vu ma photo du couple avec bébé dans la station-service au bout du monde. Il n'y avait rien d'autre, ni présentation de la rédaction ni légende informative. Anne avait voulu la simplicité absolue. Seulement un titre au-dessus, bref, ramassé : « Visages du Montana, par Gary Summers ».

« Satisfait ?

— Stupéfait.

— Pourquoi ? »

Elle a pris un air inquiet.

« Parce que c'est la première photo de moi qui ait jamais été imprimée.

— Ça, je ne peux toujours pas y croire.

— Tu as vraiment réussi la mise en page. Et la photogravure. C'est du beau travail. Merci. »

Elle m'a embrassé.

« Ça a été un plaisir, mon lapin !... Et pour hier, je m'excuse.

— Tu n'as pas à t'excuser pour ça. Jamais.

— Bon, tu as des projets pour aujourd'hui ?

— Je suis à toi.

— Ah, ça, j'aime ! Tu te sens d'attaque pour une virée au grand air jusqu'à demain ?

— On est partis. »

Nous avons pris ma voiture. Je devais d'abord passer chez moi prendre deux ou trois vêtements et un appareil.

« Impressionnant, a estimé Anne en découvrant le volume épuré du studio. On pourrait commencer à le considérer comme notre pied-à-terre de la rive ouest, non ? Et Meg Greenwood, tu la croises ?

— Pas revue depuis la visite de l'appart' », ai-je laconiquement répondu.

À quoi bon lui expliquer que, tous les mois, à la nuit tombée, je glissais mon loyer sous la porte de l'agence afin d'éviter le moindre contact avec elle ?

« Il faut que je te demande quelque chose, a repris Anne, et je compte sur une réponse nette et précise.

— Oui ? »

J'étais dans mes petits souliers.

« La première fois que j'ai dit à Meg que je t'avais vu, elle m'a balancé : "Oh, il est casé, lui. Il m'a appris qu'il avait une petite amie régulière à New York." C'est vrai ?

— Absolument pas.

— Dans ce cas, pourquoi tu lui... ?

— Parce que c'était le seul moyen de lui faire comprendre qu'entre signer un bail avec elle et lui demander d'être la mère de mes enfants il y avait une légère différence.

— Saligaud ! s'est-elle exclamée en se retenant pour ne pas éclater de rire. Ouais, le fait est que Meg a tendance à en faire un peu trop dès qu'il y a un mec libre dans les parages. Donc, tu n'as... personne d'autre, vraiment ?

— Tu peux me croire.

— C'est ce que je fais, a-t-elle répondu, c'est ce que je fais. »

Elle m'a pris la main, on est redescendus. En voiture, Anne m'a demandé de rattraper la route 200, direction est. Le temps avait été particulièrement sec les deux dernières semaines. Le thermomètre restait nettement au-dessus de zéro, ce qui ne s'était pas produit depuis décembre, si bien que la neige battait partout en retraite, laissant derrière elle un sol bruni et des arbres encore dépourvus de feuilles.

« Alors, c'est pas des blagues, l'hiver s'arrête quand même un jour, ici !

— Ne lui dis pas au revoir trop vite, a répliqué Anne. Il ne faut pas se fier à cette vague de sécheresse. J'ai déjà vu quinze centimètres de neige en plein mois de mai, alors tu penses bien qu'à la mi-avril tout est encore possible. Le blizzard, la pluie givrante, la famine, la peste, les sauterelles, et autres plaies...

— Bon sang, mais pourquoi j'ai eu l'idée de débarquer dans le Montana ?

— Pour trouver l'inspiration, a-t-elle suggéré d'un air malicieux.

— Oh, arrête de me charrier !

— ... Et pour me trouver, moi.

— Oui, je pense que tu vaux bien huit mois à se les geler.

— C'est un compliment, je présume ?

— Dis, pourquoi tu as attendu tout ce temps avant de me cuisiner à propos de la mystérieuse copine new-yorkaise ?

— D'abord, j'ai estimé qu'il valait mieux faire comme si je n'avais pas entendu. Jusqu'au moment où...

— Où ?

— Où j'ai commencé à penser que tu ferais pas mal, dans mon mobilier.

— Ah oui ? Et quel meuble je serais, selon toi ?

— Une balancelle.

— Merci !

— Pas de quoi.

— Et où on va, à propos ? »

Après une cinquantaine de kilomètres sur la 200, Anne m'a indiqué une route encore plus champêtre, une mince bande goudronnée qui partait en serpentant à travers une forêt de pins majestueux. Ils formaient une voûte si dense au-dessus de nous que le ciel semblait disparaître. Au bout de dix minutes dans cette immense cathédrale de branches, elle m'a dit de prendre à gauche. Ce n'était plus qu'un chemin désormais, sur lequel la MG, pourtant effilée, était à l'étroit. Il y avait tellement d'ornières que je ne dépassais plus les vingt kilomètres à l'heure.

« Si on explose un pneu là-dedans, je compte bien que tu m'aides en prenant le cric.

— Je t'aiderai, oui. De mes conseils. »

La voiture s'est mise à vibrer de toute sa carrosserie sur un passage particulièrement cailouteux.

« J'espère que ça vaut le coup, au moins.

— Ça le vaut, fais-moi confiance. »

Cinq minutes plus tard environ, nous sommes entrés dans le bleu. Le bleu-vert, plus exactement. Devant nos yeux, à l'infini, un lac s'étendait. On croyait d'abord à une mer : la rive opposée était pratiquement indiscernable, deux petites îles flottaient au milieu de l'immensité, toutes deux vierges de la moindre construction. Je me suis garé près du rivage, et nous avons mis pied à terre. J'ai scruté l'horizon au nord, au sud, à l'est, à l'ouest. De loin en loin, on apercevait la silhouette d'une maison blottie dans les arbres, mais pour cela il fallait regarder très attentivement. Car ici s'ouvrait un paradis, intact, inviolé, que la forêt protégeait de toutes parts de sa masse en pleine montée de sève.

« Dieu tout-puissant, ai-je fini par murmurer.

— Oui, c'est assez grandiose. Le lac de l'Élan. Un des deux lacs les plus étendus du Montana. D'ici à la rive occidentale, il y a au moins trente-cinq kilomètres. En bateau là-dessus, parfois, on ne sait plus où on est, dans quelle direction on va. C'est tellement... grand. »

Lorsque je lui ai demandé depuis combien de temps elle connaissait cet endroit magique, elle m'a répondu : « Depuis que j'ai acheté ça », et elle m'a montré un petit chalet dissimulé sous les pins à deux cents mètres de là où nous étions. Une cabane comme on n'en fait plus beaucoup : rondins presque bruts, délavés par les éléments, petites fenêtres en nids d'aigle, une cheminée en pierres massives campée sur le toit. À l'intérieur, une seule et unique pièce, aux parquets nus, avec un poêle à bois, un vieil évier en étain, deux fauteuils cabossés, un antique grand lit en fer, une énorme panière en osier remplie de bûches, des étagères couvertes de livres de poche et de boîtes de conserve, un casier à vin où une douzaine de bouteilles dormaient sous la poussière. L'unique lien avec la civilisation était assuré par un transistor tout simple.

« Il n'y a pas d'électricité, m'a prévenu Anne. Rien que des lampes à pétrole. Par contre, il y a des toilettes et même une baignoire, seulement il faut faire bouillir l'eau sur le poêle, d'abord... Mais c'est là que je m'échappe quand je veux oublier le reste du monde.

L'été dernier, j'ai passé quinze jours ici, toute seule. Pendant tout ce temps, je n'ai pas vu âme qui vive. Les vraies vacances !

— Vous me surprendrez toujours, très chère.

— Oh, ce n'est qu'une cabane, hein, a-t-elle dit en prenant une boîte d'allumettes près de l'évier. Une cabane de rien du tout.

— En tout cas, moi, tu ne me ferais pas rester seul ici plus de deux jours !

— Tu sais, après un moment, on en vient à apprécier l'isolement. Je suis sûre que même un rat des villes comme toi finirait par y prendre goût.

— Tu l'as depuis longtemps ?

— Quatre, cinq ans. Ça ne m'a coûté pratiquement rien... Ça se voit, d'ailleurs. »

Elle a ouvert la trappe du poêle pour l'allumer. « Chaque fois que je m'en vais, je laisse le poêle propre et déjà chargé. Comme ça, quand j'arrive, je n'ai pas besoin de prendre la hache et de ramasser du petit bois. C'est important, vu qu'hiver comme été, dès que ça reste inhabité un moment, il fait un froid du diable, là-dedans ! » Ce n'était pas moi qui pouvais la contredire. « Dans deux heures, le temps que le poêle ronfle bien, ce sera à peu près tolérable. Allez viens, on va faire un tour. »

Nous avons longé la grève sur un étroit chemin. Sous le soleil, parvenu au zénith, le lac brillait tel un parquet fraîchement ciré. Dans l'air enivrant, la cime des pins oscillait sous une légère brise. Le silence était si prenant que nous avancions sans un mot, et je me suis dit que si le Montana me plaisait tant, c'était, plus encore que pour ses routes solitaires et ses cieux grandioses, parce que les gens de ce pays savaient respecter le calme. Il y avait une phrase de Pascal là-dessus, lorsqu'il affirme que tous les malheurs de l'homme viennent de ce qu'il est incapable de rester assis tout seul dans une pièce, sans s'agiter... D'instinct, le Montana avait compris ce secret et faisait de son mieux pour se tenir loin du vain tintamarre qui régnait partout ailleurs. Ici, le calme était reconnu comme une vertu, une nécessité.

Nous marchions depuis environ une heure quand Anne m'a soudain agrippé par l'épaule. En me retournant, je l'ai vue poser un doigt sur ses lèvres puis me montrer le sous-bois sans parler. À moins de dix mètres de nous, il y avait un grizzly, une mère flanquée de ses deux petits dont elle était en train de faire la toilette en les léchant copieusement de son énorme langue. Nous sommes restés immobiles, sachant que le moindre geste un peu brusque risquait d'alerter la mère et de l'amener à vouloir défendre ses enfants : ainsi que tout lecteur assidu du *National Geographic* s'en souvient, le meilleur moyen de se faire hacher menu par un grizzly femelle est d'irriter son instinct maternel. Transformés en statues, nous avons observé à son insu cette tendre scène familiale. Au début, je me suis interdit de prendre le petit Leica qui se trouvait dans la poche de ma parka. Puis, finissant par me persuader que la mère ne nous avait pas remarqués, je l'ai sorti et j'ai retiré sans bruit le cache de l'objectif. Anne m'a lancé un regard incrédule, horrifié. Elle m'a tapé sur l'épaule en secouant vigoureusement la tête. Par gestes aussi, je lui ai répondu de ne pas s'inquiéter. J'ai collé mon œil sur le viseur et j'ai dérobé huit photos de la famille grizzly. Mais il me manquait un téléobjectif. Alors, afin de me rapprocher de mon sujet, j'ai fait deux pas prudents en avant.

C'était une erreur, une grossière erreur. Dès que mes bottes ont fait craquer un branchage, la mère s'est figée. Elle a attiré ses petits contre elle et observé les alentours. En découvrant notre présence, elle s'est placée devant les oursons et s'est redressée de toute sa taille gigantesque, menaçante. Par-dessus les battements de mon cœur en plein affolement métabolique, j'ai entendu Anne prendre une longue inspiration. La mère était aussi immobile que nous, et ce face à face à la mexicaine s'est éternisé, trente secondes, pas plus, qui m'ont fait l'effet d'une heure. Enfin, elle est retombée sur ses énormes pattes, a fait signe à ses petits de la suivre et les a cornaqués vers l'obscurité de la forêt.

Nous avons attendu encore plusieurs minutes avant d'oser bouger. Quand les grizzlys ont été hors de vue, Anne a recommencé à respirer. Je savais ce qui allait me tomber dessus. Un chuchotement indigné :

« Tu es un fou dangereux.

— Je ne croyais pas que...

— Mon cul, oui ! Je t'avais dit de ne pas bouger !

— Sincèrement, je ne pensais pas...

— Ah ça, c'est sûr, que tu n'as pas pensé ! Et tu as failli nous faire massacrer. La prochaine fois...

— ... je demanderai la permission », ai-je complété pour détendre l'atmosphère. Mauvaise tactique.

« N'essaie pas ton humour à la con sur moi, Gary. »

Sur ces mots, elle est partie d'un pas furieux vers le chalet. Je ne lui ai pas couru après, je me suis contenté d'assurer l'arrière. Sur tout le chemin du retour, elle ne s'est pas retournée une seule fois. Elle avait presque cinq minutes d'avance sur moi. Au loin, j'ai entendu la porte de la cabane se refermer violemment. Quand je suis entré, elle était debout près de l'évier, occupée à déboucher une bouteille de vin. Le poêle avait bien fait son travail : on n'avait plus l'impression d'être dans une chambre froide de boucherie. Anne s'est versé un fond de shiraz, l'a avalé d'un coup. J'ai voulu l'enlacer mais elle m'a repoussé du coude.

« Je suis désolé.

— Tu as de quoi.

— Je ne pensais pas que...

— Si, tu pensais. En photographe. »

J'ai souri.

« Ça va être des photos super.

— Je sais. Et si tu veux te faire pardonner, elles sont pour le journal.

— Marché conclu. »

J'ai tendu la main pour lui caresser la joue. Elle l'a saisie et l'a serrée dans les siennes, fort.

« Elle aurait pu te dépecer en deux coups de griffes. Moi, j'étais derrière toi, j'aurais peut-être pu lui échapper, mais toi... Tu n'aurais pas eu une seule chance. Si jamais tu prends encore des risques pareils...

— Viens par là », ai-je dit en l'attirant contre moi.

Le lit grinçait, les draps étaient assez humides, et malgré les deux gros édredons nous n'avons compté que l'un sur l'autre pour nous réchauffer.

« Ne rentrons pas, demain, ai-je proposé en me penchant pour rafler la bouteille de vin et le verre posés au sol. On s'enterre ici, et tant mieux si tout le monde croit qu'on s'est évaporés dans la nature.

— C'te cabane est pas assez grande pour deux, mon gars.

— Ah, tu parles d'un romantisme, toi !

— J'ai le romantisme pratique, voilà.

— C'est pas une contradiction, ça ?

— Une contradiction vivante, qui aimerait beaucoup rester avec toi. Et c'est justement pourquoi je n'accepterai jamais, jamais, de passer trop de temps en tête à tête avec toi, ici.

— Mais pourquoi ? ai-je protesté en prenant un ton offensé.

— Le mal du vide, t'as entendu parler ? Ça vous bousille une histoire d'amour à tous les coups. Quinze jours dans un endroit pareil et on sera à se hurler dessus, on ne se supportera plus... Ou bien on aura formé un groupe armé.

402

— Le passe-temps favori des habitants du Montana, non ?

— Tu sais pourquoi cet État bat tous les records nationaux en nombre de cinglés séparatistes, d'obsédés du flingue qui rêvent de faire sauter la Maison-Blanche ? Précisément parce que beaucoup de ses habitants vivent dans des cabanes comme celle-ci. » Elle a sauté hors du lit et a enfilé ses vêtements à la hâte. « Et maintenant, tu vas découvrir les délices de mes pâtes à la sauce ermite des bois. »

Des piles de conserves occupaient quatre étagères. Il y avait de la soupe en boîte, des légumes en boîte, des haricots blancs et rouges, du thon, des clams, des sardines, du lait condensé. Et encore des paquets de pâtes, de riz, de crackers, des pots à café, à thé et à Ovomaltine, des petits flacons d'épices. Anne a versé de l'huile d'olive au fond d'une sauteuse géante qu'elle a posée sur le poêle. Au bout de quelques minutes, l'huile s'est mise à chanter.

« Alors, ça marche vraiment, ce truc ?

— Pfff, tu es vraiment le citadin incurable, a-t-elle répliqué en saupoudrant l'huile d'ail séché et de romarin.

— Et comment tu règles la chaleur ?

— Très simple. » Ouvrant la porte du poêle, elle a expédié trois nouvelles bûches dans la fournaise. « Comme ça.

— Une vraie fille de la Frontière.

— Et toi, tu vas traîner au lit pendant que je me tape toute la cuisine ?

— C'est une idée qui m'est venue, en effet.

— Et ouvrir une autre bouteille, tu n'y as pas pensé ? »

Je me suis forcé à me lever et à me rhabiller. Pendant ce temps, Anne avait ajouté à sa préparation deux boîtes de tomates et un filet du shiraz restant, puis elle a posé une marmite pleine d'eau derrière la sauteuse.

« Quand tu vas faire des provisions pour ici, lui ai-je demandé en désignant du menton les murs couverts de conserves, tu te prépares à l'apocalypse, c'est ça ?

— Mais non... Cela dit, il y a un abri antiatomique au sous-sol.

— C'est vrai ?

— Tu ne marches pas, toi, tu cours !

— En tout cas, ton garde-manger est impression-nant.

— Je fais deux gros réapprovisionnements par an, comme ça, après, je n'ai plus à m'en soucier.

— Donc tu pourrais réellement disparaître pour de bon, si tu le voulais ?

— Plus maintenant.

— Comment ça ?»

Une petite grimace.

« Tu saurais où me trouver, maintenant... »

Après avoir complété sa sauce avec une boîte de clams, elle a lancé une grosse poignée de pâtes dans l'eau bouillante. Je me suis chargé de déboucher une bouteille, d'allumer des bougies et de dresser la table.

« *Linguini alle vongole*, a-t-elle annoncé en posant le plat fumant entre nos assiettes. Une vieille recette du Montana. »

Le dîner terminé, j'ai déniché une fiasque de porto sur une étagère. J'en ai versé deux verres, malgré ses protestations.

« Je vais me réveiller avec une migraine épouvanta-ble, demain !

— Mieux vaut être deux dans le malheur, ai-je philosophé en lui tendant son verre.

— Tu essaies de me soûler, hein ?

— Absolument. Histoire de pouvoir abuser de toi, ensuite. »

Les bougies vacillaient, baignant son visage d'une lumière délicate. Elle a posé une main sur la mienne.

« Tu es bien ?

— Très.

— Moi aussi. »

Nous sommes restés silencieux. Soudain, elle a demandé :

« Est-ce que tu as un enfant, quelque part ? »

Instinctivement, j'ai crispé mon poing libre, qui heureusement se trouvait alors sous la table.

« Non.

— Ah bon.

— Pourquoi ?

— À cause de ta réaction quand je t'ai parlé de Charlie.

— On ne peut pas rester impassible en entendant une histoire pareille.

— Oui... Mais le peu de gens à qui je l'ai racontée ont réagi différemment, selon qu'ils avaient des enfants ou pas. Ceux qui n'en ont pas sont moins concernés. Bien sûr, ils disent des trucs comme "c'est terrible", "c'est affreux", alors que pour les autres c'est un vrai supplice. Toi, tu as réagi comme un père. » J'ai haussé les épaules, pour exprimer le fait que je n'y pouvais rien. Je ne trouvais rien à répondre, de toute façon. « Ne te méprends pas, hein ? Ta réaction m'a beaucoup touchée. Elle m'a... surprise, c'est tout. Un célibataire sans enfants... On ne s'attend pas à le voir comprendre tout ce qu'éprouve un père ou une mère pour son gosse. » Elle s'est arrêtée, m'a regardé droit dans les yeux. « Tu en voudrais, des enfants ? »

J'ai soutenu son regard.

« Possible, oui. Et toi ?

— Possible aussi. »

Et elle a pris une gorgée de porto, pour garder contenance. Moi, j'ai vidé mon verre d'un coup. Nous avons rapidement changé de sujet.

J'ai dormi d'un œil, jusqu'au moment où, en plein milieu de la nuit, le vrombissement hystérique d'une grosse tronçonneuse m'a fait exécuter un bond de carpe dans le lit.

« Ça va ? m'a demandé Ann d'une voix ensommeillée.

— Oui. Un mauvais rêve, c'est tout.

— Rendors-toi, a-t-elle murmuré en me prenant dans ses bras. Demain matin, tu auras tout oublié. »

Si seulement...

Enfin, j'ai basculé dans un néant obscur. Un sommeil de mort, littéralement.

# SEPT

Une main agrippait mon épaule et me secouait.

« Gary, Gary ! »

J'ai repris conscience sur-le-champ. Anne était penchée sur moi, déjà habillée. Elle paraissait inquiète. Très inquiète.

« Il faut partir.

— Hein, quoi ? »

Le cerveau encore embrumé, j'ai regardé ma montre. Midi. Pas étonnant que je sois dans le cirage.

« Il faut qu'on s'en aille, tout de suite.

— Mais pourquoi, enfin ?

— Je vais te montrer quand tu seras levé. Mais surtout ne perds pas de temps.

— Je ne comprends rien à ce...

— Gary ! » Elle me tirait du lit. « Dépêche ! »

J'ai obéi machinalement, enfilant mes vêtements en hâte, jetant deux ou trois affaires sales dans mon sac. Pendant ce temps, Anne courait dans tous les sens, éteignait le poêle, fermait les volets. Elle semblait terriblement pressée.

« Ça y est ? m'a-t-elle demandé alors que je laçais mes chaussures de marche.

— Ouais. Mais c'est quoi, ce cinéma ?

— Va voir dehors. »

Harnaché de pied en cap, j'ai ouvert la porte.

« Nom de Dieu. Nom de Dieu de merde. »

Le feu. Il avait déjà englouti une partie de la forêt et faisait rage à près d'un kilomètre du chalet, dévorant les pins jusqu'à la cime. Un épais manteau de fumée âcre bouchait le ciel, éclipsait le soleil. Le vent, qui soufflait en bourrasques, ne cessait d'attiser l'incendie. J'ai compris immédiatement pourquoi Anne m'avait autant harcelé. Le feu arrivait sur nous.

J'ai bondi vers la voiture, j'ai arraché mon sac photo du coffre.

« Tu as perdu la boule ou quoi ?

— Juste deux ou trois clichés ! »

J'avais déjà le Rolleiflex en main. Vide.

« Prends de l'Ilford IP-4, m'a-t-elle lancé tandis que je farfouillais dans le sac à la recherche d'une pellicule. C'est mieux, pour la définition. »

J'ai levé la tête pour lui adresser un sourire.

« Compris, chef !

— Et grouille-toi. On a à peine quelques minutes. »

Au téléobjectif, j'ai mitraillé les pins en flammes. Dans le viseur, ils évoquaient de monstrueuses bougies d'anniversaire en train de brûler trop vite. Soudain, il y a eu comme une explosion. Une rafale de vent avait encore stimulé l'énergie destructrice de l'incendie. Ce qui ressemblait à une marée de feu s'est étendu dans notre direction.

« Allez, on dégage, a ordonné Anne. Je conduis. »

Je lui ai lancé les clés, et nous avons sauté dans la MG. Elle a mis le contact. Rien ne s'est passé.

Elle a réessayé. Le moteur restait silencieux.

« Appuie plusieurs fois sur l'accélérateur. »

Elle a suivi mon conseil, réenclenché le contact. Rien.

Le vent avait encore forci. L'odeur de résine grillée était maintenant très perceptible, des langues de fumée noire se tendaient vers nous.

« Qu'est-ce que c'est que ce bordel ? a crié Anne en s'acharnant sur la pédale.

— Arrête, arrête, arrête ! Tu vas noyer le moteur.

— Si elle ne démarre pas, on est morts.

— Passe la seconde, mets le contact et débraie à fond. »

Tandis qu'elle s'exécutait, j'ai sauté dehors et je suis allé à l'arrière pour pousser la MG. Elle a d'abord refusé de bouger. Et puis, une fois que j'eus réussi à lui faire franchir une petite bosse, elle s'est mise à rouler doucement dans la descente.

« Embraie ! » Dans un hoquet, le moteur s'est réveillé. « Accélère, accélère ! »

Anne essayait de stimuler la carburation, mais au bout de quelques secondes la voiture s'est étouffée.

« Merde, merde, merde ! »

Furieuse, elle a encore enclenché le démarreur, qui a émis un raclement indigné. Il faisait de plus en plus sombre.

« Remets-toi en seconde ! ai-je hurlé en me replaçant devant le capot arrière. Tu as débrayé ?

— Ouais ! Vas-y ! » Réunissant toutes mes forces, j'ai propulsé la MG en avant et j'ai poussé en courant jusqu'à ce que la voiture prenne de la vitesse et m'échappe. « Embraie ! »

Après de nouveaux soubresauts et borborygmes, le moteur a enfin consenti à produire un grondement régulier, rassurant. J'ai sauté sur le siège. Pied au plancher, Anne a passé la première. La voiture a vite atteint les cinquante kilomètres à l'heure, mais le chemin cahoteux la faisait vibrer comme une fraise de dentiste. Anne a dû ralentir en pestant :

« Putains de bagnoles anglaises ! Tout pour la frime, rien dans le ventre !

— Elles ne sont pas spécialement conçues pour le tout terrain en forêt.

— Mais pour le fog, si ? »

Le vent avait maintenant poussé sur notre route un nuage de fumée toxique qui s'insinuait par les fenêtres, nous prenait à la gorge et nous couvrait de suie. Crachant nos poumons, nous nous sommes hâtés de remonter les vitres. Anne était penchée sur le volant, plissant les yeux pour apercevoir le sentier à travers la purée de pois qui bouchait la vue à trois mètres à peine. Pendant un quart d'heure, nous n'avons pas échangé une parole. Tous deux nous savions que le feu nous suivait à quelques minutes, et que si nous ne quittions pas cette partie des bois en vitesse il nous rattraperait aisément.

Ses vapeurs nocives étaient omniprésentes, attaquaient la peau, les yeux, le nez, d'autant que la capote de la MG n'était pas étanche et les laissait s'infiltrer dans l'habitacle. Anne était livide. Les mâchoires serrées, elle luttait pour ne pas céder à la panique, conduisant aussi vite que les nids-de-poule et les diverses embûches du sentier le lui permettaient. Au moment où nous apercevions l'embranchement vers la route par un trou dans la fumée oppressante, un ronflement sourd s'est élevé derrière nous, comme le bruit d'une éruption volcanique. Je me suis retourné pour découvrir le chemin que nous venions d'emprunter envahi par les flammes, qui coupaient maintenant à travers les arbres et avançaient vers nous à la même vitesse que la nôtre.

« Mon Dieu ! » a crié Anne alors que la haute cime d'un pin, brisée en deux par le feu, tanguait au-dessus de la route, menaçant de s'abattre devant nous.

La ramure enflammée piquait déjà dans notre direction lorsqu'une masse d'eau sous pression a jailli, explosant contre le pare-brise et nous aveuglant d'un coup. Quelques secondes plus tard, y voyant à nouveau, nous avons compris que nous avions rejoint l'axe principal et qu'une brigade de pompiers venait de nous épargner de mourir brûlés vifs.

Deux d'entre eux sont arrivés en courant et nous ont fait sortir de la voiture, qu'Anne avait arrêtée au bord de la chaussée.

« Pas de casse, vous autres ? »

J'avais les poumons assez irrités, moins cependant qu'Anne qui suffoquait maintenant, prise d'une toux irrépressible. Un des pompiers lui a aussitôt plaqué un masque à oxygène sur le visage. J'ai saisi mon appareil photo et j'ai couru à elle.

« Ça va ? »

Elle a fait oui de la tête puis elle a écarté le masque pour parler :

« Allez, va bosser.

— Un peu, oui !

— Et il me faut de la couleur aussi, en plus du noir et blanc ! »

Je me suis penché et je l'ai embrassée.

« On va te conduire à l'hôpital dès que...

— Je ne vais pas à l'hôpital ! Je vais direct au canard à la minute où tu auras des photos.

— Hé, remettez ce masque, d'accord ? » est intervenu un des pompiers. Loin d'obéir, elle sortait déjà son portable de sa veste. « Vous avez besoin d'oxygène. Remettez le masque. Tout de suite !

— Je dois d'abord appeler mon journal. Gary, vas-y. »

Sans plus tarder, j'ai attaqué mes premières prises : deux soldats du feu perdant le contrôle d'une lance à

411

incendie cabrée. Du coin de l'œil, j'ai vu un chef de groupe gesticuler et crier à ses hommes :

« C'est qui, ce mec avec l'appareil photo ?

— Un photographe du *Montanan* ! a hurlé Anne en retour. Laissez-le faire son travail !

— Le masque, je vous ai dit, le masque ! »

J'ai commencé à remonter la route en courant. Un jeune pompier, la figure maculée de suie, se tenait appuyé contre un camion, épuisé, sous le choc. J'ai pris cinq clichés de lui avant de passer à un groupe de ses collègues dont les silhouettes se découpaient sur les arbres calcinés. Au-dessus de nos têtes, c'était un ballet de petits hydravions qui venaient déverser de l'eau sur le brasier puis repartaient se réapprovisionner au lac. Au téléobjectif, j'ai obtenu une image très forte : un des pilotes dans son cockpit, surveillant d'un œil impassible le panache d'eau qui sortait de ses soutes, avec l'expression nonchalante d'un pro pour lequel la lutte contre cet incendie titanesque n'était rien de plus qu'un contrat à remplir.

Me rapprochant encore du front, je suis passé au Fujicolor. J'ai fait un gros plan fantastique d'un pompier chevronné, la peau du visage aussi craquelée que du ciment pétrifié, fixant de grands yeux incrédules sur le mur de flammes qui avançait vers lui. En moins d'une demi-heure, j'avais neuf rouleaux en boîte. La chaleur était tellement intense que je suais à grosses gouttes. Trois hydravions bombardaient maintenant la zone, épaulés par quatre camions-pompes qui crachaient follement leurs stocks d'eau sous pression. J'étais entièrement pris par mon travail, électrisé. C'était apocalyptique, je venais d'échapper à l'immolation avec Anne, mais je ne ressentais que l'excitation du danger, la griserie d'être « sous le feu », enfin. Je comprenais désormais pourquoi les correspondants de guerre courent vers la bataille, l'attraction irrésistible qu'exerce la proximité de la mort. Cette sensation que le risque, vu à travers un viseur, perd de sa terrifiante réalité. Que l'objectif devient une sorte de bouclier, que derrière lui rien de grave ne peut arriver. Qu'il est un immunisant imparable face au péril.

En tout cas, c'est ce que j'ai ressenti pendant que j'allais et venais, mitraillant sans arrêt, indifférent aux flammes qui se refermaient autour de cette route perdue comme le cerceau enflammé au travers duquel plongent les acrobates de cirque.

« Hé, vous, le photographe ! »

J'ai pivoté sur mes talons pour me retrouver nez à nez avec le commandant des opérations.

« Vous n'avez plus rien à faire ici.

— Encore dix minutes et je dégage.

— Non, vous dégagez tout de... »

Une gerbe de feu soudain jaillie des arbres l'a empêché de terminer sa phrase. À trois mètres de nous, elle a pris dans son piège un pompier qui n'avait pas eu le temps de battre en retraite. Trois de ses camarades se sont jetés à son secours. J'ai fait la mise au point sur cette torche vivante, gardant le déclencheur enfoncé tandis qu'elle chancelait et tournait sur elle-même, entourée par les autres pompiers qui essayaient par tous les moyens d'éteindre sa combinaison et sa chevelure enflammées. Quand ils y sont parvenus, finalement, le malheureux a basculé en avant et s'est affaissé sur le sol, où il est demeuré sans bouger, raide. J'ai photographié sa chute, puis le massage cardiaque que le commandant éperdu tentait de lui administrer, puis le moment où celui-ci a constaté que le pouls ne battait plus. Mon dernier plan a été celui du commandant, agenouillé à terre près du cadavre, prenant sa tête dans ses mains en un geste d'accablement infini.

« Oh non... » C'était Anne, arrivée derrière moi sans que je l'aie remarquée. Elle avait les yeux agrandis par l'horreur. « Est-ce qu'il est... ? »

J'ai fait signe que oui.

Ses lèvres contre mon oreille, elle a chuchoté :

« Tu as pu tout avoir ?

— Ouais. Comment vont tes poumons ?

— Ils fonctionnent encore. »

Un responsable est venu vers nous.

« Bon, il faut que vous partiez, maintenant. J'ai dit maintenant ! »

Nous avons rejoint la route 200 en direction de Mountain Falls à tombeau ouvert. À un moment, je me suis garé sur une hauteur et je suis sorti prendre un rouleau entier de vues en altitude de la vallée ravagée par le feu en contrebas. Les flammes étaient encore si agressives qu'elles semblaient menacer les hydravions qui piquaient sur elles. Sur le canyon jadis verdoyant, un immense nuage de fumée planait, menaçant.

Anne est venue près de moi pendant que je terminais la pellicule. Elle est restée là, contemplant le désastre.

« Je pense que je peux dire adieu à ma cabane.

— On ne sait jamais. Le feu ne s'est pas approché du lac, en fin de compte.

— Et même si elle est toujours là, qui aurait envie d'aller passer un week-end au milieu d'une forêt transformée en charbon de bois ? »

Son portable a sonné, et elle s'est lancée dans un échange d'une rapidité vertigineuse.

« Ouais... Exact... Couleur et noir et blanc, oui... Un mort, pour l'instant... Il l'a eu, oui... D'accord, on est là dans une heure... Pas plus tard, d'accord. » Puis, se tournant vers moi : « C'était le boss. Qu'on ait failli cramer sur place, il trouve ça fabuleux... et surtout que tu aies eu la bonne idée d'avoir un appareil avec toi. Il réserve la une, alors il faut qu'on se grouille. »

Elle a pris le volant et nous a menés à un train d'enfer.

« Tu as combien de pelloches, en tout ?

— Sept en noir et blanc, quatre en couleurs.

— Extra. On va certainement faire la une en noir et blanc et monter une double couleurs en cahier central. Celles-là, à mon avis, il va y avoir une grosse demande dessus !

— Une grosse demande de qui ?

— Mais *Time, Newsweek, USA Today*... Peut-être même le *National Geographic*. Ce sera au plus offrant.

— Et qui va les négocier, exactement ?

— Moi. En tant que chef du service photo du journal, c'est mon rôle.

— Ah bon ? J'ignorais que j'avais cédé mes droits dérivés au *Montanan*. »

Elle a levé les yeux au ciel.

« Et c'est toi qui parles de romantisme !

— Autant que toi, miss Marketing.

— OK, OK, mettons tout de suite les choses au point. Pour la première publication chez nous, combien ?

— Deux mille.

— Va te faire.

— Hé, j'ai failli griller pour vous avoir le scoop photo de l'année ! Ça mérite que vous soyez un peu généreux, non ?

— Oui, et toi un peu plus réaliste. C'est un canard local, je te rappelle ! Même la moitié, on n'aurait pas les reins assez solides pour te les payer.

— Dans ce cas, il va falloir que j'aille les vendre ailleurs.

— Pfff... Bon, quinze cents. Et fifty-fifty sur les ventes à venir.

— Cinquante-cinq/quarante-cinq.

— Je te hais. »

Je me suis penché et je l'ai embrassée dans les cheveux.

« Et moi, je t'aime. »

Elle a pivoté d'un coup pour me lancer un regard stupéfait.

« N'oublie pas de regarder la route. Ça peut servir. »

Elle s'est ressaisie, braquant à nouveau ses yeux sur le pare-brise.

« Ce que tu viens de dire, ça ne faisait pas partie de ta tactique de négociation, ou si ?

— Oh, si vous n'existiez pas, très chère, il faudrait vous inventer ! »

Elle a hésité un instant.

« Eh bien... je crois que je n'ai pas le choix. J'accepte tes conditions. »

Nous sommes arrivés au journal en quarante minutes. Jane, l'assistante d'Anne, nous attendait à la réception en faisant les cent pas. Quand elle a découvert l'état de nos habits et nos visages noircis, elle en est restée bouche bée.

« Putain, mais regardez-moi ça ! C'était un feu sérieux, hein ?

— Je te mets un A plus pour ta capacité de déduction, chérie. Et maintenant, cours apporter les photos de Gary au labo. Il me faut les planches-contacts dans une heure, maxi. »

Un homme entre deux âges, vêtu d'un costume en tweed, d'une chemise bleue et d'une cravate en tricot, se dirigeait vers nous d'un pas pressé.

« Anne, grand Dieu ! Vous devriez être à l'hôpital !

— Juste un peu de cendres de sapin, Stu...

— Vous êtes Gary Summers, c'est cela ? m'a-t-il dit en me tendant la main. Stuart Simmons.

— Le chef, a précisé Anne.

— Vous avez pu bien vous en tirer, tous les deux ?

— Il faudrait qu'un toubib l'examine, elle.

— Mais non, je vais bien, a-t-elle protesté.

— Avaler de la fumée, ce n'est jamais bien.

— Je ne vais nulle part tant que ces photos ne tourneront pas sur les presses ! »

Simmons a fait signe à la standardiste.

« Ellie, appelez le Dr Braun chez lui, voulez-vous ? Demandez-lui de venir à la rédaction tout de suite. » Anne a poussé un grognement irrité. « Non, ne protestez pas, Anne. De toute façon, je ne vous laisserai pas partir tant que la maquette ne sera pas prête. J'ai demandé un papier de synthèse pour accompagner les photos.

— Vous avez un journaliste sur place, aussi ?

— Oui, Gene Platt est parti là-bas.

— Oh non ! Pas ce vieux ringard !

— Anne... Ce n'est pas votre affaire. D'ailleurs, il doit seulement rapporter un peu de couleur. C'est le secrétariat de rédaction qui remettra tout en forme.

— Et pour le suivi photo demain, vous avez prévu quelque chose ? a interrogé Anne. Parce que d'ici à notre première édition ils ne pourront jamais venir à bout de cet incendie, c'est certain.

— Gary, vous vous sentez d'y retourner ? m'a demandé Simmons. Couvrir les opérations de la nuit, ça vous irait ?

— J'aurais bien aimé rester le temps que les tirages soient prêts...

— Laissez Anne se charger de ça. Pour le choix des photos, personne ne fera mieux qu'elle. C'est la meilleure.

— Ça, c'est bien vrai ! » a-t-elle lancé en me regardant bien en face.

Son chef ne pouvait que remarquer ce que sa mimique et son intonation avaient de complice, de séducteur, mais il a fait comme s'il n'avait rien vu. Il devait pourtant être déjà au courant de ce qui se passait entre Anne et moi : les petites villes...

« Alors, prêt pour une autre mission sur le front ? »

En utilisant cette imagerie guerrière, il avait touché un point sensible. J'ai dit oui.

Ellie, la standardiste, l'a interrompu alors qu'il commençait à me féliciter.

« Monsieur Simmons ? J'ai Gene Platt en ligne. Un autre pompier a été tué, d'après ce qu'il dit.

— Oh, ça devient vraiment une grosse histoire, a murmuré par-devers lui le patron de presse. Euh, Gary, vous allez faire très attention à vous, promis ? Et puis passez me voir demain, quand vous pourrez. J'aimerais qu'on parle de quelque chose de permanent pour vous... À propos, les "Visages du Montana", c'est excellent. »

Sans me laisser le temps de répondre, il est parti à grands pas vers la salle de rédaction.

« Hé, hé, il te propose d'intégrer...

— Si cela signifie que je devrais travailler sous tes ordres, c'est non.

— Trop charmant.

— Fais-moi le plaisir de voir ce docteur.

— Fais-moi le plaisir de rester entier, là-bas. »

Elle se rapprochait de moi pour m'embrasser quand elle s'est rappelée la présence de la standardiste, qui n'avait pas les yeux dans sa poche.

« Tu veux toujours moitié couleurs, moitié noir et blanc, en gros ?

— Absolument. Et n'oublie pas que l'actu va bien pour nous, mais qu'ailleurs ils vont vouloir acheter du spectaculaire, pas seulement de l'info. » Elle m'a donné son portable, afin que nous puissions rester en contact, et m'a effleuré le bras. « Fais gaffe à toi. »

Une heure plus tard, je freinais sur la hauteur depuis laquelle j'avais pris des vues générales de la catastrophe. La chance était avec moi : le soleil couchant donnait au canyon enfumé une lueur d'apocalypse. J'ai travaillé une trentaine de minutes avant de rejoindre « le front ». L'incendie était encore loin d'être maîtrisé. Sur la route forestière, le cirque médiatique battait déjà son plein : quatre équipes télé, deux ou trois reporters radio, une dizaine de journaleux représentant la presse du Montana... et Rudy Warren. Je suis allé à lui.

« Qu'est-ce que tu fous là, toi ?

— Tu crois pas qu'j'allais manquer ça, non ? C'est *l'*événement des dix dernières années à l'ouest des Rocheuses. Et il se trouve que Simmons m'a bigophoné juste après t'avoir renvoyé ici : je lui dois un papier de mille mots pour ce soir huit heures.

— Je croyais que c'était un certain Platt et les gars de la rédaction qui couvraient ?

— Ouais. Ils font le factuel. Mais Simmons veut aussi un type de talent sur le terrain, une vraie plume.

— Et où il est, ce type ? Oh, pardon, c'est toi ?

— Pas de doute, t'es très futé... pour un photographe. »

Sur cette pique, il s'est fondu parmi les journalistes et les pompiers qui couraient en tous sens. Pendant plus d'une heure, je n'ai pas eu l'occasion de lui reparler. De temps à autre, cependant, je l'apercevais du coin de l'œil, en train d'évaluer silencieusement l'efficacité du dispositif de lutte contre le feu, d'observer avec attention les hommes se battre avec les lances à eau rétives et se protéger mutuellement des soudaines incursions que tentaient les flammes. Il lui arrivait de tirer un petit calepin de sa poche le temps de griffonner quelques notes, mais pour l'essentiel il se contentait de regarder.

En le voyant travailler, j'ai mieux saisi ce qui differencie fondamentalement la démarche des journalistes de celle des photographes : les premiers opèrent comme des prédateurs, ils fourragent et ratissent un événement à la recherche de détails qui, une fois ordonnés, pourront donner l'atmosphère de la scène, la « vue générale » ; les seconds, eux, sont sans cesse à l'affût de l'image forte, de *la* photo capable de résumer toute l'histoire. Pour un reporter de la presse écrite – un bon, s'entend –, un équilibre subtil doit cependant être trouvé : son art est de tirer un récit captivant d'une série d'observations fragmentaires sans lesquelles son papier paraîtra froid, quelconque ; mais s'il ne sait pas y ajouter un vrai recul, une force de synthèse, il laissera au lecteur la désagréable impression qu'il n'a pas su appréhender l'événement lui-même dans toute sa dimension, dans tout ce qu'il implique au-delà des faits bruts.

Rudy Warren était sans doute un des plus grands poivrots du Montana, mais cela ne l'empêchait pas de pratiquer avec maestria ce dosage entre détails et thématique sous-jacente lorsqu'il s'attelait à un article. Il m'en a donné une preuve sidérante quand il est venu vers moi alors que j'étais en train de photographier une équipe médicale s'activant autour d'un pompier sérieusement intoxiqué par la fumée.

« J't'emprunte ton portable, d'ac ? »

Il n'était pas sur les lieux depuis beaucoup plus d'une heure. Debout à côté de moi, il a appelé le journal, il a demandé une sténo et il s'est mis à dicter son papier, jusqu'à la dernière ligne. Il n'avait rien écrit, s'interrompant seulement deux ou trois fois pour consulter ses notes, et pourtant c'était un chef-d'œuvre d'improvisation dont je n'ai pas perdu un mot, ébahi par sa capacité de mémorisation et par son aisance à trouver les images les plus parlantes :

« Après trois heures de lutte dans un enfer de scories et de fumées toxiques, le combattant du feu Chuck Manning est assis contre la roue du camion numéro deux, épuisé, ne demandant rien de plus qu'une bière glacée et une cigarette. La bière, il faudra s'en passer pour l'instant. De l'une des poches de son uniforme noir de suie, il extrait une Marlboro. Hébété, il lui faut un moment pour se rendre compte qu'il n'a pas d'allumettes ni de briquet. Soudain, à moins de trois mètres de lui, une vague de flammes déferle, réduisant en cendres un autre arpent de la plus grande réserve forestière du Montana. Le brigadier fixe des yeux incrédules sur cette furie dévastatrice. Sa cigarette reste entre ses doigts las, éteinte... »

Il a fini de dicter et m'a rendu le portable.

« Maintenant, j'ai soif.

— Impressionnant, Rudy. »

Un sourire, qui a révélé son dentier surmené.

« Ouais, assez. » Puis, s'arrangeant pour bloquer un responsable qui passait par là : « Hé, sergent, z'avez la situation en main, maintenant ?

— À peu près. La bonne nouvelle, c'est que les dégâts ont pu être limités à une vingtaine d'hectares de forêt. Ç'aurait pu être bien pire !

— Déjà une idée de ce qui a pu causer l'incendie ?

— Sans doute un débile de touriste qui a jeté sa clope par la fenêtre.

— J'parie qu'c'était un Californien », a grommelé Rudy dans sa barbe.

Moi aussi, j'avais une question : est-ce que tous les chalets près du lac avaient brûlé ?

« C'est à peine croyable, mais figurez-vous que le feu a contourné toute la rive. Aucune construction n'a été touchée.

— Anne va être contente d'apprendre que sa cabane s'en est tirée, a constaté Rudy.

« — Mais d'où tu savais qu'elle en a une par là-bas ? »

Il a pris un air excédé.

« Tu piges toujours pas comment ça fonctionne, à Mountain Falls ? »

Le portable a sonné. C'était Anne.

« Comment vont tes poumons ? lui ai-je demandé tout de suite.

— Au poil, d'après ce vieux fou de toubib. Et toi, toujours en vie ?

— Ouais. Et ta cabane aussi.

— Impossible.

— Si. Là-haut, il y a quelqu'un qui doit bien t'aimer.

— Sur terre, il y a quelqu'un qui t'aime bien, aussi ! Tes photos sont géniales. Et depuis qu'on les a fait passer sur le fil d'AP, c'est le...

— Depuis que vous avez fait QUOI ?

— Eh bien, dès qu'ils ont appris l'incendie, ces messieurs d'Associated Press nous sont tombés dessus en nous demandant si nous avions de l'image là-dessus. "Un peu, oui !", je leur ai dit. Je leur ai repassé tes dix meilleurs clichés, ils les ont balancés sur le fil. Tout le monde se les arrache. » J'étais scié. Et tellement inquiet, d'un coup, que je n'ai pu qu'émettre un vague « ah bon... ». « Tu n'as pas l'air enchanté, dis donc !

— Non, surpris, c'est tout.

— Tu ne devrais pas. C'est du très, très bon matos. Tu en as d'autres pour moi ?

— Euh, oui.

— Bon, alors reviens ici vite fait... Je te paierai peut-être même une bière. »

Elle a raccroché. Ma soudaine nervosité n'avait pas échappé à Rudy, ce fouineur patenté. Sans aller plus loin, il a remarqué :

« Tu as l'air du type qui ne s'habituera jamais à avoir du succès. »

J'ai fait la route du retour derrière sa vieille Bronco. En ville, il s'est garé devant chez Eddie et s'est rué à l'intérieur du bar, en manque. Moi, j'ai continué jusqu'au siège du journal. À peine entré dans la salle de rédaction, j'ai vu Anne courir vers moi en brandissant un exemplaire de la première édition, qui venait de sortir des presses et sentait encore l'encre. La une était barrée d'un gros titre : « Le feu ravage la forêt et tue deux fois ».

En dessous, occupant cinq des huit colonnes, j'ai découvert ma photo de l'officier agenouillé devant le corps d'un de ses hommes, le visage enfoui dans ses mains. J'en avais encore cinq à l'intérieur, dans la rubrique des infos locales. Et il y avait la double « spéciale », dix clichés couleurs qui prenaient pour thème principal l'héroïsme des soldats du feu.

Stu Simmons est venu se joindre à nous.

« Du très beau boulot, Gary.

— Je vous l'avais dit, que c'était une perle rare ! a triomphé Anne en me décochant un discret coup de coude. Hé, il faut que le labo s'occupe des nouveaux rouleaux. Jane ! » Son assistante était assise devant un ordinateur, à quelques mètres de nous, tellement fascinée par l'écran qu'elle n'a pas entendu. « Jane ! Ça suffit, avec ton Nintendo ! On bosse, nous ! »

La jeune fille s'est enfin décidée à lever la tête.

« Gary ? Faut que vous veniez voir ça. C'est assez... incroyable ! »

Nous nous sommes placé tous les trois face au moniteur. Connectée sur Internet, elle était en train d'appeler les unes des principaux titres du pays. Les premières éditions du *New York Times*, du *Washington Post*, du *Los Angeles Times*, du *Chicago Tribune*, du *Miami Herald* et de *USA Today* se sont affichées tour à tour sous nos yeux. Elles étaient toutes illustrées de la photo du pompier mort et de son supérieur effondré. Toutes portaient le crédit photographique Gary Summers/*The Montanan*. D'une voix tranquille, Jane a lancé :

« On dirait que vous êtes célèbre, maintenant. »

# HUIT

Saleté de photo. Tout le monde l'a reprise. D'après Jane, qui avait reçu pour mission de contrôler les parutions, quarante journaux américains l'ont utilisée. À l'étranger, elle est passée dans le *Guardian*, le *Daily Telegraph*, le *Scotsman*, *Libération*, le *Corriere della Sera*, le *Frankfurter Allgemeine*, *El Mundo*, *Al Ahram*, le *Times of India*, le *South China Morning Post*, l'*Australian*, le *Sydney Morning Herald*, ainsi que dans une bonne vingtaine de canards aux Philippines, en Malaisie, au Mexique, au Brésil, en Argentine, au Paraguay, au Chili, dans divers coins de Scandinavie, au Japon et en Papouasie-Nouvelle-Guinée.

Ouais. En Papouasie-Nouvelle-Guinée.

« Vous vous rendez compte, on vous connaît à Port Moresby ! » a plaisanté Jane quand elle m'a téléphoné pour me réciter la liste toujours plus longue des ventes à l'étranger.

Les télés sont elles aussi entrées dans la danse. Le lendemain de l'incendie, Anne m'a tiré du lit pour attraper les infos du matin sur NBC, où Bryant Gumbel et Katie Couric étaient en train de commenter le fameux cliché.

« On dit qu'une bonne photo vaut mille discours, a démarré la présentatrice d'un ton emphatique tandis que mon image apparaissait derrière elle. Eh bien, celle-ci en vaut un million. »

Bryant a enchaîné :

« Elle a été prise par un photographe du Montana, Gary Summers, au cours de l'incendie qui a failli détruire hier la principale réserve forestière de cet État, et c'est un terrible témoignage sur la tragédie humaine que peut être une catastrophe écologique. Deux pompiers ont perdu la vie en luttant pour sauver la forêt. Vous voyez ici l'un d'eux, Mike McAllister, originaire de Lincoln dans le Montana. Il avait rejoint les services anti-incendie il y a seulement trois mois. Agenouillé à son côté, son capitaine, Don Pullman. Son deuil, nous le partageons tous aujourd'hui, il est le nôtre, et ce matin nous rendons hommage à l'héroïsme de Mike McAllister et de tous nos soldats du feu à travers le pays. »

Après avoir échangé un regard contrit et poussé de concert un profond soupir (du genre « retenez-moi ou je fonds en larmes »), Bryant et Katie ont retrouvé tout leur bagou pour passer au thème suivant, en l'occurrence le collègue que Claudia Schiffer venait de se choisir pour ses défilés : un chimpanzé répondant au doux nom de Buttons.

« Les salauds de faux culs ! ai-je braillé à la face de l'écran tandis qu'Anne zappait à la recherche d'autres retombées médiatiques.

— Oh, ne te plains pas ! C'est de la publicité gratuite, et qui marche. On ne va plus parler que de toi. »

C'est justement ce qui me tracassait. D'autant que Beth ne ratait presque jamais ce fichu programme de NBC. Je ne m'en souvenais que trop bien.

« Rien qu'une photo. Pas de quoi en faire tout ce foin.

— Tu te rappelles celle d'une des victimes de l'attentat au World Trade Center, la figure noire de fumée, le regard halluciné ? Ça aussi, c'était "rien qu'une photo", mais elle a frappé tout le monde. Et tu sais pourquoi ? Parce qu'elle condensait en une seule image, une image incontestable, toute l'absurdité monstrueuse de ce drame. C'est ça, le sommet du photo-journalisme : savoir restituer la dimension humaine dans ce qu'il y a de plus atroce. Exactement ce que tu as réussi dans cette photo. Et voilà pourquoi ils se l'arrachent tous.

Anne n'avait que trop raison : le lundi soir, ce maudit cliché a encore inspiré des commentaires solennels à Peter Jennings de « World News Tonight » sur ABC et à Tom Brokaw lors des « Nightly News » de NBC. Ce dernier en a fait tout un foin – émotion d'autant plus compréhensible quand on sait qu'il possède un vaste ranch dans la région –, y allant de son couplet sur le thème : « À l'époque où la conception même de service public est si décriée, l'émouvante photographie de Gary Summers est un tribut rendu à tous ceux qui nous aident à protéger notre habitat naturel. »

Tom Brokaw aussi, Beth le manquait rarement…

Ce jour-là, j'avais préféré rester terré chez Anne, déclinant son offre de la rejoindre à la rédaction pour l'aider à préparer tout le suivi de l'événement dans le numéro du mardi, avec une nouvelle double constituée par mes photos de la soirée.

« Je fais confiance à ton choix, lui avais-je assuré.

— Ça me va… Dis, tout ce raffut, c'est un peu trop pour toi, non ?

— Je suis crevé, simplement. Ça a été une rude journée, hier.

— Tu sais ce qu'il te faut ? Plein de vin, un bon plat de pasta et une orgie de sexe.

— Dans cet ordre-là ?

— On verra quand je reviens. »

Lorsqu'elle est rentrée à neuf heures, elle était munie de la première édition du lendemain et de deux bouteilles de champagne.

En pages centrales, il y avait encore six de mes photos, flanquées d'un nouveau papier de Rudy Warren : un bilan du drame, intitulé « Paysage après la bataille », très beau.

« Ça m'a l'air parfait, tout ça. Et le soda français, là, c'est pour quoi ?

— Pour fêter une grande nouvelle, m'a-t-elle annoncé en faisant sauter le bouchon de la première bouteille de Mumm et en attrapant deux verres. J'ai failli t'en parler au téléphone, mais je n'avais pas encore fini de négocier avec New York.

— New York ? Qui, à New York ?

— *Time.* » J'ai eu du mal à avaler ma salive. « Ils avaient vu tes photos sur le fil d'AP. Quand ils ont découvert qu'il nous restait encore cinquante de tes diapos en exclusivité, ils m'ont demandé de les leur envoyer par e-mail. » Elle a marqué une pause, ménageant ses effets. « À sept heures, le chef du service photo m'a rappelée. Enthousiaste. "Qui est ce type, et pourquoi vous l'avez gardé rien que pour vous ?" Je cite mot pour mot. Et puis il m'annonce qu'ils veulent faire un sujet couleurs, avec un texte de Lance Morrow. Tu le connais, évidemment ? Un de leurs poulains littéraires les plus cotés. Vachement intello, le mec. Je m'attends à des notations inspirées sur la cruauté primale du feu et la perte de substance symbolique du Vieil Ouest... Mais bon, le fait qu'ils lui aient demandé un papier, à lui, prouve l'importance qu'ils accordent à cette histoire. Et ils sont prêts à mettre le prix. Après pas mal de discussions, je leur ai fait cracher trente mille. »

Le sol se dérobait sous moi.

« Trente mille dollars ?

— Ben oui ! Tu touches soixante-cinq pour cent là-dessus. Ajoutés aux autres ventes, ça va te faire dans les vingt-sept mille, d'après mes calculs. Pas mal, pour quelques heures de boulot !

— Plutôt, oui, suis-je convenu, sans trop savoir quoi dire.

— Sans oublier que les propositions de job vont te dégringoler dessus, maintenant. Dans la profession, un sujet dans *Time*, c'est pas n'importe quoi ! » Elle a pris son verre et l'a fait tinter contre le mien. « Jane a raison, tu vas devenir célèbre... »

Comme je me contentais de siroter le champagne, sans souffler mot, elle m'a pris la main.

« Allez, dis-moi.

— Il n'y a rien à dire...

— Alors, explique-moi pourquoi tu n'es pas content de tout ça.

— Tout quoi ?

— Tout ce succès. En vingt-quatre heures, tu es parvenu à ce que tu avais renoncé à espérer depuis des années. Tu as percé, d'un coup. Tu es "arrivé". Tu n'as même pas besoin du poste que Simmons t'offre à la rédaction, puisque toute la crème de la presse américaine va se bousculer pour t'avoir. Et si tu joues bien, dans peu de temps tu auras oublié Judy Wilmer et sa galerie pour un des deux ou trois agents new-yorkais qui font la pluie et le beau temps. Mais tout ça, évidemment, c'est si tu le VEUX. Or, ce qui me scie, là, maintenant, c'est que tu n'as absolument PAS l'air de le vouloir. La raison, je n'en ai pas la moindre idée, mais on dirait que la seule pensée d'avoir réussi te flanque la trouille.

— C'est simplement… Le temps que je m'y fasse, quoi.

— Eh bien, fais-y-toi vite. Autrement, tu auras été célèbre dix minutes dans ta vie. Point final. »

Les quelques jours qui ont suivi m'ont permis de mesurer la force redoutable de l'un des plus puissants truismes à l'œuvre dans la société américaine : une fois que vous êtes lancé, tout le monde vous veut. Dans notre culture, l'image de celui qui lutte pour arriver est intrinsèquement négative. D'emblée, on le catalogue comme un rien du tout, un raté s'exténuant à convaincre éditeurs, patrons de presse, producteurs, directeurs de galerie, agents et imprésarios qu'il aurait son mot à dire, si seulement on lui donnait la chance de s'exprimer. Mais personne n'a la moindre envie de lui accorder cette chance, pour une raison bien simple : à quoi bon aider un minable à émerger de son anonymat mérité ? Quand bien même on lui reconnaîtrait un certain talent, la réaction habituelle est la peur : peur de faire confiance à son propre jugement, peur de se compromettre aux côtés d'une quantité négligeable.

Dans ce système, donc, le type inconnu est voué à rester inconnu. À moins qu'un hasard aveugle n'intervienne, ne lui ouvre la bonne porte au moment voulu. Alors, les projecteurs s'allument, il brille des mille feux de la réussite. Soudain, il est la coqueluche du jour, l'oiseau rare, le « talent exceptionnel » que tous reconnaissent. Désormais, on le rappelle au téléphone, quand il daigne laisser des messages ; plus encore, on le bombarde de coups de fil ! Tout cela parce qu'il a été touché par la grâce du succès.

Cette semaine-là, Gary Summers a connu ce miracle. Il est devenu l'un des heureux élus. C'est arrivé le jour où le nouveau numéro de *Time* est sorti dans les kiosques. La veille, Anne en avait reçu un exemplaire par Federal Express. À contrecœur, j'avais accepté de me joindre au pot qui avait été organisé dans le bureau de Stu Simmons pour fêter pareil événement. J'ai déployé des efforts surhumains pour paraître souriant, pour encaisser les grandes claques dans le dos et les formules de félicitations. J'ai contemplé le crédit photo imprimé en gros sous le titre qui barrait spectaculairement la première page du sujet (« Dans l'enfer du feu ») et j'ai sincèrement désiré me sentir stimulé, transporté par ce « coup » professionnel assez unique dans la presse. Mais je n'arrivais pas à cesser de me répéter que tout le monde allait voir ces photos, et donc mon nom, et que pour moi c'était le début de la fin.

Ce soir-là, nous avons trop bu, Anne et moi. Après avoir traversé en zigzaguant le pont jusqu'à mon appartement, nous avons sombré dans le lit. Jusqu'à dix heures le lendemain matin, jusqu'à ce que le téléphone se mette à sonner, une fois, deux fois, sans arrêt. J'ai laissé le répondeur se charger des appels.

Le premier était de Judy Wilmers, dans un état d'euphorie mercantile proche de l'hystérie : « Qu'est-ce que je peux dire ? Non, mais qu'est-ce que je peux dire ? Je viens de le voir. C'est fort. Vous êtes un génie. Et ce que ça va faire pour notre expo, je... ça me coupe le souffle. Je saute dans le premier avion pour New York ! Je vous garantis d'avoir décroché un contrat d'édition dans les dix jours qui viennent ! Et ce n'est qu'un début ! Rappelez-moi, grand homme. Rappelez-moi ! »

J'ai tiré la couette par-dessus ma tête. Anne s'est mise à me chatouiller et à répéter, en imitant la voix de Judy avec un réalisme effrayant : « Vous êtes un génie, vous êtes un génie, vous êtes un génie... » Moi, j'ai marmonné : « Quand on vient de cette putain de Californie, tout le monde est un putain de génie ! »

L'appel suivant provenait d'un certain Morgan Grey, de chez Grey-Murcham Associates. Au début, le nom ne m'a rien dit de particulier, puis je me suis rappelé que c'était l'agent new-yorkais auquel Gary avait envoyé plusieurs lettres.

« Gary, Morgan Grey à l'appareil. Pas facile de vous trouver, dites ! À *Time*, ils m'ont conseillé de téléphoner au *Montanan*. C'est Jane, au service photo, qui m'a donné votre numéro personnel… »

« L'enfoirée ! ai-je crié en direction du répondeur.

— Attends ! » m'a ordonné Anne.

« En tout cas, ça fait un moment qu'on ne s'était pas parlé, hein ? Je voulais simplement vous féliciter pour votre superbe parution d'aujourd'hui. J'ai toujours su que vous finiriez par réussir, même si malheureusement il ne nous a pas été donné de travailler ensemble. Enfin, si vous recherchez toujours un agent, je voulais vous dire que nous serions heureux et honorés de vous compter parmi nos clients. Vous pouvez me rappeler au… »

« Le con ! "J'ai toujours su que vous finiriez par réussir." Il y a encore un an, il n'aurait pas levé le petit doigt pour moi !

— Eh oui, Gary, c'est comme ça. »

Dix minutes plus tard, nouvelle sonnerie : Jules Rossen, du magazine *Destinations*.

« Gary ! Bonjour ! Je viens juste d'avoir votre numéro ! Par une fille du *Montanan*, Jane quelque chose… »

« Celle-là, je vais l'étrangler !

— Non, a répliqué Anne, ça me revient à moi. »

« … vos photos dans *Time*. Je trouve ça très fort, hyper-spectaculaire, et ultra-"composé" aussi, surtout quand on imagine dans quelle tension vous avez dû travailler. *Hombre,* il faut qu'on bosse ensemble ! On vous veut dans notre équipe, c'est clair et net ! En plus, comme vous devez le savoir, le quiproquo de l'autre fois n'était absolument pas de mon fait. Enfin, le passé, c'est du passé ! Maintenant, il faut qu'on parle ! Alors rappelez-moi sans faute au... »

« Encore un salaud qui m'a roulé dans la farine.

— Ils vont tous refaire surface, maintenant, tu vas voir... »

Anne est partie au journal. Dix minutes plus tard, elle m'a téléphoné pour me rassurer : Jane et les standardistes avaient reçu la consigne de ne plus donner mon numéro personnel. Réfugié dans mon labo, j'ai essayé de m'absorber dans quelques travaux de développement, mais le téléphone a continué à me harceler. Art Pepys, le chef du service photo de *Time*. Ses homologues du *National Geographic*, de *GQ*, de *Vanity Fair*, de *Condé Nast Traveller*. Trois autres agents de New York que Gary avait jadis contactés sans succès. J'ai appelé la compagnie pour demander qu'on me donne un autre numéro, sur liste rouge, à compter du lendemain.

Il était exclu de rappeler Rossen ou Grey, qui avaient déjà rencontré Gary en chair et en os et qui pourraient se demander pourquoi sa voix avait subi une telle transformation depuis son départ vers l'Ouest. Entrer directement en contact avec les responsables des divers services photo n'était guère plus prudent, car ils avaient très bien pu croiser Gary au temps où il faisait du porte-à-porte à la recherche d'un petit job. De toute évidence, il me fallait un intermédiaire qui jouerait les zones tampons entre le monde et moi. J'ai repris le téléphone.

« Judy ?

— Gary *bello* ! Je me retenais pour ne pas vous rappeler tout de suite, justement. Alors, quel effet ça fait, d'être une star ?

— Il y a du bon et du mauvais.

— Écoutez, Cloris Feldman, vous connaissez ce nom ? Oui, l'agent littéraire de New York, la meilleure,

433

l'incontournable ! Eh bien, vous êtes son nouveau client. Uniquement pour le livre, cela va sans dire. Et sa commission est prélevée sur mon pourcentage, je tiens à vous le préciser tout de suite.

— Dans le cas contraire il y aurait rupture unilatérale du contrat.

— Mais oui, mais oui, mais oui. Toujours est-il que je lui ai expédié par DHL les Ekta de l'exposition. Elle voit déjà au moins cinq éditeurs qui mourraient d'envie d'en faire un beau gros bouquin photo.

— Vous avez un sacré abattage, Judy… Est-ce que ça vous dirait de me représenter aussi pour la presse ? »

En moins d'un millième de seconde, elle avait dit oui. En deux, elle avait fixé sa commission à quinze pour cent. Et elle a accepté avec le même empressement d'enregistrer toutes affaires cessantes une cassette pour mon répondeur, sur laquelle elle indiquerait que tous les appels professionnels concernant M. Gary Summers devaient lui être adressés à son numéro. En un clin d'œil, elle était aussi devenue ma standardiste.

Je lui ai ensuite donné la liste de tous les agents et publications qui avaient déjà essayé de me joindre.

« Pigé, a-t-elle conclu après avoir pris note. Les agents, je leur dis poliment d'aller se faire voir. Les autres, je leur tire les vers du nez pour savoir quel genre de commandes et de tarifs ils envisagent. Et je leur fais nettement comprendre que vous n'êtes pas donné, en tant que photographe. Allez, à plus, génie ! »

En l'espace de cinq jours, Judy avait récolté quatre propositions de travail, dont deux me plaisaient assez : participer au numéro spécial que le *National Geographic* voulait consacrer au Montana et, beaucoup moins sérieux, à la demande de *Vanity Fair*, une série de portraits de grands manitous du show-biz dont le retour à la nature était passé par l'achat de ranchs gigantesques dans ce même État.

« Ils ont déjà le titre du sujet, m'a expliqué Judy : "Hollywood, Montana". Bon, vous voyez donc le style qu'ils attendent : Jane et Ted en jean et bottes de cow-boy, main dans la main, regardant leur maison depuis une colline sous un putain de ciel bleu. Des conneries pour midinettes, mais il faut que vous le preniez, ce job. Le *people*, c'est ce qui marche, de nos jours. Dès que vous aurez la réputation du gars qui réussit aussi bien la célébrissime actrice que le clodo de base, vous pourrez faire le difficile jusqu'à la fin de votre carrière. »

J'ai continué à jouer les fines bouches devant un sujet aussi superficiel, jusqu'à ce qu'elle annonce le tarif proposé : deux mille cinq la journée, pour douze jours de travail qui pouvaient attendre les lendemains du vernissage de l'exposition. Ce qui me donnait le temps d'expédier la commande du *National Geographic*, un court essai visuel sur les routes du Montana.

« Ils veulent confier à six photographes le soin de traiter chacun un aspect particulier de l'État, m'a dit Judy. D'après eux, vous êtes le type des autoroutes, sans hésitation. C'est l'occasion rêvée de parfaire votre image de photographe "plasticien", comme on dit. Il vous suffit de rentrer dans le trip du voyageur solitaire. Restituer le vide infini qu'exprime le ruban de macadam s'étendant à perte de vue sous le soleil couchant, enfin, vous connaissez le blabla !

— Et combien ils proposent ?

— Quatre mille, plus les frais. Pas mal, vu que c'est une commande collective. Qui plus est, ça vous fera un peu quitter Mountain Falls pendant les jours qui précéderont l'ouverture de l'expo. Ce qui, très égoïstement parlant, me convient tout à fait. Que vous soyez ultra-cool ou non, une semaine avant la grande date, vous allez être frappé par la NPV, ça ne fait pas un pli.

— Qu'est-ce que c'est que ça ?

— Névrose du prévernissage.

— Et ça se manifeste comment ? lui ai-je demandé, amusé.

— L'artiste se transforme en emmerdeur chronique. »

Trente-quatre mille dollars en deux jobs. C'était insensé. L'absurdité de cette soudaine popularité me terrifiait et m'hypnotisait à la fois. J'ai accepté les deux propositions.

La veille du jour où je me disposais à partir à la recherche de la route idéale du Montana, un paquet de la poste alternative de Berkeley est arrivé. Au milieu des factures et du fouillis de dépliants publicitaires, il y avait une enveloppe rédigée à la main. J'ai aussitôt reconnu cette écriture élégante et ferme. La lettre que je redoutais de recevoir depuis que j'avais fui à l'ouest était devant moi.

Gary,

Après ta lettre de rupture de décembre dernier, j'avais bien décidé de te rayer définitivement de mes préoccupations. Surtout, ne va pas croire que ton succès dans *Time* et les génuflexions de Bryant Gumbel devant tes œuvres sur NBC m'ont fait changer d'avis à ton sujet. Tu t'es comporté comme un salaud, une ordure. Et ton mot m'est parvenu quand je vivais le pire moment de mon existence.

Ben est mort dans un accident en mer le 7 novembre. Il avait emprunté son voilier à Bill Hartley pour le week-end. Il y a eu un terrible incendie à bord, à cause d'un tuyau de gaz défectueux, de l'avis général. L'explosion a été si affreuse qu'on n'a rien retrouvé de lui.

Pour moi, le choc a été épouvantable, d'autant plus que – comme tu le sais pertinemment – je lui avais fait part quelques jours auparavant de mon intention de divorcer. Même si l'enquête a conclu à une mort accidentelle, je n'arrête pas de penser qu'il s'est peut-être laissé aller au désespoir, sur ce bateau, tout seul, et a résolu de commettre l'irrémédiable. Tous ceux avec qui j'ai parlé juste après sa mort, Bill, Ruth, ou Jack Mayle (le chef de Ben au bureau, qui lui-même est décédé il y a quelques semaines), m'ont confirmé qu'il avait beaucoup de mal à accepter notre séparation. Comme si ce n'était pas suffisant, la dernière fois que je l'ai vu, pendant mon séjour chez Lucy et Phil à Darien, il y a eu une horrible scène à propos d'une bicyclette qu'il venait d'acheter à Adam. J'étais tellement hors de moi que je lui ai claqué la porte au nez. Deux jours plus tard, il est mort... Je me sens atrocement coupable, et je me dis souvent que cette culpabilité ne me quittera plus jamais.

Josh est bien sûr trop petit pour comprendre ce qui se passe, mais Adam, lui, a été très affecté. Plusieurs semaines après la disparition de Ben, il me demandait encore quand son papa allait revenir à la maison, il continuait à guetter la porte d'entrée tous les soirs, vers six heures, espérant le voir arriver... Quand j'ai pris finalement mon courage à deux mains pour lui dire que son papa avait eu un accident et que nous ne le reverrions plus, il est parti en courant dans sa chambre et il a sangloté des heures durant. J'ai essayé de le consoler, mais je ne pense pas avoir réussi. Quatre mois plus tard, il n'a toujours pas accepté la réalité. Hier encore, il m'a dit : « Papa va bientôt rentrer. » Il vit dans cette idée. J'en ai le cœur brisé.

J'ai arrêté ma lecture, respiré profondément, tenté de me dominer. Ça ne marchait pas. Je suis allé à la salle de bains, j'ai rempli le lavabo d'eau glacée et j'ai plongé ma tête dedans. Ensuite, j'ai trouvé une bouteille de Black Bush dans la cuisine. Après en avoir avalé un verre d'un trait, j'ai repris la lettre.

Ta lettre de rupture a atterri sur mon paillasson en plein milieu de ce cauchemar. Était-ce délibéré de ta part ? Je ne l'affirmerai pas, mais le résultat est le même. Je préfère te laisser le bénéfice du doute : admettons que sur la frontière mexicaine, pendant que tu étais tellement occupé à draguer cette nana de Berkeley, tu n'as vu aucun des nombreux articles que le *New York Times* a consacrés à la mort de Ben. Mais si, au contraire, tu savais et que tu m'as pourtant envoyé ce torchon, alors tu es une ordure finie.

Jusqu'à très récemment, j'ai été vraiment à deux doigts de la dépression nerveuse. Puis j'ai rencontré Elliott Burden, dont tu as sans doute entendu parler au temps où tu traînais dans les milieux artistiques new-yorkais. Anciennement gros bonnet chez Goldman Sachs, il a abandonné Wall Street il y a sept ans pour ouvrir une galerie à SoHo. La cinquantaine, divorcé, deux enfants déjà adultes. Nous nous sommes rencontrés chez un ami commun, à un dîner. Tout le monde a été un peu choqué que notre histoire ait pu avoir lieu, si tôt après la mort de Ben. Mais je me contrefiche du qu'en-dira-t-on. Elliott n'est sans doute pas le grand amour de ma vie, il n'en est pas moins plein d'affection et d'attention, solide, rassurant. Et il a déjà établi un début de relation avec Adam…

J'ai englouti une autre rasade de whisky. Elliott Burden. En un clin d'œil, j'ai imaginé le genre du personnage : Andover College[1] 1955, Yale 1959, une ex-épouse qui, à tous les coups, devait s'appeler Babs ; livre deux fois par semaine des parties acharnées en simple messieurs au club de tennis de New York ; dégaine de gentleman bohème, en blazer Ralph Lauren et jean Armani bien repassé... Et prochainement père adoptif de mes deux fils. Le type qu'Adam appellerait papa avant la fin de l'année...

Je me suis autorisé un troisième verre de Black Bush.

C'est Elliott qui m'a convaincue de t'écrire cette lettre. Selon lui, tant que je ne t'avais pas appris la disparition de Ben, je n'étais pas en mesure de parvenir à une véritable conclusion avec toi. J'ai d'abord retrouvé ton adresse californienne grâce au bureau de poste de New Croydon, mais d'après ce que je comprends tu vis désormais dans le Montana. Est-ce que cela signifie que tu as aussi brisé le cœur de ta conquête de Berkeley, ou que, tout simplement, elle a ouvert les yeux un beau jour et t'a mis dehors ? En tout cas, il se trouve qu'Elliott connaît bien Cloris Feldman. Nous étions invités à dîner chez elle l'autre soir, et elle nous a montré les photos de ta prochaine exposition. « Visages du Montana », elle appelle ça. Elliott a beaucoup aimé ton travail. Et moi ? Eh bien je ferais sans doute mieux de le nier, mais bon, je reconnais que j'ai été très impressionnée. Je vois que tu as percé, finalement. Que tu bouges bien. Mais n'empêche, tu es quand même un gros nul.
Beth.

---

1. Établissement privé de 489 élèves, à Portland, dans le Maine (*NdT*).

« Conclusion ». Ce terme inepte dont les années 90 se seront gargarisées. La vie ne peut plus vous réserver d'histoires qui s'effilochent, d'aventures qui se terminent sans que l'on s'en rende compte : il faut que tout soit emballé et pesé, avec un gros point final au bout. Pour moi, cependant, le rideau ne se baisserait jamais aussi nettement. Quand vous avez tué quelqu'un, et perdu deux fils du même coup, vous n'avez pas les moyens de « conclure ». Mais puisque Beth désirait un solde de tout compte, clair et net, j'allais m'efforcer de le lui procurer, et ce d'autant plus volontiers qu'il m'éviterait de recevoir d'autres lettres d'elle.

J'ai ouvert le Thinkpad et je me suis mis à pianoter sur le clavier.

> B,
> J'ai trouvé ta lettre au retour du Montana. Je garde en effet un pied-à-terre californien, mais il est vrai que je passe de plus en plus de temps parmi les pedzouilles du Nord-Ouest ! Non, je ne savais rien de la mort de Ben avant de t'écrire. Ça a dû être un rude coup. J'imagine que tu en as vu de toutes les couleurs. Disparaître en mer, quelle fin pour un golden boy de Wall Street... Mais au moins cet Elliott dont tu me parles est visiblement une bonne nouvelle pour toi ; avec lui, en plus, tu resteras dans le style de vie auquel tu étais habituée.
> Merci pour tes compliments à propos des photos. J'attache beaucoup d'importance à ton avis, sincèrement. Enfin, si le fait de tirer un trait sur moi en me traitant de gros nul peut t'aider à faire ton deuil, je t'en prie, ne t'en prive surtout pas.
> Bonne chance.
> G.

Quand j'ai relu ce que je venais d'écrire, j'en ai presque grincé des dents : c'était certainement l'œuvre d'un merdeux de première bourre, qui la renforcerait dans son idée que Gary était pourri de fatuité et lui ôterait toute envie de maintenir une relation épistolaire avec lui. Cette lettre ne pouvait susciter qu'une seule réponse, et encore : qu'elle le traite d'ignoble salaud et lui souhaite de mourir lentement d'un cancer des testicules. Arrivé à un tel point de haine, elle serait mûre pour la « conclusion » dont elle rêvait.

J'ai imprimé le texte et une enveloppe. J'ai expédié le tout à la poste alternative, avec l'habituel billet de dix plié à l'intérieur pour couvrir les frais de réexpédition. Ensuite, je suis allé en voiture au siège du *Montanan*. Comme je partais le lendemain tout à l'est de l'État, j'avais promis à Anne de l'emmener dîner au Petit Place ce soir-là et de passer la prendre au travail. J'avais fait quelques pas dans la salle de rédaction lorsque j'ai dû me jeter de côté pour éviter une chaise de bureau qui m'arrivait dessus en fendant les airs. Elle s'est écrasée tout près de moi, alors que je m'étais tapi au sol juste à temps. Je m'étais déjà relevé quand un clavier d'ordinateur est venu exploser à mes pieds.

« ... ouais ! Et v'là un p'tit cadeau d'la part de l'homme de l'année élu par *Time* ! »

Mes yeux sont tombés sur Rudy Warren au moment même où il levait son poing droit dans un moulinet frénétique et l'envoyait fracasser l'écran de son Mac. Tous les témoins fixaient des regards horrifiés sur la scène ; enfin, tous ceux qui n'avaient pas déguerpi, car il avait déjà renversé deux tables et détruit plusieurs téléphones. Son avant-bras coincé dans le moniteur, il s'est laissé aller sur son fauteuil. Du sang commençait à couler le long du bureau, qu'il a contemplé d'un air effaré, comme s'il avait assisté par hasard à un accident dans lequel il n'avait rien à voir. C'est à cette particularité que j'ai compris qu'il était complètement bourré.

Anne est arrivée en courant, une trousse de secours à la main. Après avoir jeté un regard stupéfait sur l'ensemble des dommages, elle est restée médusée devant l'hémorragie qui cascadait maintenant jusqu'au sol. Très vite, pourtant, elle s'est ressaisie pour apostropher ses collègues :

« Hé, ne restez pas là les bras ballants ! Que quelqu'un appelle une ambulance !

— Salut, chérie, lui a lancé Rudy avec un sourire de dipsomane.

— Laisse tomber les "chérie" et autres conneries, Rudy ! Qu'est-ce que ça veut dire, tout ça ?

— Quoi, j'ai fait que'que chose de mal ? »

L'innocence personnifiée.

« Non. Tu t'en es seulement pris à plusieurs objets inanimés.

— Alors merde, c'est pas c'qu'on appelle un crime contre l'humanité, ou maintenant si ?

— Bien sûr que non... » Aux inflexions de sa voix, on aurait cru qu'elle était en train d'essayer de ramener un enfant récalcitrant à la raison. « Bon, on voit si on peut retirer ta main de cet ordinateur, Rudy ?

— Pas une mauvaise idée... »

Elle s'était redressée et se préparait à cette délicate intervention lorsqu'elle m'a découvert à quelques mètres d'eux.

« Je te rejoins au restau », ai-je lu sur ses lèvres. Et elle s'est repenchée sur l'écran sanguinolent.

J'en étais à mon second martini lorsqu'elle a fini par surgir au Petit Place.

« Ce suspense me tue, ai-je déclaré après avoir commandé une boisson pour elle. Alors, raconte, est-ce que sa main est toujours à l'intérieur du Mac ?

— Non, l'extraction s'est déroulée sans encombre et il subit actuellement une intervention chirurgicale mineure à l'hôpital général de Mountain Falls. Quelques points de suture, quoi ! Grâce à Dieu, ils vont l'attacher à son lit pour la nuit. Le bonhomme avait environ quatre litres de J & B dans les veines.

— Je suppose que nous n'aurons plus le plaisir de lire la chronique de Rudolph Warren dans le *Montanan*.

— Stu doit aller le voir à l'hosto demain matin.

— Stu est bien trop collet monté pour accorder son pardon à un tel soûlard.

— N'en sois pas si sûr ! Les papiers de Rudy sont très lus. Même s'ils ne peuvent pas le sentir, les gars du marketing chez nous savent pertinemment que ça aide à vendre le journal. De nos jours, un titre d'importance moyenne comme le nôtre a besoin de tous les arguments de vente possibles.

— Et pourquoi ils le détestent, au marketing ?

— Au dernier pot de Noël, il s'est encore noyé dans son verre et s'est mis à traiter Ned Allen, le chef du service, de "connard à la Willy Loman[1]". Je cite mot pour mot !

— Je n'en doute pas.

— Bien entendu, il a présenté ses excuses, après. Exactement comme il s'était excusé après avoir tout cassé au Passage du Col. Et comme il consentira à faire acte de contrition devant Stu, demain. Deux fois par an, on n'y coupe pas, Rudy perd la boule. L'influence de la lune doit jouer là-dessus, faut croire.

— Mais non ! C'est beaucoup trop californien, comme explication, surtout pour Rudy. Un dangereux poivrot, voilà ce qu'il est.

---

1. Le personnage de la très célèbre pièce d'Arthur Miller, *Mort d'un commis voyageur*, prix Pulitzer 1949, saga d'un « homme ordinaire » détruit par les valeurs hypocrites de la société (*NdT*).

« — Oh, il a ses bons côtés.

— Par exemple ?

— Il écrit merveilleusement bien.

— Je te l'accorde.

— Et puis... » Elle a glissé ses doigts entre les miens. « Et puis s'il n'avait pas piqué tes tirages, je ne serais pas en train de boire un martini avec toi.

— Ouais, c'est vrai. Il a quand même du bon, ce type. »

Vers trois heures, cette nuit-là, Anne m'a tiré de mon sommeil en me prenant dans ses bras et en me serrant fort contre elle.

« Tu es réveillé ? a-t-elle chuchoté.

— Maintenant, oui.

— Pardon !

— Ça va. Pourquoi tu ne dors pas ?

— J'étais en train de penser.

— À quoi ?

— À toi. À nous. Tu vas me manquer. Beaucoup.

— Dix jours, c'est tout, et je reviens.

— Tu en es sûr, que tu reviens ?

— Sûr.

— Moi, je me demande...

— Tu n'as pas.

— Oui, mais... Maintenant que tu as *Vanity Fair* et tous ces canards chicos à tes trousses, pourquoi tu resterais croupir dans un trou du Montana ?

— Parce que j'ai envie.

— Mais pourquoi ?

— Pour toi.

— Pas d'autres raisons ?

— Aucune.

— Le succès, c'est une drogue dure.

— Mais d'après toi, j'en avais peur, du succès !

— Tu finiras par y prendre goût. À force d'entendre les gens te dire que tu es super, génial, tu te diras qu'ils ont raison. Et tu te diras aussi que ce qui est passé, il vaut mieux l'oublier. Ça marche comme ça, le succès.

— Pas avec moi.

— J'aimerais y croire.

— Tu dois le croire. »

Quelques heures plus tard, au petit déjeuner, un silence gêné régnait entre nous. Les yeux baissés sur sa tasse de thé, Anne semblait perdue dans ses pensées.

« Rien qu'une semaine et demie, Anne…

— Je sais.

— Et je ne pars que dans l'est du Montana. Pas en Irak !

— Je sais.

— Et je t'appellerai tous les jours.

— Je sais.

— Alors ne t'inquiète pas.

— Si, je m'inquiéterai.

— Tu ne devrais pas.

— L'angoisse de la perte, tu ne sais absolument pas ce que c'est, hein ? » J'aurais voulu protester, mais je me suis contenu. « Ça te conduit à penser que tout est fragile, que tout n'a qu'un temps. Tu finis par douter du bonheur, douter que ça puisse exister. Et chaque fois qu'il t'arrive quelque chose de bien dans ta vie, tu sais que ça ne restera pas, qu'on va te le reprendre à un moment ou un autre…

— Anne ? Je ne vais pas disparaître, moi… »

Elle m'a pris la main et, détournant son regard :

« On verra. »

# NEUF

En traversant les Rocheuses, ce matin-là, je me suis surpris à penser : « Elle a deviné. » Peut-être pas toute l'histoire, et peut-être ne l'admet-elle pas encore, mais instinctivement elle a compris que je suis en train de fuir quelque chose. C'est pourquoi elle a peur, maintenant, peur de ce que je redoute moi aussi : que la logique du succès finisse par me démasquer et me force à partir plus loin, à fuir encore.

Quand j'ai appelé Anne le soir, après être descendu dans un motel à l'entrée d'une sorte de ville du nom de Lewistown, elle paraissait avoir retrouvé toute sa confiance. D'emblée, elle m'a taquiné :

« Ton motel, c'est romantique ?

— Pour les fans d'Anthony Perkins, uniquement.

— Oh, à propos de psychotiques : Rudy Warren a disparu.

— Hein ?

— Il a quitté l'hôpital en douce pendant la nuit. Depuis, personne ne l'a vu ni entendu. Stu a chargé un de ses grouillots de fouiller la ville à sa recherche. Ils ont même obtenu des flics qu'ils aillent forcer sa porte. Rien de rien.

— Pas de piste, pas d'hypothèse ?

— Sa voiture est toujours sur le parking devant le journal. On ne l'a pas vu à l'aéroport. Moi, je me dis qu'il a sauté dans un car qui partait quelque part.

— Ou nulle part.

— Et Lewistown, c'est comment ?

— C'est nulle part.

— Je ne peux pas supporter l'est du Montana. Trop plat, trop vide. J'ai toujours l'impression que le paysage va m'avaler toute crue. Hé, ne te laisse pas avaler, toi !

— Promis. »

Anne avait dit vrai. Dans ce coin, on avait vite l'impression que la terre était plane et qu'en continuant on arriverait au bord. Et qu'on tomberait. À plus de cinq cents kilomètres de Mountain Falls, Lewistown n'était pourtant situé qu'au début de la prairie désespérément horizontale qui s'étendait encore pendant près d'un demi-millier de kilomètres jusqu'à la frontière du Dakota du Nord. Des heures de vide, de désolation à peine ponctuée de malingres buissons et de quelques abris routiers. Une monotonie obstinée, avec pour seule bande sonore les gémissements du vent. C'était un monde qui paraissait déjà fossilisé, frappé d'extinction.

Pendant une semaine, j'ai erré sur ces routes mortes, traversant des agglomérations aux noms les plus incongrus, Lustre, Antelope, Plentywood..., m'enfonçant dans les recoins les plus désolés de ce désert. Me risquant dans le labyrinthe de pistes de terre, artères épuisées qui s'étiraient à fleur d'une terre exsangue. Une fois, je me suis tellement perdu aux limites des comtés de Prairie et de McCone qu'il m'a fallu quatre heures pour retrouver la bonne vieille route 200, à la hauteur d'un hameau infime appelé Circle. Je me hasardais sur ces axes oubliés de tous ou presque, je photographiais. Le soir, à la nuit tombée, je débusquais un motel et je passais deux coups de fil à Mountain Falls. Le premier était consacré au point quotidien avec mon redoutable agent, Judy Wilmers.

« Bon, voilà où on en est, aujourd'hui, disait-elle invariablement au début de son compte rendu. J'ai eu Cloris au téléphone. Un type de Random House la bombarde d'appels. Il est emballé, il *voit* le livre, mais d'après Cloris il ne pèse pas assez lourd dans la boîte pour acheter sans demander l'autorisation d'en haut. Donc, il va défendre votre cause devant les commerciaux la semaine prochaine. À part ça, j'ai eu cinq ou six directeurs de galerie, qui...

— D'où, ces galeries ?

— Manhattan, Seattle, Portland... Tous sont très intéressés pour reprendre l'expo chez eux. Certains ont même dit qu'ils essaieraient de faire un saut à notre vernissage. Vous vous rendez compte, des mecs qui font la pluie et le beau temps dans le monde de l'art, en pèlerinage à Mountain Falls !

— Ouais...

— Votre enthousiasme est follement communicatif, Gary... Bon, vous êtes de retour quand ?

— La veille du vernissage.

— Et je dis quoi aux gens qui veulent vous rencontrer ?

— Qu'ils pourront me voir le lendemain du vernissage. Dans l'après-midi, uniquement.

— Compris, Greta Garbo ! Cela dit, en tant qu'agent, je ne peux que vous conseiller de garder cette attitude de hautaine indifférence durant les tractations commerciales. C'est excellent pour votre image. Le gars qui se prend vraiment trop au sérieux. Un petit air méprisant, dans l'arène des marchands d'art, ça marche à tous les coups, croyez-moi. À propos, le *National*

*Geographic* m'a également appelée. Ils veulent une photo de votre auguste bobine pour leur sommaire.

— Annoncez-leur que je n'aime pas être pris en photo.

— Très drôle.

— Je ne plaisante pas. Je ne veux pas une seule photo de moi dans la presse.

— Dites-moi que c'est une blague !

— Ce n'est pas une blague.

— Alors, expliquez-moi. S'il vous plaît.

— J'ai décidé que le monde n'avait pas besoin de connaître ma trogne.

— Vous vous prenez pour qui, bon sang ? Thomas Pynchon ?

— Non, simplement pour quelqu'un qui ne veut pas entrer dans le jeu publicitaire. À vous de vous débrouiller. Vous pouvez baratiner tout ce que vous voulez sur moi, mais laissez-moi hors du coup. Et pas de photos de moi, nulle part. Mon agent exclusif a bien compris ?

— C'est vous le patron. Malheureusement. »

Je crois qu'à ce moment Judy a gobé mon laïus d'artiste-dans-sa-tour-d'ivoire. Ou du moins qu'elle n'a pas soupçonné que je puisse avoir d'autres raisons pour refuser que mon visage tombe dans le domaine public. Anne, en revanche, a menacé de me faire arrêter pour conduite en état de chevilles démesurément enflées. C'était quelques jours plus tard, quand elle a entamé notre échange téléphonique quotidien par une question :

« C'est vrai que tu as dit à Judy que tu ne voulais pas voir ta photo publiée dans le moindre journal ?

— Je vois que le tam-tam a encore marché fort, au village.

— Tu ne réponds pas à ce que je te demande !

449

— Eh bien oui, en effet, j'ai donné de telles instructions.

— Ah ! C'est à mourir de rire !

— Je ne veux pas entrer dans ce jeu, c'est tout.

— Ou bien tu essaies de décrocher le prix Pulitzer de la Grosse Frime ?

— Si ça peut nourrir ma légende, pourquoi pas ?

— Je pense avoir décelé une touche d'ironie dans cette dernière remarque, ou je me trompe ?

— Tu ne te trompes pas.

— Ouf, j'ai eu peur... Tu dors où, cette nuit ?

— À Mildred, Montana.

— Jamais entendu parler.

— Bizarre. C'est pourtant à neuf cents bornes de chez toi, à peine ! Juste entre Ismay et Fallon, sur la 335.

— Je présume que quand tu es arrivé les habitants étaient déjà massés le long des rues pour tenter d'apercevoir le célébrissime photographe qui refuse d'apparaître en photo ?

— Ils m'ont même élu maire. Tiens, tu sais qui habite ici, maintenant ? Rudy Warren.

— Ha, ha, ha ! Tu ne crois pas si bien dire. Il a finalement appelé Stu l'autre jour, d'un endroit gardé secret. Il lui a annoncé qu'il mettait le cap sur le Mexique et qu'il voulait six mois de congés payés.

— Ça, Rudy, il faut lui reconnaître qu'il a parfaitement assimilé le concept de culot.

— Stu lui a accordé le congé. Sans solde, naturellement. Il lui a dit aussi qu'il pouvait déjà oublier son salaire du mois en cours, qui servira à couvrir les dégâts dans la salle de rédaction... Mais il ne l'a pas mis dehors.

— Il faut croire que ce vieux Rudy est réellement bon pour les ventes… Et qu'est-ce qu'il va faire, au Mexique ?

— Achever de se détruire le foie avec de la tequila trafiquée, coucher avec des putes prénubiles... Ce genre d'activités culturelles que les mâles affectionnent.

— Oui, c'est effectivement un des gros désavantages de l'est du Montana : pas de prostituées mineures. Je suppose que tu ne voudrais pas venir me rejoindre ?

— À Mildred ? Dans tes rêves ! Mais si tu te débrouilles pour finir plus tôt, je t'accepterai volontiers dans mon lit.

— Il me faut encore quelques jours dans le Grand Nord, faire des routes de montagne. Et si tu me retrouvais à mi-chemin, un coin comme Bozeman ?

— Pas ce week-end. Jane et moi, on est réquisitionnées pour le bilan annuel de nos archives photos. À ce propos, je te signale que tu restes numéro un sur la liste de Stu. Il a reçu un courrier fabuleux après la série des portraits, ce qui signifie que tu es un bon cheval... Et l'affiche pour ton expo, on ne voit qu'elle en ville. Ce vernissage, mon cher, mais on va s'y bousculer ! Le Tout-Mountain Falls sera là...

— Fameuse perspective.

— Ah, quel enthousiasme. Tu verras, Gary, tu seras enfin content d'être célèbre ! Et entre-temps, continue à te languir de moi.

— Je n'y manquerai pas. »

C'est ce que j'ai fait, oui. Mais aussi, tandis que je commençais à repartir en musardant vers l'ouest, j'éprouvais une appréhension grandissante, qui s'est muée en peur. Dans ces grands espaces vides, coupés de tout, je m'étais senti en sécurité : personne ne me connaissait, je dérivais, invisible. En revenant à Mountain Falls, j'allais reprendre un visage et même, si Judy s'était acquittée correctement de son travail, j'allais avoir « un nom ». Jadis, j'aurais tout donné pour ce résultat. Désormais, je voulais l'éviter à tout prix. Parce que à cause de lui je finirais inévitablement par être démasqué.

451

Cependant une autre voix s'était mise à chuchoter dans mon oreille. « Joue serré et tu t'en tireras ! Tu peux te permettre de devenir un photographe de premier plan. Tu peux faire ta vie avec Anne. Ne te mets pas "en vue", c'est tout. »

La veille de mon retour prévu à Mountain Falls, je suis arrivé le soir à Bozeman, j'ai pris une chambre à l'Holiday Inn. Quelques heures plus tard, je sombrais dans une crise de panique totale. J'ai même failli appeler Judy, pour lui annoncer que je ne serais pas présent à l'ouverture de l'exposition. Après avoir recouvré un calme relatif – avec le précieux concours d'un pack de six Michelob –, je suis toutefois parvenu à la conclusion que mon absence ne pourrait qu'éveiller les soupçons. Il était préférable de faire une brève apparition puis, au bout de quelques heures, de déclarer à Judy que je n'étais décidément pas programmé pour les pince-fesses et qu'elle devrait donc rayer toute mondanité de mon agenda à venir. Bien sûr, elle pousserait les hauts cris, se tordrait les mains, mais elle serait assez finaude pour comprendre qu'il était possible de transformer ma misanthropie galopante en lucratif gadget publicitaire. Puisque cela marchait avec J.D. Salinger, pourquoi pas avec Gary Summers ?

Le lendemain matin, résigné à parcourir stoïquement les trois cent cinquante kilomètres qui me séparaient encore de mon sort, j'ai sauté dans la MG. Le démarreur s'est enclenché, mais le moteur a produit le même bruit que s'il venait d'entrer en phase terminale de tuberculose. Une heure plus tard, un garagiste se présentait au volant de sa dépanneuse, ouvrait le capot et diagnostiquait de sérieux problèmes de carburation.

« On parle de double soupape, là. Même en lâchant mille dollars, vous irez pas loin.

— Aucune chance d'atteindre Mountain Falls si je ne la pousse pas trop ?

— Aucune chance de sortir d'ce parking, oui ! Tant que les soupapes auront pas été vérifiées, ce moteur est hors de combat. Mais il y a quand même une bonne nouvelle : c'est mon jour de libre, aujourd'hui. Si vous me donnez le feu vert, je vous ramène la caisse demain midi. Comme neuve.

— Vous prenez les cartes de crédit ?

— Un peu, oui !»

Je lui ai donné les clés. J'ai repris une chambre à l'Holiday Inn et j'ai appelé Anne.

« Au diable cette bagnole ! Je viens te chercher.

— Près de sept cents bornes en une journée ? Non, je ne vais pas t'imposer ça.

— On peut passer la nuit là-bas.

— Là, d'accord.

— Réserve une table dans un endroit sympa, pour dix-neuf heures. »

Cinquante minutes après, elle m'a rappelé. Elle paraissait assez affolée.

« C'est la cata, ici ! Lambert, le redchef adjoint, vient de s'effondrer en plein milieu du journal, il y a une demi-heure. Il est à l'hosto. Un accident cardiaque, pas gravissime, mais en tout cas il est HS pour l'instant. Tout le monde est donc sur le pont, on me demande d'aider à la mise en pages ce soir...

— Je dîne seul, si je comprends bien ?

— J'ai appelé Judy. Elle est prête à envoyer quelqu'un te chercher.

— Dis-lui de ne pas se tracasser pour moi. La voiture sera prête demain midi, à trois heures j'arrive à Mountain Falls, ce qui me laisse bien assez de temps jusqu'au vernissage.

— Bon, mais viens direct chez moi. Je veux t'épuiser sous moi. »

Le centre de Bozeman avait beau scintiller de tous les feux de ses bars, de ses restaurants, de ses cafés, je me sentais d'humeur à me terrer. J'ai passé la soirée dans ma chambre en compagnie d'une pizza commandée chez Domino et d'un autre pack de six obligeamment apporté par le concierge de l'hôtel. Et j'ai dormi, dormi. À onze heures et demie, le lendemain, le téléphone a sonné. C'était le mécano, qui m'annonçait que ma voiture me serait rendue à une heure. À midi et demi, nouvel appel, le mécano encore : un petit problème de dernière minute, mais la voiture serait là à deux heures, sans faute. J'ai payé ma note, avalé un morceau au bar de l'Holiday Inn. À deux heures et quart, j'ai appelé le garage afin d'obtenir une réponse précise à ma question : où était mon véhicule ?

« Il est en route », m'a certifié la femme qui avait décroché.

À trois heures, il a surgi, remorquant la MG. Un petit garçon était assis à côté de lui dans le pick-up.

« Désolé pour le retard, vieux. Ça a un peu chauffé avec la bourgeoise. Fallait qu'j'aille prendre le gosse à l'école. Bon, vous étiez pas des masses pressé, hein ? »

Son fils m'a souri timidement. Je me suis tu. Le garagiste a abaissé la barre de remorquage et soulevé le capot de la MG. Tout le moteur avait été nettoyé. Il a mis le contact. Un doux ronronnement.

« Ça m'a l'air bon, ai-je reconnu.

— Vous venez de vous payer cent mille kilomètres peinards à bord de c'te MG. Et tout ça pour le prix imbattable de... » Il a fouillé la poche de son bleu et en a sorti une facture. « ... neuf cent quatre-vingt-quatre dollars, soixante-douze cents. »

Non sans une grimace contrariée, je lui ai tendu la Visa de Gary. Il est reparti vers sa camionnette chercher sa machine, a pris une empreinte de la carte, m'a fait signer sur la ligne en pointillé, a inspecté ma signature et a conclu qu'elle était acceptable.

« Z'allez loin ?

— Mountain Falls. Et je dois y être à six heures.

— Pfff, trois cents bornes sur la Montana-bahn ? Vous faudra deux heures, les doigts dans le nez. Allez, bonne route. »

Il ne mentait pas. Dans cet État où les limitations de vitesse sont inconnues sur les autoroutes, on peut dépasser les fatidiques cent quarante kilomètres à l'heure sans craindre d'entendre des sirènes arriver en trombe derrière soi. Pédale au plancher, j'ai dévalé la 90. La MG tournait parfaitement, j'avais l'esprit totalement vide. La vitesse est la plus forte des drogues. À tel point que, en vue de Mountain Falls, j'ai bien failli renoncer à sortir et continuer droit devant.

De loin, j'ai aperçu Anne qui faisait les cent pas devant la galerie New West. Derrière elle, sur la porte d'entrée, il y avait l'affiche de l'exposition : mon portrait de Madge la barmaid et un immense titre, « Visages du Montana : photographies de Gary Summers ».

Je me suis forcé à détourner les yeux pour les reporter sur Anne. En tenue de soirée, elle avait grande allure dans un complet masculin à la Annie Hall, très ajusté.

« Où tu étais passé, bon Dieu ? » Je lui ai résumé mon aventure avec le mécanicien. « Et alors, il n'y a pas le téléphone, à Bozeman ?

— Bon, je suis là, maintenant, ai-je conclu en l'enlaçant.

— J'étais sûre que tu avais eu un carton sur l'autoroute...

— Ce serait pas un merveilleux papier pour la presse à potins, ça ? "Alors qu'il se hâtait sur la route du retour afin d'assister à l'ouverture de sa triomphale exposition, le photographe Gary Summers s'est écrasé contre..."

— Ferme-la et embrasse-moi. »

J'avais obéi quand Judy est sortie de la galerie, telle une tornade.

« Pour flanquer des ulcères aux autres, vous vous y connaissez, vous ! » Sans m'écarter d'Anne, je lui ai fait un signe de bienvenue. « Cessez de tripoter cette meuf et suivez-moi, illico ! »

J'ai dû d'abord aller garer la voiture dans un passage, à deux pâtés de maisons de là, avant de revenir à pied et d'entrer dans la galerie, non sans prendre une longue bouffée d'air. Sur les murs fraîchement blanchis, j'ai découvert mes quarante portraits, superbement encadrés, parfaitement disposés, judicieusement éclairés. Je suis allé de photo en photo, suivi des yeux par Anne et Judy qui me regardaient sans rien dire. Je ressentais un étrange détachement tandis que j'inspectais ainsi mon travail, le même sans doute qu'un écrivain éprouve lorsqu'on lui remet le premier exemplaire de son nouveau livre. Était-ce moi qui avais fait tout cela, pour de vrai ? De mes yeux, de mes mains ? Et en quoi cela valait-il toute cette cérémonie ? Mais il y avait aussi ce frémissement de plaisir inquiet, né du constat que, après tout ce temps, vous avez enfin forcé votre chemin jusque « là où ça se passe », que votre maîtrise d'un savoir-faire spécifique est enfin reconnue et acclamée. Depuis des années, j'avais fantasmé ce moment, et là, une seule idée m'a accaparé : dommage que Ben Bradford ne soit pas ici pour en profiter...

« Et alors ? a finalement risqué Judy.

— Ça pourrait bien être un photographe, ce type.

— Ouais, a renchéri Anne en me tendant un verre de vin, ça se pourrait. »

Il était cinq heures et demie, je n'avais pas le temps de rentrer chez moi pour me changer. Je me suis donc assis à une table en compagnie d'Anne et, par simple nervosité, j'ai enchaîné les verres de piquette bon marché. À six heures, j'avais déjà la panse à moitié pleine de chablis californien.

« Vas-y mollo avec ça, m'a prévenu Anne. Ou bien tu vas piquer du nez juste au moment où on aura besoin de toi.

— C'est le but. »

Stu Simmons et sa cour ont été parmi les premiers invités à se pointer. D'un pas mal assuré, je suis allé les rejoindre.

« J'espère que vous n'allez pas abandonner notre journal, maintenant que vous êtes célèbre, m'a lancé Stu.

— Je ne suis PAS célèbre. »

Dave, le patron de Petrie's Cameras, est arrivé. Il était accompagné de son épouse, Beth, une femme toute menue d'une trentaine d'années, qui portait une combinaison en jean et des lunettes de mamie.

« Je te présente l'insaisissable Gary Summers, lui a annoncé Dave.

— Est-ce qu'on réussira un jour à vous avoir à dîner ? » m'a demandé Beth.

Je n'ai jamais pu répondre à cette question : Judy m'avait déjà enlevé. Elle voulait que je fasse la connaissance de Robin Nickell, directrice d'une importante galerie de Seattle.

« J'aime votre travail, a proclamé cette dernière tout de go. Et je vous garantis que nous allons vous faire une pub extraordinaire quand l'exposition va démarrer chez nous en septembre.

— Quoi, vous l'avez prise ? »

J'étais désarçonné par cette nouvelle, mais Judy est intervenue d'une voix triomphante :

« On a conclu l'accord juste hier soir !

— Le vernissage est pour le premier lundi après Labor Day, a précisé Robin, alors gardez-nous cette semaine libre sur votre agenda ! On va vous faire venir en avion, on vous installera dans un endroit agréable, le Four Seasons par exemple, et il y aura des tas, des tas d'interviews !

— Il faut que je vérifie mon programme, ai-je marmonné en attrapant un autre verre sur le plateau qu'un assistant de Judy était en train de faire passer.

— Gary Summers ? »

J'ai pivoté sur mes talons pour me retrouver en face d'un gros barbu en veste de tweed.

« Je suis Gordon Craig, chef du département des arts plastiques de notre université. Superbe expo ! Avez-vous déjà pensé à enseigner ? À temps partiel, bien évidemment ! »

Anne m'a sauvé de cette mauvaise passe en me tapant sur l'épaule pour me présenter encore quelqu'un.

« Gary, voici Nick Hawthorne. Monsieur *Time* à San Francisco.

— J'étais dans le coin, pour un reportage à Kalispell, alors je me suis dit que je pourrais faire un saut en voiture. Vous savez que votre boulot a fait pas mal de bruit, à New York ? M'est avis que les grands chefs du magazine ne vont plus vous lâcher !

— Euh, ravi de l'apprendre. »

J'ai sifflé mon verre de vin d'un coup, sous l'œil désapprobateur d'Anne.

« Si vous avez un moment demain, a continué Nick, j'aimerais bien qu'on se voie. Pour une proposition. Voilà, je prépare un guide de voyage sur le Nouvel Ouest et je suis à la recherche d'un photographe... »

Judy m'avait déjà traîné vers une marchande d'art de Portland. Je n'ai compris ni son nom ni les banalités qu'elle me débitait : le tord-boyaux avait fini par avoir raison de toutes mes capacités cognitives. Une centaine de personnes se pressaient maintenant dans la galerie, produisant une chaleur et un brouhaha collectifs qui me mettaient au bord de la suffocation. J'étais ballotté de présentation en présentation, hochant la tête comme un débile chaque fois qu'on me serrait la main et qu'on m'assaillait des mêmes questions.

À un moment, Anne a réussi à me prendre à part.

« Tu es bourré.

— Un peu dans les vapes, seulement.

— Fais-moi le plaisir de passer à l'eau, à partir de maintenant. On en a encore pour une heure, ensuite Judy nous emmène au Petit Place. Ça serait cool si tu pouvais encore aligner une ou deux phrases cohérentes pendant le dîner.

— Tirons-nous d'ici.

— Gary...

— J'en ai ma claque, du pince-fesses. Viens, que je puisse pincer les tiennes...

— Très romantique, a-t-elle lâché d'un ton peu amène.

— Allez, quoi, Anne...

— C'est TON vernissage. Tu dois rester. En plus, je sais que Judy veut te présenter à Elliott Burden. »

J'ai dessoûlé en une seconde.

« À qui ?

— À Elliott Burden. Tu sais, cette vedette de Wall Street qui a tout plaqué pour ouvrir une galerie à SoHo !

— Il est ici ?

— Il vient juste d'arriver. Un type vraiment sympa. Tellement sympa qu'il a fait tout ce chemin pour te serrer la pogne. Il est venu avec sa petite amie. Elle m'a dit que c'est une ex-voisine à toi, dans le Connecticut. Beth, Beth...

— Beth Bradford. »

Ma voix était à peine plus qu'un murmure.

« Oui, c'est ça ! »

J'ai commencé à passer la salle au radar. Je les ai repérés sur-le-champ, en grande conversation avec Judy. Elliott Burden – bronzé, détendu, plutôt distingué avec son blazer bleu et son pantalon de flanelle – restait tout près de Beth, qui le tenait par le bras, d'un air très naturel. Elle était superbe dans sa petite robe noire à la dernière mode, le visage entièrement libéré du masque excédé que je lui avais trop longtemps connu. Elle a ri de bon cœur à une remarque d'Elliott et lui a adressé ce sourire spontané dont je me souvenais si bien. Son sourire de nos premières années ensemble. Je suis resté pétrifié un long moment, et puis Judy a remarqué que je regardais dans leur direction. Je me suis retourné d'un bloc.

« Ça ne va pas ? s'est inquiétée Anne. Tu es livide.

— Il faut que je respire... »

Je me hâtais vers la porte qui se trouvait au fond de la galerie.

« Attends ! Je vais... »

Je lui ai fait signe de me laisser. Les yeux fixés sur la seule issue, je me battais pour me frayer un chemin dans la cohue.

La porte donnait sur un bureau réquisitionné par l'équipe du traiteur qui avait été chargé de la soirée. Sous les regards étonnés des serveurs, je suis passé en trombe, j'ai ouvert à la volée l'autre porte qui donnait sur la cour et j'ai filé. Derrière moi, j'entendais encore Anne m'appeler. Alors j'ai tapé un sprint jusqu'à la sortie, je me suis précipité vers une rue adjacente et je me suis mis à courir comme un damné en direction de mon studio.

Parvenu là-bas, j'ai grimpé les escaliers quatre à quatre avant de m'effondrer chez moi.

Je n'étais pas rentré depuis dix jours. Immédiatement, j'ai compris que ma maison avait subi une invasion. L'air était lourd de fumée de cigarettes et de vieux pets. Le parquet du living était jonché de bouteilles de bière vides, de cendriers saturés et de boîtes de haricots à moitié entamées. Surtout, le bruit de l'eau en train de couler me parvenait de la salle de bains. J'ai donné un coup de pied dans la porte et je suis tombé sur l'anatomie très adipeuse et très nue de Rudolph Warren, debout sous ma douche.

« Qu'est-ce que tu fous ici, bordel ?

— Oh, salut, Gary ! » Il a fermé le robinet. « Tu as fait un bon voyage ?

— Comment es-tu entré ici ?

— Avec la clé. »

Il a entrepris de se frictionner avec ma serviette.

« Mais tu me l'as rendue, ma clé !

— Oui, mais j'avais fait un double, avant.

— Tu as dit que tu n'avais PAS fait de double !

— J'ai menti.

— Sale con. Je croyais que tu irais au Mexique.

— Autre mensonge. Tu comprends, j'avais besoin d'une tanière où je puisse faire le point, lécher mes plaies. Et comme je savais que tu partais loin...

— Fous le camp d'ici ! » Je l'ai saisi par le bras. « Et tout de suite, encore ! »

Il s'est dégagé brusquement.

« Pas besoin de jouer les durs ! »

Hors de moi, je me suis mis à hurler :

« Je jouerai les durs tant que ça me chan... » Le bip insistant de l'interphone m'a coupé net. Ce devait être Anne. Rudy s'est dirigé vers le bouton qui commandait la porte de l'immeuble. « N'OUVRE PAS ! !

— Qu'est-ce qui te prend ?

— Ne touche pas à ce truc, point. »

Nous sommes restés face à face, en silence, pendant que l'interphone se déchaînait sans interruption. Au bout de deux minutes, le vacarme a cessé. Heureusement, les stores du living étaient baissés. Je suis allé glisser un œil à travers. Anne s'éloignait, lançant des regards désespérés en tous sens. Elle a traversé la rue pour se jeter dans une cabine.

Quelques secondes plus tard, mon téléphone a sonné.

« T'en occupe pas », ai-je ordonné à Rudy.

Après cinq sonneries, le répondeur s'est déclenché. J'ai baissé le volume à zéro. Je ne voulais pas entendre sa voix.

« Tu peux m'expliquer ce qui se passe, ici ?

— Après, peut-être. Pour l'instant, il faut que tu t'habilles.

— Tu t'es fourré dans l'pétrin, c'est ça ?

— Possible.

— Allez, raconte à tonton Rudy.

— Plus tard.

— Histoire de meufs ? »

Il a grimacé un large sourire, exposant des gencives noircies, privées de leur dentier.

« Où sont tes dents ?

— I' m'les ont chourées quand j'ai été traîné à l'hosto. Vu qu'j'en suis sorti sans le OK du toubib, elles sont restées là-bas, forcément.

— Tu as vécu sans dents pendant dix jours ?

— Pas besoin d'chicots pour bouffer des fayots en boîte ! À propos, encore heureux que t'aies eu le garde-manger plein, parce que moi, j'avais pas vraiment envie d'faire voir ma tronche en ville.

— J'ai besoin que tu me rendes un service.

— Ça dépend. »

Il avait fini d'enfiler ses vêtements.

« De quoi ?

— De si tu me mets au parfum ou pas.

— C'est une histoire de meufs, voilà.

— Plutôt vague, ça, Gary.

— Je ne peux rien dire de plus.

— Alors je ne vois pas comment je pourrais t'aider...

— Où tu vas dormir cette nuit ? lui ai-je demandé d'un ton agressif.

— Bonne question.

— Tu voudrais l'appart' pendant encore une semaine, disons ?

— Ce serait... pratique, oui.

— Alors va me chercher ma voiture, vite fait. Elle est garée sur MacDougal Alley.

— C'est risqué, pour moi. Enfin, j'veux dire, j'suis censé être au Mexique, moi !

— Il fait pratiquement nuit. Si tu prends des petites rues et que tu rases les murs, personne ne te verra. En plus, ils sont tous à mon expo, encore...

— Ah, ah... Donc, c'est à la galerie qu'il s'est passé une couille ! »

Je lui ai tendu les clés de la MG.

« Ou tu reviens avec la caisse, ou tu ne reviens plus jamais ici. »

Il a attrapé le trousseau puis il est allé tout droit au placard où je stockais ma gnôle. Il en a sorti une demi-bouteille de J & B.

« Pas besoin de whisky pour ce que je te demande.

— Oh que si ! » Il a pris une longue rasade et m'a décoché un sourire ravi. « Ah, ça va mieux ! Prêt à passer à l'action. J't'attends à la sortie de derrière dans cinq minutes, pigé ? »

Il a fourré la fiasque dans la poche de sa veste et il est parti.

Tandis que je préparais en hâte un petit sac, un plan m'est venu à l'esprit. Foncer à l'est, m'enterrer dans un motel pendant quelques jours. Afin d'éviter qu'Anne ne me fasse rechercher par tous les flics du Montana, l'appeler dès demain matin, lui expliquer que Beth était précisément la femme mariée avec qui j'avais eu cette liaison malheureuse et que le seul fait de la revoir, ajouté à l'anxiété que le vernissage avait provoquée en moi – et à l'effet des quelques litres de vin trafiqué que j'avais descendus –, m'avait rendu dingo. Lui demander pardon, évidemment, et promettre d'être de retour à Mountain Falls d'ici peu, c'est-à-dire le temps qu'Elliott et Beth aient quitté les lieux. Elle allait sans doute être furieuse, peut-être refuserait-elle de m'adresser la parole, mais je préférais de loin m'exposer à sa colère plutôt qu'à une extradition vers le Connecticut, à un procès affreusement public et à un interminable séjour en QHS. Grâce au ciel, la foule était si dense que Beth n'avait pas pu m'apercevoir avant que je lui tourne le dos. Il ne me restait plus qu'à décamper. Tout de suite.

Par la fenêtre de la cuisine, j'ai repéré la MG en train de contourner discrètement mon immeuble. J'ai dévalé sans encombre les cinq étages de l'escalier de service. Rudy m'attendait devant la porte de derrière, comme prévu. Ce qui l'était moins, c'est qu'il est resté installé derrière le volant, sans faire mine de descendre.

« J'crois que j'vais faire un bout de chemin avec toi.

— Pas question.

— T'as pas trop l'air en état de conduire, vieux.

— Toi aussi, tu as bu !

— Oui, mais pas la moitié autant qu'toi. Non, y t'faut un chauffeur, c'est sûr. »

J'ai agrippé la poignée de la portière en vociférant :
« Sors de cette voiture, immédiatement !

— Vas-y, vas-y, gueule encore plus. Comme ça, toute la ville sera au courant de ton départ. »

J'ai fait le tour de la MG en courant, je me suis jeté sur le siège du passager, mais au moment où j'allais arracher la clé du contact, Rudy a démarré brutalement, m'obligeant à me tasser contre le dossier et à refermer ma portière en hâte.

« Bon, où c'est qu'on va ?

— Putain, je devrais te tuer !

— Tu veux dire comme t'as tué Gary Summers ? »

Plus un muscle en moi n'a bougé. Mes poumons eux aussi se sont arrêtés de fonctionner, un bon moment.

Rudy a eu un sombre sourire.

« Ouais, j'pensais bien que ça te la couperait. Et maintenant, où on va ? Hé ! On t'a volé ta langue ? La 200 vers l'est, qu'est-ce que t'en dis ? » J'ai plus ou moins hoché la tête. « Alors on y va. »

Il nous a fait quitter la ville par un itinéraire tourmenté. Quand nous sommes parvenus sur la route 200, il faisait nuit noire. Pleins phares sur cet axe étroit et sinueux, il a exhumé la bouteille de J & B et, après en avoir pris une gorgée, l'a gardée ouverte, calée sur le volant. Pendant une demi-heure, nous n'avons pas échangé un mot. Et puis j'ai fini par souffler :

« Comment tu as découvert ? »

Un petit gloussement satisfait.

« Si t'avais eu la télé chez toi, j'aurais pas eu la queue d'une idée. Donne-moi un p'tit écran et j'me transforme en légume pendant toute la sainte journée, et j'suis content comme tout ! Mais voilà, j'étais aux arrêts, pour ainsi dire, alors au bout d'un moment j'en ai eu ras le bol de tous tes bouquins et des conneries d'intellos sur ta radio, et donc j'me suis mis à fouiner. Tes papiers, tes affaires. Merde quoi, c'est vrai, fallait bien que j'm'occupe ! Enfin, un après-midi où j'me faisais particulièrement chier, j'ai allumé ton portable et j'ai commencé à piocher dedans. J'suis tombé sur tous ces billets doux qu't'as envoyés à la dénommée B. Très touchant, sérieux ! Ensuite, j'avise ta lettre de décembre, la grande scène des adieux où tu lui annonces que tu fondes un foyer avec la minette de Berkeley. Seulement, là, j'me rappelle qu'environ dix jours avant

Noël, un beau matin, j'croise cette harpie de Meg Greenwood sur Main Street et qu'elle commence à m'déballer son sac, que moi pas gentil de l'avoir sautée et envoyée paître, que tous les hommes sont des salauds d'ailleurs, qu'une autre preuve encore c'est le photographe du Connecticut à qui elle vient de louer un appart', un faux derche cent pour cent qui lui a extorqué un loyer au rabais en faisant semblant de la draguer et qui tout d'suite après lui a servi une salade à propos d'une p'tite amie qu'il garderait au chaud là-bas, sur la côte Est...

« Donc, en m'souvenant de cette petite homélie pré-Nativité, mon pauv' cerveau s'met à gamberger : si Meg t'a loué le studio mi-décembre, j'vois pas comment t'aurais pu, au même moment, t'mettre à la colle avec une minette en Californie. Conclusion, t'as probablement une excellente raison de pas vouloir que la fameuse B du Connecticut sache où tu crèches. Bon, le temps passe encore, et v'là qu'en matant une pile de paperasses dans ton labo j'repère une lettre de la chère B, pas vieille du tout la lettre, dans laquelle elle te raconte que son jules a clamsé en novembre, qu'on a jamais retrouvé son corps, et que t'es le roi des enfoirés de lui avoir jamais envoyé tes condoléances. Et après, quand j'débusque ta réponse à son épître, alors là j'peux qu'être d'accord avec la chère B. Parce que merde, elle t'ouvre son cœur tout saignant, et toi, qu'est-ce que tu lui donnes en retour ? "Ça a dû être un rude coup" ! Tu parles d'un soutien moral !

« Enfin, je dois encore faire passer le temps, tu comprends, donc je commence à mater d'autres fichiers et j'constate que début novembre t'as été vachement prolixe : t'écris à ta banque et partout, tu donnes chaque fois c'te fameuse nouvelle adresse de Berkeley. Mais attends, attends, aïe ma pauvre tête ! Dans ta lettre de rupture de décembre, t'expliques à B que tu viens juste de débarquer à Bay Area après avoir rencontré un peu plus tôt une gisquette de là-bas. Et puis j'relis le dernier mot que tu lui as laissé AVANT de partir à l'ouest, et là tu lui assures que tu seras absent que quinze jours, pas plus...

« À ce point, j'me triture sec les méninges à vouloir comprendre pourquoi t'étais tellement décidé à couper tous les ponts à l'est alors que t'étais seulement censé partir en reportage deux semaines. En plus, force m'est de constater que le moment de ce départ correspond à celui de la mort de ce type, Ben Bradford, dont il se trouve que tu baisais allègrement la légitime... » Il s'est arrêté pour ingurgiter une rasade massive de whisky, m'a de nouveau souri d'un air sardonique. « Jusque-là, ça te plaît, mon histoire ? » Les yeux perdus dans l'obscurité, je n'ai pas répondu. « Ton silence équivaut à un oui, j'présume. Booon, on continue. J'me suis dit que ça vaudrait le coup d'en apprendre un peu plus sur l'compte du regretté Ben. Là, problème : officielle-ment, j'suis plus à Mountain Falls, donc j'vais pas débarquer à la bibliothèque municipale et farfouiller dans leur collection du *New York Times* ! Mais la chance est avec moi : y s'trouve que ton IBM est déjà équipé d'un modem interne et du logiciel de com' d'America OnLine. Et c'est pas tout : le câble de connexion à la prise de téléphone est dans le sac du portable ! Donc j'me connecte, hein, j'trouve ton numéro de carte Visa dans l'dossier MONEYBIZ, avec la date d'expiration en plus – t'es vraiment un gars organisé, toi ! –, et j't'abonne à AOL.

« Me v'là débarqué sur Internet depuis chez toi. Et c'est là que ça devient vraiment marrant. J'repère le site du *New York Times*, j'demande tout c'qu'y-z-ont sur Ben Bradford. Pendant près d'une semaine, il a pas mal fait l'actu, ce mec, hein ? Manque de pot, y a pas d'photo de lui avec sa nécro. Qu'à cela ne tienne, j'visite un tas de sites de canards de par chez vous, *Boston Globe, Hartford Courant, Wall Street Journal* et ce qui s'ensuit… Ils parlent tous de toi, mais pas la queue d'une photo. Et là, j'tombe sur une mine d'or : le *Stamford Advocate*, le journal de ton coin. Un énorme papier en page trois, avec tout le récit du naufrage de Ben comme si vous y étiez et avec… la tronche quasi-grandeur nature de feu M. Bradford. Que conclus-je ? Eh bien que malgré la petite barbe et la queue de cheval que tu cultives présentement, t'es tout de même son portrait craché. Et réciproquement. »

Une grimace de triomphe édentée en point d'orgue. Il a levé la fiasque de whisky pour un toast moqueur et l'a pratiquement vidée. Sa voix commençait à devenir pâteuse.

« Jeu, set et match, mon cher Ben. J'pense que j'peux t'appeler Ben, hein ? » Cramponné à ma poignée, je réfléchissais à toute vitesse. « Impressionnant travail de détective, non ? Enfin, moi, j'suis impressionné ! Tout comme j'suis assez soufflé par la manière dont t'as mis en scène ta mort et ta résurrection… Même si t'as eu la chance que le *Stamford Advocate* soit pas exactement le genre de canards qui s'arrache d'un bout à l'autre du pays. Donc, le macchabée dans le voilier, c'était Gary, j'me trompe pas ?

— Pourquoi… Pourquoi tu n'as pas prévenu la police ?

— Et gâché notre secret ? Le lien qui nous unit, toi et moi ? Non, non, pas d'chance que j'devienne une balance, moi ! Dans tout gars du Montana y a un hors-la-loi qui sommeille. Tu sais comment on est, nous ! On n'aime pas les bureaucrates, ni les flics, on est un peu vieux jeu… Hé, ce type tringlait ta dame, quand même…

— Alors tu n'as rien raconté à personne ?

— Ils me croient tous à Tijuana, n'oublie pas.

— Bon. Qu'est-ce que tu veux ?

— Ah, c'est l'avocat qui parle, là ! Eh bien, je suis sûr qu'un ancien du barreau de New York tel que toi connaît bien le concept de *quid pro quo*.

— Mieux connu sous le nom de chantage.

— Ouais ? Dans notre cas, ça s'appelle plutôt "le prix du silence".

— Donc, tu veux de l'argent ?

— Tu es rapide à la détente, pas de doute !

— Combien ?

— Les conditions exactes sont à définir à une date ultérieure. Mais te rends pas malade, mon gars : je s'rai pas rapace. En fait, y s'trouve que tes photos doivent te rapporter un gros paquet et y s'trouve que mes dettes sont pas minces non plus : résultat, une somme significative est appelée à changer de mains. Mais j'l'ai déjà dit, on n'en est pas là. En attendant, toi et moi on va pas s'quitter d'une semelle, vu qu'j'aimerais pas que tu m'refasses le coup de la disparition corps et biens avant qu'on ait réglé notre petite affaire entre nous. J'ai eu une bonne idée : on va aller s'mettre au vert quelques jours dans l'chalet de la chère Anne.

— Dans ce cas, laisse-moi prendre le volant jusque là-bas. Avec tout ce whisky, tu deviens dangereux.

— Tu prends rien du tout ! D'ailleurs, en matière de conduite en état d'ébriété, j'suis un vrai pro. » Et il a asséché la fiasque de J & B. « Ça va être si tranquille, si reposant, près du lac... Pas un chieur à la ronde. L'endroit idéal pour, euh... riveter un bon accord.

— Et une fois que je t'aurai payé, qu'est-ce qui se passe ?

— On se sépare en amis.

— En attendant la prochaine fois où tu seras endetté jusque-là et où tu viendras me trouver pour que je casque encore ?

— Hein ? Tu me crois vraiment capable de tomber aussi bas ?

— Oui. »

Il a négligé un instant la route pour me fusiller du regard.

« On va formuler ça autrement, d'ac ? Non, j'vais pas être l'horrible maître chanteur qui viendra gratter à ta porte la nuit pour te soutirer d'la thune. Mais d'un autre côté, le lien qui existe désormais entre nous suppose que oui, si j'me retrouve totalement à sec, j'pourrai attendre de toi que tu sois comme qui dirait mon sponsor. Mon bon Samaritain, mon papa gâteau, etc. »

J'entendais mon cœur battre.

« Et pour combien de temps ? »

À nouveau, il s'est tourné vers moi.

« Eh bien… pour toujours, faut croire. Vois-tu, Ben, ce lien dont j'te parle est du genre à la vie, à la... »

Il n'a pas terminé sa phrase. Un faisceau de phares très puissants nous a aveuglés tous les deux. J'ai hurlé : « Rudyyyy ! » Je venais de comprendre qu'un camion arrivait droit sur nous en sens inverse. Rudy a donné un coup de volant démentiel, qui nous a évité la collision mais qui a déséquilibré la MG. La voiture est partie sur le bas-côté, qui s'enfonçait abruptement dans la nuit. J'ai ouvert ma portière et me suis éjecté du véhicule au moment même où il quittait le sol. Ma tête a heurté la terre, puis une terrible douleur m'a traversé le genou et le coude droits alors que je partais en roulant sur la pente. Un gros rocher a interrompu ma chute. Mon épaule venait de le percuter à toute volée quand j'ai cru entendre en contrebas un grand bruit de tôles fracassées suivi d'une sourde explosion. Je me suis redressé tant bien que mal pour essayer de savoir ce qu'il y avait derrière le rocher. Un précipice béant, au fond duquel la MG était maintenant en flammes. Quelques secondes encore et le réservoir s'est enflammé en rugissant. Le feu était si violent que même de l'endroit où j'étais je sentais sa morsure sur ma figure.

Avec effort, j'ai réussi à me relever. Ma vue se brouillait. J'ai commencé à avancer d'un pas chancelant, songeant que je devais trouver des secours. Malgré la douleur qui se déchaînait à chaque mouvement, je me suis forcé à continuer. Au bout d'une centaine de mètres, je me suis retrouvé dans un bosquet dense. Alors, comme si on m'avait brusquement débranché, je suis tombé en avant. Le noir complet.

Un oiseau a chanté. À l'est, une timide lueur apparaissait. J'ai senti la fraîcheur de la rosée matinale. Au loin, un bruit de moteur. Un gros engin.

J'ai ouvert un œil. Le monde entier tanguait autour de moi. Au bout d'un moment, cependant, l'équilibre optique est revenu, et avec lui la douleur. Mon cerveau battait comme un métronome déréglé. J'avais le bras droit engourdi. Mon genou, du même côté, était transformé en plaie. Quand j'ai touché mon visage, mes doigts sont devenus écarlates, maculés de sang à peine séché.

J'ai roulé sur le dos en gémissant puis j'ai cligné des yeux. Le soleil neuf dissipait les derniers restes de la nuit dans le ciel. Le bruit de moteur était encore plus distinct, peinant entre deux changements de couples. Je me suis mis péniblement sur le flanc et j'ai contemplé la MG s'élever dans les airs, soulevée par le bras télescopique d'une puissante dépanneuse. Plus haut, il y avait tout un groupe de flics et d'employés du génie civil, qui se sont mis à émettre des sifflements incrédules et à secouer la tête lorsque la carcasse a été déposée près d'eux, sur la route. D'après ce que je pouvais voir, ce qui restait de Rudy devait déjà avoir été retiré de l'habitacle : pas grand-chose, de toute façon, vu l'état de la voiture, réduite à un squelette calciné. Même la MG était désormais un cadavre non identifiable.

J'ai regardé ma montre. Neuf heures moins le quart. J'avais mal partout, au moindre tendon, à la moindre articulation. L'équipe de secours avait quitté les lieux. Je me suis mis lentement debout en m'appuyant sur le tronc le plus proche. Il m'a fallu un certain temps pour cesser d'osciller en tous sens. Et pour comprendre que je me trouvais au milieu d'une forêt morte, environné d'arbres brûlés vifs. En parcourant des yeux le vallon où j'avais failli trouver la mort, je me suis soudain rappelé que c'était à cet endroit, depuis la route, que j'avais pris des vues d'ensemble de l'incendie quelques semaines auparavant. J'étais de retour sur la scène où j'avais fait mes débuts professionnels triomphants... Même dans mon état lamentable, l'ironie de tout cet enchaînement ne m'a pas échappé. Sonné, abruti, je me suis pourtant arrêté au moment où, machinalement, je m'apprêtais à me traîner jusqu'à la route pour faire signe à la première voiture qui passerait. Beth était peut-être encore à Mountain Falls. La mort de Rudy allait certainement provoquer un émoi local très embarrassant pour moi. La police me harcèlerait de questions à propos de l'accident... Non, il fallait se mettre à couvert quelques jours, le temps d'élaborer un nouveau plan.

Mais où ?

C'est à cet instant que je me suis souvenu d'« avant » : Rudy se dirigeait vers le chalet d'Anne. À pied, la cabane devait être à moins de deux kilomètres de là. Elle n'avait pas été touchée par le feu. Elle était pleine de provisions. C'était la tanière idéale pour panser mes plaies et concocter une explication plausible.

Malgré mon genou explosé, je pouvais encore claudiquer. Une grosse branche en guise de canne, j'ai entamé une lente et pénible progression vers le chalet. Pendant plus de deux heures, j'ai boité entre les arbres consumés, m'arrêtant fréquemment quand je sentais que j'allais m'évanouir de douleur. Puis, à cinq cents mètres de la cabane, un feuillage printanier a paru éclore autour de moi : je venais de franchir la ligne de démarcation, la frontière impalpable que le feu avait contournée.

J'ai ouvert la porte d'un coup d'épaule et je suis allé m'écrouler sur le lit. Pendant une heure, je suis demeuré là, incapable de bouger. Enfin, je me suis forcé à me lever, à aller prendre quelques bûches dans la panière et à allumer le poêle. Après des recherches tâtonnantes, je suis tombé sur une trousse de premiers secours. Beuglant sous la souffrance, j'ai badigeonné de mercurochrome mon genou, mon coude, ma figure. Le poêle était maintenant bien chaud. J'y ai fait bouillir quatre casseroles d'eau, que j'ai versées une à une dans la baignoire en zinc avant de les remplir à nouveau et de répéter l'opération. Je me suis libéré de mes habits pleins de boue et je suis entré péniblement dans un demi-bain chaud. Je suis resté longtemps assis au fond de la baignoire, traversé de frissons.

Dans une commode près du lit, j'ai déniché un vieux survêtement d'Anne, assez déformé pour m'aller. Je n'avais pas faim, j'avais seulement besoin d'alcool, alors j'ai débouché une bouteille de vin et j'en ai avalé quatre verres.

Je pouvais maintenant allumer la radio. Je suis tombé sur le bulletin d'informations de trois heures de la station de rock locale. Après quatre ou cinq titres, le présentateur a enchaîné : « Dans l'enquête sur l'accident de la route au cours duquel un photographe de Mountain Falls, Gary Summers, a trouvé la mort... »

J'en ai avalé mon vin de travers, tellement estomaqué que je n'ai pas entendu le reste de l'info. D'une main fébrile, j'ai cherché une autre fréquence mais il était trop tard. Il m'a fallu attendre le bulletin de quatre heures pour écouter le speaker débiter sa dépêche jusqu'au bout. Entre-temps, j'avais fini la bouteille et attaqué la deuxième.

« Dans l'enquête sur l'accident de la route au cours duquel un photographe de Mountain Falls, Gary Summers, a trouvé la mort, la police pense qu'il a perdu le contrôle de son véhicule dans un virage sur la route 200 alors qu'il venait d'éviter un camion arrivant en sens inverse. Écoutons le porte-parole de la police routière du Montana, Caleb Crew. »

La voix enregistrée dudit Crew s'est élevée, chargée d'électrostatique.

« La voiture de M. Summers a quitté la chaussée juste avant l'intersection avec la route 83. D'après le conducteur du camion, M. Summers allait extrêmement vite. Le véhicule a basculé dans un vallon au-dessus du lac de l'Élan. Une chute de cent mètres. Personne ne pourrait sortir indemne d'un impact pareil. Le médecin légiste du comté procède actuellement à l'autopsie, malheureusement le corps a été tellement calciné par l'incendie du véhicule qu'il va être quasi impossible de l'identifier, même avec l'examen de la dentition. »

Il m'a fallu quelques minutes pour mettre les faits bout à bout. Grâce au dentier manquant de Rudy, ils avaient confondu le cadavre d'un journaliste éthylique avec le mien. La méprise était plus que compréhensible : qui aurait pu se trouver dans cette MG, sinon son propriétaire, Gary Summers ? On l'avait vu quitter précipitamment le vernissage de son exposition, dans un état d'ébriété et d'agitation avancé – « L'angoisse du premier soir, ses nerfs ont lâché... » : je croyais entendre Anne faire sa déposition à l'inspecteur chargé de l'enquête. Son amie était allée voir chez lui, il n'y était pas. Sa voiture avait disparu de l'allée du centre-ville. Quant à Rudy Warren, il avait lui-même annoncé son départ vers le sud, et de toute façon il n'avait personne assez proche de lui pour se préoccuper de le localiser.

J'étais mort, pour la deuxième fois.

Sans lâcher mon verre, j'ai trituré le tuner à la recherche d'autres informations. Je n'ai mérité que vingt secondes dans la rubrique locale de « Tous comptes faits », le programme d'actualités de la radio nationale qui s'est contenté de rappeler ce qui s'était passé.

Je n'ai pas fermé l'œil de la nuit. Malgré une troisième bouteille de vin, je ne suis pas arrivé à m'abrutir d'alcool. Je claudiquais de long en large dans l'unique pièce, à me creuser la tête pour trouver le moyen de revenir sans encombre dans le monde des vivants. À me répéter que je ne pouvais pas être mort, au moment où tout commençait pour moi...

À sept heures du matin, j'ai attrapé le programme du week-end de la radio publique tout en me préparant un petit déjeuner. Rien dans les infos locales, mais au bout d'une heure leur présentateur à Washington s'est lancé dans un discours qui m'a fait renverser ma tasse de café :

« Pour un artiste reconnu, une mort prématurée est sans doute la plus romantique des fins. C'est un chant du cygne trop vite venu, qui laisse chacun dans le deuil de ses œuvres attendues, espérées... Mais plus poignante encore, peut-être, est la disparition d'un créateur qui, après une interminable traversée du désert, est fauché alors qu'il touche du doigt la consécration méritée. Lucy Champlain, de la station KGPC à Mountain Falls, Montana, nous conte l'histoire du photographe Gary Summers, la tragédie d'un homme de talent qui a rencontré la mort le jour même où il avait enfin obtenu ce pour quoi il s'était battu depuis des années : le succès. »

La trentaine, apparemment, Lucy Champlain avait ce débit volontaire et solennel dont les chaînes publiques sont si friandes.

« Il y a seulement quelques semaines, avant que sa première photo soit publiée par le journal *The Montanan*, Gary Summers était encore un parfait inconnu. Ce photographe d'une quarantaine d'années, originaire du Connecticut, s'était récemment installé à *Mountain Falls*, dans le Montana, après plusieurs années passées à courir après sa chance à New York. Son travail était malheureusement resté ignoré jusqu'à son arrivée dans cette région. Là, pourtant, tout a changé : Stuart Simmons, le rédacteur en chef du *Montanan*. »

Le montage donnait la parole à Simmons, qui s'exprimait d'une voix funèbre.

« J'ai fait la connaissance de Gary grâce au chef de notre service photo, Anne Ames, qui avait eu plusieurs de ses photogaphies entre les mains. Dès que nous avons vu ses portraits de citoyens anonymes du Montana, nous avons su, Anne et moi, que nous venions de découvrir un artiste exceptionnellement doué. »

Lucy Champlain a repris le fil de son récit.

« Le quotidien local venait de commencer à publier une série de ses photos lorsque Gary Summers s'est retrouvé par hasard au milieu d'un incendie qui devait dévaster la forêt du lac de l'Élan, une des principales réserves forestières du pays. Son remarquable reportage sur l'héroïsme et l'abnégation des pompiers envoyés combattre le fléau, notamment le cliché largement repris d'un chef de brigade agenouillé près du corps d'un de ses hommes, devait lui valoir l'attention générale, y compris un cahier spécial très remarqué dans le magazine *Time*. Mais Judy Wilmers, directrice de la galerie New West de Mountain Falls et amie personnelle de Gary Summers, se souvient du malaise dans lequel ce soudain succès avait plongé le talentueux photographe. »

C'était au tour de Judy. Elle avait un ton grave, très inhabituel chez elle.

« Je pense que Gary était resté si longtemps méconnu qu'en se voyant brusquement assailli de propositions, demandé de toutes parts, il a dû se sentir un peu submergé. À ce moment, il a effectivement accepté deux commandes, l'une du *National Geographic*, l'autre de *Vanity Fair*, mais en réalité il tenait surtout à l'exposition qui allait débuter dans ma galerie, les "Visages du Montana"... »

À nouveau Lucy Champlain.

« Ce vernissage a eu lieu il y a deux jours et a suscité un intérêt d'autant plus remarquable dans un État souvent jaloux de ses trésors et qui tolère mal que des nouveaux venus prétendent s'intéresser à ses spécificités. Lors de la soirée d'ouverture, tout se passait très bien jusqu'au moment où Gary Summers, à la stupéfaction générale, a quitté la galerie... »

Elle a repassé le crachoir à Judy.

« Il y avait un monde fou. Gary, qui n'a jamais été un grand amateur de mondanités, c'est le moins qu'on puisse dire, a dû se sentir un peu écrasé, puisqu'il a annoncé à une amie qu'il sortait prendre l'air. Ah, si seulement il avait gardé son sang-froid... »

De Judy à Lucy.

« Une heure plus tard, Summers est au volant de sa voiture personnelle sur la route 200. Une route à la sinistre réputation, qui serpente à travers la barrière des Rocheuses en une succession de virages périlleux. Il est tard, la visibilité n'est pas bonne. Au sortir d'un tournant très serré, il se retrouve face à un poids lourd. Il braque pour échapper à la collision, perd le contrôle de son véhicule et plonge dans cette même vallée boisée où il avait réalisé parmi ses meilleures photos de pompiers en action, quelques semaines auparavant. Il ne survivra pas au terrible accident. »

La tête dans les mains, j'ai pensé : Ça, c'est la vraie célébrité. Posthume.

C'était sans issue. Même si je me débrouillais pour réapparaître miraculeusement à Mountain Falls, sauvé des flammes, tous les reporters me tomberaient dessus, mon portrait serait dans tous les journaux des États-Unis.

Je ne voyais qu'une solution : fuir. Mais dans quelle direction ? Et avec quels moyens financiers ? J'ai inspecté mon portefeuille. Huit dollars. Certes, j'avais toujours mes diverses cartes de crédit, dont je connaissais par cœur tous les codes d'accès. Mais mon passé de gestionnaire de patrimoine me suffisait amplement pour savoir que la Chemical Bank, Visa et les autres bloqueraient les avoirs de Gary dès que la nouvelle de son décès leur parviendrait. Par chance, on était un samedi : même si un employé quelconque écoutait la radio, il ne serait sans doute pas en mesure de donner les ordres nécessaires avant la réouverture des bureaux, le lundi matin...

En réussissant à rejoindre la ville le jour même – par quels moyens, c'était une autre question... –, je pourrais retirer jusqu'à deux mille dollars avec mes différentes cartes, et autant le lendemain. Avec un peu de chance, j'arriverais à répéter l'opération une troisième fois lundi, avant l'ouverture des banques à New York. Avec six mille dollars, j'avais de quoi disparaître et me forger une nouvelle identité.

Mais il restait un problème, et de taille : la première ville assez importante à la ronde, Helena, se trouvait à plus de cent kilomètres de là, par des routes de montagne à vous flanquer le vertige. Mon genou était loin d'être guéri. Handicapé comme je l'étais, même rejoindre la 200 à travers les bois me paraissait un effort quasi insurmontable.

478

Je suis cependant sorti de la cabane et j'ai marché cahin-caha jusqu'au bord du lac, respirant l'air pur à pleins poumons, surveillant les réactions de ma rotule brinquebalante pour décider si je serais ou non capable de remonter jusqu'à la route principale et de faire du stop jusqu'à Helena.

Soudain, je les ai vus. Des campeurs. Un couple très jeune, la vingtaine tout au plus, avec un vénérable minibus Volkswagen dont la vue a éveillé en moi des souvenirs des années 70. J'ai remarqué, avec un grand soulagement, qu'il portait des plaques de l'État de Washington. Ils s'étaient installés à une centaine de mètres de l'endroit où je me trouvais, une petite tente déployée derrière le véhicule. Quand je me suis approché, ils étaient en train de préparer leur petit déjeuner sur un réchaud à gaz. Deux petits jeunes bien propres sur eux, blonds, chemises de flanelle neuves, assez mal à l'aise de découvrir un type hirsute et sérieusement amoché se pointer au milieu de leur paradis personnel. En fait, ils ont bondi sur leurs pieds tous les deux. Devant leur air crispé, je me suis dit qu'ils me prenaient sans doute pour le tueur en série du cru venu faire ami-ami.

« Ça boume ? ai-je crié de loin en claudiquant de plus belle. Désolé de vous déranger !

— Pas de problème, a répondu le garçon, mais son expression exprimait tout le contraire.

— Moi, c'est Dave Manning. Je passe quelques jours dans le chalet, là-bas. C'est à une amie à moi. Dites, j'ai pris un gadin terrible avec mon VTT, hier soir. Une sacrée ornière sur le chemin en revenant ici. Je me suis fait éjecter droit dans un arbre.

— Ooooh, a gémi la fille. Mais maintenant, ça va ?

— Mieux que mon vélo. Lui, il est tordu dans tous les sens. Vous êtes d'où ?

— De Seattle, a répondu le garçon.

— Petites vacances ?

— En quelque sorte. On vient juste de finir nos exams. Troisième année à l'université de Washington, fac de botanique.

— Ah, vous avez choisi le bon endroit, alors.

— Nous, c'est Howie et Peggy, a annoncé la fille. Il vous faut un docteur, quelque chose ?

— Eh bien, ce qui me rendrait pas mal service, c'est qu'on m'emmène à Helena. Ma copine nous a déposés ici jeudi, moi et mon vélo, et elle ne doit pas revenir avant mardi… Mais je pense que d'ici là il faut vraiment que je montre ce genou à un toubib. Vous n'auriez pas un téléphone portable avec vous, si ? »

J'avais parié que ce n'était pas le cas. Juste.

« Euh, c'est pas trop notre genre, s'est excusé Howie. Écoutez, on avait prévu de rester ici jusque vers deux heures et puis de partir en direction de Bozeman.

— Helena est sur votre route, donc. Si ça ne vous embête pas… »

Ils se sont consultés du regard. Ce qu'ils se demandaient, je l'ai compris tout de suite, c'était si je pouvais être émule de Jeffrey Dahmer. Finalement, le garçon a haussé les épaules.

« Pour nous c'est OK, si ça ne vous dérange pas de voyager à l'arrière. Il n'y a pas de siège, seulement…

— Impeccable. Je vous dois une fière chandelle.

— Alors on passera vous prendre à deux heures, a annoncé Peggy.

— Je ne sais pas comment vous remercier. »

Sur ce, je suis reparti d'un pas heurté vers le chalet. C'était une aubaine inespérée. Le moyen de m'extirper de ce cul-de-sac. À cinq heures, je serais à Helena, je ferais la tournée des distributeurs automatiques. J'achèterais quelques vêtements présentables, je filerais à la station d'autobus et je sauterais dans le premier Greyhound en partance vers l'est. Aux alentours de midi, le lendemain, je débarquerais dans un endroit comme Bismark, dans le Dakota du Nord, une de ces villes moyennes où les caisses de retrait ATM pullulent. Encore deux mille dollars dans la poche, une courte nuit à l'hôtel, réveil à quatre heures du matin lundi, une dernière série de retraits... Le portefeuille de Gary expédié dans une poubelle, il serait alors temps de prendre un bus vers le sud, pour une ville agréable, mais surtout grande, très grande. Dallas, peut-être, ou Houston. Avec six mille dollars, j'aurais de quoi tenir deux mois et m'acheter des papiers corrects, avec lesquels je pourrais entreprendre...

Entreprendre quoi ? Une nouvelle vie ?

Non, je ne voulais pas y penser. Pas plus qu'à la façon dont j'avais gâché mes deux existences antérieures. Ni au fait que je ne reverrais plus jamais Anne Ames, jamais. Ni au désespoir que ma mort réveillerait en elle. Ni à mon sort, qui serait de porter le deuil de cette femme en plus de celui d'Adam et de Josh, jour après jour, nuit après nuit.

Je n'avais qu'un seul désir : dormir. Retrouver le sommeil, qui depuis quarante-huit heures m'avait abandonné, sans lequel je risquais de perdre ma fragile lucidité. Alors, sitôt rentré dans le chalet, j'ai réglé le réveil pour une heure et demie et je me suis étendu sur le lit. Quatre heures dans les bras de Morphée, cela ne suffirait pas à me rendre à la vie, mais c'était mieux que rien.

J'ai sombré dans le coma en quelques secondes, plongeant dans un univers sombre et vide que je n'ai quitté, à regret, qu'en entendant bien plus tard une voiture s'arrêter devant la cabane, puis des pas s'approcher de l'entrée. À peine réveillé, j'ai louché sur le réveil. Midi et quart. Les botanistes avaient visiblement décidé d'avancer leur départ. C'était aussi bien pour moi. Je me suis assis dans le lit, je me suis frotté vigoureusement les yeux et j'ai entendu un cri.

Un cri perçant, puis le silence.

Anne était à la porte, bouche bée. Elle paraissait épuisée, flétrie, avec des yeux si rouges qu'elle avait dû passer les deux derniers jours à pleurer sans arrêt.

On s'est regardés longtemps, très longtemps.

Et là, j'ai commencé à parler.

# DIX

Je lui ai tout dit.

Pendant que je dévidais mon chapelet, elle est restée à sa place, un pied sur le seuil, comme si elle s'apprêtait à s'enfuir d'un instant à l'autre. Quand je suis arrivé au récit du meurtre de Gary, je l'ai réellement sentie frissonner, et pourtant elle était à deux mètres de moi. En m'entendant raconter l'incendie à bord du voilier, cependant expurgé des détails les plus atroces, elle a retenu son souffle. Et c'est seulement après le compte rendu du chantage projeté par Rudy qu'elle a parlé à son tour.

« Lui aussi, tu l'as tué ?

— Non. L'accident s'est produit comme on l'a dit. La seule différence, c'est qu'il était au volant, lui. Et bourré. Moi, je suis parvenu à m'éjecter avant...

— Et pourquoi je devrais croire ça ? » Sa voix tremblait. « Pourquoi je devrais croire quoi que ce soit ? Ta vie entière ici, AVEC MOI, n'a été qu'un tissu de mensonges...

— Rien de ce que j'ai fait avec toi n'était un mensonge. Rien.

— Je ne te crois pas. Je ne PEUX pas te croire. »
Comme je ne trouvais rien à dire, je me suis tu. « Ces
deux derniers jours, a-t-elle repris dans un murmure à
peine audible, j'ai vraiment pensé en finir avec la vie.
D'abord Charlie, ensuite toi... On se dit que survivre à
la mort de son enfant, c'est impossible. Et quand on
finit par rencontrer quelqu'un avec qui on pense qu'il
est possible de surmonter sa peine, juste à ce
moment... »

Elle a éclaté en sanglots. Je m'étais levé pour aller
vers elle, mais elle a crié « Non ! » en tendant les bras
pour me défendre d'approcher. Je me suis rassis sur le
lit. Peu à peu, ses larmes ont cessé de couler.

« Tu sais, si je suis venue ici aujourd'hui, c'est pour
une seule raison... Parce que je ne pouvais plus supporter
tous ces mots convenus, tous ces regards apitoyés... Parce
que je ne pouvais plus supporter qui que ce soit autour de
moi... Parce que c'est ici que j'avais compris que j'étais
amoureuse... » Elle a secoué la tête violemment, comme
si elle s'en voulait d'avoir prononcé cette dernière phrase.
« Et maintenant... Maintenant, j'aimerais tant avoir
retardé d'un jour, merde ! Parce que demain, tu n'aurais
plus été là, n'est-ce pas ? Et moi, je n'aurais pas su... Tu
allais partir, là, hein ? » J'ai fait signe que oui. « Et
comment ?

— Il y a un couple de campeurs près du lac. Ils
m'ont dit qu'ils m'emmèneraient à Helena.

— Et qu'est-ce que tu leur as raconté pour expliquer
l'état dans lequel tu es ?

— Un accident de vélo.

— Encore un mensonge. Et une fois à Helena,
quoi ?

— Je disparais.

— Et c'est ça que tu veux ?

— Je n'ai pas trop le choix. Les flics vont finir par
se...

484

— Tu es mort ! Tu l'avais oublié ? Comment ils pourraient savoir ?

— Par toi. » Un silence pesant s'est installé, que j'ai rompu. « Tu vas leur dire, non ?

— Je ne sais pas. » Elle avait les yeux au sol. Il y a eu encore un long silence, et cette fois c'est elle qui ne l'a plus supporté. « Il faut que j'y aille. Je ne peux pas rester ici.

— Tu... Tu vas revenir ?

— Je ne suis pas sûre. Tu t'en vas, toi ?

— Je ne le désire pas. »

Elle a haussé les épaules.

« C'est ta décision, Gar... Oh, je ne sais pas comment t'appeler, maintenant ! »

Elle m'a tourné le dos, elle est partie. Au bout d'un moment, j'ai entendu la portière claquer. La voiture a démarré, s'est éloignée. Je me suis à nouveau étendu sur le lit, sans bouger. Une demi-heure s'est écoulée. On a frappé à la porte. Quelqu'un a passé la tête par l'embrasure. Howie.

« Vous êtes prêt à lever le camp ?

— Mon amie vient de passer.

— Oui, j'ai vu une auto.

— Bon, elle va revenir plus tard, donc je n'ai plus besoin de vous embêter.

— Et ce genou, ça va aller, d'ici là ?

— Je n'en mourrai pas. En tout cas, merci encore. »

J'ai guetté le départ des botanistes. Je me suis levé, j'ai fait bouillir de l'eau, j'ai mijoté une heure dans mon bain. Ensuite, je suis allé clopin-clopant au bord du lac, j'ai regardé le soleil se coucher. De retour à la cabane, j'ai allumé les lampes à pétrole, je me suis fait des pâtes à la sauce tomate, toutes simples, j'ai bu une bouteille de vin. J'étais certain d'être en train de vivre ma dernière soirée en liberté, pourtant je me sentais incroyablement calme. Je m'étais confessé. J'avais partagé mon secret. Jusqu'à la fin, la culpabilité ne me quitterait plus, ni la honte, mais au moins le poids du mensonge ne pesait-il plus sur mes épaules. J'ai bien dormi.

À dix heures, le lendemain, j'ai entendu une voiture peiner sur le chemin de terre qui descendait au chalet. Assis sur le lit, je m'attendais à voir surgir des hommes en uniforme. C'est Anne qui est entrée. Elle était seule.

« Tu n'es pas parti.

— Non.

— Pourquoi ?

— Pour toi.

— Je vois.

— Tu n'as pas prévenu les flics.

— Non.

— Pourquoi ? »

Elle a eu un geste las.

« Ton enterrement a lieu demain. Le médecin légiste a autorisé l'inhumation. Ils n'ont trouvé aucun parent à toi sur la côte Est, donc tu restes dans le Montana.

— Tu vas à la cérémonie ?

— Bien sûr. Et Beth aussi. Elle est encore là. »

La question a fusé.

« Et qui s'occupe des gosses ? »

Elle a poussé un soupir.

« Sa sœur Lucy ! Beth m'a montré une photo d'eux. Deux beaux garçons.

— Oui. Ils sont beaux.

— Elle va très mal, Beth. D'abord Ben, ensuite Gary... Ou bien je me trompe dans l'ordre ? Enfin, j'ai pris un verre avec elle hier soir, à leur hôtel. Elliott était monté se coucher. Elle m'a un peu raconté son histoire avec Gary. Et son mariage avec toi. Tu sais ce que je me suis dit, quand elle a eu terminé ? Que moi, je n'aurais jamais eu d'aventure avec ce Gary... et que je

486

ne me serais jamais mariée avec ce Ben. » Elle a eu une mimique incrédule, puis m'a regardé droit dans les yeux. « Je suis enceinte. Et je le garde. »

J'ai voulu lui prendre la main, l'attirer dans mes bras. Elle m'a repoussé.

« Je répète ce que je viens de te dire. Je suis enceinte. Je le garde. Mais cela ne signifie pas que je te garde, toi. » Elle est retournée à la porte. « Je reviens dans quelques jours. Après tes obsèques. Si tu es toujours là, on parlera encore. »

Elle est réapparue mardi soir, chargée d'une brassée de journaux et de revues. Elle m'a annoncé :

« Tu as eu beaucoup de presse. »

Le *Montanan* avait publié une photo demi-page de la cérémonie, ainsi qu'un éditorial de Stu en guise d'éloge funèbre. Un assez long article sur Gary Summers, sa vie, son œuvre, dans la section nationale du *New York Times*. *Idem* dans le *Los Angeles Times,* le *Chicago Tribune,* le *Boston Globe,* le *San Francisco Examiner,* le *Seattle Post-Intelligencier.*

« Judy affirme que le téléphone n'arrête pas de sonner à la galerie, a poursuivi Anne. D'après elle, un type connu du *New Yorker* s'est attelé à ton histoire. Il paraît que Random House a déjà versé soixante-dix mille dollars pour ton livre de portraits du Montana. Une série d'agents de Hollywood se sont aussi manifestés : ils ont l'air de croire que ton destin tragique pourrait donner un bon film. L'un d'eux a dit qu'il agissait pour le compte de Robert Redford. Faut croire qu'il a un faible pour le Montana, celui-là... » J'ai repoussé les journaux de côté. Elle avait deviné à quoi je pensais. « Tu n'as jamais modifié son testament, non ?

— Non. Jamais.

— C'était ça, ton job, avant ? Rédiger des testaments ?

— Ouais, c'est pour ça qu'on me payait.

— Et qui va bénéficier de ce décès si médiatique ?

— Le Bard College.

— De tout ?

— Ouais. Ses œuvres, sa maison de New Croydon, sa pension, tous les droits générés dans le futur... À part la commission de Judy, bien entendu. Elle aussi, elle va bien en profiter.

— Ah, c'est trop génial... Bravo.

— Je ne pensais pas mourir si vite, d'accord ?

— Évident. » Elle m'a tendu un sac en plastique. « Bon, en venant, je me suis arrêtée au K-Mart pour t'acheter quelques fringues.

— Merci.

— Meg Greenwood m'a demandé si je pourrais l'aider à vider ton appartement demain. J'avais l'intention de tout donner à l'entraide sociale, tu n'y vois pas d'inconvénients ?

— Et mes photos ?

— Judy a l'air de penser qu'elle est la dépositaire légale de tous tes négatifs. C'est vrai ?

— Je crois que oui. Avec ce contrat...

— Alors, oublie les photos.

— Tu peux garder le portable ?

— Pas de raison que non.

— Dans ce cas, dès que tu l'auras apporté chez toi, efface tout le disque dur. Dessus, il y a des choses...

— Compromettantes ?

— Oui.

— Tu veux que je devienne ta complice, c'est ça ?

— Tu peux aller parler aux flics quand tu veux.

— Oui. En effet. Tu voudrais encore autre chose de chez toi ?

— La machine à écrire de Rudy. Je mettrais ma main au feu qu'il l'a laissée là-bas.

— À quoi elle te servirait ?

— Il faut que Rudy envoie une lettre de démission à Stu. Postée du Mexique.

— Je ne sais pas si je veux vraiment tremper dans tout ça...

— Alors ne le fais pas. Dénonce-moi. »

Elle n'est revenue que quatre jours après, le dimanche. Elle avait avec elle la vieille Olivetti portable de Rudy et encore d'autres journaux.

« Comment te sens-tu ? lui ai-je demandé.

— Tous les matins, quand je me lève, je vomis. Avec Charlie, c'était pareil. » Elle a jeté la presse sur la table. « Tu es dans la colonne "Événements" de *Time*. *Variety* a fait un article sur les projets de film que tu inspires. Quant au gars du *New Yorker* – Grey Godfrey, je crois qu'il s'appelle –, il a déjà débarqué à Mountain Falls et il est en train d'interviewer toute la ville.

— Tu vas lui parler ?

— Non. Mais je me doute qu'il va me casser les pieds jusqu'au moment où je céderai. Donc je vais disparaître dans la nature un moment, moi aussi.

— Où ça ?

— À L.A. J'ai de vieux amis là-bas. Je serai absente une semaine, dix jours. Tu as de quoi tenir le coup, d'ici là ?

— Amplement.

— Enfin, je veux dire si tu es encore ici quand je reviendrai...

— J'y serai.

— On verra. »

La veille de son départ à Los Angeles, elle m'a dit :

« Je ne comprends pas comment tu arrives à vivre avec ça.

— Je vis avec, c'est tout. Comme on peut vivre avec n'importe quel malheur. Je n'avais pas l'intention de tuer Gary.

— Mais tu l'as fait.

— Ça a été un... un instant. Un seul, terrible instant.

— Ça ne s'excuse pas pour autant.

— Je sais. Je ne cherche pas à m'excuser. Et je sais aussi que j'aurais dû aller me livrer à la police. Seulement, j'ai paniqué.

— Tu as cru que tu pourrais t'en tirer, oui ! Et tu l'as fait.

— Et je t'ai rencontrée. »

Elle a froncé les sourcils.

« La belle affaire. »

Avant qu'elle parte, je lui ai remis la lettre que j'avais composée sur la machine à écrire de Rudy, un monologue désordonné à l'intention de Stu Simmons. Outre sa démission, il y annonçait son installation dans la petite ville d'Ensenada, en Basse-Californie, et sa ferme intention de ne plus jamais revoir ni un État affligé de huit mois d'hiver, ni un journal dans lequel cracher par terre faisait figure de crime contre l'humanité. J'avais lu assez de papiers de Rudy pour imiter correctement son style ravageur. Après l'avoir lue et relue, Anne a admis que Stu serait convaincu de son authenticité. Elle a aussi accepté d'accomplir un aller-retour à Tijuana – quelques heures, depuis L.A. – pour l'y poster.

Elle est partie onze jours. À son retour, elle paraissait reposée.

« Je viens de donner mon préavis au journal. Et j'ai demandé à Meg de mettre la maison en location. »

Je ne m'attendais pas du tout à cela.

« Et... pourquoi ?

— Parce que des amis de mes amis de L.A. m'ont présentée à un certain Joel Schmidt, qui se trouve être le patron de l'une des plus grosses agences photo du continent. Et qu'il m'a proposé un job : devenir son bras droit. À soixante-quinze mille par an. J'ai accepté.

— Ah...

— Tu as l'air surpris.

— Je croyais que tu adorais le Montana...

— Mon fils y est mort, dans le Montana ! Tu y es mort, toi aussi. Non, en ce qui concerne mes relations avec le Montana, je n'emploierais certainement pas le terme "adorer"...

— Tu crois que tu pourras te faire à L.A. ?

— Oui, je crois. Et toi ?

— Tu... tu voudrais que je parte avec toi ?

— Je ne suis pas encore certaine. Mais... » Elle a posé une main sur son ventre. « ... Ce petit va avoir besoin de quelqu'un qui s'occupe de lui pendant que je serai au travail. Donc...

— C'est ça, le deal ?

— Oui, c'est ça. »

J'ai accepté.

Elle a réfléchi encore un moment, puis elle a remarqué :

« On va devoir te trouver un nouveau nom. »

Je lui ai expliqué comment s'y prendre. Après une semaine passée à inspecter les avis de décès parus dans le *Montanan* au cours des années 60, elle a relevé le nom d'un enfant de trois ans, Andrew Tarbell, mort noyé au cours de vacances au Mexique avec ses parents. Une autre enquête lui a permis de découvrir qu'à cette époque les certificats de décès des citoyens disparus à l'étranger n'étaient pas conservés à l'état civil général du Montana. Ensuite, elle a appelé la poste alternative de Berkeley et leur a expliqué qu'elle agissait au nom d'un certain Andrew Tarbell, qui désirait bénéficier de leurs services. Elle a précisé qu'aucune enveloppe réexpédiée par leurs soins ne devait porter son nom : uniquement le numéro de la boîte postale qu'elle venait d'ouvrir à Mountain Falls.

À ce stade, j'étais prêt à rédiger une lettre à l'intention du bureau de l'état civil du Montana. Moi,

Andrew Tarbell, né le tant, à tel endroit, sollicitais leur bienveillance pour qu'un duplicata de mon extrait de naissance me soit envoyé. Après avoir transité par les « alternatifs » californiens, la requête est arrivée à bon port. Peu après, un formulaire administratif adressé à Berkeley et renvoyé à la boîte postale de Mountain Falls demandait à Andrew Tarbell de préciser les prénoms de ses deux parents : la réponse était facile, puisqu'ils apparaissaient dans la rubrique nécrologique du *Montanan*. Une autre exigence, par contre, a d'abord paru insurmontable : il fallait joindre la photocopie d'un quelconque justificatif d'identité. J'ai invité Anne à passer un nouveau coup de fil aux petits malins de Berkeley. « Bien sûr qu'on fait de fausses cartes d'identité ! lui a-t-on répondu là-bas, à condition de mettre le prix... » Après avoir emprunté un Polaroid à son journal, Anne a acheté une recharge de film au format requis pour les passeports et elle est venue un soir au chalet me prendre en photo. Laquelle a été expédiée aux gus de Berkeley, tandis qu'un virement de trois cents dollars leur était adressé – les faux papiers n'ont jamais été gratuits. Une semaine plus tard, une carte dûment plastifiée est parvenue à la boîte postale. D'allure très officielle, elle proclamait l'appartenance d'Andrew Tarbell (moi, sur la photo) au corps enseignant d'un certain Stockton Junior College. Sa date de naissance apparaissait aussi dessus.

Le formulaire complété et la photocopie de la carte toute neuve sont repartis *via* la Californie aux services de l'état civil, installés à Helena. Une dizaine de jours après, j'avais entre les mains un duplicata d'acte de naissance au nom d'Andrew Tarbell, trente-neuf ans, blanc, de sexe masculin.

Pendant ce temps, Anne s'était rendue plusieurs fois à Los Angeles dans le but de préparer notre arrivée. Elle a estimé qu'il valait mieux pour elle se tenir loin de zones trop « lancées » telles que West Hollywood ou Santa Monica puisque, contraint comme je l'étais de garder un profil plus que bas (pas de profil du tout, en fait), je ne devais surtout pas risquer de tomber sur un ex-collègue de Wall Street en goguette dans ces lieux de plaisir. Elle a donc choisi de nous louer une maison dans la Vallée. À Van Nuys, plus précisément.

« Autant te prévenir tout de suite, m'a-t-elle annoncé lors d'une de ses rares visites au chalet : là-bas, c'est entre le terrain vague et la banlieue mortifère. Quant à la baraque, c'est le trois-pièces de base, traité pseudo-californien. Mais bon, tu t'y feras. »

Une fois sa révérence tirée à Mountain Falls, sa maison ayant été louée toute meublée, elle est arrivée un soir à la cabane et m'a annoncé : « OK, on y va. »

D'abord, elle m'a cependant demandé d'installer sur la porte un cadenas qu'elle avait apporté. J'ai aussi vidé le poêle de ses cendres et remis des bûches pour pouvoir l'utiliser dès notre retour. Mais je savais que nous ne reverrions plus jamais cet endroit.

Alors, à la faveur de la nuit, Anne m'a fait quitter clandestinement le Montana. Il nous a fallu quatre jours pour atteindre Los Angeles. Le deuxième soir, dans un motel de Winnemuca (Nevada), elle m'a permis de lui faire l'amour. Après, étendu à côté d'elle, j'ai complètement craqué et je me suis mis à pleurer. Je n'ai pas arrêté, pendant dix minutes. Jusqu'à ce que je finisse par me calmer, elle m'a tourné le dos. Et puis elle s'est retournée pour me dire :

« Tu vas t'en tirer. On va s'en tirer. Ça va marcher. »

Anne n'avait pas exagéré sa description de Van Nuys : un véritable cauchemar de banlieue. La maison n'était ni néo-californienne, ni Vieille Amérique, ni rien du tout. Mais on vivait, ce qui était déjà beaucoup. Elle a commencé son nouveau travail. Moi, je passais mes journées à enlever la moquette des parquets et à oblitérer le papier à fleurs sous des couches d'émulsion blanche. En faisant avaler à un fonctionnaire pourtant sceptique l'histoire abracadabrante d'un retour récent aux États-Unis après avoir vécu à l'étranger depuis mon enfance, j'ai réussi à extorquer l'indispensable carte de Sécurité sociale. Un permis de conduire a suivi. Après notre mariage au bureau matrimonial de Van Nuys en novembre, Anne s'est habituée à m'appeler Andy. Elle a gardé son nom de jeune fille.

Le 2 février 1996, notre fils est né. Jack. D'emblée, ç'a été le coup de foudre réciproque, même si son arrivée à la maison m'a rendu l'absence d'Adam et de Josh encore plus difficile à supporter. C'est à cette époque que j'ai découvert un jour dans le *New York Times* un avis annonçant le mariage d'Elliott Burden et de Beth ex-Bradford. Plusieurs nuits d'affilée, je suis resté éveillé en me demandant si Adam et Josh allaient désormais s'appeler Burden, et s'ils donnaient déjà à Elliott du « papa ».

Jack a été sevré en cinq semaines. Anne a repris le chemin de son bureau tandis que j'assumais les fonctions d'homme au foyer à plein temps. Comme elle était surchargée de travail – la troisième agence photographique des États-Unis, tout de même... –, je me chargeais non seulement du train-train domestique et de la surveillance permanente du bébé mais aussi de la plupart de ses biberons nocturnes.

Pendant ce temps, Gary Summers continuait à hanter le monde de la presse et de l'édition. Son *Visages du Montana*, paru chez Random House, a obtenu de bonnes critiques. Les droits du long récit que Greg Godfrey avait écrit pour le *New Yorker* – titré « Mort d'un photographe voyageur » – ont été rachetés par la société de production de Robert Redford, à un prix jamais divulgué mais qui comportait six zéros.

D'après Anne, qui jette toujours un coup d'œil sur les magazines professionnels à son travail, la rumeur a couru que George Clooney était intéressé par le rôle de Gary, mais enfin c'était il y a déjà six mois... Quand bien même le film serait réalisé, je ne pense pas que j'irais le voir. Pas plus que je n'ai voulu lire la « story » de Godfrey dans le *New Yorker*. Mon nom est Andrew Tarbell. Pourquoi me soucierais-je d'un photographe disparu, un certain Gary Summers ?

Pourtant, vers la fin de l'année, je me suis remis à la photo. Avec sa prime de Noël, Anne m'a offert un Nikon très classe. Dès que nous avons pu embaucher une baby-sitter pour l'après-midi, j'ai commencé à sillonner la Vallée et à accumuler des portraits de Californiens suburbains. Anne les trouve extrêmement forts, supérieurs même à mon travail dans le Montana sur le plan de la maîtrise technique. Mais quand j'ai envoyé un book à ces mêmes responsables de services photo qui avaient jadis courtisé Gary, il est revenu chaque fois avec une lettre de refus. Dans le monde de la photographie professionnelle, le nom d'Andrew Tarbell ne dit rien à personne. C'est un complet inconnu, qui vit dans un coin de L.A. aussi obscur que lui.

Anne a été encore plus indignée que moi par cette rafale de rebuffades.

« Tu seras à nouveau reconnu ! m'a-t-elle assuré. Tu as tout pour. Tu auras toujours ton talent.

— Je ne sais plus trop...

— Ça va marcher, a-t-elle tranché en me passant une main dans les cheveux. Comme ça a fini par marcher pour nous. »

Notre vie commune a sans doute « fini par marcher », je pense. Le mariage, c'est d'abord et surtout une affaire de rythme : nous avons trouvé le nôtre, et il tourne bien. Nous aimons notre enfant.

Chacun de nous apprécie la compagnie de l'autre. Nous évitons les mesquineries, les disputes. Oui, entre nous, « ça marche ». Et même si l'ombre de Gary continue à planer sur nos têtes, tel un nuage toxique menaçant sans cesse de s'abattre et de tout empoisonner, nous avons réussi à la conjurer, jusqu'ici.

Évidemment, il m'arrive de contempler la Vallée et de me dire que le sort est en train de me jouer un tour révoltant. Et il y a des nuits où je revis cette fraction de seconde dans le sous-sol de Gary en me demandant où je serais, maintenant, si je n'avais pas attrapé la bouteille...

Mais au moins suis-je délivré de mes vieux démons, de cette envie obsédante de tout plaquer, d'échapper à la routine : lorsqu'on est mort deux fois et qu'on a été deux fois rendu à la vie, où fuir de nouveau, où aller ?

Cependant les envies ne meurent jamais, elles ne font qu'hiberner. Alors, la semaine dernière – le soir où Adam, quelque part dans le Connecticut ou à New York, devait être en train de fêter son anniversaire –, je suis sorti vers huit heures en disant à Anne que j'allais chercher un pack de bière au 7-11 local. Mais dès que j'ai quitté notre cul-de-sac je suis parti droit vers l'autoroute. Des numéros. Encore des numéros. La 101 te conduit à la 10, la 10 à la 15... Avant même que j'aie eu le temps de mesurer ce que j'étais en train de faire, je fonçais à travers le désert du Mojave, je laissais Barstow sur le côté, cap sur la frontière du Nevada.

À deux heures du matin, j'étais à la hauteur de Vegas. À ce rythme, je pourrais atteindre Salt Lake City avant midi. Et après ? Et après ? La question a tourné mille fois dans ma tête, sans trouver le moindre début de réponse. Peut-être parce que la seule destination qui ait un sens, sur la route, c'est de rentrer chez soi...

J'étais sur la 15, direction est. Je me suis retrouvé sur la 15, direction ouest. Une simple boucle et retour à la case départ. Le Mojave, dans l'autre sens. La circulation du matin sur la 10. Un gros bouchon sur la 101. J'ai atteint Van Nuys juste au moment où le soleil parvenait à son zénith. Une autre radieuse journée dans la Vallée.

Je me suis engouffré dans le cul-de-sac, j'ai arrêté la voiture devant notre maison. La porte s'est ouverte. Anne est sortie dans le soleil, serrant Jack contre elle. Elle avait l'air de ne pas avoir fermé l'œil de la nuit. Mais elle n'a pas fait la tête, elle n'a pas élevé la voix. En réalité, elle n'a pas dit un mot. Elle m'a seulement adressé un sourire fatigué et un petit mouvement d'épaules un peu las qui semblaient dire : « Je sais, je sais... Mais c'est comme ça. »

Puis Jack m'a aperçu. Il a battu des bras.

« Papa, papa. »

C'était un appel. Je l'ai entendu. C'est comme ça.

POCKET N° 14020

> « *C'est* Fantasia chez les ploucs *version kangourous.* (...) *Haletant et hilarant.* »
>
> Alexis Liebaert
> *Marianne*

## Douglas **KENNEDY**
### PIÈGE NUPTIAL

Tout plaquer pour découvrir l'Australie, voilà le projet de Nick. Mais après une collision avec un kangourou et une rencontre avec une auto-stoppeuse, il se retrouve drogué, marié et coincé au cœur du bush, au sein d'un clan d'allumés qui vivent coupés du monde. Il a tout intérêt à s'enfuir, et vite !

Retrouvez toute l'actualité de Pocket sur :
***www.pocket.fr***

POCKET N° 14281

« (...) l'un des meilleurs romans de cet écrivain américain. »

François Busnel
*L'Express*

## Douglas KENNEDY
QUITTER LE MONDE

« Je ne me marierai jamais et je n'aurai jamais d'enfants. » Lorsqu'elle prononce cet arrêt, Jane a 13 ans. Le lendemain, son père fait ses valises. Coïncidence ? En grandissant, rien ne change : tout ce qu'elle aime lui échappe. Alors Jane veut fuir, loin, hors du monde. Mais à vouloir le quitter, c'est lui qui vous rattrape...

# Faites de nouvelles découvertes sur
# www.pocket.fr

- Des 1$^{ers}$ chapitres à télécharger
- Les dernières parutions
- Toute l'actualité des auteurs
- Des jeux-concours

Il y a toujours
un **Pocket** à découvrir

Imprimé en France par

à La Flèche (Sarthe)
en décembre 2012

POCKET – 12, avenue d'Italie - 75627 Paris cedex 13

N° d'impression : 71243
Dépôt légal : février 2010
Suite du premier tirage : décembre 2012
S19460/11